Das Coda

Burkhard Schröder ist 1958 in NRW geboren und in Solingen aufgewachsen. Beruf und Liebe führten ihn nach Krefeld, wo er bis heute lebt. Der zweifache Vater arbeitete bis zu seinem Ruhestand 2024 als Unternehmer.

Burkhard Schröder

DAS CODAZZI PROJEKT
HISTORISCHER ROMAN

Bibliografische Information der Deutschen Nationalbibliothek:
Die Deutsche Nationalbibliothek verzeichnet diese Publikation in der Deutschen Nationalbibliografie; detaillierte bibliografische Daten sind im Internet über dnb.dnb.de abrufbar.

Die automatisierte Analyse des Werkes, um daraus Informationen insbesondere über Muster, Trends und Korrelationen gemäß §44b UrhG („Text und Data Mining") zu gewinnen, ist untersagt.

© 2024 Burkhard Schröder

Verlag: BoD · Books on Demand GmbH, In de Tarpen 42, 22848 Norderstedt

Druck: Libri Plureos GmbH, Friedensallee 273, 22763 Hamburg

ISBN: 978-3-7693-0639-2

Für meine Kinder
Kerstin & Bastian

1

BARINITAS (VENEZUELA), APRIL 1821

Wenn es darum ging, seine Probleme zu verheimlichen, zeigte Juan Conteguez nicht weniger Begabung als jeder andere. Und die Schwierigkeiten, in denen er jetzt steckte, hatte er sich selber eingebrockt. Es war seine Entscheidung, in den Krieg zu ziehen und wenn es sein musste, sein Leben für höhere Werte zu opfern, statt den einfacheren Weg zu gehen. So kauerte er vor seinem Haus und verschnürte seine Satteltaschen. Dabei fiel ihm eine Strähne seiner schwarzen Haare in sein Gesicht. Er strich sie zurück und ließ dabei seinen Blick auf seine fein gestriegelte, braune Andalusier-Stute schweifen. In der Ferne erblickte Juan den Kirchenturm, der hoch über die anderen Häuser hinausragte, aber auch einen ihm bekannten, älteren und gebeugt gehenden Mann, verarmt und stolz, mit der Hacke in der Hand vom Feld kommend. Der Mann trug seine Verantwortung, und Juan eben seine. Am Ende musste jeder sterben. Und da war vielleicht so ein Krieg wie dieser, dachte er, eine Schicksalsentscheidung. Die Peiniger seines Volkes waren das Gesetz und jede Menschlichkeit war durch sie außer Kraft gesetzt. Seinen Mitstreitern und sich selbst musste er Mut machen, obwohl ihm ein wenig bang war vor den Gefahren, die auf den 23jährigen Mann lauerten. Das Leben in Barinitas lief in seiner Kindheit meist ruhig und gleichförmig. Manchmal kamen Fremde in Kutschen mit goldfarbenen Wappen und Beschlägen durch den Ort. Sie nächtigten vor ihrer Weiterfahrt in einer größeren Posada, die es gegenüber der Kirche gab. Zusammen mit anderen Kindern aus dem Dorf stand Juan am Straßenrand und bestaunte die riesigen schwarzen Hüte der Reisenden, ihre blank geputzten Schuhe und eleganten Mäntel mit großen, weißen Spitzenkrägen. In Barinitas trug niemand derartige Kleidung. Er hörte, dass diese Männer zumeist Kaufleute aus dem fernen Spanien waren, die im ganzen Land herumreisten, um Geschäfte zu machen. Damals war er mit seinen Freunden in den Stall zu den Pferden geschlichen, während die Fremden im Wirtshaus aßen. Sie streichelten ihr glattes, seidiges Fell, das sich anders anfühlte als die Pferde im Dorf. Diese waren struppig, denn sie zogen den Pflug auf den Feldern und transportierten schwere Dinge. Deren Pferde hatten ihn beeindruckt. So wurde seine Stute seine Leidenschaft und ihr Fell erinnerte ihn an das der Pferde der durchreisenden Spanier, die er damals noch für Edelmänner hielt. Doch seine Meinung über die Spanier hatte sich in den Folgejahren grundlegend geändert.

Plötzlich fiel ein Schatten auf ihn und riss ihn aus seinen Erinnerungen. Er wandte den Kopf und sah ein paar bestickte Reitstiefel neben sich.

»Na, Juan«, sagte der Mann, der zu ihm getreten war. »Du willst dich also doch malträtieren lassen, statt vernünftig zu sein.«

Juan richtete sich auf und musterte den Neuankömmling. Héctor Diego sah aus, als sei er dem spanischen Hofe entsprungen. Seine hünenhafte, muskelbepackte Gestalt steckte in einem schwarzen Anzug. Ein silbernes Kreuz baumelte über der schrankbreiten Brust und unter seinem Hut fiel schwarzes, seidig schimmerndes Haar über Schultern und Rücken. Er blickte in das spöttisch grinsende und von der Sonne gebräunte Gesicht und lächelte dünn zurück.

»Hast du deine menschliche Seite entdeckt und willst mir alles Gute für die Reise wünschen?«

Héctor grinste noch breiter und spuckte in den Staub der Straße.

»Ich muss mit dir sprechen, Juan.«

»Ach ja? Was kann ich für dich tun?«

Juan schulterte seine Tasche, setzte sich langsam in Bewegung und zwang Héctor, ihm zu folgen.

»Du weißt genau, was du für mich tun kannst.«

»Dieselbe alte Leier? Was soll das? Ich liebe Andrea!«

Er wusste, dass ein solches Gespräch irgendwann kommen musste. Aber er hatte damit gerechnet, dass ihn der Alte persönlich ansprach und nicht seinen verkommenen Sohn vorschicken würde. Er war einer der zuverlässigsten Pächter des alten Diego und so ließ man ihm mehr Spielraum, als anderen. Doch die politischen Diskussionen gingen in letzter Zeit immer mehr auf Konfrontation zu, als um reine Standpunktklärung. Für die Gutsherren war es unabdingbar, dass ihre Pächter der spanischen Krone ihre Treue schworen. Alle Versuche ihn umzustimmen waren gescheitert. Die zarte Bande, welche ihn mit Héctors Schwester verband, wäre sicher für den alten Diego kein Problem, wenn er sich hätte anpassen können. Dass jetzt Andrea als Druckmittel ins Spiel gebracht wurde, machte Juan geradezu wütend.

»Komm schon, Juan. Weder mein Vater noch ich möchten, dass Andrea von einem Verräter der spanischen Krone unglücklich gemacht wird. Noch hast du die Chance, dich für uns zu entscheiden.«

»Eine Chance? Das ist lächerlich, Héctor. Du meinst eine Chance, mich gegen die Freiheit zu entscheiden?«

»Schließ dich den Truppen der Krone an, dann ist Andrea kein Thema mehr«, sagte Héctor. »Die Leute hören auf dich. Wenn du dich gegen Simón Bolívar aussprichst, könntest du das halbe Dorf schützen.«

Juan blinzelte entnervt mit seinem rechten Auge.

»Vor wem schützen? Vor den spanischen Horden?«

»Jemand wie du könnte uns nützen.«

Juan drehte sich um und sah Héctor herausfordernd in die Augen.

»Ganz recht. Euch könnte ich nützen. Ich will aber niemandem nützen, außer denen, die es nötig haben.«

»Da!«, Héctor zeigte mit ausgestrecktem Arm auf eine Gruppe Männer auf der anderen Straßenseite, die sich wie Juan entschieden hatten, gegen die Spanier zu kämpfen, »Die haben es nötig! Ich könnte kotzen, wenn ich das hier sehe. In trauter Eintracht mit den Verrätern!«

»Kein Wort mehr Héctor! Die Verräter sind woanders zu finden. Ich frage mich außerdem gerade, ob es dir vollkommen gleichgültig ist, dass die Menschen unter der spanischen Herrschaft zu leiden haben?«

Juan drehte ihm den Rücken zu und ging ein Stück weiter. Verblüfft folgte ihm Héctor mit großen Schritten, während Juan weiter sprach. »Was ist denn mit der von deinen spanischen Freunden versprochenen Freiheit und der Zuteilung von Land für kleine Bauern und Sklaven?«

»Die spanische Krone hat immer die Menschen in Großkolumbien zusammenhalten wollen. Aber die undankbaren Sklaven ...«

»Undankbar? Erspare es mir.«

»Durch ihre Faulheit behindern sie einen erfolgreichen Außenhandel mit Europa. Du übersiehst, dass euer vorgebliches Elend von der Unfähigkeit und Unwilligkeit der rebellierenden Dummköpfe kommt!«

»Ich sehe nur, dass du zu den größten Ignoranten gehörst, die mir je begegnet sind. Es sind die Fehlleistungen Spaniens, die Ungerechtigkeit und die Raffgier der Spanier, die uns alle in diese Situation gebracht haben.« Juan machte eine Pause, bevor er fortfuhr. »Soll ich dir sagen, was dein Problem ist, Héctor? Genau genommen hast du sogar zwei. Erstens, du hängst dir das Mäntelchen des Menschenfreundes um, genauso wie deine spanischen Freunde. Aber in Wirklichkeit führt ihr einen schmutzigen Krieg gegen die Freiheit der eigenen Leute, die ihre Angelegenheiten selber in die Hand nehmen wollen. Dein zweites Problem ist, dass du gar kein Spanier bist.«

Héctor Diego erbleichte. Juan wusste, dass sein Gegenüber über erstaunliche Kräfte verfügte und Schlägereien nie aus dem Weg ging. Er fragte sich, wie weit er ihn würde reizen können. Ein Schlag von Diego war geeignet, jede Auseinandersetzung nachhaltig zu beenden.

»Warum erzählst du solche Scheiße, Juan? Ich bin Kreole, wie du.«

»Ach? Dann wissen deine spanischen Freunde, dass deine Mutter eine Halbindianerin war?«, fragte Juan und wandte sich zu Diego um, der ihn wütend anstarrte. »Nein, nicht mal das. Du bist in etwa so spanisch wie ein französischer Fischer. Du glaubst, mit deinem Königsgetue ein paar Leuten ans Bein pissen zu können. Lass mich damit in Ruhe.«

Juan sah, dass Héctor mit seiner Selbstbeherrschung kämpfte.

»Ist dir nicht klar, dass mein Vater bezüglich Andrea und dir eine Entscheidung zu treffen hat?«

»Ja, dein Vater. Aber nicht du. Also lass Andrea aus dem Spiel.«

»Du bist unser Pächter. Ich werde nicht zulassen, dass ihr Verräter alles zerstört, was unsere Väter mühsam in diesem Land aufgebaut haben.«

»Verschwinde, Héctor. Ich habe noch zu tun.«

Juan antwortete nicht mehr. Vielmehr starrten sie sich an. Die Spannung steigerte sich, als Héctor auflachte, seine Fäuste ballte und sich vor im aufbaute. Juan wich nicht einen Meter vor ihm zurück.

»Wir werden uns wieder sehen. Schneller als dir lieb ist, Conteguez!«

Er machte auf dem Absatz kehrt, stieg auf seinen Rappen und stürmte davon. Juan sah ihm nach und betrat sein Haus. Die Wasserflasche war mit frischem und kühlem Wasser aus dem Fluss befüllt. Er legte seine Tasche beiseite und nahm einen kräftigen Schluck, der ihm erfrischend die Kehle herunter lief. Er liebte Andrea und er dachte nicht im Traum daran, sie aufzugeben. Eines Tages würde ihr Vater begreifen, dass er im Unrecht war. Und doch wäre es möglich, dass Héctor seinen Vater Jorge solange bearbeitete und mit Unwahrheiten überhäufte, bis ihm keine Wahl blieb, als ihn von dem Land zu vertreiben. Juan entzündete die Kerzen, holte Papier aus der Lade und tauchte die Feder in die Tinte.

2

HAZIENDA DIEGO

Andrea lauschte an der halboffenen Tür, als sich ihr Bruder in das Arbeitszimmer setzte. Wartend zog sie ihre hohe Stirn in Falten. Ihr war bewusste, dass sie mit ihrem dunklen, schimmernden Haar, dem fein geformten Gesicht und den hohen Backenknochen mit einiges mehr als nur gutaussehend war und sie wusste, dass ihr Hauptanziehungspunkt für Juan, wie auch für andere Männer, vor allem ihre strahlenden Augen und ihr lachender Mund waren. Eigentlich fühlte sie sich immer gut gelaunt, es sei denn, sie sah sich mit Ungerechtigkeit und anderen negativen Eigenschaften konfrontiert.

»Also gut«, sagte Jorge, der seinem Sohn Héctor gegenüber saß. »Um wen geht es?«

»Der größte Schuft ist dein Pächter Juan Conteguez. Er ist der Rädelsführer. Die anderen sind nur Mitläufer, die ihm nachplappern.«

Andrea verdrehte die Augen. Héctors Ansichten waren ihr nicht neu.

»Wir müssen solchen Auswüchsen entgegenwirken!«, sagte Jorge.

»Übe Druck auf ihn aus!«

»Ich habe ihm gedroht, dass ich dafür sorgen werde, dass er Andrea nicht mehr wiedersieht, wenn er sich den Verrätern anschließt.«

»Und wie hat er darauf reagiert?«

»Juan faselt von Liebe und will sich nicht von mir daran hindern lassen, Andrea auch weiterhin zu sehen. Ich glaube, du musst ein Machtwort mit meiner Schwester sprechen.«

»Noch nicht. Du wirst ihm zuerst eine Lektion erteilen.«

Héctor gab vor, den Vorschlag zu erwägen, als hätte er nicht längst schon darüber nachgedacht. »Ich könnte der königlichen Armee einen Hinweis auf dieses Rebellennest geben.«

»Nein! Dann zertrampeln mir die Horden das Land. Wir haben durch den Krieg kaum noch Arbeiter, und neue Sklaven bekomme ich auch nicht. Du sollst verhindern, dass die Leute Juan folgen aber nicht dafür sorgen, dass sie aus Trotz in den Krieg ziehen.«

»Ich werde es in die Hand nehmen und lasse mir etwas einfallen.«

Jorge räusperte sich. »Mache das. Aber übertreibe es nicht!«

Andrea hatte gehört, was sie schon vorher ahnte. Sie musste Juan warnen und entfernte sich leise von der Tür. Durch die Küche kam sie auf den Hof und zum Stall. Die Pferde schnaubten zur Begrüßung und sie flüsterte leise mit ihnen, damit sie ruhig blieben. Sie sattelte ihr Pferd und führte es unbemerkt über den Hinterhof. Erst als sie das Zuckerrohrfeld erreichte, stieg sie auf und trieb es an. Es dämmerte bereits und sie bemerkte die dicken Regenwolken am Horizont. In dieser Jahreszeit gab es in den Anden fast täglich einen Schauer. Als die ersten dicken Tropfen auf ihren Kopf fielen befürchtete Andrea, dass sie vollkommen durchnässt bei Juan ankommen würde und schnürte ihren Umhang zu, aber sie war bereits von Kopf bis Fuß tropfnass, als sie den Waldrand erreichte.

Was hatte Héctor nur vor? Würde er Juan aus der Kate jagen?, dachte sie. Dann wäre Jorge aufgebracht, weil er auf ihn als

Pächter nicht verzichten konnte. *Also würde er etwas anderes planen.* Ihr Bruder war mitunter überaus brutal, aber eine Prügelei würde nichts an Juans Entschlossenheit ändern. Das musste auch Héctor wissen. Andrea war auch nicht gerade von Juans Plänen begeistert. Aber auch wenn sie traurig darüber war, teilte und verstand sie seine Beweggründe. Als sie an eine abschüssige Stelle des schmalen Pfades kam, sah sie, dass sich der Weg durch den starken Regen in einen reißenden Bach verwandelt hatte. Sie wollte stehen bleiben, aber es war schon zu spät. Ihr Pferd versuchte das Gleichgewicht zu halten, doch es kam so ins Rutschen, dass sie sich mit ihm überschlug. Schnell hechtete sie zur Seite, um nicht zerquetscht zu werden. Sie stolperte und stürzte den Abhang herab. Äste schlugen ihr schmerzhaft ins Gesicht. Das Pferd wieherte und rutschte ungebremst durch das Unterholz. Andreas Sicht war durch den Matsch und Blätter, welche auf ihrem Gesicht klebten, stark eingeschränkt. Zu spät bemerkte sie den großen Felsbrocken, auf den sie mit unverminderter Geschwindigkeit zuraste. Sie schlug mit ihren Füßen zuerst auf, drehte sich durch den Aufprall und schleuderte mit der Schulter gegen den Fels. Es dauerte einige Sekunden, bis der stechende Schmerz ihr Gehirn erreichte und sie in eine Ohnmacht fiel. Als sie nach einiger Zeit ihr Bewusstsein wieder erlangte, wusste sie nicht wie lange sie schon dagelegen hatte. Andrea versuchte sich aufzurichten, aber sie fiel gleich wieder hin, da die Schmerzen so stark waren, dass sie nicht aufstehen konnte. Sie rief nach ihrem Pferd, doch es war nichts von ihm zu hören oder zu sehen. Sie dachte, dass es entweder weiter unten ebenso verletzt lag, oder es in Panik durchgegangen war. Mit schwacher Stimme rief sie noch ein paar Mal ohne Erfolg. Der Regen nahm noch an Heftigkeit zu und dicke Tropfen schlugen auf den durchweichten Waldboden. Sie untersuchte ihren Fuß, doch da war vor lauter Dreck nichts zu erkennen. Bei dem Versuch, ihren Schuh auszuziehen, reagierte ihr Fuß schon auf die erste Berührung mit einem heftigen Schmerz und sie stöhnte auf. Es hatte ohnehin keinen Zweck. Womit hätte sie ihn auch verbinden sollen? *Du musst dich zusammenreißen*, ging es Andrea durch den Kopf und biss die Zähne zusammen. Trotz beginnenden Dunkelheit entdeckte sie weiter oberhalb eine Senke im Boden, über der ein umgestürzter Baum lag. Dort hätte sie einen vorübergehenden Schutz für diese Nacht. Andrea griff nach einem Ast über ihr und zog sich einen halben Meter den Abhang hoch. Als der Schmerz unerträglich wurde, ließ sie sich wieder fallen. *Reiß' dich endlich zusammen!*, ermahnte sie sich und versuchte es ein weiteres Mal. Mit zusammengebissenen Zähnen zog sie sich einen Meter höher, griff nach dem nächsten Ast und schleppte sich weiter. Vor Anstrengung und Schmerz stand ihr der Schweiß auf der Stirn. Die Senke war noch etwa sechs Meter entfernt, doch der nächste kräftige Ast war zu weit entfernt, als dass sie ihn hätte erreichen können. Sie musste zwei Meter herankriechen, um ihn fassen zu können. Langsam robbte sie unter größter Kraftanstrengung dem Ast entgegen. Als sie ihn erreichte, zog sie sich schließlich bis zu der Senke, in der sie erschöpft zusammensank. Andrea legte sich in ihr Bett aus feuchtem Laub und ihr wirde schwarz den Augen. Sie hätte nicht sagen können wie lange sie geschlafen hatte, als sie von einem Geraschel geweckt wurde. Ihre Augen hatten sich zwar an die Dunkelheit gewöhnt, aber mehr als ein paar Schritt weit konnte sie nicht sehen. Äste brachen und es hörte sich für sie an, als ob sich jemand durch das Blattwerk bewegt.

»Hallo!«, rief sie in der Hoffnung, dass Hilfe kam. »Ich bin hier!«

Keine Antwort. *Wahrscheinlich habe ich mich getäuscht*, dachte sie und ärgerte sich, wie unvorsichtig sie doch gewesen war obwohl sie eine gute Reiterin war und die Umgebung gut kannte. Sie hätte wissen müssen, dass bei diesem Wetter der Weg rutschig sein würde. Wieder ernahm sie ein Knacken im Unterholz. Diesmal war es deutlich näher. Als Andrea das tiefe Knurren vernahm, roch sie den strengen Geruch der Katze uns sah die leuchtenden Augen. Instinktiv rutschte sie in die hinterste Ecke der Senke.

3

BARINITAS

Dicke Regentropfen hämmerten auf den Tisch vor dem Haus, als würden ein paar Dutzend Trommler ihr Bestes geben, die Nachbarschaft wach zu halten.

Juan war gerade dabei, Koriander für seinen Eintopf zu hacken, als es an der Tür klopfte. Pater Valega stand mit einem Krug vor ihm, den er vor seinen kugelrunden Bauch hielt.

»Guten Tag, Vater. Kommen Sie doch rein!«, forderte ihn Juan auf.

»Grüß dich, Juan. Ich hatte keine Lust den Wein alleine in meiner Kirche zu trinken«, begrüßte ihn Valega lächelnd.

»Der Rebensaft scheint aber auf dem Weg hierher so dünn, wie Ihr Haarkranz geworden zu sein, Pater«, scherzte Juan.

Valega wischte sich das Wasser aus dem Gesicht.

»Ach Juan, wo denkst du hin. Ich habe ihn mit meinem Umhang vor dem Regen geschützt.«

»Darf ich Ihnen etwas zu essen anbieten?«

»Gerne, mein Sohn.«

Juan mochte es überhaupt nicht, wenn er mit *mein Sohn* angesprochen wurde. Aber er hätte Valega deshalb niemals kritisiert. Er reichte dem Geistlichen eine dampfende Schüssel und etwas Brot. Unauffällig, aber sorgfältig musterte Juan sein Gegenüber. Sicher hatte auch Valega von seinem Vorhaben gehört. Immerhin war Simón Bolívar seit Wochen Gesprächsstoff im Ort. Er hoffte, dass Valega nicht gekommen war, um ihn umzustimmen.

»Sie sind willkommen, was immer der Grund für Ihren Besuch sein mag«, sagte Juan neugierig und stellte zwei Becher auf den Tisch.

»Wirst du bald aufbrechen, um dich Bolívars Truppen anzuschließen?«, fragte ihn Valega direkt, während er die Becher füllte.

»Nicht nur ich. Mir werden über zwanzig Männer aus Barinitas folgen. Alles rechtschaffene Leute, denen etwas daran liegt, die Verhältnisse in Venezuela zum Besseren zu verändern, Vater.«

»Nichts anderes würde ich dir zutrauen, aber trotzdem mache ich mir Sorgen um dich und die Männer. Viele von ihnen werden nicht zurückkommen. Sie werden Frauen und Kinder hinterlassen, die nicht alle selbst für sich sorgen können.«

Juan wusste, dass seine Besorgnis nicht unberechtigt war. »Die Gemeinschaft wird sich ihrer annehmen«, sagte er.

»Ich hoffe, da denkst du nicht nur an mich. Schmeckt dir der Wein? Der Tropfen ist alt. Ein Messwein, der so recht für große Kirchenfeste geeignet ist. Ein kleiner Schluck zuvor, ein zweiter während der Wandlung und die Liturgie wird zur Offenbarung«, sagte Valega lächelnd.

»Viele werden sich um die Witwen und Weisen kümmern. So, war es doch immer. Die Menschen halten zusammen. Und ich verspreche, dass ich mein Bestes geben werde, dass den Männern nichts passiert.«

»Dann lass uns darauf trinken, dass alle gesund heimkehren«, antwortete Valega und hob sein Glas. »Es ist nicht so, dass ich dich nicht verstehe. Mir wäre es auch lieber, wenn die Spanier unser Land so schnell wie möglich verlassen würden«, sagte Valega und wischte sich geschlabberte Suppe von seinem Gewand.

»Aber so richtig begeistert sind Sie von meinem Vorhaben nicht!«

»Du müsstest wissen, dass ich als Geistlicher gegen jede Form von Gewalt bin. Auch die Spanier sind Kinder Gottes.«

»Vater, das ist kein Grund uns weiterhin von ihnen tyrannisieren zu lassen! Die Spanier haben Venezuela und seine Menschen lange genug ausgebeutet und gepeinigt, meinen Sie nicht auch?«

»Ich glaube, dass sie ohnehin bald verschwinden werden. Spanien kann sich auf Dauer seine Kolonien nicht mehr leisten und das El Dorado haben sie hier auch nicht gefunden.«

»So lange können wir nicht warten. Je mehr Probleme Spanien hat, umso mehr wird es die amerikanischen Länder ausquetschen. Es ist in den letzten Jahren nicht besser, sondern nur schlimmer geworden.«

»Ich gebe dir ja Recht. Die Dinge stehen alles andere als gut.«

»Morgen reise ich nach Palmarita am Apure und werde den Truppen mitteilen, dass ich mich mit meinen Männern anschließen möchte.«

»Warum reist du nicht einfach zu dem Marqués de Boconó. Seine Residenz ist in Barinas. Das ist doch viel näher.«

»Paez ist derzeit nicht in Barinas«, sagte Juan. »Unsere Männer sind bereit zu kämpfen. Nur Héctor Diego gefällt das nicht.«

»Hm. Wir wissen beide, dass seine Familie den Spaniern nahe steht.«

»Andrea aber nicht!«

Valega wusste von den beiden. Ihre Verliebtheit war kaum jemandem im Ort verborgen geblieben. »Verzeihe mir, dass ich neugierig bin. Was sagt der alte Jorge denn zu euch?«, fragte Valega.

»Er wird davon wissen, machte aber bisher keine Anstalten, das zu unterbinden. Doch Héctor war heute bei mir und hat mir massiv gedroht«, sagte er. »Wenn ich mit den Republikanern in den Krieg gegen Spanien ziehe, dann will er unterbinden, dass ich seine Schwester wiedersehe, und das macht mir Sorgen.«

»Héctor ist nicht der feinfühlige Musterknabe, aus der Klosterschule. Aber noch hat Jorge das Sagen und nicht er.«

»Er wird den Grundbesitz aber in nicht allzu langer Zeit erben und dann haben wir alle mit diesem Hitzkopf zu tun, Pater.«

»Bis dahin ist noch Zeit, mein Sohn. Wer weiß, welche Änderungen in nächster Zeit auf uns zukommen.«

»Vater, ich liebe Andrea und möchte sie nach dem Krieg so schnell wie möglich heiraten. Mit oder ohne Jorges Zustimmung.«

»Bis sie mit 21 Jahren mündig ist, geht es nur mit Jorges Zustimmung.«

»Das dauert aber noch zwei Jahre. Würden Sie uns trauen?«

»Nichts lieber als das. Doch es verstößt gegen das Gesetz und ist unmöglich. Du wirst dich also gedulden müssen«, sagte er und leerte den Becher. »Morgen reise ich nach Merida. Bei dem Bischof habe ich eine Audienz und werde um Hilfe für ein neues Kirchendach bitten.«

»Könnten Sie Andrea diesen Brief von mir übergeben? Auf dem Weg kommen Sie doch an der Hazienda vorbei«, sagte Juan und zog das Kuvert aus der Tasche.

»Ich werde ihr den Umschlag unauffällig übergeben«, versprach er.

»Ich danke Ihnen, Vater.«

»Es würde mir genügen, wenn ich dich mal wieder in der Kirche sehe, mein Sohn!«, antwortete Valega.

»Wenn ich von Palmarita zurück bin, werde ich das machen.«

»Wir haben morgen weite Wege vor uns. Der Regen hat nachgelassen. Ich kann es wagen, ins Freie zu treten.«

Juan verabschiedete Valega und dachte noch eine Zeit über ihr Gespräch nach. *Valega ist ein entschlossener Mann, der seinen*

Standpunkt vertreten kann, dachte er und legte sich schlafen. Kaum hatte er die Augen geschlossen, klopfte es erneut. Vollkommen atemlos stand Carlos vor ihm.

4

WALD NAHE DER HAZIENDA DIEGO

Unter dem hohen Baldachin der Bäume war der Boden dunkel. Kein Luftzug strich durch die riesigen Farne und blühenden Schlingpflanzen. Nach dem Regen war die Luftfeuchtigkeit so hoch, dass die Kleidung an ihrem Körper klebte. Andrea wischte sich mit dem Ärmel den Schweiß von der Stirn und Wasser aus den Augen. Sie streckte sich und riss mit einem lauten Knacken einen armdicken Ast von dem Baum über sich ab. Der Jaguar blieb ein paar Meter vor ihr stehen und fauchte sie an. Normalerweise hätte sie vor Angst laut geschrieen. Aber trotz ihrer Furcht blieb sie äußerlich ruhig. Sie wusste, dass Raubtiere die Angst ihrer Beute spüren.

»Du wirst mich nicht fressen, Mistvieh!«, brüllte sie so laut es ging und schlug mit dem Ast wild um sich. Der Jaguar wich irritiert zur Seite, ließ sie aber nicht aus den Augen. Andrea brüllte ihn erneut an. Diesmal wich die Katze nicht zurück, sondern schlich sich seitlich näher. Ängstlich rückte sie in die hinterste Ecke der Kuhle. Jetzt konnte sie nicht fliehen und die Raubkatze schien das zu wissen. Der Jaguar kam näher obwohl sie warnend mit dem Ast vor sich herum fuchtelte. Plötzlich preschte die Katze mit einem Satz vor und stürzte sich auf sie. Andrea spürte keine Schmerzen, als er ihr mit seinen Krallen den Oberschenkel aufschlitzte. Er wollte an ihre Kehle und hatte sein Maul, bereit zum tödlichen Biss, weit aufgerissen. Sie sah in seine entschlossenen Augen und die scharfen Zähne direkt vor sich und der scharfe Geruch aus seinem Maul raubte ihr fast den Atem. Mit dem Ast in ihrer Hand konnte sie nicht mehr ausholen. Kurz bevor sie seine Zähne an ihrem Hals hätte spüren können, stieß sie das Holz mit letzter Kraft in eines seiner Augen. Das Tier heulte auf und raste davon. Es dauerte eine Weile, bis Andrea begriffen hatte, dass der Jaguar nicht zurückkommen würde. Erleichtert ließ sie den Ast fallen und betrachtete die blutende Wunde an ihrem Bein, die heftig zu schmerzen begonnen hatte. Die Qual, die von ihrem gebrochenen Fuß ausging, nahm sie schon gar nicht mehr wahr. Als sie sah, dass die Blutlache im Laub immer größer wurde, riss sie sich den linken Ärmel ab und rollte ihn zusammen. Mit zusammengebissenen Zähnen wickelte sie stöhnend den Stoff um ihren Oberschenkel, zog die Enden fest zusammen und verknotete sie.

5

BARINITAS

Juan stürmte aus dem Haus und rannte mit Carlos durch die engen Gassen. Als sie die Hauptstrasse erreichten, waren die brennenden Häuser am südlichen Ortsende nicht zu übersehen. Aus den Rauchschwaden krochen und humpelten Menschen. Manche blieben auf der Straße liegen, andere schleppten sich ein paar Meter weiter, um dann zu Boden zu fallen. Er vernahm Kinderschreie und Hilferufe von allen Seiten. Aus den Augenwinkeln nahm Juan eine Bewegung hinter den Häusern wahr. Und da sah er sie! Etwa zwanzig Reiter machten sich eilig in die Ausläufer der Anden davon. Stechender Qualm ließ seine Augen tränen und er musste husten. Carlos half gerade einer Frau auf die Beine und schleppte sie aus dem Rauch heraus. Als sie Juan sah, funkelte sie ihn böse an.

»Das ist Ihre Schuld! Sie sind nur deshalb gekommen, weil Ihr unbedingt mit diesem Bolívar an-bändeln wollt!«, schrie sie.

»Du redest dummes Zeug, Weib«, entgegnete Juan. »Die Spanier überfallen seit Monaten Barinas. Es war nur eine Frage der Zeit, bis sie auch Barinitas angreifen würden.«

»Lass sie!«, sagte Carlos.

Andere kamen hinzu und halfen die Verletzten zu bergen und die Toten an den Straßenrand zu tragen. Juan säuberte gerade das blutende Gesicht eines Jungen, als er eine Hand auf seiner Schulter spürte. Er sah auf und blickte in die Augen Valegas, als plötzlich ein fürchterlicher Schrei aus einem Haus ertönte. Juan entdeckte eine Frau mit ihrem Kind in dem oberen Fenster eines brennenden Hauses. Carlos rannte los und er konnte ihn nicht mehr aufhalten.

»Das Haus stürzt gleich ein. Du kannst sie nicht mehr retten!«, schrie er ihm hinterher.

Doch er schien ihn nicht gehört zu haben oder wollte ihn nicht hören. Carlos hielt sich seine Jacke schützend vor das Gesicht und verschwand hinter den Rauchschwaden. Juan versuchte näher heranzukommen, doch die Hitze war unerträglich und die Gefahr zu groß. Von der Frau war nichts mehr zu sehen, aber von Carlos auch nicht. Mit lautem Krachen fielen große Stücke des Daches ein und Sekundenbruchteile später brach das ganze Haus in sich zusammen. Eine Wolke aus Staub, Splittern und Rauch füllte die umgebende Luft.

»Oh Herr, sei den armen Seelen gnädig«, sprach Valega und bekreuzigte sich. »Ich dachte immer, dass sie es nur auf die größeren Städte abgesehen haben. Aber jetzt greifen sie schon kleinere Orte an.«

»Das haben sie schon immer gemacht. Genauso wie sie auch schon immer vergewaltigt, gefoltert und gemordet haben!«, sagte Juan. »Wir müssen uns auf den nächsten Angriff vorbereiten!«

»Warum sollten sie Barinitas nochmals angreifen?«

»Sie werden erfahren haben, dass sich Männer aus Barinitas den Befreiungstruppen anschließen wollen.«

»Wie sollen wir uns gegen ihre Übermacht verteidigen?«

»Mir wird eine Strategie einfallen. Danach setzen wir uns zusammen und besprechen alles im Gemeindehaus«, antwortete Juan.

Bis in die späten Nachtstunden schritten sie durch die Trümmer. Als sich der Rauch legte, lag noch immer Brandgeruch in der Luft.

»Ich werde den Bischof nicht um Geld für eine neues Kirchendach, sondern um Hilfe für die Geschädigten bitten«, sagte Valega während Juan einen verletzten Mann auf eine Karre hob.

Juan überblickte entsetzt die Straße. Menschen trauerten um die Verstorbenen. Es bot sich ihm ein Bild des Grauens. Brennende Häuser, verletzte und tote Menschen, weinende Kinder du Frauen, wohin er auch sah. Auch in der Kirche sah es schrecklich aus. Vor dem Altar lagen unzählige Opfer des Anschlags auf dem Holzboden verteilt. Den Frauen, welche sich um die Verletzten kümmerten, sah er ihre Erschöpfung an. Juans Muskeln schmerzten von den Anstrengungen und Pater Valega sah aus, als hätte er sich in Schlamm und Asche gewälzt. Ein Fremder würde ihn in diesem Zustand kaum als einen Mann Gottes erkennen. Verzweifelt sah sich Valega in seiner Kirche um. »Sie werden sehen, dass morgen schon alles anders aussieht«, versuchte Juan ihm Mut zu nmachen.

6

WALD NAHE DER HAZIENDA DIEGO

Andrea lag in der Mulde und war wieder bei Bewusstsein. Überall in ihrem Körper hämmerte der Schmerz und ihre Lippen waren vom Fieber, welches in der Nacht über sie gekommen war, aufgeplatzt. Sie hatte Durst, Hunger und fühlte sich hundeelend. Als die Sonne aufging lauschte sie den Geräuschen des Waldes. Sie hatte Angst, dass der Jaguar wiederkommen könnte. Doch außer dem Zwitschern der Vögel war nichts zu hören. Fast nichts. Bis auf das Geräusch, sich nähernder Hufe eines Pferdes. Andrea atmete durch und rief um Hilfe, doch aus ihrer Kehle kam nur ein heiseres Krächzen.

»Verdammter Mist!«, jammerte sie. »Jetzt kommt endlich jemand und ich kann mich nicht bemerkbar machen!«

Die Schmerzen ignorierend stemmte sie sich auf ihre Ellbogen und schob sich langsam aus der Mulde heraus. Der Reiter kam näher.

»Hilfe! Ich bin hier!«, rief sie mit letzter Kraft.

Jetzt sah sie den Reiter zwischen den Bäumen den schmalen Pfad hinauf kommen. Er war jetzt auf gleicher Höhe mit ihr und sie erkannte in ihm Pater Valega. Andrea rief nochmals, doch er verminderte nicht seine Geschwindigkeit. Dann war er an ihr vorbei und hatte sie nicht wahrgenommen. Resigniert ließ sie sich auf den Rücken fallen und weinte verzweifelt.

»Dieses elende Loch im Wald wird mein Grab!«, schrie sie aus voller Kehle. Ihre Stimme war wieder da. Wieso konnte sie eben nicht laut genug rufen, als es darauf ankam? Plötzlich hörte sie wieder die Hufe des Pferdes. Valega kam dem Anschein nach zurück. Andrea musste sich bemerkbar machen. »Pater Valega! Ich bin hier!«, rief sie und wedelte mit beiden Armen. Schließlich erblickte er sie, trabte heran und sprang von seinem Pferd.

»Señorita Diego, was ist geschehen? Ich habe Ihr Pferd tot aufgefunden.«

»Ich bin so froh, Sie zu sehen, Pater!«, schluchzte Andrea und fiel ihm weinend in die Arme.

»Können Sie allein aufstehen?«, fragte er.

Andrea schüttelte den Kopf. »Ich kann mich kaum rühren. Mein Fuß scheint gebrochen zu sein. Ich wurde von einem Jaguar angegriffen.«

»Ein Jaguar hat Sie angegriffen? Und das haben Sie überlebt?«

»Es ist ihm nicht gut bekommen. Wie Sie sehen, lebe ich noch, Vater!« Er hob Andrea auf das Pferd und schwang sich anschließend selber herauf. Valega reichte ihr die Wasserflasche und Andrea trank gierig in großen Schlucken.

»Mit diesen Verletzungen müssen Sie versorgt werden. Im Kloster von Santo Domingo gibt es die besten Ärzte der Anden.«

»Können wir vorher zu unserer Hazienda? Mein Vater macht sich gewiss Sorgen.«

»Das hat Zeit, Señorita Diego. Ihren Vater werde ich auf dem Rückweg informieren.«

»Vater Valega? Wissen Sie, wie es Juan Conteguez geht?«

»Es geht ihm gut und er hat mir einen Brief für Sie mitgegeben«, sagte er und reichte der jungen Frau das Kuvert. »Barinitas wurde letzte Nacht von den Spaniern angegriffen. Es gibt Tote und Verletzte.«

»Das war es also. So ein Miststück«, sagte sie mit schmerzverzerrtem Gesicht. Jeder Schritt des Pferdes ließ sie ihre Verletzungen spüren.

»Was meinen Sie? Ich verstehe nicht!«, hakte Valega nach.
»Ach nichts. Ich habe nur eine Vermutung.«
»Andrea, wir befürchten, dass sie noch mal angreifen werden. Also könnte Ihr Wissen wichtig für die Menschen in Barinitas sein.«
»Vater, Sie vermuten doch längst, dass mein Bruder damit zu tun hat.«
»Glauben Sie, dass er dazu fähig wäre, Kinder und Frauen zu töten?«
»Nein. Doch ich kann mir vorstellen, dass er etwas anderes geplant hatte, um sich an Juan zu rächen. Vielleicht ist ihm die Sache einfach aus den Fingern geglitten, Vater.«

Der Pfad zum Kloster war schmal und an vielen Stellen konnte ihn Andrea kaum erkennen. Zudem wurde er von Stunde zu Stunde steiler. Das Pferd ging sicher, aber nur langsam unter der Last von zwei Reitern. Immer wieder hielt Valega kurz an, um es verschnaufen zu lassen. Schließlich stieg er ab und führte es mit dem Strick weiter in die Berge.

Andrea begann zu fiebern. Als sie endlich am Kloster ankamen, hatte sie ihr Bewusstsein verloren. Valega hielt sich nur wenige Stunden im Kloster auf und war schon vor Sonnenaufgang wieder auf den Beinen. Der Bischof musste warten. Er bat einen Novizen, dem alten Jorge Diego von dem Verbleib seiner Tochter zu berichten.

7

BARINITAS

Sie kamen in den frühen Morgenstunden bevor der erste Hahn krähte und banden ihre Pferde außer Sichtweite an. Fast lautlos umkreisten sie Juans Hof und warteten auf den Befehl zuzuschlagen. Kaum hatten sie die ersten Hütten erreicht, ließ Héctor alle Vorsicht fallen und gab den Befehl zum Angriff. Blindlings stürmten sie Juans Hof, aber der schien wie ausgestorben. Nur ein zerstreutes Huhn und ein paar Katzen liefen zwischen den Hütten herum. Keine Menschenseele weit und breit, Grabesstille und kein Rauch über der Feuerstelle. In Windeseile durchsuchten die Royalisten jedes angrenzende Gebäude. Aus Frust legten sie Feuer, zer-trümmerten Krüge und Fässer, Möbel und alles, was sie fanden, ohne auf den geringsten Widerstand zu stoßen. Die Männer nahmen sich ein Haus nach dem anderen vor. Dabei machten sie sich nicht die Mühe an der Tür zu klopfen oder zu rufen. Vielmehr schlugen sie die Türen und Fenster ein und stürmten die Gebäude. Eins nach dem anderen war aber leer.

»Was ist mit der Kirche?«, fragte einer der Spanier.

Héctor sah ans Ende der Straße. Das Gotteshaus schien ruhig und verlassen. Er fragte sich, ob Juan vor Angst mit den anderen Haus und Hof verlassen hätte. Doch dazu war er zu stur. »Schauen wir doch mal nach«, antwortete er und ritt zur Kirche. Das Portal war wie erwartet verschlossen. Héctor rief einen Befehl und die Angreifer warfen sich gegen die massive, zweiflügelige Tür, die unter dem Ansturm erzitterte, aber nicht nachgab. Die Schreie der Angreifer schwollen an. Wieder und wieder rammten sie das Portal.

Währenddessen wurde im Innern der Kirche die Spannung mit jedem neuen Ansturm gegen die Tür unerträglicher. Zweiundzwanzig Männer hatten sich in den Seiten des Kirchenschiffs hinter Strohsäcken postiert, zusammen mit Frauen und Mädchen, deren Aufgabe es war die Büchsen nachzuladen. Juan hatte sich Mühe gegeben, es ihnen in der Kürze der Zeit beizubringen, aber zuviel durfte er nicht erwarten. Die meisten der Frauen hatten zuvor noch nie eine Muskete aus der Nähe gesehen. Jeder der Männer hätte diese Reihe von Handgriffen im Schlaf ausgeführt, hätte Pulver, Kugel und Dichtpfropfen in den Lauf gestopft und die Pfanne mit Zündkraut gefüllt, aber das hätte zuviel Zeit in Anspruch genommen. War ein Gewehr bereit, sollte es zum Schießen an einen der Männer übergeben werden, während unverzüglich das nächste nachgeladen wurde. Ruhig, mit den Fingern am Abzug, warteten die Verteidiger auf ein Zeichen Juans. Kühl betrachtete er den bebenden Querbalken und überlegte, wie lange er noch standhalten würde. Der Erfolg seines Plans hing davon ab, dass sie im richtigen Moment und perfekt aufeinander abgestimmt handelten.

»Die Spanier sind wohl zu erschöpft und haben sich zurückgezogen«, flüsterte ein junger Mann an Juans Seite, als es ruhig wurde.

»Das glaube ich kaum. Die hecken was aus. Seid bereit Leute!«

Juan hob seine Hand und im selben Moment entzündeten vier Männer pechgetränkte Lappen, die einen dicken und stinkenden Qualm machten. Zwei andere krochen über die erste Barrikade zur Tür und entfernten den schweren Querbalken aus der Führung. Durch die Geräusche in der Kirche angestachelt, rannten die Spanier erneut gegen die Tür. Diesmal gab sie auf der Stelle nach, und die ersten Eindringlinge fielen, einer über den anderen, hinein in die Kirche und gegen eine Barrikade aus Sandsäcken und scharfkantigen Steinen, die sie in dem Qualm nicht erkannten. Zweiundzwanzig Musketen feuerten gleichzeitig von beiden Seiten und mehrere Royalisten brachen schreiend zusammen. Juan legte Feuer an eine Lunte, und im Nu fraß sich die Flamme vor bis zu Beuteln mit einem Gemisch aus Pulver, Steinen und Metallsplittern, mit denen sie hinter der Tür bestückt waren. Die Detonation war erschütternd und schleuderte einen Hagel von Steinen und Splittern in die Menge der Angreifer. Die schwere Holztür riss aus den Angeln. Vom Lärm schon wie betäubt, wurden die Verteidiger von dem heißen Luftschwall ins Gesicht getroffen und warfen sich hinter die schützenden Sandsäcke. Juan erkannte, dass etliche der Royalisten wie Marionetten in einer lodernden Wolke übereinander stürzten und gab das Zeichen erneut zu feuern. Die Männer schossen mitten in das heillose Durcheinander der spanischen Angreifer. Dann flogen auch die ersten spanischen Kugeln durch das Kircheninnere. Einige der Eindringlinge lagen am Boden, aber andere feuerten hustend und mit vom Qualm tränenden Augen blindlings los und boten dabei den Kugeln der Verteidiger ein leichtes Ziel. Viermal konnten die Gewehre nachgeladen werden, bis es Héctor und einigen kühnen Royalisten gelang, die Barrikaden zu überklettern und ins Kirchenschiff vorzustoßen, wo sie Juans Leute schon erwarteten. In dem Tohuwabohu verlor er Héctor nicht aus den Augen. Kaum hatte er die Gegner abgeschüttelt, stürzte er sich mit dem Degen auf ihn. Mit aller Kraft ließ er die Klinge auf Héctor niedersausen, aber der Hieb ging ins Leere. Als hätte er die Gefahr gewittert, drehte sich der Hüne im selben Moment zur Seite und wich dem Schlag aus. Vom eigenen Schwung aus dem Gleichgewicht gebracht, taumelte Juan vornüber auf die Knie und sein Degen rutschte außer Reichweite.

»Das war es, du Bastard!«, schrie Héctor, hob sein Schwert und wollte Juan durchbohren. Doch in diesem Moment traf ihn ein Kolbenhieb am Hinterkopf. Er fiel um wie ein gefällter Baum und blieb reglos liegen.

»Vergebe mir Gott!«, rief Valega, der eine Muskete gepackt hielt.

Entgeistert starrte Juan, der sich bereits tot geglaubt hatte, auf die schwere Platzwunde an Héctors Hinterkopf und Valega krönte seinen Freudentaumel mit einem heftigen Tritt gegen die Rippen Héctors. Im Nu hatte sich unter den verbliebenen Angreifern herumgesprochen, dass ihr Geld-geber gefallen war und nach einer kurzen Diskussion darüber, ob sie ihren restlichen vereinbarten Lohn erhalten würden, begannen sie ihren Rückzug. Zunächst zögerlich, aber nach einer nächsten Salve der Verteidiger in wilder Flucht. Schweißgebadet und halb von dem brennenden Schwarzpulverdampf erstickt warteten die Männer und Frauen im Innern der Kirche, bis sich die Staubwolke gelegt hatte, dann traten sie ins Freie und atmeten die frische Luft. Das Stöhnen der Verwundeten ging unter im frenetischen Lärm einer Salve und in dem nicht enden wollenden Siegesschrei der Männer und Frauen. Alle strömten zu Juan und in ihrer Freude rangen sie ihn zu Boden. Er wusste, dass ihr Glücksgefühl, doch etwas ausrichten zu können, diejenigen Männer ermunterte, die bisher ihre Zweifel hatten und der Frevel dieser vorgeblich gottesfürchtigen Spanier eine Kirche zu stürmen, traf sie mit Entsetzen. Juan stand auf und ging zu Pater Valega, der gerade mit zwei Händen seine verschmutzte Soutane raffte und stand neben ihm, als er angesichts ihrer geringen Verluste ein Dankgebet zum Himmel sprach. Gleich darauf ernahm Juan ein zweites Gebet, in dem er um Vergebung bat, dass er das christ-liche Mitgefühl im Eifer des Gefechts derart aus dem Blick ver-loren hatte. Er sah sich um. Zwei Männer waren leicht verwundet, aber sie hatten eine Tote zu beklagen. Eines der Mädchen, das die

Gewehre geladen hatte, war gerade fünfzehn Jahre alt. Nun lag sie da und starrte mit einem erstaunten Ausdruck ihrer Augen zur Kirchendecke. Als Juan den leblosen Körper des Mädchens entdeckte, wurde er wütend.

»Seht ihr das? Seht ihr, was für Helden diese feigen Schweine sind? Sie vergreifen sich an Kindern, statt sich mit Männern zu messen!«, rief er.

Juan stand dort, wo Héctor zusammengebrochen war und drehte mit der Fußspitze den leblosen Körper um. Mit einer Hand packte er den langen Haarschopf und erstarrte mitten in der Bewegung, denn der Gefallene schlug die Augen auf und sah ihn mit einem unerwartet neugierigen Blick an.

»Heilige Mutter Gottes, er lebt!«, keuchte er.

Juan kniete sich hin, schob Héctor vorsichtig die Hand unter den Nacken und half ihm, sich aufzurichten. Ein leiser Schmerzenslaut kam aus seiner Kehle. Ohne darüber nachzudenken, hob er den Verwundeten hoch und schleppte ihn aus der Kirche.

»Er lebt, Pater!«, sagte er und legte den Verwundeten neben die anderen Verwundeten auf die Erde.

»Schlecht für ihn, denn hinrichten müssen wir ihn doch«, sagte einer der Männer.

»Nein. Wir töten ihn nicht. Ich habe es mir anders überlegt. Er ist der Bruder der Frau, die ich heiraten werde. Es ist egal, welch ein Schwein er ist. Ich lasse ihn dennoch am Leben.«

Juan würde nie erklären können, weshalb er der Aufforderung nicht folgte, sondern stattdessen Wasser vom Brunnen holte und mit einen Lappen das Blut aus seinem Gesicht wischte. Eine ältere Frau half ihm, das dichte Haar zu entwirren und die Platzwunde auszuwaschen, die bei jeder Berührung mit dem Wasser erneut zu bluten begann. Juan tastete den Kopf Héctors ab, aber die Knochen schienen heil zu sein.

»Ich hoffe, das war eine Lektion für dich und deine spanischen Freunde«, sagte Juan als Héctor seine Augen aufschlug.

»Warum hast du mich nicht getötet?«

»Weil du irgendwann mein Schwager wirst, ob dir das gefällt oder nicht.«

Héctor setzte ein unverschämtes Grinsen auf. »Wer sagt dir, dass du es nicht eines Tages bereuen wirst, mich am Leben gelassen zu haben? Und wer sagt dir, dass du meine Schwester heiratest?«

»Wenn die Spanier erst aus Venezuela vertrieben sind, wirst du sehen, wer die besseren Karten hat. Und jetzt halt die Klappe! Ich lasse dich nach Hause bringen. Sei froh, dass du noch am Leben bist und spar dir deine dummen Sprüche für die Royalisten auf.«

Juan wischte sich mit dem Ärmel seines verschmutzten Hemdes den Schweiß und Ruß aus den Augen. Er ging hinter die Kirche zu seinem Pferd, doch als er es losbinden wollte, spürte er eine Hand auf seiner Schulter und drehte sich herum. Valega stand bei ihm.

»Ich muss dir noch etwas berichten«, sagte er.

Juan hätte in diesem Moment nichts mehr erschüttern können. Er war erfüllt von Wut, Trauer und Ohnmacht ob der jüngsten Ereignisse.

»Ja, Vater?«

»Es geht um Andrea. Sie hatte einen Unfall mit ihrem Pferd.«

»Warum habt Ihr mir das nicht früher gesagt? Wo ist sie?«, fragte Juan entsetzt.

»Beruhige dich, mein Sohn. Es geht ihr gut. Ich habe sie im Wald gefunden. Sie war auf dem Weg zu dir, um dich vor Héctor und seinen Horden zu warnen. Andrea ist bei dem Unwetter von ihrem Pferd gestürzt und wurde von einem Jaguar angegriffen.«

»Oh mein Gott!«.

»Andrea hat nur leichte Verletzungen, aber sie ist noch

schwach. Ich habe sie ins Hospital des Klosters von Santo Domingo gebracht.«

»Ich reite sofort zu ihr, Vater!«, sagte Juan entschlossen und griff nach den Zügeln seines Pferdes.

»So warte doch. In deinem Zustand der Erschöpfung kommst du nicht weit. Es geht ihr gut und du kannst ihr jetzt ohnehin nicht helfen. Wenn du ausgeschlafen bist, kannst du morgen zu ihr.«

»Ihr habt wahrscheinlich Recht, Vater. Aber ich sollte mir mal anschauen, was von meinem Haus übrig geblieben ist.«

Juan ging durch den Ort. Er sah Menschen weinend vor den Trümmern ihrer Häuser stehen. Diesmal war fast kein Gebäude verschont geblieben. Kaum war er in seine Straße eingebogen, sah er die qualmenden Überreste seines eigenen Hauses. Er blieb vor Wut betäubt stehen und Tränen liefen ihm über das Gesicht. Dabei bemerkte er nicht die dunkele Person, die ihn belauerte. Am liebsten wäre er sofort los geritten, um bei Andrea zu sein. Aber Valega hatte Recht. Er brauchte Schlaf und der Weg zum Kloster war selbst tagsüber nicht leicht, aber nachts wäre es geradezu töricht dorthin zu reiten.

8

HAZIENDA DIEGO

Immer wieder brach ihm der Schweiß aus und ihm wurde schummerig vor den Augen, doch nach einem Tag sah Héctor wieder klar und seine Atmung wurde ruhiger. Der alte Jorge verabschiedete gerade den Arzt und schloss die Tür hinter ihm.

»Wie kann man nur so dämlich sein?«, herrschte ihn Jorge an.

»Ich verstehe deinen Ärger. Es ist nicht so gelaufen, wie ich wollte.«

»Nur um Juan ging es. Niemand hatte ein Wort davon gesagt, Barinitas anzugreifen!«

»Du musst etwas für mich tun, Vater.«

»Warum sollte ich?«, fragte Jorge erbost.

»Weil Carlos dafür gesorgt hat, dass Juan nicht in den Krieg ziehen kann.«

»Ach ja?«

»Der Zustand seines Hauses wird ihm die Reiselust für die nächsten Monate nehmen. Carlos fordert als Lohn Andrea. Ich hatte sie ihm bereits zugesagt.«

»Du hast was?«, fragte Jorge ungläubig und starrte Héctor an.

»Vater, wenn du Andrea mit Carlos verheiratest, hast du einen loyalen Schwiegersohn, von dem du nicht befürchten musst, dass er sich gegen uns oder Spanien wendet.«

»Nein, Héctor!«, sagte er entschieden.

»Willst du lieber, dass sich Andrea an diesen Verräter hält?«

»Sie würde das niemals hinnehmen. Du kennst deine Schwester.«

»Und wenn wir Juan dafür in Ruhe lassen? Du musst ihr klar machen, dass wenn sie sich weigert, Juan von seinem Land gejagt wird und die Spanier sich noch mehr mit ihm und Barinitas befassen werden.«

Jorge setzte sich auf den Rand des Bettes und legte die Stirn in Falten.

»Sie wird mich dafür hassen!«

»Irgendwann wird sie es dir danken, Vater.«

»Ich mag diesen Schritt nicht gehen, aber ich denke darüber nach.«

Es klopfte an der Tür und ein indianischer Sklave streckte vorsichtig seinen Kopf durch die Tür.

»Verzeihen Sie die Störung. Besuch für die Herrschaften!«

»Wer ist es?« fragte Jorge.

»Ein Novize aus dem Kloster, Herr. Er sagt, er habe eine wichtige Botschaft.«

»Lass ihn herein.«

Der Novize schwebte beinahe lautlos in den Raum. Er hatte einen aufrechten Gang und eine Ruhe verströmende Ausstrahlung. Trotzdem wirkte sein Gesicht verspannt, als er seine Nachricht überbrachte.

Der Geistliche kehrte nicht alleine in sein Kloster zurück. Jorge war an seiner Seite, mit einer Nachricht für seine Tochter, die er ihr nur ungern überbringen wollte. Nach dem frühen Tod seiner Frau und der Mutter seiner Kinder war Jorge so ziemlich alleine für die Erziehung der Kinder zuständig. Die Lehrer, die er zum Unterricht ins Haus holte, lehrten sie der Sprache, Geschichte, Musik und Mathematik, nicht aber der Dinge, die im Leben ebenso wichtig waren. Das war seine Aufgabe als Vater. Während er mit Héctor zum Jagen ging und ihn im Kampf mit dem Schwert und Feuerwaffen lehrte, brachte er Andrea die Kunst der großen Maler und Dichter nahe. Sie entwickelte früh ein eigenständiges Denken, das sich in ihren Handlungen wiederspiegelte. Sie verschlang Bücher, so wie sich Héctor über Gebratenes hermachte, und entwickelte einen tiefen Sinn für das Schöne. Die Nähe zu ihrem Vater beruhte auf ein tiefes Vertrauen. Sie spürte, wenn mit ihm etwas nicht stimmte und ließ nicht locker, bis sie erfuhr was ihn bewegte. Andrea half ihrem Vater oftmals weise Entscheidungen zu treffen und so konnte er ihr nur selten etwas abschlagen. Mit der Nachricht aber, die er ihr überbringen musste, setzte er das Vertrauensverhältnis zu seiner Tochter aufs Spiel. Jorge wusste, dass sie ihn dafür hassen würde. Aber diesmal hatte Héctor einfach Recht. Es gab keine vernünftige Alternative. Die Spanier waren die Hauptabnehmer seines Zuckerrohres und der Rinder. Ohne die Loyalität gegenüber dem Königshaus würde alles zusammenbrechen, was er im Laufe von Jahrzehnten aufgebaut hatte. Er konnte nicht einfach einem Pächter gestatten sich mit dem halben Dorf auf die Seite Bolívars zu schlagen.

Die Sonne war untergegangen, als Juan nur einen Tag nach Jorge an die Pforte des Klosters klopfte. Es dauerte eine Weile, bis ein Mönch die Klappe im Tor öffnete und ihn misstrauisch ansah.

»Was wollt Ihr, Fremder?«

»Meine Verlobte liegt in Eurem Hospital und ich will sie besuchen.«

»Da müsst Ihr morgen wiederkommen. Jetzt lassen wir niemanden mehr ein.«

»Habt Mitleid. Ich habe einen langen Weg hinter mir und bin müde. Mein Pferd braucht Hafer und ich etwas zu essen.«

»Könnt Ihr dafür zahlen?«, fragte ihn der Mönch mit verschlagenem Blick. »Zeigt mir erst Euer Geld!«, verlangte er.

Juan griff in seinen Lederbeutel und hielt ihm ein paar Münzen unter die Nase.

»Bringt Euer Pferd in den Stall. Ich hole inzwischen Brot und Wein«, sagte er und hielt ihm fordernd die Hand entgegen.

Juan gab ihm zwei Pesos und schritt zu dem Stall. Nachdem er sein Pferd versorgt und etwas gegessen hatte, wurde er ins Hospital geführt. Ihm wurde übel, als er den großen Raum betrat. Stickige, faulige Luft schlug ihm entgegen. Es roch nach Blut, Fäkalien und Erbrochenem. Der Mönch bedeutete, ihm zu folgen und schritt in eine hintere Ecke zu einer Türe und ließ ihn in den kleineren Raum eintreten. Hier und da waren ein paar Lampen an den Wänden. Bei der diffusen Beleuchtung brauchte Juan ein paar Minuten, um etwas erkennen zu können. Der Mönch blieb vor dem Bett stehen, in dem Andrea lag. Sie drehte langsam ihren Kopf, als sie merkte, dass jemand an ihrem Bett stand und öffnete ihre Augen, als sie ihn sah.

»Du bist hier!«, sagte sie erstaunt mit einem Lächeln.

Juan beugte sich zu ihr herunter und umarmte sie. Doch der Mönch räusperte sich verlegen.

»Was steht Ihr hier noch herum? Habt Ihr nichts zu tun?«, herrschte er den Mann in seiner Kutte an.

»Soweit ich weiß, seid Ihr nicht verheiratet und solche, äh, wie soll ich es sagen? Vertraulichkeiten, kann ich nicht dulden, mein Herr!«

»Redet keinen Unsinn. Wir sind längst verlobt und jetzt schert Euch zum Teufel. Und überhaupt. Was ist das hier für ein bestialischer Gestank? Wollt Ihr, dass die Kranken an dem Gestank zugrunde gehen und so die Betten schneller frei werden? Lüftet gefälligst die Räume!«

»Das Öffnen der Fenster ist strengstens untersagt.«

»So ein Unfug!«

Andrea zerrte an Juans Ärmel und wollte etwas sagen, doch er schüttelte nur den Kopf und wandte sich wieder an den Geistlichen.

»Ihr habt sicher einen Garten, wo meine Verlobte frische Luft bekommt und danach möchte ich mit dem Prior sprechen.«

»Ihr könnt Eure Verlobte gerne für ein paar Minuten in den Garten bringen, wenn Ihr versichert, dass Ihr Anstand bewahrt und sie anschließend zurück bringt. Aber den Prior könnt Ihr nicht sprechen.«

»Ich fürchte, dass ich mich nicht abweisen lassen werde!«

»Er ist nicht im Kloster.«

»Wer ist sein Stellvertreter?«

»Das bin ich«, erwiderter der Mönch.

»Dann sage ich Euch jetzt, dass ich meine Verlobte sofort aus dem Kloster holen und dem Bischof schreiben werde, wenn Ihr nicht sofort alle Fenster öffnet. Einen solchen Gestank vermutet man in einem Schweinestall und nicht in einem Kloster!«

Juan schob den Mönch beiseite und beugte sich wieder über das Bett. Vorsichtig legte er seine Arme unter ihren Körper und hob sie behutsam hoch. Andrea stöhnte kurz, doch sie lächelte, als sie in seine Augen sah und seine Nähe spürte. Juan beachtete den Mönch nicht weiter und trug sie durch die Räume und Gänge hinaus in den Klostergarten. Hier war es ruhig und die sternenklare Nacht in den Bergen sorgte für frische und saubere Luft. Andrea atmete tief durch, so als hätte sie seit Tagen die Luft angehalten.

»Juan!«, hauchte sie und schlang ihre Arme um ihn.

Er beugte sich zu ihr und küsste sie zärtlich.

»Du kannst mich herunterlassen. Es tut mir sicher gut, ein paar Schritte alleine zu gehen«, sagte sie und schmiegte sich an ihn.

»Den Mönch werde ich mir noch vorknöpfen!«, sagte er grimmig.

»Es hat mir gefallen, wie du dich durchsetzen konntest, Juan.«

Ihre Augen funkeln wie die Sterne am Himmel, dachte Juan und küsste sie. Dabei streichelte er sanft ihren Rücken und umfasste schließlich ihr wohlgeformtes Hinterteil und Andrea drückte sich enger an ihn.

»Komm!«, sagte er und führte sie langsam zu dem Pferdestall. Andreas Schmerzen waren fast verschwunden. Sie wollte ihn nur noch spüren und seine Wärme genießen. Durch ein hochgelegenes Fenster drang sanftes Licht in den Stall. Er führte sie geradewegs zu dem Strohlager, welches unsichtbar hinter den eigentlichen Stallungen lag und legte sie vorsichtig dort ab. Sie zog ihn zu sich heran und öffnete mit einer Hand die Schnüre seiner Beinkleider.

»Komm Liebster«, flüsterte sie und zog ihn zu sich herab.

Andrea zuckte unter seinem muskulösen Körper. Sie hatte es sich so sehr gewünscht, mit ihm Liebe zu machen, bevor er in diesen schrecklichen Krieg zog. Und es war ihr egal, dass sie nun nicht mehr als Jungfrau in die ihr aufgezwungene Ehe gehen würde, denn sie liebte Juan über alles, auch wenn sie ihn verloren hatte. Sie liebten sich, bis sie durch ein Geräusch gestört wurden. Der Mönch trug eine Lampe und rief nach ihnen. Juan war im Liebestaumel gar nicht bewusst, wie die Zeit vergangen war, seit er sie aus ihrem Bett getragen hatte und zog Andrea noch gerade rechtzeitig hinter einen Bretterverschlag, wo sie nicht gesehen werden konnten. Er hörte Schritte in der Nähe und die Laterne des Mönchs warf einen Lichtschein auf das Stroh neben ihnen. Doch sehen konnte er sie nicht. Andrea lächelte amüsiert und er grinste, als sie merkten dass er den Stall verließ.

»Ich muss dich in dein Bett zurückbringen, bevor der Mann das halbe Kloster alarmiert, um nach uns zu suchen«, sagte er.

»Am liebsten würde ich die ganze Nacht mit dir im Stroh verbringen.«

»Selbst wenn dies hier nicht ein Kloster voller Mönche wäre, ist es unmöglich. Ich muss morgen zurück nach Barinitas.«

Ihre Augen lächelten nur kurz, und Juan bemerkte, dass sie eine gewisse Traurigkeit zu überspielen versuchte.

»Pater Valega hatte mir berichtet, was geschehen ist. Du hast dich tapfer geschlagen, Liebste«, sagte er, um sie aufzumuntern.

»Wäre er nicht gekommen, wäre es mein Tod gewesen.«

Nachdem sie ihre Kleidung überprüft hatten, trug sie Juan aus dem Stall und lugte um die Ecken, um sicherzugehen, dass sie nicht bemerkt wurden. Der Garten des Klosters war jedoch menschenleer und so brachte er sie zurück in ihr Bett. Er küsste sie noch einmal, setzte sich an ihren Bettrand und hielt ihre Hand. Doch sie zog sie zurück.

»Was ist?«, fragte er irritiert.

»Juan, ich habe lange über uns nachgedacht und ich bin zu dem Schluss gekommen, dass es unter den Umständen besser ist, wenn wir uns nicht mehr sehen«, sagte sie, ohne ihm in die Augen zu blicken.

»Ich verstehe nicht«, war alles, was seine Lippen hervorbringen konnten.

»Du wirst in einen sinnlosen Krieg ziehen, und ich will nicht zu den Frauen gehören die erfahren, dass der Mann den sie lieben, gefallen ist. Juan, du hast dich dazu entschlossen. Das akzeptiere ich. Aber ich kann nicht mit der Angst leben, dich nie wieder zu sehen«, sagte sie.

»Ich glaube nicht, was ich da von dir höre. Anscheinend hast du mich nie geliebt. Sonst könntest du so etwas nicht sagen.«

»Ich habe dich immer geliebt, Juan.«

»Ich liebe dich und ich werde zurückkommen. Das verspreche ich dir!«

»Es geht nicht nur darum, Juan.«

»Um was denn sonst?«

»Ich weiß nicht, wie ich es sagen soll«, begann sie und

überlegte kurz. »Héctor und …«, weiter kam sie nicht, denn Juan fuhr ihr ins Wort.

»Héctor! Ich komme gerade aus Barinitas, Andrea. Der Ort wurde abermals überfallen. Dein Bruder war der Anführer. Er hatte keine Skrupel, die Kirche anzugreifen. Ein Kind wurde getötet und er hat die Menschen in Angst und Schrecken versetzt. Das halbe Dorf liegt in Schutt und Asche. Mein Haus ist zertrümmert und nicht mehr bewohnbar. Und in Angst um dich reite ich hierher, um von dir zu erfahren, dass du unsere Beziehung als erledigt betrachtest?«

»Sie haben Barinitas angegriffen?«

»Das haben sie. Meine Meinung über die Royalisten wurde einmal mehr bestätigt. Valega sei Dank, dass sie keine Gelegenheit hatten, sich auch noch an den Frauen zu vergreifen.«

»Héctor sagt, das seien nur Gerüchte«, antwortete Andrea.

»Héctor!« Juan stöhnte empört. »Er erzählt dir bestimmt nie etwas über die Frauen und Kinder. Wenn der letzte Mann gefallen ist, nehmen sich die Spanier die Kinder und Frauen der Besiegten vor.«

»Lebt mein Bruder?«

»Héctor lebt«, beruhigte er sie.

»Ist er verletzt?«

»Der Mistkerl wird es überleben. Hast du gewusst, dass er mich damit erpressen wollte, dich nie wieder sehen zu dürfen? Nimm ihn nicht in Schutz, Andrea! Das hat er nicht verdient«, brauste Juan auf. »Er verdankt nur mir, dass er noch am Leben ist. Ginge es nach den anderen, hinge er jetzt am Galgen.«

Andrea schossen Tränen in die Augen. Sie tat es doch nur, um ihn vor Héctor und ihrem Vater zu schützen. »Juan, du kannst es nicht verstehen. Mache es mir doch nicht so schwer. Bitte!«, flehte sie und umarmte und küsste ihn.

»Hat es dein Bruder geschafft, uns zu trennen Andrea?«

»Ich will es doch gar nicht Liebster. Aber es ist besser.«

Juan sah sie zornig an. Sie hatten sich gerade noch geliebt und nun wies sie ihn ab! Er konnte es nicht glauben. »Gut, ich gehe!«, antwortete er und löste sich aus ihrer Umarmung. Juan drehte sich auch nicht mehr um und so konnte Andrea nicht die Tränen in seinen Augen sehen, als er den Raum verließ.

9

ENDINGEN AM KAISERSTUHL

»Das Frühstück ist angerichtet mein Herr«, sagte Kathi freundlich, der eine blonde Haarsträhne unter der weißen Haube in die Stirn fiel. Sie war heimlich in den jungen Bauern mit dem Schnurrbart verliebt, auch wenn es allgemein bekannt war, dass Richard der 17jährigen Sabina den Hof machte.

»Dann setzt euch«, sagte der Bauer. »Katharina, wie weit bist du mit dem Spinnen?«

»Die Wolle geht zur Neige, aber ich will mit dem Spinnen heute fertig werden«, antwortete sie.

Richard lächelte die junge Magd an. »Sobald du das Geflügel und die Schweine versorgt hast, kannst du damit weitermachen.«

Der Jungbauer sah zu den beiden Knechten, die grimmig an dem Tisch saßen. »Alois du hilfst heute wieder Hartmut dabei, die brachliegenden Felder einzuebnen«.

»Bauer, es hat diese Nacht wieder gefroren und der Boden ist hart«, entgegnete Alois, der zum Ärger von Kathi mit seinen lehmverkrusteten Schuhen den Boden verschmutzt hatte.

»Du benimmst dich wie eine weibische alte Jungfrau! Nehmt die Hacken und macht was ich euch gesagt habe. Es sind noch vier von den Froschfressern zerstörte Felder, die bis zur nächsten Aussaat vorbereitet sein müssen!«

Die Knechte blickten sich an. Schließlich ergriff Hartmut das Wort.

»Wir werden tun was Sie sagen, mein Herr. Aber ich möchte feststellen, dass wir seit drei Monaten keinen Lohn bekommen haben.«

Richard schlug mit der Faust so fest auf den Tisch, dass das Geschirr klapperte und Kathi ängstlich zusammenzuckte.

»In diesen Zeiten könnt ihr froh sein, dass ihr ein Dach über dem Kopf habt und genug zu essen bekommt. Die Froschfresser haben unsere Felder zerstört und geplündert. Erinnert ihr euch an die Missernten vor zwei Jahren? An das Jahr ohne Sommer? Ja? Dann haltet die Klappe und seid froh, dass es euch besser geht als vielen anderen!«, schrie er sie mit seiner tiefen Stimme an. »Wenn die nächste Ernte gut ausfällt und verkauft ist, sollt ihr wieder Lohn bekommen. Und jetzt an die Arbeit mit euch Faulpelzen, sonst mache ich euch Beine!«

Auch wenn die Knechte schon lange an dem Hof arbeiteten, hieß das nicht, dass er nicht sofort Ersatz für sie finden würde. Und das wussten auch Alois und Hartmut. Richard blickte aus dem Fenster und sah, wie sie mit Schaufeln und Hacken den Hof verließen. Auch Kathi wollte aufstehen, aber Richard drückte ihre Hand.

»Setze dich wieder! Wir frühstücken erst in Ruhe zu Ende, Katharina. Aber die Knechte brauchen offenbar eine härtere Hand«, sagte er.

10

TAGUANES

Er schlief für gewöhnlich gut. Die massiven Mauern des Hauses hielten tagsüber die Hitze und nachts die Kälte und Feuchtigkeit ab. Doch Juan fand keinen Schlaf. Seine Beine schmerzten von dem langen Marsch und seine Füße waren von den engen Stiefeln geschwollen und wund. Sechs Tage hatten sie gebraucht, bis sie sich einer Truppe der Patrioten anschließen konnten und zwei weitere Wochen war ihre kleine Gruppe bis in die Nähe Taguanes unterwegs. Seine Stute musste Juan den Offizieren überlassen, da überall Mangel an Pferden war. Sie warteten noch immer auf Nachricht, dass General Páez mit seiner Division zu der Armee Bolívars aufschloss.

Ein plötzliches und unerwartetes „Kikeriki" ließ Juan erschrecken.

»Mistvieh!«, murmelte er und ging mit den Fingern durch sein zu lang gewordenes Haar, das er tagsüber mit einem Knoten bändigen musste.

Juan hatte ein in seiner Natürlichkeit perfektes Gesicht, das umso tiefgründiger wirkte, je länger man es betrachtete. Die Nacht war angenehm kühl, aber sein Körper hatte anscheinend die Hitze des Tages gespeichert und seine Kehle war trocken. Der Hahn krähte erneut.

»Halt deinen Schnabel. Es ist mitten in der Nacht, blödes Federvieh!«

Er griff nach der Wasserflasche neben seinem Bett und trank einen großen Schluck, als in einem der Nachbarhäuser ein Kind zu weinen anfing, gefolgt von einem deftigen Fluch.

»Deine Tage sind gezählt«, sagte Juan, als der Hahn wieder krähte. »Ach, was rede ich da? Deine Minuten!«

Der Tumult hatte seine Gedankengänge an Andrea endgültig unterbrochen und an Schlaf war nicht mehr zu denken. Er zog Hose und Hemd an und ging zur Treppe. Nach fünf Minuten wildem Gegacker war Ruhe in dem Hühnerstall.

Nach einem Frühstück mit Eiern, Hähnchen, Reis und Bohnen ging es nach tagelangen Warten endlich weiter und sie gelangten zu einem kleinen Berg nahe Valencia, vor dem sich eine weite Ebene erstreckte. Zwei Flüsschen durchschnitten den vor ihnen liegenden und dicht bewachsenen Berghang. Die frische Morgenluft und das Zwitschern der Vögel ließ das Ganze nicht wie einen Kriegszug erscheinen. Doch Juan ahnte, dass diese friedliche Ruhe trügerisch war. Die Offiziere stiegen von ihren Pferden, da die Vegetation vor ihnen immer dichter wurde. Raul Corón, ein magerer, aber drahtiger Soldat, kam zu ihm. Er hatte sich in den letzten zwei Monaten als zuverlässiger Kamerad erwiesen und immer wenn es möglich war, marschierten sie gemeinsam. Raul war etwas kleiner als Juan. Aber da er schlank war, wirkte er, wenn sie nicht gerade unmittelbar nebeneinander standen, größer als er.

»Na du, Killer«, begrüßte er Juan schmunzelnd. »Wie ich hörte, hast du mitten in der Nacht für etwas Tumult im Hühnerstall gesorgt.« Raul grinste ihn sichtlich amüsiert von der Seite an.

»Ich habe nur für Ruhe gesorgt und unser Frühstück bereichert.«

»Der Hauptmann ist gleich hinter uns.«

Juan drehte sich beiläufig um und entdeckte Agustin Codazzi

nur zwanzig Schritte hinter ihnen. Erfreulicherweise gab er gerade den Befehl für eine Rast. Erleichtert legte Juan sein Marschgepäck ab und fand mit Raul einen schattigen, halbwegs bequemen Platz unter einem Baum. Er betrachtete Codazzi, der mit einem anderen Offizier Karten studierte. Es war unübersehbar, dass der Hauptmann vom Militär geprägt war. Seine Selbstdisziplin, und sein Organisationsvermögen imponierten den meisten Kameraden.

»Kaffee?«, fragte Raul, reichte ihm einen Becher und warf dabei seinen Rucksack um. Eine kuriose Sammlung von Krimskrams, ein Figürchen mit nur einem Bein, eine zerknickte Spielkarte und mehrere Gegenstände, die wie kindliche Spielzeuge aussahen, landeten mit Getöse auf dem Boden.

»Du brauchst nicht zu erröten«, neckte ihn Juan, während Raul verlegen die verstreuten Gegenstände wieder verstaute. »Du schleppst mehr unnützen Krempel mit dir herum als jede mir bekannte Frau.«

»Das sind alles Dinge, die mir wichtig sind.«

Raul kratzte sich am Hals, wo gerötete Mückenstiche zu sehen waren.

»Sei nicht so empfindlich, mein Freund. Du hättest an meiner Stelle sicher auch gelacht.«

Raul knuffte ihm freundschaftlich auf die Brust. Mit dem frischen Kaffee lehnte sich Juan an den Baum, streckte seine Beine wohltuend nach dem Marsch aus und beobachtete Codazzi, der unweit ein Gespräch mit seinen Offizieren führte. Aus den Erzählungen der Kameraden hatte Juan erfahren, dass der italienische Hauptmann schon an der Schlacht von Waterloo teilgenommen hatte. Als nach kurzer Rast Befehl zum Weitermarsch gegeben wurde, setzte sich die Truppe wieder in Bewegung. Vor sich hörte er das Pfeifen der Macheten und das Brechen der Äste, auf die sie trafen. Die Vegetation wurde dichter. Schlingpflanzen umwucherten jeden Baum und die Luftfeuchtigkeit trieb den Männern Schweiß auf ihre Körper.

»In ein paar Stunden richten wir unser Nachtlager ein«, sagte Juan und schleuderte mit seiner Machete beiläufig eine giftig aussehende grüne Schlange, welche an einem Ast vor seiner Nase hing, in die Büsche. »Gewiss geht unser Feldzug gegen die Spanier in die Geschichte ein!«

»Dann habe ich meinen Kindern etwas zu erzählen«, antwortete Raul.

»Zunächst brauchst du eine Frau, die dir welche gebärt, mein Lieber.«

»Wenn man mich erst als Held feiert, werden mir alle Mädchen zu Füßen liegen«, scherzte Raul und Juan lächelte.

Er beobachtete diesen aufrichtigen und liebenswerten Kerl von der Seite. Raul war nicht hässlich, aber so mager, bestimmt nicht der Traum heiratswilliger Frauen. Doch er konnte sich vorstellen, dass Raul mit ein paar Kilo mehr auf den Rippen durchaus das Interesse mancher Frau wecken konnte. Nach sechs Stunden Marsch bei hoher Luftfeuchtigkeit schlugen er und seine Kameraden am Rande einer Hochebene und im Schutz der Bäume, ihr Lager auf. Er legte den Kopf in den Nacken und schirmte die Augen mit der Hand gegen das schräg einfallende Licht der abendlichen Sonne ab. Neugierig ließ er seinen Blick die nähere Umgebung erwandern. Zwischen einzelnen Baumreihen waren mehrere kleinere Lichtungen erkennbar. Er nahm an, dass auf einer weiter entfernten Lichtung die Zelte der Offiziere stehen mussten. Sein Nachtlager war eingebettet in den sanft ansteigenden Wäldern der Kordilleren. Nach der Hitze des Tages saß er träge in der Nähe der Männer und lauschte den Geschichten, die sich erzählten. Dabei bemerkte er, dass sich die meisten von ihnen kratzten, was zu einer Unart geworden war. Im Gegensatz zu ihm hatten sie mangelnde Lust sich zu waschen, und deshalb hatten sich die

Läuse unter ihnen stark vermehrt. Auch Raul schien an diesem Tag ganz besonders geplagt zu sein. Juan beobachtete eine Weile, wie er sich unablässig unter den Armen, seinen zottigen Haaren und schließlich auch zwischen den Beinen kratze.

»Sie quälen dich aber ganz schön«, bemerkte er mitfühlend.

»Diese elenden Viecher fressen mich noch auf. Sie scheinen sich verdammt wohl bei mir zu fühlen«, bestätigte Raul.

»Die zweitbeste Methode sie loszuwerden ist, dich am ganzen Körper zu rasieren«, riet ihm Juan.

»Und welche ist die beste?«

»Wasche dich gründlich am Fluss und verbrenne deine Kleidung.«

Die Männer um sie herum brachen in Gelächter aus, als sie das hörten.

»Narren seid ihr«, sagte einer von ihnen. »Die beste Methode, die Läuse loszuwerden ist die, sie mit Rum zur übergießen. Wenn sie dann trunken zu Boden fallen, könnt ihr sie zertreten.«

Das Gegröle der Kameraden war bis in die letzen Reihen hinter den Bäumen zu vernehmen. Juan schüttelte den Kopf. Er nutzte jede Gelegenheit sich in Flüssen und Bächen zu waschen und kämmte seine Haare jeden Abend sorgfältig. Doch das nützte nur so lange etwas, wie ihm andere nicht zu nahe rückten.

»Schön, man amüsiert sich auf meine Kosten«, murmelte Raul.

»Die haben doch alle unter den Läusen zu leiden. Aber wenn es dich stört, dann musst du einfach nur den Spieß umdrehen.«

»Oh, sicher, und wie sollte ich das machen?«

»Mann, Raul! Wenn dir keine passende Antwort einfällt, dann lache einfach mit. Damit nimmst du ihnen den Wind aus den Segeln.«

»Vielleicht bin ich ein Idiot«, sagte er leise.

»Unsinn!«, antworte Juan. »Wenn, dann sind wir beide Idioten.«

»Du hast mir erzählt, dass du in diesen Krieg gezogen bist, obwohl du dadurch die Frau, die du liebst, verloren hast. Also bist du der größere Idiot. Hast du noch etwas zu Essen?«

Juan ging darauf nicht ein und reichte ihm eine Ananas. Er aß bereits seine dritte, da sie kein Brot mehr bekommen hatten. Aber das Obst war erfrischend und er hatte sich einen kleinen Vorrat mit kleineren Früchten angelegt. Bis auf einzelne Unterhaltungen wurde es um ihn herum angenehm ruhig. Die Männer dösten unter den Bäumen und er vernahm nur noch die nächtlichen Geräusche des Dschungels und nickte gerade ein, als die Stille durch plötzliches Pferdegetrampel unterbrochen wurde. Juans Kameraden waren sofort auf den Beinen und einige griffen nach ihren Waffen. Doch es war nur Codazzis Adjutant, gefolgt von zwei weiteren, reiterlosen, Pferden. Gleich darauf erschien auch Codazzi und sprach zu seinen Kameraden.

»Morgen vereinigen wir uns mit den Truppen von Simón Bolívar. Dann werden wir dem Heer Morillos den Gnadenstoß geben. Ich erwarte von jedem vollen Einsatz, Mut und Kampfgeist gegenüber unserem Feind.«

Er machte eine kurze Pause und sah sich unter den Männern um.

»Nach unserem Eintreffen auf dem Feld von Carabobo wird das Abfeuern zweier Kanonen das Signal zur Bildung der Kampflinien und einer weiteren das Signal zum Angriff sein. Heute jedoch brauche ich zwei Freiwillige für einen ehrenhaften Einsatz.«

Schon während der letzten Wochen hatte Juan festgestellt, dass die wenigsten unter ihnen große Helden waren. So wunderte es ihn nicht, dass die meisten Männer einen Schritt zurücktraten. *Jetzt erst recht*, dachte er, hob seine Hand und stieß Raul unauffällig in die Seite. Überrumpelt hob auch er seine Hand. Codazzi nickte ihnen zu und befahl, die beiden in das Lager der Offiziere zu bringen.

Er sah, dass unter den Kameraden hektische Aktivität ausbrach. Waffen, die schon geladen waren, wurden wieder und wieder überprüft, Militärzeichen poliert und Schuhe geputzt. Juan bemerkte, wie gefüllte Wasserflaschen geschüttelt wurden, um sicherzugehen, dass der Inhalt nicht verdampft war. Es schien ansteckend zu sein. Raul bemerkte Juans Augenaufschlag und spürte ein plötzliches, angstvolles Drängen in seiner Magengrube.

»Was sollte das eben?«, fragte er sichtlich verärgert.

»Ich dachte du wolltest deinen Kindern von deinen Heldentaten erzählen können.«

»Viel Glück!«, rief einer der Kameraden, als sie aufstiegen.

Juan berührte zum Abschied seinen Hut, nahm ihn dann ab und schlug ihn auf die Kruppe des Pferdes, so dass es sich in Bewegung setzte. Sie folgten dem Adjutanten in kurzer Entfernung zur Lichtung.

»Was ist bloß in dich gefahren? Ich bin kein Held«, murmelte Raul.

»Dann wird es Zeit, einen aus dir zu machen, mein Lieber.«

Bis jetzt waren sie heil davon gekommen. Durch die Anspannung zitterten Rauls Beinmuskeln, und seine Hände waren so fest um die Zügel zu Fäusten geballt, dass sie zu schmerzen begannen. Er öffnete sie und versuchte seine Atmung zu verlangsamen. Er redete sich ein, dass alles gut gehen würde und dieser Gedanke versetzte ihn in Erleichterung. Ein leichter Luftzug umwehte sie, als sie in dem Offizierslager eintrafen. Sie sprangen von ihren Pferden und banden sie an einen Pfosten. Hier herrschte eine andere Ordnung als in dem Lager der Fußsoldaten. Mit Raul erreichte er ein größeres Zelt, vor dem sie darauf warteten, eingelassen zu werden. Juan fiel ein Schwarzer in Offiziersuniform auf. Der Adjutant kam wieder aus dem Zelt und bemerkte Juans Verwunderung über den Mann.

»El Negro Primero«, erklärte er. »So nennt man den Hünen,

der einmal ein Sklave war. Heute ist er Leibwächter von General Páez.«

»Hat er auch einen richtigen Namen?«, fragte Juan.

»Pedro Camejo. Der Mann mit dem riesigen Messer, das nur er zu führen versteht und dem der General mehrfach sein Leben zu verdanken hat. Treten Sie jetzt ein!«

An den flatternden Wänden des großen Zeltes standen Regale mit Büchern und davor Truhen und Kisten auf dem Boden. In der Mitte des Zeltes saß hinter einem Tisch Hauptmann Codazzi. Er blickte auf, als er die Anwesenheit der salutierenden Männer bemerkte.

»Die Freiwilligen?«, fragte er in einer Aussprache, die seinen italienischen Akzent zur Geltung brachte. »Wie ist Ihr Name?«

»Juan Conteguez und das ist Raul Coron, Señor Hauptmann.«

»Sie sind beide jung. Aber ich habe mich über Ihre Qualitäten informiert und hoffe, dass Sie für diese Aufgabe geeignet sind«, sagte er und streckte seinen Arm einladend aus. »Bitte, treten Sie näher. Ich will gleich zur Sache kommen. Die Zeit drängt.«

Juan ging näher an den Schreibtisch heran.

»Bevor wir morgen die Spanier angreifen, brauche ich noch ein paar Informationen über die Stärke unseres Feindes.«

Codazzi deutete auf die Karte vor ihm auf dem Tisch. Juan sah einige Pfeile und andere ihm unbekannte Symbole auf der Karte, die offenbar die Truppenbewegungen der letzten Tage symbolisierten.

»Sehen Sie«, sagte der Hauptmann und zeigte mit einer Feder auf eine markierte Linie. »Hier sind die uns bekannten feindlichen Linien. Über die Truppenstärke des Feindes sind wir recht gut informiert. Aber wir wissen wenig über ihre Bewaffnung. Ihr erstes Bataillon hat nur zwei Kanonen. Aber dahinter befinden sich weitere Bataillone. Bis morgen können die

Spanier über acht bis zehntausend Mann verfügen. Glauben Sie mir, weder Bolívar noch die britischen Jäger haben Lust in das offene Messer zu rennen. Deshalb werden Sie sich nach Beendigung unseres Gespräches auf den Weg in das Lager des Feindes machen und mir möglichst exakte Informationen über die Art und Anzahl der Geschütze liefern. Bis Mittag soll unser Großangriff von mehreren Seiten starten und deshalb ist es wichtig informiert zu sein.«

»Señor Hauptmann, wie sollen wir da rein kommen ohne entdeckt und getötet zu werden?«, fragte Raul vorsichtig und schluckte zweifelnd.

»Sie werden sich tarnen, meine Herren. Wenn Sie alles so machen, wie ich es Ihnen gleich erkläre, dann sind Sie bereits in wenigen Stunden wieder bei uns und können mir bei bester Gesundheit berichten«, sagte er und explizierte ihnen seine strategische Idee.

Bolívars Plan war zuvor aufgegangen. Die Divisionen und Abteilungen von Gomez und Plaza lagen südlich von Valencia. Durch die Truppenbewegungen lockte Bolívar auch weitere spanische Divisionen nach Carabobo, um dort die entscheidende Schlacht herbeizuführen.

Eine Stunde darauf kauerten Juan und Raul mit rußverschmierten Gesichtern am Waldrand. Juan beugte sich vor und teilte die Äste vor ihm. Vor ihm lag die spanische Artillerie in der Hauptsache zwischen zwei Hügeln. Das machte ihr Unterfangen aber nicht leichter, da sich dort auch Teile ihrer Truppen befanden, die jede Bewegung früh bemerken konnten. Juan erkannte an den Pferden, dass sich ihre Kavallerie in letzter Reihe positioniert hatte.

»Siehst du die verdammten Kanonen?«, flüsterte Raul.

»Noch nicht. Sie werden sie entweder weiter hinten oder schlimmstenfalls in der geschützten Mitte ihres Lagers haben.«

Juan kramte in seiner Tasche und holte zwei Pistolen hervor. Eine hielt er Raul hin, der sie entgegen nahm.

»Ich hoffe, wir werden sie nicht brauchen. Was hast du vor?«
»Wir werden ihre Kanonen nicht nur zählen, sondern auch unschädlich machen. Und jetzt los!«, flüsterte er.

Die Sonne war beinahe untergegangen und die meisten spanischen Soldaten verschwanden in ihren Zelten, als sie sich anschlichen. Mehr als vier Wachposten konnte Juan nicht entdecken. Sie bewegten sich vorsichtig auf allen Vieren kriechend durch das Unterholz. Es war eine ziemlich riskante Sache, zumal sie jeden Augenblick damit rechnen mussten, von umherstreifenden Wachen aufgespürt zu werden. Die Nacht war klar, schwarz und mondlos. Sie bewegten sich nahezu lautlos und kamen ihrem Ziel näher. Grüppchen spanischer Soldaten standen in der Nähe der Kanonen, aber wirklich bewacht wurden sie anscheinend nicht. Sie verharrten in unmittelbarer Nähe des Feindes hinter einem kleinen Hügel und konnten sie reden und lachen hören. Juan fand es seltsam, einen Menschen über einen Witz lachen und einen Kameraden nach einem Schluck Brandy fragen zu hören. Möglich war, dass er ihn am nächsten Tag auf dem Schlachtfeld töten, oder gar von ihm getötet würde. Er zählte in dem vor ihnen liegenden Abschnitt des spanischen Lagers über 100 leichtere Kanonen und etwa 25 schwere Geschütze. Der nahe Schein der spanischen Feuer erhellte die Umgebung, als sie hinter dem kleinen Hügel im Schutz der Büsche auf die freie Ebene schlichen. Raul bekreuzigte sich mechanisch, als plötzlich vor ihnen ein am Feuer sitzender Spanier hinter einem Gestrüpp auftauchte. Juan hatte ihn fast zu spät bemerkt, da er von dem Busch halb verdeckt wurde. Der Mann schien fast reglos. Sie duckten sich so tief, dass die sich im Wind wiegenden Gräser und Halme ihre Gesichter streichelten. *Kein Willkommensgruß*, dachte Juan und gab Raul zu verstehen, zu warten. Wenn sie zu den Kanonen wollten, würde der Kerl sie entdecken. Das konnte er nicht zulassen und so schlich er mit dem Dolch zwischen seinen Zähnen hinter den kleinen Felsen. Kurz darauf sah Raul den Soldaten mit schlaffen Gliedern in das Gras gleiten.

»Das wäre erledigt. Schaffen wir ihn fort«, flüsterte Juan.

»Warum lassen wir ihn nicht dort wo er ist?«, flüsterte er.

»Damit ihn die Spanier finden und unseren Besuch bemerken?«

Sie zogen den leblosen Körper hinten den Felsen und bedeckten ihn mit Gestrüpp. Im Lager waren mehrere Feuer entzündet, doch die Spanier waren weit genug von den Kanonen entfernt, so dass sie nicht so schnell entdeckt werden konnten. Mit rußverschmierten Gesichtern erreichten sie schließlich die ersten Geschütze. Fieberhaft arbeiteten sie sich von einer Kanone zur nächsten vor, ohne entdeckt zu werden. In weniger als einer Stunde war ihr Werk ohne Zwischenfälle erledigt und sie krochen zurück. Am Waldrand versteckten sie den getöteten Spanier zwischen den Büschen und bedeckten ihn mit Ästen und Gräsern. Juan fühlte sich zufrieden und gestärkt durch ihre Tat.

11

HAZIENDA DIEGO

Die ersten Tage, die Héctor wieder auf den Beinen war, verliefen unerwartet besser. Wenn er raus ging, trug er wieder seine vollständige Kleidung und sah um einiges normaler aus als noch ein paar Wochen zuvor. Es war ihm kaum noch anzusehen, dass er bis vor kurzem unter Schwindelanfällen zu leiden hatte. Grinsend schritt er über den Hof und stellte fest, dass seine Koordination besser wurde, auch wenn ihm das Reiten noch schwer fiel. Juan sollte es noch bereuen, ihn damals nicht getötet zu haben. Er sah Andrea aus dem Pferdestall kommen und er musterte seine Schwester. Héctor konnte sich lebhaft vorstellen, wie empört und wütend sie gewesen sein musste, als sie von ihrer bevorstehenden Heirat hörte. Aber das war ihm einerlei. Sein Grinsen wurde breiter als er sich vorstellte, dass Juan sehen könnte, wie sie Carlos das Ja-Wort gab. Andrea schritt an ihm vorüber, ohne ihn auch nur eines Blickes zu würdigen.

»Was ist los?«, fragte er mit unverschämtem Grinsen.

»Frage nicht so blöd, Héctor!«, gab sie nüchtern zur Antwort.

»Das Gefühl hat doch jeder vor der Hochzeit«, sagte er.

»Ich will mit dieser Familie nichts mehr zu tun haben. Weder mit Vater, noch mit dir. Akzeptiere es Héctor und lass mich in Ruhe!«, sagte Andrea wütend und verschwand im Haus.

Héctor folgte ihr, aber sie schlug die Türe vor seiner Nase so schwungvoll zu, dass die Scheiben klirrten. Hämisch grinsend schritt er in das Esszimmer. Andrea blinzelte die Männer an und wartete bis die Magd den Tisch gedeckt hatte und den Raum verließ.

Wütend schlug sie auf den Tisch und schrie ihrem Vater ins Gesicht.

»Ich hätte nie gedacht, dass du mich eines Tages dazu zwingst, einen Trottel zu heiraten. Das werde ich dir nie verzeihen, Vater!«

»Carlos ist kein Trottel. Schließlich hat er genug Verstand, sich nicht diesen Verrätern anzu-schließen!«, warf Héctor ein.

»Schluss jetzt!«, rief Jorge. »Du wirst ihn heiraten. Ich habe es so bestimmt!«

Jorge, der vorgebeugt am Tisch saß, blickte nur beiläufig auf, als Andrea voller Wucht den Teller gegen die Wand warf und wütend aufsprang. Staunend beobachtete er, wie Reis und Bohnen an der Wand klebten und seine Tochter wortlos den Raum verließ. Jorge war achtundfünfzig und mit seinen Hängebacken, der breiten Nase und den Glupschaugen hatte er verblüffende Ähnlichkeit mit einer Kröte. Andrea war immer froh gewesen, dass sie die Schönheit ihrer Mutter geerbt hatte. Doch jetzt wäre es ihr andersherum lieber gewesen, denn dann hätte Carlos sie vielleicht nicht genommen. Bis zu dem Tag im Kloster liebte sie Jorge, weil er ihr immer ein guter Vater ge-wesen war.

»Das Temperament hat sie von ihrer Mutter«, stellte er fest.

»Carlos wird es mit ihr nicht leicht haben, aber früher oder später wird er sich an ihre Launen gewöhnen«, sagte Héctor.

»Dann mal los zu dem Pfaffen«, forderte ihn Jorge auf. Sie ritten zu der Kirche in Barinitas. Valega schaute grimmig auf, als Jorge mit Héctor an seiner Seite die Kirche betrat.

»Seid gegrüßt, Vater«, sprach Jorge den Geistlichen an und reichte ihm die Hand. Valega begrüßte Jorge knapp und ließ Héctor unbeachtet stehen. »Ihr seid in meiner Kirche willkommen,

Señor Diego. Nicht aber Ihr Sohn!«, sagte er und warf Hector einen vernichtenden Blick zu.

»Es ging nur um die Verräter. Nicht um die Kirche«, sagte Hector hochmütig.

»Eine Kirche anzugreifen, in der Frauen und Kinder Schutz suchen«, widersprach Valega mit ruhiger, aber dennoch fester Stimme. »So etwas würde kein anständiger Christ machen!«

»Was geschehen ist, ist geschehen und ich bedaure, dass Eure Kirche von den Rebellen als Schild benutzt worden ist«, intervenierte Jorge. »Aber unsichere Zeiten verlangen mitunter ungewöhn-liche Maßnahmen!«

»Hören Sie! Ich habe nichts gegen Sie, aber ich bin in Barinitas geboren und mit den Menschen hier aufgewachsen, die nichts anderes wollen, als Frieden und ihre Freiheit.« Valega kratzte sich an seinem Haarkranz. »Gott sei Dank sind diese Maßnahmen, wie Sie es nennen, vereitelt worden. Dennoch hat Ihr Sohn mit seiner Bande das halbe Dorf in Schutt und Asche gelegt.«

»Valega, wir sind nicht gekommen, um mit Euch über Politik zu plaudern«, sagte Héctor.

»Was hat ein Angriff auf eine Kirche mit Politik zu tun?« fragte Valega verächtlich.

»Ich möchte, dass Ihr meine Tochter traut«, sagte Jorge.

»Ist Juan schon zurück?«, fragte Valega verblüfft.

»Andrea wird die Frau von Carlos«, stellte Héctor klar.

»Carlos? Ich dachte, Andrea liebt Juan Conteguez.«

»Was Andrea will, spielt keine Rolle!«, unterbrach ihn Héctor. »Mein Vater hat entschieden, dass sie Carlos heiratet. Wir müssen uns nicht vor Ihnen rechtfertigen.«

»Das ist Ihre Entscheidung Señor Diego. Aber ich werde sie nicht trauen!«

»Doch, das werden Sie. Der Bischof hat es befohlen«, antwortete Jorge und überreichte ihm einen Brief mit dem Siegel des Bischofs. Valega nahm das Schreiben entgegen und zerriss den Umschlag. Er las ein paar Zeilen und blickte resigniert in Héctors triumphierendes Gesicht.

12

CARABOBO

Juan sprang vom Pferd, fesselte ihm die Beine und betrat das Zelt des Hauptmanns. Codazzi saß gedankenverloren an dem Tisch. Ihm fiel auf, dass der sonst so gepflegte Mann ein wenig zerzaust aussah und mehrere Knöpfe seiner Weste offen standen. Erst als er mit Raul an den mit Kerzenlüstern beleuchteten Tisch trat und salutierte, bemerkt er ihre Rückkehr und richtete sich auf.

»Gott sei Dank! Rühren«, rief er und betrachtete sie abschätzend im Kerzenlicht. Der Ruß klebte noch an ihrer Haut und in den Haaren.

»Ich hoffe, dass Sie mir eine erfreuliche Meldung machen können«, sagte er und bedeutete ihnen Platz zu nehmen.

»Wir haben unsere Mission erfüllt, Señor Hauptmann«, antwortete Juan. Dabei lief der Schweiß in schwarzen Rinnsalen sein Gesicht hinunter und tropfte auf seine ebenso verschmutzte Uniform.

»Dann schießen Sie mal los!«, forderte Codazzi ungeduldig.

Juan nahm Platz, doch Raul blieb stehen.

»110 Neunpfünder Halbschlangen und etwa 25 schwere Vierundzwanzigpfünder Feldschlangen haben wir hier zwischen den Hügeln gezählt«, sagte Juan und zeigte auf einen Teil der Karte.

Codazzi schien von dieser Nachricht ganz und gar nicht angetan zu sein und sein Lächeln erstarb augenblicklich.

»Mit dieser Feuerkraft hatte ich nicht gerechnet. Sie werden uns massiv unter Beschuss nehmen. Über starke Flanken wollen sie das Schlachtfeld dominieren und unsere Truppen dann einfach überrennen!«, mutmaßte er.

»Señor Hauptmann, ich fürchte die Kanonen werden den Spaniern nicht viel Freude bereiten.«

»Was sagen Sie da?«

»Nun, die Gelegenheit war günstig. Da wir nun einmal schon dort waren, haben wir einen Großteil der Dinger unschädlich gemacht.«

Juan griff in seine Tasche und legte Sicherheitssplinte für die Räder der Kanonen vor Codazzi auf den Tisch.

»Wir konnten die Geschütze nicht zerstören, ohne entdeckt zu werden. Aber ohne Räder kommen sie mit den Kanonen nicht allzu weit.«

Codazzi riss erstaunt seinen Mund auf und seine Zähne leuchteten im Licht der Kerzen.

»Zeigen sie mir genau wo das war.«

Juan ging auf die andere Seite des Tischs und verschaffte sich auf der Karte einen kurzen Überblick.

»Hier und dort zwischen den Hügeln, wenn ich nicht irre«, sagte er und zeigte ihm die Standorte.

Codazzi schlug Juan über den Tisch hinweg anerkennend auf die Schulter. »Ich muss zugeben, Sie überraschen mich!«, sagte er und wandte sich an seinen Adjutanten. »Sie reiten mit Primero Negro sofort los und überbringen General Paéz eine Botschaft.« Er faltete ein Papier, versiegelte den Umschlag und übergab ihn dem Mann.

»Aber das war noch nicht alles«, griff er das Gespräch wieder auf. »Falls der Feind die Kanonen doch noch auf das Schlachtfeld bringen kann, wird er eine weitere kleine Überraschung erleben. Ich habe die meisten der Kanonen präpariert. Als Signalkanonen sind sie gewiss nicht zu verachten, aber zu mehr taugen sie kaum noch.«

»Drücken Sie sich klarer aus!«, forderte Codazzi.

»Wenn sich der Pulverdampf erst einmal gelegt hat, werden die Spanier neben ihren toten Geschützführern erkennen, dass sie keine brauchbaren Kanonen mehr haben. Sie sagten, dass sie ihre Geschütze stets in Doppelsalven abfeuern. Wenn sie merken was los ist, sind ihre Geschütze bereits zerstört.«

»Können Sie sich nicht verständlicher ausdrücken?«

»Verzeihen Sie bitte, Señor Hauptmann. Die Geschützführer hatten vor unseren Augen ihre Kanonen bereits überprüft und werden es morgen nicht noch mal wiederholen. Dazu haben sie keine Zeit. Sie werden also ihre Pulverkartuschen in das Rohr einführen und nicht bemerken, dass sich bereits Pulver im Rohr befindet, sondern sich auf die Berechnungen der Reichweite und Kommandos ihrer Befehlshaber konzentrieren. Sobald sie ihre Kugeln und Ladpfropfen fest gerammt haben ist es zu spät. Eine nach der anderen Kanone wird vor ihren Augen mit dieser Extra-Ladung explodieren.«

Codazzi hielt sich vor Lachen den Bauch und schüttelte den Kopf.

»Ich sehe, ich habe mit Ihnen die richtige Wahl getroffen. Wessen Idee war das?«, fragte der Hauptmann lachend. Raul deutete auf Juan.

»Mit Ihrer mutigen Tat haben Sie nicht nur unzähligen ihrer Kameraden das Leben gerettet, sondern vielleicht entscheidend zu einem großartigen Sieg beigetragen. Das werde ich nicht vergessen!«

»Nun, ich habe auch eine persönliche Rechnung mit den Spaniern und deren Verbündeten offen«, antwortete Juan.

»Ich glaube, dass Sie Ihre Gründe hatten. Wissen Sie, meine lange kriegerische Erfahrung hat mich gelehrt, dass Männer, die zu jassen gelernt haben, immer die besten Krieger waren«, sagte er. Codazzi fragte jedoch nicht nach seinen Gründen. Juan war das recht und als sie in ihr Lager zurückkehrten, folgte ihm Raul zu dem Bach und reichte ihm ein Handtuch und einen Kamm. Juan trank zuerst in großen Schlucken frisches Wasser, bevor er sich wusch. Raul hatte sich schon gereinigt, aber seine Augen waren noch immer schwarzumrandet, wie die eines listigen Waschbären.

»Hast du Angst?«, fragte er ihn.

»Weißt du, Angst gehört irgendwie dazu. Wenn ein Mann keine Angst vor dem Krieg hat, dann ist er ein unvorsichtiger Dummkopf. Glaubst du an Gott, Raul?«

»Sicher.«

»Dann gibt es für dich morgen nur zwei Möglichkeiten. Der Sieg oder das Paradies! Also wovor solltest du Furcht haben?«

Sie erreichten das Feld von Carabobo, als riesige Detonationen ertönten. In weiter Entfernung stiegen auf spanischer Seite große Rauchsäulen auf. *Keine Frage*, dachte Juan grinsend, das waren die explodierten Kanonen. Sie schlossen sich dem Heer on Paez an und stürmten mit ihnen vorwärts. Einige schrieen *„Freiheit oder Tod!"* Juans Anschläge hatten ihre Wirkung nicht verfehlt. Das Chaos in der spanischen Linie war nicht zu übersehen, daher spürte er und seine Kameraden wenig Widerstand, als sie auf die ersten Spanier trafen. Trotzdem war um ihn herum ein erbarmungsloses Gemetzel im Gang. Er sah, wie sich bellende Hundemeute Bolívars auf die Fesseln der spanischen Pferde stürzte, welche stiegen und ihre Reiter abwarfen. Die gestürzten Reiter hatten keine Chance auf die Beine zu kommen, denn sie wurden entweder von ihren eigenen Pferden zu Tode getreten oder aber von den Patrioten getötet. Juan spürte kein Mitleid mit den Feinden, aber er hatte dennoch schreckliche Angst. Er vernahm die wiehernden und fliehenden Pferde, Schüsse und das Kampfgeschrei der Männer nur gedämpft, wie durch einen Filter, während er mit seinem Schwert um sein eigenes Leben kämpfte. Seitlich neben ihm erkannte er die britischen Jäger an ihren roten Uniformen und direkt vor ihm stürzte sich ein mächtiger Hund auf die Hunde der Spanier. Deren Tiere hatten keine Chance gegen ihn, bis ihn die Lanze eines feindlichen Reiters durchbohrte. Der Hund lag schon tot am Boden, als El Negro Primero im Galopp auf den verschreckten Spanier zuritt.

»Du hast *Nevado*, den Lieblingshund des Generals getötet. Jetzt stirbst du Sohn einer Hure!«, schrie der große Offizier, holte mit seinem schwertähnlichen Messer aus und streckte den Mann nieder. Juan nahm alles wie im Traum wahr und hatte jegliches Zeitgefühl verloren. Es kam ihm vor, als wäre der Kampf ganz und gar unwirklich. Eine Illusion. Erst nachdem die Schlacht gewonnen war und die sich ergebenden Spanier gefangen genommen wurden, bemerkte er das Zittern in seinen Gliedern. Von seiner Schwäche überwältigt ging er in die Knie und holte tief Luft. Von oben bis unten war er dreck- und blutverschmiert. Die Hitze der hochstehenden Sonne schien das Schlachtfeld zum Kochen gebracht zu haben. Um ihn herum halfen Soldaten ihren verwundeten Kameraden so gut sie konnten. Sie legten Verbände an und schienten gebrochene Gliedmaßen. Andere versuchten Blutungen zu stoppen oder spendeten den nicht mehr zu rettenden Kameraden Trost. Der pestilenzialische Gestank des Blutes vermischte sich mit dem verdampfenden Pulver und Juan fiel es schwer seinen Würgreiz zu kontrollieren. Ihm bot sich ein Bild, das dazu geeignet war ihm künftig nachts den Schlaf zu rauben. Dann bemerkte er einen sich nähernden Reiter und erkannte in ihm Pedro Camejo, *El Negro Primero*, mit einer Lanze, die seinen Oberkörper durchbohrte. Camejo hielt sich trotz der tödlichen Verwundung aufrecht in seinem Sattel und ritt in hohem Tempo an ihm vorbei. Er empfand nur Ekel. Der Krieg war schrecklicher, als er es ermutet hatte. Später erfuhr Juan, dass Camejo direkt General Paéz aufsuchte und zu ihm gesagt haben soll, »*Mein General, ich komme, um mich von Ihnen zu*

verabschieden, denn ich bin tot.« Mit Tränen in den Augen bemerkte Juan die Anwesenheit Codazzis und Simón Bolívars in mittelbarer Nähe. Simón Bolívar hob sein blutverschmiertes Schwert und rief »Libre para america!« (*Freiheit für Amerika*). Die siegreichen Kameraden wiederholten den befreienden Siegesruf aus voller Kehle. Zwei Soldaten führten einen Gefangenen zu General Bolívar. Als Simón Bolívar abstieg und vor den Mann trat, spuckte ihm dieser vor die Füße. Juan staunte mit offenem Mund über diese Dreistigkeit. Bolívar aber lächelte nur und zog seinen Degen.

»So etwas nennt sich selbst einen Ehrenmann, General Morillo?«

Mit Verachtung im Blick spuckte Morillo erneut vor Bolívar aus. Der General holte aus und schlug dem Spanier mit einem Hieb den Kopf von den Schultern. Er spürte den Würgreiz in seiner Magengegend und wandte sich ab, um sich zu übergeben. Codazzi bemerkte Juan und ging zu ihm. »Sie haben sich tapfer geschlagen und Ihr Mut macht dem Heer unseres Befreiers alle Ehre, Señor Conteguez«, sagte er. »Geht es wieder besser?«

»Verzeihen Sie, Señor Hauptmann.«

»Ich kenne keinen Mann, dem das im Krieg noch nicht passiert ist. Ich glaube, seine Exzellenz, General Bolívar, möchte Sie sehen.«

Lächelnd legte er ihm eine Hand auf die Schulter und führte ihn zu Simón Bolívar. Juan wischte sich mit einem Tuch über seine Lippen. Seine Übelkeit verflog augenblicklich, als sie auf den mächtigen General zugingen. Bolívar war umringt von Offizieren.

»Meine lieben Offiziere, Sie haben sich tapfer geschlagen und einige von Ihnen hoffen auf eine Beförderung nach dieser Schlacht.«

Ein Raunen ging durch die Reihen der edel anmutenden Männer. Juan fiel auf, dass keiner von ihnen auch nur eine Blessur im Kampf davongetragen hatte.

»Einige von Ihnen werden befördert. Aber ich werde nicht zulassen, dass Emporkömmlinge auf Kosten des Heeres populär werden.«

Bolívar drehte sich zu Hauptmann Codazzi und Juan herum und wies mit seiner offenen Hand in ihre Richtung.

»Sehen Sie diesen Mann! Er ist ein ebenso guter Soldat wie Sie, meine Herren. Dieser Patriot hat heute mehr Mut bewiesen, als manch einer von Ihnen. Durch seinen Verstand und Raffinesse hat er maßgeblich dafür gesorgt, dass wir diese Schlacht so großartig für uns entscheiden konnten. Er verdient wahrlich eine Belohnung und mir fällt nichts Würdigeres ein, als ihn für seinen Einsatz zu befördern.«

Die Offiziere starrten abwechselnd zu Bolívar, Codazzi und Conteguez. Es hatten sich weit über zweihundert Soldaten versammelt, um die Worte des Generals zu hören und das Geschehen zu verfolgen. Bolívar ging zu Juan und reichte ihm die Hand. Der Stolz und die Freude, die ihn erfüllten, waren ihm ins Gesicht geschrieben.

»Exzellenz«, sagte Juan und verbeugte sich tief vor ihm.

»Hauptmann Codazzi hat mir von Ihrem mutigen und überaus klugen Einsatz berichtet. Hätte ich solche Männer nur schon vor zehn Jahren an meiner Seite gehabt. Aber gut, ich möchte Sie für Ihre Tapferkeit auszeichnen. Ich befördere Sie zum Leutnant und gratuliere Ihnen, Señor Conteguez.«

Einige der Offiziere warfen ihm einen missgünstigen Blick zu, doch dann begannen sie zu applaudieren und einzelne Hurra

Rufe gingen durch die Reihen der Soldaten. Juan las in dem Gesicht des großen Feldherrn, was er bisher noch gar nicht begriffen hatte. Sie hatten sich tatsächlich ihre Freiheit erkämpft! Doch de la Torres restliche Truppen hatten sich zurückgezogen und waren nach Puerto Cabello geflüchtet.

»Ich danke Ihnen zutiefst, Exzellenz. Aber ich habe nicht mehr für mein Land getan als es jeder andere von uns allen getan hätte«, sagte er, verbeugte sich vor dem Feldherrn und bemerkte Raul neben sich stehend.

»Venezuela braucht auch in Zukunft Männer wie Sie. Hauptmann Codazzi wird Ihnen daher ein Empfehlungsschreiben mit auf den Weg geben.«

Juan stand Juan mit Raul am Grab von El Negro Primero, der mit allen militärischen Ehren beigesetzt wurde, während Simón Bolívar mit seinem Heer das Feld von Carabobo verließ. Juan sah, dass seine Soldaten im Schlepptau die gefangenen Spanier gefesselt hinter sich herzogen. Aber erahnte auch, dass der Kampf um die Freiheit Venezuelas war noch nicht endgültig vorüber war. Von Codazzi erfuhr er, dass Bolívar weiter nach Kolumbien wollte, wo dringende Geschäfte auf ihn warteten und er den Freiheitskampf in weiteren südamerikanischen Ländern fortführen wollte. Bevor Codazzi Bolívar nach Bogota folgte, übergab er Juan ein Empfehlungsschreiben, mit dem er sich für den Staatsdienst in Caracas vorstellen sollte.

13

MARACAY

Auf dem Weg nach Caracas fanden Juan und Raul ein Quartier in einer Gaststätte in Maracay, die eher eine Kaschemme war. Doch die Zimmer waren sauber und preiswert. Da sie schon lange nicht mehr in richtigen Betten geschlafen hatten, gönnten sie sich für ein paar Tage diesen Luxus. Leider stand es mit Rauls gesundheitlichem Zustand seit Ende der Schlacht nicht zum Besten. Zuerst dachte Juan, es wäre nur Erschöpfung und zuviel Rum. Aber dann wurde er in immer kürzeren Abständen von heftigen Fieberschüben gepeinigt, die nichts mit den Anstrengungen oder übermäßigem Alkoholgenuss zu tun haben konnten. Er musste etwas unternehmen, denn in seinem Zustand konnten sie nicht nach Caracas reiten. Während Raul fiebrig im Bett lag, ging Juan in den Gastraum und fragte den grobschlächtigen, aber freundlichen Wirt nach medizinischer Hilfe. Der Mann stellte ihm ein verschmiertes Glas Wein vor die Nase und beugte sich vor.

»Die Ärzte kannst du vergessen«, sagte er. »Die lassen ihn zur Ader und das schwächt deinen Freund nur noch mehr«, sprach er mit seiner kehligen Stimme, »gehe besser zur Mora, die wird dir eine Medizin für ihn geben, die ihm hilft.«

»Wer ist die Mora?«, fragte Juan.

»Böse Weiber tratschen, sie sei eine Hexe.«

Juan zog verärgert die Stirn in Falten.

»Eine Hexe? Du willst mich zu einer Hexe schicken? Die Lage

meines Kameraden ist zu ernst, um damit dumme Späße zu machen.«

»Keine Sorge! Sie ist zwar eine alte und ziemlich hässliche Frau, aber sie ist auch eine gute Heilerin, die sich mit Krankheiten und Kräutern auskennt. Du kannst mir vertrauen. Jeder hier war schon bei ihr, auch wenn es nur die wenigsten zugeben würden«, erklärte er.

Der Wirt sah nicht gerade sehr gesund aus, dachte Juan. Seine roten Pusteln im Gesicht ließen auf mangelnde Hygiene schließen.

»Hey, Männer«, rief der Gastwirt plötzlich in die Runde, »wer erklärt diesem Patrioten den Weg zu der Mora?«

»Jaja, die Mora«, sagte ein älterer Buckeliger, der am anderen Ende des Tresens stand. »Ich erkläre dir den Weg. Aber das kostet dich ein Glas Wein, Soldat.«

Der Mann kam näher und Juan schob ihm das schmierige Glas rüber. Der Buckelige setzte es sogleich an und leerte es in einem Zug. Dabei lief die Hälfte in seinen Kragen. Tief schnaufend setzte er das leere Glas geräuschvoll auf den Tresen und rülpste zur lautstarken Freude der anderen Männer auf.

»Wie also komme ich zu Mora?«, fragte Juan erneut.

»Du findest sie nördlich von hier in den oberen Nebelwäldern der Kordilleren. Den Pfad nach Choroni kannst du gar nicht verfehlen. Am Ende der Avenida Bermúdez folgst du ihm in die Berge und schlägst dich nördlich durch den Wald,« sagte der Buckelige und wischte sich mit seinen schmutzigen Händen durch sein Gesicht. »Links des Weges liegt ein großer Fels. Dahinter ist dann ihre Hütte. Irgendein qualmendes Feuer brennt immer in ihrem Kamin. Wenn du das Haus nicht sofort entdeckst, dann findest du es durch den Rauch.«

Juan gab dem Wirt für eine Woche Geld für die Verpflegung und Unterkunft seines Freundes und ging nach oben.

»Kommt ein Arzt?«, fragte Raul erwartungsvoll.

»Ich besorge dir eine gute Medizin. Ich mache mich gleich auf den Weg und werde in spätestens vier Tagen wieder bei dir sein.«

»Vier Tage!«

»Keine Sorge, ich habe dem Wirt Geld gegeben und seine Frau wird sich um dich kümmern.«

Raul klapperte mit den Zähnen. Juan fühlte seine Stirn, die auffällig heiß war. Sein Puls war gleichmäßig, aber langsam.

»Du hast hohes Fieber. Schlafe jetzt!«, sagte Juan und legte eine Decke über ihn. »Ich mache mich gleich auf den Weg.«

»Gut. Dann sage dem Wirt noch, dass er mir eine Flasche Rum ans Bett stellen soll.«

»Das könnte dir so passen, mein Lieber. Solange du nicht wieder gesund bist bekommst du nur noch Wasser.«

Juan ordnete Rauls Sachen, räumte die saubere Kleidung in ein Regal und packte die schmutzige Wäsche zusammen in einen Sack, den er der Gastwirtin zum Waschen gab. Alles was er für ein paar Tage brauchte, packte er in seine Tasche und machte sich auf den Weg. Er kam gut auf dem ausgebauten Pfad voran. Nur das letzte Stück war sumpfig und hinderte Juan am zügigen Vorwärtskommen. Doch endlich erreichte er den beschriebenen Felsen und fand zu der Hütte.

»Hast du keine Angst vor mir?«, hörte er die Alte mit krächzender Stimme fragen. Ihr Anblick erinnerte Juan an Bilder seiner kindlichen Albträume, die ihn immer dann aus dem Schlaf rissen, wenn der Vater vor den Gefahren eines sündigen Lebens berichtete. Dabei beschrieb er ihm blutrünstige Höllenhunde, Dämonen und besonders die Hexen sehr bildreich. An die Existenz dieser Kreaturen der Hölle hatte er lange geglaubt und sich deshalb bemüht, bibeltreu zu leben. Ja, als Kind hätte er sich vor ihr nicht nur gefürchtet, er wäre mit aufgerichteten Nackenhaaren davon gerannt.

»Ich habe im Krieg gekämpft. Wovor sollte ich jetzt noch Angst haben?«, antwortete er.

Ohne zu blinzeln musterte sie ihn. Dann verzogen sich ihre Mundwinkel zu einem breiten Lächeln.

»Die Leute erzählen Geschichten über mich.«

»Ich habe davon gehört. Sie sagten mir, Sie seien eine Hexe.«

Die Alte öffnete kichernd den Mund, so dass Juan ihre gelben Zahnstummel sehen konnte. Ihr Kleid musste einmal blau gewesen sein, dachte er sich, als sich die Alte den Rücken hielt und an dem blanken, wuchtigen Tisch Platz nahm. Der Raum, in dessen hinterer Ecke über einem Feuer ein Kessel vor sich hin schaukelte, war niedrig und mit einer dunklen Balkendecke versehen. Sie deutete ihm an, sich zu setzen. Juan legte seine Tasche ab und setzte sich ihr gegenüber.

»Aber sie erzählen auch, dass Ihr eine gute Heilerin seid.«

Mora beugte sich vor, neigte ihren Kopf seitlich und berührte seine Hand. Dabei lief Juan ein kleiner Schauer über den Rücken.

»So, sagen sie das?« Mora richtete ihren starren Blick auf ihn, als ob sie das Verborgene aus seinem Kopf ans Tageslicht befördern wollte. »Ich habe für viele Krankheiten Medizin. Manche Mittel kann ich sofort herstellen, andere brauchen Zeit. Die Natur hält alles für uns bereit und wer mit offenen Augen durch die Wälder zieht findet was er sucht.« Sie musterte ihn und fuhr fort. »Du bist Soldat. Für welche Seite hast du gekämpft?«

»Auf der Seite Simón Bolívars. Wir haben in Carabobo die Royalisten besiegt und die Freiheit für alle erkämpft.«

»Du bist von gutem Stamm«, sagte die Alte. »Ich werde dir helfen.«

»Danke. Ich brauche Medizin für einen kranken Freund.«

»Beschreibe mir die Krankheit deines Freundes. Ich muss wissen, welches Leiden er hat und wie lange es schon dauert. Hat er Fieber, Pusteln oder sonstige erkennbare Krankheitszeichen?«

Juan versuchte die Symptome so genau wie möglich zu beschreiben. Die Alte fragte nach allen möglichen Einzelheiten, die seiner Meinung nach aber nichts mit Rauls Krankheit zu tun haben konnten. Sie wollte seine genauen Lebensumstände erfahren und wollte wissen ob er eine Geliebte habe, zu welcher Zeit er zu Bett ging und wann er sich zuletzt zu einer Frau gelegt hatte. Endlich nickte Mora zufrieden.

»Du bekommst ein Abendessen und kannst hier schlafen. Morgen in der Frühe habe ich die Medizin für dich. Dafür gibst du mir so viel Geld, wie du kannst, oder besser, wie viel sie dir wert ist.«

Juan kramte in seinem Brustbeutel, der genauso klamm wie seine Baumwollkleidung war. Der Weg durch die Nebelwälder und Sümpfe hatte nicht nur an seinen Kräften gezehrt, auch seine Kleidung war bis auf die Haut feucht. Er wollte nicht geizig sein und gab ihr 3 Pesos. Die Alte nickte, nahm das Geld und rief eine Frau aus einem Nebenraum.

»Das ist meine Tochter Eugenia.«

Sie deutete auf eine hübsche schwarzhaarige Frau, die, obwohl 10 oder mehr Jahre älter als Juan, in ihrem roten Kleid wie eine blühende Orchidee aussah. Eugenia hatte tiefgründige dunkle Augen, verführerisch volle Lippen und war etwas größer als ihre Mutter. Sie trug ihr langes schwarzes Haar offen und in ihren Augen konnte Juan feurige Leidenschaft erahnen.

»Eugenia, bring mir bitte die Mixtur gegen die Blutsauger«, forderte sie ihre Tochter auf. Sie ging zu einem Regal und brachte ihr einen kleinen Trog.

»Zieh die Hose aus!«, forderte Mora ihn auf.

Juan war fassungslos und Röte stieg in sein Gesicht.

»Zieh die Hose aus!«, kam die Aufforderung zum zweiten Mal. Mit weit geöffnetem Mund sah er sie ungläubig an und schüttelte den Kopf.

»Stell dich nicht so an! Die Egel müssen entfernt werden.«
Aber bei Gott, sie hatte Recht. Der Weg durch sumpfiges Gebiet. Jetzt brannten seine Beine wie das höllische Feuer. Zögerlich schlüpfte er aus Stiefeln, Hemd und Hose. Eugenia reichte ihm einen Becher mit einer stark nach Alkohol riechenden Flüssigkeit und Mora öffnete den Deckel des Troges. Es zog ein würziger Duft von Wildkräutern durch den Raum. Mit ruhiger Hand begann sie, die schwarze Mixtur auf die Egel zu streichen, welche sich windend sofort abfielen.

»Diese Medizin solltest du trinken, so lange sie noch heiß ist«, sagte sie und deutete auf den Becher auf dem Tisch. Juan nahm einen kräftigen Schluck. Der Kräutertrank verwirrte seine Sinne und in seinem Kopf fluteten seltsame Bilder in üppigen Farben und es machte sich eine wohlige Wärme in ihm breit. Die Frauen ließen ihn dämmernd alleine und gingen in einen Nebenraum, wo sie mit Töpfen oder anderen Dingen klapperten und schepperten.

»Was für ein Mann!«, flüsterte Eugenia und machte mit einem Holzlöffel ein wenig Lärm, um ihre Stimme zu überdecken.

»Er ist ein Held.«

»Und ein gut aussehender dazu. Hast du seinen Körper gesehen?«

Die Alte lachte und Eugenia hielt einen Zeigefinger vor ihren Mund.

»Ich bin zwar alt, aber Augen habe ich trotzdem im Kopf. Ich kann verstehen, dass er dir gefällt und du ihn willst!«, sagte Mora und füllte geschnittene Zwiebeln und Kräuter in den Topf.

»Ich würde ihn wollen. Aber ob er mich auch will?«

»Mache dir darüber keinen Kopf. Er ist ein Mann und war lange im Krieg. Da haben die Männer keine Frauen und sehnen sich nach ihnen«, sagte sie und zwinkerte Eugenia kichernd zu.

Nach dem Abendessen führte ihn Mora in ein kleines Zimmer,

wo sein Nachtlager gerichtet war. Auf der Pritsche liegend wurde er sich seiner Erschöpfung bewusst. Eugenia betrat den Raum und hielt ihm einen Becher an die Lippen.

»Trink das!«, forderte sie ihn lächelnd auf. Als sie sich über ihn beugte, sah er die hübschen Wölbungen ihrer Brüste unter dem Kleid. Noch während er trank, spürte er wie wohlig benommen er in das Kissen sank. Der Kräutertrank schien ihm alle seine Sorgen zu nehmen. Juan fühlte sich vital und seltsam leicht. Es dauerte nicht lange, bis er in einen tiefen Schlaf fiel.

14

BARINITAS

Wütend schlug Héctor mit den Fäusten gegen die Holzvertäfelung, als er die Nachricht erhielt, dass Bolívar das Heer von General Morillo vernichtend geschlagen hatte. Der Schreck unter den Spaniern und den Royalisten saß tief. Niemand von ihnen hatte damit gerechnet, dass die militärisch ungeordneten Truppen der Aufständigen nennenswerte Erfolge gegen ihre Divisionen haben könnten. Vielmehr waren viele einflussreiche und königstreue Viehbarone und Großgrundbesitzer der Meinung, man müsse gegen die Verräter der Krone härter vorgehen. »Wir müssen uns auf die Seite der Patrioten stellen, mein Sohn!«

»Wir waren immer königstreu, Vater. Soll sich das jetzt ändern?«

»Andere Männer haben es auch getan.«

»Du denkst an diesen Páez? Dieser Anführer der Llaneros ist nichts weiter als eine Witzfigur.«

»Meinst du? Er hat, im Gegensatz zu uns, früh erkannt, dass sich Spanien nicht länger in Großkolumbien halten kann und ist General.«

»Spanien wird neue Truppen schicken und ich werde ihnen helfen alle Verräter an Galgen zu bringen«, sagte Héctor aufgeregt.

»Finde dich damit ab, dass dies nicht geschehen wird.«

»Niemals! Diese Genugtuung wird er nicht bekommen.«

»Juan? Er ist sicher im Krieg gefallen, sonst wäre er wieder in Barinitas aufgetaucht. Wieso bereitet er dir noch Kopfschmerzen? Andrea bekommt er nicht. Sie wird Carlos heiraten.«

»Ich wünsche mir, dass er nach Barinitas zurückkehrt und Andrea in den Armen seines alten, totgeglaubten Freundes sieht.«

»Ich verstehe dich. Vermeide aber das Thema bei der Hochzeit!«

Héctor ließ sich in einen Sessel fallen und sah seinem Vater in die Augen. »Keine Angst, Vater. Ich werde der charmante Brautführer sein, den du dir wünschst. Aber nach der Hochzeit werde ich das tun, was ich schon längst hätte tun sollen.«

»Und das wäre?«

»Mich dem Heer der Krone anzuschließen.«

15

CHORONI/NEBELWÄLDER

Erst ein Sonnenstrahl weckte ihn und ihm war, als hätte er einen Traum gehabt. Der Kräutertrank musste seine Sinne verwirrt haben. Doch als er sich nach dem Frühstück verabschiedete, blinzelte ihm Eugenia zu. Juan zuckte mit den Schultern und lächelte ahnend, dass er nicht geträumt hatte. Sein Gepäck warf er über die Schulter und machte sich auf den Rückweg durch die Nebelwälder. Die Medizin zu haben, die seinem Freund helfen würde, beruhigte ihn. Mit seiner Machete schlug er sich den Weg frei und kletterte über Felsen, über die er sich schon seit Stunden mühsam schleppte. Müde und gekrümmt überwand er die riesigen Felsblöcke, die in chaotischem Durcheinander vor ihm lagen und auf ihrer Oberfläche mit einer üppigen Vegetation überzogen waren. Der Regen hatte aufgehört, doch von dem dunklen Laubdach tropfte weiter die Überfülle an Feuchtigkeit ohne Unterlass auf ihn herab. Durch dicht gedrängte, knorrige und gewundene Stämme der Palmen und Klusien schritt er durch den dichten Urwald. Die Baumstämme waren von Bromeliaceen überzogen und bildeten mit anderen Schlingpflanzen, Farnkräuter und niedrigen Palmengewächsen ein völlig zusammengewachsenes Dickicht. Juan hatte trotz seiner scharfen Machete, große Probleme voran zu kommen. Es war der Weg, den ihm Mora beschrieben hatte, um den Sumpf auf dem Rückweg zu umgehen. Trotz der Mühsal war es paradiesisch schön. An den Stämmen und Ästen hingen in größter Fülle herabhängend die schönsten Orchideenblüten, an deren Kelchen bunte Kolibris Nektar aufnahmen. Über ihm knackten die Äste in den Bäumen und als er aufsah, entdeckte er eine Horde kleiner Affen, die sich offenbar über seine Anstrengung durch den Wald zu kommen amüsierten. Behutsam schritt er an einem Abhang vorbei und erreichte den Pfad, der ihn wieder nach Maracay führen würde. Von nun an wurde es leichter und in wenigen Stunden war er zurück um Raul die Medizin zu geben.

Endlich zurück in Maracay hatte er den Eindruck, als sei das Zimmer während seiner Abwesenheit nicht einmal gereinigt worden. Neben dem Bett standen Teller mit verschimmelten Essensresten und der Nachttopf war dem Überlaufen äußerst nahe. Er riss die Fensterläden auf, um Licht und frische Luft in den Raum zu lassen. Die vergammelten Essensreste und den Inhalt des Nachttopfes kippte er aus dem Fenster zum Hinterhof. Von unten holte er frisches Wasser und zwei Portionen Hühnchen mit Reis. Er zog Raul sein Hemd aus und wusch seinen Oberkörper. Sein Freund war durch die Krankheit weiter abgemagert und seine Rippen waren deutlich unter der Haut zu erkennen. Durch das kühle Wasser aufgeschreckt erwachte er.

»Mann, ist das etwa die Medizin der Hexe? Kaltes Wasser?«, stöhnte er und schob Juans Hand mit dem Lappen grob zur Seite.

»Deine Medizin bekommst du gleich nachdem du etwas gegessen hast. Dann werden wir ja sehen, ob dich das Elixier gesund werden lässt.«

»Ich habe aber keinen Hunger.«

»Du wirst etwas essen. Kein Widerspruch!«, sagte Juan bestimmt und hielt ihm den gefüllten Löffel an seinen Mund.

Raul drehte seinen Kopf zur Seite, aber Juan packte ihn am Haar und schob ihm den Löffel in den Mund.

Verärgert darüber, dass er keine Kraft zur Gegenwehr hatte, gab er sich schließlich geschlagen.

»So, und jetzt deine Medizin.«

Juan nahm die Flasche aus seinem Rucksack, öffnete den Verschluss und ließ Raul einen Schluck nehmen. Er verzog sofort sein Gesicht, als sich der derbe Geschmack der Mixtur in seinem Mund breit machte.

»Was zum Teufel ist da drin? Tote Kröten und Wanzenpisse?«

»Es wird dir helfen, mein Freund.«

»Schon gut«, wiegelte Raul ab, »du kannst am allerwenigsten dafür.«

Raul richtete sich auf und spähte aus dem Fenster. Über den Dächern Maracays flimmerte die Hitze. Die feuchten Wickel hatten zwar sein Fieber gesenkt, aber er war immer noch schwer krank.

Betete man in solchen Situationen? Dankte man einem Gott oder den Menschen, die geholfen hatten? Freute man sich daran, Freunde wie Juan zu haben? fragte er sich. »Juan«, sagte er hell und klar. »Danke!«

Zufrieden stellte Juan fest, dass Rauls Fieber gesunken war. Nachdem er einschlief, ging Juan hinunter in den Schankraum, um noch etwas zu trinken. Der Wirt brachte ihm gleich einen Krug Wein und ein Glas das so schmierig wie immer war.

»Zufrieden? Hat dir die Hexe gegeben, was du haben wolltest?«

Juan mutmaßte, dass der Wirt auf ein Trinkgeld aus war.

»Mit der Mora war ich zufrieden. Aber nicht mit der Pflege meines Freundes.«

»Wir haben uns um ihn gekümmert. Er hat täglich seine Mahlzeit bekommen und frisches Wasser. Für mehr hat das Geld nicht gereicht.«

»So, das Geld hat also nicht gereicht?«, sagte Juan verärgert.

»Dann hätte ich in dem Zimmer also nicht so einen erbärmlichen Schweinestall vorgefunden, wenn ich dir ein paar Pesos mehr in die Hand gedrückt hätte?«

»Vielleicht. Ja.«

»Ihr seid froh, dass die Spanier besiegt sind. Aber einem Soldaten, der auch für deine Freiheit gekämpft hat und sein Leben einsetzte, war der Lohn nicht hoch genug, damit ihr ihn anständig behandelt?«

Der Wirt blickte nur dumm aus der Wäsche.

»Deine Gastfreundschaft reicht mir zu Genüge. Wir werden in ein paar Tagen abreisen. Jetzt bring mir Wein. Aber in einem sauberen Glas!«

Nachdem er einen Becher auf den Tisch stellte, lehnte sich Juan erschöpft auf der Bank zurück. Nur zur Hälfte geleert ließ er das Glas stehen, legte ein paar Münzen auf den Tresen. In ein oder zwei Tagen würde Raul reisefähig sein und eine Woche später würden sie El Junquito erreichen. Bei Maria konnte Juan eine Weile wohnen und Raul konnte in Caracas bei einem Freund unterkommen.

16

EL JUNQUITO

Unterwegs begleiteten ihn Gedanken an Carabobo und Juan spürte er ein Ziehen in der Brust. Etwas zwischen Schmerz und Freude, das sich aber gleich wieder in Beklommenheit verwandelte, wenn er an Andrea dachte. Ihr Vater würde seine Sklaven bald gehen lassen müssen. Die Menschen waren jetzt tatsächlich frei, und der Gedanke an Freiheit beflügelte den Venezolaner. Jetzt war es an der Zeit, das Land wieder aufzubauen. Juan liebte seine Heimat, diese fruchtbaren Täler, Hügel, und die Berge der Anden. Die wenigen spanischen Truppen konnten den Patrioten nichts mehr anhaben. So war es nur eine Frage der Zeit, wann die letzten Spanier aufgaben und die Royalisten umdachten.

Es war vollständig dunkel, als er vor dem Haus seiner Schwester in El Junquito ankam und sich von Raul verabschiedete. Die Fenster leuchteten einladend und die Funken über dem Kamin versprachen etwas Warmes zu essen. Juan war müde, seine Glieder schmerzten von dem langen Ritt und er war hungrig. Er trat ein und sah sich im gedämpften Licht des Feuers nach seiner Schwester um. Maria, die seit langer Zeit mit der Traurigkeit eines verlassenen Hundes auf ein Wiedersehen mit ihrem Bruder gewartete hatte, sah ihn, und lief ihm freudig entgegen. Aus der Nähe erkannte sie ihn kaum wieder. Juan sah so erwachsen aus. Viel kräftiger und muskulöser, als bei ihrem Abschied vor ein paar Jahren. Er stand vor ihr mit seinen schönen langen Haaren und dem unverkennbaren Schimmer eines neuen unerschütterlich scheinenden Selbstbewusstseins in den Augen. Sie balancierte ihre schlafende Tochter auf der Hüfte und beugte sich vor, um ihn zu umarmen. Maria hinterließ einen verführerischen Geruch nach gebratenen Eiern und Speck und musterte ihn zunächst schweigend.

»Bin ich froh, dich zu sehen!«, sagte sie. »Was verschlägt dich hierher?«

»Vielleicht die Sehnsucht nach dir, oder doch der Geruch von Eiern und gebratenem Speck?«, scherzte Juan und zwinkerte ihr zu.

»Ach was, du Schwindler. Erzähle mir, wie es dir ergangen ist und was du wirklich hier machst!«, forderte sie ihn auf.

»Maria, bevor ich dir mehr erzählen kann, muss ich dringend etwas essen. Ich habe einen Bärenhunger!«

Juan hatte das kaum ausgesprochen, als seine Nichte seine Pläne mit Geheul durchkreuzte und zu weinen begann.

»Was hat die Kleine?«, fragte er.

»Luisa hat seit heute morgen Bauchweh. Sie bricht alles aus und trinkt nie mehr als ein paar Tropfen. Wenn ich sie auf den Arm nehme jammert sie und wenn ich sie wieder hinlege, brüllt sie.«

Maria fuhr sich müde mit der Hand durch die Haare. »Neben dem Herd steht ein Topf mit Bohnen und in der Kammer hängt frischer Speck. Ich mache dir gleich etwas zu Essen. Aber zuerst muss ich mich um sie kümmern, sonst wird Emilia noch wach.«

Juan sah seiner Schwester daei zu, wie sie Luisa mit Schaukeln und Singen wieder in den Schlaf brachte. Sie war eine attraktive Frau mit schönen Augen und Rundungen an den richtigen Stellen. Juans Freunde waren schon in ihren jungen Jahren wild auf sie. Er zog seinen Rock aus und goss Wasser aus dem Krug in eine Schüssel. Während er sich kaltes Wasser ins Gesicht spritzte, lauschte er dem Jammern Luisas und rechnete sich seine Chancen aus, noch etwas zu essen zu bekommen. Er wäre sogar bereit gewesen, sich mit kalten Bohnen zufrieden zu geben. Aber er stellte den Topf auf den Herd, legte Holz nach und schnitt ein dickes Stück Speck in Streifen, welche er in die kleine Pfanne zum Rösten legte.

»Hast du gekämpft?«, wollte Maria wissen, die ihre Aufmerksamkeit nicht mehr den Wiegebewegungen widmen musste, da das Kind wieder einzuschlafen begann.

»Ja!«, sagte Juan und wendete den Speck. »Das kann ich behaupten. Wir haben mit Bolívar in Carabobo den Royalisten eine große Niederlage bereitet. Großkolumbien, und damit auch Venezuela, ist so gut wie frei.«

»Und was hat dich nun hierher geführt?«, hakte sie nach.

»Barinitas ist zweimal überfallen worden. Mein Haus wurde niedergebrannt und Schuld daran hat Héctor Diego. Ich habe Simón Bolívar kennen lernen dürfen und einer seiner Offiziere hat mir ein Empfehlungsschreiben gegeben, mit dem ich mich im Justiz- und Innenministerium in Caracas vorstellen werde. Ich hoffe, eine gute Arbeitsstelle zu erhalten. Mehr weiß ich noch nicht. Aber ich freue mich auch dich und die Mädchen wieder zu sehen.«

Während Juan aß, erzählte er ihr von Andrea, dem Leben in Barinitas, Pater Valega und Freunden aus ihrer gemeinsamen Kindheit. Zufrieden bedankte er sich bei seiner Schwester für das Essen, streichelte im Vorübergehen seine Nichte und ging zu Bett.

Die Sonne ging gerade erst auf, als die altersschwache Holztüre so weit aufsprang, dass sie gegen die Wand schlug. Emilia, das älteste der beiden Mädchen, kam mit freudigem Geschrei auf ihn zugestürmt. Die Hühner, die nachts im Haus waren, sprangen laut protestierend in alle Himmelsrichtungen und eine kleine

Staubwolke stieg auf. Juan stellte seinen Kaffee auf den Tisch, fing mit weit geöffneten Armen das stürmische Mädchen auf und drehte sich mit ihr mehrmals um die eigene Achse, wie er es schon immer mit ihr getan hatte. Dabei quiekte sie vor Freude, umarmte ihn mit ihren zarten Armen und überdeckte sein Gesicht mit vielen kleinen Küssen.

»Wie habe ich dich vermisst, mein kleines Sternchen!«, lachte Juan und streichelte ihr durch die Locken.

»Ich dich auch, Onkel«, antwortete Emilia mit ihrem zuckersüßem Stimmchen und umklammerte ihn so heftig, dass er beinahe keine Luft mehr bekam.

»Sei nicht so ungestüm. Du erdrückst deinen Onkel sonst noch«, tadelte Maria lächelnd ihre Tochter.

»Moment mal!«, sagte Juan und setzte das Kind ab. »Da war doch etwas in meinem Gepäck, das ich beinahe vergessen hätte.«

Er öffnete die Schlaufe seiner Tasche, kramte einige Zeit darin herum bis er sicher war, dass ihn Emilia spannungsvoll dabei beobachtete und holte ein in Tuch gewickeltes Päckchen hervor.

»Ich glaube, das ist für dich!«, sagte er und gab es dem Mädchen. Emilia zog und zerrte an der Schlaufe, bis sie sie geöffnet hatte. Eine farbenfrohe hölzerne Puppe kam zum Vorschein, die er einbeinig Raul abgeschwatzt und wochenlang repariert hatte. Seiner Nichte war die Freude ins Gesicht geschrieben.

»Ist die hübsch! Danke lieber Onkel!«

»Du musst dir nur noch einen Namen für sie ausdenken.«

Emilia überlegte nur kurz. Dann legte sich ein Lächeln auf ihr Gesicht.

»Sie soll Carmencita heißen!«, schoss es freudig aus ihr heraus.

»Ein schöner Name für eine Puppe. Deine Mutter wird ihr sicher ein Kleid nähen, sobald sie Zeit dazu hat«, sagte Juan. »Dann geh mal mit ihr spielen.«

Die Kleine ging mit der Puppe nach draußen und Maria setzte sich mit einer Tasse Kaffee zu ihm an den Tisch.

»Ich werde heute das Dach reparieren, bevor uns der nächste Regen davon spült«, bemerkte Juan fast beiläufig.

»Das ist dir gestern aufgefallen?«, fragte Maria.

»Das war auch in der Dunkelheit kaum zu übersehen. Dir fehlt der Mann im Haus. Solange ich Zeit habe und hier willkommen bin, kann ich euch helfen.«

»Bevor du damit anfängst, mache ich dir ein gutes Frühstück«, antwortete Maria und ging lächelnd zum Herd.

Gleich nach den Eiern mit Speck holte Juan eine Axt aus dem Schuppen und schlug einige Schindeln aus der Rinde einer alten Palme. Als er Barinitas verließ, wusste Juan, dass er für eine gerechte Sache kämpfen würde. Sah Andreas Vater das nicht? Nein. Er wollte es nicht wahrhaben und auch auf seinen Einwand, dass er gut dafür bezahlt würde, reagierte Jorge indem er sagte, er sei ein Narr wie alle anderen auch! Die Münzen würden ihren Witwen und Waisen kein Trost sein. Juans Entschluss war für ihn ein Beweis seines falschen Patriotismus. Das war ein verzerrtes Bild, zumal er ja Recht behalten hatte! Wie, wenn nicht in Freiheit, sollte er mit einer Frau leben? Wie, wenn nicht in Freiheit, sollte er seine künftigen Kinder großziehen? Die Atmosphäre heiterer Ausgelassenheit einer Familie hatte ihm gefehlt. Nach vier Wochen waren Haus und Hof in einem besseren Zustand.

Über ein Jahr war er in den Wirren des Krieges unterwegs gewesen und wollte dem Land nun in Freiheit und Frieden dienen.

Juan überraschte es dennoch, als er auf dem Weg ins Ministerium überall die erleichterten Gesichter der Menschen, das Glück freigelassener Sklaven und der zuvor gebeutelten Bauern wahrnahm. Es machte ihm Freude zu sehen, wie ihm Menschen in seiner Uniform auf dem Weg nach Caracas zujubelten. Er sah, wie sich Paare auf der Straße offen umarmten, was unter der spanischen Gewaltherrschaft mit ihrer zweifelhaften Doppelmoral unmöglich gewesen wäre. Polizisten spazierten gemächlich an diesen unverhohlenen Bürgern vorbei, ohne ihnen mit Verhaftung zu drohen. Jetzt war es Zeit, von seinem Empfehlungsschreiben Gebrauch zu machen. Juan hatte nicht lange nach dem Weg zum Ministerium fragen müssen, denn das schöne Gebäude war kaum zu übersehen. Weiß getüncht lag es in dem schachbrettartigen, historischen Teil der Stadt, schräg gegenüber der eindrucksvollen gotischen Santa Capilla, im Herzen von Caracas. Wegen des Schreibens und seiner Uniform wurde ihm schnell der Zutritt gewährt und ein Herr in edler Kleidung führte ihn durch die dunkelen Gänge des Gebäudes und meldete ihn an. Nach und nach gewöhnte sich Juan an das dämmerige Licht und ging in dem langen Flur neugierig auf und ab. Prächtige Gemälde hingen an den mit edlen Hölzern verkleideten Wänden und jedes dieser Bilder schien eine Geschichte erzählen zu wollen. Ein Ölgemälde faszinierte ihn besonders. Es stellte eine Waldlandschaft dar, durch die ein kleiner Fluss lief. Die Blätter der Bäume hatten eine goldgelbe und braunrote Färbung und schienen unablässig von den Bäumen auf den Waldboden zu fallen. Juan rätselte gerade über die Herkunft des Bildes nach, als sich knarrend die schwere Tür des Amtszimmers öffnete.

»Señor Conteguez, treten Sie bitte ein.«

Er folgte dem Mann in den weiß getünchten Raum, in dem es intensiv nach Schmierseife roch. Ein leicht untersetzter, aber stattlicher Mann mit einem riesigen schwarzen Schnurrbart, welcher an den Enden nach oben gedreht war, schritt freundlich auf ihn zu.

»Ich danke Ihnen, dass Sie gewartet haben, Señor Conteguez,« sagt der Mann mit sonorer Stimme.

»Ich habe mich zu bedanken, dass Sie Ihre kostbare Zeit

für mich opfern und mich persönlich empfangen, Señor Minister.«

»Ihr Empfehlungsschreiben lässt mir keine andere Wahl, als Sie persönlich zu empfangen. Hauptmann Codazzi schreibt, dass Sie selbst Simón Bolívar mit ihren geistreichen Taten beeindrucken konnten.«

Dass ihm das Schreiben Codazzis weiterhelfen würde, hatte Juan gehofft, aber einen solchen Empfang nicht erwartet.

»Ich überlege noch, welche Aufgabe für einen Mann geeignet wäre, der seinen Patriotismus so klug und heldenhaft bewiesen hat. Doch zunächst lassen Sie uns etwas trinken. Mögen Sie Cognac?«

Juan nickte, hatte aber bisher außer dem billigen Fusel, den die Landbevölkerung trank, nichts kennengelernt. Der Minister füllte zwei kristallene, offenbar wertvolle Gläser mit der erdfarbenen Flüssigkeit und prostete ihm zu. Die Gläser klirrten hell, als sie sich berührten. Schon der erste Schluck überwältigte ihn. Juan spürte eine wohlige Wärme, als der Cognac in seiner Kehle leicht brennend herablief. Noch nie zuvor hatte er etwas derart Gutes getrunken.

»Er scheint Ihnen zu schmecken. Aber jetzt erzählen Sie doch ein wenig, damit ich mir ein genaueres Bild von Ihnen machen kann.«

Juan erzählte in groben Zügen von seiner Kindheit, seiner Familie und dem Leben in Barinitas. Er erwähnte auch das von ihm Erlernte und die Fähigkeit zu lernen, seine Kenntnisse in der französischen Sprache und sein selbstsicheres Auftreten den Minister zu überzeugen, da er Juans Ausführungen nickend mit wohlwollendem gesichtsausdruck folgte.

»Ihre Schilderungen sind aufschlussreich und unterstreichen mein bisheriges Bild von Ihnen. Sie scheinen ein fähiger junger Mann zu sein, aber meine Zeit fliegt dabei dahin. Also gut. Sie haben ab sofort einen Posten im Ministerium. Wann können Sie als unser neuer Mann für besondere Aufgaben im Ministerium ihren Dienst antreten, Señor Conteguez?«

»Ich ... «, begann er zögernd, »ich kann anfangen, sobald Sie mich brauchen.«

»Das hatte ich gehofft!«, antwortete der Minister, stand auf und reichte ihm die Hand.

17

CARACAS - VIER MONATE SPÄTER

Die feuchte und muffige Luft in den Kellergewölben des Ministeriums störte ihn nicht mehr so, wie noch ein paar Monate zuvor. Der Geruch paarte sich mit dem des alten Papiers inzwischen auf eine fast angenehme Art. Wenn während der Mittagszeit die Sonne hoch stand und in den Schreibstuben eine unerträgliche Hitze die kleinste Anstrengung zur Tortur machte, arbeitete er besonders gerne in dem Archiv und auch seine Kollegen unternahmen dann gerne einen Ausflug in die Kellergewölbe. Am frühen Nachmittag konnte Juan meist wieder ungestört im Archiv arbeiten. Seine neuen Aufgaben fand er spannend und abwechslungsreich. Einen Stapel aus Akten lag vor ihm ausgebreitet. Doch unter den Papieren konnte er die gesuchten Karten nicht finden, in denen er nach Hinweisen zu geheimen Stadtzugängen von Puerto Cabello suchen sollte. Er wusste, dass General José Antonio Páez kurz davor war, die letzte spanische Garnison in der Hafenstadt aufzureiben. Doch bisher hatten die Spanier die festungsähnliche Stadt halten können. Unerwartet erregte ein kleines Notizbüchlein Juans Aufmerksamkeit, da auf der Vorderseite nur die Zahl **SIETE** in Großbuchstaben geschrieben war. Neugierig löste er die lederne Schlaufe, mit der das Buch umbunden war und schlug die erste Seite auf. Er blickte auf Zahlenreihen, die mit einem Datum endeten. Darüber standen jeweils zwei oder drei Buchstaben. Er blätterte ein paar Seiten weiter, aber mit Ausnahme der Buchstabenkombinationen und Zahlen hatte sich nichts verändert. Juan konnte sich keinen Reim daraus machen und wollte das Büchlein wieder zurück zu der Akte legen, als ein kleiner vergilbter Zettel ein Stück herausrutschte. Er zog ihn zwischen den Seiten hervor und fand eine Art Schlüssel zu den Buchstabenkombinationen.

S.R. Salvador Rovieta
C.M. Caesar Marocho
P.M. Pedro Martinez
A.L. Antonio Laròn
O.A. Oscar Arreaza
J.T. Jeremy Torres
J.P. José Peres

Was hatte das zu bedeuten? Und was hatten diese Namen und merkwürdigen Kürzel und Zahlen in dem Büchlein zwischen alten Unterlagen mit Land- und Grundstücksrechten des Staates Großkolumbien und Venezuela zu tun? Einzig der Name José Peres kam ihm bekannt vor, und er überlegte, wo er den Namen schon einmal gehört hatte, kam aber nicht darauf. Er öffnete noch mal das Buch und sah sich die Zahlenreihen etwas genauer an. Am Ende jeder Seite stand eine größere Zahl alleine, ohne Kürzel und ohne Datum. Das wiederholte sich von der ersten bis zu letzten Seite des Büchleins. Plötzlich fiel ihm etwas auf und er addierte die Zahlenreihen. Er kam zu dem Ergebnis, dass die letzte Zahl die Summe der Zahlen einer Seite war. Waren das Geldbeträge? Wenn ja, dann ging es um einige Tausend Pesos. Juan konnte seine Gedankengänge nicht weiterverfolgen, denn die Türe am Ende des Gewölbekellers öffnete sich quietschend und fiel geräuschvoll ins Schloss. Er steckte rasch das Büchlein in seine Tasche und sah sich um. Ein Mann kam mit langsamen Schritten auf ihn zu. Er war ihm wegen seines langsamen und ge-bückten Ganges schon einmal aufgefallen. Seinen Namen kannte er nicht, aber andere Bedienstete des Ministeriums hatten immer wieder hinter dem Rücken des Mannes ein paar Späße über ihn gemacht. Auch jetzt stand sein dünnes, graues Haar wild in alle Himmelsrichtungen ab. Juan betrachtete seinen ausgemergelten Körper, von dem Kollegen boshaft sagten, es sei der eines alten Affen, der es nicht mehr schaffte, Bananen von den Stauden zu pflücken. Ein Sachbearbeiter, den er zu Mittag getroffen hatte, war der Ansicht, dass ein so verfallener Mann unmöglich seine Arbeit machen konnte und erzählte Juan, dass er träge, faul und zu nichts nutze sei. Seine Trägheit meinte er in seinen Augen lesen zu können. Juan störte sich an diesen Lästereien. Jetzt, da er nur noch ein paar Schritte von ihm entfernt war, erkannte er nichts Träges. Zwar machte er einen gebrechlichen Eindruck, aber seine blauen Augen sprühten vor Energie und Willenskraft. Er kam zu ihm an den Tisch und Juan begrüßte ihn.

»Buenas tardes, Señor.«

»Buenas tardes«, erwiderte er mit einer Fistelstimme.

Sein Gruß war trocken und er bemerkte seinen misstrauischen Blick. Juan nickte ihm freundlich zu. Als der Mann näher kam, sah Juan in letzter Minute, dass er den Zettel, welcher aus dem Buch gerutscht war, vergessen hatte. Er tat so, als würde er die Akten sortieren und legte rasch einen Stapel über die Notiz. Der Mann blieb stehen und blickte neugierig auf die Unterlagen vor ihm.

»Darf ich fragen, was Sie hier unten zu tun haben?«, fragte er.

»Ich denke, es ist kein Geheimnis im Ministerium, dass ich nach Unterlagen von Puerto Cabello suche.«

»Nun, dann wünsche ich Ihnen viel Erfolg. Hier unten ist nichts sortiert gelagert. Es dauert manchmal Monate oder gar Jahre, bis man eine gesuchte Akte durch Zufall findet.«

»Sie verstehen es, mir Mut bei dieser Arbeit zu machen. Nur

soviel Zeit habe ich leider nicht. Die Sache ist von großem Interesse für unser Ministerium.«

»Dann brauchen Sie wirklich Glück, Señor.«

»Conteguez. Juan Conteguez«, stellte er sich knapp vor, ohne den Mann dabei aus den Augen zu lassen.

»Mein Name ist Martinez. Ich bin Sekretär des Ministeriums.«

»Sehr angenehm, Señor Martinez.«

Der Sekretär beugte sich über den Tisch und sah sich die Unterlagen genauer an. Er nahm eines der Blätter von dem Stapel, unter dem der Zettel verborgen war. Juan wurde beinahe übel dabei und fühlte sich wie ein kleiner Junge nach einem besonders schlimmen Streich ertappt und spürte, wie sich seine Gesichtsfarbe änderte.

»Leider habe ich nicht die Zeit Ihnen bei Ihrer Suche zu helfen«, sagte er und legte den Zettel zurück auf den Stapel. »Aber lassen Sie sich einen Rat von mir geben, Señor Conteguez. Halten Sie sich nicht zu lange mit Papieren auf, die nichts mit Puerto Cabello zu tun haben und holen Sie sich Hilfe von Leuten, die die Stadt kennen.«

»Ich danke Ihnen und werde mir ihren Ratschlag zu Herzen nehmen.«

»Wenigstens hat man bei den kühlen Temperaturen hier unten einen klaren Kopf und kann sich auf die Dinge konzentrieren, mit denen man beschäftigt ist. Ich wünsche Ihnen noch einen angenehmen Tag, Señor Conteguez.«

Juan atmete erleichtert auf, als Martinez den Raum verließ. Er zog den Zettel rasch unter den Akten hervor und verstaute ihn in seiner Tasche. Das Büchlein musste er Zuhause etwas genauer ansehen. Hier wusste man nie, wer plötzlich unbemerkt hinter einem stand. Beim Blick auf seine Taschenuhr sah er, dass es spät geworden war und er ging in sein Büro in dem Ostflügel des Gebäudes in dem die Hitze nachmittags abnahm. Er überlegte, das Ministerium etwas früher zu verlassen, als es an der Türe seines Büros klopfte.

»Kommen Sie herein!«

Die Türe öffnete sich und Raul stand strahlend vor ihm.

»Deinem Gesichtsausdruck entnehme ich, dass du mit mir nicht gerechnet hast.«

»Da hast du vollkommen Recht! Wie hast du mich hier gefunden?«

»Das war nicht besonders schwer«, antwortete Raul. »Deine Empfehlung hat geholfen. Als ich dann noch erzählte, dass wir zusammen in Carabobo waren, hat man mir Arbeit gegeben.«

»Das ist eine gute Nachricht. Setze dich und erzähle mir, welche Arbeit du hast und wie du mich hier in diesem abgelegen Teil des Gebäudes finden konntest.«

Raul nahm Platz und ließ seine Blicke durch den Raum schweifen.

»Du hast ein schönes Büro, Juan«, stellte er fest. »Ich bin ab morgen mit Botengängen beschäftigt. Alle Post im Ministerium muss ich künftig verteilen habe und mich deshalb mit den einzelnen Büros und den Mitarbeitern, die auf dieser Liste stehen, vertraut gemacht. Da war es ein Leichtes, dich zu finden«, sagte Raul und legte ihm Blätter auf den Tisch.

»Hört sich nach einer sicheren Arbeit für dich an, mein Freund!«

»Das hoffe ich. Wie ergeht es dir bei deiner Schwester? Wirst du bleiben, oder führen dich deine Wege nach Barinitas zurück?«

»Maria und ihre Kinder können meinen Beistand gut gebrauchen.«

»Du bleibst also auf längere Zeit bei ihnen?«, fragte Raul neugierig.

»Ich denke schon. In Barinitas habe ich nichts mehr verloren.«

»Sicher nicht? Ich glaube, du hast da noch etwas zu erledigen, Juan!«

Er sah ihn nachdenklich an und beugte sich ein Stück nach vorne.

»Was sollte das sein?«

»Andrea?«

»Lass uns nicht darüber reden, Raul!«, herrschte er ihn beinahe an.

Raul konnte seine Verärgerung über dieses Thema von seinen Augen ablesen und beschloss, besser die Klappe zu halten.

»Jedenfalls freue ich mich auf meine neue Arbeit. Ist schon etwas anderes, als mit dir Abenteuer zu bestehen. Hier bin ich nicht rund um die Uhr in Lebensgefahr«, sagte er und Juan fiel in sein Lachen ein.

»Deinen Humor wirst du hier noch öfter brauchen. Manche Dinge sind recht umständlich organisiert. Mit Ausnahme dieser Liste vielleicht«, sagte Juan und warf einen Blick auf das Papier.

»Schau sie dir an. Ist sicher kein Geheimnis zu erfahren, wer wo arbeitet«, meinte Raul.

Juan zog die Blätter zu sich herüber und überflog eher gelangweilt die Namen. Es fiel ihm auf, dass die Liste alphabetisch geordnet war. Beim Lesen zog er seine Stirn in Falten und sah genauer hin.

Arreaza, Oscar – Westblock, 2. Etage, Zimmer 216 – Abteilung für innere Sicherheit

Juan musste nicht lange nachdenken, wieso ihm der Name so bekannt vorkam. Er kramte aus seiner Tasche das kleine Buch hervor und schlug es auf. Da war es. Er verfolgte die Liste weiter. Sämtliche Namen in dem Buch waren auch in der Liste zu finden. Alle aufgeführten Personen hatten eines gemeinsam. Sie hatten hochrangige Posten im Ministerium und damit auch Macht und Einfluss.

Laron, Antonio – Westblock, 3. Etage, Zimmer 324 – Abteilung für Angelegenheiten für den Umgang mit Verrätern
Martinez, Pedro – Westblock, 3. Etage, Zimmer 322 – Abt. für die Zusammenarbeit mit spanischen Überläufern
Marocho, Caesar – Westblock, 1. Etage, Zimmer 108 – Abt. Grenzangelegenheiten
Peres, Jose – Ostblock, 2. Etage, Zimmer 277 – Abt. Auslandszusammenarbeit
Rovieta, Salvador – Westblock, 2. Etage, Zimmer 223 – Abt. zur Erfassung spanischer Kriegsverbrechen
Torres, Jeremy – Westblock, 3. Etage, Zimmer 330 – Abt. zur Erfassung von Kriegsgefangenen in den Lagern

Juan versuchte, sich seine Aufregung nicht anmerken zu lassen und sah lächelnd zu Raul.

»Ein Geheimnis ist es bestimmt nicht. Kann ich diese Liste bis morgen behalten? Ich würde sie gerne abschreiben. Wer weiß, wofür ich sie mal brauche.«

»Ich muss sie aber in der Frühe zurück haben. Sonst kann ich nicht meine Arbeit machen, Juan!«

»Komme einfach vorher vorbei und hole sie dir bei mir ab. Dann können wir noch einen Kaffee trinken, mein Freund.«

»Und wie wäre es heute mit einem Glas Rum am Abend, wie in alten Zeiten?«, wollte Raul wissen.

Juan stand lachend auf und schüttelte den Kopf.

»Dazu habe ich heute leider nicht die Zeit. Ich muss mir sogar noch Arbeit mit zu Maria nehmen. Aber da wir uns ab morgen beinahe täglich sehen, werden wir es in den nächsten Tagen nachholen.«

»Ich freue mich darauf und mache mich mal auf den Heimweg. Etwas weiter habe ich in einer Gasse ein unbewohntes Haus gefunden und habe da noch ein paar Dinge zu reparieren.«

»Großartig! Was hältst du davon, wenn wir uns morgen dein

Haus ansehen und später ein Gläschen trinken?«, fragte Juan auffordernd.

»Eine gute Idee!«

Bevor er das Büro verließ, sah sich Juan die übereinstimmenden Namen auf der Liste nochmals an. Es gab keinen Zweifel. Alle erwähnten Personen waren im Ministerium zu finden und in leitender Position mit den Folgen der Befreiung Venezuelas beschäftigt. Das war merkwürdig und ihm fiel die Begegnung mit dem Sekretär im Archiv wieder ein. Die klaren Augen des ge-brechlich wirkenden Mannes, hatten etwas argwöhnisches, als er ihn über den Akten sah. Irgendetwas sagte Juan, dass sein Interesse nicht seiner Suche nach Hinweisen Puerto Cabellos galt. Martinez! Der Mann hieß Martinez. Es konnte ein Zufall sein, denn der Name war weit verbreitet. Aber wenn es der Pedro Martinez auf der Liste war, hatte er mit einer Sache zu tun, von der Juan keine Ahnung hatte, um was es dabei ging. Mit einem leisen Klickgeräusch öffnete er die Schnalle seiner Tasche und legte die Papiere wieder hinein. In der Sache um Puerto Cabello war er heute nicht weiter gekommen. Páez hatte um Karten und Informationen der Stadt gefragt. Für den Minister war es eine Frage der Ehre, dem General zu helfen und seine Aufgabe war es, die gewünschten Informationen zu liefern. Juan entschied, dass den Abend und vielleicht die Nacht weiter zu suchen. Er nahm sich vor, am nächsten Morgen, wenn Raul kam, um seine Liste abzuholen, ihn darum zu bitten, Martinez in seinem Büro aufzusuchen und ihm den Mann zu beschreiben. Zufällig war er einer merkwürdigen Sache auf der Spur und musste zugeben, dass er sich dafür mehr interessierte, als er es sich zugestehen wollte. Seine Neugier war geweckt.

18

PUERTO CABELLO

Er hatte sich zu den spanischen Truppen bis Puerto Cabello durchgeschlagen. Die Garnison hielt die Stellung in der Hoffnung, dass Spanien Verstärkung schicken würde, um die Übermacht der Patrioten zu brechen. Kaum hatte sich Héctor den Spaniern angeschlossen, wurden sie wieder angegriffen. Die Stadt war auf dem Landweg schon lange von der Außenwelt abgeschnitten und alle Versuche, Boten aus der Stadt zu bringen scheiterten kläglich. Jeder von ihnen wurde unmittelbar niedergemetzelt oder gefangen genommen. Trotz der schwierigen Lage in der Stadt fühlte sich Héctor wohl unter seinesgleichen. Ein Mann stand ihm dabei besonders nahe. Alexis Sánchez war ein Mann nach seinem Geschmack. Er war Kreole wie er, und hatte einen ebenso unbändigen Hass auf die Patrioten. Für ihn war es eine Revolte der minderbemittelten Unterschicht, die alles, was sie und ihre Vorfahren in Jahrhunderten aufgebaut hatten, zerstören wollten. Alexis war ein kleiner, aber kräftiger Mann, mit dem sich niemand mit Verstand angelegte. Héctor hatte mit ihm Nachtwache und so saßen sie auf dem Wehrgang der Stadtmauer und behielten die nähere Umgebung im Auge. Die Stadtgrenzen von Puerto Cabello waren mit gewaltigen Wehren versehen, welche die Royalisten mehr und mehr ausbauten. Doch trotz ihrer massiven Gegenwehr hielt die Belagerung der Patrioten unvermindert an. Es wurde für die Spanier zunehmend schwieriger, die Stellung in der Hafenstadt zu halten.

Er reichte Héctor einen Krug Wein.

»Wir müssen wach bleiben, Alexis«, lehnte er kopfschüttelnd ab.

»Von ein paar Schlucken werden wir nicht gleich einschlafen«, antwortete er.

»Das mag sein. Aber trotzdem macht der Wein müde.«

In diesem Moment explodierte nur 50 Meter von ihnen entfernt an der Mauer eine Granate. Durch die Detonation klirrte der Weinkrug, den Alex auf den Boden gestellt hatte. Beide zuckten zusammen und duckten sich.

»Solange wir in Puerto Cabello festsitzen, spielen sie mit uns. Wir müssen geballt ausbrechen und ihnen eine Lektion erteilen,« brauste Alexis auf.

»Ich stimme dir zu. Aber dazu brauchen wir Verstärkung aus Spanien. Das letzte Kurierboot haben die Briten erst letzte Woche unmittelbar vor der Küste aufgerieben. Wir sind eingekesselt und belagert.«

»Diese verdammten Rebellen!«, fluchte Alexis

»Wir müssen sie halt überlisten!«, sagte Héctor.

»Hört sich gut an. Aber wie?«

»Das weiß ich auch noch nicht. Aber mir wird schon etwas einfallen, wie man diesem Páez einen netten Streich spielt.«

In den Büschen vor der Mauer waren Geräusche zu hören und Schatten huschten von rechts nach links. Alexis zielte mit seiner Muskete und gab einen Schuss ab, dem ein Schrei folgte.

»Habe ich dich erwischt«, triumphierte er und lud die Waffe nach. Auch Héctor legte an und schoss. Doch es folgte kein Schrei.

»Daneben, mein Lieber. Du solltest vielleicht doch etwas von dem Wein nehmen. Damit geht es besser.«

Héctor grummelte etwas vor sich hin und lud seine Waffe neu. Überall um sie herum fielen jetzt Schüsse und ein Mann fiel neben ihnen kopfüber herunter. Er sah den Schützen, legte an und schoss ihn nieder, bevor er in Deckung gehen konnte. So ging es die halbe Nacht, bis eine fast unerträgliche und lähmende Ruhe in den frühen Morgenstunden einkehrte. Héctor nutzte die Zeit, um sich über einen Ausbruchversuch Gedanken zu machen. Als sie nach Sonnenaufgang abgelöst wurden, hatte er einen Plan, den er dem Stadtkommandanten machen wollte. Er verabschiedete sich von Alexis und ging zum Palast im Zentrum der Stadt. Eine Stunde nach dem Gespräch betrat er schließlich einen kleinen Krämerladen in Hafennähe und kam nach ein paar Minuten mit einem Bündel heraus. Er lief zur Stadtgrenze, öffnete das Bündel und zog eine Offiziersuniform der Patrioten an und ging zum Südtor. Die Wachen waren über sein Äußeres so erschreckt, dass sie mit ihren Pistolen auf ihn zielten. Doch Héctor hob grinsend den Arm.

»Lass das besser. Ich bin einer von euch. Seht euch das lieber an,« sagte er und hielt ihm ein Schreiben des Oberbefehlshabers unter die Nase. Kurz darauf wurde das kleine Tor geöffnet und Héctor ging lautlos und geduckt heraus. Er pirschte sich entlang der Stadtmauer weiter vom Tor weg und machte sich geduckt die nahe gelegenen Büsche als Deckung zu Nutze. Als die Kirchturmglocke schlug, hielt er den Atem an und schlich zwischen Dornengestrüpp weiter. Die Stadt lag schon gute hundert Meter hinter ihm, als plötzlich ein Soldat dreißig Schritte vor ihm stand und ihn verdutzt ansah.

»Wer seid ihr und was macht ihr hier?«, fragte er misstrauisch.

»Was fällt dir ein, du Vollidiot? Grüße gefälligst anständig, wenn du einem Offizier gegenübertrittst!«, fauchte ihn Héctor frech an.

Der Mann war wenig beeindruckt von seinem Gehabe, musterte ihn eingehend, hob unvermittelt den Arm und richtete die Waffe auf ihn.

»Du hast einen großen Fehler gemacht, Spanier. Die Uniform, die du trägst gehört nicht zu unserer Einheit.«

Auch Héctor zog die Waffe. Doch er hatte seinen Arm noch nicht durchgestreckt, als der Patriot einen Schuss abgab. Das Donnern der Pistole durchbrach die Stille, die seit dem Sonnenaufgang eingetreten war. Der Nachhall wurde jäh vom Krächzen eines Papageienschwarms übertönt, der aus den Bäumen am Rande des Feldes aufflatterte. Einen Augenblick wusste der Mann nicht, was geschehen war, denn Héctor stand unverändert vor ihm und grinste ihn an. Dann schwankte er stöhnend zur Seite, sein Arm sank herunter und seine freie Hand fuhr zur Brust hoch. Es sah so aus, als würde er gleich stürzen.

»Habe dich erwischt, spanischer Hurensohn!«, jubelte der Soldat.

Doch Héctor stürzte nicht. Mit einem Schrei, der mehr von einem Tier als von einem Menschen an sich hatte, stemmte er sich hoch. Seine Brust bebte unter der Anstrengung. Er war getroffen. Vielleicht sogar tödlich, aber etwas Stärkeres als Bleikugeln, hielt ihn auf den Beinen. Er taumelte keuchend einen Schritt zurück und hob zitternd seine Pistole. Der Soldat war verblüfft und erschrocken zugleich.

»Du bist ein toter Mann, Spanier. Du kannst nicht mal gerade stehen, geschweige denn zielen!«, schrie er ihm verunsichert entgegen.

Es folgte eine zweite Explosion. Der Kopf des Soldaten wurde abrupt nach hinten gerissen. Mit einem dumpfen Geräusch schlug er zu Boden.

»Hast den Mund ein wenig zu voll genommen«, keuchte Héctor und spuckte dem Mann ins Gesicht. »Liegst da, wie eine Marionette, der man die Fäden abgeschnitten hat. So muss es euch verdammten Rebellen ergehen!«, grölte er und drehte sich um. Auf dem Wehrgang jubelten und winkten ihm seine Leute zu und er winkte ihnen zurück.

»Allmächtiger!«, ächzte Héctor. »Gütiger Gott im Himmel!«

Langsam, als wollte er beten, sank er auf die Knie. Die Spanier sahen das und kamen in Bewegung. An seiner Kleidung klebte Blut, das langsam zwischen seinen Fingern hindurch sickerte. Er kippte zur Seite und sein Körper wurde von einem rasselnden Husten geschüttelt. Héctor lag eine Weile im Gras und bemerkte nicht, dass ein Mann zu ihm kam.

»Hörst du mich? Das war Wahnsinn, was du da gemacht hast!«, schrie ihn Alexis an. »Aber keine Angst. Du wirst nicht sterben«, sagte er. »Ich bringe dich zurück. Ein Arzt wartet schon auf dich.«

19

EL JUNQUITO / CARACAS

Es kam häufig vor, dass er, so wie am Vortag, bis spät in die Nacht in seinem Büro saß und mitunter auch dort übernachtete. Maria hatte irgendwann aufgehört, sich Sorgen zu machen, wenn Juan abends nicht kam. Zuerst dachte sie, er hätte eine Frau kennengelernt. Aber sie musste bald erkennen, dass ihr Bruder weder Zeit noch Interesse an Frauen hatte. Über Andrea hatten sie nicht mehr gesprochen, da sie nicht in seinen alten Wunden kratzen wollte und doch wusste sie, dass er diese Frau noch immer liebte und nahm an, dass ihr Bruder nur aus diesem Grund keine andere Frau an sich heran ließ. Dabei gab es in El Junquito genug alleinstehende junge Witwen, deren Männer im Krieg gefallen waren. Viele von ihnen waren an Juan interessiert. Es belustigte Maria, wenn sie mit ihm flirteten und ihm schmachtende Blicke zuwarfen. Doch Juan hatte kein Auge für sie und daran musste sich etwas ändern. Es war an einem Sonntag nach der Kirche, als Juan entspannt auf der Bank vor dem Haus saß und auf einem Halm kaute.

»Magst du noch essen? Ich könnte dir noch den Rest vom dem Braten bringen«, fragte ihn Maria.

»Das ist lieb von dir, aber ich bin wirklich satt. Es war köstlich.«

»Es gibt im Ort Frauen, die auch gerne für dich kochen würden!«, sagte Maria, um das Gespräch in die gewünschte Richtung zu bringen.

»Ach ja?«, fragte Juan. »An wen denkst du denn da?«

»An keine Bestimmte«, antwortete Maria. »Aber ich glaube, dass es nicht gut ist, dass du so lange alleine bist. Du hilfst mir sehr und die Kinder lieben dich. Aber du solltest auch eigene Kinder und eine Frau haben, Juan!«

»Ihr seid meine Familie und ich bin glücklich.«

»Nein, das bist du nicht. Ich kenne dich von klein an und lese in deinen Augen. Jeder Mann braucht eine Frau. Auch du!«

»Maria, ich möchte darüber nicht reden. Bitte.«

»Nein, Juan! Diesmal reden wir darüber!«, sagte sie energisch. »Du bist ein begehrenswerter, attraktiver Mann und ich weiß, dass du Andrea nachtrauerst. Wenn du sie nicht vergessen kannst und sie so sehr liebst, dass du keine andere Frau an dich heranlassen kannst, dann zeige ihr das. Springe über deinen Schatten, besuche sie und verschaffe dir Klarheit!«

Juan war verblüfft. Maria hatte den Kern seiner innersten Gefühle erkannt. Aber die Begleit-umstände waren auch nicht zu ändern.

»Du weißt, dass sie mich nicht mehr sehen wollte, weil ich in den Krieg zog, und auch wie der alte Diego zu mir steht. Héctor würde mich heimtückisch meucheln, wenn ich nochmals in ihre Nähe komme.«

»Das weißt du doch gar nicht. Héctor verdankt dir sein Leben und er war auch im Krieg und vielleicht ist er ...«, Maria stockte.

»Gefallen?«, ergänzte Juan fragend ihren Satz.

»Oder in Gefangenschaft. Du kannst euer Glück doch nicht von dem Wohlwollen ihres Bruders abhängig machen!«

Juan kratzte nachdenklich an seinem Kinn.

»Ich habe doch gar keine Zeit und außerdem ...!«

Maria schnitt im das Wort ab.

»Was suchst du denn immer nach Ausreden? Andrea macht sich zweifellos Sorgen, ob du den Krieg überlebt hast. Sei doch nicht so furchtbar stur, Juan.«

»Ich muss arbeiten. Wie stellst du dir das vor?«

»Du arbeitest jeden Tag und beinahe jede Nacht im Ministerium. Ich glaube nicht, dass man dir ein paar freie Tage verweigern würde.«

» Ich werde deinen Ratschlag überdenken.«

»Was kann dir schon großartig passieren?«

»Außer, dass mich der Alte vom Hof jagt und sich Héctor mit mir prügelt, nicht viel. Ich würde ihm schon ein paar ordentliche Kinnhaken verpassen.«

Maria lächelte und streichelte seine Wange.

»So gefällst du mir schon viel besser!«, sagte sie erleichtert.

»Kann ich dich und die Mädchen denn alleine lassen?«

»Na ja, die Welt ist brutal und ungerecht, oder nicht? Wir sind das inzwischen gewöhnt. Aber sei unbesorgt. Uns wird kein Härchen gekrümmt, wenn du ein paar Tage nicht da bist.«

»Also gut. Ich habe noch eine wichtige Aufgabe im Ministerium zu erledigen. Sobald ich das erledigt habe, werde ich um Urlaub bitten.«

Als Raul sein Büro verließ, versprach er ihm bis Mittags eine Beschreibung dieses Martinez abzugeben. Sie hatten sich für die Mittagspause in der *Cantina*, einem kleinen Gasthaus nahe des Ministeriums verabredet. Vor ihm häuften sich die Aktenberge über Puerto Cabello, die er im Archiv gefunden hatte. In den Unterlagen fand er einzig eine alte Aufzeichnung eines Bischofs, in der auf einen geheimen Zugang zu der Stadt hingewiesen wurde. Aus der fast Hundert Jahre alten Notiz ging hervor, dass sich die Geistlichen beim Bau der Stadt vor Angriffen von Eingeborenen fürchteten. Den Bau eines geheimen Ausganges aus Puerto Cabello begründeten sie damit, dass sie die Kirchenschätze rechtzeitig in Sicherheit hätten bringen müssen, falls die Stadt überfallen wurde. Juan schüttelte den Kopf, denn dass die

Indianerstämme von hohen Kirchenmännern und Konquistadoren im 16. Jahrhundert konsequent ausgerottet wurden, war kein Geheimnis. Bei der Gründung Puerto Cabellos waren kaum noch nennenswerte Indianerstämme in der Region zu finden. Solche Dinge über die Geschichte des Landes zu erfahren, waren jene spannenden und hilfreichen Vorteile seiner Arbeit im Ministerium. Jetzt musste er nur noch herausfinden, wo dieser erwähnte geheime Zugang zu finden war. Möglich war er im Laufe der Jahre verschüttet worden, denn außer dieser Aufzeichnung konnte er keine weiteren Hinweise darauf finden. Juan wurde aus seinen Gedanken gerissen, als sich die Türe öffnete und Raul eintrat.

»Ich habe Martinez gerade seine Post gebracht«, erklärte er.

»Dann hast du ihn gesehen?«

»Und wie ich ihn gesehen habe. Er wollte wissen, wer ich bin und sah mich direkt an.«

»Mache es nicht so spannend, Raul. Wie sieht er aus?«

»Ich hatte das Gefühl, dass er mich mit seinem stechenden Blick auskundschaften wollte. Das war äußerst unangenehm.«

»Beschreibe ihn genauer. Hast du gesehen, welche Augenfarbe er hat?«

»Blau und er hat graues, dünnes Haar, welches wild vom Kopf absteht.«

»Sehr interessant! Weiter!«

»Bevor ich sein Büro verließ, sah ich noch wie er sich von seinem Platz erhob. Er machte einen schwächlichen Eindruck. Martinez sieht aus, als wäre er halb verhungert und ich glaube, dass er Rückenprobleme hat. Er bewegt sich nicht aufrecht.«

»Gut gemacht!«

»Aber warum wolltest du das alles wissen?«

»Es ist reine Neugier. Mir ist der Mann nur ein paar Mal begegnet und ich hatte von ihm gehört. Am besten ist es, wenn du die Sache vergisst.«

»Warum?«

»Vergiss es einfach. Nun lass uns in die *Cantina* gehen. Ich habe Hunger.«

Sie aßen Schweinebraten mit schwarzem Reis, der Juan zwischen den Zähnen klebte. Er versuchte gerade ein Korn mit einem Span zu entfernen, als sich die Türe öffnete und Martinez die Gaststube betrat. Raul saß mit dem Rücken zur Türe und konnte nicht sehen, wer rein oder raus ging, aber er bemerkte Juans erschrockenen Blick und wollte sich gerade herumdrehen.

»Nicht!«, sagte Juan leise und schüttelte den Kopf.

Raul sah ihn fragend mit zusammengekniffenen Augen an.

»Martinez!«, flüsterte er.

Doch der Mann hatte ihn schon entdeckt und kam zu ihrem Tisch.

»Señor Conteguez. Sie scheint auch der Hunger hierher zu treiben«.

»Buenas tardes, Señor Martinez. Tja, das gute Essen in der Cantina ist anscheinend bei den Leuten im Ministerium beliebt.«

»Es ist nicht besonders gut, aber preiswert«, verbesserte ihn Martinez und musterte Raul ab-schätzig.

»Ich habe Sie doch heute Morgen gesehen. Sie sind der neue Botenjunge, stimmt's?«

»Wenn Sie das so sagen«, meinte Raul verärgert über den Botenjungen.

»Auf jeden Fall ist das Essen nicht schlecht, sonst hätte ich Sie hier gewiss nicht angetroffen«, stellte Juan fest.

»Schlecht ist es nicht. Aber auch nicht besonders gut. Nun ja, aber es ist freundlich von Ihnen, Señor Conteguez, dass Sie mit einfachen Boten zu Mittag speisen.«

Juan bemerkte, wie sich Rauls Gesichtsaudruck versteinerte.

»Sie irren, wenn Sie meinen, dass er nur ein Bote ist. Raul

Corón hat tapfer mit mir gegen die Royalisten und Spanier in der Schlacht von Carabobo gekämpft!«

Das gehässige Grinsen verschwand aus dem Gesicht des Sekretärs.

»Wie dem auch sei. Ich wünsche Ihnen einen gesegneten Appetit, meine Herren«, sagte er und suchte sich einen Platz am Fenster.

»Was für ein blöder Fatzke!«, ärgerte sich Raul.

»Rege dich nicht auf. Er ist nur etwas seltsam.«

»Der ist nicht seltsam. Der ist überheblich! Botenjunge! Ich bin sicher kein Junge mehr. Das war eine Frechheit. Ich habe bestimmt schon mehr für unser Land getan, als dieser alte senile Greis«, fluchte Raul.

»Du hast ja Recht, aber ärgere dich nicht weiter darüber. Ich übernehme die Rechnung und dann zurück ins Ministerium.«

»Du übernimmst die Rechnung? Meine Laune wird schlagartig besser.«

»Wir müssen los, mein Freund. Meine Arbeit macht mir gerade Probleme.«

»Probleme?«, fragte Raul nach.

»Vielleicht später.«

Als die Türe der *Cantina* hinter ihnen ins Schloss fiel, dachte Juan, dass er Raul von seiner Aufgabe erzählen könnte. Er berichtete ihm in groben Zügen um was es ging und er über diesen geheimen Zugang herausgefunden hatte.

»Wäre es nicht das Einfachste, wenn du in alten Kirchenbüchern suchst?«

»Aber die, welche Puerto Cabello betreffen, befinden sich innerhalb der Stadtmauern. Wie stellst du dir das vor? Soll ich die Spanier fragen, ob ich mal einen Blick hinein werfen darf?«

»Einen Versuch wäre es ja wert. Wir könnten diesen blöden Martinez vorschicken. So wie der aussieht, lebt der nicht mehr allzu lange«, scherzte Raul. »Vielleicht findest du mehr in den Akten. Viel Spaß bei der Suche. Der Botenjunge wird noch ein paar Briefe verteilen.«

»Ärgere dich nicht mehr darüber. Wir sehen uns morgen. Und danke!«

»Danke wofür?«

»Für deinen Rat. Vielleicht habe ich Glück und finde was ich suche.«

Juan nahm seine Tasche und verschwand für die nächsten Stunden in den unteren Gewölben. Er suchte unermüdlich und entdeckte schließlich in einem verstaubten Regal einige kirchliche Unterlagen. Doch solange er in den Akten auch blätterte, er fand nichts über Puerto Cabello und auch sonst keine relevanten Unterlagen, die Hinweise auf diesen merkwürdigen Geheimgang gaben. Es half nichts, er kam an dieser Stelle nicht weiter. Juan überlegte, was er dem Sekretär sagen sollte. *Da gibt es einen Geheimgang, aber ich habe keine Ahnung, wo der sich befindet und ob es ihn überhaupt noch gibt*. Der Mann würde ihn zusammenstauchen. Schließlich wartete man ungeduldig auf brauchbare Ergebnisse. Entnervt ließ sich Juan auf den Stuhl fallen. Er kam sich vor, wie eine dieser Schaben, die hier in den Gewölben zu Tausenden in der staubigen und tristen Umgebung unterwegs waren. Juan tat das, was er immer in solchen Fällen tat. Er ließ seine Gedanken schweifen und dachte an den gestrigen Abend und das Gespräch mit Maria, die ihm dazu geraten hatte, Andrea aufzusuchen. Vielleicht sollte er einfach um Urlaub bitten. Aber solange seine Arbeit nicht erledigt war, würde man sein Gesuch ablehnen. Natürlich wollte er eine Reise auch mit einem Besuch von Valega verbinden. Er freute sich auf das Wiedersehen mit dem Pater, der ihm nicht selten mit Rat und Tat zur Seite gestanden hatte. Aber auch andere Dinge verbanden sie so wie ihre Freundschaft. Er erinnerte sich an einen Abend, an dem Valega soviel getrunken hatte, dass er von seinem Stuhl rutschte. Es war jener Abend, an dem Valega von seiner Zeit vor Barinitas erzählte als er noch jung war und an der Küste seine erste Gemeinde übernahm. Und zuvor war er in einer Kirche in ... Juan fiel es wie Schuppen von den Augen! Er war Novize in Puerto Cabello!

20

HAZIENDA DIEGO

Seine Tochter war einer der seltenen Menschen, die Glück und Zufriedenheit ausstrahlten, auch wenn die Zeiten keinen oder nur wenig Anlass für derartigen Optimismus gaben. Ein Wesenszug, den sie von ihrer Mutter geerbt hatte, und nicht auf den ersten Blick erkennbar war. Jorge gefiel, dass diese Eigenschaft war mit einem äußerst scharfsinnigen und intelligenten Verstand gepaart war. Vielleicht auch deshalb erinnerte sie ihn so sehr an seine verstorbene Frau, dass er Andrea keinem anderen Mann übergeben wollte. Doch jetzt hatte er sie mit Carlos verheiratet, und dafür hasste sie ihn. Ein paar Jahre zuvor sah Jorge noch das Problem, dass es keine Männer für sie gab, die seinen Anforderungen für Andrea genügen würden. Die, die es gab, waren im Krieg gefallen oder ihrer Privilegien von den Patrioten beraubt worden und Juan war für die umwälzende Veränderungen in Venezuela mit verantwortlich. Damals wünschte Jorge, dass er von ihm nie wieder etwas hören würde. Doch heute wünschte er sich, dass er da wäre. Carlos war ein schlechter Verwalter, faul und stets mit seinen Aufgaben im Rückstand. Je mehr er darüber nachdachte, desto bewusster wurde ihm die Fehlentscheidung, die ihm Héctor abgerungen hatte. Juan hingegen war ein passables Mannsbild und sein Ehrgeiz und Mut hatten Jorge trotz seiner Verblendung auch beeindruckt. Solche Gedanken verwarf er jedoch immer wieder, weil es ihnen unter der Herrschaft der spanischen Krone gut ging. Nun saß er auf seiner Veranda und schaukelte gedankenverloren und traurig in seinem Schaukelstuhl, als Andrea zu ihm kam und ihm einen Kaffee reichte. Sofort waren seine trüben Gedanken verscheucht und ein Lächeln umspielte seinen Mund. *Sie kann mich um den Finger wickeln, wie es ihr passt*, dachte er. *Das Dumme ist nur, dass sie das auch nur allzu gut weiß.* »Lieb von dir, Andrea.«

»Es ist sonst keiner da, der sich um dich kümmert«, sagte sie kühl.

Lisa, die Jorge immer die *alte Küchenschabe* nannte, weil ihr mürrisches Gemecker in der Küche kaum zu überhören war, kam wegen ihres Alters ohne Hilfe kaum mit der Arbeit nach. Daher half ihr Andrea in letzter Zeit immer öfter in der Küche.

»Wäre doch Héctor hier. Er würde sich um alles kümmern«, stöhnte er.

»Er wird sicher bald nach Hause kommen, Vater.«

Da waren wieder das unzerstörbare Selbstvertrauen und der Optimismus seiner Tochter, die wider Erwarten nach der erzwungenen Ehe mit Carlos doch nicht mit ihm gebrochen hatte.

»Wenn ihm nichts passiert ist, wäre Héctor schon lange wieder hier. Mache mir keine Hoffnungen, die nicht begründet sind.«

»Warum solltest du deine Hoffnung aufgeben, Vater? Der Krieg hat die Menschen in alle Teile des Landes vertrieben. Héctor ist stark und lässt sich nicht so leicht besiegen. Er wird zurückkommen.«

Jorge stellte den Kaffee ab und streichelte die Hand seiner Tochter.

Plötzlich aufziehende Regenwolken verdunkelten den Himmel, dass der Tag beinahe zur Nacht wurde. Als die ersten Tropfen fielen stand Jorge auf und wollte ins Haus. Andrea blieb dennoch sitzen.

»Du willst bei dem Wetter noch draußen bleiben?« fragte er

mit skeptischem Blick nach oben. Jorge sah, dass aufkommender Wind Staub auf dem Hof aufwirbelte.

»Du weißt doch, dass ich den Regen liebe.«

»Ich erinnere mich«, sagte er. »Aber ich gehe lieber ins Trockene.«

Andrea mochte den abkühlenden Sommerregen und manchmal nahm sie in ihm ein Bad, wenn niemand zusah. Dann klebte ihre Kleidung an ihrem Körper und betonte ihre Konturen so, dass es unanständig war wenn man sie so sah. Sie lauschte dem immer heftiger werdenden Trommeln des Regens auf dem Dach und beobachtete, wie die riesigen Blätter der Bäume und Pflanzen im Takt des Windes auf- und ab schaukelten. Der Duft der angrenzenden Pflanzungen wurde aromatisch in ihre Nase getrieben. Wegen des lauten Getöses hörte sie nicht das Pferd näher kommen. Erst als der Reiter den Hof erreichte, sah sie dessen Gestalt. Der schlanke Mann mit dem dunklen Umhang hätte kaum mehr als einen flüchtigen Blick auf sich gelenkt, wäre er Andrea nicht bekannt vorgekommen. Ein Eindruck, der noch durch sein langes schwarzes Haar verstärkt wurde, das ihm regennass am Kopf klatschte. Er stand fast in der Mitte des Hofes, als sich ihre Blicke trafen. Zuerst glaubte sie zu träumen. Dann hatte sie das Gefühl, ihr Herz würde stehen bleiben. Das konnte unmöglich sein und dachte, sie würde sich täuschen. Doch bevor sie weiterdenken konnte, stand Felipe neben ihr.

»Gehe wieder rein, mein Sohn. Ich komme auch gleich«, sagte sie.

Der Junge drehte sich um und ging ins Haus. Andrea fixierte wieder den Mann auf dem Hof. Als er abstieg und auf sie zukam, waren ihre Zweifel vergessen und sie rannte durch den Regen und erreichte seine geöffneten Arme. Andrea konnte ihr Glück kaum fassen und ihre Freudentränen vermischten sich mit dem Regen.

»Liebster«, raunte sie ihm zu.

Weiter kam sie nicht, denn Juan küsste sie und jedes Wort in ihrem Mund erstarb unter seiner Zärtlichkeit. Erst als der Regen bis auf ihre Haut gedrungen war und Andrea zu frieren begann, lösten sie sich voneinander. Sie nahm seine Hand und führte ihn zum Haus.

Auf der Veranda trockneten sie sich ab und Juan sprach zum ersten Mal seit seiner Ankunft. »Du bist noch schöner geworden, als du es bei meiner Abreise warst«, schmeichelte er ihr.

»Du solltest doch nicht mehr kommen«, sprach sie und ihre funkelnden Augen straften sie Lügen, während sie sanft seine Wange streichelte.

»Du liebst mich und ich liebe dich. Ich bin heute in einer anderen Position und gekommen um bei deinem Vater um deine Hand anhalten, Andrea«, sagte er voller Überzeugung mit fester Stimme.

»Juan, das geht nicht«, sagte sie voller Traurigkeit und spürte, wie sich ihre Augen mit Tränen füllten.

»Warum sollte das nicht gehen?«

»Weil ich verheiratet bin«, antwortete sie zögernd und so leise, dass er es kaum verstehen konnte.

»Du bist was?«, fragte er ungläubig.

»Juan, es war nicht meine Entscheidung. Héctor …!«

»Héctor? Ich hätte ihn damals töten sollen. Wie kann das sein?«, stotterte er. »Wie konntest du einen anderen Mann heiraten?«

»Ich hatte keine Wahl«, sagte sie und fasste seine Hand. Juan entzog sie ihr aber sofort und trat einen Schritt zurück.

»Wer ist es?«, fragte er wütend und nachdrücklich.

»Carlos.«

»Carlos? Welcher Carlos?«

»Der Carlos, den du kennst.«

»Der, den ich kannte ist tot.«

»Es war ein Trick. Nur du solltest glauben, er sei umgekommen und ich musste ihn heiraten«, antwortete Andrea, und es tat ihr im Herzen weh, dem Mann den sie über alles liebte soviel Schmerz zuzufügen.

»Dann wünsche ich dir viel Glück«, sagte Juan und wandte sich um.

Andrea hielt ihn aber am Ärmel und sagte, »Warte. Lass dir doch erklären.«

»Da gibt es nichts mehr zu erklären!«, antwortete er, riss sich von ihr los und ging schnellen Schrittes zu seinem Pferd.

»Warte!«, rief Andrea weinend und lief ihm nach, als sich plötzlich die Türe des Hauses öffnete und Carlos die Situation erfasste.

»Was ist hier los? Gibt es Probleme?«, fragte er selbstüberzeugt.

»Nein. Ich wollte euch nur gratulieren«, sagte Juan und drehte sich um.

»Juan?«

Er hatte sich schon auf einen Zweikampf mit ihm eingestellt, als sich ihm Carlos wutentbrannt näherte. Juan sah noch, dass sich Andreas Blick ängstlich zwischen ihnen hin und her bewegte.

»Dass du mich noch erkennst, verwundert mich ein wenig.«

»Was willst du hier, Juan?«, fragte Carlos.

»Als ich hier ankam, dachte ich, ich wüsste es!«

»Wenn du wegen Andrea gekommen bist ...«, begann Carlos und ballte seine Fäuste.

»Vergiss es einfach, Arschloch!«, antwortete Juan und wandte sich seinem Pferd zu. Juan spürte die Gefahr und drehte sich gerade noch rechtzeitig in einer flinken Bewegung zur Seite, als Carlos unvermittelt auf ihn zulief und setzte zum Sprung ansetzte. Dumpf landete er in der Seite seines Pferdes, welches sofort stieg und zu wiehern begann. Juan packte ihn gleich am Kragen und schlug ihm mit der Faust so fest ins Gesicht, dass er das Knacken seiner Nase hören konnte. Carlos hielt nach vorne gebeugt seine Nase und wollte sich wieder aufrichten. Aber Juan schlug ihm hart in den Magen und trat ihm mit dem Knie ins Gesicht. Stöhnend ging Carlos vor seinen Augen auf den Boden und hielt die Hände vor sein blutende Gesicht.

»Das war nicht wegen Andrea, sondern wegen deines Verrats. Wäre es um sie gegangen, wärst du jetzt tot.«

»Verrat? Wovon sprichst du?«, gurgelte er.

»Hört sofort auf!«, schrie Andrea.

»Keine Angst, ich lasse deinem Gatten sein Leben«, antwortete Juan ohne sie zu beachten.

»Wie gnädig. Ich hätte dir eine Kugel durch den Kopf jagen sollen, als du auf den Hof kamst!«, stöhnte Carlos und wischte sich das Blut aus dem Gesicht.

»Dann bete zu Gott, dass wir uns nie wieder begegnen, du miese Ratte!«, zischte Juan und trat ihm noch mal in die Seite. Carlos heulte auf und Andrea ging zu Juan.

»Und dich will ich auch nie wieder sehen«, sagte er kalt und stieg auf sein Pferd.

»Du machst es dir recht einfach, Juan«, antwortete sie und hielt das Pferd an den Zügeln. »Ich dachte, ich könnte dir alles erklären.«

»Was gibt es da noch zu erklären? Lasse sofort das Pferd los!«

Ein bitteres Lächeln umspielte seine Mundwinkel, als er dem Pferd die Sporen gab und von dem Hof ritt. Andrea aber fiel auf die Knie und bedeckte ihr verweintes Gesicht.

»Nein!«, schrie sie in die Nacht und schluchzte bitterlich. »Nein, nein!«

Carlos richtete sich stöhnend auf und trat vor seine Frau. »Es ist unfassbar, dass mein Weib einen solchen Aufstand wegen eines dreckigen Verräters macht,« sagte er und schlug ihr ins Gesicht. Es war nicht das erste Mal, dass Andrea von Carlos geschlagen wurde. Doch jetzt funkelte sie ihn böse an, ballte eine Faust und schlug ihm blitzschnell und mit aller Kraft auf die gebrochene Nase, aus der sofort ein weiterer Blutschwall spritzte. Carlos brüllte vor Schmerz und wollte auf sie los. Doch Andrea sprang geschickt zur Seite und er taumelte an ihr vorbei.

»Du wirst mich nie wieder anfassen, du Schwein«, fauchte sie. »In keiner Beziehung!«, ergänzte sie und trat ihm mit voller Wucht zwischen die Beine. Carlos ging erneut zu Boden und Andrea ließ ihn stöhnend im Dreck liegen. Mit gesenktem Blick betrat sie das Haus.

»Was ist passiert?«, wollte Jorge wissen, der ihr entgegen kam.

»Nichts, Vater!«, sagte sie und ging an ihm vorbei nach oben und fragte sich warum sie Juan nicht aufgehalten hatte? Sie hätte Felipe endlich sagen können, wer sein wirklicher Vater war. Ihre Tränen liefen heftiger, als sie schluchzend auf ihrem Bett lag und ihren Kopf im Kissen vergrub.

Jorge hatte das Drama vom Fenster aus beobachtet. Er wusste längst, dass es falsch gewesen war, Andrea gegen ihren Willen zu verheiraten. Und das alles nur, um Juan zu zwingen nicht mit den Patrioten zu kämpfen. Carlos erwies sich nicht nur als Verwalter, sondern auch als Ehemann seiner Tochter und als Vater seines Enkels als unfähig. Jorge schätzte, dass Juan direkt zu Valega weiter geritten war und ahnte, dass er nicht abreisen würde, ohne ihn vorher besucht zu haben. Er beschloss Juan am nächsten Morgen dort zu treffen und ihn über das tatsächliche Geschehen und der Ehe mit Carlos aufzuklären.

Juan hatte sich gewünscht, Weihnachten mit Andrea zu verbringen und ärgerte sich darüber, sich falsche Hoffnungen gemacht zu haben. Schließlich war viel Zeit vergangen. Zu viel Zeit. Andrea war eine attraktive Frau. *Aber wieso ausgerechnet Carlos?*, dacht er. Carlos war hässlich, dumm und hatte ihr nichts zu bieten. Juan fragte sich, ob es alleine Héctor war, der ihrer Liebe ein Ende gesetzt hatte. Schließlich hatte er es ihm prophezeit. Gedankenverloren hatte Juan nicht bemerkt, dass er vor seinem alten Haus Halt machte. Es war nicht wieder aufgebaut und allerlei Gestrüpp machte sich im einstigen Wohnraum breit. Nur noch die Grundmauern standen und ein alter Hund lief auf dem Grundstück herum. Je mehr er darüber nachdachte, umso mehr hatte er das Gefühl sich hier nie wirklich wohl gefühlt zu haben. Er wollte nur noch schnell weg von diesem Ort und trieb sein Pferd an.

Er sah den Pater in seinem Garten zwischen den Kräutern Unkraut hacken. Als Juans Pferd schnaubte, blickte Valega auf. Er rieb sich die Augen und als er sah, wer ihn da besuchte, huschte ein herzliches Lachen über sein Gesicht und er ließ die Hacke fallen. Als Juan abgestiegen war, umarmten sie sich wie es alte Freunde taten.

»Mein Gott, bin ich froh, dich wiederzusehen, mein Sohn.«

»Ich freue mich auch, Pater. Ich musste einfach wiederkommen.«

»Komm ins Haus«, sagte er und wischte seine mit Erde verschmierten Finger an der Schürze ab.

»Ich war gerade bei der Familie Diego«, begann er, als sie in der Küche Platz genommen hatten.

»Du willst wissen, was passiert ist?« fragte er wissend, dass er wegen Andrea gekommen war und empfand Gewissensbisse wegen ihrer Trauung.

»Andrea ist mit diesem Carlos verheiratet«, stellte Juan nüchtern fest.

»Ich wollte mich weigern, sie zu trauen«, sagte er, während er seine Hände wusch. »Aber Diego kennt den Bischof und der hat Druck gemacht. Ich hatte keine andere Wahl. Es tut mir leid, Juan!«

»Sie trifft keine Schuld, Vater. Ich weiß, dass es Intrigen waren.«

»Carlos ist damals nicht in das brennende Haus gelaufen, sondern in dem Rauch verschwunden. Wir sollten nur denken, dass er umgekommen war. Der Schurke hatte sich längst auf die Seite der Royalisten gestellt. Wie geht es dir damit?«, wollte Valega wissen.

»Ich habe Carlos die Nase gebrochen.«

»Das hätte ich gerne gesehen, mein Sohn. Und Andrea?«

»Das hat sich für mich erledigt, Pater!«

Juan sah die Traurigkeit, die sich auf Valegas Gesicht legte. »Sie wurde zu der Heirat gezwungen«, antwortete er und füllte die Gläser.

»Sie hätte ganz einfach Nein sagen können.«

»Ich weiß inzwischen mehr darüber. Andrea hat mir von den Umständen erzählt. Carlos hat für ein paar Dienste ihre Hand verlangt. Für ihn war es der perfekte Handel und sie wurde unter Druck gesetzt.«

»Es ist aber nichts daran zu ändern, dass sie jetzt verheiratet ist«, sagte Juan wütend und traurig zugleich.

»Du warst lange weg und es ist viel in der Zeit passiert. Ich muss dir noch etwas erzählen, Juan.«

»Machen Sie es nicht so spannend, Pater.«

»Andrea hat einen Sohn«, sagte er leise.

»Ich habe ihn kurz gesehen. Das macht es für mich umso einfacher, mich dort nie wieder sehen zu lassen, Vater. Lassen Sie uns das Thema wechseln. Ich will heute nichts mehr von den Diegos hören!«

Valega erzählte ihm nicht mehr, dass Andreas Sohn seine Augen hatte, da es offenbar sonst niemandem aufgefallen war. Er befürchtete, dass sein Wissen nur weitere Probleme ausgelöst hätte und Juan es nicht glauben würde. Auch konnte die Ehe mit

Carlos nur mit Jorges Einwilligung annulliert werden. »Erzähle mir, wie es dir geht. Du siehst gut aus und deine Hände haben keine Schwielen mehr.«

Juan berichtete von Maria, seiner Arbeit und wie es ihm nach dem Krieg ergangen war und Valega hörte ihm aufmerksam zu.

»Ich bin nicht nur wegen Andrea nach Barinitas gekommen, sondern auch Ihretwegen, Vater. Ich brauche Ihre Hilfe.«

»Du weißt, dass ich dir immer helfe, wenn es in meiner Macht liegt.«

»Es hat mit Ihrer Zeit in Puerto Cabello zu tun«, sagte Juan und erzählte, dass die Spanier die Stadt noch immer hielten. Er erwähnte von einem geheimen Zugang gehört zu haben und er sich fragte, ob es diesen wirklich gab. Valega stellte seinen Wein auf den Tisch und runzelte nachdenklich die Stirn. Nach einer Weile huschte ein Grinsen über sein Gesicht und er blickte auf.

»In meiner Zeit in Puerto Cabello war ich in der Catedral San José. Wir jungen Novizen hatten nicht immer den nötigen Respekt vor den hohen Geistlichen. Vielmehr hatten wir, wie alle jungen Menschen, den Drang Schabernack zu treiben. Damals war ich mit dem heutigen Abt befreundet. Wie hieß er noch gleich? Es fällt mir gleich ein. In unserer Neugier erkundeten wir eines Nachts die Kellergewölbe der Kathedrale. Mit Fackeln bewaffnet sind wir durch die Gänge geschlichen. Ich weiß noch wie heute, dass unsere Fackeln in einem der Gänge zu zittern anfingen und wir einen Luftzug spürten, den es dort unten nicht hätte geben dürfen. Unser Entdeckungstrieb war ohnehin geweckt und so suchten wir woher er kam. Den Grund des Luftzuges fanden wir in einer Wand am Ende eines Ganges. Dort fehlten ein paar Steine. Sie waren lose irgendwann heruntergefallen. Der Boden war voller Staub. In diesem Teil des Gewölbes konnte seit langer Zeit kein Mensch mehr gewesen sein. Wir betrachteten die Wand genauer und lösten vorsichtig ein paar weitere Steine. Glaube mir, wir waren alles andere als ängstlich, denn auch damals hatten wir unsere Vorliebe für guten Messwein und der hatte uns Mut gemacht.« Valega schenkte sich und Juan nach, bevor er fortfuhr. »Jedenfalls hatten wir es irgendwann geschafft, das Loch so groß zu machen, dass wir durch passten. Mein Gott, war das unheimlich. In dem niedrigen Gang mussten wir gebückt laufen. Er hatte keine Abzweigungen, nur eine leichte Kurve und erst nach etwa zehn Minuten wurde es heller und wir fanden den Ausgang mitten in einem dornigen Gestrüpp hinter der Stadtmauer. Von den Dornen waren wir blutig an den Armen und im Gesicht und unsere Kleider sahen aus, als hätten wir uns im Schlamm gewälzt. In diesem Zustand sind wir zurück und bekamen großen Ärger, als man uns so sah. Eine Woche lang musste ich in meiner Zelle beten und Demut zeigen«, lachte Valega und schüttelte den Kopf. »Verzeih mir, Juan. Das ist keine Geschichte, die sich ziemt. Und auch keine, die ich einem meiner Schäfchen erzählen sollte.«

»Aber bei mir ist es etwas anderes. Auf Ihr Wohl und auf unser kleines Geheimnis, Vater«, sagte Juan und prostete ihm zu. »Wissen Sie denn noch, wo der Ausgang des Ganges war?«

»Mein Gott, nein. Das ist zu lange her. Aber ich weiß, dass er unweit der östlichen Stadtmauer mitten in einem Gestrüpp war. Es tut mir leid, dass ich dir da nicht bessere Auskunft geben kann, mein Sohn. Aber mir ist eingefallen, wie der heutige Abt heißt. Sein Name ist José Rodrigez Martínez.«

»Sie haben mir eine wichtige Auskunft gegeben, Vater. Ich werde morgen nach Puerto Cabello reisen und nach dem Gang suchen.«

»Das ist gefährlich, Juan! Die Spanier werden dich entdecken und einlochen.«

»Das werden sie nicht, wenn ich mich als harmloser Bauer verkleidet der Stadt nähere.«

»Ich werde es dir doch nicht ausreden können. Aber erlaube, dass ich morgen für dich bete und dir alte Gartenkleider mitgebe.«

Es wurde spät an diesem Abend und Juan hatte soviel Messwein getrunken, dass er nur stolpernd in sein Bett gekommen war.

21

EL PALITO - NÄHE PUERTO CABELLO

Sein Kopf brummte, als würde er jeden Moment zerplatzen wollen. Valega musste was gehört haben. »Mir geht es auch nicht viel besser.«

»Woher wissen Sie, wie es mir geht?«, wollte Juan wissen. »Sie haben sich nicht einmal umgedreht und konnten mich nicht sehen.«

»Das brauche ich auch nicht. Ich habe nur die leeren Flaschen gezählt. Aber ein starker Kaffee und ein kräftiges Frühstück werden dir wieder auf die Beine helfen, mein Sohn.«

»Ich werde mit den Kopfschmerzen leben müssen.«

»Das wirst du sicher nicht. Willst du wirklich heute schon abreisen?«

»Ich glaube ich muss nach dem Frühstück los. Der Weg ist lang und die Kopfschmerzen werden verschwinden, wenn ich erst dem Pferd sitze.«

»Wir haben uns so lange nicht mehr gesehen, und du bleibst nur für eine Nacht?«

»Vater, ich versuche, dass die Abstände kürzer werden!«

»Ach was, Juan. Aber vielleicht komme ich dich und Maria in El Junquito besuchen.«

»Maria und die Mädchen würden sich darüber ebenso freuen wie ich!«

»Ich mache mir Sorgen, Juan. Puerto Cabello ist kein sicherer Ort.«

»Ich habe den Krieg überstanden und den Spaniern so manchen Streich gespielt, Vater. Aber wenn es Euch beruhigt, gelobe ich aufzupassen.«

»Ich nehme dein Versprechen ernst. Aber jetzt solltest du dein Frühstück essen, sonst fällst du noch vom Pferd, bevor du dort ankommst«, sagte er und verteilte duftende Eier und Arepas mit Butter auf den Tellern.

»Wahrscheinlich würde ich ohne Frühstück nicht einmal Barinas erreichen!«, antwortete Juan und bereute gelacht zu haben, da es seine Kopfschmerzen verschlimmerte. Valega packte noch ein Bündel mit alter Gartenkleidung und Proviant zusammen, bevor er aufbrach.

Nach drei Tagen erreichte Juan die Belagerungstruppen der Patrioten. Er ließ sich zu einem Offizier von General Páez bringen und erklärte ihm seinen Plan, sich unauffällig der Stadt in Valegas alter Gartenkleidung zu nähern, um wie ein harmloser Bauer zu wirken. Der Offizier war zunächst misstrauisch, doch als er ihm Papiere zeigte, welche ihn als Mitarbeiter des Innen- und Justizministeriums sowie als Leutnant auswiesen, stimmte er zu. Juan versicherte ihm, dass er bald Informationen bekommen würde, wie sie die Stadt erobern konnten. Der Mann zeigte sich interessiert und garantierte ihm freien Zugang. Zufrieden suchte er sich ein Gasthaus in der Nähe, wo er sein Pferd unterstellen konnte, und ein Zimmer bekam.

Noch bevor die Sonne aufging, machte er sich in zerschlissener Kleidung auf den Weg und schon nach einer halben Stunde sah er hinter einem Hügel die Stadt. Er näherte sich von Süden her und musste sich weiter rechts halten, um an die östliche Mauer zu gelangen. Vor den Toren der Stadtmauer war nur wenig Treiben. Die Belagerungstruppen standen einige Kilometer in Sichtweite vor der Stadt und riegelten sie ab. Nur wenige Leute ließen sie passieren. Er wusste, dass die Royalisten sehr misstrauisch gegenüber jedem waren, der näher kam. Mit den drei Schafen, die er von den eigenen Truppen bekam, wirkte er noch mehr als harmloser Bauer und näherte sich gemächlich, aber zielstrebig der Stadt. Je weiter er herankam, je öfter ließ er die Tiere grasen, welche er an Stricken führte. Die Wachen auf der Mauer beobachteten ihn schon länger aufmerksam, doch er ließ sich seine Unruhe nicht anmerken und schritt gemächlich auf Puerto Cabello zu. Als er nur noch 100 Meter entfernt war, rief ihm eine Wache zu.

»Hey, was machst du da?«

»Sehen Sie nicht, dass ich meine Tiere weiden lasse?«

»Wie bist du durch die Reihen der Verräter gekommen, Bauer?«

Gut, dachte Juan. *Sie nehmen mir den Bauern ab.*

»Soldat, ich lebe hier seit langen Jahren. Mich halten diese Bastarde nicht auf, wenn ich mein Vieh in der Stadt verkaufen will. Ich lasse die Tiere immer hier vor den Mauern grasen, dann sind sie ruhiger in der Stadt.«

Der Mann lachte. »Das gefällt mir. Lasse dein Vieh grasen wo du willst.«

Juan nickte ihm zu. *Es macht Sinn, ohne zu übertreiben auf die Patrioten zu schimpfen*, dachte er und wandte sich wieder den Schafen zu. Juan beobachtete wie er mit einem anderen Soldaten sprach und zu ihm herunter zeigte. Gedämpft hörte er beide lachen. Ab und zu sah er unauffällig zu den Männern und merkte nach kurzer Zeit, dass die Wache das Interesse an ihm verlor und ihm keine große Beachtung schenkte. Langsam bewegte er sich weiter und suchte nach dem Gestrüpp, welches ihm Valega beschrieben hatte. Das Dumme war jedoch, dass hier überall Gestrüpp wucherte. Aber es hatte keine Dornen. Unruhe erfasste ihn, denn mit den Schafen war eine schnellere Suche nicht möglich, aber er musste weiter gelassen wirken. Zwanzig Meter weiter im Schatten der Mauer entdeckte Juan ein Gestrüpp mit roten

Beeren. Langsam zog er mit den Schafen dorthin, die sich sträubten, da sie offenbar schmackhaftes Gras gefunden hatten. Er zog sie an den Leinen weiter und erkannte, dass diese Büsche Dornen hatten. Das könnte es sein, dachte er. Solche Pflanzen findet man auch nach vielen Jahren wieder. Unauffällig blickte er hoch zur Mauer. Die Wachen schienen mit sich selbst beschäftigt zu sein. Vorsichtig schob er ein paar Zweige zur Seite und sah ein dunkles Loch. Er hatte den Ausgang gefunden. Gerade als er sich wieder den Tieren widmete, schritt die Wache auf dem Wehrgang in seine Richtung.

»Ich habe mit meinen Kameraden gesprochen. Die waren erstaunt über deinen Mut, Bauer. Wenn du willst, dann komm in die Stadt. Die Männer am Tor wissen Bescheid und werden dir Zugang gewähren.«

»Ich danke Euch, Soldat! Es ist schön, dass es in diesen Zeiten noch anständige Männer gibt.«

»Du wirst keine Schwierigkeiten haben, dein Vieh zu verkaufen. Durch die Belagerung ist frisches Fleisch knapp geworden.«

»Gut, ich treibe die Schafe jetzt in die Stadt. Danke für Eure Hilfe!«

Die Wache winkte ihm zu. Er zog seine Schafe entlang der Stadtmauer und erreichte schließlich das Stadttor. Juan brauchte nicht zu klopfen, denn das schwere Tor öffnete sich bereits, als er davor stand. Gut zwanzig Männer standen dahinter. Schwer bewaffnet mit schussbereiten Musketen und Säbeln.

»Komm herein, Bäuerlein«, rief ein Soldat.

Juan zog seine Schafe hinter sich her und das Tor wurde innerhalb weniger Sekunden mit einem heftigen Knall wieder geschlossen und die hölzernen Riegel vorgeschoben. Ein Spanier mit riesigem Schnurrbart stellte sich ihm in den Weg.

»Der Markt ist nicht mehr da, wo er war. Wenn du deine

Schafe verkaufen willst, musst du zur Plaza vor der Kathedrale. Die meisten Waren werden vom Hafen gebracht, und dieser Platz ist näher.«

Warum eigentlich nicht, dachte sich Juan. *Dann kann ich mir ansehen, wo die Kathedrale steht, ob sie bewacht wird und ob mehrere Soldaten aus ihr unbemerkt herauskommen können.*

»Das trifft sich gut, denn vielleicht kaufe ich noch ein paar Dinge für meine Familie auf dem Markt.«

»Daran sollte es nicht scheitern. Nur ein Nachtquartier wirst du so schnell nicht finden«, sagte der Soldat.

»Ich werde die Stadt noch heute verlassen«, antwortete er und ging mit seinen Schafen ge-mächlich weiter. Überall waren Soldaten unterwegs. Er sah auch einige bewaffnete Royalisten, die sich auf die Seite der Spanier geschlagen hatten. Kaum ein Mann in der Stadt war ohne Waffe unterwegs. Als er an der Plaza vor der Kathedrale ankam sah er, gemessen an der Größe Puerto Cabellos, nur wenige Marktstände. Die Menschen auf dem Platz richteten augenblicklich ihre Blicke auf die drei Schafe. Einige gingen interessiert auf ihn zu, und nach zehn Minuten Verhandlung hatte er einen Beutel mit klingenden Münzen und die Schafe endlich vom Hals. Auf dem Markt kaufte er Obst für den Rückweg und betrat ein nahe gelegenes Gasthaus.

Als ihn Alexis aus dem Lazarett abholte, war er nicht nur froh und erleichtert darüber, dass er wieder auf den Beinen war und die Schusswunde überlebt hatte, sondern über den Umstand, dass während seiner Abwesenheit die spanische Karibikflotte eingetroffen war.

»Der neue Oberbefehlshaber ist Francisco Tomás Morale. Er ist ein schlauer Fuchs und hat die britischen Seestreitkräfte geschickt umsegelt. Die Idioten haben nichts davon mitbekommen, dass wir Verstärkung in der Stadt haben«, berichtete ihm Alexis.

»Umso besser«, antwortete Héctor. »Dann wird die Überraschung für die Verräter umso größer werden!«

»Ich kann mir vorstellen, dass du Durst hast«, grinste ihn Alexis an.

»Worauf du wetten kannst. Gehen wir in die Taverne dort hinten. Ich kann einen guten Schluck vertragen, bevor ich den Dienst antrete.«

»Du willst gleich wieder in den Kampf? Dazu bist du noch zu schwach.«

Héctor holte mit der Rechten aus und schlug Alexis in die Magengrube. Röchelnd ging er in die Knie und stöhnte auf.

»Du meinst also, dass ich zu schwach bin?«

»Nein«, hustete er heraus.

»Na gut, dann lass uns etwas trinken.«

Sie betraten das in den Mittagsstunden gut besuchte Wirtshaus. Fast alle Tische waren besetzt und sie gingen an die Theke. Alexis hüstelte noch immer und hatte Probleme mit der Atmung. *Héctor ist ein Schläger*, dachte er.

»Gebt mir eine Flasche von dem besten Rum, Wirt«, befahl Héctor.

Der stattliche Mann hinter der Theke musterte die beiden skeptisch.

»Könnt Ihr auch bezahlen?«, fragte er mit einer fast weiblichen Fistelstimme, und stemmte die Fäuste in seine Hüften. Héctor machte einen Satz über die Theke und hatte den Mann am Kragen.

»Sehe ich so aus, als würde ich Euch um die Zeche betrügen wollen?«

»Versteht mein Misstrauen, Herr. Die Zeiten in Puerto Cabello sind alles andere als gut für einen Mann wie mich.«

Héctor ließ ihn los, fixierte ihn aber mit einem scharfen Blick. Der Wirt zupfte seine Kleidung zu Recht und stellte eine Flasche Rum vor ihm ab. Héctor betrachtete argwöhnisch die Flasche.

»Habt Ihr nichts Besseres?«, fragte er.

Alexis bemerkte, dass der Wirt zwar ein kräftiger Mann war, sich aber alleine durch Héctors Auftreten einschüchtern ließ.

»Ich habe einen Diplomatico Reserva. Aber der ist teuer, mein Herr.«

»Das ist mir gleich! Ich will was Anständiges zu Trinken!«

Der Wirt wühlte in einem unteren Schrank und holte den Edelrum hervor, stellte ihn aber nicht auf die Theke.

»Sechzig spanische Pesos, oder 120 kolumbianische kostet die Flasche.«

Brummend griff Héctor in seine Tasche und legte 60 Pesos auf den Tisch. »Hättest du mich freundlicher behandelt, hätte ich dir auch 70 gegeben. Und jetzt her mit der Flasche!«

Alexis war die Situation peinlich, denn sämtliche Gäste sahen zu ihnen herüber. Die meisten von ihnen waren Kaufleute. Ein Mann am hinteren Tisch starrte aber an ohne das Gesicht zu verziehen zu ihnen herüber. Héctor öffnete mit den Zähnen den Korken und setzte die Flasche an den Mund. Mit dem Kopf weit nach hinten gebeugt, nahm er mehrere große Schlucke. Als er die Flasche absetzte, rülpste er laut. Einige Gäste lachten und applaudierten, als sie sahen, dass die Flasche fast zur Hälfte geleert war.

»Das lass ich mir gefallen«, sagte er und reichte Alexis die Flasche.

Er nahm einen kräftigen Schluck und gab sie ihm zurück.

»Der verträgt wohl nicht soviel!«, lästerte ein gut gekleideter, aber schmächtiger Mann an dem Tisch hinter ihnen und lachte lauthals. Seine Tisch-Kameraden stimmten in das Gelächter ein. Alexis drehte sich zu ihnen herum und sah sie ernst an. »Wollt Ihr Streit?«

Héctor sah sich ebenfalls um und sagte: »Diese Witzfiguren taugen nicht für eine zünftige Schlägerei, Alexis! Die pusten wir wie nichts um. Das macht keinen Spaß.«

»Wir wollen keinen Streit und auch keine Schlägerei, meine Herren!«, antwortete der feine Mann. »Verzeiht uns den kleinen Scherz. Wir haben nur gesehen, wie Ihr in einem Zug die Flasche zur Hälfte geleert habt und dafür habt Ihr unsere Achtung. Ich könnte das nicht!«

Héctor lachte aus vollem Hals, ging zu dem Mann und schlug ihm auf die Schultern. »Euer Glück, dass ich gute Laune habe, mein Herr.«

Juan beobachtete, dass die Männer an dem Tisch teils entsetzt, teils ängstlich schauten und er war darauf vorbereitet, sofort aufzuspringen, wenn es sein musste. Héctor hatte ihn bis jetzt nicht bemerkt, und das sollte so bleiben. *Besser,* dachte er, *wenn ich mich unauffällig aus dem Staub mache. Zuviel hängt für mich und dem Gelingen des Plans ab, dass ich hier nicht auffalle.* Er legte Geld auf den Tisch und zog den Strohhut ins Gesicht. Langsam stand er auf und nahm die Tasche mit den Einkäufen. Trotz gesenktem Blick, ließ er Héctor nicht aus den Augen, der noch immer lautstark mit dem fein gekleideten Mann sprach. Er benahm sich genauso, wie Juan es von ihm kannte. Seine Verkleidung war ideal, um sich unbemerkt zu bewegen. Er schritt langsam durch die Gaststube Richtung Ausgang. Der Wirt blickte zu ihm und er wies mit dem Kopf zu seinem Tisch und der Wirt sah, dass dort Geld lag. Im Bereich des Eingangs standen zwei Soldaten und blickten amüsiert zu dem Tisch an dem Héctor seine Späße trieb. Die Gelegenheit war günstig, sich an ihnen vorbei zur Türe zu bewegen. Alexis drehte sich herum und sah noch, dass Juan den Raum verließ.

»Hast du diesen merkwürdigen Kerl gesehen?«

»Welchen Kerl? Wen meinst du?«, fragte Héctor.

»Na den, der ganz hinten an dem Tisch saß. Alle im Raum lachten, als du dem Wirt an den Kragen bist. Nur dieser Bauer starrte dich an, als würde er dich kennen. Er ist gerade raus.«

»Warum sagst du mir das nicht sofort, du Trottel?«, wütete Héctor und lief um den Tisch zur Tür. Draußen blieb er stehen und sah sich um. Um die Mittagszeit war geschäftiges Treiben in den Strassen und da war es schwer, einen einzelnen Mann zu erkennen.

»Los, beschreibe ihn. Wie sah er aus? Erkennst du ihn hier? Mache schnell!«, herrschte ihn Héctor ungeduldig an.

»Er ist kleiner als du, kräftig und trägt einen Strohhut. Seine Kleidung sieht ärmlich und heruntergekommen aus. Ich denke, er ist Viehhirt oder Bauer. Aber ich sehe ihn nicht.«

»Den finde ich. Laufe du rechts die Strasse herunter, ich links. Wenn du ihn siehst, rufe mich und verfolge ihn. Lasse ihn nicht entkommen.«

Zu dem Zeitpunkt bog Juan um einen Häuserblock und war auf dem Weg zu der Kathedrale, als Héctor nur zweihundert Meter hinter ihm in seine Richtung lief. Er erreichte den Markt und sah im Vorbeigehen an einem Stand eine junge Frau, die Eier und Hühner anbot. Ihr tiefer Ausschnitt lud ihn zum kurzen Verweilen ein. Sie bemerkte ihn und lächelte ihm aufmunternd zu. Er blieb stehen und tat so, als würde er sich für die Hühner in ihren Käfigen interessieren. Juan blickte zu der Frau, um nochmals in ihren Ausschnitt schauen zu können. Dabei bemerkte er im Augenwinkel, dass sich eine Gestalt näherte.

»Es ist gutes Federvieh. Die Hennen legen einträglich, mein Herr«, sprach sie ihn mit süßer Stimme verführerisch an. Juan lächelte kurz, sah aber zu der näher kommenden Gestalt und erkannte Héctor.

»Ich nehme dieses Huhn«, sagte er zu der jungen Frau. »Aber bitte macht schnell, ich bin etwas in Eile.«

»Das ist schade, junger Herr. Ich würde gerne etwas mit Ihnen plaudern. Aber gut, welches Huhn wollen Sie?«

Juan sah zu den Käfigen und zeigte wahllos auf eines im vordersten Käfig und bemerkte, dass sich Héctor auf dem Markt umsah. *Er sucht nach mir. Verdammt! Wie ist das möglich? Héctor oder jemand anderes muss mich in dem Gasthaus erkannt haben*, dachte er.

»Dieses. Ich nehme dieses mit den braunen Federn.«

Das Mädchen bückte sich zu den Käfigen, um sie zu öffnen, dabei war nicht nur ein noch schönerer Ausblick auf ihre Brüste, sondern sogar auf ihre linke Warze zu sehen. Juan wurde heiß bei dem Gedanken, sie anfassen zu können. Das Mädchen hielt ihm das Federvieh an den Beinen entgegen.

»Wenn Sie am Abend Zeit für mich haben, dann schenke ich Ihnen die Henne.«

Juan traute seinen Ohren nicht, aber dafür war jetzt leider keine Zeit. Er musste schnell weg und das Huhn war eine gute Tarnung.

»Ich gebe dir das Geld. Vielleicht komme ich in den nächsten Tagen nochmals in die Stadt.«

Das Mädchen schmollte, spitzte ihre Lippen und seufzte.

»Nehmen Sie das Huhn einfach. Sie sind ein schöner Mann. Wäre nett, wenn Sie sich wieder bei mir sehen ließen. Ich bin die Paula, wenn …«, begann sie, als er Héctor gefährlich nahe kommen sah.

»Ich muss los, ich werde wiederkommen, Paula!«, sagte Juan, nahm das Huhn und ging um den Stand herum in die Mitte des Marktplatzes. Als er aus dem Blickfeld der jungen Frau war, nahm er eine humpelnde und gebückte Körperhaltung ein. Das konnte nicht schaden, falls Héctor in seine Richtung sah. Juan humpelte mit dem Huhn langsam weiter und blieb an einem Stand mit Stoffen stehen, die so edel aussahen, dass sie nur aus Spanien kommen konnten. Er tat zwar interessiert, blickte aber so unauffällig wie möglich in alle Richtungen. Er konnte Héctor nicht mehr sehen, was ihn nicht beruhigte, sondern seine Instinkte weckte, auf alles gefasst zu sein. Er fühlte gerade vollkommen uninteressiert an einen Ballen blau gefärbten Stoffes, als sich ein Mann neben ihm räusperte. Juan drehte sich um und sah Héctor grinsend hinter ihm stehend.

»Ich habe dir doch gesagt, dass wir uns wieder sehen werden!«

Juan legte ruhig das Stück Stoff zurück und musterte ihn nüchtern.

»Ich freue mich auch dich zu sehen, Héctor! Das ist ja eine Überraschung. Ich hätte nicht gedacht, dass ausgerechnet einer der größten Speichellecker der Spanier überlebt hat.«

Héctor ballte seine Fäuste und schlug ihm mit geballter Kraft in den Magen. »Keine großen Töne, Verrätersau! Du sitzt jetzt in der Falle. Es wird mir eine Freude sein, dich am Galgen baumeln zu sehen«, sagte er und spuckte auf den Boden.

»Was meinst du, wie lange ihr euch hier noch halten könnt? Großkolumbien ist frei von der spanischen Gewaltherrschaft und es ist lächerlich, dass ihr glaubt, ausgerechnet von Puerto Cabello aus wieder die Macht an euch reißen zu können. Du bist nur ein Großmaul, so wie die Spanier, die nicht wahrhaben wollen, dass es vorbei ist.«

»Ich nehme es dir nicht übel, dass du vor deinem Tod deine erbärmliche Wut darüber kundtust, dass du verloren hast. Deine Verräterbande hat gottlob nichts davon mitbekommen, dass hier Verstärkung eingetroffen ist. Selbst die britischen Verbündeten des Hundesohnes Bolívar haben wir an der Nase herumgeführt.«

»Héctor, die Welt ist auf unserer Seite. Was wollt ihr denn noch daran ändern? Für dich und deine tollen Spanier ist hier nichts mehr zu holen«, sagte Juan um Zeit zu schinden. »Deine Freunde haben Neu-Indien geplündert, Menschen versklavt und ganze Völker ausgerottet. Meinst du denn, dass ihr noch Freunde habt? Wärst du nicht der Bruder von Andrea, hätte ich dich damals krepieren lassen.«

»Das weiß ich und ich habe dir auch gesagt, dass du es noch bereuen wirst, mich nicht getötet zu haben. Und nun ist der Moment gekommen, an dem du diese Entscheidung bedauern wirst. Du wirst noch diese Woche hängen! Wachen!«, rief der Hüne laut.

Juan ließ das Huhn los und es flatterte aufgeregt auf den Stand des Tuchhändlers. Mit Gegacker landete es auf den wertvollen Stoffen. Der Händler erschrak und fuchtelte mit den Armen, um das Tier zu verscheuchen. »Könnt Ihr nicht auf das Huhn achten? Wer ersetzt mir meine teuren Stoffe?», fragte er erbost.

Héctor war für einen Moment durch den Tumult abgelenkt. Juan nutzte die Gelegenheit und verpasste ihm einen kräftigen Schlag auf sein Kinn, gefolgt von einem noch heftigeren Tritt zwischen seine Beine. Der Riese stöhnte und torkelte.

»Dafür werde ich dich töten«, keuchte Héctor.

Juans Schuhsohle traf ihn mitten ins Gesicht. Héctor fiel rücklings auf das Pflaster und lag bewusstlos auf dem Boden. Die Bürger sammelten sich neugierig um den Stand, um den Grund der Aufregung zu erfahren.

»Dieser Mann wollte einen armen Bauern wie mich berauben. Hat aber nicht funktioniert, du Halunke!«, sagte Juan, nahm dem Händler das Huhn ab und ging ohne ein weiteres Wort zur Kathedrale.

Keiner hielt ihn auf oder stellte Fragen. Vielmehr sah er, wie eine ältere Frau Héctor ins Gesicht spuckte. Den armen Bauern hatten sie ihm alle abgenommen. Das Tor der weiß getünchten Kathedrale war unverschlossen. Er ließ das Huhn frei und schaute durch den Türspalt auf den Platz. Der Menschenauflauf hatte sich aufgelöst. Doch gestützt von dem anderen Mann, den er schon in dem Gasthof gesehen hatte, kam Héctor auf die Kathedrale zu.

Leise verschloss Juan die Tür. Nur wenige Menschen saßen auf den Bänken und beteten. Ohne Eile, aber mit schnellen Schritten durchquerte er die Kirche entlang der rosafarbenen, reich verzierten Säulen an den Außenseiten. Er erreichte eine kleinere Seitentür, welche verschlossen war, aber entdeckte im hinteren Teil vier weitere Türen. Die nächste war offen und führte ihn in einen schmalen Gang. Nach wenigen Schritten stand er vor der nächsten verschlossenen Türe. Er ging zurück und sah im letzten Moment das Profil von Héctor, der gerade hinter einer Säule verschwand. Juan erschrak und zog die Tür leise hinter sich zu. Der Hüne hatte schrecklich ausgesehen. Er war angeschlagen, doch in seinem Zustand konnte er sich gut vorstellen, wie die Wut in ihm kochte und der andere Mann sah kräftig genug aus, um ihn zusammen mit Héctor überwältigen zu können. Mit Herzklopfen ging er zu der Türe und versuchte sie erneut zu öffnen. In dem Moment bog sich die Klinke wie durch Geisterhand herunter und die Tür öffnete sich so schnell, dass Juan nur knapp ausweichen konnte. Vor ihm stand ein haarloser Geistlicher, der ihn grimmig ansah.

»Was willst du denn hier?«, fragte er verärgert.

Juan fiel nichts Besseres ein, als nach dem einzigen Namen zu fragen, den er mit der Kirche in Verbindung bringen konnte.

»Ich bin auf der Suche nach Vater José. Ich habe eine Nachricht für ihn.«

»Das bin ich. Wer schickt mir eine Nachricht?«

»Pater Valega aus Barinitas. Er hat mit Euch einige Zeit seiner Jugend hier verbracht und schickt Euch seine Grüße.«

Ein Lächeln verdrängte den zornigen Ausdruck im Gesicht des Abtes.

»Valega! Gütiger Gott, wie lange das her ist!«

»Ihr erinnert Euch an ihn?«, fragte Juan.

»Was für eine Frage. Selbstverständlich. Wie könnte ich ihn

vergessen? Komm und erzähl mir von ihm. Dabei kann ich dir die Kirche zeigen.«

»Das geht leider nicht, denn ich werde von zwei Männern verfolgt, die mir nach dem Leben trachten, Vater.«

»Was hast du denn angestellt, dass sie dich verfolgen?«

»Héctor, so heißt der eine. Ich habe ihm ordentliche Prügel verpasst. Er wollte mich töten. Es ist eine lange Geschichte, die in Barinitas begann. Den anderen kenne ich nicht.«

»Solange du nicht zu den Royalisten gehörst, helfe ich dir.«

Ein befreiendes Lächeln huschte über Juans Gesicht.

»Nein, gewiss nicht. Ich habe mit dem Heer Simón Bolívars in Carabobo gekämpft und arbeite heute für die neue Regierung.«

»Komm«, sagte er und ging voran. »Ich hätte mir auch nicht vorstellen können, dass ein Freund von Valega mit den Royalisten sympathisiert.«

Juan folgte dem Abt durch mehrere hintereinander liegende Räume in ein geräumiges Arbeitszimmer.

»Pater Valega hat von einem geheimen Gang berichtet. Den Ausgang vor der Stadtmauer habe ich bereits gefunden. Jetzt suche ich den Eingang.«

»Den solltest du auch nehmen«, sagte der Abt, während er eine weitere Türe aufschloss und wieder absperrte. »Wir müssen nach unten. Die alte Maueröffnung wurde vor ein vielen Jahren verschlossen.«

»Oh nein!«, meinte Juan. »Und was jetzt?«

»Wir nehmen Werkzeug mit. Mache dir keine Sorgen. Das geht schnell. Wie geht es eigentlich meinem alten Freund Valega? Wir sind damals in jungen Jahren hier durch und ...«

Juan vervollständigte seinen Satz lachend, während sie die Treppe herab liefen. »Der Pater hat mir davon erzählt. Und auch, dass er die Zeit mit Ihnen vermisst. Vielleicht ergibt sich bald eine Gelegenheit, dass Sie sich wieder treffen.«

»In diesen unruhigen Zeiten? Solange sich hier die Spanier eingenistet haben, stelle ich mir das schwierig vor«, antwortete er.

»Das wird sich ändern, Vater. Was meint Ihr? Würdet Ihr uns dabei helfen, die Stadt zu be-freien?«

»Ich würde alles tun, damit hier alles wieder zur Ruhe kommt. Aber was kann ich als Kirchenmann schon tun?«

»Sehr viel sogar! Ich habe nach dem Geheimgang nicht umsonst gesucht. Dass er in der Kathedrale endet ist ein großer Vorteil, wenn man Soldaten unbemerkt in die Stadt bringen will«, sagte Juan, während sie durch eine weitere Türe in den nächsten Gang liefen. *Ich würde mich verlaufen, wäre ich alleine*, ging es ihm durch den Kopf.

»Gut, ich kann alles vorbereiten. Der Zugang wird groß genug sein und es werden gelbe Kreuze den Weg nach oben markieren, damit die Männer den Weg durch die Gewölbe finden. Die Kirche kann ich ohne Schwierigkeiten in den Abendstunden verschließen, ohne Verdacht zu erregen. Bis zur Sonntagsmesse ist immer einiges vorzubereiten.«

»Das meinte ich damit, als ich sagte, dass Sie viel tun können. Die Männer können sich Nachts in der Kathedrale unbemerkt sammeln.«

Der Abt öffnete das Schloss einer dunklen Türe und hielt die Fackel in einen Raum mit Werk-zeugen. Juan ergriff einen schweren Hammer.

»Mehr brauchen wir nicht! In deiner Hand braucht es nur wenige Schläge und der Gang ist frei.«

Nach einigen Windungen und Abzweigungen gelangten sie an eine Mauer. »Hier ist es«, sagte der Abt.

Juan schob den Kirchenmann ein wenig zur Seite, um genug Platz zum Ausholen zu haben. Nach dem sechsten Schlag löste sich der Mörtel in den Fugen und nach weiteren Schlägen fielen erste Steine.

»Ich werde für dich beten, mein Sohn. Wie ist dein Name?«

»Juan Conteguez, Vater«, keuchte er angestrengt.

Noch zwei, drei Steine und er konnte durch die Öffnung fliehen.

»Wann wird die Stadt befreit, Juan?«

»Innerhalb der nächsten Tage. Die Soldaten müssen sich aber eine List einfallen lassen, um die Wachen an der Ostmauer abzulenken. Das dauert eine Weile, aber danach wird es schnell gehen. Der Kommandant wird Ihnen einen Boten schicken, bevor es losgeht. Beten Sie bitte, dass unsere Männer nicht bemerkt werden, Vater.«

»Darauf kannst du dich verlassen. Wenn ich daran denke, wie die Menschen in Puerto Cabello leiden, würde ich eine Woche ohne Unterbrechung beten, damit dies ein Ende hat.«

»Ich muss jetzt los! Die Zeit drängt.«

»Ich weiß. Wirst du Valega treffen, Juan? Wenn ja, dann grüße ihn herzlich von mir und sage ihm, dass ich ihn aufsuchen werde, wenn das hier alles vorbei ist.«

»Ich muss leider zurück nach Caracas, Vater. Aber ich werde dafür sorgen, dass Euer Gruß unseren gemeinsamen Freund erreicht. Er hat schon viel für mich getan. Valega ist ein großartiger Mann.«

»Ich werde mir Mühe geben, auch einer dieser Männer zu sein!«

»Ihr seid schon einer von ihnen, Vater!«, sagte Juan, als er durch die Öffnung in den Gang lief. Er winkte ein letztes Mal, bevor er mit der Fackel in der Dunkelheit verschwand.

22

CORO

Stolz überkam Héctor, als er trotz seiner Verwundungen Kommandeur einer kleinen Kompanie wurde und den Auftrag bekam, Mene de Mauroa, Bariro und Dabajuro einzunehmen. Nur wenigen kleinen Truppen gelang der Ausbruch aus Puerto Cabello. Er staunte darüber, dass sie kaum auf Widerstand stießen. Nur wenige Musketenkugeln flogen ihnen um die Ohren. Die Rebellen vor Puerto Cabello ließen sie links liegen, obwohl Héctor jedem dieser Patrioten gerne das Rückrad gebrochen hätte.

»Ich werde diesem Verräter Conteguez die Eier abschneiden und den ersten Schweinen, denen wir begegnen zum Fraß vorwerfen!«

»Ich verstehe dich«, antwortete Alexis. »Aber ich frage mich, wie er fliehen konnte. Alle Wachen waren informiert und hatten eine Beschreibung des Mannes.«

»Er ist uns diesmal entwischt. Ich ärgere mich mehr darüber, dass ich ihm nicht davon erzählte, dass seine geliebte Andrea mit Carlos verheiratet wurde. Sein blödes Gesicht hätte ich gerne gesehen. Ich werde das nachholen, wenn er kastriert und am Kreuz genagelt auf seinen Tod wartet.«

Alexis war ein hartgesottener, grobschlächtiger Mann. Aber er hatte Herz. Solche Ausbrüche Héctors waren kein bloßes Gerede. Er hatte ihn in den letzten Monaten gut genug kennengelernt, um zu wissen, dass er durchaus dazu in der Lage war, seine Gedanken in die Tat umzusetzen. Der Mann konnte eines gut. Abgrundtief hassen.

»Vielleicht bekommst du ja bald schon Gelegenheit dazu«, meinte Alexis und sagte, um von dem Thema abzulenken: »Ist das nicht Coro?«, und deutete zum Horizont.

»Das könnte gut sein.«

Héctor befahl den Soldaten zu galoppieren.

»In Puerto Cabello habe ich gehört, dass Coro von den Patrioten befreit wurde«, bemerkte Alexis.

»Befreit? Wenn überhaupt, dann wurde die Stadt von den Rebellen überfallen und besetzt! Überlege dir, was du sagst!«

»Das meinte ich auch. Wenn Coro aber belagert ist, dann haben wir mit unserer kleinen Kompanie ohne Hilfe keine Chance gegen die Übermacht.«

»Überlasse das mir. Ich habe meine Pläne.«

Plötzlich sahen sie auf einer Anhöhe zwei Männer zu Pferde, welche sie beobachteten, während Héctors Truppe näher kam.

»Beobachter!«, schrie Alexis.

»Sollen sie uns doch beobachten und den Rebellen berichten, dass wir kommen«, antwortete er überheblich.

»Ich verstehe nicht, was du vorhast.«

»Coro interessiert uns nicht. Wir reiten an der Stadt vorbei.«

23

PUERTO CABELLO/CARACAS

»Die Nacht zum 7. Oktober war stockfinster. Es regnete in Strömen und die Sichtverhältnisse waren der ideale Zeitpunkt für das Vorhaben. Einhundertsechzig dunkel gekleideten Männer waren im prasselnden Regen nicht zu hören oder zu sehen, als sie den unterirdischen Zugang erreichten. Einer nach dem Anderen kam lehmverschmiert die Treppe zur Kathedrale herauf und wurde liebenswürdig von dem Abt begrüßt«, berichtete Juan. »Die Wachen am Südtor wurden von wenigen Männern lautlos überwältigt und das Tor für ihre Kameraden geöffnet. Ich verstehe nicht, dass die Royalisten so wenige Wachen aufgestellt hatten. Sie mussten doch jeden Tag mit einem Angriff von uns rechnen. Jedenfalls war in den frühen Morgenstunden die Stadt unter unserer Kontrolle!«, schilderte Juan dem Minister die Ereignisse.

»Sie haben gute Arbeit geleistet, Señor Conteguez. Ich werde sofort Vize-Präsident Santander in Bogota von der guten Nachricht berichten«, sagte Angel Quintero. »Sie erzählten, dass zuvor dreihundert Royalisten Puerto Cabello zu Pferde verlassen haben. Haben Sie eine Ahnung, was die vorhaben?«

»Nur soviel, dass sie Richtung Westen geritten sind. General Páez hatte den Befehl gegeben, sie ziehen zu lassen, um auf weniger Gegenwehr bei unserem Angriff zu stoßen. Ich glaube die hatten keine Ahnung was ihnen bevorstand. Die ausgebrochenen Männer waren auch nicht alles Spanier. Zumindest weiß ich das mit Sicherheit von einem Mann. Und was können die schon anrichten?«

»Nicht viel«, sagte Quintero lachend. »Aber wer weiß. Ich traue denen nicht. Sie wissen von einem, der kein Spanier ist. Wen meinen Sie?«

Juan überlegte einen Augenblick, ob er es sagen sollte und ärgerte sich über seine unüberlegte Äußerung.

»Héctor Diego. Er ist der Sohn eines Großgrundbesitzers in der Nähe von Barinas.«

»So wie Sie das sagen, mögen Sie ihn nicht. Sie kennen sich also?«

»Héctor Diego ist nicht nur Royalist. Er hat unser Dorf in Schutt und Asche gelegt und nicht davor zurückgeschreckt die Kirche anzugreifen. Bei den Angriffen sind Kinder und Frauen gestorben. Ebenso wurde mein Haus zerstört. Dessen ungeachtet konnten wir ihnen eine Lektion erteilen«, sagte Juan. »Wir haben den Angriff mit List abgewehrt. Die Spanier mussten vor ein paar Männern und Frauen die Flucht ergreifen.«

Der Minister grinste. »Ich vermute, dass er Ihrer List auf den Leim gegangen war. Señor Conteguez, Sie haben für unser Land schon viel getan. Männer wie Sie werden eine große Zukunft in Venezuela haben und ich freue mich, Sie in meinem Ministerium zu wissen.«

»Danke Señor Quintero. Doch ich mache nur das, was jeder anständige Mann für sein Land tun würde.«

Angel Quintero stand auf und reichte ihm die Hand. »Reden wir nicht lange drumherum. Sie bekommen ab sofort das doppelte Gehalt und ich gebe Ihnen für zwei Wochen frei, damit Sie sich von den Anstrengungen Ihrer Reise erholen können.«

24

CORO

Vier Wochen war Héctor mit seiner Kompanie unterwegs und sie konnten mehrere kleinere Orte in der Umgebung von Coro besetzen. Von dort führten sie ihre Feldzüge nach Osten und Süden. Ihnen schlossen sich unterwegs auch ein paar der örtlichen Royalisten an, die nicht aufgeben wollten. Ihre Verluste waren gering und mit den zusätzlichen Royalisten glaubte er, dass die alten und geordneten Verhältnisse wieder eintreten würden. Als sie in Dabajuro mit 360 Männern einfielen, meinte Héctor nicht mehr aufzuhalten zu sein.

Am dritten Abend aber bebte die Erde unter ihnen und Héctor bemerkte die aufkommende Unruhe im Lager. Es mussten hunderte von Pferdehufen sein, die den Boden unter ihren Füßen zum Erzittern brachten. Der Lärm wurde lauter als zwei Wachen zu ihm kamen.

»Rebellen! Übermacht!«, war das, was er in dem Stimmengewirr hören konnte. Héctor sprang auf sein Pferd und ritt zu ihren Befestigungen auf einem Hügel. Mit einem Blick erfasste er, dass Tausend Patrioten auf sie zustürmten. Hastig gab er Befehle und ritt durch die eigenen Reihen und versuchte er mit seinen Männern nach Süden zu fliehen. Doch sie waren längst eingeschlossen, so wie schon zuvor in Puerto Cabello.

»Wir zeigen diesen Hunden, was es heißt sich mit mir anzulegen!«, brüllte er den Soldaten zu. »Männer, ich erwarte von jedem Einzelnen Kampfgeist. Wenn es sein muss bis zum Tode!«

Die Kämpfe waren erbittert und schon bald musste Héctor eingestehen, dass sie der Übermacht der Patrioten nicht gewachsen waren. Um ihn herum fielen die Männer wie die Fliegen. Aber noch immer befahl er keinen Meter ihrer Stellung aufzugeben. Nach wenigen Stunden waren über die Hälfte seiner Männer getötet und ein weiteres Drittel war verwundet und kampfunfähig.

»Du musst kapitulieren, wenn du das Leben der Männer und auch dein eigenes retten willst«, riet ihm Alexis.

Héctor sah ihn erbost an. Doch dann nickte er zustimmend.

»Gut. Reite als Kurier zu ihnen und teile ihnen mit, dass wir aufgeben, wenn sie uns garantieren dass wir nicht aufgeknüpft werden.«

Nach einer halben Stunde kam Alexis mit drei Abgesandten zurück. Mit siegessicherem Lächeln trat deren Kommandant vor Héctor.

»Wenn Sie uns unbeschadet abziehen lassen, strecken wir die Waffen und kapitulieren«, schlug Héctor vor.

»Sie sind nicht in der Position irgendwelche Forderungen zu stellen!«, sagte der groß gewachsene Befehlshaber der Befreiungstruppen.

»Ich glaube, Sie unterschätzen unseren Kampfgeist«, meinte Héctor überzeugt. »Mir geht es nur darum, weitere Opfer auf beiden Seiten zu vermeiden.«

Der Mann unterdrückte ein Lachen und schüttelte den Kopf. »Strecken Sie die Waffen und wir nehmen Sie in Gefangenschaft. Ich garantiere, dass keinem ein Haar gekrümmt wird, solange Sie sich fügen.«

»Das gefällt mir nicht.«

»Dann lehnen Sie ab! Aber glauben Sie mir, dass wir Ihre lächerliche Truppe bis zum letzten Mann töten werden.«

Héctor errötete, aber ihm war klar, dass es so kommen würde.

»Es scheint, als hätten wir keine andere Wahl«, stellte er fest.

Nach der Entwaffnung brachte man ihn mit seinen Männern in ein Gefangenenlager zwischen Coro und Tacuato, an dessen südlichen Rand riesige, wüstenhafte Dünenfelder lagen. Nördlich und westlich davon sah er große Plantagen und er ahnte bereits, was ihm und den Männern bevorstand. Vom ersten Tag an wurden sie zur Zuckerrohrernte eingesetzt, und zu Héctors Ärger streng von denen bewacht, die zum Teil vormals selber als Sklaven auf Plantagen waren. Dabei hatte er es als ehemaliger Kolonialherr vergleichsweise leicht, auch wenn er die tiefe Abneigung und den Hass der Aufseher deutlich zu spüren bekamen. Héctor bekam ausreichend Nahrung, fünf Stunden Schlaf sowie zwei Pausen täglich. Davon hatten die Sklaven vor der Befreiung nicht zu träumen gewagt.

Dass diejenigen, die seiner Kompanie die Niederlage beigebracht hatten, ihre gerechte Strafe erhalten würden, stand für ihn aber außer Zweifel und er sann nach zwei Jahren Gefangenschaft noch immer auf Rache und war nicht der Einzige, dem es so erging. Achtzehn seiner Männer hatten in den letzten drei Monaten versucht aus dem Lager zu entkommen. Sieben von ihnen wurden bei dem Versuch hinterrücks erschossen oder niedergeschlagen, neun wieder gefangen genommen und anschließend mit Peitschenhieben bestraft. Nur zwei hatten es geschafft, aus dem Lager zu fliehen.

»Die Dummköpfe mit ihrem mäßigen Verstand kommen nicht weit, weil sie nicht darüber nachdenken, wie sie die Wachen austricksen können«, sagte Héctor bei einer mittäglichen Pause.

»Dabei brauchen wir jeden. Auch diese Idioten!«, antwortete Alexis.

Héctor brummte etwas unverständliches in seinen Bart und leerte seine Schüssel mit dem trockenen Reis. Alexis spürte, dass er etwas austüftelte. »Wie ich dich kenne, hast du eine Idee!«, sagte Alexis und schluckte den Rest des trockenen Essens mit Wasser herunter.

»Darauf kannst du wetten!«, antwortete er und ein diabolisches Grinsen legte sich über sein Gesicht. »Aber nicht jetzt. Lass' uns später darüber reden. Die Pause ist gleich zu Ende und die Wache schaut schon zu uns rüber«, zischte Héctor und nickte dem misstrauischen Mann mit dem Gewehr freundlich zu.

»Los, Ihr faulen Säcke. Bewegt Eure Ärsche!«, brüllte ein Schwarzer mit Schlapphut und ließ seine Peitsche in der Luft knallen, um seinem Befehl besonderen Nachdruck zu verleihen.

Héctor vergaß mit jedem neuen Tag als Gefangener mehr von den Annehmlichkeiten der Vergangenheit. Jetzt schmeckte ein Stück Brot göttlich und ein Schluck Wasser wie Wein. Sein Dasein war vor der Revolte von Luxus geprägt. Zu dieser Zeit dachte er, dass er sein Leben in vollen Zügen ausgekostet hätte. Heute wusste er, dass er sich irrte. Ein saftiges Stück Steak hätte sich Héctor leisten können, denn für Notfälle hatte er Geld zur Hand, doch er versuchte es nicht anzutasten. War es unumgänglich für etwas im Gefangenenlager zu bezahlen, feilschte er mit den Aufsehern, bis er es fast geschenkt bekam und erregte so keinen Verdacht. Zu den Wachen war er freundlich und fügte sich ihren Anordnungen ohne zu murren. Auffälligkeiten konnte er sich in diesem Stadium seiner Planungen nicht erlauben. Die korrupten Wachen hegten keinen Verdacht gegen ihn und, es war ein Leichtes, Vergünstigungen für ein paar Münzen zu erkaufen.

Alexis sah hinauf zu dem kleinen Fenster, und hoffte, dass sich die Wolken verzogen, denn an diesem Dezemberabend stand der Mond hinter den Wolken und es war stockfinster. Wenig Licht fiel durch das vergitterte Fenster in ihre Zelle und trotzdem machte Héctor fünfzig Liegestützen. Der Kreole fand das angesichts ihrer kargen Verpflegung beachtenswert, doch er hatte inzwischen auch Angst vor ihm. Héctors Gesellschaft hatte anfangs positiv auf ihn gewirkt aber das hatte längst nachgelassen. Alexis machte das, was er immer tat um ihn aufzumuntern. Er erzählte ihm Geschichten. »Weißt du, wie ich den flügellahmen Geier dazu bewegt habe, Fremde vom Hof zu jagen?«

Héctor stand auf. »Sei leise und setze dich zu mir«, sagte er.

Mit seiner sonoren Stimme war es für Alexis nicht leicht, so leise zu sein, dass niemand von ihm geweckt wurde. Héctor wusste, dass er nur noch den Traum hatte zurück in das Dorf seiner Großeltern in Andalusien zu kommen. Er tröstete sich mit seiner Gitarre zuweilen über die Abende hinweg und erfreute mit Flamenco Klängen und Gesang andere Gefangene und Wachleute. Auch jetzt hätte er gerne ein paar Akkorde gespielt, doch an seine Gitarre war nicht zu denken. Héctor wollte mit ihm reden. Der Wunsch aus der jahrelangen Gefangenschaft zu entkommen war übergroß in ihm und darum vertraute er dem Hünen sein Leben an.

»Wir fliehen?«, fragte er in naivem Ton.

»Was sonst?«, antwortete Héctor schroff. »Manuel hat Wachdienst. Du kennst ihn. Er vertraut mir und steht in meiner Schuld.«

»Wieso steht er in deiner Schuld?« fragte Alexis.

»Das spielt keine Rolle. Er wird unsere Zelle offen stehen lassen und eine Pinkelpause einlegen, wenn wir fliehen.«

»Wir fliehen nur zu zweit? Ich dachte, du hast Größeres vor?«

»Für wie naiv hältst du mich? Die anderen sollen sehen, wo sie bleiben. Wenn ich einen Aufstand planen würde, könnte ich ihn nur im Lager vollenden. Spätestens am nächsten Tag würde man uns aufreiben und am nächsten Baum aufknüpfen«, begann er. »Manuel wird dir Einzelheiten zu unserer Flucht schildern.«

Die Zellentür sprang so plötzlich auf, als ob sie nie geschlossen gewesen wäre. Ein Mann stand mit einer Lampe vor ihnen und betrachtete sie kritisch.

»Ihr dürft wählen, ob Ihr mein Freund oder für ewig mein Gefangener sein wollt, Alexis«, sagte Manuel und schloss die

Zellentür hinter sich. »Als mein Gefangener habt Ihr das Recht, ewig auf den Plantagen zu arbeiten, und ich habe das Recht Euch zu demütigen, wann immer ich es will. Als mein Freund habt Ihr das Recht zu fliehen, und ich werde Euch nicht daran hindern. Was ist Euch lieber?«

»Ehe ich antworte, muss ich wissen, was überhaupt geplant ist. Ich habe nicht vor, mein Leben aufs Spiel zu setzen.«

»Du wirst dem Lager entkommen«, antwortete Héctor unwirsch.

»Du weißt, wohin ich will.«

»Ob du Spanien erreichen wirst, hängt einzig und allein von deinem Geschick ab. Darauf habe ich keinen Einfluss. Wir gehen nach der Flucht getrennte Wege. Ich bin nicht dein Kindermädchen.«

»Ich verstehe«, antwortete Alexis. »Wenn ich aus dem Lager geflohen bin, wird man mich mit Hunden hetzen und wieder einfangen.«

»Keine Sorge«, sagte Manuel. »Ich werde nach Eurer Flucht eine falsche Fährte mit Resten Eurer Kleidung legen. Das habe ich mit Héctor bereits besprochen.«

»Also gut, wann geht es los?«, fragte Alexis.

Je länger er Manuel betrachtete, wurde ihm unwohl bei dem Gedanken, diesem Mann zu ver-trauen.

»In ein oder zwei Stunden«, antwortete Manuel gelassen und schnalzte mit der Zunge.

»Wenn wir vor dem Fenstergitter eine geschwenkte Lampe sehen, ist die Zellentüre offen und wir gehen leise raus«, sagte Héctor.

»Schleicht Euch draußen um den vorderen Schuppen und nähert Euch kriechend dem Zaun. Auf direktem Wege ist es zu riskant. Aber zuvor schwärzt hiermit eure Hände und Gesichter«, sagte Manuel und gab ihnen ölige Lumpen voller Ruß.

»Was ist mit den Wachen auf den Gängen?« fragte Alexis.

»Die werden schlafen. Vertraut mir«, antwortete Manuel, reichte Héctor ein Bündel. »In Caracas hat man für eure Flucht bezahlt«, sagte er grinsend.

Manuel hatte sich versichert, dass die betäubenden Tropfen in dem Wein, welchen er den Wachen großzügig spendiert hatte, seine Wirkung zeigte. Er stupste die schnarchenden Männer kurz an und als sie sich nicht rührten, nahm er den Schlüssel für die Zellen vom Tisch. Erst am kommenden Morgen würde man das Fehlen zweier Häftlinge bemerken. Die Schuld an deren Flucht sollte auf die betrunkenen Wachleute fallen, von denen einer im Rausch vergessen haben musste die Türen zu verschließen. Das wäre eine Chance für Manuel, einen besseren Posten in dem Lager auszuhandeln.

Nachdem Héctor das Öffnen der Schlösser hörte, schmierten sie sich Fett und Asche ins Gesicht. Kurz danach sah Alexis hinter dem Fenster das vereinbarte Zeichen und Héctor öffnete die Zellentüre, welche augenblicklich laut zu quietschen begann. Er biss seine Zähne zusammen und verzog sein Gesicht zu einer schrecklichen Grimasse. Schließlich stieß er die Türe mit schnellem Schwung auf und lugte in den Gang. Es war niemand zu sehen. Alexis folgte ihm und sah sich ängstlich um. Vor der Wachstube stand Manuel und winkte sie zu sich.

»Die Luft ist rein. Beeilt Euch!«

Sie folgten dem Wärter bis auf den Hof, wo er sich von ihnen verabschiedete. Durch das Gras kriechend erreichten sie den Zaun und Héctor holte eine Zange aus dem Bündel. Mit ein paar Handbewegungen schnitt er ein kreuzförmiges Loch in das Gitter und klappte die Enden so weit auseinander, dass Alexis hindurchschlüpfen konnte und kroch dann selbst hindurch. Geduckt liefen sie über die Ebene bis zur ersten Baumreihe. Erst im Dunkel des Waldes blieben sie stehen. Héctor nahm ein Brot aus seiner Tasche, zerbrach es und gab ein Stück Alexis.

»Bis hierhin habe ich dir geholfen. Ab jetzt bist du nur noch für dich selbst verantwortlich. Ich wünsche dir viel Glück und grüße Spanien von mir!«, sagte er und schlug ihm kameradschaftlich auf die Schulter.

»Ich habe Angst, dass ich es nicht schaffe, Héctor. Aber ich danke dir für alles, was du für mich getan hast«, antwortete Alexis.

Héctor lief mit federndem Gang in den Wald. Er rannte die ganze Nacht hindurch. Erst als sich das Tageslicht zwischen den Baumwipfeln zeigte, bremste er in letzter Sekunde vor einem Abhang, der so plötzlich vor ihm auftauchte, dass er sich nur noch knapp an einem Baum halten konnte. Er atmete tief aus und sein Puls beruhigte sich langsam wieder und setzte sich an einen Baum. Seinen Hunger konnte er nur mit einem kleinen Stück Brot und einer Scheibe Speck stillen, da er sich seine Lebensmittel einteilen musste. Nach der kurzen Pause kramte er ein Seil aus seiner Tasche, schnürte es um einen Baumstamm und ließ es den Abhang hinunterfallen. Der Hüne beugte sich vor und sah, dass es nicht bis unten reichte. Aber kurz vor dem Ende des Seils war ein kleiner Felsübersprung. Er musste versuchen, von dort aus weiter abwärts zu gelangen. Héctor band sich den Riemen seiner Tasche um, prüfte kurz die Festigkeit des Seils und ließ sich langsam herab. Es war schwer genug, denn einige Pflanzen am Abhang hatten lange Stacheln, die seine Kleidung und Haut aufschlitzten. Sein von der Gefangenschaft ausgemergelter Körper musste sich erst an die lange zurückliegende Fähigkeiten im Seilklettern erinnern. Schließlich erreichte er baumelnd die kleine Rundung des Felsvorsprungs. Héctor löste den Knoten, zog das Seil in langen Zügen herunter und schulterte es. Der Abhang war an dieser Stelle nicht mehr ganz so steil. Rutschend und kletternd kam er ein saftig grünes Tal, Ein idealer Platz zum Schlafen im weichen Blätterboden. Da hier nicht nach ihm gesucht wurde, entzündete er ein Feuer zum Schutz gegen Raubtiere. Erschöpft fiel er in einen tiefen Schlaf und erwachte erst, bevor die letzten Sonnenstrahlen zwischen den Blättern des Waldes verschwanden. Héctor hatte den ganzen Tag geschlafen und fühlte sich erholt und gestärkt. Der Hüne stand auf, reckte seine steifen Glieder und spähte in den Wald auf der Suche nach eventueller Beute. Seine Lebensmittel würden nicht ewig reichen, aber er war ein guter Jäger. Er stocherte in der qualmenden Glut herum und legte ein paar kleine Holzstücke auf, bis das Feuer wieder entfacht war. Héctor ging auf Jagd nach einem Abendessen. Leise pirschte er durch den Wald und legte zwei kleine Fallen aus. Auf leisen Sohlen bewegte er sich lautlos, so wie er es von Jorge gelernt hatte. Nach einer halben Stunde lag vor ihm eine Lichtung mit einer Farm. Er warf einen argwöhnischen Blick auf die Holzhäuser, denn was er aus der Nähe sah, machte einen ziemlich heruntergekommenen Eindruck. Die Türschwelle hatte Risse, die Veranda hing durch und auf dem verwitterten Dach fehlten an mehreren Stellen die Schindeln. Héctor hatte schon schlimmere Quartiere gehabt. Das Tor der windschiefen Scheune stand weit offen, doch es gab keine Anzeichen von Leben. Abgesehen von der Rauchsäule über dem Schornstein machte das Ganze einen verlassenen Eindruck. Auf der Veranda hockten einige Hühner, die sich kugelnd aufplusterten und ihn mit ihren gelben Augen verächtlich ansahen. Sie gackerten mürrisch vor sich hin und ihm lief das Wasser im Mund zusammen, da er eine Ewigkeit kein Hühnchen mehr essen konnte. Aber das hatte Zeit. Mehrere Dielen der Veranda waren durchgebrochen, und der Hof war mit halb gehobelten Holzstücken und verstreuten Nägeln übersät, so als hätte jemand vorgehabt, sie zu flicken, aber noch keine Zeit gefunden, sich darum zu kümmern. Die Reparatur musste schon vor langer Zeit aufge-schoben worden sein, dachte er. Die Nägel waren verrostet und die frisch gesägten Bretter hatten sich verzogen und Risse bekommen.

»Hallo im Haus!«, rief Héctor und hielt mitten auf dem Vorplatz inne. Dies war die allgemein übliche Etikette, wenn man sich einem fremden Haus näherte. Die meisten Leute, die so weit abseits lebten, waren zwar freundlich, aber einige betrachteten Fremde mit Argwohn und wickelten Begrüßungsformalitäten mit einer Flinte ab und schossen ohne Vorwarnung, wenn man zu nahe am Haus war. Vorsichtig hielt er Abstand und achtete darauf, dass er zu sehen war. Er setzte ein freundliches Lächeln auf, um seine friedlichen Absichten zu zeigen und rief noch einige Male in Abständen, ohne dass es Wirkung gezeigt hätte. Dann wandte er sich der Scheune zu. Dort waren noch mehr Hühner, ein halbes Dutzend Schweine und eine Milchkuh. Die Kuh war frisch gemolken und hatte noch Milch an den Zitzen. Er ging wieder ein paar Schritte auf das Haus zu, legte die Hände um seinen Mund und rief erneut. Keine Antwort. Ein paar Kotkügelchen lagen neben dem halb behauenen Holzstück verstreut, aber sie waren eindeutig schon mehrer Tage alt. Sie waren feucht, aber nicht frisch. Wenn jemand hier war, dann im Haus. Er wartete einige Augenblicke, dann zuckte er mit den Achseln, trat auf die Veranda und hämmerte mit dem Griff seines Messers an die Tür. Die Hühner flitzten panisch davon. Es war laut genug, um Tote zu wecken, wären denn welche da gewesen. Doch niemand antwortete ihm. Er trat zur Seite und bückte sich, um einen Blick in ein Fenster zu werfen. Es war einmal verglast gewesen, doch die meisten Scheiben hatten Sprünge oder fehlten und man hatte zerschlissenen Stoff vor die Öffnungen genagelt. Plötzlich hörte Héctor ein undeutliches Geräusch. Er hob den Riegel, aber die Türe öffnete sich nicht.

»Verrammelt und verriegelt«, sagte er, trat wieder an das

Fenster und riss grob den Stoff herunter. Er rümpfte die Nase angesichts der Luft, die aus dem Fenster kam. Er hatte die Gerüche aus dem Gefangenlager nicht vergessen, wo sich die Düfte von Schweiß, schmutzigen Kleidern, stinkenden Füßen, ranzigem Essen und Nachttöpfen vermischte. Doch dieses Aroma übertraf das alles. Er steckte sein Gesicht zum Fenster hinein, verzog das Gesicht über den Gestank und rief: »Entweder kommt ihr raus, oder ich komme rein!«

Das Zimmer im Inneren war groß, aber so voll gestellt, dass der fleckige Fußboden unter dem Gerümpel kaum zu erkennen war. Er schnüffelte vorsichtig und kam zu dem Schluss, dass die Fässer im Raum unter anderem Teer und Pökelfleisch enthielten. In einer Ecke lagen ein paar halb gegerbte Felle, die nach Hundekot rochen und den einzigartigen Mief im Inneren um ihre eigenen Aromen ergänzten. Héctor hörte wieder das Geräusch. Diesmal etwas lauter. Er zückte sofort sein Messer. Es hörte sich wie eine Mischung zwischen Quieken und Knurren an. Plötzlich trat eine Frau zwischen dem Gerümpel hervor und sah sich argwöhnisch wie eine Ratte um, die aus einem Abfallhaufen hervorlugt. Ihre Erscheinung sah einer Ratte zwar nicht besonders ähnlich, da sie lockiges Haar hatte und kräftig erschien, aber sie blinzelte ihn genauso berechnend an.

»Fort mit Euch!«, keifte sie.

»Guten Morgen, Doña«, begann er. »Ich heiße Héctor Diego, aus …«

»Es interessiert mich nicht, wer Ihr seid. Fort mit Euch!«

»Ich muss den Herrn des Hauses sprechen«, erwiderte Hector, ohne ihre Aufforderung zu beachten.

»Er ist nicht in der Lage Besuch zu empfangen.«

»Ist er krank?«, fragte er beinahe freundlich.

»Das geht Euch nichts an!«, antwortete sie schroff.

»Jetzt reicht es mir aber, du vorlautes Weib!«, sagte Héctor. »Du gibst mir sofort was ich will oder ich steche dich ab.«

Die Alte zuckte zusammen und trat wieder einen Schritt in den muffigen Hintergrund zurück. Héctor hielt ihr drohend das Messer entgegen, um seiner Entschlossenheit mehr Ausdruck zu verleihen.

»Tut mir bitte nichts«, sagte sie plötzlich kleinlaut.

»Das habe ich auch nicht vor«, säuselte er mit edler Stimme und schob das Messer in die Scheide am Gürtel zurück, um seiner Friedfertigkeit mehr Ausdruck zu verleihen. Die Frau kam wieder ein Stück hervor und Héctor lächelte sie freundlich an.

»Ich möchte nur um etwas Essen bitten. Danach verlasse ich den Hof wieder.«

Die Alte gab ihm ein Zeichen, ihr zu folgen. Héctor hatte sich an den Gestank inzwischen gewöhnt und er war erstaunt darüber, dass die Küche in einem besseren Zustand war. Über dem Feuer hing ein Topf mit Hühnchen. Ihm lief das Wasser im Mund zusammen, als sie eine Schüssel füllte und ihm zusammen mit einem Stück Brot reichte.

»Unser Hof wurde in den letzten Jahren so oft von umherziehenden Truppen geplündert, dass es schwer wurde selber zu überleben«, erzählte die Frau und beäugte ihn weiterhin misstrauisch.

»Das ging vielen im Land so. Die Rebellen haben die ganze Ordnung auf den Kopf gestellt und überall herrscht Chaos und Anarchie!«

»Nein. Von den Rebellen, wie Ihr sie nennt, ist uns nie etwas angetan worden. Es waren stets die Royalisten, die uns beraubten. Vor ein paar Wochen tauchten sie hier wieder auf und haben meinen guten Mann niedergeschossen. Er hat es überlebt, aber er ist gelähmt und ich muss den Hof alleine bewirtschaften«, log sie.

Héctor kräuselte die Stirn und holte tief Luft. Es ärgerte ihn, wenn die Leute so über die Spanier sprachen. Wäre es nicht eine Frau gewesen, hätte er sein Messer zum Einsatz gebracht.

»Kannst du mir sagen, ob in der Umgebung Dörfer zu finden sind?«

»Nicht in der Nähe. Aber wenn Ihr in dem Tal zwei Tage in Richtung Westen weiterlauft erreicht Ihr eine größere Farm.«

Er nickte ihr schmatzend zu, als draußen Stimmen von Männern und Hundegebell zu hören waren.

»Erwartest du jemanden?«, fragte er leise.

»Nein!«, sagte sie und sah zum Fenster hinaus. »Sieht aber so aus, als ob die jemanden suchen«, sagte die Frau nervös.

Héctor sprang auf und lugte durch das Fenster. Sie suchten nach ihm! Sie mussten sein Feuer entdeckt haben. Aber er fragte sich, wie es möglich war, dass sie ihm bis hierher folgen konnten, wenn Manuel eine falsche Spur gelegt hatte? Die Männer riefen und kamen auf die Veranda zu, während ihre Hunde aufgeregt bellten.

»Hat das Haus noch einen anderen Eingang?«, fragte er.

»Hinten ist ein großes Fenster, durch das Ihr raus könnt«, sagte die Alte erleichtert darüber, den ungebetenen Gast wieder los zu werden. Héctor folgte ihr durch das Haus. In der Speisekammer packte er noch Zwiebeln und Speck im Vorbeigehen in seinen Beutel und sprang zum hinteren Fenster hinaus.

»Wenn du klug bist, sagst du den Männern nichts von mir und hältst sie eine Weile auf«, mahnte er die Frau. »Und danke für das Essen.«

Sie sah ihm nur kurz nach und ging zurück ins Haus. Héctor hörte, dass die Hunde noch wilder wurden. Dem Gebell nach zu urteilen, mussten es ein Dutzend sein. Wenn ihm dieser verdammte Manuel noch mal über den Weg laufen sollte, würde er seinen Verrat bitter bereuen, schwor er und kroch auf allen Vieren durch das niedrige Gebüsch. Er hoffte, dass er nicht zu sehen war und hörte noch die Stimme der Alten, wie sie mit Männern sprach, konnte aber nicht verstehen, was sie sagte. Er drehte sich um und sah, dass er weit genug vom Haus entfernt war und begann zu laufen. Héctor war schon ein Stück gerannt, als das Hundegebell hinter ihm wieder lauter wurde.

»Verdammt!«, brüllte er und hechtete durch dichte Vegetation einen steinigen Abhang hinauf. Die Meute kam näher und er vernahm bereits das Knacken von Ästen hinter ihm. Er wusste aus Erfahrung, dass die Hunde immer schneller waren als die Jäger, denen sie gehörten, aber die Männer waren rasch bei ihren Tieren, wenn diese ihre Beute gestellt hatten. Héctors Interesse daran die Beute zu spielen war gering, denn was diese Köter veranstalten würden wenn sie ihn hatten, wusste er zu gut von der Jagd nach entlaufenen Sklaven. Er hatte sie immer gerne etwas länger den Hunden zum Spiel überlassen. Wenn die Männer genauso viel Spaß daran hatten wie er damals, würde es ihm bald schlecht ergehen. Héctor kämpfte sich immer weiter aufwärts durch das Geäst, aber er kam im Gegensatz zu den Hunden nur langsam voran. Nochmals blickte er zurück und sah, dass die Hunde bereits am Fuß des Abhangs angekommen waren. Schweiß stand auf seiner Stirn, denn er hatte seit langer Zeit wirklich Angst um sein Leben. Er mobilisierte alle seine Kräfte und sprang in großen Schritten über Baumstämme und kleinere Felsen. Als er endlich oben ankam, war der erste Hund kläffend nur noch ein paar Schritte hinter ihm. Héctor zog sein Messer und sprang schutzsuchend hinter einen Baum, als auch die anderen Hunde in Sicht kamen. Wenn er weiterlaufen würde, hätten sie ihn in wenigen Minuten von hinten erwischt. Die Hunde würden ihn einkreisen und schließlich ihre Zähne in seiner Haut vergraben. Ihm blieb nur sich dem Kampf zu stellen. Der erste Hund schoss um den Baum und sprang direkt in sein Messer. Das Tier jaulte auf und sank zu Boden und Héctor zog das Messer aus ihm heraus, als drei weitere Hunde um den Baum herum auf ihn zukamen. Einer verbiss sich sofort knurrend in seinem Bein während die beiden anderen ihn von zwei Seiten attackierten. Ohne auf den Hund an seinem Bein und den Schmerz zu achten, stach er wild um sich und erwischte einen weiteren Hund am Ohr. Der sprang heulend zu Seite, aber einer hatte ihn schon an der Hand erwischt, in der er sein Messer hielt. Der Schmerz war bestialisch. Die übrigen Hunde hatten ihn inzwischen auch erreicht und umzingelten Héctor knurrend und kläffend. Er wechselte das Messer in die andere Hand und stach auf den Hund am Arm wie wild ein. Er ließ augenblicklich los und fiel zu Boden, was den Hund an seinem Bein dazu veranlasste, von ihm abzulassen. Héctor verpasste ihm einen Tritt in die Schnauze und ging auf die anderen Hunde mit lautem Gebrüll los. Er hatte mal gehört, dass sich Hunde davon beeindrucken lassen, wenn man laut und aggressiv auf sie losgeht. Und tatsächlich wichen sie ein Stück zurück, behielten ihn aber im Auge und knurrten ihn böse an. Von den Männern war noch nichts zu sehen, aber es konnte nicht mehr lange dauern, bis auch sie da waren. Der größte der Hunde kam wild knurrend seitlich auf ihn zu und auch die anderen näherten sich gleichzeitig von allen Seiten, als plötzlich Schüsse fielen. Nachdem er zu Boden ging, spürte er noch die Zähne eines Hundes an seiner Kehle und meinte noch einen weiteren Schuss gehört zu haben, bevor er seine Augen schloss.

25

ENDINGEN AM KAISERSTUHL

Der Frost war endlich aus dem Boden und die Knechte pflügten das eingeebnete Feld für die bevorstehende Aussaat mit Kartoffeln und Kohl. Doch immer wieder wurden sie von Kratern der Kanoneneinschläge napoleonischer Truppen aufgehalten. Zusammen mit Skeletten von Pferden und Menschen, Uniformen, alten Handwagen, verrosteten Musketen und Säbeln, schafften sie die Hinterlassenschaften auf den Karren.

»Sollen wir uns weiter für den Bauern abplacken, während er mit seinem Weib und dem Balg am warmen Ofen sitzt?«, fragte Hartmut.

»Krämer sagte, dass er uns den Lohn trotz des Dinkelverkaufs nicht zahlen kann. Wie lange will er uns denn noch hinhalten?«

»Pah!«, sagte Alois und ließ seine Schaufel fallen. »Die Kathi sitzt auch mit ihnen am warmen Ofen und wärmt sich, während wir in der Kälte schuften müssen. Das kleine Luder bekommt doch bestimmt noch ihren Lohn, oder glaubst du nicht?«, sagte Hartmut und setzte sich zu Alois auf den Karren.

»Glaube ich nicht. Jetzt wo sich die Bäuerin um Stephan kümmern muss hat sie am Hof doch auch viel Arbeit.«

»Wie dumm bist du eigentlich, Alois? Ist dir nie aufgefallen, wie sie den Bauern anhimmelt? Ich könnte wetten, dass sie dem Krämer ihren Arsch hinhält, jetzt wo die Bäuerin den Jungen hat!«

»Du bist dumm, Hartmut! Es mag sein, dass sie für ihn schwärmt. Da wirst du Recht haben. Aber der Bauer hatte nie Augen für sie und jetzt erst recht nicht. Er ist stolz Vater geworden zu sein!«

»Wie dem auch sei. Auf jeden Fall geht es nicht an, dass er uns weiter den Lohn schuldig bleibt!«, sagte Hartmut.

Schweigend setzten sie sich auf die Karre. Alois kaute auf einem Halm und blickte in die schöne Landschaft des Kaiserstuhls. Auf manchen Feldern erkannte er das erste Grün der Aussaat und weiter am Horizont begann der dichte Wald an den Hängen. Nur eine Woche zuvor war der Boden noch gefroren und ihre Arbeit war schwer. Doch nun kam immer wieder die Sonne zwischen den Wolken zum Vorschein.

»Noch in dieser Woche werden Spinat, Zwiebeln und Blumenkohl geerntet. Der Bauer wird alles verkaufen. Wenn wir dann wieder keinen Lohn bekommen, werden wir uns beschweren. Einverstanden?«

»Haben wir eine andere Wahl?«, sagte Hartmut mürrisch.

26

NÄHE VON LOS JUNCALAS

Unfähig seine Hände nur zu heben lag er da und spürte Insekten auf seiner Haut. Seine Augenlider zitterten bei dem Versuch sie zu öffnen. Ein blendender Lichtschein durchbrach die kaum geöffneten Augen, die sich sofort wieder schlossen. Doch der Moment des grellen Lichtes umriss die langen schwarzen Beine des Tieres, das mitten in seinem Gesicht saß, und Panik ergriff ihn. Aber er war zu schwach, sich zu wehren. Erst die Wut und der Hass, die jetzt in ihm aufkamen, schienen ihm die Kraft zu verleihen mit der Luft seiner Lungen das Ungetier aus seinem Gesicht zu blasen. Das Kribbeln hörte beinahe auf. Nur auf den Augen und der Stirn spürte er noch, dass etwas ein ungebändigtes Interesse an ihm hatte. Abermals versuchte er seine Hände unter Kontrolle zu bringen. Ohnmächtige Angst stieg in ihm auf, als er merkte, dass seine Sinne nicht dazu ausreichten seine Körperteile unter Kontrolle zu bringen. Das Krabbeln in seinem Gesicht wurde unerträglich und es forderte ihn geradezu heraus, etwas dagegen zu tun. Seine körperliche Kraft und sein Wille schafften es endlich, kurz die Augen zu öffnen. Was er sah, waren die haarigen Beine einer großen Spinne, die es sich auf seinem Gesicht bequem gemacht hatte. Er bekam panische Angst vor dem Insekt und wünschte sich die gewohnte Energie zu haben, um sie zu töten oder wenigstens zu verscheuchen. Doch Héctor konnte sich nicht rühren und das verstärkte seine Panik weiter. Die Schmerzen in seiner Kehle waren vermutlich der Grund seiner Atemnot. Verzweifelt versuchte er mehr Luft in seine Lungen zu pumpen. Ein wenig mehr Atem und er würde die Kraft wiedererlangen, die er sich so dringend wünschte. Die Einflusslosigkeit seiner Schrecklähmung wurde ihm richtig bewusst, als etwas an seinem Bein zerrte. Der Schmerz, der ihn ergriff, als er spürte, dass sich scharfe Zähne in seinen Unterschenkeln vergruben und Stücke seiner Muskeln zerrissen, war unerträglich. Héctor wunderte sich darüber, dass er dazu imstande war, lauthals zu lachen. In diesem Moment spürte er, dass er seine Arme wieder ein wenig bewegen konnte. Der harte Gegenstand, den er zwischen seinen Händen spürte, war der Stein, mit dem er sich vor seiner Ohnmacht zur Wehr hatte setzen wollen. Mit dem Schweiß der Anstrengung auf seiner Stirn und zusammengebissenen Zähnen umklammerten seine Finger zitternd den Stein. Doch er konnte ihn nicht halten und er rutschte aus seinen Händen, während das Tier weiter an seinen Beinen nagte. Erst beim zweiten Versuch schlug er voller Anstrengung irgendwo auf eine Stelle zwischen seinen Beinen. Ein böses Knacken, wie das von brechenden Knochen und das Jaulen eines Tieres waren das Ergebnis. Der beißende Schmerz war noch da, aber die Gewissheit lebendig gefressen zu werden ließ nach. Blinzelnd konnte Héctor die Augen einen Spalt öffnen und erleichtert bemerkte er, dass das Krabbeln auf seiner Stirn ebenso verschwunden war wie die schwarzen Beine der Spinne. Das Licht, welches zwischen den Bäumen leuchtete und ihn blendete, gab ihm ein wenig Hoffnung und Kraft seine Muskeln zu spannen. Doch bei dem Versuch sich aufzurichten, sackte er nach wenigen Zentimetern keuchend zusammen. Es dauerte einige Minuten, bis er wieder ruhiger atmen konnte. Seine Anstrengung um Hilfe zu rufen scheiterte kläglich. Nur ein krächzender und schmerzlicher Kehllaut war das Ergebnis. Resigniert kicherte Héctor, als ihm der Gedanke kam, dass ihn höchstens die

Vogelspinne oder das Tier, das an ihm genagt hatte hätte hören können. Seine Lippen waren rissig, spröde und trocken von der Sonne, die zwischen den Bäumen zwar gefiltert wurde, ihn aber dennoch unbarmherzig austrocknen wollte. Noch nie in seinem Leben hatte er das Gefühl der Hilflosigkeit erfahren und wusste nicht damit umzugehen. Die Wut über seine Situation steigerte sich ins Unermessliche und daraus schöpfte er genügend Kraft, um sich zur Seite zu drehen. Erleichtert merkte er, dass er so endlich mehr Luft bekam. Héctor empfand es als wohltuend seine Lungen zu füllen. Er öffnete wieder die Augen und konnte sie offen halten. Ein plötzliches Knurren in der Ferne ließ alle seine Sinne erwachen. Den Kopf drehend, erkannte er die Schemen eines großen Tieres, welches ihn lauernd beobachtete. Die gelben Augen sahen direkt in die seinen. Er bemerkte, dass es sich auf den Sprung vorbereitete und Héctor suchte nach dem Stein, den er eben noch in seinen Händen gehalten hatte, fand ihn aber nicht. Seine Hände durchwühlten das Grün des Bodens, ertasteten kleine Äste und Steinchen, als das riesige Tier auf ihn losschoss. Voller Panik wühlte er im Dreck um sich herum und erst als sich die Krallen schmerzhaft in seiner Brust vergruben, erreichte er den scharfen Stein und schlug zu. Héctor spürte wie scharfe Zähne in seine Kehle eindrangen und erst der Schmerz und die Angst vor seinem nahen Tod gaben ihm die Kraft, erneut mit dem Stein auf das Tier einzuschlagen. Plötzlich ließ der brennende Schmerz auf seiner Brust nach und weitere Schläge trafen ins Leere. Den Stein ließ er sacken, so wie sich selbst. Als er langsam in den Schlaf hineindämmerte, ergriffen ihn schreckliche Träume. Er durchlebte die Hetzjagd mit den Hunden erneut, aber diesmal erreichte er den Fluss mit den Stromschnellen, um der Meute zu entkommen. Héctor rutschte auf den von Algen bewachsenen Steinen und stürzte in den wild fließenden Fluss. Er konnte die Kälte des Wassers spüren, schluckte es und glaubte zu ertrinken. Wild um sich schlagend rang er nach Luft und versuchte an die Wasseroberfläche zu gelangen. Er hörte eine Stimme aus der Ferne, die er nicht verstehen konnte. Zu sehr war er damit beschäftigt, zu überleben. Erleichtert schnappte er nach Luft und atmete wieder, als er erneut eine Stimme wahrnahm. Eine weibliche Stimme. Der nächste Eimer Wasser, der sein Gesicht traf, weckte ihn endlich aus seinen Träumen und er sah in das Gesicht der Alten von dem Hof. Sie hockte mit gespreizten Beinen über seinem Oberkörper und lächelte als er die Augen öffnete.

»Die Hunde haben dich übel zugerichtet. Ich habe einen Umschlag mit einer Kräuterpaste auf deine Kehle gelegt. Du darfst sie nicht ablegen, sonst wirst du bald krepieren. Mein Gott, du blutest ja überall. Ein Wunder, dass du noch lebst.«

»Warum ...«, Héctors Versuch zu sprechen scheiterte.

Seine Stimme wurde sofort von einem heftigen Husten unterbrochen.

»Schone Deine Stimme und antworte mit Nicken oder Kopf schütteln.«

Héctor nickte, dass er verstanden hatte. Sie wollte ihm helfen und er war froh darüber, dass sie da war.

»Du willst wissen, warum ich dir helfe?«, fragte die Alte.

Héctor sah nickend zu ihr auf.

»Als du weg warst haben dich die Hunde gewittert und die Verfolgung aufgenommen. Ich habe gesehen, wie sie dir durch den Wald gefolgt sind und wollte wissen, ob sie dich erwischt haben. Sie haben dich erwischt, aber ich hätte nicht gedacht, dass du noch lebst. Wenn die Männer deinen Puls gefühlt hätten, bevor sie weiter zogen, wärst du jetzt tot. Sei froh, dass sie dumm waren. Die Kugeln in deinem Bauch müssen raus und nicht nur das wird schmerzhaft für dich.«

Héctor sah sie verblüfft an und versuchte auf die Beine zu kommen, aber er hatte nicht die Kraft dazu.

»Strenge dich nicht an! Ich werde jetzt das Pferd holen und dich mit einer Trage in Sicherheit bringen. Warte hier und laufe nicht davon«, scherzte die grauhaarige Frau. Héctor versuchte zu lächeln, aber selbst ein einfaches Lächeln verursachte Schmerzen und es erstarb sofort. Die Alte verschwand aus seinem Sichtfeld und er hörte nur ihre immer leiser werdenden Schritte, bis auch sie verstummten. Vielleicht würde doch noch alles gut werden. Niemals in seinem Leben hatte er eine solche Angst um sein Leben verspürt und er dankte Gott für seine Rettung. Das Rascheln in dem Blätterdach über ihm erschien ihm beruhigend und er pumpte frische Luft wohltuend in seine Lungen. Nie zuvor hatte er so bewusst geatmet, und er empfand es nicht mehr als selbstver-ständlich zu leben. Zuerst spürte er die rhythmischen Vibrationen in seinem Kopf, dann in seinem ganzen Körper und er erschrak darüber, je intensiver sie wurden. Sein Herz schlug schneller und die Erleichterung zu leben, wich der Angst, dem Tod wieder näher zu sein. Doch dann hörte er es auch. Es waren die schweren Schritte eines mächtigen Pferdes, das sich ihm näherte und vor ihm zum Stehen kam. Er vernahm das Schnaufen des Tieres, ohne es zu sehen. Dann stand die Alte wieder über ihm.

»Ich werde dich jetzt auf eine Trage heben. Es wird nicht ohne Schmerzen gehen, aber du wirst es überleben.«

Sie zog an der Trense, bis das Pferd in seinen Blickwinkel kam. Es war ein riesiger Gaul mit langer struppiger Mähne und es kam ihm unheimlich vor, als das Tier aus seinen dunklen Augen zu ihm herabsah. Die Frau hantierte an einem Geflecht aus Zweigen und Ästen, welches das Pferd hinter sich hergezogen hatte. Dass sie kräftig war, hatte Héctor schon gesehen, als er ihr das erste Mal begegnete. Doch als sie ihn ohne erkennbare Anstrengung von dem feuchten Waldboden anhob, war er verblüfft. Schließlich war er kein Leichtgewicht. Sein ganzer Körper schmerzte so heftig, dass er röchelnd stöhnte.

»Das ist gar nichts«, sagte die Frau und legte ihn auf die Bahre. »Der Weg zu meinem Haus wird noch viel schmerzhafter für dich werden.«

Sie pfiff und das Pferd setzte sich in Bewegung. Schon beim ersten Meter spürte Hector jeden gottverdammten Stein schmerzend in seinen Knochen, von denen einige gebrochen waren.

27

HAZIENDA DIEGO

»Wann kommt denn Vater zurück?«, frage Felipe. Andrea saß im Hof auf der Bank und stopfte löchrige Kleidung.
»Ich weiß es nicht, Felipe«, antwortete sie.
»Opa hat gesagt, dass mein Onkel ein großer Held ist.«
Andrea ließ von den Kleidern ab, streichelte durch sein dunkles Haar und lächelte ihn liebevoll an. Seine Augen spiegelten diese charmante Entschlossenheit wider, die sie von dem Mann ihrer Liebe kannte. Felipe hatte die schönen und ebenmäßigen Gesichtszüge seines Vaters geerbt. Schon allein deshalb konnte sie Juan nicht vergessen. Jorge hatte Carlos los geschickt, um nach Héctor zu suchen und so war es für sie und Felipe angenehm und ruhig Zuhause.
»Vater wird bald wieder bei uns sein. Ob er deinen Onkel mitbringt, wissen wir nicht. Aber wir wollen es uns wünschen, kleiner Junge.«
»Mama, ich bin kein kleiner Junge mehr. Ich kann schon mit dem Bogen schießen und Großvater will mir bald zeigen, wie man jagt.«
Der alte Jorge hatte an Felipe seinen Spaß. Er war sein Enkelsohn, der eines Tages die Hazienda und alle Ländereien erben würde, falls Héctor nicht mehr heim käme. Er verhätschelte Felipe und brachte ihm allerlei Dummheiten, aber auch gute und nützliche Dinge bei und Andrea ließ ihren Vater gewähren. Von

ihr lernte er Mathematik sowie Lesen und Schreiben. Manchmal glaubte sie einen zweifelhaften Blick in den Augen ihres Vaters zu erkennen, wenn er den Jungen ansah. Er würde sie nicht darauf ansprechen, wenn er etwas ahnte. Soviel war sicher. Bei dem Gedanken empfand Andrea eine heimliche Genugtuung, dass dieser Kretin das Kind seines Rivalen großzog. Felipe sprang von ihrem Schoß und rannte quer über den Hof, da er seinen Großvater entdeckte. Ungeachtet ihrer Näharbeit sprang sein Totenkopfäffchen Coco auf Andreas Schoß und fasste neugierig an ihre Nase.

»Großvater, Großvater!«, rief er und lief ihm entgegen.

Andrea sah ihren Vater mit seinen Glubschaugen strahlten, als der Junge auf ihn zu rannte. Felipe sprang in seine Arme und Jorge fasste ihn, drehte sich im Schwung und ließ ihn um sich herum kreisen. Sie lachte, als Felipe vor Vergnügen quietschte, und erst als Jorge von der Dreherei schwindelig wurde, den Jungen wieder zu Boden ließ.

»Na, was hast du denn heute gemacht, Felipe?«, fragte er.

Andrea beobachtete die beiden amüsiert, während Coco ihre Nase untersuchte. Jetzt, da alle störenden Elemente nicht im Hause waren, konnten sie ein ausgelassenes und harmonisches Familienleben führen.

»Ich habe rechnen gelernt und kann jetzt schon bis 20 zählen!«

»Na, dann zähle doch mal bis 20.«, forderte Jorge ihn auf.

»1, 2, 3, 4, 5, 6, …9, …11, 12 …«, begann er, bis Jorge ihn unterbrach.

»Ich glaube, da hast du noch ein paar Zahlen vergessen und du wirst noch ein wenig üben müssen. Aber du machst das schon sehr gut.«

»Das Essen ist gleich fertig, Männer. Kommt ins Haus und wascht eure Hände!«, rief Andrea mit gespielt strengem Ton den beiden zu.

»Na dann komm, bevor wir uns Ärger einhandeln«, sagte Jorge. »Wenn das Essen auf dem Tisch steht, kennt sie keine Gnade!«

»Mutter, ich möchte mich nicht waschen. Schau mal, ich bin gar nicht schmutzig!«, antwortete er und zeigte ihr grinsend seine pechschwarzen Hände. Andrea lachte und gab ihm einen kleinen Klaps auf den Po, setzte Coco herunter und folgte ihnen mit dem Äffchen ins Haus. Jorge stand kopfschüttelnd vor der Tür und lachte über seinen Enkelsohn. Heute fiel es ihm schwer, sich daran zu erinnern wie es gewesen war, bevor Héctor aus seinem Leben verschwand. Wäre er dazu in der Lage gewesen, hätte er sich selber auf die Suche begeben und nicht Carlos geschickt. Jorge hatte an jenem Morgen Juan nicht mehr bei Pater Valega angetroffen. Bis heute hatte er mit niemandem darüber gesprochen, doch wenn es jemanden gab, mit dem er seine späten Einsichten teilen konnte, dann war es Valega. Der alte Diego sagte dem Pater zu, dass er bei Bedarf jegliche Unterstützung zur Annullierung der Ehe mit Carlos geben würde. Sie einigten sich darauf, dass Valega bei dem Bischof in Merida vorsprechen würde. Jorge beruhigte die Aussicht auf Juan als Schwiegersohn, der für seinen Enkel ein besserer Vater wäre und seine Tochter glücklich machen konnte. Er ging zu dem großen dunklen Mahagonitisch. Dort standen einige mit Essen gefüllte dampfende Schüsseln und ihm knurrte der Magen. Jorge setzte sich auf seinen Platz am Kopf des Tisches und Felipe sprach ein kleines Tischgebet. Neben ihm saß Coco und knabberte an einer Banane. Es gab Felipes Lieblingsgericht *Pabellón Caraqueño.*

»Großvater, darf ich etwas fragen?«

Eigentlich war es nicht sittsam, während des Essens zu reden. Doch Andrea hatte mit dieser Gewohnheit schon in ihren eigenen Kindheitstagen gebrochen.

»Was möchtest du denn wissen?«, fragte Jorge, der genau

wusste, dass der Junge nicht nur einen unbändigen Appetit, sondern auch einen ständigen Wissensdurst hatte.

»Wieso heißt das Essen *Flagge von Caracas?*«, fragte er und starrte dabei auf die Berge von zerpflücktem Rindfleisch, Eiern, Kochbananen, Reis und schwarzen Bohnen.

»Weil das Essen die Farben der Flagge von Caracas hat. Würde sich deine Mutter Mühe geben, dann könnte sie auf jedem Teller eine kleine Flagge arrangieren.«

»Na das könnte euch so passen. Als ob ich nichts anderes im Haus zu tun hätte, als auch noch stundenlang euer Essen zu dekorieren!«, sagte sie halb ernst an Felipe und ihren Vater gewandt.

»Aber ich möchte wissen, wie die Flagge von Caracas aussieht, Mutter!«, protestierte Felipe.

»Dein Großvater kann sie dir ja mal aufmalen!«, antwortete sie mit einem bösen Blick zu ihrem Vater.

»Dann ist es aber nicht richtig. Ich möchte sie auf meinem Teller sehen!«

»Siehst du Andrea? Du hast gar keine andere Wahl«, lachte Jorge.

»Das habt ihr ja wieder fein hinbekommen. Also gut, beim nächsten Mal sollt ihr eure Flagge haben. Aber jetzt wird gegessen!«

Jorge zwinkerte seinem Enkel verschwörerisch zu und sie aßen grinsend ihre Flagge von Caracas. Nach dem Abendessen standen sie auf und Andrea räumte den Tisch ab. Sie staunte, dass ihr Vater ihr dabei half, während Felipe gleich wieder mit Coco spielte. »Wie kommt es, dass du mir hilfst?«

»Ach, weißt du, ich wollte schon immer mal sehen, wie unsere Küche aussieht«, sagte er und lachte.

»Unsinn!«

»Na gut, ich muss noch zwei Briefe lesen und gehe ins Arbeitszimmer. Ich nehme an, dass du Felipe gleich zu Bett bringst.

Dann komm doch mit mir auf die Veranda. Für dich einen Likör und für mich einen Rum. Dann können wir uns in Ruhe unterhalten«, sagte Jorge.

»Gibt es etwas Besonderes zu besprechen?«, fragte Andrea neugierig ihren Vater.

»Nun ja. Ich habe mit Valega gesprochen«, sagte er. Ohne das Andrea weiter nachfragen konnte, ging er in sein Arbeitszimmer. Andrea brachte Felipe zu Bett und las ihm, wie jeden Abend, eine Geschichte vor. Manchmal, so wie an diesem Abend, musste sie ihm eine erfundene und spannende Tiergeschichte erzählen. Als er seine Augen schloss, zog sie ihm liebevoll lächelnd die Decke bis zur Brust und gab ihm einen Gute-Nacht-Kuss. »Schlafe gut, mein Sohn«, sagte sie und verließ das Zimmer. Aus dem Fenster im Flur erblickte sie die Maisfelder am Horizont. In der Abendsonne hatten sie einen rostroten Schimmer. Es sah fantastisch aus. Plötzlich hörte sie ein rumpelndes Geräusch, so als wäre etwas Schweres umgefallen. Auf der Treppe sah sie nur einen schwachen Lichtschein. »Vater?«, rief sie leise.

Andrea vermied laut zu rufen, da jede Art von Lärm Felipe aus seinem leichten Schlaf gerissen hätte. Vielleicht hatte ihr Vater sie gehört, aber irgendwie war es zu still im Haus. Sie öffnete die Tür des Salons. Es brannten Kerzen, aber der Raum war leer.

»Vater?«, rief sie erneut.

Keine Antwort. Sie ging zurück in den Flur. Am Fuß der Treppe hörte sie etwas Merkwürdiges. Einen schwachen, wimmernden Laut. Sie zögerte nur kurz und begann mit großen Schritten die Treppe hinaufzusteigen, öffnete leise Felipes Tür und ging zu seinem Bett. Andrea atmete erleichtert aus, als sie sah, dass es ihm gut ging. Er musste geträumt haben, dachte sie und verließ wieder das Zimmer. Kaum hatte sie die Türe geschlossen, hörte sie wieder dieses Wimmern. Das war nicht Felipe! Es rumorte in ihrem Magen. Ihr Atem kam in kurzen, flachen Stößen und ein eigentümlicher Geruch hing in der Luft. Sie kannte ihn nicht und er war unangenehm. Das Geräusch kam aus Jorges Arbeitszimmer. »Vater?«, rief Andrea diesmal lauter.

Das Wimmern wurde deutlicher. Steif näherte sie sich dem Arbeitszimmer am Ende des Flurs und Angst durchflutete ihr Herz. Sie hatte schon immer eine Vorahnung, wenn etwas nicht stimmte, und hier ging etwas nicht mit rechten Dingen zu. Es war ein entsetzliches Gefühl, und eine schreckliche Möglichkeit schoss ihr durch den Kopf, aber Andrea wollte davon nichts wissen. Sie öffnete die Tür und hielt inne. Auf den ersten Blick sah alles normal aus. Die Öllampe brannte auf dem Schreibtisch und verbreitete ein warmes Licht im näheren Umkreis. Drei Kerzenleuchter standen auf den Vitrinen und ihr flackernder Schein zuckte an den Wänden auf und ab. *Bitte, lieber Gott*, flüsterte Andrea. Sie wusste nicht, warum sie betete, aber ahnte, dass sie bald Hilfe brauchte. Das Wimmern war jetzt deutlicher zu hören und wurde von einem Schluchzen ge-brochen. Sie überschritt die Schwelle und trat in das Zimmer um den Raum insgesamt zu sehen. Noch bevor ihr Blick es erfasste, wusste sie was sie vorfinden würde. Auf dem Läufer vor dem Schreibtisch lag, der Länge nach ausgestreckt, Jorge, einen Arm grotesk unter sich verkrümmt, den anderen weit von sich weg zur Seite gestreckt. Unter seinem Kopf hatte sich ein kreisförmiger burgunderroter Flecken gebildet. Nicht weit daneben lag ein silberner Kerzenleuchter auf dem Teppich. Noch bevor sie sich bückte erkannte sie, dass an den Wachsfängern das Blut ihres Vaters klebte. *Was ist hier passiert*, fragte sie sich. Sie fühlte, dass sein Puls kaum wahrnehmbar war, und streichelte Jorges Wange. Flatternd öffnete er kurz seine Augen und sah Andrea an. Er wollte etwas sagen, doch seine Worte verstummten. Andrea fühlte, dass sein Puls nicht mehr zu spüren war und strich durch sein Haar. Es war klebrig. Erschrocken zog sie die Hand zurück und sah Blut an ihren Fingern. Ihr Vater lag vor ihr mit geöffnetem Mund und seine Augen starrten erschrocken zur Zimmerdecke. Ihr Weinen wurde durch ein anderes Geräusch hinter ihr unterbrochen. Der Sessel vor dem Kamin bewegte sich. Und dann sah sie ihn. Carlos kauerte schniefend in ihm, die Arme fest um die Beine geschlungen und das Gesicht auf die knochigen Kniescheiben gepresst. Er blickte kreidebleich zu ihr auf.

»Carlos!«, schrie sie ihn an. »Was hast du getan, du Scheisskerl!«

Ihr Mann sprang aus dem Sessel und ging, den Blick starr auf den Toten gerichtet, auf sie zu.

»Du siehst es doch, Weib!«, brüllte er heulend.

Andrea ging einen Schritt zurück und stieß mit einem Bein gegen die Mordwaffe. Carlos blieb stehen.

»Andrea, ich wollte das nicht!«, sagte er in weinerlichem Tonfall. «Bitte glaube mir. Ich bin gerade heim gekommen, da rast der Alte und fragt wo ich Héctor gelassen hätte. Ich kam gar nicht zu Wort. Er beschimpfte mich und schlug mir ins Gesicht.«

»Und dann hast du ihn erschlagen, weil er dich geschlagen hat, du jämmerlicher Feigling und Versager! Er ist ein alter Mann!«

Andrea griff nach dem Kerzenleuchter und schleuderte ihn mit aller Kraft in Carlos Richtung. Er wollte ausweichen, aber das harte Metall traf ihn an der Schulter und er schrie auf.

»Herr im Himmel! Das wirst du noch bereuen, du Miststück«, brüllte er und rannte mit zu-sammengebissenen Zähnen auf sie zu. Andrea hatte seine Reaktion vorhergesehen und bevor er ihr zu nahe kommen konnte, war sie schon um den Schreibtisch herum und hatte aus der Lade die Pistole ihres Vaters geholt. Carlos blieb wie angewurzelt vor dem Schreibtisch stehen, als er in die Mündung der Waffe schielte.

»Beten nützt dir nichts. Aber du hättest Grund genug zur Reue!«

»Das ist ja wieder meine geliebte Furie. Ich hätte dich regelmäßiger verprügeln sollen. Dieses Versäumnis war der größte Fehler, den ich in unserer Ehe gemacht habe. Das einzig Gute an dir ist, dass du mir einen wunderbaren Sohn geschenkt hast, den ich jetzt mitnehmen werde, bevor ich dieses Haus verlasse.«

»Nichts dergleichen wirst du tun, Liebster!«, widersprach Andrea und ihre Augen funkelten gefährlich, als sie die Waffe ein Stückchen höher hob und auf seinen Kopf zielte.

»Du willst deinen geliebten Mann nicht gehen lassen? Ich verstehe dich ja, aber ...«. Weiter kam Carlos nicht, denn Andrea fuhr ihm ins Wort:

»Er ist nicht dein Sohn!«

»Du ...«, schrie er. »Eine Hure bist du auch noch! Mit welchem dreckigen Bauern hast du es denn getrieben, du Hexe?«

Ohne auf seinen Wutanfall und seine Beleidigungen einzugehen, grinste sie ihn an, was ihn noch wütender machte. Er war im Begriff über den Tisch zu springen. Andrea sah das und fuchtelte warnend mit der Pistole in der Hand. Plötzlich schien er alles zu begreifen.

»Du hast dir von diesem Juan ein Kind andrehen lassen und es mir untergejubelt, du Schlampe!«, ereiferte er sich und sprang auf sie zu.

Den Schuss hörte er nicht mehr, als die Kugel seinen Kopf zwischen den Augen durchbohrte. Carlos fiel nach hinten über die Tischkante und glitt wie ein nasser Sack zu Boden. Andrea ließ die Waffe fallen und war entsetzt darüber, dass sie ihn wirklich erschossen hatte. Nie hätte sie gedacht, das jemals tun zu können. Sie wollte sich gerade auf die Tischkante setzen, als sie Felipe im Türrahmen stehen sah. Betäubt, fast im Traumzustand ging sie auf ihn zu und als sie neben ihm in die Hocke ging, vergrub er sein Gesicht in ihrem Schoß.

»Mutter«, weinte er, und sie konnte auch ihre eigenen Tränen spüren.

Sie drückte Felipe fest an sich und wandte den Blick wieder dem Leichnam ihres Vaters zu, der ausgestreckt auf dem Boden neben dem seines Mörders lag. In einer Minute würde sie aufstehen und mit ihrem Sohn nach Barinitas reiten und jemanden rufen, der ihr helfen konnte. Und da fiel ihr nur einer ein. Doch in diesem Moment konnte sie nur die Pistole und die leblosen Menschen anstarren.

»Ist schon gut, Felipe. Ich bin bei dir. Es wird wieder alles gut!«, sagte sie ganz leise, wie beim Vorlesen der allabendlichen Gute Nacht Geschichten. Doch für Felipe und Andrea war das jetzt eine ganz andere, eine neue, Geschichte. Eine Geschichte, die sie nie würde vergessen können und sie hoffte, dass der kleine Mann darüber hinweg kommen würde, ohne großen Schaden zu nehmen.

»Vater war böse. Du musst nicht traurig sein. Ich bin jetzt für dich da!«

Andrea lächelte ihn an. Diesmal füllten Tränen der Freude ihre Augen.

»Das weiß ich doch. Aber auch ich bin für dich da, wann immer du mich brauchst. Wir müssen jetzt gehen«, sagte sie, nahm Felipe auf den Arm und drehte ihn so, dass er nicht auf die Toten schauen konnte.

Als sie den Flur erreichten, fragte er: »Wohin gehen wir, Mutter?«

»Zu Pater Valega«, antwortete sie während sie ihn anzog.

»Schön. Da kann ich morgen mit den anderen Jungen im Ort spielen!«

»Ja, das kannst du«, sagte sie verwundert darüber, dass Felipe jetzt ans Spielen dachte, und nicht den Tod seines Großvaters erwähnte. Er war auf dem Weg nach Barinitas eingeschlafen und erst am Rande des Dorfes wurde er wieder wach und öffnete seine Augen.

»Wir sind gleich bei Pater Valega. Dann kannst du wieder schlafen, mein Sohn«, sagte sie leise zu ihm.

»Hm«, sagte er, kuschelte sich an sie und fragte: »Mutter, wer ist mein Vater?«

Großer Gott, bitte stehe mir bei, dachte Andrea. Sie hatte nicht darüber nachgedacht, dass Felipe von dem Streit mit Carlos mehr mitbekommen hatte, als sie gehofft hatte.

»Wir werden später darüber reden, Felipe«, antwortete sie knapp.

Er nickte und brummte etwas in seinen noch nicht vorhandenen Bart. Eine Eigenschaft, die sie von Juan bestens kannte. *Seltsam*, dachte sie, was ein Kind so alles von seinem Vater erben kann. Sie kamen am Haus Valegas an und sie vernahm einen Schatten, der hinter dem Fenster vorbeihuschte. Andrea ließ Felipe vom Pferd und kaum war sie selber abgestiegen, öffnete sich die Türe. Valega sah verblüfft in die Dunkelheit und senkte die Waffe.

»Andrea!«, rief er erstaunt. »Was verschafft mir die Ehre?«

»Können wir reden?«, fragte sie leise. »Felipe braucht auch ein Bett.«

»Ich bin nicht mehr müde, Mutter!«, widersprach er.

»Ich glaube, deine Mutter weiß besser, was für dich gut ist«, mischte sich Valega ein. »Ich mache dir ein Glas warme Milch. Dann kannst du in dem Mädchenzimmer schlafen. Es ist heute unbenutzt.«

Mürrisch folgte er dem freundlich lächelnden Pater und seiner Mutter. Als Valega das Zimmer verließ und Felipe mit der Milch im Bett saß, sah er seine Mutter so ernst an, wie zuvor auf dem Pferd.

»Du hast mir beigebracht, dass man keine Geheimnisse im

Leben haben sollte. Ich habe dich gehört und möchte wissen, wer mein Vater ist. Warum hast du mir nicht gesagt, dass ich einen anderen Vater habe?«

Seine Worte klangen vorwurfsvoll und genau vor dieser Frage hatte sie sich schon vor seiner Geburt gefürchtet.

»Es ist spät, Felipe. Lass uns bitte morgen darüber reden. Ist das für dich in Ordnung?«, fragte sie ihn liebevoll lächelnd.

»Aber nur wenn ich morgen eine Antwort bekomme.«

»Du weißt, dass du immer Antworten von mir bekommst.«

»Gut, dann will ich jetzt schlafen«, sagte er und stellte das Glas ab.

»Warte, lass uns noch für Großvater beten.«

Felipe sprach weinend zu Gott, dass er seinen Opa in den Himmel lassen solle, da er ein guter Großvater war. Nach dem Gebet zog sie ihm die Decke bis zum Kinn und gab ihm einen Kuss auf die Stirn.

Auf Valegas Aufforderung nahm Andrea auf einem quietschenden, ledernen Sessel Platz, der so bequem war wie eine jener eisernen Bänke, wie sie im Kräutergarten der Mönche üblicherweise standen. Das Ding mochte noch so durchgesessen sein, trotzdem malte sich Andrea aus, wie luxuriös es ihr in einem Jahr erscheinen mochte, wenn sie erst einige Monate Gefängnis hinter sich hatte.

»Vater, es ist so schrecklich!«, brach es aus ihr heraus. Ihr Tränenfluss war nicht mehr zu bremsen und sie fing an zu weinen. Valega nahm sie in den Arm und versuchte Andrea zu trösten.

»Was ist passiert? Wie kann ich dir helfen, mein Kind?«, fragte er.

»Vater ist erschlagen worden und ich habe seinen Mörder getötet!«

»Wie ist das geschehen?«, fragte Valega entsetzt.

Andrea erzählte ihm was sie in den letzten Stunden erlebt hatte. Valega öffnete nicht die Augen, drückte aber ihre Hand, bevor er sie losließ.

»Schauen Sie bitte nicht so sorgenvoll, Vater.«

»Ich mache mir keine Sorgen. Ich möchte dich schütteln.« sagte er mit geschlossenen Augen. Als er sie wieder öffnete, umspielte ein gütiges Lächeln seinen Mund. »So wie ich dich schütteln wollte, als du Carlos dein Ja-Wort gegeben hast. Ich hatte mir gewünscht du hättest ein deutliches NEIN ausgesprochen. Mein Gott, ich hätte es verstanden.«

»Vater, es ist nicht der richtige Zeitpunkt darüber zu reden!«

»Bleibe vernünftig und bewahre einen kühlen Kopf, Andrea!«

»Ich bin vollkommen vernünftig. Aber ich habe Angst, was nun aus uns wird. Wird man mir Felipe nehmen und mich ins Gefängnis werfen?«

Sie fühlte gleichzeitig Schwindel, Angst, Hilflosigkeit und Trauer.

»Du sagtest, sie hatten Streit und jeder kennt Jorge und den verschlagenen Carlos. So wie du es geschildert hast sind eindeutige Kampfspuren zu sehen und die deuten darauf hin, dass sie sich gegenseitig umgebracht haben. Außerdem war Jorge heute Morgen bei mir und hat mir seinen Unmut über Raul geklagt. Er wusste auch, dass Juan der Vater seines Enkels ist.«

»Das eine kann ich nicht glauben und das andere wäre eine Lüge.«

»Lügen hat es schon immer gegeben, Andrea. Und Gott hat sicher nichts dagegen, wenn mit einer Lüge eine Unschuldige vor Ungerechtigkeit beschützt wird. Aber es ist keine Lüge, dass dein Vater heute früh bei mir war. Ich musste ihm versprechenden, den Bischof und Juan aufzusuchen. Er wollte, dass eure Ehe aufgelöst wird.«

»Hätte ich das gewusst! Aber wie gehen wir jetzt vor?«, fragte Andrea.

»Wir haben ein paar Geheimnisse, die wir sehr gut schützen sollten. Dazu gehört, dass du mit Felipe sprichst. Erzähle ihm von seinem Vater und vor allem, dass er mit niemanden über das reden darf, was er gesehen hat. Er wird auf seine Mutter hören. Der Junge braucht deinen Trost. Und darauf kommt es jetzt an. Alles andere werde ich morgen in die Wege leiten. Wenn ich dir die Beichte abgenommen habe, werde ich zu der Hazienda reiten und dafür sorgen, dass man in der Hand deines Vaters die Waffe findet, mit der Carlos getötet wurde.«

28

NÄHE LOS JUNCALAS

Héctors Kehle brannte trocken, als er aufwachte. Ein großes Insekt saß an der Zimmerdecke und wiegte sich rhythmisch mit seinen Beinen auf und ab. Es kam ihm vor, als wäre er schon seit Jahren in diesem muffigen Haus der Alten, doch so oder so war ihm die schrullige Frau ans Herz gewachsen. Sie war auf ihre schroffe Art beinahe freundlich zu ihm. Wenn sie ihm einen neuen Verband anlegte, roch Héctor den stechenden Geruch der Kräuterpaste auf den Tüchern. Dieser Geruch war für ihn zum Alltag geworden und er hatte ihn auch jetzt in der Nase, während er weiter das Insekt an der Decke betrachtete. Es hatte aufgehört mit seinen wippenden Bewegungen. Es hing fast über ihm und schien auf ihn herabzublicken. Das Vieh nervte ihn und er hätte es zu gerne erschlagen. Würde er nur aufstehen können. Zwar konnte er wieder ein paar Sätze flüsternd von sich geben, aber um sie zu rufen, war seine früher so kräftige Stimme noch nicht in der Lage. Héctor fiel ein, dass er die Alte schon länger nach ihrem Namen fragen wollte. Doch immer, wenn er ein paar Worte gesprochen hatte, legte sie ihm die Hand auf den Mund und ermahnte ihn, seine Stimme zu schonen. Ihr resoluter Umgang mit ihm duldete keinen Widerspruch und obwohl er es gewohnt war die Kommandos zu geben, störte es ihn nicht mehr. Die Alte zeigte kaum Mitleid, aber sie war sehr fürsorglich und half ihm, obwohl er vor langer Zeit unfreundlich in ihr Haus eingedrungen war. Héctor empfand eine tiefe Dankbarkeit. Ein Gefühl, zu dem er früher nie fähig gewesen war. Aber da war noch ein Gefühl in ihm. Hass. Aufrichtiger Hass gegen den verlogenen Wärter Manuel. Hass auf die Rebellen, die er für das Leid seines Standes und vor allem sein eigenes verantwortlich sah. Und speziell hasste er Juan. Er malte sich aus, dass dieser Narr und Verräter jetzt bei seiner Schwester bequem liegen würde und sich bei seinem Vater eingeschleimt hatte. Seine Ohnmacht steigerte sich in Wut, als ihm bewusst wurde, dass er hier in dieser Hütte leben musste und vieles, das er vorher hatte, verloren war.

Seit einer halben Stunde war er wach und sein Durst war fürchterlich. Héctor schlug die Decke zurück, drehte sich zur Seite und ließ seine Beine langsam aus dem Bett gleiten und richtete sich behutsam auf. Doch ihm wurde augenblicklich schwindelig, als er auf seinen wackeligen Beinen stand und musste sich mit zitternden Knien am Bettrahmen festhalten, um nicht umzufallen. Auf einem Stuhl neben der Türe lag seine Kleidung. Es waren nur ein paar Meter, doch es kam ihm endlos weit vor. Vorsichtig löste er seine Hand von dem Bett und machte einen Schritt vorwärts. Seine Beine kamen ihm vor, als wären die Gelenke aus Butter, denn es hatte lange gedauert, bis sie sich von der Attacke des Tieres halbwegs erholt hatten. Die Alte hatte sein Bein mit Hölzern geschient und er konnte sich vier Monate wegen dem Bruch im Bett nicht zur Seite drehen. Beschwerlich machte er den nächsten Schritt und mit dem dritten war er schon fast beim Stuhl angelangt, bevor er sein Gleichgewicht verlor und krachend mit der Stirn auf die Lehne knallte. Héctor sackte zusammen und sah einen roten Nebel vor den Augen. Sein Durst war unerträglich geworden, als sich Türe öffnete, und die Alte stand vor ihm.

»Ihr kommt mir vor, wie ein kleines Kind«, fauchte sie ihn mit ihren Fäusten in den Hüften an. »Habe ich gesagt, dass Ihr aufstehen sollt? Jetzt seht Euch doch diese Bescherung an. Eure Stirn blutet. Reicht es nicht, dass ich den Kerl noch gerade eben zusammenflicken konnte?«

Héctor stöhnte auf, als sie ihm mit einem Tuch das Gesicht reinigte.

»Ich habe Durst und muss hier raus«, wisperte er.

»Glaubt mir, auch ich bin froh, wenn Ihr gehen könnt«, sagte sie und stellte ihm einen Krug mit Wasser ans Bett. »Aber noch seid Ihr zu schwach und vorerst werdet Ihr nur mit einem Stock gehen können.«

»Bring mich wieder ins Bett«, keuchte er kleinlaut.

»Ihr seid alleine aus dem Bett gekommen, also seht zu wie Ihr wieder hinein kommt!«, herrschte sie ihn mitleidslos an. »Es soll Euch eine Lehre sein und außerdem ist es gar nicht verkehrt ein paar Übungen zu machen, damit Eure Muskeln gestärkt werden. Ich mache jetzt eine heiße Brühe mit Kräutern, und wenn ich wieder komme, will ich Euch im Bett sehen!«

Héctor grinste und fing gleich zu Lachen an.

»Eins muss man dir lassen. Du bist eine resolute Frau. Ich wollte dich die ganze Zeit nach deinem Namen fragen«, krächzte er.

»Nennt mich Iraima«, gab sie ihm zur Antwort.

»Ich danke dir für deine Geduld mit mir, Iraima. Aber vor allem dafür, dass du mir das Leben gerettet hast.«

»Wenn Ihr so weiter macht, ist meine Geduld aber bald am Ende«, antwortete sie. »Und jetzt ab ins Bett mit Euch!« Iraima drehte sich um und verließ kopfschüttelnd das Zimmer.

Unter Schmerzen kroch er zurück. Die Alte hatte Recht. Er musste wieder zu Kräften kommen. Kaum hatte er seinen Durst gelöscht und lag wieder erschöpft im Bett, öffnete sich die Türe. Er hatte nicht damit gerechnet, dass sie so schnell wieder bei ihm war.

»Hast du in der kurzen Zeit den Kräutertrank gebraut?«

»Ich hatte ihn schon vor ein paar Stunden vorbereitet.«

»Ich hoffe du willst mich nicht vergiften, um mich schneller los zu werden«, sagte Héctor im Scherz.

»Warum hätte ich Euch dann erst retten und pflegen sollen?«

»Das ist wahr. Warum also hast du mir mein Leben gerettet?«

»Wenn Gott gewollt hätte, dass Ihr sterbt, dann hätte er mich nicht zu Euch geschickt«, antwortete sie.

Héctor nickte. »Bist du eine fromme Frau, Iraima?«

»Ja, das bin ich. Und jetzt setzt Euch aufrecht hin, damit Ihr nicht das ganze Bettzeug mit der Brühe verkleckert!«

Sie half ihm und legte ihm ein weiteres Kissen in den Rücken.

»Wie lange bin ich schon hier? Ich habe jedes Zeitgefühl verloren.«

»Lass mich nachdenken. Ihr seid auf jeden Fall fast zwei Jahre hier. Also, Ihr werdet ab sofort und täglich ein paar Übungen machen.«

»Ich habe einen weiten Weg vor mir, wenn ich dich verlasse.«

»Es ist noch lange nicht soweit, dass Ihr aus dem Bett könnt. Aber keine Angst. Wenn es soweit ist, werde ich Euch mit Essen und Wasser für den Weg versorgen und das Pferd meines Mannes mitgeben. Die Stute ist zwar alt, aber sie wird Euch sicher Heim bringen.«

Héctor sah Iraima sprachlos an. Bewunderung, eine gewisse Zuneigung und warme Freude stieg in ihm auf. So etwas hatte er noch nie erlebt.

»Wieso tust du das alles für mich?«, wollte er wissen.

»Weil ich noch ein weiteres Pferd habe und Ihr es besser brauchen könnt. Außerdem spare ich so Futter für das Tier.«

»Ich bin dir zu Dank verpflichtet und werde es gutmachen!«

»Versprecht mir nichts, was Ihr nicht halten könnt.«

»Ich werde mein Versprechen halten!«, erwiderte Héctor und nahm sich vor, das Dach und die Veranda vor seiner Abreise zu reparieren.

29

CARACAS

Zuerst zog der Gestank in seine Nase. Ein Übelkeit erregender Morast aus Kot, Verwesung und Ruß, während die Kutsche durch endlose Pfützen schaukelte. Die Straße war ein einziger Schlammteich und der Schmutz wurde während der Fahrt bis zu ihnen hinein geschleudert. Es war nicht nur der Gestank, der Juan überraschte. Es war auch der Lärm. Ein fortwährendes Tosen und Brausen umgab ihn.

»Mein Gott! Was ist denn da los?«, fragte er und löste sich von dem Anblick auf die engen Gassen, und sah fragend sein Freund an.

»Wir sind im Barrio. Hier wohne ich«, antwortete Raul.

Juan schob den Vorhang am Fenster wieder zur Seite und verfolgte sprachlos das Geschehen. Vor seinen Augen drängten sich Menschenmengen quälend und schreiend durch die Gedärme des Viertels, verstopften alle Gassen und Straßen und schrieen im Chor mit den Pferden, Rindern, Katzen, Hunden, Schweinen, Schafen und Hühnern, die überall waren und überall hinmussten. Er sah rebellierende Kinder, die laut kreischend Trommeln einschlugen. Dann eine riesige Herde Schafe, die offenbar zum Markt, oder wohin auch immer, getrieben wurde. In seinem Sichtfeld versuchten dutzende, ja hunderte Handwagen, Karren und Pferdegespanne in den verstopften Barrio einzudringen. Die hölzernen Häuser wirkten wie Schalltrichter, die diesen orkanartigen

Lärm, wie die explodierten Kanonen von Carabobo, durch die Gassen des elenden Viertels jagten. Juan konnte kaum glauben, dass dies alles in Caracas geschah und blickte besorgt und voller Erstaunen in die Umgebung. Sie passierten einen kleinen Platz, auf dem Jeder irgendetwas anzupreisen schien. Voller Staunen sah er wie die Leute schwarze Bohnen, Reis, eine halbe Sau, Zaubertränke, Rum, ein lahmes Pferd, Sex, Kakaobohnen, Avocados oder eine Übernachtung anboten.

Alles scheinen sich die Bewohner des Barrios von der Seele zu schreien, und manch einer scheint dabei längst den Verstand verloren zu haben, dachte er. »Hier wohnst du also?«, fragte Juan entsetzt.

»Es ist nicht so schlecht, wie es auf den ersten Blick scheint.«

Nein, es war nicht schlecht. Es war schier entsetzlich, was er hier wahrnahm. In den letzten Jahren hatte Juan auch Elend und schreckliche Armut gesehen, doch dies hier schien alles zu übertreffen. Er war sicher, dass so der Vorhof zur Hölle aussehen musste.

»Ich frage mich, wie man hier nur eine Minute schlafen kann, Raul.«

Raul gab dem Kutscher zu verstehen, dass er anhalten sollte. Als sie ausstiegen fiel Juan auf, dass ihr Chauffeur ziemlich ungehalten darüber war, dass er mit der edlen Kutsche des Ministeriums in dieses Viertel fahren musste. Sie durchquerten ein paar enge Gassen, deren ärmlich anzu-schauende Hütten und windschiefen Häuser beim kleinsten Windstoß drohten einzustürzen. Der vor ihnen liegende Weg schraubte sich steil nach oben, während der Lärm von allen Seiten schmerzhaft in Juans Ohren klang. Ein Dutzend gackernde Hühner rannten um seine Füße während Bettler immer näher kamen. Eine Frau wollte ihnen einen stinkenden Fisch verkaufen und eine andere eine verdreckte Decke. Die Hitze des Tages war vorüber, aber in diesem Barrio schien sie konserviert zu werden. Juan wischte sich den Schweiß von der Stirn. Das Viertel empfand er als reinen Wahnsinn.

»Hätten wir uns nicht bei Maria treffen können?«, fragte er.

»Seit du in deinem Büro sitzt, scheint deine Ausdauer ein wenig in Mitleidenschaft gezogen zu sein, mein Freund.«

»Das mag sein. Aber das Barrio gefällt mir überhaupt nicht.«

»Keine Angst, wir sind gleich da.«

Der Regen der letzten Woche hatte die sonst staubige Gasse in ein lehmiges Schlammfeld verwandelt und Juan hatte Mühe, in dem rotbraunen Matsch nicht dauernd auszurutschen. Er sah an sich herunter und stellte fest, dass seine Hosen bis zu den Knien mit dem Schlamm verschmiert waren. Sie bogen in eine Seitengasse und der Schlammweg verwandelte sich in einen grünen Trampelpfad. Die enge und ärmliche Bebauung fand hier ein Ende und manche hölzerne Häuser waren weiß vergipst und größer. Sogar der Lärm kam ihm hier oben gedämpft vor. Als sie ein großes Haus am Ende der Gasse passierten, schwenkte Raul zum Eingang und öffnete vor ihm die Tür.

»Willkommen in meinem Haus«, sagte er und ging vor.

Juan stand noch immer staunend draußen und versuchte ohne Erfolg die vorherigen Eindrücke des Viertels zu verdrängen.

»Ich freue mich darüber, dass du den Weg hierhin gefunden hast. Jetzt komm rein und mache es dir gemütlich, während ich Getränke hole.«

Juan zog die lehmverkrusteten Stiefel aus und legte seine Füße seufzend auf den langen Holz-tisch.

»Du siehst zufrieden aus«, stellte Raul fest und trank einen Schluck kühlen Wassers.

Juan schüttelte den Kopf. »Du kannst zufrieden sein. Wenn ich bedenke, dass wir eben durch den schrecklichsten Ort der Welt gekommen sind und nun sehe wie du hier lebst, kann ich es kaum glauben. Respekt, mein Freund.«

»Als wir von Maracaibo hierher kamen, hatte ich bei Pedro, einem Freund in der Nähe gewohnt und bald entdeckt, dass dieses Haus leer stand. Ich habe es in meiner freien Zeit und mit allem was ich verdiene hergerichtet und bin stolz darauf.«

»Das kannst du auch«, sagte Juan und trank einen Schluck Wasser.

»Aber gibt es keinen anderen Weg hierher? Etwas Abscheulicheres habe ich noch nie gesehen.«

»Nein, den gibt es nicht. Aber das Viertel hat auch seine Vorteile. Es gibt alles für wenig Geld zu kaufen und einsam bin ich hier nie.«

»Oha! Das kann ich gut verstehen«, lachte Juan kopfschüttelnd.

»Aber warum hast du noch kein Haus? Dein Einkommen dürfte dir das doch ohne Probleme er-möglichen.«

»Mir geht es gut und du wirst es nicht glauben, denn ich werde mir bald ein paar Häuser ansehen.«

»Eine gute Entscheidung. Ich verstehe, dass du bei deiner Schwester zur Ruhe gekommen bist, aber du brauchst ein eigenes Heim.«

»Maria und die Kinder sind mir ans Herz gewachsen. So gut habe ich mich mit meiner Schwester während unserer Kindheit nie verstanden

und El Junquito ist ein netter ruhiger Ort. Ganz anders als der Wahnsinn hier!«

»Überall ist es ruhiger geworden«, stellte Raul fest.

»Außer in diesem Barrio!«, scherzte Juan.

»Aber du wirst ihr aber auch zur Last fallen«, meinte Raul und schenkte ihnen Rum ein. Juan wusste dass er Recht hatte. Sein auskömmliches Gehalt hatte es ihm ermöglicht einen ansehnlichen Betrag zur Seite zu legen. Das Haus sollte groß genug sein, um seine Nichten oder andere Gäste bei gelegentlichen Besuchen aufzunehmen und es sollte in der Nähe des Ministeriums liegen. Er wurde aus seinen Gedanken gerissen, als Raul eine Akte vor ihm auf den Tisch legte.

»Deswegen bist du doch gekommen.«

Juan beugte sich vor und öffnete den Umschlag.

»Es war nicht einfach. Das Büro von Martinez ist meistens besetzt.«

»Raul! Wärst du dabei erwischt worden, hätte dich das nicht nur deine Arbeit, sondern auch deinen Kopf gekostet.«

»Ich war vorsichtig genug, mich nicht erwischen zu lassen«, sagte er.

»Du hast es gut gemacht. Irgendetwas stimmt mit diesem Martinez und einigen anderen Leuten im Ministerium nicht.«

»Dann sind deine Nachforschungen aber um einiges gefährlicher und du solltest vorsichtig sein, mein Freund!«

»Ich werde aufpassen. Versprichst du mir aber, dass du ein solches Risiko nicht noch einmal eingehst!«

»Versprochen. Solange du mich nicht dazu aufforderst.«

Juan blätterte gelassen in der Akte. Plötzlich verharrte er.

»Das kann nicht sein!«, murmelte er.

»Was kann nicht sein?«

Doch Juan schüttelte nur den Kopf und las weiter. »Hier ist von einem Treffen mit einflussreichen Leuten die Rede. Einige kenne ich vom Namen her. Die meisten von ihnen sind Großgrundbesitzer. Aber einen von ihnen kenne ich persönlich. Héctor Diego!«

»Der, dem du in Puerto Cabello begegnet bist?«

»Genau der.«

»Verstehe ich nicht.«

»Ich auch noch nicht. Aber die Sache wird interessant.«

Juan nahm sich den Zettel aus dem Archiv zur Hand und sah

ihn sich genauer an. Heftig schlug er mit der flachen Hand auf den Tisch.

»Jetzt wird mir so einiges klar. Es geht um Bestechung«, sagte Juan und blätterte weiter. »Mir ist damals schon aufgefallen, dass alle in der Liste aufgeführten Personen etwas verbindet. Alle haben in irgendeiner Form mit den Spaniern und den Royalisten nach der Befreiung zu tun. Aber selbstverständlich geht aus den entdeckten Papieren nicht hervor, in welchem Zusammenhang. In dieser Akte, die du *gefunden* hast, könnte es aber neue Hinweise darauf geben.«

»Dann finde es heraus«, fordere ihn Raul auf. »Dieser Héctor Diego ist doch ein erklärter Anhänger der Royalisten. Also muss ihm daran gelegen sein, dass sich daran nichts ändert.«

»Auf was willst du hinaus?«, fragte Juan interessiert.

»Während des Befreiungskrieges in Venezuela wurden auch einige Spanier gefangen genommen. Die Männer auf deiner Liste hatten doch alle irgendwie damit zu tun. Was wäre, wenn sie bestochen wurden, um einflussreiche Gefangene wieder auf freien Fuß zu setzen?«

»Das hört sich schlüssig an.«

»Finde ich auch. Denn was könnten die Bestochenen sonst erwirken, wenn nicht die Freilassung oder Flucht von Gefangenen?«

»Ich kenne Héctor gut. Bestechung gehört zu seinen Charaktereigenschaften. Was er nicht auf legalem Wege bekommt, macht er eben auf seine Art und Weise. Ich glaube, du hast mir den richtigen Hinweis gegeben. Nur, wie finde ich Beweise dafür?«

»Die Unterlagen geben keinen konkreten Hinweis darauf?«

»Hinweise genug, aber keinen Beweis. Die Männer könnten sich leicht damit herausreden, dass die Listen von diesen Personen aus einem anderen Grund angefertigt wurden.«

»Das hört sich nach einer langen Nacht über Akten an.«

»Ich werde morgen weiter machen. Für heute habe ich mehr erfahren, als ich mir erhofft hatte.«

30

BARINITAS

Nach zwei Monaten der täglichen Übungen und weiteren drei Monaten ohne Stock konnte Héctor wieder ein paar wenige Liegestützen machen. Langsam kam er wieder in Form und auch seine Stimme wurde kräftiger. Die Zeit des Flüsterns war vorbei, aber nicht alle seiner Wunden waren verheilt. Iraima legte ihm noch täglich neue Umschläge an. Doch bald schaffte er es, das Pferd zu satteln und auf und ab zusteigen. Nach einem weiteren Monat nässten die Wunden nicht mehr und die Narben verheilten juckend auf seinem Körper. Auch die Reparaturarbeiten stärkten ihn und er fühlte er sich fit genug um bald aufzubrechen. Héctor war fast drei Jahre bei der gutherzigen schrulligen Iraima. Mit Tränen in den Augen umarmte er die alte Frau und gab ihr einen Kuss auf die Wange. Sie hatte sich wahrlich für ihn aufgeopfert. Héctor hatte das so berührt, dass er auf seinem Weg nach Barinitas immer wieder Tränen in den Augen hatte. Er nahm sich vor einen Handwerker zu ihr zu schicken, um alles andere zu reparieren und ihr das Pferd mit einem Dankesbrief zurückzubringen. Nach elf Jahren Krieg, Gefangenschaft und der Zeit bei Iraima kam er endlich wieder nach Hause zu seiner Familie.

Andrea hörte das nahende Pferd, bevor sie es sehen konnte. Mit schussbereiter Waffe wartete sie und sah einen sich langsam nähernden Mann. Im Hauseingang postiert, prüfte sie die Pistole, und hielt die Waffe mit dem Lauf über den linken Unterarm, um besser treffen zu können. Der Fremde würde sie nicht so schnell im Schatten des Türrahmens ausmachen. Mit dem Überraschungseffekt war sie klar im Vorteil, sollte es ein Halunke sein. Der große Mann kam näher, doch erkennen konnte sie ihn nicht, da er seinen Hut tief in die Stirn gezogen hatte. Andrea forderte ihn auf, stehen zu bleiben. Sie musste ihren Sohn beschützen und durfte sich keine Fehler erlauben. Doch der Mann kam näher und erreichte den Hof. Sie legte an, zielte und zog den Abzug durch, als er im Begriff war von seinem Pferd zu steigen. Der Knall war laut, doch als sich der Pulverdampf verzogen hatte, war der Kerl nicht mehr zu sehen. Wo war er? Der Unbekannte musste die Flucht ergriffen haben. Plötzlich riss ihr ein heftiger Schlag die Pistole aus der Hand. Er stand hinter ihr und drehte sie mit einem gewaltigen Ruck zu sich herum. Sie traute ihren Augen nicht. Vor ihr stand lächelnd Héctor.

»Na, freust du dich denn gar nicht deinen Bruder wiederzusehen?«, fragte er sie und zog sie zu sich heran. Andrea war verblüfft und fühlte sich überrumpelt und löste sich aus seiner Umarmung. In letzter Zeit gab es viele Überraschungen. Nur mit Héctor hatte sie nicht gerechnet.

»Ich dachte du wärst mit deinen Freunden auf der Flucht nach Spanien, gefallen, in Gefangenschaft oder sonst was. Du tauchst hier nach vielen Jahren plötzlich auf und erwartest den großen Empfang?«

»Frech und große Klappe wie immer. Das scheint sich bei meiner lieben Schwester nicht geändert zu haben. Wo sind denn die anderen? Wo sind Vater, Carlos und Felipe?«

Andrea musterte ihn und versuchte einzuschätzen wie er reagieren würde, wenn sie Antworten gab. Héctor wirkte recht entspannt.

»Wärst du vorher gekommen, dann wäre einiges nicht

passiert«, setzte Andrea an. »Und ich müsste dir jetzt keine schlechten Nachrichten zur Antwort geben!« Sie musterte ihn ernst und traurig zugleich und schaffte es nicht gegen ihre Tränen anzukämpfen. Die Beerdigungen von Jorge und Carlos lagen Jahre zurück und ihr Bruder wusste nichts davon. Héctor bemerkte ihre Traurigkeit und ahnte, dass etwas Schreckliches passiert sein musste. Ungewohnt mitfühlend nahm er ihre Hand und versuchte sie zu trösten.

»Kannst du darüber reden? Wenn nicht, kann ich auch warten bis dir danach ist«, sagte er ruhig.

So kannte ihn Andrea nicht und sie entschied sich, ihm sofort zu antworten und berichtete ihm, dass Carlos ihren Vater im Streit erschlagen hatte, er ihn aber noch mit seiner Pistole erschießen konnte. Das war die Version, die sie für ihre Aussage bei der Polizei mit Valega abgesprochen hatte. Héctor schossen die Tränen in die Augen. Die Nachricht vom Tod seines Vaters hatte ihn hart getroffen. Der Hüne weinte bitterlich und legte seinen Kopf in Andreas Arme und sie versuchte ihn zu trösten. Dass er zu solchen Gefühlen in der Lage war, hätte sie nicht gedacht. Erst nachdem er sich wieder etwas beruhigt hatte, streichelte sie seine Wange und zog ihn ins Haus.

Um ihn abzulenken, kam sie auf ein anderes Thema zu sprechen und erzählte, dass sie schon darüber nachgedacht habe alles zu verkaufen, da sie alleine den Betrieb nicht aufrechterhalten konnte. Andrea verstand einfach zu wenig von dem Geschäft der Viehbarone.

»Nach Vaters Tod kannst nur du den Betrieb übernehmen. Ich könnte nur wirtschaftliche Belange regeln und das Personal führen. Das sind meine Stärken. Meine Schwächen kennst du.«

»Du hast noch ganz andere Stärken, liebe Schwester. Gut, ich werde die Hazienda übernehmen auch wenn die Zeiten schwierig sind.«

»Und wie geht es weiter?«

»Ich werde es schaffen die Hazienda weiter zu betreiben. Die Nachricht vom Tod unseres Vaters hat mich schwer getroffen, Andrea. Zumal mich ein Teil der Schuld dafür trifft. Ich möchte mich auch für die erzwungene Ehe bei dir entschuldigen. Damals hatte ich rot gesehen und wollte meinen Kopf durchsetzen, was ein großer Fehler war. Zu diesem Zeitpunkt war ich aber noch ein anderer Mensch.«

»Héctor, es ist kaum zu übersehen, dass in dir eine Veränderung stattgefunden hat. Ich bin froh darüber, denn ich hatte ehrlich gesagt schon Angst davor, über die schrecklichen Ereignisse zu reden. Was hat den Wandel in dir ausgelöst.«

Héctor erzählte ihr von seinen schweren Verletzungen und seiner Rettung vor dem sicheren Tod durch Iraima. Ihre an nichts gebundene Menschlichkeit, und ihre Kraft, seinen sturen Kopf zu bezwingen, hatten eine Entwicklung in ihm bewirkt. Und ja, er sei fest entschlossen ein besserer Mensch zu werden.

31

CARACAS

Bevor er am nächsten Tag seinen Urlaub antreten würde, musste er versuchen weitere Details zu den mutmaßlichen Bestechungen herauszufinden. Jetzt galt es handfeste Beweise zu entdecken. Wann, von wem, an wen, und in welcher Höhe waren Gelder geflossen? Diese Nachweise zu finden würde schwierig werden. Vielleicht wäre es leichter zu erfahren, wer konkret einen Nutzen aus den Bestechungen hatte, oder wer unerwartet aus der Gefangenschaft entlassen wurde. Seiner Meinung nach konnten das nicht viele gewesen sein und für eine Entlassung mussten triftige Gründe dargestellt sein. Genau an diesem Punkt wollte Juan ansetzen. Im Archiv mussten Unter-lagen über Kriegsgefangene oder die Lager zu finden sein. Die Sucherei erwies sich auch diesmal als quälend und öde, da nichts in keinster Weise geordnet war. Weder nach Themen noch alphabetisch war irgendetwas sortiert. Juan hatte vielmehr den Eindruck, dass neu eingelagerte Akten einfach irgendwo dazu gelegt wurden. Das brachte ihn auf die Idee, nur noch in den vordersten Reihen zu suchen. Dort wo in den letzten Jahren aus Bequemlichkeit die Akten einfach eingeschoben wurden. Er musste nur der Faulheit der Mitarbeiter folgen. Diese spezielle Logik machte die Suche vielleicht einfacher. Die Akten in den vorderen Reihen waren tatsächlich jüngeren Datums. Ohne sie inhaltlich zu lesen, sortierte er sie nach Datum der letzten fünf Jahre. Juan arbeitete so konzentriert und bemerkte nicht, dass er nicht mehr alleine war und schon seit ein paar Minuten kritisch beobachtet wurde. Der kleine Mann blätterte in einer verstaubte Akte.

»Señor Martinez? Ich habe Sie gar nicht kommen hören«, sagte Juan.

»Ich wollte Sie nicht bei Ihrer Arbeit stören«, antwortete er.

Bei Juan kam immer mehr der Verdacht auf, dass ihm Martinez nachspionierte. Er musste große Angst haben, dass er etwas fand, was ihn belasten könnte. Andere schickten ihre Bedienstete ins Archiv, wenn sie etwas brauchten. Martinez musste wissen, dass hier irgendwo das Büchlein verstaubte, aber er wusste nicht mehr wo es war.

»Ich verstehe nicht, wie man hier etwas über die Zusammenarbeit mit spanischen Überläufern finden kann«, bemerkte Juan provokant.

Martinez war offenbar verärgert über die anmaßende Äußerung. Schließlich war es sein Ressort.

»Auch wenn es Sie nichts angeht, Señor kann ich ihnen nur sagen, dass Antworten oft in der Vergangenheit liegen. Ich unterliege gewissen Geheimhaltungsverpflichtungen und kann Ihre Neugier nicht befriedigen. Ich wünsche Ihnen noch einen schönen Tag«, sagte er, drehte sich herum und verließ das Archiv.

Das hatte gesessen! Es war so offensichtlich, dass Martinez nur seinetwegen hier her kam. Die Sucherei war wie immer ermüdent und Juan blättete seit Stunden in verstaubten Akten, als er auf eine unscheinbar wirkende Notiz über einen lange zurückliegenden Fall in San Fernando de Apure aufmerksam wurde. Es ging um die Beschwerde einiger Bürger über Überfälle von Royalisten auf Geschäftsleute. Beim Studieren der Akte stolperte er über die Aussage eines Klägers, dass die Behörden in diesen sich häufenden Fällen untätig blieben und Hinweisen nicht folgten.

Im weiteren Verlauf des Verfahrens äußerte ein Zeuge, er habe Beweise, dass sich Spanier und Royalisten die Taschen füllten und dafür über Leichen gingen. Prominente Namen wollte er jedoch erst in einem Prozess nennen. Kurze Zeit darauf konnte der Mann nicht mehr befragt werden, da er spurlos verschwunden war. Das Verfahren wurde unverzüglich von Staatsanwalt Salvador Rovietta eingestellt. Den Namen hatte Juan schon einmal gehört. Aber soviel er auch grübelte, es fiel ihm nicht ein woher er den Namen kannte. Ein Blick auf seine Taschenuhr sagte ihm, dass es spät geworden war. Der Fall langweilte ihn ein wenig, aber er packte die Akte trotzdem in seine Tasche. Morgen begann sein erster Urlaubstag. Für die drei Wochen hatte er sich vorgenommen, ein Haus zu kaufen und seiner Schwester eine neue Veranda zu spendieren. Die Ruhe der freien Tage wollte er auch dazu nutzen dem Fall weiter auf den Grund zu gehen. Falls sich noch heute Mitarbeiter von Leuten bestechen ließen, die mit ihrem Geld Macht ausübten um an Einfluss zu gewinnen, dann musste sich daran schnell etwas ändern. Solche Mitarbeiter mussten aufgespürt und aus ihrem Amt entfernt werden. Wozu sonst hatte er um die Freiheit des Landes gekämpft.

32

BARINITAS HAZIENDA DIEGO

Die Umstände, die aus Héctor ein menschlich fühlendes Wesen gemacht hatten, klangen noch in Andreas Ohren. Diese resolute und gutherzige Iraima hatte geschafft, woran sich nicht wenige Menschen Jahrzehnte lang die Zähne ausgebissen hatten. Heute wollte sie mit ihm über Felipes verständlichen Wunsch, seinen Vater kennenzulernen, sprechen. Ihr Sohn wusste seit Jahren von der Existenz seines richtigen Vaters, und Valega wollte bald Juans Schwester besuchen. Das wäre für sie eine gute Gelegenheit sich ihm anzuschließen. Der Pater würde dafür sorgen, dass Juan ihr zuhörte. Auch wenn sich das Verhältnis zu ihrem Bruder entspannt hatte, musste sie sich mit Héctor darüber beraten. Trotz seiner vorteilhaften Veränderung hatte sie ein wenig Angst vor einem Gespräch über Juan. Aber es musste sein. Felipe war clever und es war verständlich, dass er nach Antworten suchte. Natürlich hegte Andrea auch den Wunsch, sich mit Juan auszusprechen. Vieles blieb bei ihrem letzten Zusammentreffen unausgesprochen. Wenn es nichts mehr mit ihnen wurde, dann war das eben so. Aber sie wäre nicht Andrea Diego wenn sie einfach aufgeben würde. Felipe war an diesem Abend bei einem Freund und eine ideale Gelegenheit, um mit Héctor zu reden. Das wichtigste für die lange und anstrengende Reise musste nicht vorbereitet werden, denn die geräumige Kutsche ihres Vaters war bequem gepolstert und gefedert. Sie würde ihnen eine komfortable Reise ermöglichen und Valega kannte entlang der Straßen gute Gasthäuser, in denen sie sicher übernachten konnten. So musste sie sich wegen der langen Strecke keine großen Sorgen machen. Blieb nur die Reaktion Héctors, den sie vom Küchenfenster aus kommen sah. Sie wusch ihre Hände und ging ihm mit einem zuckersüßen Lächeln entgegen, mit dem sie schon in ihrer Kindheit fast alles hatte haben können.

Als er Andrea sah, verdrehte er die Augen. »Du kannst es noch immer«, stellte Héctor fest.

Andrea, die genau wusste was er damit meinte, zuckte unschuldig ihre Schultern. »Ich bin nur heraus gekommen, um dir mitzuteilen, dass es heute Filet vom Jungbullen gibt.«

»Da kann ich nur schwer widerstehen«, gestand Héctor und folgte ihr.

Als die saftigen Steaks in die Pfanne kamen, verbreitete sich ein angenehmer Geruch im Haus.

»Durch die letzten Züchtungserfolge sind wir in der komfortablen Situation Rinder in großer Stückzahl verkaufen zu können. Heute habe ich mich mit dem, für den militärischen Proviant zu-ständigen Granden in Barinas getroffen.«

»Das ist doch gut, Héctor. Die brauchen das Fleisch.«

»Im Prinzip ist das richtig. Sie brauchen sogar noch viel mehr für Bolívars Truppen in Peru und Bolivien. Aber uns werden sie nicht ein Gramm abnehmen, weil man nicht bei den ehemaligen Royalisten kaufen will«, bemerkte er trocken.

»Auch das wird sich ändern. Den Bedarf können sie nicht mit ein paar kleinen Rinderzüchtern decken. Ich gehe jede Wette ein, dass die Preise in Kürze kräftig ansteigen. Am Ende stehen sie kleinlaut da und klopfen an deine Tür. Ebenso wird es wegen dem Embargo schwiwrig werden unser Zuckerrohr an die alten Kunden in Spanien zu verkaufen«, begann Andrea und fuhr fort. »Doch die Briten haben einen so enormen Bedarf, dass sie sich über jedes Kilo auf dem freien Markt hermachen und zu beinahe jedem Preis kaufen«, informierte sie ihren Bruder, während sie zusammen mit einem bunten Salat die Fleischstücke auf den Tellern drapierte. Héctor schnitt ein Stück des saftigen Steaks ab und staunte, wie zart es war. Dabei hatte es ein seltenes und ganz besonderes Aroma. Das Fleisch war Spitzenqualität. Héctor nahm das Weinglas zur Hand und sie prosteten sich zu.

»Das Steak ist sensationell, Andrea. Ich kann mich nicht erinnern jemals so etwas gegessen zu haben. Und du bist sicher, dass es von unseren Rindern ist?«, fragte er ungläubig und betrachtete das von innen zart rosafarbene Fleisch, das so auf seiner Zunge zerging.

»Aber ja! Doch es ist auch eine Frage der Zubereitung. Hm, ich denke dass es eine gute Idee wäre, wenn wir Fleisch der Spitzenqualität auf dem Markt zum, sagen wir mal, doppelten Preis anbieten. Es gibt genug edle Restaurants und noch mehr Genussmenschen, die für gute Qualität gerne etwas mehr auf den Tisch legen. Also pfeife auf die hochnäsigen Einkäufer vom Militär!«

Héctor war begeistert von Andreas Ideen, mit denen er den Spieß umdrehen und wahrscheinlich die Umsätze noch steigern konnte.

»Eine nichtgeschäftliche Sache müssen wir noch besprechen. Du weißt, dass Felipe den Tod von Vater und Carlos erstaunlich gut verkraftet hat. Und er weiß auch, dass Carlos nicht sein Vater war.«

Héctor kräuselte die Stirn. Deshalb ihr süßes Lächeln.

»Felipe hat damals mitbekommen, dass sein richtiger Vater nicht in Barinitas lebt und wünscht sich nichts so sehr, als ihn kennenzulernen. Du weißt, dass Felipe beharrlich ist und weiß was er will. Valega möchte diese Woche nach Caracas reisen. Wenn wir ihn begleiten, wäre die Reise auch für uns sicherer. Der Zeitpunkt ist also ideal, um Felipe seinen Vater vorzustellen.«

»Nein, Andrea. Nein!«, Héctor sprang auf und wurde lauter im Tonfall. »Das werde ich nicht zulassen. Dieser Conteguez ist an allem Schuld. Durch ihn ist das halbe Dorf gegen uns. Sei froh, dass ich ihn nicht mehr töten will. Aber er soll aus meinem Leben verschwinden!«

»Dass das halbe Dorf gegen uns ist, hat doch eher etwas mit deinen Angriffen zu tun und das weißt du auch. Du musst Juan im Übrigen ja auch gar nicht ertragen, da ich mit Felipe zu ihm reisen werde. Der Junge hat das Recht zu erfahren, wer ...«

Mit einer harschen Handbewegung unterbrach er sie. »Schon gut, Andrea. Ich möchte in Frieden mit dir leben und stehe wegen Carlos in deiner Schuld. Vater wäre ohne ihn noch am Leben und ohne ihn wäre uns wäre mancher Ärger erspart geblieben. Unternimm meinetwegen die Reise mit Felipe. Ihm zuliebe bin ich damit einverstanden. Aber verschone mich um Himmels willen mit seiner Anwesenheit. Ich weiß nicht, was ich machen würde, wenn er hier erscheint.«

33

EL JUNQUITO

Juan wälzte sich von Seite zu Seite und konnte nicht schlafen. Eigentlich hätte er hundemüde sein müssen. Die letzten Wochen waren anstrengend und nicht selten kam er erst nach Hause, wenn Maria die Mädchen längst zu Bett gebracht hatte. Drei lange Wochen brauchte er nicht ins Ministerium, hatte aber schon in der ersten Nacht keine Ruhe. Stöhnend krabbelte er aus seinem Bett und ging leisen Schrittes nach draußen. Der Himmel war sternenklar und die Luft wohltuend kühl. Mit einer Flasche Wasser ausgerüstet setzte er sich auf die alte Veranda, die er in seinem Urlaub in Schuss bringen wollte. Eines seiner vielen Vorhaben. Ein Knarren unterbrach die Nachtruhe, als sich die Bank über sein Gewicht beklagte. Er lehnte sich zurück und goss sich Wasser ein. Zufrieden mit sich und der Welt blickte er in die Sterne. *Bin ich wirklich zufrieden?* dachte er. Er verwarf den Gedanken und dachte an seine Arbeit im Ministerium. *Wer zum Teufel ist dieser Salvador Rovieta?* Der Mann war ein Staatsanwalt von zweifelhafter Qualität. Gut, das könnte ihm egal sein, wäre da nicht etwas in seinem Hirnkasten, das ihm ständig sagte, er müsse genauer hinsehen. Als Kind bekam Juan einmal ein riesiges Puzzle aus Holz, mit hunderten von unterschiedlichen Teilen, geschenkt, die alle nur zusammen einen Sinn ergaben. Und so war es auch in diesem Fall. Nur dass ihm noch wichtige Teile fehlten. Die lagen zwar zusammen mit den anderen auf dem

Tisch, mussten aber noch von ihm geordnet werden. Nach einer Stunde hatte Juan wieder die nötige Bettschwere und ging leise in seine Kammer, die eigentlich das Zimmer von Luisa war, und schlief ein.

Die Bäume hatten alle Mühe sich in dem Sturm zu halten. Die Blätter flogen gemeinsam mit allerlei Unrat, Dachelementen, Schränken, Stühlen, Fenstern und Türen einfach durch die Luft. Er lag ungeschützt im Gras und lauschte mit geschlossenen Augen dem Unwetter und wunderte sich, als selbst Hühner gackernd an ihm vorbeiflogen. Erst als er von einem Ast getroffen wurde, schrie er und öffnete die Augen und sah direkt in die strahlenden Kinderaugen von Luisa, die es endlich geschafft hatte Juan zu wecken. Verschlafen schnappte er das Mädchen, hielt es mit beiden Armen hoch, und ließ sie schließlich ins Bett fallen, um sie zu kitzeln.

»Endlich bist du wach! Ich möchte mit dir spielen«, stellte Luisa fest.

»Ist es denn schon so spät? Ist auch Mama wach?«, fragte Juan.

»Nein, die schläft noch. Nur wir beide sind wach, Onkel Juan.«

»Luisa, ich bin aber recht müde. Lass uns noch ein wenig schlafen, ja? Nachher spiele ich auch mit dir. Versprochen!«.

»Na gut. Aber wenn Mama wach ist, stehen wir auch auf, ja?«

Das hörte sich nicht wie eine Bitte seiner Nichte an.

»Schon gut, aber jetzt schlafen wir. Mach die Augen zu«, sagte Juan, was Luisa befolgte und sich mit ihrem Kopf auf seine Schulter legte. Seine Nichte kuschelte sich so fest an ihn, dass er sich nicht zur Seite drehen konnte. Doch irgendwann war Juan dann doch wieder eingeschlummert. Erst der Duft von gebackenen Arepas, Eiern und Kaffee weckte ihn. In der Küche gab er Maria einen Kuss auf die Stirn und reckte sich gähnend.

»Guten Morgen Schwesterherz. Schon so früh wach?«, fragte Juan.

»Ich bin immer früh auf den Beinen. Ich habe den Mädchen gestern gesagt, dass sie dich schlafen lassen sollen. Wie ich gesehen habe, hat das ja gut funktioniert.«

»Luisa hat mich nur kurz geweckt und dafür wurde ich durch das kuschelnde Anhängsel belohnt«, antwortete Juan.

»Ich habe es gesehen. Der Anblick von euch war einfach zu niedlich.«

Nach dem gemeinsamen Frühstück nahm sich Juan die Zeit zum ausgiebigen Spielen mit seinen Nichten. Der nicht enden wollende Klassiker war natürlich verstecken zu spielen. Seine Pflicht bei dem Spiel war es, sich immer finden zu lassen, während er die Mädchen nie finden konnte. So hatten alle ihren Spaß bis er sich zu dem Sägewerk im Nachbarort begab, um das nötige Material zu bestellen und schon am Nachmittag begann er die alte Veranda abzubauen. Ohne lange zu diskutieren hatte Raul mit angepackt.

»Es ist bestimmt nicht immer einfach für deine Schwester. Das Haus, Geld verdienen und die Erziehung der Mädchen«, sagte Raul.

»Ich bin im Moment für die kleine Familie da. Aber du hast schon Recht. Es ist für Maria nicht leicht. Auch wenn sie sich nicht beschwert, denke ich, dass es besser wäre, sie hätte einen zuverlässigen Mann im Haus, der auch ihre beiden Töchter annimmt«, sagte Juan und fragte sich, ob Raul Interesse an ihr hatte.

»Deine Schwester ist eine sehr attraktive Frau und ihre Töchter sind gut gelungen. Aber es herrscht akuter Männermangel und das macht es nicht leichter für sie«, sagte Raul.

»Das sehe ich auch so. Und solange das so ist, werde ich als ihr Bruder ein wenig in die Rolle des Mannes schlüpfen. Ich sehe, wie sehr die Mädchen den Vater brauchen. Zumindest kann ich als Onkel ein wenig das Bedürfnis des Mannes im Haus erfüllen«, sagte Juan.

»Ihr fleißigen Männer«, rief Maria von unten. »In einer halben Stunde ist das Essen fertig. Ich habe frische Limonade für euch kalt gestellt. Die bekommt ihr aber nur dann, wenn ihr bis dahin unten seid.«

»Das lassen wir uns nicht zweimal sagen«, antwortete Raul und kletterte die Leiter herunter.

»Da sind nur noch drei Querbalken. Die schaffen wir noch vorher.«

»Jede Wette, dass die nach dem Essen auch noch da sind!«

Juan brummte irgendwas in seinen Bart und kam auch herunter. Sie wuschen sich am Brunnen und Maria deckte mit Luisas Unterstützung den Tisch auf dem Hof. Es duftete verlockend nach gebratenem Huhn und frisch gebackenem Brot.

»Ich glaube ich werde alt, Raul. Vor ein paar Tagen bin ich in dem Archiv auf einen Vorgang gestoßen und dabei ist mir ein Name aufgefallen, von dem ich denke, dass ich ihn kennen muss. Aber es fällt mir einfach nicht ein. Sagt dir der Name Salvador Rovietta etwas?«

Raul nahm einen Schluck Limonade und setzte sein Glas ab.

»Natürlich sollte dir der Name etwas sagen. Zum Beispiel Westblock, 2. Etage, Zimmer 223, Abteilung zur Erfassung spanischer Kriegsverbrechen. Eine juristische Abteilung. Du hast mir selbst diese Liste mit den Namen gezeigt. Dieser Rovietta leitet die Abteilung.«

Juan knallte seine flache Hand gegen die Stirn. »Na Klar. Dass mir das nicht gleich aufgefallen ist. Durch Zufall bin ich auf eine unscheinbare Akte eines lange zurückliegenden Vorfalls gestoßen. Es ging um Klagen von Bürgern gegen Spanier und Royalisten, hinsichtlich Korruption und Überfällen in San Fernando de Apure. Es gab auch einen Zeugen, der kurz vor Prozessbeginn einfach verschwunden war. Das Verfahren wurde daraufhin kurzfristig von dem damaligen Staatanwalt eingestellt. Jetzt darfst du raten, wer der Staatsanwalt war. Unser Freund Rovietta. Welch ein Zufall, dass er heute diese Abteilung leitet. Die ganze Sache stinkt zum Himmel. Und mit diesem Martinez, der mir auf Schritt und Tritt folgt, stimmt auch etwas nicht. Der hat doch Angst davor, dass ich zufällig etwas im Archiv entdecke, was er selbst nicht finden konnte.«

»Dann muss er wissen, dass dort Informationen versteckt sind.«

»Jedes neue Puzzleteil das ich finde, bringt mich weiter. Aber ohne mehr Details brauche ich den Vorgang gar nicht erst weiterzugeben. Leider bin ich immer auf Zufälle angewiesen, da niemand zu wissen scheint wo was in dem Archiv zu finden ist.«

Maria, Emilia und Luisa kamen nicht eine Minute zu früh mit dem Abendessen. Beiden knurrte der Magen nach der Arbeit. Das mit Malz und Zuckerrohrsirup gebackene dunkele Brot duftete köstlich.

»Das schmeckt ja noch besser, als es riecht«, stellte Raul fest und wechselte damit das Thema.

»Das ist eines der alten Rezepte meiner Mutter. Und sie hatte die von ihrer Mutter. Aber es stimmt schon. Die Nachbarn kommen immer wieder und wollen mir etwas davon abkaufen. Doch leider habe ich zu wenig Zeit und in den kleinen Ofen passt immer nur ein Brot.«

»Wenn die anderen Brote ebenso lecker und ausgefallen sind, solltest du mal darüber nachdenken, eine Bäckerei zu eröffnen. Das ist mit Sicherheit lukrativer als die Sachen anderer Leute umzunähen«, sagte Raul und sah Maria tief in die Augen.

»Das geht doch nicht. Ich habe keine Ahnung wie man eine Bäckerei leitet und auf was man achten muss. Und was ist, wenn keiner meine Brote will und ich die Pacht für das Geschäft nicht bezahlen kann? Nein, ich bin keine Frau, die sich mit solchen Dingen auskennt.«

»Du bist meine Schwester und ich kenne dich. Eine berechnende Geschäftsfrau bist du nicht und das ist gut so. Aber wer sagt denn, dass du das sein musst? Du hast ausgefallene Rezepte und kannst köstliches Brot backen. Raul hat schon Recht. Ich halte es für eine gute Idee, wenn du damit auch Geld verdienst.«

»Wie viele Bäckereien gibt es eigentlich in El Junquito?«, fragte Raul.

»Keine. Aber kurz vor Caracas ist eine«, sagte Maria.

»Das wird ja immer besser. Wer in Junquito ein frisches Brot möchte, muss in Caracas auf Vorrat kaufen, um dann doch trockenes Brot zu kauen.«

»Maria, wenn du dich nicht traust, helfe ich dir gerne bei der Suche eines Hauses, baue dir einen Backofen und richte mit dir den Laden ein«, bot sich Raul an und lächelte ihr zwinkernd zu. *Er flirtet tatsächlich mit meiner Schwester*, dachte Juan. Die schlechteste Lösung wäre das nicht und die Idee einer Bäckerei war genial.

»Ist das ein ernsthaftes Angebot?«, hakte sie nach.

»Das ist es, Maria. Ich habe zwar nur abends und am Wochenende Zeit, aber ich würde mich darauf freuen, ein solches Geschäft mit Dir aufzubauen. Die meisten Menschen in El Junquito sind erfolgreich und gut situiert. Du wirst deine Ware also nicht verschenken müssen«, antwortete Raul und hielt dabei Marias Hand.

34

BARINITAS

Das gleichmäßige Schaukeln der Kutsche hatte Felipe und Valega zum Schlafen gebracht. Der moderne Vierspanner war deutlich schneller, als herkömmliche Kutschen. Jedoch konnte Andrea für die rund 600 Kilometer höchstens 80 Kilometer täglich einplanen. Mit einem Lächeln betrachtete sie den Pater, der mit dem Kopf an Felipes Schulter eingeschlafen war. Ihr Sohn war schon seit Tagen aufgeregt und hatte voller Spannung die Reise erwartet, doch schon nach ein paar Stunden fand er es mehr anstrengend, als abenteuerlich. Das lange Sitzen, das monotone Schaukeln und das langsame Vorbeiziehen der Landschaft waren eher öde für den jungen Mann und ließ auch sie einnicken, als das Schaukeln unerwartet aufgehörte. Das plötzliche Öffnen der Kutschentür riss sie aus ihren Gedanken. Überrascht öffnete Andrea die Augen und blickte in den Lauf einer Pistole. Vor der Kutsche standen mehrere unfreundlich aussehende Männer.

»Schaut mal an. Das ist doch der Pfaffe Barinitas.«

Valega wurde wach, schob Felipe zur Seite und erkannte in dem Banditen einen der Spanier, die seine Kirche angegriffen hatten.

»So sieht also der Sohn einer spanische Hure aus, der sich nur an Frauen vergreift und Kirchen überfällt!«, entgegnete Valega.

Der Mann schlug ihm unvermittelt den Griff der Pistole so hart ins Gesicht, dass seine Nase blutete. Valega verzog nur kurz das Gesicht. »Ach, er traut sich auch gegen unbewaffnete Männer der Kirche den starken Mann zu spielen. Was für eine Heldentat!«

Der nächste Hieb ging ins Leere, da sich Valega geschickt zur Seite drehte und ihm kräftig zwischen die Beine trat. Stöhnend ließ der Spanier seine Waffe fallen. Mit einem schnellen Sprung ergriff sie Valega und richtete sie auf die überrumpelten Männer. Durch den Lärm wurde auch Felipe wach und suchte für das Geschehen eine Erklärung. Andrea klopfte an die Decke der Kutsche, um dem Mann das Zeichen zur sofortigen Abfahrt zu geben, doch er reagierte nicht.

»Euer Kutscher scheint sich für den Rest des Tages, und ich glaube sogar für den Rest Eurer Reise, frei genommen zu haben«, scherzte ein ungepflegt aussehender Halunke mit krummer Gurkennase, und deutete auf Büsche, die seitlich des Weges wucherten.

»Das sind allesamt Verräter! Lasst sie uns aufknüpfen! Den Pfaffen zuerst. Der hat einige von uns auf dem Gewissen. Danach das Weib und ihr Balg. Der Junge soll aber noch ansehen, wie wir uns mit der Rebellenhure vergnügen«, schlug einer vor.

»Aber vorher bekommt einer von Euch Drecksäcken noch ein schönes rundes Andenken in seine Stirn. Na, wer will zuerst?«, fragte Valega und ließ die Richtung des Laufs durch die Runde gehen.

»Wir sind in der Überzahl. Schon vergessen, Pfaffe? Ihr kommt hier nicht lebend weg. Du hast nur einen beschissenen Schuss und dann wird es Euch dreckig ergehen«, drohte Gurkennase.

»Und wie soll es jetzt weitergehen?«, fragte Andrea und suchte mit der freien Hand unter der Sitzbank nach dem Griff des Schüreisens, dass sie zum kochen mit sich führte. »Wollt Ihr Dummköpfe die ganze Nacht darüber diskutieren, wer zuerst von Euch sterben will, oder habt Ihr einen Freiwilligen? Wie wäre es denn mit dem kleinen Mann, dem unser Priester seine

Männlichkeit poliert hat? Mit dem könnt Ihr eh nicht mehr viel anfangen!«

Sie hatte den Schürhaken gefunden und hielt den Griff sicher in ihrer Hand. Gurkennase blickte fragend zu seinen Männern. Valega zählte vier Banditen. Dann sah er, dass Andrea etwas in ihrer Hand hielt, konnte aber nicht erkennen was es war. Sie zwinkerte ihm kurz zu.

»Du bist vorlaut, Weib. Dein Mann wird es mir danken, wenn ich dich gefügig geritten habe. Was meint ihr?«, fragte Gurkennase die Männer.

»Er wird nichts mehr von ihr haben, wenn wir die Stute zu Tode geritten haben. Das ist doch der perfekte Abgang für dich vorlaute Schlampe, oder? Schade für deinen Mann. Aber so ist das nun mal«, sagte der kleinere Mann, der noch immer eine gekrümmte Haltung einnahm. Aus den Augenwinkeln sah sie, dass einer von ihnen aus ihrem Sichtfeld vor der Kutsche verschwunden war. Sie zog den Schürhaken ein Stück hervor, um schneller von ihm Gebrauch machen zu können. Felipe rutschte derweil in die linke Ecke, um Andreas Hand am Schüreisen für die Halunken unsichtbar zu machen. Aus den Augenwinkeln vernahm sie eine Bewegung vor der rechten Kutschentür und machte Valega ein Zeichen wachsam zu sein. Sie zog für ihn sichtbar den Schürhaken hervor, holte aus und zertrümmerte die Hand des Mannes der die Kutschentür öffnen wollte. Der Haken hing kurz in seiner Hand und er schrie vor Schmerzen laut auf. Er wollte mit seiner Rechten auf sie zielen, als sie mit einem nächsten Schlag die Pistole aus seiner Hand schlug und sie im Dreck landete. Mit einem Satz stieß Felipe die rechte Türe auf, gab dem Spanier einen kräftigen Tritt ins Gesicht, sprang heraus und nahm die Waffe an sich.

Valega hielt die übrigen drei mit seiner Pistole in Schach. »Meine Hand ist göttlich geführt und äußerst nervös«, warnte Valega.

Andrea war mit einem Sprung auf dem Kutschbock und richtete die von Felipe erbeutete Waffe auf die Männer. Gurkennase registrierte, dass sich die Kraftverhältnisse zu ihren Ungunsten ver-ändert hatten.

»Gut, dieses Mal habt Ihr gewonnen. Aber man sieht sich ein weiteres Mal. Nehmt die Waffen runter. Wir lassen sie ziehen«, befahl Gurkennase seinen Männern. Andrea spornte die Pferde an und Valega hielt die Waffe weiter drohend aus dem Fenster. »Das war mutig von dir, aber auch gefährlich«, tadelte ihn Valega.

»Gefährlich war es für den Spanier, meine Mutter zu bedrohen.«

35

SAN BERNADINO, CARACAS

Juan erreichte die Avenida Roralma. Alleine in dieser Straße standen drei Häuser zum Verkauf. Der Stadtteil San Bernadino gehörte zu den besseren Gegenden von Caracas und lag nahe dem Zentrum. Von hier aus war es ein kurzer Weg ins Ministerium. Er bog in die gepflasterte Avenida ein und staunte über den geringen Geräuschpegel und die Sauberkeit in der Straße. Die Häuser waren ein bis zweigeschossig und verfügten kleinere Vorgärten. Schuppen, oder Stallungen aus Holz schmiegten sich an die Wohnhäuser. Er nahm an, dass dort die Pferde und Kutschen der Bewohner untergebracht waren. Der übliche Unrat fehlte vollständig und nicht einmal Pferdeäpfel konnte er sehen. Die Nummer 56 der Avenida unterschied sich auf den ersten Blick nur darin von den übrigen Häusern, dass die Wände gemauert waren.

»Das Haus steht seit drei Monaten leer. Es gehörte einer spanischen Familie, die sich noch im Krieg dazu entschied, wieder nach Spanien zu gehen. Manuel Hernandez«, nahm der Makler das Gespräch mit Juan auf, den er als potentiellen Käufer erkannt hatte.

»Sehr angenehm. Juan Conteguez. Wir hatten korrespondiert.«

»Sie arbeiten im Justiz- und Innenministerium?«, fragte der Makler.

»Seit ein paar Jahren. Ich wohne derzeit bei meiner Schwester in der Nähe von Caracas. Die Wege sind aber weit und nun suche ich etwas Eigenes in einer für mich günstigen Lage.«

Der Makler war geschäftsmäßig freundlich und schritt voran durch den verwilderten Vorgarten.

»Schauen wir es uns erst einmal an. Wie gesagt, die Immobilie steht seit rund drei Monaten leer«, wiederholte sich Hernandez, so als ob er Juan auf einen schlechten Zustand vorbereiten musste. Er folgte ihm bis zur Haustüre, die er weit öffnete. Da die Vorhänge geschlossen waren, zog der Mann diese zuerst auf, damit Tageslicht ins Haus kam. Juan blickte sich um und entdeckte neben einer Menge Staub und Papierschnipseln auch einige größere Möbelstücke, die mit weißen Decken vor dem Verstauben geschützt waren. Ansonsten hatte der Salon hohe Decken mit Stuckelementen. Doppelflügelige Holztüren und Fenster machten einen zufriedenstellenden, ersten Eindruck.

»Welche Möbel verbergen sich unter den Decken? Gehören diese zum Haus?«, fragte er.

Hernandez nickte. »Die Familie hat nur das Wichtigste mitgenommen. Die zurückgebliebenen Möbel gehören zum Haus und gehen in das Eigentum des Käufers über«, erklärte der Makler und zog einige der Laken herunter. Zum Vorschein kamen ein Klavier, zwei Schränkchen und ein paar ältere Sitzmöbel.

»Das Piano ist in einem guten Zustand, müsste aber neu gestimmt werden. Vielleicht spielt Ihre Frau, eines Ihrer Kinder, oder Sie mögen es erlernen«, stellte der Makler in den Raum.

»Ich bin nicht verheiratet, aber das Klavier wäre für mich kein Hindernis«, antwortete er, um das Thema zu beenden.

Hernandez öffnete weitere Türen im Erdgeschoss. Juan sah einen geräumigen, aber leer stehenden Raum, ein großzügiges zugeschnittenes Arbeitszimmer mit schickem Schreibtisch sowie einen Tisch und Stühle. Die große Küche bot genug Platz für mehrere Personen. Zwei weitere Nebenräume standen leer. Der Makler ging voran und Juan folgte ihm die Treppe hinauf. Oben befanden sich, das Schlafzimmer, mehrere Gästezimmer, ein Mädchenzimmer, aber auch ein Ankleideraum und ein seltsam anmutendes Badezimmer.

»Ich sehe es an Ihrem erstaunten Blick. Dieser Raum ist außergewöhnlich fortschrittlich. Wenn ich Ihnen erklären darf? Das Haus verfügt über ein neuartiges Wasser- und Abwassersystem, das selbst in Europa kaum zu finden ist«, begann er und versicherte sich seiner vollen Auf-merksamkeit. »Es sind Rohre und Leitungen in den Wänden verlegt. Für Wasser, Abwasser und Gas.«

»Wasser und Abwasser finde ich schon bemerkenswert, aber Gas?«, fragte Juan. Hernandez ging zu einer Wand, drehte an der Lampe herum und es wurde augenblicklich hell.

»Sie haben es vielleicht noch nicht bemerkt, aber in allen Räumen des Hauses befinden sich neuartige Gaslampen, die man sonst nur an wenigen Straßen Amsterdams findet. Wie Sie sehen, war der Erbauer des Hauses der forschenden Wissenschaft gegenüber offen eingestellt.«

»Woher kommt das alles?«; fragte Juan.

Er drehte an einem verzierten Rädchen und aus einer Öffnung lief frisches Wasser. So etwas hatte Juan noch nie gesehen.

»Sehen sie, wie es hier unten wieder abfließt? Das ist das Abwassersystem. Das gleiche haben Sie auch bei der Badewanne, in der Sie ein erfrischendes Bad nehmen können. Wer es gerne etwas wärmer hat, muss zunächst warmes Wasser aus der Küche herauf schaffen. Auch das Badewasser fließt durch ein Rohrsystem ab. Das frische Wasser sammelt sich bei Regen auf dem Dach. Sonst kommt es aus einem Brunnen und wird täglich in ein großes Becken auf dem Dach gepumpt. Sie haben sowohl hier im Badezimmer als auch in der Küche immer genügend fließendes Wasser, welches zum Beispiel zu diesem Waschbecken geleitet wird.«

Juan war sprachlos. Welch ein sensationeller Luxus erwartete ihn hier?

»Zum krönenden Abschluss sehen Sie hier eine Wassertoilette«, er klappte einen Deckel hoch und präsentierte eine keramische kleine Wanne mit einem Wasserbehälter oberhalb des Beckens. »Sie nehmen hier statt auf dem Nachttopf Platz und verrichten Ihr Geschäft. Danach betätigen Sie diese Spülung und Ihre Hinterlassenschaft wird unsichtbar weg gespült«. Hernandez zerknäulte symbolisch ein Stück altes Papier, warf es in das Becken und betätigte die Spülung.

»Das ist unglaublich«, sagte Juan. »Aber wohin fließt das Schmutzwasser?«

»Als sie in die Straße gekommen sind, haben Sie da nicht die üblichen Fäkalien im Rinnstein vermisst? Die Häuser verfügen über im Garten eingelassene Behälter und diese werden mit Pferdewerken zweimal im Jahr abgeholt. Na, was sagen Sie?«, fragte Hernandez siegessicher.

Die anderen Häuser musste sich Juan nicht mehr ansehen. Auch wenn dieses Haus deutlich mehr kostete, konnte er es sich leisten und sagte ihm sofort zu. Freudig schwang er sich auf sein Pferd, und entschied trotz seines Urlaubs, dem Ministerium einen kurzen Besuch abzustatten. Nach nicht einmal fünfzehn Minuten hatte er sein Ziel erreicht. Das war geradezu perfekt. Auf dem Weg in sein Büro kam ihm der Staatssekretär des Ministers mit zwei unbekannten Männern entgegen.

»Ich hatte Sie in Ihrem Urlaub nicht hier erwartet«, begann der Sekretär. »Aber es ist gut, dass Sie gekommen sind. Gehen wir in Ihr Büro.«

Als erstes nahm er wahr, dass die Türe offenbar gewaltsam geöffnet worden war. Drinnen bot sich ein Bild wilder Zerstörungswut. Sämtliche Akten waren aus den Regalen gerissen. Da schien jemand etwas gesucht zu haben oder man wollte ihn warnen.

»Das ist unglaublich!«, sagte er.
»Wer kann das getan haben?«, fragte der Sekretär.
»Keine Ahnung. Ich glaube nicht, dass ich hier Feinde habe.«
»Der Minister ist informiert. Gehen wir zu ihm.«
War der Einbruch ein Zeichen dafür, dass er auf der richtigen Spur war und er Leute im Hintergrund aufgescheucht hatte? Die ganze Sache konnte gefährlich werden. Männer mit Macht und Einfluss mochten hinter allem stecken. Er dachte darüber nach, ob er jetzt schon den Minister über seine Erkenntnisse informieren sollte, entschied sich aber zunächst dagegen. Ein paar Details wollte er zuvor in Erfahrung bringen, damit möglichst alle bestochenen Mitarbeiter aufflogen. In Gedanken vertieft saß Juan wartend im Gang. Er wusste, dass der Mann Jurist und zugleich Freund und konservativer Parteikollege von Paéz war. Endlich öffnete sich knarrend die schwere Tür des Amtszimmers.
»Kommen Sie bitte!«
Er folgte dem Staatssekretär in den weiß getünchten Raum.
»Ich freue mich, Sie zu sehen, Señor Conteguez. Kommen Sie und nehmen bitte Platz«, sagte er und wies auf eine kleine Gruppe von Stühlen und einen kleinen Tisch. Juan folgte seiner Aufforderung.
»Ich hatte Ihnen doch Urlaub gegeben. Was machen Sie dann hier?«
»Ich genieße den Urlaub, Herr Minister. Aber ich habe heute früh ein Haus gekauft und war in der Nähe. Mein Besuch im Ministerium war spontaner Natur, auch wenn ich gerne hier arbeite«, antwortete Juan.
»Dann gratuliere ich Ihnen zu dem Kauf. Wo zieht es Sie denn hin, wenn ich fragen darf?«
»Ich werde künftig in San Bernadino wohnen und habe dann nur noch fünfzehn Minuten ins Ministerium.«
Spontan entschied er sich um und berichtet dem Minister

von der zufällig gefundenen Liste und den Erkenntnissen, dass einige Mitarbeiter korrupt seien. Juan sagte, dass er noch weiter recherchieren wollte, damit er ausreichende Belege vorlegen konnte.

Quintero hörte ihm aufmerksam zu. »Sie haben meine Zustimmung und Unterstützung, wenn Sie weitere Informationen benötigen. Das was Sie machen, zeigt mir Ihre Loyalität. Ich weiß das zu schätzen. Die beiden Herren, die eben in Begleitung meines Sekretärs den Einbruch in Ihrem Büro aufgenommen haben, unterstehen ab sofort Ihrem Kommando. Wenn sie es für richtig halten, stehen Ihnen Gomez und Morillo auch privat zum persönlichen Schutz zur Verfügung.«

»Ich hatte mir beim Anblick meines Büros zwar die Frage gestellt, ob die Sache für mich zu gefährlich ist und ich Angst um mein Leben haben sollte. Aber ich denke nicht. Allem Anschein nach wussten die Einbrecher, dass ich mich im Urlaub befinde und wollten in Erfahrung bringen womit ich mich beschäftige.«

»Und können sie etwas in Ihrem Büro gefunden haben?«

»Nein, da ich die Unterlagen dort nicht aufbewahre. Mir wäre es eine Hilfe, wenn mir die Herren Gomez und Morillo ein paar Informationen über verdächtige Personen beschaffen. Sobald ich mehr weiß, informiere ich Sie sofort.«

Die Männer würden ihm also in seinem Urlaub folgen. Noch im Ministerium beauftragte er die beiden damit, alle Personen, die auf seiner Liste standen, unauffällig zu beschatten und Auskünfte über ihr Tun und ihren Lebenswandel zu ermitteln.

36

GUANARE

Nur zähneknirschend hatte Héctor der Reise zugestimmt, da er die lange Fahrt nur in Begleitung des Pfaffen für zu gefährlich hielt. Andrea hatte nur zwölf Stunden Vorsprung. Den konnte er mit seinem Vollblut schnell aufholen, zumal Kutschen auf der matschigen Strecke nur langsam vorankamen. Er packte seine Tasche und machte sein Pferd fertig. Seine einzige Sorge war ein Wiedersehen mit Juan, weil er nicht wusste, was das mit ihm machen würde.

Héctor war die Nacht durchgeritten und hatte jede sich bietende Übernachtungsmöglichkeit auf der Strecke abgeklappert und nach der auffälligen Truppe gefragt. Gewiss hatten sie Vorsprung, aber er war mit dem Pferd schneller unterwegs und hatte nicht übernachten müssen. Kurz vor Sonnenaufgang war er todmüde, und seine Stute brauchte Futter und Erholung. Da er sie in der Quebrada de la Virgen nicht gefunden hatte, kam als nächster Ort nur Guanare in Frage. Der Weg machte einen starken Knick und kaum war er paar Meter weiter, sah Héctor schon die große Kathedrale, die für Valega ein begehrtes Übernachtungsziel sein musste. Doch je näher er dem Kirchenhaus kam, je deutlicher wurde, dass sie dort nicht sein konnten. Ein Stück weiter sah er zu seiner Erleichterung schließlich die Rückseite einer schwarzen Kutsche hinter einem Zaun stehen. Er brachte sein Pferd in den angenzenden Stall und versorgte es. Er hatte es geschafft sie einzuholen. Héctor verließ den Stall an der Rückseite der Posada und sah Valega an der Kutsche hantieren.

»Ich möchte beichten, Vater denn ich habe gesündigt«, sagte er.

»Wenn du gekommen bist weil ... «

Er würgte seine Worte ab und vervollständigte den Satz des Paters, » ...um Euch schützend zu begleiten. Euch weniger, mehr meine Schwester und Felipe«, sagte Héctor.

»Du willst uns beschützen? Ist das wirklich alles, Héctor? Dann hättest du gestern schon bei uns sein müssen«, sagte Andrea, die zu ihnen kam.

»Wieso gestern?«, Héctor runzelte die Stirn.

»Fünf Royalisten waren bei ihrer Lieblingsbeschäftigung. Dem Überfall auf Kinder und Frauen. Aber ganz so hilflos waren wir doch nicht«, sagte Valega.

»Du willst uns für den Rest der Strecke bis El Junquito begleiten? Und dann?«, formulierte Andrea die Frage, um den wahren Grund seiner Gegenwart zu erfahren.

»Ich hatte mir Sorgen gemacht und möchte mit Juan Frieden schließen. Deshalb werde ich ihm meine Hand reichen«, antwortete Héctor.

»Ich glaube, dir scheint das ernst zu sein.«

Héctor nickte zustimmend.

»Du musst die ganze Nacht durchgeritten zu sein«, stellte sie fest.

»Ich vergesse für den Moment meinen Groll, Héctor. Die Frau macht hervorragende Spiegeleier mit Speck und der Kaffee weckt Tote auf. Auch dein Pferd kann ein paar Stunden Ruhe ge-brauchen. Einen Tag früher oder später anzukommen ist unwichtig. Ich bezahle unsere Zimmer und den Stall für eine weitere Nacht«, entschied Valega.

Nach dem Frühstück legte sich Héctor schlafen. Andrea hatte

die Nase Valegas neu verbunden. Seine Schmerzen hatten nachgelassen und so war er guter Dinge.

»Wir sollten noch heute abreisen. Wenn sie uns wieder überfallen wollen, dann können sie das nachts wie auch tagsüber«, sagte Felipe.

»Felipe hat nicht Unrecht«, urteilte Héctor. »Außerdem haben wir noch einen entscheidenden Vorteil. Sie denken nach wie vor, dass sie es nur mit einem jungen Mann, einer Frau und einem Geistlichen zu tun haben. Sie wissen nichts von meiner Anwesenheit. Und im Dunkeln erkennt man nicht sofort, wer auf dem Kutschbock sitzt. Da ich glaube, dass sie auf Rache sinnen, werden sie uns auflauern, um dann aus dem Hinterhalt zuzuschlagen«, schätzte Héctor die Lage ein.

Damit hat er vermutlich Recht, dachte Valega und sie stimmten Felipes Vorschlag zu.

»Wer von euch hat eine Waffe?«, fragte Héctor.

Andrea hatte die von Felipe erbeutete Pistole und Valega die, welche er selbst ergreifen konnte. Aber Munition und Pulver hatte niemand außer Héctor, der drei Pistolen bei sich führte.

»Felipe würdest du dir zutrauen eine Waffe zu benutzen? Ich meine nicht zum Dosenschießen, wie wir es Zuhause geübt haben, sondern um damit auch auf die Angreifer zu schießen?«

»Warum sollte ich Angst davor haben, meine Mutter zu beschützen? Angst hätte ich eher unbe-waffnet den Halunken ausgeliefert zu sein.«

»Dann bekommt Felipe auch ein Schießeisen«, entschied Héctor und reichte dem jungen Mann eine Pistole nebst Pulver und Patronen. »Halte sie geladen bereit und benutze sie nur, wenn es nicht anders geht. Ansonsten bist du für das Nachladen der anderen Waffen zuständig.«, richtete er sich an Felipe.

Schwarz gekleidet saß Héctor auf dem Kutschbock und hatte die nähere Umgebung im Blick. Nichts erschien ihm in näherer

Umgebung auffällig. Doch bevor er die Pferde antrieb, bemerkte er einen Kerl hinter einem Baum stehen, der sie offensichtlich beobachtete. Jetzt sprang er auf sein Pferd und ritt los als wäre der Teufel persönlich hinter ihm her. Grinsend wendete Héctor die Kutsche in entgegengesetzte Richtung, hielt wieder bei der Pension an und ließ sich einen Jutesack gegen 2 Pesos geben und fuhr weiter.

»Was ist los, warum sind wir zurück und fahren jetzt in falsche Richtung?«, fragte Andrea.

»Die Halunken wollen ein wenig Katz und Maus mit uns spielen. Zeigen wir der Katze mal, wie hinterlistig und flink die Maus sein kann. Offenbar will man uns in eine Falle locken«, grinste Valega. »Ich habe das gestern mit Héctor so besprochen. Ab jetzt läuft es so, wie wir es wollen. Wir haben keine Lust für den Rest der Reise immer das Gefühl zu haben, verfolgt zu werden«, erklärte er den Richtungswechsel nach Norden.

Nach dem Ortsende ließ Héctor die Pferde galoppieren, damit die Verfolger anhand der Spuren annahmen, dass sie es eilig hatten die Stadt zu verlassen. Die Strecke war bewaldeter und führte kurvig durch verschlafene Orte am Rande der Kordilleren. Nach einer Kehre hielt Héctor die Kutsche an und wartete darauf mit Valega den Platz zu tauschen. Danach sprang er ab und schlug sich mit dem Sack hinauf in die Büsche.

Links von ihnen wurde der Abhang gefährlich tief und steil. Valega lenkte die Kutsche geschickt durch die immer enger werdende Straße, bis er weit ausscherte und riskant nahe an den Abhang fuhr. Dann lenkte er das Gespann nach rechts und brachte die Kutsche quer mitten auf der Straße zum Stehen.

»Steigt rechts aus, nehmt eure Waffen mit und folgt mir«, rief Valega,

sprang vom Kutschbock und band die Tiere an ein paar dickere Äste. Andrea und Felipe folgten ihm durch die Büsche bis zu einer kleinen Anhöhe. »Hier bleiben wir und verteilen uns«.

»Was machen wir hier überhaupt?«, fragte Andrea.

»Wir lauern den Halunken auf. Hier nutzt ihnen ihre zahlenmäßige Überlegenheit nichts mehr.«

»Ich weiß zwar noch nicht wie, aber ich bin dabei«, sagte Felipe.

»So schnell werden sie nicht hier sein. Erst wenn sie merken, dass wir nicht kommen, reiten sie zurück und stellen fest, dass wir weg sind und in eine andere Richtung gefahren sind. Diese Strecke würde uns über Barquisimeto mit höchstens einem Tag Verspätung ebenso ans Ziel bringen. Die anderen Möglichkeiten wären, dass wir uns in Luft aufgelöst hätten oder zurück auf dem Heimweg wären. Also werden sie uns hierher folgen und ziemlich dumm gucken, wenn sie die Kutsche verlassen quer auf der Straße sehen. Die Banditen werden nach uns suchen. Aber dann wirft Héctor den geöffneten Sack mit den zwei Klapperschlangen auf die Straße. Alle Pferde drehen beim Anblick der giftigen Schlangen durch. Sie steigen und werfen ihre Reiter ab. Wer nicht den Abhang herunter fliegt wird von uns unter Feuer genommen.«

Andrea grinste und Felipe staunte nicht schlecht. Sie legten sich im Schutz von Farnen auf die Lauer und warteten geduldig.

Die Banditen warteten schon fast eine Stunde, doch die Kutsche kam einfach nicht. Die Männer wurden unruhig und fragten Andreas, der ihre Abreise gesehen hatte, ob er was an den Augen habe. Es machte keinen Sinn noch länger zu warten. Schließlich kamen alle verärgert aus ihren Verstecken. Auf Miguels Befehl machten sie sich auf den Rückweg. Aber auch in Guanare fehlte jede Spur von ihnen.

»Wo zum Teufel sind die hin?«

»Bleibt mal ruhig. Die haben geahnt, dass sie uns gestern nicht zum letzten Mal sahen und vermuteten richtig, dass wir ihnen auflauern.«

»Glaubst du, dass die vor lauter Angst die Heimreise angetreten sind?«

»Wenn ich nicht irre, dann führt diese Strasse in diese Berge und im Verlauf kommt man bis Barquisimeto. Ist also kein großer Umweg, aber für Kutschen wegen enger Kehren eine schwierige Strecke.«

»Na dann mal los. Worauf wartet ihr? Aufsitzen!«, befahl Gurkennase.

Sie folgten den deutlich zu erkennenden Spuren auf dem Weg in die Berge. Nach einer halben Stunde erreichten sie die enge Kurve hinter der die Kutsche den Weg versperrte. Die Männer ritten bis kurz vor das Gespann und sahen sich um.

»Da ist niemand«, stellte Andreas fest.

»Natürlich nicht, oder meinst du die warten hier auf uns? Die Idioten wollten wenden und haben die Kutsche festgefahren«, lachte Miguel.

»Kommt, die können nicht weit sein und wollen sicher Hilfe holen. Reiten wir ein Stück zurück!«

Héctor warf den Sack mit den wild gewordenen Klapperschlangen geöffnet auf die Straße. Aggressiv krochen sie heraus und klapperten warnend als die Reiter um die Ecke kamen. Die Schlangen versuchten nach den Beinen der Pferde zu schlagen und wie vorhergesehen stiegen sie und warfen ihre Reiter ab. Einer fiel schreiend in die Tiefe und ein anderer landete direkt bei den Schlangen, die ihn wütend mehrfach bissen. Schreiend und in Todesangst wich er zu den anderen zurück, die gar nicht wussten wie ihnen geschah, bis sie von oben beschossen wurden. In den Büschen konnten sie die Schützen nicht ausmachen und ballerten blindlings ins Grüne. Felipe hatte genug Zeit, die Waffen für Valega und seine Mutter nachzuladen und sie feuerten in kurzen Abständen auf die Banditen. Miguel wurde im Bauch getroffen und krümmte sich mit schmerzverzerrter Miene. Héctor feuerte auf die übrigen vier Männer und traf einen direkt in den Kopf. Die Halunken waren vollkommen überrascht und versuchten vergebens die Schützen ausfindig zu machen. Ein weiterer Mann ging neben Miguel zu Boden und war sofort tot. Wütend biss Gurkennase die Zähne zusammen, richtete sich auf, stürmte auf die Büsche zu.

»Mir nach. Holen wir sie uns«, rief er den übrigen Halunken zu.

Geduckt folgten sie ihm während ihnen die Kugeln um die Ohren flogen und erreichten die Böschung. Vor Aufregung ließ Felipe während des Nachladens den Beutel mit dem Pulver fallen. Als er sich bückte, streifte eine Kugel sein linkes Ohr. Das war knapp, dachte Andrea, die noch einmal schießen konnte. Sie zielte und traf einen der übrig gebliebenen Männer. Auch Valega gab einen Schuss ab, aber seine Kugel verfehlte ihr Ziel. Ängstlich versuchte Felipe mit dem am Boden liegende Pulver die Waffen nachzuladen, als die zwei durchbrachen und direkt auf sie zuliefen. Valega warf seine Pistole zielgenau dem Typen mit dem Schlangenbiss an die Schläfe. Der Mann ging erst in die Knie, aber rannte mit dem verletzten Miguel weiter zu dem kleinen Felsvorsprung, als Héctor von der Seite heran stürmte und ihm in die Brust schoss. Felipe hantierte mit dem Pulver als sein Onkel sah, dass ihn Gurkennase gefährlich nahe ins Visier genommen hatte.

»Nein!«, schrie er und rannte wie besessen von der Seite auf Miguel zu, der sich umdrehte und Héctor in die Brust schoss. Der Hüne blieb stehen, hielt seine Hand auf die blutende Wunde und blickte Gurkennase mit aufgerissenen Augen an. Endlich war es Felipe gelungen, eine Waffe nachzuladen und gab sie seiner Mutter. Andrea zögerte keine Sekunde und knallte Miguel ab. Héctor ging zu Boden und röchelte, während Andrea versuchte seine Blutung zu stoppen.

»Atme ruhig, mein Bruder«, versuchte sie ihn zu beruhigen.

Er sah sie nur verschwommen und hörte Andreas Worte nicht mehr.

Weinend hockten sie sich zu Héctor und Felipe nahm seine Mutter tröstend in die Arme. Der Hüne lag auf der Seite, als Valega seinen Puls kaum mehr wahrnahm, schüttelte er den Kopf. Andrea hielt Héctors Hand und er versuchte ein Lächeln. Andrea und Felipe weinten, als Héctor seine Augen für immer schloss. Bis zum Schluss war es sein Wille, ein besserer Mensch zu werden, dachte sie.

»Er geht geläutert von uns. Héctor hat es geschafft dem Bösen abzuschwören und wird bei unserem Herrn nicht abgewiesen werden«, erklärte Valega nachdem sie ihn beerdigt hatten.

37

EL JUNQUITO

»Lieben sich Mama und Raul eigentlich?«, wollte Emilia wissen.
Es war unübersehbar, dass sich ihre Mutter in Raul verliebt hatte. Doch Luisa stellte sich auch die Frage, wie es weiter gehen würde. Mussten sie ihre gewohnte Umgebung verlassen, oder zog Raul zu ihnen? Das wäre wahrscheinlicher, denn was sollte sonst die neue Veranda. Sie hatte sich wie ihre jüngere Schwester einen neuen Papa gewünscht und Raul war nett zu ihnen. Aber ein wenig Angst vor zu großen Veränderungen hatte auch Luisa.

»Ja, ich denke sie lieben sich«, antwortete sie.

»Dann bekommt Mama bestimmt noch ein Baby. Ich möchte lieber einen Bruder. Meine Freundin Carolina hat einen Bruder, der groß und stark ist, und immer auf sie aufpasst«, sagte Emilia.

»Sollte Mama noch ein Baby bekommen, dann kann sie sich doch nicht aussuchen ob es ein Junge oder ein Mädchen wird. Selbst wenn es ein Junge wird, ist er jünger und kleiner als du Dummerchen. Dann kannst du auf ihn aufpassen«, lachte Luisa und klappte grinsend ihre Kladde zu, als ihre Mutter mit Raul nach Hause kam.

»Hallo ihr beiden. Wir haben schöne Neuigkeiten«, sagte Raul.

»Wir kennen eure Neuigkeit schon«, sagte Emilia altklug. »Wir sind keine kleinen Kinder mehr. Ihr seid ein verliebtes Pärchen.«

»Das habt ihr richtig bemerkt. Aber es gibt noch eine Neuigkeit«, sagte Maria. »Wir haben ein kleines Haus für eine Bäckerei gekauft.«

»Dann müssen wir hier nicht wegziehen?«, fragte Luisa.

»Aber nein. Wir bleiben hier. Nur Raul wird öfter hier sein und bald bei uns wohnen, sobald er sein Haus verkauft hat«, antwortete Maria.

Während Maria das Abendessen auf den Tisch stellte, holte Raul Getränke. Juan erzählte von dem Haus in Caracas und versprach den Mädchen, dass sie bald zu ihm kommen durften.

»Dir ist schon klar, dass ich dich darauf festnageln werde, oder?«

»Ja, natürlich. Was ich verspreche, das halte ich auch.«

»Wir können los«, sagte Raul, als sie mit dem Essen fertig waren.

Juan wollte den Einzug erledigt wissen und Raul passte es ganz gut, ihm dabei zu helfen. Zum einen war er neugierig und zum andern, brauchte er ihn zur Hilfe in der Bäckerei.

»Ich freue mich auf jede freie Minute mit deiner Schwester. Juan, ich möchte Maria bald einen Antrag machen. Wie stehst du dazu?«, fragte er ihn, als sie eine Weile geritten waren.

»Hm, ich hätte dir den Kopf abgerissen, wenn du es mit ihr nicht ernst meinst. Ich freue mich für euch beide und die Mädchen.«

In der Avenida Roralma war alles sauber, kaum Schmutz im Rinnstein, kein Lärm, keine ekeligen Gerüche und gepflegte Häuser mit schönen Vorgärten. Raul staunte, dass Juan hier etwas gefunden hatte.

Die Sonne war dabei unterzugehen, als sie sein neues Heim erreichten. Juan betrat das Haus, entzündete zuerst die Wandlampen und dann den riesigen Kronleuchter im Salon. Der Raum war augenblicklich von Licht durchflutet. Raul war verblüfft angesichts dieser Helligkeit. So etwas hatte er noch nie gesehen und er folgte Juan in die anderen Räume, in denen er weitere Lampen entzündete. Er erklärte ihm, dass die Gasleitungen und einige andere Dinge im Haus einmalig in Venezuela seien. Auf einen Tisch stellten sie die mitgebrachten Taschen ab und holten die übrigen Gepäckstücke ins Haus.

»Woher kommt das Gas denn?«, fragte er.

»Gas ist in Venezuela fast überall im Boden. Für mein Haus wird es übrigens kostenlos geliefert, weil man im Ministerium der Wissenschaft an der Funktionalität interessiert ist.«

Sie beendeten die Besichtigung mit einer Flasche Monastrell im Salon. Erst als Raul sich auf den Heimweg machte, nahm Juan wahr, dass dies seine erste Nacht im neuen Haus sein würde.

38

ENDINGEN

Auf Knien rutschte Stephan über den glitschigen Ackerboden und suchte nach Kartoffeln im Boden, doch die meisten waren durch die anhaltende Nässe einfach verfault. Seit Stunden war die Familie auf dem kleinen Acker und sie hatten nur wenige brauchbare Früchte in ihren Körben. Auch wenn der Morgen trocken war, schien der Tag nicht hell zu werden und es war kalt wie im Winter. Magdalena weinte zitternd und wurde von ihrer Mutter getröstet. Als entfernt ein Donnern zu hören war, schaute Stephan zum Himmel und dann zu seinem Vater. Richard ahnte, dass bald der letzte Funken Licht am Himmel verschwinden würde, denn dunkle Wolken zogen auf.

»Schnell! Packt die Körbe und zurück zum Hof!«, rief er.

Stephans Hosen waren von der nassen Erde so durchtränkt, dass sie ihm vor Gewicht fast herunter rutschten. Kaum dass sie auf den Beinen waren und los liefen, klatschten um sie herum die ersten dicken Tropfen herab, und eine Minute später schickten die schwarzen Wolken sintflutartige Regenfälle zur Erde. Es goss wie aus Eimern und der Boden auf dem Acker weichte unter ihren Füßen weiter auf. Ängstlich schrie Magdalena auf, als Blitzzacken den Himmel wie Speerspitzen durchschnitten und sie mitten in dem Naturspektakel in seiner Grausamkeit vollkommen schutzlos durch den Matsch liefen. Stephan konnte die Tränen seiner Mutter nicht sehen. Doch er wusste, dass sie wie seine Schwester weinte. Mit großen Schritten näherten sie sich dem Ackerrand, als plötzlich riesige Hagelkörner um sie herum krachend einschlugen. Mit den Körben über dem Kopf versuchten sie sich zu schützen aber als sie endlich den Hof erreichten, sah Stephan im hellen Licht eines Blitzes, dass seinem Vater Blut ins Gesicht lief. Ein großes Hagelkorn musste ihn am Kopf getroffen haben. Sie erreichten das Wohnhaus und Richard Krämer schlug die Tür hinter ihnen zu. Triefend nass stellten sie die Körbe in der Stube ab und Stephan registrierte mit einem Blick, wie gering ihre Ausbeute war. Dabei hatte sein Vater gehofft, dass sie einen Teil verkaufen und mit dem Erlös andere Lebensmittel und Saatgut kaufen könnten. Doch die magere Ernte würde kaum ausreichen, die Familie zwei Wochen lang zu ernähren. Sabina wischte seinem Vater das Blut aus dem Gesicht und legte ein sauberes Tuch auf die Wunde. Stephan trocknete Magdalena so gut es ging ab und nahm seine Schwester tröstend in den Arm.

»Alles wird gut. Ich mache sofort Feuer«, beruhigte er das zitternde Mädchen.

Es war lausig kalt in der Stube und sie hatten Hunger. Immerhin hatte die Familie genügend Brennholz. Das sollte zwar für den Winter sein, aber es war im Mai so kalt wie im Januar. Stephan entzündete das Feuer im Kamin und kümmerte sich weiter um seine Schwester. Mit seinen fünfzehn Jahren hatte er gelernt Verantwortung zu tragen. Auch wenn Vater es nicht wollte, würde Stephan am nächsten Tag seinen Lehrer Jakob Schick um Hilfe für die Familie bitten.

39

SAN BERNADINO

Als er aufstand, fühlte er sich wie gerädert. Nachts hatte er kaum Auge zugetan, wurde immer wieder wach und hatte Probleme wieder einzuschlafen. Juan gähnte ausgiebig und stand auf. Erstmalig benutzte er das ungewohnte Bad. Er musste sich nicht erst Wasser in einer Schüssel holen, um sich frisch zu machen, sondern drehte an dem Regler und es lief frisches Wasser heraus. Juan nahm zwei Hände voll und erfrischte sein Gesicht. In dem Spiegel über dem Waschbecken sah er gar nicht so schlimm aus, wie er sich fühlte. Er ordnete seine Haare, zog sich an und ging hinunter in die Küche. Auch hier war ein solcher Wasserauslauf, mit dem er die Kanne für Kaffee füllen konnte. Als er die Küche dabei näher betrachtete fiel ihm ein Gerät auf, das merkwürdig aussah. Zwei Platten mit Gittern darüber, die aussahen als ob man darauf etwas abstellen konnte. Darunter befanden sich zwei runde Drehknöpfe, wie die im Badezimmer. Wozu brauchte man an dieser Stelle Wasser? Ein Waschbecken war ja schon da. In der Erwartung, dass irgendwo Wasser auslief, probierte er es und drehte einen Knopf. Doch es lief kein Wasser und alles was er hören konnte, war ein leises Zischen. Er drehte den Knopf wieder zurück und es wurde ruhig. Komische Sache. Er nahm sich vor den Makler zu befragen. Dann sah er sich nach der Feuerstelle für seinen Kaffee um, konnte aber keine in der Küche entdecken. Wie zum Teufel sollte man in der Küche ein

Essen zubereiten, wenn man dort nicht kochen konnte? Er fand nicht einmal Holz dafür. Neugierig öffnete er die Schränke und fand zu seinem Erstaunen, Tassen, Kannen und Teller in allen möglichen Größen, die der Vorbesitzer zurückgelassen hatten. Das machte die Sache unerklärlich und er beschloss ein Frühstück in einem Café zu nehmen. Das Haus war interessant, aber auch merkwürdig und es wunderte ihn nicht, dass er nicht schlafen konnte. Nur zwei Straßen weiter fand er ein hübsches Café und er bestellte ein Frühstück mit Eiern, Speck und Kaffee. Die Küchensache musste dringend geklärt werden, seinen Vorgarten wollte er vom Gestrüpp befreien und neu bepflanzen, ein Fenster klemmte und im Arbeitszimmer quietschte die Tür. Er wollte sich zudem informieren, ob eine Gasnutzung auch für Brotöfen denkbar sei. Genug Aufgaben für die nächsten Tage. Juan schlug sich auf die Stirn. Seine Küche hatte einen Herd zum Kochen! Er hatte ihn gesehen und angemacht. Lachend ritt zurück und entzündete an dem Gasherd die Flamme.

Bei Raul angekommen, gossen sie das Fundament, rissen eine störende Wand ein, räumten Schuttberge in den Hof und säuberten den künftigen Verkaufsraum von Gerümpel. Insgesamt schafften sie mehr, als sie erwartet hatten und kamen am Nachmittag verstaubt bei Maria an.

Die Freunde begaben sich direkt zum Brunnen um sich zu waschen und brachten zwei Flaschen gekühlte Limonade mit. Juan sah, dass Maria die neue Veranda mit einigen Gegenständen verändert hatte. So lagen jetzt überall bestickte Kissen und es waren mehr Öllampen vorhanden, was ein langes nächtliches Verweilen erleichtern würde. Neben Luisa und Emilia saß eine ihm unbekannte Frau am Tisch. Maria stellte Juan die junge Frau als Julia vor und erklärte ihm, dass sie in der Nachbarschaft wohnte und gelegentlich auf die Mädchen aufpasse, und heute zum Abendessen eingeladen habe. Juan schätzte die junge Frau auf Anfang bis Mitte zwanzig, die mit ihren gleichmäßigen Gesichtszügen und den schönen braunen Augen hübsch anzusehen war. Julia begrüßte die Männer mit einem Knicks und lächelte Juan freundlich mit sanftem Blick an.

»In deinem neuen Haus brauchst du unbedingt eine Haushaltshilfe«, sagte Maria bestimmt.

»Meinst du?«, fragte Juan seine Schwester.

»Du weißt am besten wie oft es im Ministerium spät wird. Da bleibt viel liegen und essen musst du abends ja auch noch etwas. Julia würde das bestimmt gerne machen«, sagte sie und Julia nickte. »Sie könnte während der Woche bei dir wohnen. Eins deiner Gästezimmer wäre gewiss ausreichend«, meinte Maria.

»Hm. Ich habe sogar ein Mädchenzimmer. Du bist jung. Kennst du dich denn mit solchen Arbeiten aus?«

»Mit Hausarbeit kenne ich mich gut aus, da ich Zuhause schon früh diese Aufgaben übernehmen musste und kann auch gut kochen«, erklärte Julia. »Ich würde gerne bei Ihnen arbeiten«, bestätigte sie.

»Julia, kannst du sechs Tage für mich arbeiten?«, fragte Juan.

»Von Montags bis Samstags wäre für mich kein Problem und ich könnte sofort beginnen. Ein paar Sachen habe ich schnell gepackt.«

»Dann wäre nur noch die Höhe deines Lohns zu besprechen. Ich biete dir bei freier Kost und Logis ein monatliches Gehalt von zwanzig Pesos. Ist dir das recht?«,

»Oh ja, mein Herr. Dann packe ich mal meine Tasche und komme gleich zurück.«

Sie machte einen Knicks und rannte sogleich los. Juan musste grinsen.

»Die hat es aber eilig, raus zu kommen«, sagte er.

»Julia kommt kaum aus dem Haus. Ihr Vater ist tot und die Mutter ist kompliziert und muss gepflegt werden. Sie ist froh, wenn sie mal Abwechslung hat«, erklärte ihm Maria.

Als sie etwas später zurück kam fiel ihm auf, dass sie nicht nur hübsch war, sondern eine gute Figur hatte. Julia setzte sich zu ihnen an den Tisch und war während der Gespräche angenehm zurückhaltend. Nur wenn sie angesprochen oder gefragt wurde, sagte sie etwas. Später am Abend ist Juan dann aufgebrochen. Da Julia kein eigenes Pferd hatte, musste sie mit auf sein Pferd. Mit einer Hand zog er die schlanke Frau herauf. Kaum waren sie unterwegs rieb ihr wohlgeformter Po an ihm, was Juan daran erinnerte, dass er seit langer Zeit keine Frau mehr hatte und hoffte dass sie seine Erregung nicht bemerkte. Er ärgerte sich, dass er Julia nicht für einen späteren Tag bestellt hatte. Als sie vor seinem Haus ankamen, stiegen sie ab. Juan packte seine Tasche, öffnete die Türe und machte Licht. Danach zeigte er ihr die wichtigsten Räume des Hauses und schließlich das möblierte Mädchenzimmer, in das sich Julia gleich zurückzog. Am Schreibtisch sitzend fertigte er ein Skizze zur Gestaltung des Vorgartens an, bis ihn Müdigkeit überkam. Gähnend freute er sich auf diese neue Aufgabe und ging nach nur einem Glas Wein zu Bett. Doch in der ungewohnten Umgebung des neuen Haus fand er auch in der zweiten Nacht keine Ruhe. Juan lag auf dem Rücken und erinnerte sich daran, dass er in dem kleinen Zimmer bei seiner Schwester besser schlafen konnte. Entnervt stand er auf und ging hinunter in den Salon. *Ein Glas Rum kann nicht schaden*, dachte er und machte es sich bequem. Juan studierte die cSkizze und überlegte, mit welchen Pflanzen er den Vorgarten in eine kleie Wohlfühloase verwandeln könnte. Doch obwohl er leise war, musste er Julia geweckt haben, denn plötzlich stand sie in ihrem Nachthemdchen im Türrahmen und fragte, ob sie etwas für ihn tun könne. *Ja, du könntest so einiges für mich tun*, dachte er. Nur das konnte er nicht sagen. Stattdessen lud er sie ein, sich zu ihm zu gesellen. Julia setzte sich neben ihn auf das Kanapee und schlug die Beine übereinander, wie es sich ziemte.

»Ich konnte nicht einschlafen. Magst du mit mir ein Glas Rum trinken, Julia? Der soll ja gegen unruhigen Schlaf helfen. Das sagt zumindest mein Arzt.«

Sie nickte lächelnd und Juan füllte ein Glas für sie.

»Julia, warum möchtest du so schnell von El Junquito weg?«, fragte er sie.

»Nach dem Tod meines Vaters ist es nicht einfach. Meine Mutter ist schon länger krank und muss gepflegt werden.«

»Hast du denn keine Geschwister?«, wollte Juan wissen.

»Ich habe eine Schwester, die aber faul ist und nichts im Haus macht.«

Maria hatte ihm erzählt, dass sich das arme Mädchen aufopfern musste, während sich ihre Schwester kaum um die Mutter kümmerte.

»Und wer sorgt für deine Mutter, während du hier arbeitest?«

»Ich freue mich, dass sich nun meine Schwester um sie kümmern muss und nicht mehr alle Arbeit an mir hängen bleibt«, lachte Julia.

Juan stimmte in das Lachen ein und stieß ungeschickt gegen sein Glas und es fiel herunter. Julia bückte sich danach und wäre beinahe mit seinem Kopf zusammen gestoßen.

»Für solche Dinge bin ich nun zuständig, mein Herr«, sagte sie devot und bückte sich abermals. Dabei hatte Juan einen guten Einblick in ihr Nachthemd. Julia hob das Glas auf und stützte sich dabei mit der Hand auf seinem Bein ab. Sie wollte sich dafür schon bei ihm entschuldigen, als Juan sie in den Arm nahm und ihr zaghaft einen Kuss gab. Sie erwiderte den Kuss und streichelte mit ihren Fingernägeln seinen Rücken, so dass er ein Kribbeln auf seiner Haut spürte und rückte näher an ihn heran. Julia küsste und streichelte ihn zärtlich und fasste in seinen Schritt. Juan hätte das nicht zulassen dürfen. Das wusste er, doch nun war es zu spät. Er wollte und musste mit ihr schlafen. Der Körper der dreiundzwanzigjährigen Frau war einfach zu schön, um der Versuchung zu widerstehen. Bei Juan drehte sich alles und er wusste nicht ob es an dem Rum lag. Mit einer Hand massierte er ihren Rücken und umfasste ihren kleinen runden Po. Juan zog sie zu sich hoch, nahm sie auf den Arm und brachte sie nach oben in sein Bett. Auf ihr liegend spürte er ihre Wärme, knabberte an ihrem Ohrläppchen. Juan begann das Liebesspiel langsam und rhythmisch, bis sie fast gleichzeitig zum Höhepunkt kamen.

»Hattest du das geplant, mein Herr, oder war es auch für dich unerwartet?«, fragte sie ihn nach einer Weile.

»Geplant? Nein. Aber als wir auf dem Pferd saßen hatte ich gewisse Gedanken. Ich hoffte, dass du nichts bemerkt hattest«, gab er zu.

»Natürlich bemerkte ich es und fand es sehr schön, dass ich auf dich die Wirkung habe, die sich jede Frau wünscht«.

Juan lächelte. Er nahm sie als Hausmädchen mit und landete schon am ersten Abend mit ihr im Bett.

»Wie geht es weiter mit uns, mit deiner Arbeit und überhaupt?«, fragte er sie ohne Umschweife.

»Eine gute und schwere Frage zugleich. Ich sage es mal so, ich bin nicht in der Absicht nach Caracas gekommen, weil ich einen Ehemann suche. Welche Möglichkeiten haben wir? Wir lassen alles wie es ist und tun so, als sei nichts geschehen.«

»Ich glaube nicht, dass das jetzt noch funktioniert«, sagte Juan.

»Also musst du mich wieder entlassen?«, fragte sie schmollend.

»Auf keinen Fall!«

»Wir können es auch so machen, dass du tagsüber der Chef bist, ich aber nachts deine Chefin.«

Juan musste bei dieser kuriosen Vorstellung lachen.

»Oder wir stellen nach einer Weile fest, dass wir uns verliebt haben. Dann dürfte sich das Arbeitsverhältnis auch erledigt haben, da ich den Haushalt umsonst erledige und einen Mann zu umsorgen habe. Oder gibt es noch andere Möglichkeiten?«, fragte sie ihn.

Juan schüttelte grinsend den Kopf. »Nein, ich denke nicht. Du hast alle Möglichkeiten benannt. Welche Variante wäre dir lieber?«

Julia beugte sich über ihn und kräuselte gedankenverloren seine Brusthaare zu kleinen Knoten. »Es ist zu früh, das zu sagen. Aber letztendlich musst du entscheiden«.

»Schon vergessen? Nachts bist du die Chefin. Also sag du es mir. Danach können wir ja sehen, ob wir eine Übereinkunft haben.«

»Dann wünsche ich mir, dass wir es miteinander versuchen.«

»Gut, versuchen wir es! Hauptsache, dir gefällt dein Arbeitsplatz.«

»Bis jetzt kann ich nicht klagen. Aber jetzt zeige ich dir was es heißt, wenn ich die Chefin bin«.

Juan lachte und streichelte ihr durchs Haar, aber sie schob die Decke zurück und setzte sich auf ihn.

»Nach der Runde wirst du wissen wer von uns besser reiten kann.«

40

EL JUNQUITO

Nach der Herstellung der Kaminöffnung, präsentierte ihm Raul stolz den goldenen Ring, den er gekauft hatte.

»Ich bin beeindruckt, Raul. Der muss ja ein kleines Vermögen gekostet haben«, sagte er und konnte dabei ein Gähnen nicht unterdrücken.

»Langweilen dich also meine Hochzeitspläne?«, warf er ihm vor.

Juan gähnte nochmals ausgiebig, hielt aber die Hand vor den Mund.

»Ich habe letzte Nacht kein Auge zu gemacht. Wolltest du mir mit Julia im doppelten Sinn einen Gefallen tun?«

»Du hast doch nicht etwa …?«, fragte er.

»Wir haben, lieber Raul und ich habe selten solch ein Feuer erlebt«,

»Du weißt, dass sie erst dreiundzwanzig Jahre alt ist!«

»Und ich bin sechsundvierzig Jahre alt. Was willst du mir damit sagen? Traust du mir nicht zu eine junge Frau zufrieden zu stellen?«

»Warten wir das Ende der Woche ab. Dann werden wir sehen, ob du auf allen Vieren gekrochen kommst und zugibst, dass sie doch zu jung für dich ist«, lachte Raul.

»Außerdem habt ihr sie an mich vermittelt«.

»Ja, zum Kochen und Putzen, aber doch nicht dafür.«

»Jedenfalls weißt du jetzt, dass ich eine Geliebte habe.«
»Erzähle deiner Schwester besser nichts davon. Aber ich gönne es dir. Endlich ist auch wieder eine Frau in deinem Leben.«

Maria hing die nasse Wäsche zum Trocknen auf die gespannten Leinen im Hof. Freilich war Luisa alt genug, um ihr im Haushalt zur Hand zu gehen, aber sie wollte ihren Töchtern so lange wie möglich ihre Kindheit lassen. Aus eigener Erfahrung wusste sie, wie wichtig diese unbeschwerten Jahre in der Entwicklung ihrer Töchter waren. Plötzlich kam eine schwarze Kutsche kam direkt auf sie zu. Maria legte eine Hand schützend vor die Augen, damit sie im Gegenlicht mehr erkennen konnte. Ein ganz in schwarz gekleideter Mann stieg vom Kutschbock, eine schwarzhaarige Frau mit weißem Hut und ein junger Mann folgten ihm und gingen auf sie zu. Maria stellte die Wäsche beiseite, wischte ihre Hände an der Schürze ab und war neugierig auf den Besuch.

»Maria erkennst nicht den Mann, der dich taufte?«
Maria rannte los und fiel strahlend in Valegas Arme.
»Wie hatte ich mir gewünscht Sie wieder zu sehen, Vater!«
»Ich hatte mir oft genug vorgenommen, dich zu besuchen, Maria. Darf ich dir jemanden vorstellen?«, fragte er und drehte sich um. »Andrea Diego, Maria Conteguez.«
Sie nickte und reichte Andrea die Hand. *Das ist sie also*, dachte sie.
»Maria, das ist Felipe, der Sohn deines Bruders.«
Das verschlug ihr den Atem! Maria brauchte einen Moment, um sich wieder zu fangen.
»Was? Bitte entschuldigt, ich bin etwas verwirrt über den plötzlichen Familienzuwachs«, sagte sie und begrüßte den jungen Mann. »Aber bitte setzt euch doch in den Schatten auf die Veranda. Darf ich euch eine kalte Limonade anbieten?«, fragte sie und löste ihre Schürze.

Im Schatten der Veranda legte Valega seinen Hut ab und wischte sich den Staub von der Stirn.

»Mir wäre ein kühler Wein lieber. Bei der langen Fahrt habe ich viel Staub schlucken müssen.«

»Aber gerne«, sagte sie und holte Getränke aus dem Korb im Brunnen.

»Ich freue mich, dass ihr gekommen seid. Ihr ward in den letzten Jahren nicht selten Gesprächsthema bei Juan und mir. Ich hatte ihm so oft geraten, noch einmal nach Barinitas zu reisen.«

Andrea stimmte zu. »Als Juan das letzte Mal zu uns kam, war Felipe noch klein. Dein Bruder erfuhr von der Heirat mit Carlos. Ich konnte ihm nicht mehr sagen, dass ich ihn liebte und Felipe sein Sohn ist. Juan gab mir leider keine Gelegenheit, ihm das zu erklären.«

»Juan sagte, dass es zwischen euch vorbei ist. Er erwähnte deinen Sohn, glaubte aber, es sei Carlos Kind«, sagte Maria.

Andrea schüttelte den Kopf. »Mit ihm wurde ich gegen mein Willen verheiratet. Da Héctor im Krieg auf Seite der Spanier war, musste ich die Hazienda alleine versorgen. Als mein Bruder nach vielen Jahren zurückkam, hatte er eine Wandlung durch gemacht. Er war zuvor ein Teufel. Nach seiner Rückkehr zeigte er sich aber als verständnisvoller Bruder, der uns zum Schutz nachgeritten war, aber auch um auch um mit Juan Frieden zu schließen.«

»Juan erzählte von den Spannungen mit deinem Bruder. Doch wo ist er jetzt?«, fragte Maria.

»Leider wurden wir unterwegs überfallen. Héctor hat uns gerettet und ist dabei selbst getötet worden. Jetzt habe ich schon fast alles erzählt, was es zu erzählen gibt«, endete Andrea weinend.

Maria drückte ihr Beileid aus. Es war eine tragische Geschichte, die letztendlich zur Trennung von Juan und Andrea geführt hatte.

»Darf ich Tante Maria sagen«, fragte Felipe plötzlich.

Maria nickte lächelnd. »Gerne, Felipe«.

»Danke Tante Maria. Ich hatte bis jetzt keinen richtigen Vater. Nur der Großvater war so etwas Ähnliches. Deshalb bin ich neugierig und etwas aufgeregt, Juan kennenzulernen«, sagte Felipe.

Maria, erzählte über Juans Arbeit im Innen- und Justizministerium und dass er erst in dieser Woche ein neues Haus in Caracas gekauft hatte.

»Raul und Juan müssten bald zum Abendessen kommen, zu dem ihr herzlich eingeladen seid. Nach einer Suppe gibt es Schweinebraten mit Gemüse und selbst gebackenen Brot«, informierte sie Maria.

Als Luisa hinzukam, sah sie sich den hübschen Felipe genauer an und verschwand schnell im Haus, machte dort ihre Haare mit einem hübschen Band zurecht und versuchte mit Mamas Düften und Cremes ein wenig älter zu wirken. Danach setzte sie sich zu ihm und verwickelte ihn in ein Gespräch. Valega ruhte auf der Bank, als Juan und Raul schließlich eintrafen. Als Juan ihn dort sitzen sah, sprang er voller Freude von seinem Pferd. Nach der Begrüßung und Vorstellung von Raul fragte er: »Was führt Sie ins ferne El Junquito, Vater?«

»Du weißt, dass ich schon immer mal kommen wollte, um Maria und die Mädchen zu sehen. Aber der wahre Grund ist jener junge Mann am Tisch«, sagte Valega und deutete auf Felipe. »Juan, darf bekannt machen? Felipe Diego, dein Sohn. Felipe, das ist dein Vater.«

»Aber das kann doch nicht sein«, zweifelte er mit offenem Mund.

Die Frauen hatten von der Küche aus gehört, dass die Männer gekommen waren und folgten neugierig dem Verlauf des Gesprächs.

»Hättest du damals zugehört, statt wegzulaufen, dann wüsstest du es.«

Fassungslos musterte er Felipe und Valega.

»Schau ihn genau an, Juan. Wenn du mir dann sagst, dass das nicht sein kann, muss ich an deinem Verstand zweifeln.«.

Juan blickte Felipe an und stellte fest, dass sein Kinn und die Augenpartie mit seinen übereinstimmten. Felipe war ebenso drahtig wie Juan und hatte insgesamt den gleichen Körperbau wie er. *Kann es sein, dass hier tatsächlich sein Sohn vor mir sitzt?* Fragte er sich. Er und konnte es nicht ausschließen, denn es sprach einiges dafür, dass er der Vater war. Juan erinnerte sich an jene Nacht in dem Kloster. Es war das einzige Mal gewesen, dass er mit Andrea geschlafen hatte.

»Felipe, für mich ist das eine große Überraschung. Was für ein Gefühl hast du, wenn du mich ansiehst? Glaubst du, dass ich dein Vater bin?«

»Juan, richtig? Ich bin in der Erwartung nach Caracas gekommen, hier meinen Vater zu finden. Ich war neugierig ihm gegenüber zu sitzen«, begann er »Und wollte dein Gesicht zu sehen, wenn du erfährst, dass du einen Sohn hast. Würde es dich stolz machen, einen Sohn zu haben? Ich würde gerne wissen, ob du auch gegenüber Freunden und Bekannten darüber reden würdest, dass es mich gibt. Welches Gefühl hattest du, als dir unsere Ähnlichkeiten aufgefallen sind? Ehrlich gesagt, weiß ich gar nicht was ich dir gegenüber fühle, weil ich dich nie kennengelernt habe, und das in den paar Tagen die wir hier bleiben, auch kaum nachholen kann. Haben wir überhaupt eine Chance uns kennenzulernen?«, fragte er.

Andrea liefen die Tränen über die Wangen, als sie hörte was in Felipe vorging. Juan musste schlucken und dachte nach, bevor er Antwort gab.

»Felipe, ich würde mich viel mehr darüber freuen, wenn wir uns so gut kennenlernen, dass du Vater zu mir sagen kannst. Ich hatte bis vor einer Stunde nicht die leiseste Ahnung, dass ich einen Sohn habe. Mich überrascht es also mehr als dich. Leider weißt du nicht was mich ausmacht und ich glaube nicht, dass deine Mutter viel über mich erzählt hat, woraus du schließen könntest was für ein Mensch ich bin. Jetzt sitzen wir uns hier gegenüber und ich möchte das Beste daraus machen«, sagte Juan. »Felipe, wir werden uns nach und nach kennen lernen, wenn du das möchtest und du sollst mir jede verdammte Frage stellen, die dir am Herzen liegt und ich werde versuchen dir auf alles Antworten zu geben. Und ja, ich werde allen erzählen, dass ich einen Sohn habe. Jeder soll erfahren, dass es dich gibt und ich stolz bin, das zu wissen.«

Jetzt liefen auch bei Maria Tränen und Valega bekam feuchte Augen, und trank sein Glas aus. Da Felipe nicht wusste, was er sagen sollte, stand Juan auf und nahm den Jungen wortlos in seine Arme.

»Darf ich jetzt schon Vater zu dir sagen?«, fragte er schluchzend.

»In diesem Moment gibt es nichts, was mich mehr freuen würde!«

Alle waren Zeugen wie sich Vater und Sohn gefunden hatten. Keiner hatte während des Dialogs zwischen den beiden auch nur einen Ton hervorgebracht. Ihre Umarmung dauerte einige Minuten und schien nicht enden zu wollen. Schließlich brach Juan das Schweigen und fragte: »Wer holt mir Wein? Den kann ich jetzt gebrauchen«, sagte Juan mit einem Arm um Felipes Schulter. »Darfst du auch ein Glas trinken?«

»Vater, ich habe schon mal Wein getrunken und hätte gerne ein Glas.«

»Habt ihr gehört, mein Sohn möchte auch ein Glas Wein.«

»Darf ich euch den Wein bringen?«, fragte Andrea, die längst unbemerkt am Brunnen war und ihn verhalten anlächelte. Doch Juan verzog keine Miene. Er wusste dass auch sie da sein musste, doch es war ihm unmöglich so zu tun, als wäre nichts geschehen. Juan sah diese noch immer schöne Frau längst nicht mehr an seiner Seite.

»Ich weiß, dass auch wir reden sollten. Lass uns das morgen Mittag machen. Passt dir das?«, fragte er knapp. Sie würden reden müssen. Doch Juan wollte das nicht an diesem Abend.

Andrea hatte ihn lange nicht gesehen. Juan war noch immer beneidenswert gut aussehend. Sein Haar war an den Schläfen grau meliert, und seine Stimme klang sonor und hatte eine warme Klangfarbe. Mit Herzklopfen blickte sie in sein kantiges Gesicht.

»Ich finde es schön, wie du das mit Felipe gemacht hast, Juan. Das war mir wichtig. Morgen Mittag passt mir gut.«

»In der Nähe gibt es ein nettes Restaurant, wo wir reden können.«

Nervös nickte ihm Andrea zu und ging zurück ins Haus zu Maria.

Im Laufe des Abends hatte er sich bis auf wenige Ausnahmen nur mit Felipe beschäftigt. Andrea beobachtete, wie die beiden lachten und Felipe ihm ausgelassen Geschichten erzählte. Sie wusste, dass ihr Sohn in seinem Vater auch jemanden gefunden hatte, der zuhören konnte. Maria hatte ihr vorgeschlagen, dass sie mit Felipe bei ihr übernachten konnte, und für Pater Valega wollte Raul ein Zimmer im Gasthaus „Zur wilden Katze" reservieren.

»Du liebst ihn noch, oder?«, wollte Maria von Andrea wissen.

»Ehrlich gesagt, ja. Und nachdem ich ihn heute gesehen habe, noch mehr. Aber ich habe auch Angst vor morgen.«

Der Abend war lang und Juan war wegen der letzten Nächte übermüdet und machte sich gähnend auf den Heimweg. Am Morgen wollte er sich endlich den Stall am Haus ansehen und sich weitere Gedanken zu der Gestaltung des Vorgartens machen. Im Haus brannte noch Licht als er sein Pferd absattelte. Julia musste er von den sensationellen Neuigkeiten erzählen und traf sie im Salon. Erst als sie lächelnd auf ihn zuging, bemerkte er, dass sie außer der weißen Schürze keine Kleidung trug. Bevor er im Stande war, etwas zu sagen öffnete sie seine Beinkleider. *Mein Gott*, dachte er. *Raul hatte richtig erkannt, dass ihn die knapp halb so alte Frau fordern würde.* Augenblicklich spürte er das bekannte Kribbeln, das seinen ganzen Körper erfasste. Sie spielte mit ihm und sie schien Freude daran zu haben. Als Juan seine Augen verdrehte, stand sie auf, küsste ihn und stieß Juan auf das Kanapee.

Erst beim Frühstück sah er die Gelegenheit mit ihr zu reden und erzählte ihr, dass er einen Sohn zu hatte. Julia fragte ihn, wie es für sei plötzlich Vater zu sein, ob er den Kontakt zu dem Jungen halten werde und auch welche Rolle seine ehemalige große Liebe spielen würde.

»Die Trennung von Andrea war an dem Tag, an dem ich Felipe gezeugt hatte. Sie wollte wegen dem Krieg die Trennung. Für mich hatten sich damit alle möglichen Optionen erledigt.«

»Und wie war es für dich, als du sie gestern wieder gesehen hast?«

»Ich habe mich ausschließlich mit Felipe beschäftigt. Andrea möchte mit mir reden. Wir müssen ja auch eine Möglichkeit finden, dass ich ihn regelmäßig sehen kann und treffe sie heute Mittag.«

»Oh. Muss ich mir Sorgen machen? Nein, das war nur Spaß, schließlich ist es deine Entscheidung und du wirst wissen was du machst. Ist sie noch so hübsch, wie damals?«

Auch wenn sie bei der Frage lachte, vernahm er ihre Eifersucht.

»Sie sieht für ihr Alter noch gut aus. Aber darum geht es doch gar nicht. Hübsche Frauen gibt es überall. Es geht mir darum, dass wir unbeantwortete Fragen um Felipe klären. Bevor ich zur Bäckerei reite muss ich auch noch Pflanzen für den Vorgarten aussuchen«, sagte er.

»Schon gut, Liebster. Sehen wir uns dann heute Abend?«
»Ja sicher. Ich weiß nur nicht genau wie spät es wird«, sagte er und küsste sie zum Abschied.

Als Juan das Haus verlies, folgte ihm Julia noch bis zur Tür und beobachtete ihn dabei, wie er sein Pferd sattelte und aufstieg. Ihr Kaffee war kalt geworden und sie setzte sich an den Tisch. Die junge Frau wusste, dass sie ihn nicht würde halten können, wenn er sich für seine alte Liebe entschied. Doch sie wollte ihn, denn Julia fand im Gegensatz zu ihren Freundinnen reifere Männer anziehender als jüngere. Mit einem Mann wie Juan musste sie keine unnötigen Diskussionen führen. Männer wie er waren fertige Männer, die wussten was sie wollten. Und Juan wusste mit einer Frau umzugehen und war auch im Liebesspiel erfahrener, als die jungen Burschen, für die sich ihre Freundinnen interessierten. Was nur einen Tag zuvor als Spiel begann, war für Julia nach so kurzer Zeit ein starkes Gefühl des Verliebtseins geworden. Und heute traf er seine Jugendliebe? Eine attraktive Frau in seinem Alter, die ihm einen Sohn geschenkt hatte, der ihn stolz machte. Wer diese Andrea war wusste sie nicht, aber wenn ihre unbekannte Rivalin wusste, welch ein außergewöhnlicher Mann er war, dann würde sie alles tun um ihn zurück zu gewinnen. Ihr Trumpf war ihre Erfahrung und das gemeinsame Kind. Julia wischte sich eine Träne aus dem Gesicht und räumte ihre Kaffeetasse weg. Nein, dachte sie. So einfach wollte sie ihn nicht aufgeben und um ihn kämpfen. Ihre jugendliche Schönheit, ihr ausgelassener Humor, und ihre wohl eingesetzte Laszivität waren ihre Waffen im Kampf um Juan.

Sie hatten die Arbeit trotz des Gewichtes des Natursteins schnell erledigt. Da Raul die weiteren Arbeiten alleine erledigen konnte, ritt Juan zu seiner Schwester, wusch sich und zog sich um. Zu der Verabredung mit Andrea war es nicht weit. Er hatte gemischte

Gefühle, sie zu treffen. Juan wusste, dass sie nicht nur wegen Felipe gekommen war, sondern das Wiedersehen mit ihren eigenen Wünschen zu tun hatte. Es gab Zeiten, da hätte er sie vermutlich mit offenen Armen empfangen. Aber irgendwann wurden auch diese Gedanken weniger. Endlich hatte er es geschafft sein eigenes Leben zu leben. Eine junge attraktive Frau las ihm jeden Wunsch von den Augen ab. Und jetzt Andrea? Was würde er fühlen, wenn sie ihm ihre Liebe gestehen sollte? *Ach was, ich lasse das einfach auf mich zukommen* dachte er und betrat das Restaurant. Der Wirt wies ihm einen schönen Tisch am Fenster. Von dem Platz am Fenster hatte er die Straße im Blick und sah sie kommen. In einem eng anliegenden dunkelblauen Kleid betrat sie den Gastraum und kam mit einem ausgeschnittenen Dekolleté auf ihn zu. Juan ließ sie Platz nehmen und schob ihren Stuhl an den Tisch. Die Begrüßung mit einem angehauchten Küsschen fiel recht nüchtern aus, doch Andrea sah phantastisch aus. Ihre schwarzen Haare schimmerten mit seidigem Glanz unter ihrem Hut. Eine widerspenstige Haarsträhne hatte sich offenbar von der Frisur gelöst und fiel in ihre hohe Denkerstirn. Juan erinnerte sich, dass er das damals immer erotisch fand und mit ihrer Strähne verliebt gespielt hatte. Wenn sie seine Aufmerksamkeit wollte, war ihr das gelungen. Der Wirt brachte ihnen ausgefranste Karten und Juan bestellte eine Flasche spanischen Weißwein und Wasser.

»Schön, dass wir Zeit gefunden haben«, sagte Andrea. Ihre Augen funkelten, als sie ihn dabei erwischte wie er in ihren Ausschnitt starrte.

»Die Hühnchengerichte sind alle gut, aber wenn der Wirt frischen Fisch vom Hafen hat, sollte man sich für den entscheiden«, lenkte er ab.

»Ich überlasse dir die Entscheidung und esse das, was du für dich bestellst«, sagte Andrea und schob die Karte ungelesen zur Seite.

Der Gastwirt brachte den Wein und ließ Juan probieren.

»Der Wein ist gut. Wir nehmen den Thunfisch mit Gemüse, Reis, wenig Knoblauch und zum Abschluss hätten wir noch gerne ein Stück Schokoladenkuchen«, entschied Juan.

Der Mann bedankte sich, nahm die Karten und entfernte sich.

»So, den sind wir erstmal los. Wie habt ihr bei Maria geschlafen?«

»Ich hatte das Zimmer, das du während der Zeit bei deiner Schwester hattest, und Maria teilte sich mit den Mädchen einen Raum, damit Felipe das andere Zimmer für sich hatte.«

»Das muss recht beengt gewesen sein. Lieb von ihr, dass sie das auf sich genommen hat. Aber so war sie schon immer«, stellte Juan fest.

»Wie geht es dir, Juan? Wie ist es dir in den Jahren ergangen und was ist mit deiner Beschäftigung?«, fragte Andrea.

Sie traut sich noch nicht auf den Punkt zu kommen, dachte Juan und er beschrieb ihr die Zeit nach Carabobo.

»Meine Arbeit und meine Lebensumstände sind aber nicht der Grund, warum wir heute hier sitzen, Andrea«, sagte er und ertappte sich dabei, wieder in ihr Dekolleté zu schielen.

»Es ist viel geschehen, Juan. Es war eine schwere Zeit und wir hatten uns aus den Augen verloren, bis du eines Tages auf den Hof gekommen bist. Ich war todunglücklich verheiratet mit einem Mann, den ich verabscheute und niemals wollte. Héctor hatte gedroht, dass dir etwas passieren würde, wenn ich mich seinem Willen nicht beugte. Selbst mein Vater hatte mitgemacht. Als du auf den Hof kamst, wäre ich dir mit Felipe sofort gefolgt. Ich hatte immer nur dich geliebt und Felipe ist das Produkt unserer Liebe. Du hast ihn in jener Nacht im Kloster gezeugt. Über die Jahre hat er mit seiner Ähnlichkeit dafür gesorgt, dass ich dich nicht vergessen konnte.«

»Die Nacht im Kloster. Der Abend begann versprechend und

wir hatten uns gegenseitig unsere Liebe bekundet. Dann sagtest du aber, dass du mich nicht mehr sehen möchtest. Ich konnte das nicht verstehen und hatte dich immer wieder gefragt, was das soll. Aber du hattest es nicht erklärt und mich mehr oder weniger vor die Tür gesetzt«, schilderte er seine Sicht auf die Ereignisse von damals.

»Ich höre Verbitterung in deiner Stimme, Juan. Ich hatte einen großen Fehler gemacht. Es war sicher der größte meines Lebens. Aber wir waren beide noch jung und ich wollte nicht leidend darauf hoffen, dass du unversehrt aus dem Krieg zurückkommst«, begann Andrea.

Juan nippte an seinem Glas und hörte ihr weiter zu.

»Das alles hatte mir damals schwer zu schaffen gemacht. Hinzu kam der Druck von meiner Familie, die mich mit dir erpresst hat. Ganz schrecklich für mich aber war, als ich dich dann wieder gesehen hatte. Mein Herz machte einen Purzelbaum, doch du bist weg geritten ohne dass ich dir erklären konnte, wie es dazu kam und du hattest nicht zugelassen, dass Felipe seinen Vater früher kennen lernen durfte«, sagte sie und wischte sich eine Träne aus dem Gesicht.

»Und ich war wütend, dass Carlos dein Mann war und du einen Sohn hattest, von dem ich annahm es sei auch sein Sohn. In dem Moment gab es für mich nichts mehr zu erklären. Ich wollte nur noch so schnell wie möglich weg«, sagte Juan und nahm einen Schluck Wein.

Andrea legte ihre Hand auf seine und sah ihm tief in die Augen. Juans Herz machte dabei einen Satz und er holte tief Luft.

»Ich denke, dass wir die Missverständnisse nach vielen Jahren aufklären konnten und das ist gut so. Alleine wegen Felipe, den ich gerne öfter sehen möchte. Wie siehst du das angesichts der Entfernung, Andrea?«, fragte er sie just in dem Moment, als das Essen kam.

Sie warteten bis der Wirt außer Sichtweite war und begannen zu speisen. Der Fisch sah tatsächlich frisch aus, dachte Andrea und freute sich darauf, da sie lange keinen Meeresfisch mehr gegessen hatte.

»Du fragst mich wie ich das sehe. Es erleichtert mich, das geklärt zu haben und freue mich, dass unser Sohn seinen Vater gefunden hat. Ihr werdet euch auch in Zukunft sehen können. Juan ...«, sie machte eine Pause, nahm selber einen Schluck Wein. »Juan, ich liebe dich noch immer. Ich wusste das, seit ich dich gestern gesehen habe und ich hätte gerne noch eine Chance für uns«, brachte sie nicht ohne Mühe hervor.

»Das kommt für mich alles sehr plötzlich und unerwartet. Innerhalb nur eines Tages erfahre ich, dass ich Vater bin und höre von meiner einstigen großen Liebe, dass sie mich noch immer liebt. Du bringst mein Leben ganz schön durcheinander, Andrea.«

»Heißt das, ja oder nein? Haben wir eine Chance?«

Juan dachte einen Moment nach. Er hatte gemischte Gefühle. Aber er konnte endlich auch alles verstehen und das Wiedersehen verursachte ein Kribbeln in seinem Bauch. *Ist das noch immer Liebe?*, dachte er.

»Eigentlich hätten wir es verdient. Aber lass uns Zeit«, antwortete er, stand auf und küsste Andrea über den Tisch hinweg. Andere Gäste rümpften empört ihre Nasen und gaben verächtliche Kommentare von sich, als sie das sahen. Juan rief den Wirt und verlangte die Rechnung.

»Aber, mein Herr, sie haben das Dessert noch nicht gegessen«.

»Setzen sie es mit auf die Rechnung«, entgegnete er.

Sie verließen das Restaurant und als sie außer Sichtweite waren, zog sie ihn in eine kleine Gasse und küsste ihn mit bebendem Körper. Sie küssten sich so ausgiebig, wie sie es jungen Jahren getan hatten.

»Heute solltet ihr ein Zimmer in der *Wilden Katze* nehmen, in der Valega wohnt. Bei Maria ist es doch zu eng für alle. Ich bringe dich rüber und hole danach Felipe und euer Gepäck. Wenn ihr bleiben wollt, werde ich mein Haus für euch vorbereiten«, sagt Juan.

Das Zimmer war nicht geräumig, aber sauber. Es hatte ein Fenster zur Rückseite, von dem aus man eine schöne Weitsicht hatte. Juan sah aus dem Fenster, als ihn Andrea umarmte und in den Nacken küsste. Sie schmiegte sich an ihn und drehte ihn zu sich herum um ihn weiter zu küssen. Als sie sich von einander lösten, schubste sie ihn auf das Bett. Juan betrachtete wie sie sich auszog und nach kurzer Zeit im Evakostüm vor ihm stand und sich fordernd zu ihm legte. Später ließ er sich zur Seite fallen, atmete tief ein und sah sie forschend an. Juan quälte ein schlechtes Gewissen gegenüber Julia.

41

SAN BERNADINO/CARACAS

Zwei Pferde standen angebunden vor dem Stall, als er am späten Nachmittag nach Hause kam. Julia sagte ihm, dass zwei Herren in dem Arbeitszimmer auf ihn warteten. Sie ging voran und öffnete ihm die Tür. Gommes und Morillo sprangen auf, um ihn zu begrüßen, während Julia ihre Neugier zu verbergen versuchte. Juan fragte die Männer ob er etwas anbieten könnte. Doch sie schüttelten den Kopf.

»Wie Sie wünschen, meine Herren«, sagte Julia, nicht ohne ihm kokett zuzuzwinkern und verließ mit einem Knicks den Raum.

»Nun, meine Herren, mit welchen Neuigkeiten kommen Sie zu mir?«

»Wie Sie wünschten, haben wir diskret die Lebensumstände der betreffenden Personen untersucht«, berichtete Gomez.

»Mit welchem Ergebnis?« fragte er ungeduldig.

»Bei den Herren Torres und Laron konnten wir keinerlei Auffälligkeiten feststellen. Marocho führt ein edles, aber recht zurückgezogenes Leben ohne jegliche Kontakte zur Außenwelt, was uns zwar merkwürdig, aber doch harmlos erscheint. Bei Martinez und Rovietta sind wir aufmerksam geworden«, antwortete er und setzte seinen Bericht fort. »Martinez lebt eindeutig über seine Lebensverhältnisse. Er wohnt in einem großen Anwesen mit Parkanlage, hat drei Gärtner und etwa zehn weitere Bedienstete im Haus. Mit seinem Gehalt kann er das unmöglich finanzieren. Weitere Recherchen ergaben, dass es keine Erbschaft gab, welche eine Erklärung für dieses Leben in Luxus wäre.«

Dieser Giftzwerg, dachte Juan. Er hat mehr zu verbergen, als er bisher annahm.

»Rovietta scheint ähnlich wohlhabend, geht damit aber eher diskret damit um. Martinez hatte ihn vor drei Wochen in seinem Haus aufgesucht. Auch wenn wir nicht alles verstehen konnten, war der Ärger Roviettas über seinen Besuch nicht zu übersehen.«

»Also haben Sie keine eindeutigen Hinweise zu Rovietta?«

»Doch. Viel interessanter waren die Treffen der beiden Männer an den darauf folgenden Tagen. Wir konnten sie dabei unauffällig belauschen. Eines wurde in ihren Gesprächen deutlich. Martinez und Rovietta haben große Angst aufzufliegen. Sie sprachen offen über Ihre Nach-forschungen und wollen noch in dieser Woche Venezuela verlassen und nach Europa reisen«, beendete Morillo seinen Bericht.

Juan verabschiedete die Männer und sagte ihnen, dass er sie nicht brauche. Er hatte zwar gehofft, dass die Überwachung etwas zu Tage bringen würde, aber nicht damit. Die Auskünfte reichten nicht, um ihnen Korruption nachzuweisen. Dennoch würden sich jetzt Andere der Herren annehmen müssen. Da es schon spät war, wollte Juan den Minister am kommenden Tag informieren. Er musste verhindern, dass sie das Land verließen. Juan machte sich in Stichpunkten Notizen zu den aufschlussreichen Details. Wenn er richtig informiert war, dann lagen im Hafen von La Guaria zwei große Schiffe, von denen aber eines erst am Vortag angekommen war. Doch die San Marcos würde in zwei bis drei Tagen Richtung Marseille über Alicante in See stechen. Juan konnte sich vorstellen, dass sie die Gelegenheit nutzen würden und in Spanien von Bord wollten. Spannend wäre zu erfahren, was sie bei sich führten, Das würde möglicherweise weiteren Aufschluss zu ihren Machenschaften geben.

»Wünscht der Herr noch etwas«, fragte sie kokett.

»Nein, ich wünsche nichts mehr, Julia«, antwortete Juan.

»Dann darf ich mich für heute zurückziehen, mein Herr?«

»Ich will heute nichts mehr von dir, Julia. Morgen werden wir ein paar Dinge besprechen. Bis dahin bleibe ich alleine.«

Juan war geschafft. Innerhalb eines Tages hatte er mit zwei Frauen geschlafen. Die Grenze seiner Leistungsfähigkeit hatte er längst überschritten und brauchte Erholung. Mit Schmollmund stand sie vor ihm und zog sich aus. Damenwäsche lag von der Tür bis zu seinem Schreibtisch auf dem Boden wild verteilt. Lächelnd und nackt ging sie um den Schreibtisch herum.

»Julia, nein!«, sagte er bestimmt.

»Das ist schade«, antwortete sie und sammelte ihre Wäsche ein.

Seit dem Nachmittag mit Andrea durfte er sich nicht mehr von ihr verführen lassen. Und doch waren seine Gefühle merkwürdig durcheinander. Noch auf dem Heimweg war sich Juan sicher, ohne allzu große Schwierigkeiten das Verhältnis mit Julia beenden zu können. Jetzt stand sie in jugendlicher Schönheit vor ihm und er wusste nicht, wie er ihr das sagen sollte.

»Du kannst mir morgen alles erzählen«, sagte sie und verließ den Salon.

Als Julia zum Frühstück herunter kam und sich an ihn schmiegte, stieß Juan die junge Frau sanft von sich.

»Julia, wir müssen reden«, begann er und informierte sie mit knappen Worten über den baldigen Einzug von Andrea und seinem Sohn Felipe. Julia hörte ihm stumm nickend zu, ohne etwas zu erwidern. Die Tränen in ihren Augen taten Juan weh. Doch es gab keinen andere Möglichkeit und er brach nach kurzer Verabschiedung auf.

Früh schritt Juan an diesem Morgen durch die dunklen Flure des Ministeriums. Nur wenige Menschen waren um diese Zeit schon hier, aber als er an der schweren Holztür des Ministers klopfte, ließ man ihn eintreten. Quintero saß an seinem schweren Holztisch mit den vielen Schnitzereien. Hinter dem geöffneten Fenster sah Juan Kolibris die in dem Licht der aufgehenden Sonne von den großen Blüten der Datura Pflanzen eifrig Nektar sammeln und folgte der Aufforderung Platz zu nehmen. Juan sah auf seine Notizen und berichtete Quintero von den neuen Erkenntnissen.

»Sind Sie sich sicher, dass das stimmt«, fragte er.

»Absolut sicher.«

»Welche Erkenntnisse haben Sie über die Hintergründe? Was steckt dahinter?«, wollte der Angel Quintero wissen.

»Leider keine. Doch sie hatten sich mehrfach getroffen. Bei einem der Treffen sprach Martinez davon, dass ich im Archiv ermittle, aber nicht herausfinden konnte, wonach ich suchte. Jedenfalls hatten sie ihre Angst vor weiteren Ermittlungen zum Ausdruck gebracht.«

»Das ist auffällig«, stellte Quintero fest.

»Eines haben beide gemeinsam. Sie leben weit über ihre Verhältnisse in großem Luxus. Ich gehe von Korruption, Bestechung oder Betrug aus. Aber das ist nur meine Vermutung. Noch auffälliger ist, dass Rovietta und Martinez noch in dieser Woche Venezuela Richtung Europa verlassen wollen. Ich vermute mit der San Marcos. Da das Schiff in Spanien einen Zwischenstopp geplant hat glaube ich, dass sie dort erwartet werden«, sagte Juan.

»Wann wird das Schiff auslaufen?«, hakte Quintero nach.

»Der Kapitän hat das noch nicht entschieden, da er auf weitere Fracht wartet«, antwortete Juan. »Aber man sollte sie abfangen.«

»Der Meinung bin ich allerdings auch. Wir werden Rovietta und Martinez gebührend verabschieden. Nur werden sie nicht wie geplant ins ferne Spanien, sondern viel näher ins nächste Gefängnis reisen«, sagte der Minister. »Da Sie mit der Sache vertraut sind und die beiden Halunken identifizieren können, möchte ich, dass Sie die nächsten Tage gemeinsam mit einem Offizier der Guardia Nacional den beiden im Hafen auflauern. Die Guardia wird sie festnehmen bevor sie den Dampfer betreten. Seien Sie heute Nachmittag bitte im Ministerium.«

Die Anweisung war eindeutig. Juan stimmte dem Minister zu. Er bat Raul, Andrea, Felipe und Maria zu informieren. Mit Julia würde er selbst reden, da er ohnehin noch ein paar Sachen packen musste. Er stand auf und wollte sich schon verabschieden.

»Noch etwas. Bitte nehmen Sie bitte wieder Platz. Sprechen Sie außer Spanisch noch andere Sprachen?«

»Von meinem Vater lernte ich ein wenig Englisch und Französisch. Aber es ist lange her und besonders gut kann ich das nicht mehr.«

»Das ist mehr als ich dachte. Bald werden sie Gelegenheit haben, Ihre Kenntnisse aufzufrischen. Ich komme dann wieder auf Sie zu.«

Juan schenkte der Bemerkung keine weitere Beachtung, sondern ordnete noch ein paar Akten in seinem Büro und machte sich auf den Heimweg. Schon als er die Haustüre öffnete merkte er, dass etwas anders war. Julia war nicht im Haus. Auf seinem Schreibtisch fand er schließlich einen Brief von ihr. Sie teilte ihm mit dass sie zu ihrer Mutter musste, da ihr Onkel verstorben war und ihre Tante auf sie warte. Also würde sie die nächsten Tage nicht zurückkommen. Er packte für ein paar Tage eine Reisetasche und machte sich noch einen Kaffee, da er etwas Zeit hatte, bis er zurück ins Innenministerium musste. Auch wenn sein innerlicher Druck wegen der beiden Frauen nachgelassen hatte, durfte Andrea nichts von der Geschichte mit Julia erfahren und er musste Vorsorge treffen.

Die San Marcos war ein modernes Dampfschiff mit Schaufelrädern und lag in vorderer Reihe am Kai des Hafens direkt vor den Lagerschuppen. Der Dampfer hatte einen roten Schornstein und drei Segelmasten. Es war Glück, dass das Schiff dort lag und nicht entlang des Piers, welcher außer Sichtweite weit in das Hafenbecken reichte. So konnte Juan die unendliche Wartezeit halbwegs angenehm an einem Fensterplatz einer Hafenspelunke verbringen. Die Kneipe lag günstig, sodass er jeden ankommenden Besucher des Hafens sehen konnte. Die langweilige Wartezeit hatte er zuvor mit Erkundigungen zu der San Marcos genutzt. Das Schiff war 58 Meter lang und hatte neben der Fracht Platz für 105 Personen in der ersten Klasse. Er war sicher, dass eine Schiffspassage nach Europa kostspielig sein musste. Der Offizier der Guardia Nacional saß ihm gegenüber. Jesus! Juan kam nicht darüber hinweg, dass ein solcher Kerl ausgerechnet Jesus hieß. Er war ein grimmiges Muskelpaket und hielt nicht viel von Konversation. Juan war ebenso sicher, dass er auch von Diskussionen keine große Meinung hatte. Jesus war deutlich kleiner als er, hatte in seinem breiten Gesicht tief liegende dunkle Augen, eine fliehende aber ausgeprägte Stirn mit buschigen Augenbrauen und lange schwarze Haare. Mit seiner humorlosen und dämonische Aura, sah er wahrlich zum Kindererschrecken aus. Die meisten Versuche eines Gesprächs quittierte er mit einem Brummen oder Grunzen. Jesus! Juan überlegte, ob Jesus ein Schweigegelübte abgelegt hatte. Es war schrecklich ermüdend über einen langen Zeitraum einfach nur da zu sitzen und zu warten. Er gähnte und machte den nächsten Versuch ihn zum Reden zu bringen. »Wie gehen wir vor, wenn sie kommen?«, wollte er von ihm wissen.

Jesus sah tatsächlich auf und antwortete auf seine Frage.

»Sobald Sie die beiden erkannt haben, sagen Sie es mir. Wir folgen ihnen bis zum Schiff. Meine Polizisten warten in einer Lagerhalle und werden ihnen eine Flucht unmöglich machen. Ich kümmere mich dann um die Männer persönlich.«

»Kümmern?«, fragte Juan.

Aber er bekam wieder nur ein Brummen zur Antwort. Immerhin hatte Jesus bewiesen, dass er sprechen konnte. In der Haut der beiden wollte er nicht stecken, wenn sich Jesus um sie *kümmerte* und er ahnte, dass Jesus Spaß dabei haben würde, sie ordentlich in die Mangel zunehmen und durch den Fleischwolf zu drehen. Es war langweilig mit ihm zu warten. Auch Humor schien er nicht zu haben. Seine grimmige Miene schien sich seit den letzten 40 Stunden nicht verändert zu haben und Juan glaubte, dass ihm ein paar Gesichtsmuskeln dazu fehlten. Müde blickte er aus dem verschmutzen Fenster, doch außer ständig weiterer Karren und Hafenarbeitern war nicht viel in Sicht. In den letzten zwei Tagen hatte Juan nur wenig schlafen können. Immer wenn er einnickte, weckte ihn Jesus wieder. An den ständigen Geruch von Salzwasser, Fisch und Urin hatte er sich beinahe gewöhnt, nur die unendliche Warterei ging an die Nerven. Er setzte gerade seine Tasse ab, als ein Vierspanner mit einer Kutsche vor ihrem Fenster vorbei fuhr. Auf dem Kutschbock erkannte er sogleich Rovietta an seiner krummen Nase.

»Da sind sie!«, rief er erleichtert.

Jesus sprang auf und lief zur Tür. Von einem Handkarren schnappte er sich einen Jutesack, den er schulterte. Juan setzte einen Hut auf, welchen er tief ins Gesicht zog, nahm auch einen Sack und folgte Jesus. Die San Marcos lag vor dem dritten der vier länglichen Lagerschuppen. Als sie die Hafenstraße erreichten, wurde die Kutsche langsamer und kam zum Stehen. Jesus ging schnellen Schrittes voran, verlangsamte aber vor dem Lagerschuppen seinen Gang und klopfte dreimal kurz hintereinander an das Tor. Juan sah, dass Martinez die Kutsche verließ und Rovietta bereits einen Koffer löste. Als er näher kam reichte der Kutscher Martinez das Gepäck vom Dach an. Vor seinen Augen wurde das Tor geöffnet und Jesus gab den Männern seine kurzen Anweisungen. Die Polizisten der Guardia stürmten aus der Halle und riegelten unverzüglich das Gelände ab. Von dem Moment an ging alles schnell. Jesus ließ den Sack fallen und stürmte zu Rovietta und Martinez, die vollkommen überrascht ihre Münder aufrissen. Während Martinez vor Schreck einen Koffer fallen ließ und Juan ihm seine Angst ansah, stemmte Rovietta die Arme in die Hüften und setzte ein selbstzufriedenes Lächeln auf.

»Ah, die Guardia«, sagte der ehemalige Staatsanwalt grinsend. »Wollen Sie zwei hohen Beamten des Innenministeriums Geleitschutz auf ihrer Reise geben? Das war aber nicht nötig« sagte er provokant.

Ohne jeden Kommentar zog Jesus seine Pistole und hielt sie Rovietta an die Schläfe. Dieser verstummte augenblicklich. Panisch ergriff Martinez das Wort und bat um Gnade. Doch Jesus presste den Lauf fester gegen seine Schläfe, spannte den Hahn und drückte ab. Die Pistole war nicht geladen. Trotzdem fiel Rovietta um und nässte sich vor Angst ein. Jesus stellte seine Stiefelsohle auf seinen Hinterkopf und drückte sein Gesicht tief in den Staub. Heulend und mit blutender Nase lag Rovietta am Boden während sich Jesus umdrehte und mit wenigen kräftigen Hieben in den Magen auch den schwächlichen Martinez zu Boden brachte. Nach weiteren Tritten, die den Männern ein paar ihrer Rippen gebrochen haben mussten, wurden sie gefesselt und mit verbundenen Augen zurück in die Kutsche gebracht. Srachlos sichtete Juan ihr Gepäck. Neben Kleidung fand er in zwei Reisetaschen eine große Menge an spanischen Peseten und ein gutes Kilo Goldmünzen.

»Diese Taschen müssen sofort zu Angel Quintero!«, wies Juan

die Soldaten an, welche das Gepäck wieder auf der Kutsche verstauten.

»Es hat mir Spaß gemacht mit Ihnen zu arbeiten. Auf ein nächstes mal,« sagte Jesus, erstmalig lächelnd und verabschiedete sich von Juan.

42

SAN BERNADINO

Es gab Neuigkeiten, die unter dem Umstand, dass Andrea bald zu ihm zog, alles ändern würden und sie hoffte auf Juans baldige Rückkehr. Ihr Onkel Marco war verstorben und wurde in Valencia bestattet. Julias Trauer hielt sich in Grenzen, da sich ihr Onkel stets für etwas Besseres hielt und sie ihn nicht sonderlich mochte. Tante Eusebia war jedoch ganz anders. Sie war eine gutherzige alte Frau, die schon in ihrer Kindheit immer nett zu Julia gewesen war. Als sie im Haus ihrer Mutter ankam, wurde sie gleich von ihr umarmt und mit Küssen regelrecht überhäuft, so als wäre sie noch immer ein kleines Mädchen.

»Mein Gott, du bist ja eine richtige Frau geworden. Lass dich mal richtig anschauen«, sprach sie so laut, dass es jeder hören musste.

Eusebia löste Julia aus ihrer Umarmung und hielt sie mit ihren Armen ein Stück von sich ab und musterte sie wohlwollend. Julia musste lächeln, denn ihre Komplimente waren ernst gemeint. Sie erzählte ihr von den näheren Umständen um Marcos Tod und ihrem Leben. Sie hatte ihren Onkel wegen seiner Art nie sonderlich gemocht und dennoch war seine Karriere beachtlich. Er hatte sich vom einfachen Landarbeiter hochgearbeitet. Mit 17 hatte er sein erstes Stück Land in den Ebenen von Valencia erworben und eine Kakaobohne angebaut, die erst nach vielen Jahren Früchte tragen würde. Die Leute spotteten damals über ihn und sagten ihm voraus, dass er irgendwann in der Gosse landen würde, wenn er nicht wie alle Zuckerrohr anpflanzen würde. Aber er ließ sich nicht beirren und arbeitete unermüdlich an den Pflanzungen. In dieser Zeit lernte er auch Eusebia kennen, die ihn in seinem Vorhaben unterstützte. Es dauerte drei Jahre, bis er die ersten Bohnen ernten konnte, aber es hatte sich gelohnt. Der Kakao war wegen der natürlichen Süße und des intensiven Geschmacks gefragt. Jeden Verkaufserlös investierte ihr Onkel in den Kauf weiteren Landes, ließ alte Pflanzungen unterpflügen und besaß bald riesige Plantagen.

Julia hörte ihr gespannt zu, denn viel wusste sie nicht von den beiden. Als ihre Schwester ver-drießlich ihrer Mutter Wasser brachte, flüsterte ihr Eusebia echauffiert zu, dass ihre Schwester sie nur widerwillig begrüßt hatte und auf ihre Fragen frech und schnippisch antwortete. Mit Julias Mutter war wegen ihrer Krankheit nicht viel anzufangen und wenn sie einen ihrer Schmerzanfälle bekam, ging man ihr besser aus dem Weg. Tante Eusebia war gekommen, um die Familie in Kenntnis zu setzen und die Aufteilung des Erbes zu regeln, da sie keine eigenen Kinder hatten. Es war Eusebias Erbe. Doch sie wollte es mit ihren Nichten aufgeteilen. Julia bekam ein be-trächtliches Barvermögen, ein Chalet in der Nähe von Paris, ein Anwesen in Siena und ein Herrenhaus am Golf von Mexiko. Über Nacht war die junge Frau unvorstellbar vermögend. Um die Plantagen wollte sich Eusebia vorläufig noch selbst kümmern. Julias Schwester ging zwar nicht leer aus, bekam aber nur etwas Barvermögen und ein kleines Häuschen am Lago de Valencia. Julia hatte schreckliche Erinnerungen an das Haus am See, das regelrecht Moskitoverseucht war. Mit dem Erbe könnte sie sich eine Zeit lang über Wasser halten. Grinsend stellte sie sich vor, wie ihre Schwester in dem Haus von Moskitos überfallen wurde.

Julia wollte so bald wie möglich nach Vernon reisen. Eusebia hatte ihr erzählt, dass sie Frankreich liebte und beschrieb ihr das charmante Chalet mit seinem hübschen Park am Ufer die Seine.

»Es ist die Stadt der Düfte, der Mode und der Liebe«, schwärmte sie vom nahe gelegenen Paris mit einem Augenzwinkern.

Das Leben wäre perfekt, wenn ich Juan an meiner Seite hätte, aber ich habe den Kürzeren gezogen, dachte Julia als sie die Tür in San Bernadino öffnete.

Mit diesen Gedanken saß sie in der Küche und wischte ihre Tränen weg, als sie ihn kommen hörte und ging Juan mit einem versuchten Lächeln entgegen. Sie umarmte ihn etwas zu fest und anders als sonst.

»Julia, was ist los?«, fragte er, hielt sie an den Schultern und streichelte über ihre feuchte Wange. »Du hast geweint«, stellte er fest.

Seit sie sich kannten, hatte er sie nie traurig gesehen. Sie löste sich von ihm und begann von den Tagen bei ihrer Mutter und ihrer Erbschaft zu erzählen. »Ich bin unglücklich, Juan«, sagte sie.

»Ich verstehe das nicht. Du hast nach allem was du mir erzählt hast, allen Grund rundum glücklich zu sein!«

»Du weißt, dass ich dich liebe, oder? Gegen die andere Frau würde ich kämpfen und meine Krallen ausfahren. Aber nicht gegen deinen Sohn. Wie heißt er noch gleich? Felipe? Juan, ich kann jetzt ein Leben führen, von dem andere Menschen ihr Leben lang träumen. Aber leider ohne den Mann, den ich liebe. Ach, ich hatte mir vorgenommen stark zu sein, wenn wir uns sehen, und jetzt heule ich dir die Ohren voll.«

»Was soll ich denn machen? Ich hatte dir erzählt, dass Andrea meine große Liebe war. Jetzt steht sie nach so vielen Jahren plötzlich vor mir und ich erfahre, dass ich einen Sohn habe. Ich kann nicht anders.«

Er öffnete eine Flasche Rioja und füllte zwei Gläser.

»Und wo bin ich in deinem Leben? Was empfindest du für mich? Oder bin ich nur deine Hausangestellte mit der du ein wenig Spaß hattest?«,

Juan war verblüfft, aber er konnte verstehen, dass sie gekränkt war.

»Julia, das ist unfair. Du weißt genau, dass mehr zwischen uns war. Du bist anders als Andrea. Man kann euch nicht miteinander vergleichen und ich hätte nie gedacht, dass es möglich wäre, für zwei Frauen etwas zu empfinden. Ich liebe auch dich. Das war es doch, was du wissen wolltest?«, fragte Juan und trank einen großen Schluck Wein.

»Den Kampf habe ich aber dennoch verloren. Daher ich werde morgen in La Guaria nach einer Überfahrt nach Frankreich suchen, um das Chalet in Empfang zu nehmen. Wenn es dir nichts ausmacht, übernachte ich ein letztes Mal in deinem Haus.«

»Natürlich kannst du hier schlafen, Liebes«, antworte Juan nicht ohne Herzklopfen.

»Danke. Das macht es einfacher. Ich schlafe im Mädchenzimmer und werde dich in Ruhe lassen. Wenn ich in Paris bin, hast du genug Zeit zu prüfen, ob die andere Frau dauerhaft einen Platz in deinem Leben hat. Es ist spät geworden. Ich ziehe mich jetzt zurück, mein Herr.«

Juan wünschte ihr eine gute Nacht und sah ihr nach. War das ihre letzte gemeinsame Nacht? Juan trank aus und schenkte sich nach. *Verdammt, Julia hat recht. Ich weiß nicht mehr was falsch oder richtig ist*, dachte er und war traurig. Aber eines war sicher. Er wollte Felipe bei sich haben und seinen Sohn richtig kennen lernen. In diesem Moment spürte er, dass er Julia liebte. Nur was war das mit Andrea? War es noch Liebe, oder bildete er sich das nach den vielen Jahren einfach nur ein, weil er sich das lange Zeit gewünscht hatte? Grübelnd saß er auf dem Kanapee bis er den

Rest der Flasche geleert hatte und ging leicht schwankend zu Bett. Doch Juan konnte mal wieder nicht einschlafen. Die Ereignisse beschäftigten ihn sehr. Er wälzte sich in seinem Bett hin und her, stand auf und öffnete das Fenster, legte sich wieder hin und schloss seine Augen. Schließlich stand er auf und ging über den Flur zu Julias Zimmer. Ohne zu klopfen trat er leise ein. Julia lag mit geschlossenen Augen auf ihrem Bett. Er setzte sich auf die Bettkante und bewunderte ihren schönen Körper. Dann küsste er sie und Julia öffnete ihre Augen.

Verschlafen stand er auf und machte sich im Badezimmer frisch. Julia stand in der Küche, hatte bereits Kaffee gekocht, Rührei gemacht und ein paar Arepas gebacken. Es duftete herrlich. Sie lächelte, als er die Küche betrat. *Das Lächeln, dass eine schöne Nacht in das Gesicht einer jeden Frau zaubert*, dachte Juan.

»Setze dich. Du musst doch gleich arbeiten, oder?«

»Ich bin spät dran und werde mich beeilen. Unser gestriges Gespräch war gut, Julia. Und ich bereue es nicht, in dein Zimmer gekommen zu sein. Ich werde es so machen, wie du es mir geraten hast.«

»Was meinst du?«

»In der Zeit, die du in Europa verbringst werde ich wissen, ob es bei Andrea noch Liebe ist. Danach reden wir wieder«, erklärte er. »Heute eröffnet Maria ihre Bäckerei in El Junquito. Komm doch auch. Es werden viele Freunde und Bekannte dort sein«, sagte Juan.

»Es wird doch auch diese Frau da sein. Nein, dann komme ich nicht!«

»Andrea wird da sein. Aber auch Maria, Luisa und Emilia. Die Mädchen würden sich freuen, dich wieder zu sehen.«

»Also gut, wenn du mir versprichst, dass du diese Frau nicht vor meinen Augen küsst, werde ich mir überlegen, ob ich komme.

Und jetzt ab auf dein Pferd mit dir«, sagte sie und küsste ihn zum Abschied.

»Martinez und Rovietta wurden dank Ihrer Aufmerksamkeit überführt und verhaftet«, sagte Quintero und ging wieder zu seinem Tisch. »Nun muss ein überaus wichtiger Brief schnellstens nach Europa gebracht werden. Er ist so wichtig, dass ich ihn nicht mit der normalen Post verschicken kann. Das nächste Dampfschiff wird dann mit Ihnen an Bord nach Europa fahren, denn den Brief sollen Sie in Paris persönlich übergeben. Wie lange sind Sie schon in unserem Ministerium?«

»Ich glaube seit fast 20 Jahren. Nach Europa?«
Juan traute seinen Ohren nicht.

»Dann sind Sie schon viel länger hier als ich und kennen bestimmt die meisten wichtigen Personen im Ministerium.«

»Ich glaube mir sind die meisten Mitarbeiter im Ministerium bekannt.«

»Wir suchen einen neuen und zuverlässigen Leiter des Ressorts für Auslandsaufträge im Innenministerium. Fällt Ihnen jemand ein, der dazu fähig wäre?«, fragte Quintero lächelnd.

»Wenn ich nicht irre, ist der Posten doch von Señor de Soto besetzt.«

»Nicht mehr. Er ist seit heute gefeuert.«

»Er ist entlassen?«

»Ja. Das ist eine lange Geschichte. Also kennen Sie jemanden?«

»Da müsste ich erst nachdenken«, antwortete Juan.

»Ich nicht. Ich habe bereits einen neuen Amtsleiter gefunden.«

»Kenne ich den Mann?«, fragte Juan erstaunt.

»Das nehme ich doch an«, antwortete Quintero. »Mit sofortiger Wirkung sind Sie unser neuer Mann. Ich lasse Sie gleich morgen mit den wichtigsten Personen im Außenministerium bekannt machen.«

Juan war seine Verblüffung anzusehen.

»Aber ...«, begann er.

»Keine falsche Bescheidenheit«, fiel ihm der Minister gleich ins Wort. »Ich habe mich nicht nur deshalb für Sie entschieden, weil ich Sie wegen Ihrer Verdienste für unser Land schätze, sondern weil Sie ein fähiger und flexibler Mann sind, der dem Ministerium immer treu gedient hat. Sie sind ein Patriot, wie ich es mag.«

Der Minister stand auf und hielt Juan seine Hand entgegen. »Herzlichen Glückwunsch zu ihrem neuen Posten.«

Juan verfolgte alles wie durch eine Nebelwand. Er hatte das Gefühl sich in einem Traum zu befinden, und konnte es nicht fassen erneut befördert worden zu sein und nach Europa geschickt zu werden.

»Ich danke Ihnen für Ihr Vertrauen, Señor Quintero. Ich weiß gar nicht was ich dazu sagen soll. Noch nie war ich mit der Leitung eines so wichtigen Amtes betraut und auch noch nie in Europa«, antwortete er.

»Dann wird es Zeit. Morgen werden Sie Ihren neuen Mitarbeitern vorgestellt und beziehen ein neues und größeres Büro. Ihre erste und wichtige Aufgabe wird es sein, diesen Brief zuzustellen«, sagte er und stand auf. »Wegen der großen Bedeutung ist es notwendig dass der Brief persönlich Agustin Codazzi überreicht wird. Doch bevor in der kommenden Woche ein Schiff mit Ihnen an Bord ausläuft, möchte unser Präsident José Antonio Páez mit Ihnen sprechen«, sagte der Minister und Juan folgte ihm über die Gänge bis zu einer von zwei Soldaten bewachten Tür, welche diese stumm frei machten.

Der Präsident! Agustin Codazzi! Juan konnte es nicht fassen. *Was war das nur für ein Tag?*, fragte er sich und folgte Quintero in den prunkvollen Raum. Ein Diener kam ihnen entgegen und bat sie einen Moment zu warten.

Grinsend nahm der Minister Juan Nervosität zur Kenntnis. »Kein Grund zur Aufregung, Señor Conteguez. Der Präsident ist ein freundlicher Mann.«

»Verzeihen Sie ...«, begann, als sich schwungvoll die Flügel zum Nachbarraum öffneten und der Präsident in seiner reich verzierten Generalsuniform und der goldenen Schärpe lächelnd auf sie zukam.

Juans Nervosität steigerte sich noch, als Páez vor ihnen stand. Mit seiner Stirnglatze, den gewellten grauen Haaren und seinem Schnauzbart war er eine beeindruckende Erscheinung.

»Guten Morgen, Señor Quintero. Sie bringen also den berühmten Señor Conteguez mit!«, sagte er lachend und streckte ihnen seine Hand zur Begrüßung entgegen. »Ein kleiner Scherz. Aber Ihr Name hat Wohlklang, mein lieber Leutnant«, sagte er erklärend.

»Meine Hochachtung, Señor Präsident«, sagte Juan und verbeugte sich tief.

»Ich freue mich, den Mann kennenzulernen, der schon Simón Bolívar in Carabobo begeistert hat. Durch Ihren Einsatz konnte ich mit meiner Armee Puerto Cabello erobern und unser werter Minister Angel Quintero ist ebenso von Ihnen angetan. Aber lassen Sie uns Platz nehmen.«

Seit seiner Jugend war Juan nie wieder so rot geworden, wie in diesem Augenblick.

»Señor Präsident, das ist alles unerwartet für mich und ich danke Ihnen. Ich denke, dass jeder, der
Venezuela liebt, das für sein Land tun würde«, sagte Juan.

»Er ist unnötig bescheiden«, sagte Quintero lächelnd.

»Das ehrt Sie. Aber kommen wir zur Sache. Ich habe ein besonderes Anliegen, wegen dem Sie Señor Quintero nach Paris schickt. Wir haben ein neues Einwanderungsgesetz auf meine Initiative erlassen. Dieses dürfte dazu genügen, endlich Kolonien in Venezuela zu gründen. Ich möchte, dass Sie sich mit Oberst Codazzi beraten und geeignete Europäer ins Land zu holen«, sagte Páez.

»Bis jetzt wandern die Europäer meist in die Staaten Nordamerikas aus. Das wollen wir durch ein attraktives Einwanderungsgesetz ändern«, sagte der Minister und spielte an seinem Bart.

»Häufig Engänder, Franzosen, Iren und Deutsche, nehme ich an«, sagte Juan.

»Nicht nur. Aber hauptsächlich«, sagte Páez. »Für mich ist es eine Herzenssache und wir werden alles unternehmen, dass es diesmal glückt. Deshalb werden Sie nach Frankreich reisen und Hauptmann Codazzi einen Brief von Minister Angel Quintero übergeben. Sie werden dem Oberst auch einige Details mitteilen und sich mit ihm gemeinsam beraten. Wir vertrauen Ihnen, Señor Conteguez!«

In kürzester Zeit gab es enorme Veränderungen in seinem Leben. Er machte den nächsten Karriereschub, hatte ein gutes Auskommen, einen Sohn und ein eigenes Haus.

»Ich weiß gar nicht, wie ich Ihnen danken soll.«

»Das müssen Sie nicht«, sagte Páez und reichte Juan die Hand. »Sie haben sich alles längst verdient.«

»Schön, dass du endlich da bist«, sagte Maria, als er ankam und nahm ihn zur Begrüßung in den Arm.

»Willst du mich erdrücken, Maria?«, frotzelte Juan. Er hatte alle Mühe sich aus der Umarmung seiner Schwester zu lösen.

»Nein, mein Lieber. Gehe nur, und amüsiere dich. Wir haben später genug Zeit für eine Unter-haltung.«

»Warte, Maria. Schließlich eröffnest du nur einmal mit Raul

eine Bäckerei«, sagte Juan und überreichte ihr eine Flasche Champagner.

»Die ist nur für Raul und dich«, sagte er augenzwinkernd.

Valega gesellte sich zu Juan und legte vertraulich einen Arm über seine Schulter. Mit dem Weinglas in der Hand schlenderte er mit ihm durch die Reihen der Gäste. »Lass uns ein wenig nach draußen gehen. Die Luft ist da deutlich besser«, sagte er und hatte damit Recht.

Einige hatten Zigarren und Pfeifen mit grässlich stinkendem Tabak mitgebracht und die Luft war alles andere als angenehm.

»Eine wirklich gute Idee, Vater«, antwortete Juan.

Sie gingen über den Hof hinter der Backstube und standen an dem Zaun zum kleinen Garten. Juan starrte in den klaren Sternenhimmel und Valega folgte seinem Blick.

»Irgendetwas beschäftigt dich. Oder täusche ich mich?«

Es sollte eine Frage sein, hörte sich aber nach einer Feststellung an. Juan verspürte keine Lust über Julia und Andrea zu reden. Aber er erzählte Valega von seiner bevorstehenden Reise nach Europa und seinem persönlichen Gespräch mit dem Präsidenten und Quintero..

»Ich mache mir Sorgen, dass ich nicht rechtzeitig zurück bin, wenn Maria und Raul heiraten«, antwortete er.

»Das verstehe ich. Aber ich denke da ist noch etwas anderes. Möchtest du mit mir darüber reden? Ich bin ein guter Zuhörer und Berater in allen Lebens- und Liebesfragen!«, fügte er hinzu.

»Das weiß ich. Aber es geht mir nur um die Hochzeit.«

»Höre mir mal zu! Wir haben uns lange nicht gesehen und alles was ich von dir weiß, ist das was ich in den letzten Wochen erfahren habe. Doch eines sehe ich sofort, wenn ich in deine Augen schaue. Du brauchst eine Frau und eine eigene Familie«, stellte Valega fest.

»Andrea wird in ein paar Tagen mit Felipe bei mir einziehen.«

»Und dann bist du glücklich? Wenn alles gut ist, warum hast du dann nicht die Chance für eine Doppelhochzeit ergriffen und Andrea einen Antrag gemacht? Verstehe mich nicht falsch, Juan!«, sagte er. »Ich habe mir immer gewünscht, dass ihr endlich zueinander findet. Willst du eine Familie, oder geht es dir nur um Felipe?«

»Natürlich nicht. Schließlich habe ich mit Maria schon eine Familie.«

»Es ehrt dich, dass du dich um deine Schwester und ihre Kinder gekümmert hast, Juan. Aber du musst deinen eigenen Weg gehen und auch private Entscheidungen treffen. Andrea hast du lange nicht gesehen und ich verstehe, dass du Zeit brauchst. Mache dir Gedanken darüber, wie es weiter gehen soll, während du in Europa bist.«

Valega konnte er noch nie etwas vormachen. Der Geistliche hatte eine unglaubliche Menschenkenntnis. Die Situation um Andrea, Felipe und Julia bedrückte ihn und das Gespräch mit Valega hatte ihm gut getan.

»Für Euren Ratschlag bin ich sehr dankbar. Aber bitte redet noch nicht über meine Reise.«

Inzwischen waren mehr neugierige Gäste gekommen und auch Andrea und Felipe waren eingetroffen. Er sah sich um, entdeckte Andrea, aber konnte Julia nicht unter den Gästen entdecken.

»Welche Brotsorten hast du denn da?«, fragte Andrea Emilia, die sich mit Kostproben zu ihnen gesellte.

»Maisbrot mit Kräutern und Paprika, Avocadobrot, Kokosbrot, süßes Brot mit Schokoladen-stückchen und Kuchen«, antwortete Emilia.

Andrea nahm etwas von dem Kokosbrot und Juan ein Stück

Kuchen. Mit einem Knicks ging seine Nichte zu den nächsten Gästen. Juan erzählte ihr, dass ihn der Präsident nach Europa schicken würde, er aber nicht wisse, wann er zurückkommt. »Du kannst in der Zeit mit Felipe in meinem Haus wohnen. Ich komme so schnell wie möglich zurück«, sagte er. Doch an ihrer Reaktion merkte Juan, dass Andrea von der Nachricht nicht begeistert war.

»Lass uns später darüber reden«, sagte sie als Maria zu ihnen kam.

»Komm mit Andrea, ich zeige dir die Backstube«, sagte sie und hakte sich bei ihr unter. Er sah, dass die Frauen ihre Becher mit Wein füllten und zusammen mit Valega im hinteren Teil der Bäckerei verschwanden. Auf der Straße herrschte lautes Stimmengewirr. Juan beobachtete das Geschehen und spürte plötzlich eine Hand zwischen seinen Beinen. Er drehte sich abrupt um und sah Julia vor sich stehen.

»Julia!«

»Keine Angst, das hat niemand gesehen«, entschuldigte sie ihre freche Begrüßung.

Verführerisch stand sie in einem langen dunkelgrünen, und eng anliegendem Kleid mit tiefem Dekolteé vor ihm. Ihre Haare hatten einen seidigen Schimmer und ihre Lippen waren rot gefärbt.

»Deine Schuhe sind sehr auffällig und müssen ein kleines Vermögen gekostet haben«, stellte Juan mit Blick auf ihre Füße fest.

»Aus Italien. Jetzt kann ich mir so etwas leisten«, sagte sie stolz. Ihre Schuhe waren aus rotbraunem Wildleder mit höherem Absatz, einer Schnalle im vorderen Bereich und wertvoll aussehende Stickereien mit Rosenmotiven. Juan wußte, dass ein solches Auftreten in Venezuela unüblich war, denn noch immer hatten viele die Vorstellungen, wonach Frauen in erster Linie den Mund zu halten und blind dem Mann zu gehorchen hatten. In der Ehe gehörten sie in die Küche und zum Vergnügen des Mannes ins Bett. Seit der Befreiung von den Spaniern, gab es manche Änderungen. In der Hinsicht war seine Heimat fortschrittlich. Auch dafür hatte er mit Raul gekämpft. So war es 1840 auch längst normal, dass Pärchen Händchen haltend über die Straßen gingen. Frauen aus gutem Haus schminkten sich, um ihre Schönheit zu betonen und verwendeten teure Düfte aus edlen Flakons. Ihre Männer kauften ihnen ausgefallene, edle Kleider und Schuhe aus Mailand oder Paris. Und so gab es auch hier Leute, die Julia an diesem Abend bewunderten und andere, die sie abfällig oder missgünstig anstarrten.

»Du bist wunderschön«, sagte Juan.

»Und sicher auch die auffälligste Erscheinung an diesem Abend.«

»Oh, ganz sicher. Man redet längst über dich. Das ist aber nur die neidische Konkurrenz«, grinste er.

»Juan, ich habe einen Platz auf einem Schiff, das in vier Tagen nach Le Havre ausläuft. Schade, dass ich die letzten Tage nicht nutzen kann, wie es mir gefällt«, sagte sie.

Gut, dass niemand weiß, dass ich mich wahrscheinlich auf dem selben Schiff befinden werde, dachte Juan.

»Das ging ja schnell. Ist es ein schönes Schiff?«, wollte er wissen.

»Man sagte mir, es sei eines der modernsten Dampfschiffe und braucht zwei Wochen weniger für die Atlantiküberquerung«, sagte sie.

»Beneidenswert, Julia.«

»Es hat mich gefreut, dass du gestern noch in mein Zimmer gekommen bist. Am liebsten würde ich jetzt mit dir schlafen«, sagte sie flirtend.

Bevor Juan antworten konnte, sah er Maria mit Andrea kommen. Julia bemerkte seinen Blick und drehte sich instinktiv zu ihnen um.

»Hallo Julia«, begrüßte und umarmte sie Maria. »Es freut mich, dass du auch gekommen bist. Andrea, das ist Julia. Sie hat oft auf die Mädchen aufgepasst und war danach Haushaltshilfe bei Juan«, stellte sie die beiden einander vor.

»Sehr angenehm«, sagte Julia, machte einen Knicks und reichte Andrea die Hand. Juan fand, dass sich die beiden Frauen zu lange gegenseitig musterten. Sie schätzten einander ab und das gefiel ihm gar nicht.

»Julia hat eine Erbschaft gemacht, liebe Maria. Da muss ich mir ein neues Hausmädchen suchen«, sagte er schnell.

»Ich gratuliere. Aber für Juan wird es schwer werden wieder ein so hübsches Mädchen zu finden«, sagte Andrea.

»Danke«, erwiderte Julia. »Die Arbeit hatte mir gefallen. Doch ich glaube, dass Juan dafür gar keine Augen hatte«, log sie.

Er war erleichtert, als er Raul mit frischem Wein kommen sah.

»Eine gelungene Feier. Findest du nicht auch? Meinst du wir können die Damen einen Moment alleine lassen?«, scherzte Juan.

»Ich denke schon. Alt genug scheinen sie ja zu sein«, antwortete er und stellte das Tablett zu den Frauen auf einen Tisch. Juan legte seinen Freund einen Arm auf die Schultern und schlenderte mit ihm in eine ruhigere Ecke.

»Julia weiß nicht, dass ich nach Europa reise und Andrea weiß nicht, dass auch Julia nach Le Havre reist. Du hättest sehen müssen, wie sie sich angesehen hatten. Ich habe Blut und Wasser geschwitzt!«

»Aber dann sollten wir die Frauen trennen, sonst fliegst

du noch auf. Weiß Andrea von deiner Episode mit Julia?«, fragte er.

»Um Himmels Willen! Nein! Und sie soll es auch nicht erfahren.«

»Dann lass uns lieber zurückgehen. Ich schnappe mir Maria und du nimmst Andrea zur Seite. Julia wird dann schnell wieder gehen«.

Das hörte sich vernünftig an und würde für Ruhe sorgen. Raul nahm Marias Hand, zog sie zu sich und küsste sie voller Leidenschaft vor den Augen der Gäste. Irgendjemand fing an zu applaudieren und plötzlich klatschten fast alle Anwesenden. Maria musste lachen. Er nahm ihre Hand und stellte sich mit ihr mitten auf die Straße.

»Ich darf um Ihre Aufmerksamkeit bitten!«, sagte Raul. »Ich glaube jeder der Anwesenden weiß, dass Maria nicht nur eine tatkräftige Mutter mit tollen Töchtern ist, sondern auch eine wunderbare und begehrenswerte Frau. Und bevor mir jemand zuvor kommt, habe ich mich gestern mit ihr verlobt!« Tosender Applaus. Doch Raul wartete nicht ab und küsste Maria erneut. Juan sah, dass Julia weg ging.

»Du wolltest mir etwas sagen, Andrea«, forderte Juan, nachdem sich alle wieder ihrem Wein und ihren vorherigen Gesprächen widmeten.

»Es wäre gut gewesen, wenn wir die Zeit gehabt hätten, uns wieder anzunähern und Felipe hätte seinen Vater besser kennen lernen können. Aber jetzt musst du in ein paar Tagen aufbrechen.«

»Ein ungünstiger Augenblick für uns. Ich hatte mir das anders vorgestellt. Aber ich komme wieder zurück«, sagte Juan.

»Du weißt aber nicht, wann du zurückkommst. Alleine die Hin- und Rückreise wird drei Monate dauern. Wozu soll ich so lange hier warten? Felipe fehlen seine Freunde und er muss wieder zur Schule. Die Hazienda kann ich ohne Héctor nicht bewirtschaften. Ich muss zurück und sie verkaufen.«

»Was heißt das jetzt?«, fragte Juan.

»Nach der Hochzeit deiner Schwester werde ich abreisen und meine Dinge klären.«

»Andrea, das hört sich nach einem Vorwurf an. Ich reise nicht zu meinem Vergnügen nach Europa, sondern weil ich Anweisungen folge leisten muss. Ich wäre lieber hier geblieben und hätte gerne an der Hochzeit teilgenommen. Meine Pläne waren andere!«

»Es sollte kein Vorwurf sein. Das verstehst du falsch. Doch es hat sich vieles geändert. So ist das im Leben, Juan. Schicke mir einen Brief, sobald du weißt, wann du zurückkommst.«

43

ENDINGEN

Es war mitten in der Nacht. Ein Geräusch holte Stephan aus dem Schlaf. Er lauschte, aber drehte sich wieder herum, da doch nichts zu hören war. Wahrscheinlich hatte er nur geträumt. Der Vortag war anstrengend, es war noch dunkel und er brauchte seinen Schlaf. In ein paar Stunden musste er wieder aufstehen und die Zäune für den Ochsen reparieren. Also schloss er wieder seine Augen. Ein Krachen, als wäre etwas zu Bruch gegangen! Stephan setzte sich auf, schlug die Decke zurück und öffnete leise die Tür, um Magdalena nicht zu wecken. Mit nackten Füßen schlich er zu der schmalen und steilen Treppe, die nach unten führte. Leise lauschte er und sah, flackerndes Kerzenlicht, das die Treppe ein wenig erhellte. Aus der Stube war ein Stöhnen und Keuchen zu hören. Irgendetwas stimmte da nicht! Aber er wollte erst abwarten und vorsichtig sein. Hinter ihm öffnete sich knarrend eine Tür. Als er sich umdrehte, sah er Magdalena im Türrahmen stehen. Der Krach musste auch sie geweckt haben. Schlaftrunken rieb sie ihre Augen und kam torkelnd mit ihrer Puppe im Arm zu ihm. Aus der Stube waren Tritte oder Schläge und wieder ein Stöhnen zu hören. Es hörte sich nach der Stimme seiner Mutter an. Stephan legte den Finger auf den Mund und Magdalena nickte schweigend. Sie hatte verstanden und kuschelte sich schutzsuchend an ihn. Normalerweise fühlte sich Stephan in der Rolle des beschützenden Bruders wohl. Aber nun hatte er selber Angst.

»Hast du das gehört? Streiten sich die Eltern?«

»Ich glaube nicht, dass sich Vater und Mutter streiten«, antwortete er.

Da krachte es wieder. Stephan zuckte zusammen und Magdalena fing an zu zittern. »Folge mir, bleibe aber immer hinter mir und sei leise«, wisperte Stefan. Ihm fiel ein, dass unten neben der Treppe die große Axt stand, die er zur Reparatur des Zaunes herausgestellt hatte. Als sie die letzte Stufe erreichten, spürte er einen kühlen Luftzug. Überall in der Stube lagen Scherben und Sachen aus den Schubladen wild verteilt herum. Er sah, wie ihre Mutter mit einem maskierten Fremden kämpfte.

»Lauf nach oben und hole Vater«, flüsterte Stephan. Zitternd ließ Magdalena ihre Puppe fallen und stürzte die Treppe hinauf. Er griff um die Ecke und nahm die große Axt zur Hand, während seine Schwester ins elterliche Schlafzimmer stürmte und das Bett leer vorfand. Sie kam zurück und eilte die Treppe herunter. Doch Stephan war mit der Axt in der Hand bereits im Türrahmen zur Stube und sah, wie ein Mann seine Mutter packte und würgte. Sie versuchte sich aus dem Griff zu befreien, aber der Fremde war stark und hob die schmächtige Frau so hoch, dass sie den Boden nicht mehr berührte und röchelte. Der Kerl stand mit dem Rücken zu ihm. Er hob die Axt, ging ein paar rasche Schritte vor und ließ sie auf den Kopf des Maskierten herab fahren, wie auf ein großes Stück Holz, das es zu spalten galt. Die Axt steckte fest in seinem Schädel und Blut sprudelte in großen Mengen. Der Maskierte ließ augenblicklich von seiner Mutter ab, sackte wie ein nasser Sack in sich zusammen und Sabina fiel nach Luft schnappend zu Boden. Aus den Augenwinkeln bemerkte Stephan einen zweiten Maskierten, der die Flucht durch das zer-schlagene Fenster ergriff. Er warf ihm noch einen, auf dem Boden liegenden Hammer hinterher, verfehlte ihn aber knapp und er verschwand in der Dunkelheit. Jetzt sah er seinen Vater, der reglos und blutüberströmt gleich neben dem Kachelofen lag. Seine offenen Augen starrten leblos zur Decke. Magdalena lief heulend in die Arme ihrer Mutter, während Stephan feststellte, dass sein Vater nicht mehr atmete. Leblos, tot und offenbar erschlagen lag er vor ihm. Seine Mutter erhob sich zitternd und seine Schwester weinte. Tränen rollten über sein Gesicht, als er seine Mutter umarmte. Der tote Maskierte lag vor ihnen und Mutter schob Magdalena weg von diesem Mann. Stephan riss ihm seine Maske herunter und wusste sofort warum sich die Einbrecher maskiert hatten. Er erkannte in ihm Hartmut, einen der beiden Knechte, die sein Vater aus ihren Diensten entlassen musste.

So wie Hartmut, Alois und Kathi hatten viele Menschen am Kaiserstuhl ihre Arbeit verloren. Stephan wusste, dass die harmlosen unter ihnen Moos und Gras aßen oder bettelnd durch Städte und Dörfer zogen. Aber auch, dasss sich andere mit Einbruch, Wilderei, Diebstahl von Vieh und Obst über Wasser hielten. Die Schlimmsten unter ihnen schreckten nicht davor zurück zu töten. Ein solcher hatte seinen Vater auf dem Gewissen. Er kniete mit von Tränen überströmtem Gesicht vor dem ermordeten Richard Krämer.

»Stephan, hole bitte Hilfe«, bat seine Mutter und tröstete Magdalena.

Er rannte nach oben, kam angekleidet wieder herunter und lief gleich zu seinem. Der Mond erhellte die dunkle Umgebung und Stephan rannte die drei Kilometer zu seinem Haus in Rekordzeit. Atemlos sah er hinter einem Fenster Licht. Stephan klopfte an die Haustür und wartete. Als keine Reaktion kam, wiederholte er sein Klopfen. Er hob schon seine Fäuste, um gegen die Tür zu hämmern, als sie sich öffnete und Jakob Schick vor ihm stand.

»Stephan, was ist passiert. Du bist ja voller Blut!«, stellte er fest. »Komm rein, aber sei leise. Es schlafen noch alle«, sagte er und ging voran in sein Arbeitszimmer.

Stephan erzählte unter Tränen was passiert war und dass sein Vater erschlagen wurde. »Mutter ist jetzt alleine mit Magdalena und ich weiß nicht was ich machen soll. Herr Schick, ich habe einen Menschen erschlagen!«, weinte er.

»Das ist schrecklich, aber mutig und richtig. Mache dir keine Sorgen, ich werde mich um alles kümmern«, sagte er und holte seine Frau.

44

SAN BERNADINO / LA GUARIA

Es war nicht einfach für eine unbestimmte Zeit genügend und vor allem die richtige Kleidung in den neuen Koffer zu packen. Er saß an diesem frühen Morgen in dem Arbeitszimmer und überlegte noch einmal, ob er auch nichts vergessen hatte. Alle Instruktionen für Frankreich hatte er noch am Vortag von Angel Quintero erhalten. Der Dampfer würde am Nachmittag ablegen. Aus dem Fenster blickend, sah er endlich die Kutsche vorfahren. Es waren die letzten Stunden vor dem Ende der Nacht, als sein Chauffeur sein Gepäck auf dem Dach verstaute und Juan in der Kutsche Platz nahm. Aus Erfahrung wusste er, dass die kurvige Fahrt durch die dichten Wälder der Kordilleren dauern würde, so versuchte er noch etwas zu schlafen. Um zwei Uhr am Nachmittag stand die Sonne hoch, als er seine Kabine betrat. Die Luft war derart stickig und warm, dass Juan alles fallen ließ und sofort das Fenster aufriss um frische Luft hereinzulassen, und die salzige Luft des Meeres atmete. Aufgeregt vor der Reise dachte er, dass er noch nie zuvor auf einem so großen Schiff gewesen war. Noch nie war er auf dem Atlantik und noch nie in Europa. Juan packte seine Koffer aus, verstaute alles und wischte sich den Schweiß von der Stirn. Da es noch immer heiß in der Kajüte war, wollte er das Schiff erkunden. *Wie dumm*, dachte er. *Ich habe mir Weg zu meiner Kabine nicht gemerkt*. Ratlos schritt er durch den schmalen Gang, als er einem Matrosen entgegen kam und mit französischem Akzent fragte, ob er ihm helfen könne. Juans Erklärung lies ihn lächeln. Der Mann war freundlich, zeigte ihm den angrenzenden Baderaum und auf einem oberen Deck den Speisesaal. Zwei Stunden später lief der Dampfer aus. Juan beobachtete den Vorgang von seiner Kabine aus, da er Julia in diesem Moment noch nicht begegnen wollte. Kaum hatten sie den Hafen verlassen, begann die Schaukelei. Ihm wurde zwar nicht übel, aber es drehte sich alles. Besser war es, das Bett auszuprobieren.

45

KARIBISCHES MEER, 2. OKTOBER 1840

Juan wurde durch Klopfen an seiner Kabinentür geweckt und saß augenblicklich kerzengerade im Bett. Die Schaukelei hatte während seines Schlafs noch zugenommen. Etwas schwankend stand er auf und öffnete die Tür. Vor ihm stand der freundliche Matrose in seiner weißen Kleidung. »Der Speisesaal wird in wenige Minuten geöffnet.«

Juan bedankte sich und drückte dem Mann eine kleine Münze in die Hand. Es war der Moment gekommen, Julia zu überraschen. Er stand vor dem kleinen Spiegel, ordnete seine Haare und ging überall Halt suchend über die Treppe zum Speiseraum. Gleich nachdem er den Raum betrat kam ein Kellner und führte Juan zu einem in der Mitte gelegenen Tisch. Er war erstaunt, dass nur wenige Gäste anwesend waren und fragte den Kellner nach dem Grund.

»In den ersten Tagen ist das normal, da sich die Landratten an die hohe See gewöhnen müssen, mein Herr. An der Reling sind mehr Leute, als hier im Speisesaal.«

Juan lachte gerade darüber, als Julia den Saal betrat. Sie war mit ihrem weißen Abendkleid ein bildhübscher Blickfang. Der Kellner führte sie zu einem freien Nachbartisch. Als sie ihn erblickte, zog sie fragend die Stirn in Falten, stürmte dann aber geradewegs zu ihm und umarmte ihn.

»Was machst du hier? Wieso bist du auch an Bord?«, fragte sie irritiert.

»Die Sehnsucht«, antwortete Juan grinsend.

»Das glaube ich dir nicht. Also raus mit der Sprache!«

Juan erzählte ihr von dem Auftrag in Paris.

»Dann wusstest du schon länger, dass wir gemeinsam nach Le Havre reisen würden«, stellte Julia fest.

»Zwei Tage vor dem Auslaufen unseres Dampfers wusste ich es und wollte dich überraschen«, gab er zu.

»Das ist dir gelungen, mein Lieber. Und was ist mit Andrea?«

»Andrea. Tja, nachdem du gegangen warst hatten wir ein Gespräch. Sie wird mit Felipe und Valega abreisen und will in Barinitas die Hazienda verkaufen«, antwortete Juan. »Zwar soll ich ihr schreiben, wenn ich zurück bin. Aber das war halbherzig und ich denke, dass es vorbei war bevor es begonnen hat«, fügte er hinzu.

Julia sah ihn grübelnd an. »Und was ist mit deinem Sohn?«

»Wenn er mich besucht, freue ich mich darauf Vaterpflichten zu übernehmen«, antwortete Juan.

»Das hört sich vernünftig an. Ich habe trotz Schaukelei Hunger. Lass uns etwas zu essen holen«, sagte sie.

Das Büffet sah ansprechend aus und die Auswahl war groß, doch sie nahmen nur kleinere Portionen.

»Bremst der Seegang deinen Appetit, Süße?«, fragte Juan lachend, als er sah wie lustlos sie in ihrem Essen herumstocherte.

Julia streckte ihm die Zunge heraus und lachte. »Komm, lass uns lieber an Deck gehen und uns den Ozean ansehen«, schlug sie vor und tupfte ihren Mund ab.

Oben wehte ihnen ein heftiger Wind entgegen. Julia fand den Seegang beängstigend und hakte sich schutzsuchend bei ihm unter. Der Schornstein des Dampfers stand hoch über ihnen im vorderen Bereich des Schiffs und zog schwarzen Rauch wie eine Fahne hinter sich her. Julia hielt seine Hand und sie beobachteten das wellige Meer im Mondschein. Auch wenn alles gleich aussah, fand es Juan dennoch beeindruckend zu wissen, dass unter ihnen eine unendliche Tiefe der Lebensraum für viele kleine und große Tiere war. Von ihren Plätzen sahen sie hinauf zum Vollmond. Plötzlich öffnete sich neben ihnen eine Tür und Maurice, der freundliche Matrose kam heraus.

»Ich wünsche den Herrschaften einen angenehmen Abend. Wenn Ihnen kalt ist, bringe ich Ihnen gerne Decken. Oder möchten Sie lieber etwas Hochprozentiges zum Aufwärmen?«, fragte er.

»Mir wäre eine Decke recht«, antwortete Julia.

»Aber wir nehmen auch gerne etwas Hochprozentiges«, sagte Juan.

»Wird erledigt. Ich bin gleich wieder bei Ihnen.«

»Der Mann mit seinem französischen Akzent ist niedlich.«

»Muss ich eifersüchtig sein?«

»Nein, Liebster. Aber er hat Charme und ich mag diesen Akzent.«

»Das kann ich verstehen«, sagte er und kuschelte sich an sie.

»Ich weiß nicht, ob ich mich an den Seegang gewöhnen werde«, seufzte sie, als der Seemann mit Decke und zwei Gläsern Brandy wieder vor ihnen stand.

»Gnädige Frau, ich darf Ihnen versichern, dass das Meer gerade ruhig ist. Bei einem richtigen Sturm schaukeln wir nicht nur. Das Schiff legt sich von einer Seite auf die andere und dabei wird viel Wasser auf das Deck gepeitscht, die Segel müssen eingeholt werden und selbst erfahrenen Seeleuten wird nicht selten angst und bange.«

»Wird das passieren?«, fragte sie den Seemann.

»Ich hoffe nicht. Aber wenn es passiert, bleiben Sie besser unter Deck in Ihren Kabinen. Da ist es sicherer und Sie werden nicht nass«, sagte er und verschwand wieder aus ihrem Blickfeld.

»Habe keine Angst. Es wird schon nichts passieren«, beruhigte er sie. »Das nennt man auch Seemannsgarn. Da wird geflunkert, dass sich die Balken biegen. Mich hätte nicht gewundert, wenn er uns noch von blutrünstigen Seeungeheuern erzählt hätte«, fügte er grinsend hinzu.

»Mir reichen seine Erzählungen und mir ist kalt. Meinst du, du könntest mich in meiner Kabine aufwärmen?«, fragte sie.

46

EL JUNQUITO

»Ich hatte gehofft, dass du bleibst bis Juan zurückkehrt«, sagte Maria und zupfte an dem Hochzeitskleid eine Falte weg.

»Es wird lange dauern, bis er zurück ist und ich wollte die Hazienda meines Vaters verkaufen.«

»Das verstehe ich. Aber da ist doch noch etwas anderes, Andrea.«

»Du bist seine Schwester, aber ich will ehrlich sein. Es sind viele Jahre vergangen, bis ich ihn wieder gesehen habe. Damals waren wir noch jung und wir haben uns unterschiedlich entwickelt und da ist noch etwas. An dem Abend in der Bäckerei sah ich Juan mit diesem Mädchen«, begann Andrea.

»Julia. Sie wohnte hier im Ort und hat vorher auf meine Kinder aufgepasst.«

»Sie ist nicht nur sein Dienstmädchen. Ich habe ihre Blicke gesehen und so schaut man keine Angestellte an. Für so etwas habe ich ein Gespür, Maria.«

»Du meinst Juan und sie hatten etwas miteinander?«

»Davon bin ich überzeugt.«

Wenn Andrea Recht hat, dachte Maria, *dann weiß Raul davon*. Aber darüber würde sie mit ihm sprechen, wenn sie alleine waren.

»Andrea, Julia ist mal gerade dreiundzwanzig und Juan über zwanzig Jahre älter als sie. Was soll er mit so einer jungen Frau?«

»Was wohl? Das was die meisten Männer an seiner Stelle machen würden. Sie ist jung, hübsch und hat eine schöne Figur.«

»Juan hat aber eine anspruchsvolle Beschäftigung. Oft arbeitet er bis spät in die Nacht und hat nicht die Zeit für belanglose Liebeleien. Da ist er anders als andere Männer. Ich habe lange versucht ihn bei einer der vielen Witwen unter die Haube zu bringen, aber in den Gesprächen mit ihm hörte ich immer wieder nur deinen Namen.«

»Vielleicht war es eine Zeit so. Doch ich habe gesehen, was ich gesehen habe. Wenn er mag, soll er mir nach seiner Rückkehr schreiben. Dann können wir ja weitersehen«, sagte Andrea.

»Das wird vielleicht der richtige Weg sein,« sagte Maria.

Mittags versammelten sich alle Freunde und Bekannte, um gemeinsam in festlicher Sonntagskleidung an der Trauung teilzunehmen. Die Kirche lag nur wenige Hundert Meter entfernt idyllisch auf einem kleinen Hügel. Valega trat an den Altar, sah sich um und nickte dem Pfarrer der Gemeinde dankend zu. Durch die Hochzeitsgesellschaft war die Kirche bis zum letzten Platz gefüllt und einige mussten stehen, als er die Gemeinde begrüßte. Nach gemeinsamen Gesang und einem Gebet begann Valega mit einer anschaulichen Predigt aus dem Buch Rut des Alten Testaments und bat das Brautpaar zu ihm nach vorne an den Altar zu kommen.

Welch ein glücklicher Moment, dachte Andrea und konnte ihre Tränen kaum während der Trauung zurückhalten. Die Gemeinde sang zum Abschluss ein feierliches Lied und die Menschen verließen die Kirche. Der Gemeindepfarrer lobte Valega und sie nahmen gemeinsam an den Feierlichkeiten ihres großen Tages teil. Maria sah als Braut wunderschön aus und bekam viele Komplimente.

Am späten Abend nahmen Valega, Andrea und Felipe Abschied von allen, da sie in der Frühe zurück nach Barinitas reisen wollten.

Als alle Gäste gegangen waren und die Mädchen längst im Bett lagen, saßen sie noch überglücklich auf der mit Blumen geschmückten Terrasse. Maria fragte Raul, ob er von einer Liaison von Juan und Julia wisse. Er nickte kurz.

»Oh Juan! Ich hoffe nur, er weiß was er tut,« sagte Maria.

»Er ist ein gestandener Mann. So wie ich. Und ich weiß, was ich jetzt mache,« sagte er, küsste seine lachende Braut und trug sie über die Schwelle ins Haus.

47

LE HAVRE/VERNON

Mit eiskaltem Wind und Regen empfing sie Europa. Julia hatte nur einen leichten Überhang über ihrem Kleid und fror schrecklich. Den wärmende Mantel, nach dem Juan in Caracas lange suchen musste, hing er über ihre Schultern. Der nette Matrose empfahl ihnen noch an Bord das Haus des Reeders zur ersten Übernachtung. Das Hotel war nicht weit und lag an der Mündung der Seine. Zitternd vor Kälte kamen sie im *Maison de l'Armateur an und bekamen sofort eine Unterkunft. Ungewöhnlich war die Anlage des Hauses rund um einen oktogonalen Lichthof, durch den alle Räume ohne Beleuchtung hell waren. Wie alle Gäste waren sie von dem nach oben offenen Lichtschacht beeindruckt.* Weit über ihnen gab eine riesige Glaskuppel einen Blick auf den von Wolken behangenen Himmel frei. Sie folgten den mit ihren Koffern beladenen Pagen ins zweite Obergeschoss des prächtigen Gebäudes über eine breite und mit schweren Teppichen ausgelegte Treppe. Das Zimmer war beheizt und gemütlich eingerichtet. Trotzdem behielt Julia zunächst den Mantel an und kam zu ihm ans Fenster. Von hier aus hatte man einen weiten Blick über den Hafen und konnte das geschäftige Treiben beobachten. Er sah den kreischenden Möwen nach, die über dem Fischereihafen wild kreisten. In eine Nische eingelassen, und von goldfarben bestickten Vorhängen umsäumt, befand sich das große Bett. Seitlich davon, unter einem Spiegel, knisterten und knackten die Holzscheite im

Kamin. Eigentlich wollte Juan etwas essen gehen, aber Julia hatte andere Pläne. Sie löste ihr Korsett, streifte ihr Kleid ab und zog ihn zu sich ins Bett.

»Lass uns Liebe machen im Land der Liebe. Mir ist kalt!«, sagte sie.

Nach einer Stunde war beiden warm. Juan legte noch Holz nach und ging nach unten, um Essen auf ihr Zimmer zu bestellen. An der Rezeption erfuhr er, dass das fünfstöckige repräsentative Gebäude schon ein halbes Jahrhundert alt war.

»Der verstorbene ehemalige Besitzer und Reeder Pierre Foache richtete sein Arbeitszimmer genau zwei Etagen über ihrem Zimmer ein«, sagte der Portier. »Es wird gemunkelt, es hätte hier auch einige Liebesnächte gegeben. Und die waren nicht immer mit der eigenen Frau! Dieser Tradition folgend, fragen wir auch heute nicht dem Trauschein unserer Gäste«, fügte der Mann mit vorgehaltener Hand augenzwinkernd hinzu. Juan verstand zwar nicht alles, aber nun wusste er warum sie problemlos ein gemeinsames Zimmer bekommen hatten. Nach einer gemütlichen Nacht im *Maison de l'Armateur* brachte man das Pärchen am nächsten Morgen zur Postkutschenstation. Nach einer weiteren Übernachtung in Bourg-Achard erreichten sie am frühen Nachmittag schließlich Vermont. Das von Julia geerbte zweigeschossige Chalet lag unweit der Seine in einem dazugehörigen schönen Park. Von dem Verwalter bekam sie die Schlüssel und Juan half ihr beim Öffnen der massiven Holztüre. Diese schien lange nicht benutzt worden zu sein. Muffig kalte Feuchtigkeit lag unangenehm in der Luft und obwohl sie fror, riss Julia gleich mehrere Fenster und eine Doppeltür zur Gartenseite auf. Juan umfasste die Taille der jungen Frau und blickte gebannt durch den gepflegten Park auf eine alte Wassermühle, die auf der anderen Uferseite mitten auf einer Brücke über der Seine lag.

»Julia, hier ist es wunderschön!«

»Aber wie schön muss es erst im Sommer sein?«, sagte sie.
Sie lächelten sich an und machten sich daran, die verstaubten Stoffüberhänge von den Möbeln zu ziehen. Schwere Eichen- und Weichholzmöbel mit Schnitzereien kamen zum Vorschein. Im Salon standen gleich drei dunkelgrüne Chaiselongues, die zum gemütlichen Verweilen einluden und an den Wänden hingen Ölgemälde mit unbekannten Landschaften. Bei der Entdeckung eines Gemäldes jubelte Juan. Es zeigte den Palacio Municipal in Caracas, der in San Bernadino unweit seines Hauses lag.

»Morgen will der Verwalter Personal und Vorräte bringen. Gott sei Dank hat Onkel Marco darauf geachtet, dass er Spanisch spricht.«

»Trotzdem wirst du Französisch lernen müssen, wenn du beabsichtigst länger in Frankreich zu bleiben«, sagte Juan während er das Gepäck nach oben in den Schlafraum brachte. Ein rosa Himmelbett stand romantisch mit verschließbaren rosa Vorhängen im Zentrum des Raumes und im angrenzenden Ankleidezimmer fand er Schränke, in die Julia ihr Gepäck räumen konnte.

»Oh Juan. Ich werde deinen Rat befolgen und Französisch lernen. Hier kann ich es länger aushalten, wenn es erst wärmer wird.«

Edel anmutende blaue Vorhänge vor den Festern reichten bis zum Boden und die farbenfrohen Jagdmotive der Tapeten rundeten die gemütliche Atmosphäre angenehm ab. Nach ein paar erholsamen, schönen Tagen mit langen Spaziergängen entlang der Seine und aufregenden Nächten, fuhr Juan nach Paris. Diese Stadt wollten sie später gemeinsam erkunden, wenn er seine Arbeit getan hatte.

Mit eisig kalten Händen öffnete er am 2. November 1840 die verglaste Tür der Werkstatt und etwas Schnee strömte mit ihm in den Raum. Die Buchdrucker in der Nähe der Fensterfront blickten mürrisch auf. Nur im näheren Umkreis zweier Öfen in der Mitte der Werkstatt war es angenehm warm. Er ging zu einem kleinen ergrauten Männlein, das hinter dem größten Zeichentisch so nach vorne gebeugt saß, dass es aussah, als würde er auf dem Stuhl stehen. Der Tisch erschien Juan viel zu groß für den kleinen Mann zu sein. Mit seinem Monokel, dem wirren Haar und buschigen Augenbrauen machte er einen recht kauzigen Eindruck auf ihn.

»Mein Name ist Juan Conteguez und möchte Señor Codazzi sprechen.«

Er nahm sein Monokel ab und musterte Juan. Seine Augenbrauen kräuselten sich so sehr, dass einige Haare in seine Augen hingen.

»Señor Codazzi kann nicht gestört werden!«, krächzte er.

»Ich komme vom Justiz- und Innenminister der Republik Venezuela und habe ihm wichtige Nachrichten persönlich zu überbringen!«, antwortete Juan mit deutlich hörbarem spanischem Akzent.

»Wie war Ihr werter Name?«, wollte er erneut wissen.

»Conteguez.«

»Warten Sie einen Moment und wärmen Sie sich an dem Ofen«, erwiderte der Mann. Er war so klein, dass er von seinem Stuhl springen musste, da seine Beine den Boden nicht berührten, wenn er saß. Juan hatte schon von Menschen gehört, die so klein sein sollten, wie Kinder. Neben dem Ofen war es warm und er machte gerade die obere Knöpfe seiner Jacke auf, als sich eine Türe öffnete und ihm Codazzi gegenübertrat. Er musterte Juan eingehend und reichte ihm die Hand.

»Kann es sein, dass wir schon einmal begegnet sind, Señor ...?«

»Juan Conteguez. Wir sind uns in Carabobo begegnet.«

»Natürlich! Sie sind der Mann, der die Kanonen der Spanier

unbrauchbar machte. Ich hätte nicht gedacht, dass wir uns einmal wieder begegnen. Und das in Paris! Doch kommen Sie in mein Büro.«

»Schön, dass Sie mich nach so langer Zeit erkannt haben!«

»Wie könnte ich das vergessen. Nie zuvor habe ich auf Schlachtfeldern von einem solchen Streich gehört, wie Sie ihn den Spaniern mit ihren gottverfluchten Kanonen gespielt haben«, sagte Codazzi lachend.

»Das war vor fast zwanzig Jahren«, sagte Juan nickend und übergab ihm gleich das Schreiben Quinteros. Codazzi öffnete den Brief und überflog ihn rasch.

»Sie sind über den Inhalt des Schreiben im Bilde?«, fragte er.

»Ja und ich soll Ihnen noch einige weitere Details mitteilen. Wegen der Dringlichkeit haben mich unser Präsident Jóse Antonio Paéz und Minister Angel Quintero persönlich zu Ihnen nach Paris geschickt.«

»Dann müssen wir in Ruhe reden. Was halten Sie davon, wenn wir uns einen gemütlicheren Platz suchen und alles beim Essen besprechen?«

»Eine ausgezeichnete Idee!«

»Ich wohne in einer angenehmen Pension in Bastille, einem ruhigen Teil der Stadt. Ich denke, dass auch Sie dort ein Zimmer bekommen können. Das würde unsere Zusammenarbeit er-leichtern«, sagte Codazzi und steckte den Brief in seine Manteltasche. Seit acht Monaten war er in Europa mit wichtigen Aufgaben betraut. In der Kupferwerkstatt der Gebrüder Thierry wollte er seiner Wahlheimat einen gebührenden Dienst erweisen und daher meist der Letzte, der seinen Arbeitsplatz verließ. Die Mitarbeiter staunten, als er sich mit Juan schon am frühen Nachmittag von ihnen verabschiedete, knöpfte seinen Mantel zu und wickelte seinen weißen Schal um den Hals.

Es war ein kaltes, winterliches Wetter Anfang November.

»Mein Gott, ist das kalt in Europa!«, stellte Juan fest.

»Jetzt können Sie sich vorstellen, dass ich Venezuela vermisse«, erwiderte Codazzi und ließ seine Hände in den Taschen verschwinden.

Die erste Droschke die er sah, winkte er heran. Der Kutscher sprang von seinem Bock und öffnete ihnen die Tür.

»Wohin darf ich Sie bringen? Vielleicht möchten sich die Herren ein wenig amüsieren«, sagte er mit einem Augenzwinkern.

Codazzi schüttelte Schnee von seinem Hut und sie stiegen ein.

»Bringen Sie uns zur Pension Troubeaux in der Rue de Lille.«

Juan wischte sich mit dem Ärmel Wasser aus dem Gesicht.

»Was meinte der Kutscher mit amüsieren?«, fragte er neugierig.

Codazzi grinste den ahnungslosen Venezolaner an.

»Wir sind in Paris! Es ist die Stadt der Liebe! Hier bekommt man für

Geld jeden Spaß, den sich ein Mann nur wünschen kann«, erklärte er.

Juan wusste von ein paar Dirnen, die im Barrio ihre Dienste anboten. Nur waren das derart schmutzige und verkommene Weibsbilder, dass er immer einen großen Bogen um sie machte, wenn er Raul besuchte.

Der Kutscher fuhr entlang der Seine. Der Fluss war wegen des dichten Schneegrstöbers aber kaum erkennbar. Juan verfolgte neugierig die Fahrt und sah, dass die Leute auf den Straßen frierend ihre Krägen hochgeschlagen hatten. Schon auf dem Weg von Le Havre nach Paris hatte ihn die völlige Andersartigkeit dieses Kontinentes beeindruckt. Nichts davon war mit Venezuela vergleichbar. Endlich erreichten sie die Pension. Codazzi bezahlte den Kutscher und eilte mit Juan und seinem Gepäck zum Eingang des Hauses. Die Wirtin schien die Kutsche gehört haben und öffnete bereits die Türe, bevor sie das Gartentor erreichten.

»Was für ein scheußliches Wetter bringen Sie da mit, Señor Codazzi?«, sagte sie lächelnd und begutachtete seinen unbekannten Begleiter.

»Kommen Sie doch herein und geben Sie mir rasch Ihre Mäntel, damit ich sie zum Trocknen aufhängen kann.«

»Gerne, Madame Troubeaux. Darf ich Ihnen Señor Juan Conteguez vorstellen? Er ist eigens vom Innenministerium nach Paris geschickt worden, um sich über die Gastfreundschaftlichkeit der Franzosen überzeugen zu können«, sagte Codazzi lächelnd.

»Ich weiß, dass Sie mich auf den Arm nehmen wollen. Aber Ihr Besuch ist auch mir willkommen. Brauchen Sie ein Zimmer, mein Herr?«

»Ja, gerne Madame Troubeaux. Ich wäre Ihnen verbunden, wenn Sie für mich einen bescheidenen Raum frei hätten«, antwortete er mit gebrochenem Französisch.

»Das dürfte sich machen lassen, Señor Conteguez. Ich habe ein nettes
Zimmer für Sie. Es dürfte Ihnen gefallen.«

»Besteht die Möglichkeit etwas Warmes zu essen zu bekommen?«, fragte Codazzi.

»Wenn die Herren Hühnchen am Faden mögen?«, sagte sie und nahm
Ihnen die nassen Mäntel ab.

»Hühnchen am Faden? Das hört sich seltsam an!«, murmelte Juan.

Von dieser komisch klingenden Speise hatte anscheinend auch Codazzi noch nie gehört, denn er zuckte mit den Schultern.

»Nehmen Sie doch erstmal im Kaminzimmer Platz, dann bringe ich Ihnen einen Tee und erkläre dabei das französische

Gericht. Sie werden von dieser Spezialität begeistert sein, das verspreche ich Ihnen.«

»Sie hat gute Ohren!«, sagte er als sie ging. »Und sie versteht auch unsere Sprache«, fügte er hinzu und hob warnend einen Zeigefinger.

Juan folgte ihm grinsend in das Kaminzimmer.

»Es ist gemütlich eingerichtet«, stellte Juan fest.

»Ich fühle mich hier auch wohl, selbst wenn ich das Leben in Gasthäusern und Pensionen an sich verabscheue. Da wir für Sie ein Zimmer bekommen haben, werden Sie die Vorzüge schnell zu schätzen wissen. Die Pension mit ihrer guten Küche ist in Paris ein Geheimtipp«, sagte Codazzi und sie nahmen in den Ohrensesseln am Kamin Platz.

Die bordeauxroten Vorhänge waren nicht zugezogen und so konnte er das Schneegestöber hinter den Fenstern mit Eisblumen betrachten, während die Flammen an den knackenden Holzscheiten züngelten und das Zimmer wärmte.

»Immer, wenn ich meine Ruhe brauche, findet man mich in diesem behaglichen Raum«, sagte Codazzi.

»Ich fühle mich hier schon jetzt wohl«, sagte Juan anerkennend.

»Das glaube ich. Aber Sie sollten sich etwas Warmes und Trockenes anziehen. Inzwischen werde ich den Brief ausführlich studieren?«

»Eine gute Idee. Ich friere tatsächlich.«

Schon auf dem Weg zum Flur nahm Juan herrliche Gerüche aus der Küche wahr. Sein Zimmer war zwar klein, aber es war liebevoll und gemütlich eingerichtet. Mit trockener Kleidung kam er wieder zurück in das Kaminzimmer.

»Na, so gefallen Sie mir schon besser«, sagte Codazzi anerkennend.

»Was ist Hühnchen am …?«

»Am Faden? Ich habe nicht geringste Ahnung, was das sein

soll. Aber ich vertraue Madame Troubeaux Kochkünsten. Sie wird es uns erklären, wenn sie Zeit dazu hat. Doch zuvor berichten Sie mir, welche Informationen Sie noch für mich haben«, forderte Codazzi und legte den Brief vor sich auf den Tisch.

»Minister Angel Quintero bittet mich um Auskunft über unkultivierte Landstriche der Republik Venezuela, welche sich für Landwirtschaft, Bergbau und vor allen Dingen für Ansiedlungen eignen würden.«

»Ja, das ist richtig. Dahinter steckt die Absicht, Europäer ins Land zu holen, um die Verluste der Landbevölkerung durch die Kriege und die Pest von 1812 auszugleichen«, erklärte Juan.

»150.000 Menschen haben wir alleine durch die Unabhängigkeitskriege verloren. Ich kenne die Zahlen ziemlich genau. Ich habe mich, bevor ich nach Europa kam intensiv damit beschäftigt«, ergänzte Codazzi.

»Das Ministerium hat mir vor meiner Abreise auch noch andere Zahlen vorgelegt. Durch das Erdbeben 1812 und der Pest 1818 haben wir über 60.000 Menschen verloren. Ich bin in den letzten Jahren durch viele Gebiete Venezuelas gekommen und habe mit eigenen Augen sehen können, dass überall im Land Felder brach liegen. Zwar haben einige der ehemaligen Sklaven durch großzügige Schenkungen Land erhalten, doch es wird noch immer nicht genug bewirt-schaftet.«

»Der Gedanke Europäer ins Land zu holen, beschäftigt mich schon einige Zeit, Señor Conteguez. Nur wollen die meisten Menschen in das nördliche Amerika auswandern. Venezuela hat in den vergangen Jahren immer neue Einwanderungsgesetze erlassen. Doch letztendlich waren unsere Bemühungen Europäer ins Land zu holen erfolglos.«

»Unser Präsident Páez und Minister Quintero sind der Meinung, dass die Zukunft unseres Landes nach der Loslösung von Großkolumbien und der endgültigen Unabhängigkeit besser aussieht als je zuvor. Das neue Einwanderungsgesetz ist eine Initiative unseres Präsidenten. Das hat er mir selbst erklärt«, sagte Juan.

»Und ich soll mich von hier aus darum kümmern, geeignete Landstriche für die Besiedelung durch Europäer zu finden? Das ist alles, was man von mir will?«, fragte Codazzi.

»Man hat mich nicht nur wegen dieses Briefes nach Europa zu Ihnen geschickt. Sie sollen Ihre Kontakte in Europa nutzen und geeignete Auswanderer anwerben, wenn Ihnen das Unternehmen zusagt.«

»Das wäre kein Problem, wenn ich nicht mit anderen Dingen beschäftigt wäre. Solche Anwerbungen sind mit langen Reisen verbunden und nehmen viel Zeit in Anspruch, die ich nicht habe.«

»Das Ministerium gibt Ihnen freie Hand, Señor Codazzi. Ihre bisherige Arbeit können Sie beiseite legen. Man hat mir versichert, dass unser Land alle Anstrengungen unternehmen wird, damit das Vorhaben diesmal von Erfolg gekrönt wird.«

»Der Regierung scheint es ernst zu sein«, stellte er fest und drehte nachdenklich an den Enden seines Schnurrbartes. »Es ist kein Problem, ein Schiff für die Überfahrt vertraglich zu verpflichten und andere Vorbereitungen zu treffen. Aber das kostet Geld. Viel Geld. Und das haben die wenigsten Ausreisewilligen.«

»Das neue Gesetz soll das Ganze denkbar einfach machen. Denn selbst an eine zinsfreie Finanzierung hat der Präsident gedacht.«

»Das lässt alles in einem anderen Licht erscheinen und macht mich ein wenig neugierig.«

Die Türe öffnete sich und Madame Troubeaux kam mit dem Tee.

»Darf ich mich zu den Herren setzen?«, fragte sie.

»Ja, bitte. Ich bin schon auf Ihre Ausführungen gespannt.«

Nachdem die Witwe Platz genommen hatte, lehnte sie sich zurück.

«Also», begann sie. »Sie kennen sicher dieses schrecklich trockene Fleisch eines am Spieß gegrillten Hühnchens. Das Huhn hat, wie der Mensch, zwei Körperöffnungen. Eine oben und die andere unten.«

Juan konnte nur mit Mühe einen Lachanfall verhindern und sah, dass es Codazzi nicht anders erging.

»Das ist wohl wahr«, gab er ihr amüsiert Recht.

»Bei dem Hühnchen am Faden, wird eine Öffnung geschlossen, indem man sie vernäht. Die Innereien werden, bis auf die Leber, weggeworfen. Die Leber wird mit Kräutern klein gehackt und mit einem Stück Butter vermengt in das Huhn gefüllt. Der Duft und Geschmack der Füllung soll in das Fleisch übergehen. Das Tier wird mit einem Faden zusammengebunden und mit der zugenähten Öffnung nach oben, aufgehängt. Damit sind alle Bedingungen erfüllt, ein ausgezeichnetes und saftiges Huhn zu bekommen. Am besten, Sie lassen sich einfach überraschen.«

»Dank Ihrer Beschreibung knurrt mir schon der Magen, Madame Troubeaux. Wenn es Ihnen keine Umstände bereitet, würden wir gerne im Kaminzimmer speisen. Wir haben viel zu besprechen«, sagte er.

»Natürlich macht es Umstände, aber bei so freundlichen Gästen will ich gerne ein Auge zudrücken«, meinte sie und verließ den Raum.

Während Codazzi seinen Tee rührte, trank Juan bereits. Dieses warme und aromatische Getränk schmeckte ihm gut und rann angenehm die Kehle herunter.

»Das neue Gesetz bietet denjenigen Unternehmern welche europäische Einwanderer ins Land holen, Darlehen für die Kosten der Überfahrt und alles was dazu gehört«, beschrieb Juan erste Details. »Es werden keine Darlehenszinsen verlangt und die Kredite müssen erst nach sechs Jahren zurück bezahlt werden.«

»Fahren Sie fort«, forderte ihn Codazzi auf, während er weiter seinen Tee umrührte.

»Die Unternehmer müssen allerdings Bürgschaften erbringen. Ich halte es für ein großartiges Projekt, wenn Sie mich fragen. Wenn ich Bürgen und Ihre Kontakte hätte, Señor Codazzi ...«

»Bürgschaften zu erbringen, stellen für mich kein großes Problem dar. Aber lassen Sie mich mal nachdenken«, unterbrach er ihn. Er kannte wichtige Persönlichkeiten im Land, von denen er wusste, dass sie ihm helfen würden. Codazzis Unternehmergeist war geweckt. Er legte den Löffel beiseite, trank von seinem Tee und blickte nachdenklich zum Fenster hinaus, vor dem Schneeflocken im Wind tanzten.

»Ich kann mir vorstellen, fleißige Bauern und Handwerker nach Venezuela zu bringen. Sie bräuchten nicht mehr zu hungern, denn der harte Winter in Europa brachte in den letzten Jahren viele Hungersnöte mit sich. In dem fruchtbaren Venezuela werden die Menschen mehrmals im Jahr ernten können und zugleich eine Bereicherung für ihre neue Heimat sein«, sagte Codazzi ermutigt.

»Es stellt sich die wichtige Frage, in welchen Ländern besonders fleißige Menschen zu finden sind. Im Gegensatz zu mir kennen Sie viele europäische Länder. Der Minister meinte, dass Sie der richtige Mann für diese Aufgabe sind, mit dem ich offen reden kann.«

»Das mag sein. Aber eine sorgfältige Planung braucht auch Zeit. Auf jeden Fall sollten wir einen meiner Freunde in Paris um Mithilfe bitten. Alexander Benitz. Er ist ein deutscher Lithograf und auch Mitarbeiter in der Werkstatt. Doch ich muss auch sicherstellen, dass seine Arbeiten fertig gestellt werden können.«

»Sie arbeiten an Karten, soweit ich informiert bin.«

»Karten?« Codazzi lachte. »Wer hat Ihnen das erzählt? Der Minister?«

»Äh, ja. Er erwähnte so etwas.«

»Unser Präsident José Antonio Páez hat ermöglicht, dass ich das Werk hier in Paris fertig stellen kann. Und jetzt soll ich die Arbeit an dem Atlas abbrechen? Das geht nicht so einfach«, sagte er. »Das Werk ist zu wichtig. Wie sollen wir eine funktionierende Wirtschaft in unserem Land aufbauen, wenn kaum Karten zur Verfügung stehen und diese so ungenau sind, dass sich jeder Esel nach ihnen verlaufen würde?«, sagte Codazzi offenbar über die Bezeichnung *Karten* verärgert.

Juan fand es angenehm, das Schlagen der Küchentüre und Schritte zu hören. Madame Troubeaux kam mit dem, auf einer Platte angerichteten, dampfenden Braten in den Raum. Dazu reichte sie eine Flasche tief dunkelroten Wein, Rübchen mit Soße und frisches Brot.

»Ich wünsche Ihnen einen gesegneten Appetit, meine Herren.«

Besten Dank«, antworteten Codazzi und Juan fast gleichzeitig.

»Ich lege mich gleich zur Ruhe. Wenn Sie noch etwas wünschen, dann sagen sie es bitte gleich«, sagte die Witwe.

Juan sah, dass es längst dunkel geworden war.

»Nein, heute brauchen wir nichts mehr. Ich wünsche Ihnen eine gute Nachtruhe, Madame Troubeaux.«

Mit Servietten im Kragen machten sie sich über Geflügel her.

»Und wie schmeckt Ihnen das Hühnchen?«, fragte Codazzi.

»Es ist tatsächlich viel saftiger, als die venezolanischen Pollos. Ich werde mir das Rezept von ihr geben lassen«, antwortete Juan.

»Eine gute Idee. Wir sollten überhaupt einige europäische Dinge mit nach Venezuela nehmen. Wir hatten noch nicht darüber gesprochen, wie lange Sie mir zur Verfügung stehen.« »,

»Ich soll so lange bleiben, bis ich dem Minister Näheres zu dem Projekt mitteilen kann. Präsident José Antonio Páez ist eine Planung wichtig, die zum Ziel führt. Zwei bis drei Monate sind angedacht. Aber wenn Sie mich länger benötigen, sollen wir ihn nur rechtzeitig informieren.«

»Das lässt sich machen. Denn wenn wir alle Aufgaben gewissenhaft erfüllen wollen, kann ich gerade zu Anfang jede Hilfe gebrauchen.«

Codazzi trank nur ein Glas Wein und ging danach auf sein Zimmer.

Juan lehnte bequem in dem Sessel und verarbeitete seine ersten Eindrücke Europas und ließ sich den restlichen Wein schmecken, bevor er auch zu Bett ging.

Das Geläut der Kirchturmglocken ließ ihn aufschrecken. Er stand auf und zog die Vorhänge zur Seite. Juan erschrak als er sah, dass es schon hell war. *Kaum zu glauben*, dachte er, *jetzt habe ich doch tatsächlich verschlafen*. Rasch kleidete er sich an und ging herunter. Er ahnte, dass Codazzi heute in seinem Tatendrang kaum zu bremsen sein würde. Als er runter kam, frühstückte der Oberst bereits.

»Guten Morgen!«, begrüßte ihn Juan und setzte sich an den Tisch.

Codazzi blickte nur kurz auf. »Sie sind heute etwas spät. Ich weiß am besten, dass man nach einer so langen Reise müde ist. Aber bei mir müssen Sie sich an Pünktlichkeit gewöhnen«, brummte er.

»Es tut mir leid. Ich habe geschlafen wie ein Stein.«

»Beeilen Sie sich mit dem Frühstück. Viel Zeit haben wir nicht mehr.«

Nach den köstlichen kleinen Broiche mit Marmelade und einem Kaffee blieb Juan vor dem Eingang der Pension eine Weile stehen und wartete auf Codazzi, der noch etwas aus seinem Zimmer holen wollte. Es hatte aufgehört zu schneien und und er sog die wohltuend frische Luft ein. Madame Troubeaux war ihm bis vor die Tür gefolgt und fragte ihn, ob er gut geschlafen habe.
»So gut, dass ich gerne noch liegen geblieben wäre!«
»So gefällt es mir! Sie sollen sich bei mir wohlfühlen.«
Ihre Stimme klang kultiviert und passte zu ihrer resoluten Erscheinung.
»Wir werden heute lange arbeiten und wir kommen sicher erst spät in der Nacht zurück«, sagte Codazzi, als er heraus kam.
»Das ist aber schade, Señor Codazzi.«
»Ja, das ist wirklich schade. Ich wünsche Ihnen einen schönen Tag, Madame Troubeaux.«
Juan folgte Codazzi durch das schmiedeeiserne Gartentor.
»Wenn das Wetter gut ist, dann gehe ich morgens gerne zu Fuß in die Werkstatt. Die frische Luft macht mir den Kopf frei.«
»Auf diese Weise sehe ich gleich etwas von Paris«, sagte Juan.
Bei jedem Schritt knirschte der frisch gefallene Schnee unter seinen Füßen, aber die Sonne schien angenehm und etwas wärmend.
»Die Straßen in Paris bildeten ein genauso gleichförmiges Raster wie die in Caracas. Das wird Ihnen noch auffallen«, informierte ihn Codazzi. »Aber es gibt auch andere Viertel und in eines kommen wir gleich.«
Wenige Blocks vom Fluss entfernt erreichten sie den Rand eines schäbigen Wohnviertels. Selbst der Schnee war hier schmutzig braun. Die Gegend erinnerte ihn an das Barrio, in dem Raul sein Haus hatte.
»Die Elendsviertel in Caracas und die am Hafen von La Guaria unterschieden sich kaum hiervon. Müssen wir hier durch?«

»Nein. Ich wollte es Ihnen nur zeigen. Sie sollten diese Viertel unbedingt meiden, wenn Sie nicht überfallen werden wollen. Aber auch das gehört zu Paris. Ich möchte nicht, dass Sie zuviel von Europa schwärmen, wenn Sie wieder in Venezuela sind. Deshalb sollten Sie auch diese Seite der Stadt sehen.«

Im Postamt gab Codazzi einen Brief an den Freiherrn Alexander von Humboldt auf, welchen er so baldmöglichst in seinem Büro in der Universität von Paris zur Beratung aufsuchen wollte. Nach langen Gedränge und Geschiebe in der Innenstadt kamen sie an dem eindrucksvollem Parlamentsgebäude vorbei, das von hohen Bäumen umgeben, an der Seine lag. Juan staunte, wie lebendig und aufregend diese Stadt war und merkte sich ein paar Sehenswürdigkeiten für spätere Besuche mit Julia. Codazzi bog in die übernächste Straße ein, prüfte den Zustand seiner Kleidung und öffnete die Tür der Werkstatt im Hof des alten Gebäudes.

»Die Franzosen kommen mir nicht unbedingt geeignet vor«, sagte Juan. »Die haben auf mich bisher eher den Eindruck gemacht, als würden die alles sehr langsam angehen.«

»Die Erfahrung kann ich mit Ihnen teilen. Wir Italiener sind auchnicht die Schnellsten, aber Eile scheint man hier nicht zukennen«, sagte Codazzi. »Aber ich habe eine Idee. Wie wäre es mit Deutschen? Die sind für ihren Arbeiswillen bekannt«, sagte der Oberst, als sie die Werkstatt betraten.

»Ich habe gehört, dass deutsche Auswanderer in den Kolonien Nordamerkas besonders fleißig sind und dem Land den größten Nutzen bringen«, sagte Juan. »Aber dazu brauchen wir gute Kontakte in die deutschen Länder.«

»Eine gute Idee, Conteguez! Dann sollten wir uns an Alexander Benitz wenden«, sagte Codazzi grinsend zu Juan, der ihn fragend ansah.

»Er ein deutscher Lithograph und Landvermesser und mein engster Mitarbeiter am Projekt des geografischen und politischen

Atlas. Er arbeitet hier in der Werkstatt und kommt aus Endingen am Kaiserstuhl. Er hatte Organisationstalent, geht zielstrebig auf Probleme ein und nimmt sie in Angriff. Kommen Sie!«, sagte er und ging vor. Als Codazzi mit Juan das Büro betrat, murrte er ohne aufzuschauen.

»Bitte stören Sie mich nicht! Kommen Sie später wieder.«

»Du hast keine Zeit für einen alten Freund, der dir jemanden aus Venezuela vorstellen möchte, und dich in seine neue Unternehmung einzuweihen gedenkt?«

Jetzt sah Alexander auf, ohne die Feder aus der Hand zu legen. Er musterte Juan, stand auf und stellte sich mit Handschla vor. »Sehr angenehm. Juan Conteguez.«

»Agustin, ich will den Kartenteil heute fertig stellen. Was kann so wichtig sein, dass wir nicht auch später darüber reden können?«, sagte der große Mann.

»Hm, wenn wir uns heute in der Taverne zum Essen treffen und du erfährst um was es geht…«, sagte Codazzi.

Alexander sah auf und versuchte einmal mehr herauszufinden, warum es dem Oberst immer wieder gelang, ihn einzuwickeln.

„Gut, wie ich dich kenne, lädst du uns ein«, sagte er lächelnd.

»Angenommen, ich lade dich ein. Heißt das Zustimmung?«

»So ist es«, sagte Alexander, stand auf und verabschiedete sich. »Sagen wir um halb sechs? Ich muss wirklich weitermachen, Agustin.«

»Er scheint ein typischer Deutscher zu sein, der sich nur ungern bei seiner Arbeit stören läßt und sein Eifer erscheint mir vorbildlich«, sagte Juan. »Wenn alle Deutschen so sind, dann sollte die Wahl schon feststehen.«

»Und er ist mir ein guter Freund. Sie werden ihn während ihrer Zeit in Paris noch näher kennen lernen! Er ist ein typischer Deutscher.«

»Was ist noch an den Deutschen typisch Deutsch?« wollte Juan wissen.

»Sie sind fleißig, bescheiden und arbeiten wie die Tiere. Alexander Benitz ist hier für seinen Perfektionismus und dem Willen, seine Arbeiten schnellstens fertig zu stellen, bekannt.«

»Ich verstehe. Dann lassen Sie uns nach deutsche Einwanderern für Venezuela suchen.«

»Genau darüber will ich mich heute mit ihm beraten! Ihre Überlegungen sind richtig und ich bin mir sicher, dass mein Plan nach Deutschen Ausschau zu halten, nicht falsch sein kann.«

An dem Nachmittag beriet sich Juan mit Codazzi über seine Ideen. Er machte sich Notizen zu vielen Personen, die der Oberst beratend hinzuziehen wollte und so verging die Zeit bis zum Abend schnell.

Als Alexander eintrat sah er sich um und entdeckte die beiden im ruhigen hinteren Teil des edlen Restaurants. Nachdem er Hut und Mantel ablegte, führte ihn ein Kellner zu ihrem Tisch und gab ihnen die Karten. »Der 34er Chateau ist besonders zu empfehlen, meine Herren«, sagte der Mann.

»Zu einem guten Essen gehört auch ein hervorragender Wein. Wie sehen Sie das, Señor Conteguez?«, fragte ihn Alexander.

»In Frankreich mag das so sein. Deshalb stimme ich Ihnen zu.«

Alexander stutzte. »Nur in Frankreich?«

»Die Anden Venezuelas sind meine alte Heimat. Dort trinken Frauen und Kinder meistens Milch und die Männer Rum und Wasser zum Essen«, antwortete er mit einem Lächeln.

»Dann sollten Sie jetzt einen guten französischen Wein probieren. Ich bin mir sicher, dass unser Oberst einen guten Tropfen wählt.«

Codazzi bestellte den Wein und der Kellner entfernte sich.

»Verzeihen Sie mir dass ich heute Morgen abweisend war.

Ich habe ausgesprochen viel zu tun und möchte meine Arbeit zu Ende bringen, damit ich noch im nächsten Monat wieder in Endingen sein kann.«

»Ich verstehe das und du brauchst dich nicht zu entschuldigen. Nun zu meinem Anliegen. Gestern habe ich Post vom Innen- und Justizminister Venezuelas bekommen. Wegen der Dringlichkeit hat mir Señor Conteguez das Schreiben persönlich überbracht und wird mich bei dem neuen Vorhaben beratend unterstützen.«

Der Kellner kam und entkorkte die Flasche. Codazzi prüfte das Etikett, kostete einen Schluck und nickte dem Kellner zu, der die Gläser füllte.

»Ein guter Tropfen. Merci!«, sagte Alexander anerkennend. »Aber komme zur Sache, Agustin.«

»Ich hatte dir von den Problemen, unter denen mein Land nach den Befreiungskriegen zu leiden hat, erzählt. Venezuela fehlen Menschen für die Landwirtschaft, die Industrie und den Handel«, begann er.

»Obwohl das Land fruchtbar ist, findet sich niemand der es bestellt und alle Versuche, Europäer zum Einwandern zu bewegen waren bisher gescheitert. Erst im Mai hat unser neuer Präsident ein Gesetz erlassen, welches dieses Problem lösen soll.«

»Und wie stellt man sich das vor?«

»Wollen Sie es Herrn Benitz erklären?«, wendete sich Codazzi an Juan,

»Sehr gerne. Minister Quintero bittet um Auskunft darüber, welche Landstriche Venezuelas sich für die Landwirtschaft, Bergbau, einfache Industrie und vor allen Dingen für Ansiedlungen eignen würden. Er hat mir im persönlichen Gespräch erklärt, dass dahinter die Absicht steckt, mit Europäern Kolonien zu gründen«, sagte Juan.

»Ich habe den festen Entschluss gefasst, selbst eine landwirtschaftliche Kolonie zu gründen, denn die Bedingungen sind für den Unternehmer und die Einwanderer ausgezeichnet«, fügte Codazzi hinzu.

»Das ist richtig«, sagte Juan. »Dem Unternehmer werden zinslose Kredite gewährt. Damit werden nicht nur die Kosten der Überfahrt und der Verpflegung der Auswanderer finanziert und vorgestreckt, auch werden den Siedlern Land, Vieh, Gerätschaften und Häuser zur Verfügung gestellt.«

»Der Kredit muss erst nach 6 Jahren zurückbezahlt werden«, vollendete Codazzi ungeduldig Juans Ausführungen. »Bitte entschuldigen Sie, dass ich Sie unterbrach, Señor Conteguez.« Juan winkte lächelnd ab.

»Das hört sich gut an«, stelle Alexander fest.

»In meinen Überlegungen dachte ich in erster Linie an deutsche Auswanderer und ich möchte dich bitten, wenn du in Endingen bist Erkundungen einzuholen, ob bei den Menschen Interesse an Auswanderung besteht.«

Der Kellner positionierte sich in höflichem Abstand vor dem Tisch, um die Bestellung aufzu-nehmen. Codazzi winkte ihn heran. Sie einigten sich auf ein erlesenes Diner nur vom Ochsen, welches mit Kreide auf einer großen Tafel geschrieben stand. Sie bestellten ein Menü mit Hackfleischpastetchen, geröstete Brotscheiben mit Ochsenmark, Ochsenschmortopf und glasierte Rübchen. Nachdem sich der Kellner mit der Bestellung entfernte, griff Alexander das Gespräch wieder auf.

»Das mache ich gerne, Agustin. Du weißt von den wirtschaftlichen Verhältnissen im Großherzogtum Baden. In Endingen und in allen anderen Orten des Kaiserstuhls hat die Landbevölkerung mit immer größeren Problemen zu kämpfen.« Alexander trank vom Wein, bevor er weiter sprach. »Ich weiß aber auch von Menschen, die von Agenturen angeworben wurden, welche ihre Versprechen nicht einhielten und nun in noch größerer Not sind, als vorher.«

Immer mehr interessante Eindrücke sammelte Juan von Europa.

»Deshalb soll auch alles gut geplant werden. Den Menschen wird soviel Sicherheit geboten, wie es noch keine Agentur vorher konnte.«

»Wenn dein Plan Hand und Fuß hat, bin ich auf deiner Seite.«

Zwei Kellner brachten den ersten Gang. Drei verschiedene Pasteten waren mit Beeren und Kräutern hübsch auf den Tellern arrangiert. Sie wünschten sich einen guten Appetit und prosteten sich zu.

»In acht Tagen werde ich mich mit de Boussingault treffen und erst heute habe ich Alexander von Humboldt geschrieben und um ein beratendes Gespräch gebeten.«

»Angel Quintero hat mir von dem Wissenschaftler erzählt. Ich glaube, dass von Humboldt tat-sächlich Regionen kennen könnte, welche sich für Deutsche Siedler eignen würden. Immerhin hat der Mann mehr von meiner Heimat Venezuela gesehen, als ich selbst«, sagte Juan.

»Genau darum geht es mir. Ich verspreche mir ein aufschlussreiches Gespräch mit ihm«, sagte Codazzi.

Mit kleinen Pausen wurden die weiteren Gänge serviert und zum Abschluss gab es noch Kaffee mit Mandelplätzchen und alten französischen Cognac.

»Meine Kleider spannen sich verdächtig um meinen Bauch«, bemerkte Juan. »An die französische Küche könnte ich mich sofort gewöhnen.«

Alle lachten und Codazzi bezahlte die stattliche Rechnung mit einem großzügigen Trinkgeld. Zurück in der Pension erörterte Codazzi noch weitere Ideen zu der Kolonie. Er machte aber auch deutlich, dass er sich bald wieder der Gesamtkarte Venezuelas widmen musste.

»Ich kann Ihre Eile gut verstehen. Wenn Sie an dem Atlas

weiterarbeiten, brauchen Sie meine Dienste gewiss nicht mehr lange.«

»Sie wollen Paris kennen lernen, nehme ich an. Gut, das ist kein Problem.«

Während Codazzi auf sein Zimmer ging, schrieb er einen Brief an Julia.

48

ENDINGEN

Es mochte zehn Jahre her sein, dass Richard Krämer vor dem Bauernhaus eine windgeschützte Tenne mit flachen Feldsteinen gepflastert hatte. Die Dinkelernte war gut ausgefallen und er war erleichtert, dass sie noch vor Vaters Ermordung die Garben zum Trocknen in die Scheune schaffen konnten. Jetzt war es an der Zeit das Getreide durch Dreschen von den Halmen zu lösen. In der letzten Woche hatte er es geschafft, die Hälfte des Dinkels mit dem Dreschflegel zu bearbeiten, doch sein Vater fehlte nicht nur auf dem Hof, sondern der ganzen Familie. Sabina versuchte meist ihre Traurigkeit zu verbergen. Aber Stephan bemerkte ihren Kummer und bei dem Gedanken an die Ermordung schossen auch ihm Tränen in Augen. Wortlos ballte der junge Mann die Fäuste und biss die Zähne zusammen. Hartmut war einer der beiden ehemaligen Knechte. Ihn hatte Stephan erschlagen und damit wahrscheinlich die Ermordung der ganzen Familie verhindert. Der andere konnte nur Alois sein. Er war es, der seinen Vater ermordete und durch das zerschlagene Fenster mit dem Erlös vom Verkauf einer Sau geflohen war. Dabei hätte das Geld der Familie gut getan und alle über den nächsten Winter gebracht. Wut stieg in ihm auf und er schlug kräftig auf die Dinkelähren ein. »Dich finde ich noch und dann Gnade dir Gott, verfluchter Drecksack! Das ist für dich, du Mörder«, schrie er und drosch auf die Ähren.

»Stephan! Du sollst nicht fluchen«, rief Magdalena.

»Du hast Recht, liebe Schwester. Verzeih meine Ausdrucksweise.«

»Gut, dass Mutter dich nicht gehört hat. Wir wollen mit dem Worfeln die Spreu vom Dinkel trennen.«

»Das wäre mir eine große Hilfe. Aber ist die Arbeit nicht zu schwer?«

»Überhaupt nicht und Mutter wird die Abwechslung gut tun.«

Da das Wetter am Kaiserstuhl besser geworden war, konnten sie auch auf eine gute Ernte der Winterkartoffeln hoffen. Aber Stephan wusste nicht, wie die Arbeit ohne seinen Vater zu schaffen sein sollte. Für den Unterricht hatte er schon lange keine Zeit mehr gehabt. Es gab einfach Wichtigeres zu tun. Wegen der Lebensmittelknappheit waren die Preise in die Höhe geklettert und das war gut für den Verkauf des Dinkels. Mit der Forke nahm Stephan das Langstroh ab und sammelte das in den Tüchern übrig gebliebene staubige Gemisch zum Worfeln. Diese Arbeiten wurden früher im Winter gemacht, wenn alles auf den Feldern erledigt war. Aber jetzt brauchten sie das Geld. Für seine sechzehn Jahre war Stephan recht athletisch geworden, denn täglich fünfzehn Stunden harte Arbeit hatte ihn körperlich verändert. Wenn er nach dem Essen in sein Bett fiel, klappten seine Augenlieder vor Erschöpfung und Müdigkeit meist nach wenigen Minuten zu. Stephan reinigte sich vom Schmutz an der Wassertränke, ging ins Haus und zog saubere Kleidung an. Seine Mutter hatte ein Päckchen mit Eiern, Brot, geräuchertem Speck sowie mit ein paar Äpfeln, Bete und Kartoffeln geschnürt. Das wollte Stephan als Dankeschön für die Hilfe seinem Lehrer bringen. Er wusste nicht, ob seine Mutter so schnell genesen wäre, hätte er nicht den Arzt beauftragt und bezahlt. Einen Strohhalm kauend zog er den Hut des Vaters ins Gesicht und mache sich auf den Weg zu seinem Lehrer. Stephan sah zum Himmel und ahnte, dass das Wetter auch in den nächsten Tagen sonnig sein würde.

Jakob Schick öffnete die Tür und freute sich mit ehrlichem Lächeln ihn zu sehen. Er fasste ihn zur Begrüßung an beide Schultern.

»Wir haben dich vermisst, Stephan. Ich hoffe du kommst zum Lernen. Warst ja lange nicht mehr hier.«

»Guten Abend Herr Schick. Zum Lernen habe ich leider nicht die Zeit. Zuviel ist am Hof zu tun, jetzt wo Vater tot ist. Mutter dankt Ihnen für Ihre Hilfe und schickt mich, um Ihnen das hier zu übergeben.«

Stephan reichte ihm das Bündel. Der Lehrer nahm es an und schob ihn in die Stube, wo auch seine Frau saß.

»Stephan hat uns etwas von seiner Mutter gebracht«, sagte er und übergab ihr das Bündel, das sie gleich öffnete. Sie riss den Mund auf und schüttelte energisch den Kopf.

»Das können wir nicht annehmen! Ihr habt doch selbst kaum etwas.«

»Da irren Sie sich Frau Schick, da ich bald die Dinkelernte verkaufen kann. Außerdem besteht meine Mutter darauf. Schließlich haben Sie uns in der größten Not geholfen.«

»Vielen Dank, Stephan. Das war nicht nötig. Aber grüße deine Mutter herzlich von mir.«

Er hielt sich nicht lange bei seinem Lehrer auf. Er befürchtete, dass er ihn doch noch zum Lernen überreden würde. Stephan hatte noch eine andere Aufgabe zu erledigen, von der niemand wissen sollte. Er verabschiedete sich und ging Richtung Stadttor, wo sich stets Bettler herumtrieben. Lange bevor er das Stadttor sehen konnte, saßen und standen überall Landstreicher und Bettler herum. Der Mann, den er suchte war aber nicht zu sehen. Also befragte Stephan einen

Landstreicher nach dem anderen. Beim vierten, der in der Nähe des Gasthofes stand, bekam er die Antwort, die er sich erhofft hatte.

»Ja, den Alois kenne ich. Der war erst vor ein paar Tagen wieder hier.«

»Wenn du ihn das nächste Mal siehst, dann richte ihm aus, dass er wieder als Knecht mit Lohn, Brot am Hof der Krämers arbeiten kann«, sagte Stephan und gab dem Mann zwei große Stücke Brot. »Wenn ich am Sonntag in zwei Wochen am Nachmittag wieder komme und Alois bei dir ist, bekommst du ein ganzes Brot, Äpfel und etwas Speck von mir. Kannst du dir das merken?«

Der Mann murmelte etwas mit vollem Mund, was sich wie Zustimmung anhörte und Stephan ging zufrieden heim.

49

PARIS

Das schöne Hotel am Ufer der Seine war seine Wahl für Julias Aufenthalt in Paris. Es war sonnig und die junge Venezolanerin musste bald eintreffen. Juan hatte für diesen Tag einen Besuch im Louvre geplant und für den nächsten Tag mit Codazzis Hilfe zwei schwer zu bekommende Logenplätze für eine Vorstellung der Opéra Comique in dem grandiose Théâtre de la Renaissance reservieren können. Während er in einem Sessel am Fenster auf Julias Eintreffen wartete, hatte ihm ein Serveur einen Cognac gebracht. Das Foyer des Hotels war großzügig aufgeteilt. Es gab mehrere durch große Pflanzen in Kübeln voneinander getrennte Ruhe- und Wartebereiche. An den Wänden hingen Ölgemälde und der Boden war mit schweren bordeauxfarbenen Teppichen belegt. Endlich sah er eine Kutsche vorfahren und Julia stieg aus. Sie trug ein elegantes hellblaues Kleid mit einem passendem Hut. Ihr Gepäck wurde abgeladen und ins Hotel getragen. Juan konnte seinen Blick von ihrem Dekoltait mit den wippenden Brüsten nicht abwenden. Als sie ihn erblickte, lächelte sie ihm zu und ging weiter zur Rezeption. Er stand auf und überquerte die Straße vor dem Hotel. An der angenzenden Kaimauer der Seine wollte er auf sie warten und blickte an diesem sonnigen Vormittag auf den Fluss. Viele kleinere Ruderboote waren unterwegs, aber seine Aufmerksamkeit galt einem größeren Schiff. Juan staunte wie dieses knapp unter einer Brücke durchfuhr. Als Julia herauskam, begrüßte sie ihn mit einem Knicks und er küsste ihre Hand.

»Dafür, dass wir in der Stadt der Liebe sind, müssen wir uns mehr zurückhalten, als in Venezuela«, scherzte Juan.

»Leider. Was hast du für heute geplant, Liebster?«

»Wir gehen in den Louvre. Der ist nicht weit entfernt. Schau, dort hinten kann man ihn schon sehen.«

Er zeigte auf das große elegante Gebäude mit seinem Park auf der anderen Uferseite. »Es wird die Antikensammlung der Borghese ausgestellt. Darauf können wir uns freuen. Die Galleria Borghese soll eine der schönsten Sammlungen des Barocks sein. Lass uns bei dem schönen Wetter einen Spaziergang machen. Wir müssen nur über eine der Brücken auf die andere Seite und durch den Park zum Louvre.«

Sie hakte sich bei ihm unter und Juan war froh, dass in Paris jede Straße gepflastert schien.

»Danach habe ich in dem Restaurant Taverne einen Tisch für uns reserviert. Das Restaurant hat eine vorzügliche Küche. Es wird dir gefallen, Liebste.«

Juan buchte im Louvre eine bemerkenswerte Führung durch die Ausstellung in spanischer Sprache. Der Mann, der sie durch die einzelnen Räume mit den eindrucksvollen Exponaten führte, ließ sein Fachwissen erkennen.

»Berninis Marmorgruppen stehen heute noch in der Galleria Borghese, an jenem Ort, für den sie geschaffen wurden. Und sie alleine rechtfertigen den Besuch des Museums«, erzählte er. »Dies ist sein David, geschaffen in wohl nur sieben Monaten von 1623 bis 1624. Noch heute staunen wir ob seiner Eleganz, seiner Virtuosität und diese Lebendigkeit, die Berninis Stil ausmacht.«

Nach drei beeindruckenden Stunden verließen sie hungrig den Louvre und kehrten mittags in der Taverne ein. Das wahrhaft festliche Menü bedeutete für Juan eine ebenso festliche Rechnung. Auch wenn es kalt war, flanierten sie nach dem Mahl gemütlich über die großen Straßen und nahmen gelegentlich auf einer einladenden Bank Platz. Der Schnee war in den letzten drei Tagen geschmolzen und mit fast zehn Grad war der Novembertag in der Sonne erträglich. Das Pärchen schlenderte durch einen gepflegten Park, der im Frühling wunderschön sein musste. Doch Julias Füße schmerzten in ihren neuen Schuhen.

»Der Spaziergang war lang genug. Gehen wir zurück!«, sagte sie.

Der Service des Hotels war ausgezeichnet, denn als sie Julias Zimmer betraten, brannte das Feuer im Kamin. Juan erzählte ihr von den Fortschritten mit der Kolonie und Julia von dem schönen Leben in ihrem Haus. Mit einem Abendmahl im Hotel ließen sie den Tag ausklingen und kuschelten sich in der Nacht aneinander.

Am nächsten Morgen übergab man Juan an der Rezeption einen Brief, der ihm durch einen Boten in Codazzis Auftrag zugestellt wurde. Er erkannte die Handschrift Rauls. Sein Freund berichtete ihm von einem schrecklichen Unfall und dem Tod Valegas. Er ließ den Brief auf seinen Schoß sinken und eine Träne verriet Julia, dass es keine gute Nachricht für ihn war. In tiefer Traurigkeit ließ er sein Frühstück stehen. Sie besuchten zwar noch die Opéra-Comique, aber er war bei allen Unternehmungen nur noch halb dabei. Julia versuchte ihn zu trösten, doch gegen seine Traurigkeit war nichts zu machen. Bei dem Frühstück des dritten Tages ließ Juan noch immer den Kopf hängen.

»Liebster, ich spüre deine Traurigkeit. Du solltest zurück. Aber ohne dich mag ich auch nicht bleiben und werde dich begleiten.«

Juan nahm sie mit in die Werkstatt und stellte sie Codazzi und Benitz vor. Er berichtete ihnen von der traurigen Nachricht. Verständnisvoll stellte ihn Codazzi frei und informierte Juan über seine Fortschritte.

50

ENDINGEN

Die lange Fahrt hatte an seinen Kräften gezehrt. Es war lausig kalt und der Wind pfiff durch die undichten Fenster der Kutsche. Alexander hatte das Gefühl, dass seine Ohren und Füße zu Eiszapfen gefroren waren, als er in Endingen ankam. Es dauerte eine Ewigkeit, bis ihm wärmer wurde. Der Duft von Braten hing im Haus und Alexander konnte sich auf ein köstliches Mahl freuen. Es gab viel zu erzählen und besonders sein Bruder Karl lauschte gespannt seinen Ausführungen.

»Agustin Codazzi ist ein zuverlässiger Mann, dem man absolut vertrauen kann. Sein Wort ist das eines Ehrenmannes. Der Plan eine deutsche Kolonien in Venezuela zu gründen, geht von der Initiative von der venezolanischen Regierung aus. Sie sind sehr daran interessiert, Menschen aus Deutschland ins Land zu holen. Codazzi bat mich nun darum in Endingen zu erkunden, ob die Menschen vom Kaiserstuhl bereit sind auszuwandern. Ich glaube, dass der Schritt auch für unsere Familie interessant wäre.«

Alexander erforschte die Reaktion seines Vaters, der als Oberhaupt der Familie stets das letzte Wort bei wichtigen Entscheidungen hatte.

»Dein Wohlwollen für die Menschen in allen Ehren, Alexander. Aber du willst doch nicht ernsthaft glauben, dass auch wir in ein so fernes und gefährliches Land reisen würden. Mit den Problemen am Kaiserstuhl sind wir noch immer fertig geworden.

Für dich triffst du deine Entscheidungen selbst. Aber versuche nicht uns davon zu überzeugen, dass auch Mutter und ich auswandern. Das hört sich für mich alles verrückt an«, meinte sein Vater. »Aber gut, du bist jung und musst deine Erfahrungen machen. Ich habe euch schließlich so erzogen, eigenständig zu entscheiden und zu tun, was ihr für richtig haltet.«

Alexander hatte damit gerechnet, dass sich seine Eltern ihm nicht anschließen würden.

»Karl, was ist mit dir? Du siehst doch, was hier passiert. Nicht allen geht es so gut wie uns. Die meisten sind froh, wenn sie ein Dach über dem Kopf haben.«

»Wenige haben dank der wohlhabenden Bürger wenigstens zu Weihnachten eine bescheidene Mahlzeit. Es ist viel während deiner Abwesenheit geschehen«, begann er. » Viele Menschen hungern.«

»So war es doch schon, bevor ich nach Paris reiste«, sagte Alexander.

»Es ist schlimmer geworden. Bäuerliche Familien schaffen es in diesen Zeiten kaum, sich selber zu ernähren, geschweige denn, ihre Erzeugnisse zu verkaufen.«

»Entsetzlich!«, sagte Alexander nur.

»Auch wenn die Menschen am Kaiserstuhl zusammenhalten, starben in diesem Winter im Raum Endingen über vierzig Menschen an Hunger. Man hat hier nicht mehr viel zu verlieren. Ich glaube du wirst auf offene Ohren treffen«, urteilte Karl.

»Das hört sich auch nach deiner Zustimmung an, Karl.«

»Ich bin erstmal neugierig, Alexander.«

»Ich möchte noch heute Gespräche mit den Menschen führen und möchte heute Abend in den Gasthof Pfauen gehen.«

»Gerne. Ich bin dabei«, sagte Karl.

Er hatte die Mägde angewiesen, Bauern auf den umliegenden Höfen, sowie Handwerkerfamilien und auch die Ärmsten der

Armen am frühen Abend zu bitten in den Gasthof zu kommen. Alexander war erstaunt, wie voll es wurde. Er hatte volle Aufmerksamkeit, als er von dem Vorhaben berichtete.

»Meine Herrschaften, nun möchte ich gerne von Ihnen wissen, ob Sie Interesse daran hätten eine Kolonie in Venezuela zu gründen.«

Ein Raunen ging um und die Stimmen überschlugen sich.

»Ich bitte um mehr Ruhe«, mahnte Karl.

Einer der Bauern drang nach vorne. Sie kannten ihn als den Jupp vom Maierhof. Er war stets bei allen Versammlungen auffällig, da er sich zumeist laut grölend in alles einmischte und schlechtredete.

»Das hört sich ja toll nach Rattenfängerei an«, blaffte er gleich los. »Die Herren meinen, dass wir nicht wissen, dass schon viele arme Menschen ihr Hab und Gut für diese großzügigen Vermittler verkauft haben und doch nie in Amerika angekommen sind, weil alles nur Schwindel und Betrug war!«

In der Menge machte sich lautstarkes Murmeln breit. Karl wurde unsicher, während Alexander ruhig blieb und vor seinem Bruder das Wort ergriff. »Jupp, da hast du nicht ganz Unrecht. Es stimmt, dass Schlepper sich das Elend der Menschen zu Nutze machten. Das ist schrecklich! Aber haltet Ihr uns für solche Leute? Die meisten Menschen hier kennen meine Familie. Ist Euch von uns jemals Schlechtes widerfahren?«

»Nein. Aber könnt Ihr Euch dafür verbürgen, dass es sich hierbei nicht um Betrug handelt und den Menschen ein noch größeres Elend erspart bleibt?«, wollte Jupp wissen.

»Ich denke ja. Zwar wissen wir noch nicht genau, wo sich die Kolonie befinden wird, aber ein guter Freund ist vom Innenministerium Venezuelas zur Gründung und gewissenhaften Vor-bereitung beauftragt worden. Nicht irgendwelche Agenten stehen dahinter, sondern die Regierung selbst will Deutsche ins Land holen.«

»Also ich vertraue der Familie Benitz! Hätte meine Frau nicht in diesen schweren Zeiten Arbeit bei der Familie bekommen, wären wir mit unseren Kindern schon längst verhungert!«, meldete sich ein Mann.

Alexander und Karl hörten zustimmendes Gemurmel und sahen nickende Köpfe. Die Stimmung schwenkte plötzlich um.

»Wo ist dieses tolle Venezuela überhaupt?«, wollte Jupp wissen.

»Im nördlichen Teil Südamerikas«, antwortete Karl knapp.

»Von Südamerika habe ich nur gehört, dass es da heiß ist, es gefährliche Tiere und jede Menge Banditen gibt. Die würden sich gleich alle auf uns stürzen, wenn wir da ankommen«, mutmaßte Jupp.

Karl stand genervt auf und wandte sich an ihn.

»Jupp, du bist für deine Schwarzmalerei bekannt. Es reicht so langsam. Andere hier haben bestimmt auch noch Fragen!«

»Ja, wenn man jung ist gehört einem die Welt. Vor allem dann, wenn man nicht daheim ist. Anstatt hier dafür zu sorgen, dass sich die Verhältnisse ändern, wollen sie uns dazu ermutigen in die weite Welt zu flüchten. Wir haben keine Ahnung was uns dort erwartet. Wie lange dauert so eine Schiffsfahrt überhaupt?«, sagte Jupp mit rotem Kopf.

»Genug jetzt!«, sagte Karl etwas lauter an den Bauern gerichtet.

»Aber Jupp hat nicht ganz Unrecht,« sagte eine ältere Frau. »Es ist ein fernes und unbekanntes Land. Niemand hier hat eine Ahnung, wie es dort aussieht und welche Gefahren es für uns gibt. Waren Sie schon selbst dort, Herr Benitz?«, fragte sie.

»Nein,« antwortete Alexander wahrheitsgemäß. »Bisher noch nicht.«

»Wir vertrauen Ihnen, Herr Benitz. Aber Sie selber wissen nicht, wie es dort ist. Ich würde mich Ihnen anschließen, wenn ich wüsste, dass dort ein Leben in Freiheit und Frieden für uns möglich ist. Aber das wissen wir nicht«, sagte ein Tischler.

»Die Herren Benitz sollten selber nach Venezuela reisen, um sich über die Begebenheiten zu informieren, bevor wir uns in Gefahr begeben«, mischte sich Jupp wieder ein.

»Also, ich werde im Neuen Jahr nach Venezuela reisen und nach meiner Rückkehr sollte ich alle Ihre Fragen beantworten können.«

»Einverstanden!«, sagte spontan ein Mann in der vorderen Reihe.

Insgesamt konnte Alexander feststellen, dass die Bereitschaft auszuwandern bei den meisten Menschen vorhanden war.

51

PARIS

Die Feder lag so locker in seiner Hand, dass es aussah, als würde sie gleich aus seinen Fingern gleiten und auf den Schreibtisch fallen. Er sinnierte und ein weises, wissendes Lächeln huschte über sein Gesicht, als er jenes Abends seiner kühnen Jugend gedachte. An den 16. Juni 1786, als er sich in Henriette Herz verliebte. Wie hatte doch sein junges Herz geklopft, als er die junge Frau des jüdischen Arztes Marcus Herz, der ihm immer ein väterlicher Freund gewesen war, zum Tanz aufforderte. Vor seinen Augen sah Alexander von Humboldt das Bild dieser sinnlich schönen Frau in ihrem freizügigen Gewand. Ihre vollen Lippen inspirierten ihn damals dazu, sich vorzustellen, wie es wäre sie zu küssen. Doch diese Lippen verschlossen sich stets nur zu einem Lächeln. Henriettes vollblütige portugiesische Wärme breitete sich sofort in seinem Herzen, gedachte er der aufregenden Gespräche und seiner ersten Verliebtheit. Heute saß er in seinem Büro und vor ihm lag der Brief Codazzis. Der Wissenschaftler war dem Oberst schon einmal in Paris begegnet. Er mochte ihn nicht sonderlich und geistig fühlte er sich dem venezolanischen Oberst, der seine Leidenschaft für das Militär nicht für sich behalten konnte, nicht besonders nahe. Doch sein neues Vorhaben hatte in ihm bewirkt, dass er sich an seine schönsten Erlebnisse in Venezuela erinnerte. An diesem späten Nachmittag des 18. Januars 1841 wollte er ihm fachlich und freundschaftlich in seinem Büro der

Universität begegnen. Codazzi sah schon von weitem den beeindruckenden Preußen an seinem Tisch sitzen. Von Humboldt mit seinem grauen Haar, der männlichen Kinnpartie und seinen klaren gütigen Augen, hatte elitäre Kultur. Codazzi konnte seine Bewunderung nicht verbergen, als ihn von Humboldt begrüßte.

»Señor Codazzi, ich habe mich in den vergangenen Wochen mit Ihrem Vorhaben vertraut gemacht«, kam er gleich zur Sache und musterte ihn.

Der Oberst ließ den Blick durch den Raum schweifen. Volle Bücherregale reichten auf allen Seiten bis zur Decke und die oberen Bände konnten nur mit einer Leiter erreicht werden. In einer Ecke wurden die Regale durch einen Kaminofen unterbrochen, auf dem ein preußischer Bronzeadler thronte.

Die Tür öffnete sich und ein Mädchen stellte ein Tablett auf dem Tisch ab. Codazzi nutze die Unterbrechung und bestaunte Büsten und Skulpturen auf den Tischen sowie eine gerahmte Zeichnung, die von Humboldt zusammen mit Goethe und Schiller darstellte.

»Darf ich Ihnen einen indischen Darjeeling anbieten?«

Codazzi nickte und erfasste einen großen Globus auf einem Arbeitstisch, der sein besonderes Interesse weckte.

»Als ich Venezuela 1799 mit meinen französischen Kollegen Aimé Bonpland bereiste, gehörte es zu Großkolumbien und war eine spanische Kolonie. Damit will ich Ihnen sagen, dass ich die heutigen Umstände in dem Land nicht kenne, auch wenn ich davon ausgehe, dass sich bis auf politische Verhältnisse, nicht viel geändert hat.«

»Das ist richtig. Gottlob, hat uns Simón Bolívar von dem Joch der Spanier erlöst und wir leben heute in einer stabilen Demokratie.«

»Ich traf Bolívar während seines Studiums, unmittelbar nach meiner Rückkehr von der westindischen Reise hier in Paris. Ich mochte ihn und er hatte meine Sympathie in seinem Freiheitskampf für die Völker Südamerikas.«

Von Humboldt schlug eine Mappe vor sich auf und reichte Codazzi einige Skizzen, auf denen seine einstigen Routen eingezeichnet waren.

»Aber kommen wir wieder zur Sache.« Er machte eine Pause und schlürfte vorsichtig den heißen Tee. »Seit der Rückkehr von meiner Expedition im Jahre 1804, habe ich mich mit der wissenschaftlichen Auswertung meiner Forschungen über 23 Jahre befasst.«

Codazzi überflog die Zeichnungen und erkannte, dass selbst über 40 Jahre alte Lithografien präzise gefertigt wurden.

»Ich denke, dass es für die deutschen Auswanderer, von größtem Interesse ist, nahe der Küste ein geeignetes Gebiet zu finden.«

Von Humboldt lehnte sich zurück und lächelte zurückhaltend.

»Nach reifer Prüfung und Erwägung aller maßgeblichen Umstände denke an den südwestlichen Gebirgsbereich von Caracas.«

Er umkreiste mit seinem Finger einen Teil der Karte. »In diesen Kordilleren herrscht ein für Europäer angenehmes Klima. Es gibt dort genug Wasser und die Böden sind humusreich und fruchtbar. Ich habe Ihnen hierzu einige Beschreibungen beigelegt.«

Codazzi war verblüfft. Das war ein ihm unbekanntes Gebiet.

»Es gibt auch ein zweites Gebiet in den Höhenlagen des Guácharo. Das Klima ist auch dort für Europäer recht angenehm. In der ganzen Umgegend von Cumaná ist dies der einzig ganz bewaldete Landstrich. Nur die Höhenlagen sind frei von Bäumen. Die Naturschönheit nahm mich damals völlig in Anspruch.«

Von Humboldt trank einen weiteren Schluck seines abgekühlten Tees und beobachtete Codazzis Reaktion. »Dennoch ist der Weg in dieses Gebiet steil und führt durch das dichteste Waldgebiet, dass ich je gesehen habe. Wenn Ihre Auswanderer von der langen Schiffsreise entkräftet sind, werden sie dort schnell entmutigt«, riet ihm deutsche Wissenschaftler. »Auch bin ich der Meinung, dass Sie sich von der Gesundheit eines jeden einzelnen Aus-wanderers überzeugen sollten.«

»Ihre Schilderungen helfen mir in der Planung sehr weiter. Vor allen Dingen haben Sie mich auch auf mögliche Schwierigkeiten für die Auswanderer hingewiesen, die ich bisher nicht bedachte«, sagte Codazzi wissend, dass alles perfekt organisiert werden musste.

»Herr Codazzi, ich möchte Sie noch um einen kleinen Gefallen bitten, bevor Sie aufbrechen. Ihrem Brief entnahm ich, dass Sie in der Werkstatt der Gebrüder Thierry tätig sind. Können Sie anhand dieser Skizzen einige Karten fertigen?«, fragte er und reichte ihm eine Mappe.

»Ich werde mich darum kümmern, Herr von Humboldt. Ich bin Ihnen zu Dank verpflichtet und werde Ihrer Mithilfe würdig gedenken.«

52

ENDINGEN

In seiner Tasche trug Stephan nicht nur die versprochene Belohnung bei sich, als er am Sonntag auf den Bettler traf.

»Sieht aus, als könntest du etwas Essbares gebrauchen«, sagte Stephan und deutete auf sein Gepäck. »Also, wo ist er? Ich sehe Alois nicht.«

»Er wollte kommen. Die Aussicht auf Arbeit und Brot hat sein Interesse geweckt. Er wird schon bald hier sein. Kannst du mir schon etwas von dem Brot geben? Ich habe seit drei Tagen nicht gegessen«, fragte der ausgezehrte Landstreicher.

»Du musst dich gedulden, bis er kommt.«

Obwohl er Mitleid mit dem Mann hatte, blieb Stephan unnachgiebig. Er wusste genau, wie schrecklich Hunger sein konnte. Hätte er nicht durch wochenlang harte Arbeit den Dinkel zu einem hohen Preis verkaufen können, ging es seiner Familie schlecht, denn die spät geernteten und gelagerten Kartoffen begannen bereits in der Erde zu faulen und seine Mutter konnte nur einen Teil der Erdäpfel durch Abtrocknen und Umlagern retten.

Ob Alois nun kam, oder nicht. Er würde dem Mann etwas zu essen geben, bevor er ging. Doch dann sah er den Knecht nahen. Stephan erkannte ihn an seinem leicht hüpfenden Gang. Der Mann stank so, wie er aussah und er war noch ungepflegter, als damals auf dem Hof.

»Stephan, du hast wieder Arbeit für mich?«

»Darüber möchte ich mit dir reden, Alois«, antwortete er und ging wegen seines Körpergeruchs einen Schritt zurück. »Wo lebst du? Dort können wir in Ruhe reden.«

»Hast du wirklich Arbeit?«, fragte ihn Alois ungläubig.

Dass er nicht nach seinem Vater fragte, machte Stephan sicher, dass er der zweite Täter war.

»Warum hätte ich dich sonst bestellen sollen?«

»Gut, dann folge mir. Es ist nur eine halbe Stunde von hier entfernt.«

Er reichte dem Landstreicher das Päckchen und folgte Alois. Nach einer Weile kamen sie zu einer kleinen Brücke am Ufer der Elz.

»Wie du siehst, habe ich sogar ein Dach über dem Kopf,« scherzte Alois und zeigte nach der Brücke über ihnen. Dass Alois direkt an der Elz lebte und trotzdem so schrecklich stank, machte deutlich welch ein Schwein er war. Trotzdem sah er gut genährt aus und schien nicht unter Hunger zu leiden.

»Wovon lebst du eigentlich?«, fragte ihn Stephan, als er mehrere entkorkte Weinflaschen und Brotreste zwischen seinen Sachen sah.

»Och, ich fange gelegentlich mal einen Fisch oder ein Karnickel und ich habe Glück beim Betteln.«

Während viele Menschen hungerten, sollte ausgerechnet dieses stinkende Ekelpaket Glück beim Betteln haben? Diese Lüge war offensichtlich. Aber er öffnete die Tasche, holte frische Knauzenwecken hervor und reichte sie ihm.

»Du musst Hunger haben, ich habe dir etwas mitgebracht.«

»Oh, danke. Die duften lecker. Ich werde sie aufbewahren und später essen«, sagte er und drehte Stephan den Rücken zu. Er packte Alois von hinten und hielt ihm die scharfe Klinge des Garbenmessers so an die Kehle, dass er sie spürte und sich nicht bewegen konnte.

»Stephan, was soll das?«, röchelte er ängstlich.

»Halt dein verkommenes Maul!«

»Was willst du von mir? Ich verstehe das nicht.«

»Wieso hast du nicht gefragt, warum nicht mein Vater gekommen ist?«, fragte Stephan und schnitt ihn ein wenig, bis Blut floss.

»Ich dachte, der Bauer hätte dich geschickt.«

»Du lügst, dass sich die Balken biegen. Vater ist tot. Er wurde ermordet.«

»Das wusste ich nicht. Ehrlich!«

»Schluss mit der Schauspielerei. Leere sofort deine Taschen!«

Von der ehemaligen Magd Kathi, wusse er, dass sie mit dem Knecht über Roberts Ermordung gesprochen hatte. Alois zog seine Hosentaschen auf links, aber zum Vorschein kamen nur ein paar alte Stofffetzen, zwei Knöpfe, ein Stück Papier und ein rostiger Angelhaken.

»Leere deine Beutel«, sagte er und zeigte auf sein Hab und Gut unter, das vor der Brückenmauer lag.

»Stephan, bitte. Ich bin ein armer Mann. Was soll ich schon haben?«

»Los jetzt! Leere sofort die Beutel.«

Er schubste Alois nach vorne. Der Knecht bückte sich langsam und schüttete den Inhalt vor Stephans Füße. Abgelenkt entdeckte er die schöne Spieluhr, die Vater einst seiner Mutter geschenkt hatte, als es ihnen noch besser ging. Die Spieluhr lag in der Schublade und wurde bei dem Einbruch gestohlen. Plötzlich hielt Alois ein Messer in der Hand und hieb damit nach Stephan, der aber zur Seite sprang und es ihm geschickt aus der Hand trat.

»Du bist nicht nur ein gemeiner Dieb, sondern wolltest mich töten!«

»Die habe ich von einem Landstreicher beim Kartenspiel gewonnen«, log Alois und zeigte auf die Spieluhr.

»Es reicht. Halte dein verdammtes Maul.«

Als sich der Knecht nach seinem Beutel gebückt hatte, erblickte Stephan auch das lederne Band um seinen Hals, an dem Schweres hängen musste, da es sich spannte. Er griff mit der freien Hand unter das Hemd und riss ihm den gefüllten Geldbeutel vom Hals.

»Du brauchst mir nichts mehr erklären. Du warst es, der meinen Vater ermordet hat«, sagte Stephan und schnitt Alois die Kehle auf. Der Blutschwall, der aus seinem Hals nach vorne schoss, war so mächtig, dass Stephan würgen musste. Alois sah ihn fassungslos an, fiel auf die Knie und hielt seine Hände an den Hals. Es war ein schrecklicher Anblick. Stephan taumelte mit wackeligen Knien zum Ufer der Elz und übergab sich. Er wusch die blutverschmierte Klinge ab und steckte sie zusammen mit der Spieluhr und dem Geldbeutel zurück in seine Tasche. Als er sich umdrehte lag Alois bereits tot mir weit aufgerissenen Augen in seinem Blut. Das machte Vater nicht wieder lebendig, aber er hatte endlich Gewissheit und Genugtuung. Er übergab Alois mitsamt seiner Habe den kalten Fluten der Elz und machte sich auf den Heimweg. Es begann zu dunkeln, als Stephan mit großen Schritten auf dem elterlichen Hof ankam und die Stube betrat.

»Ich sehe Tränen. Was ist passiert?«, fragte seine Mutter.

»Nichts, Mutter. Es ist nur recht kalt.«

53

CARACAS/EL JUNQUITO

»Oberst Codazzi bestätigt Ihre Schilderungen und ich bin zufrieden. Er schreibt, dass er wichtige Anregungen über geeignete Gebiete für eine Kolonie von Alexander von Humboldt und Jean-Baptiste Boussingault in Paris erhalten habe«, sagte er zu Juan.

»Das hatte ich gehofft. Bevor ich meine Rückreise antrat, erzählte er mir, dass er von Humboldt um ein Gespräch gebeten habe.«

»Dem Schreiben entnehme ich, dass seine baldige Rückreise nach Venezuela ansteht, da er größere Karten benötigt, um ein Gutachten zu erstellen. Es geht vorwärts und ich kann es kaum abwarten.«

Juan verließ das Ministerium und machte sich auf den Weg zu Raul und seiner Schwester. Noch bevor er die neue Bäckerei sehen konnte, roch es verlockend nach frischem Brot und dachte an die Boulangerie Poilâne in Paris mit ihrer großen Auswahl. Obwohl die meisten Franzosen nur einfache Baguettes kauften, mochte Juan lieber die sonntäglichen Broiche in der Pension von Madame Troubeaux. Diese hübschen kleinen und süßen Hefe Brote hatten es ihm so angetan, dass er nicht selten drei davon mit Butter und köstlichen Marmeladen zum Frühstück verputzte. Das Rezept hatte er kutz vor seiner Abreise und nach charmanter Bettelei von ihr erhalten. Eine witzige Türglocke klingelte, als

Juan den Verkaufsraum betrat. Mit einem weißen Lappen in der Hand rannte ihm seine Schwester in die Arme.

»Du bist schon zurück!«

»Die Sehnsucht nach der Heimat ließ mich Paris verlassen.«

»Warum bist du wirklich zurück? Raul, komm und schau wer da ist«, rief sie und Raul kam aus der Backstube und begrüßte seinen Freund.

»Raul hatte mir geschrieben, dass Valega tragisch zu Tode gestürzt sei. Aber ich war auch mit meinen Aufgaben in Paris fertig und hatte noch ein paar Tage Zeit um mit Julia Paris zu erkunden.«

»Julia. Sie war auch in Paris? Dann hat sich Andrea für dich erledigt?«

»Du wirst wissen, dass sie in Frankreich ein Haus von ihrem Onkel geerbt hat. Es war reiner Zufall, dass wir auf dem gleichen Dampfer gefahren sind. Aber es war auch gut so, denn Andrea hatte mir bei der Einweihungsfeier deutlich zu verstehen gegeben, dass sie keine Zukunft für uns sieht.«

»Liebst du Julia denn?«, fragte Raul.

»Ja, wir lieben uns wirklich. Sie ist unkompliziert und hört mir zu. Julia ist, hübsch, zauberhaft, humorvoll und perfekt in jeder Beziehung.«

»So genau wollen wir das gar nicht wissen«, sagte Maria.

»Ich schon«, lachte Raul und Maria gab ihm einen Knuff in die Seite.

»Wie geht es weiter, was sind deine Pläne?«, fragte sie.

»Ich habe vor ihr einen Antrag zu machen«, sagte er und holte eine kleine Schatulle hervor. »Den habe ich in Paris gekauft.«

Der goldene Ring mit dem Diamanten versetzte beide in Staunen.

Raul berichtete von Valegas Trauung und der anschließenden Feier.

»Andrea Diego hat übrigens bei Valegas Bestattung einen Kranz in unser aller Namen auf das Grab gelegt und für ihn gebetet.«

Juan konnte die Tränen nicht verhindern und schluckte hörbar.

»Die Nachricht hatte mich schwer getroffen. Valega war ein besonderer Mensch und ich kann es noch immer nicht fassen, dass er nicht mehr unter uns ist. Er war nicht nur ein guter Seelsorger, sondern auch ein Freund. Ich habe mir vorgenommen bald sein Grab zu besuchen.«

»Ich wusste, dass es gerade dich hart trifft«, sagte Maria und nahm ihren weinenden Bruder in die Arme. Raul ging hinter den Verkaufstresen und holte eine Flasche Rum hervor.

»Ich glaube, den können wir jetzt alle vertragen.«

Raul und Maria erzählten von ihrer schönen Hochzeit und der Feier. Juan gab Maria das Rezept des französischen Broiche und schwärmte, wie unglaublich lecker diese seien. Die Anders-artigkeit Europas und die enorme Kälte konnten sich weder Raul noch Maria vorstellen. Er erzählte von der fortschrittlichen Stadt Paris. Wenn er nochmals dazu Gelegenheit haben sollte, wollte er die Stadt im Sommer besuchen.

54

SAN BERNADINO

Das tief dunkelblaue, barocke Kanapee im Salon bot drei Personen einen bequemen Platz. Es gehörte zum Bestand der Möbel, die Juan beim Kauf des Hauses übernommen hatte. Die drei gegenüber arrangierten Sessel hatte er später hinzu gekauft. Auch wenn sie in ihrer Farbgebung andersartig waren, als das Kanapee, so fügten sie sich doch in die übrige Einrichtung im Salon ein. Julia hatte sich schon immer für den Bezug aus einem feinen cremefarbenen Wandteppich mit Pflanzen- und Blumenmustern, Trauben, Ästen und grünem Blattwerk begeistert. Sie nahm meistens, wie auch jetzt, in einem dieser Sessel Platz. Ihre Freundin Celia machte es sich gegenüber auf dem Kanapee bequem und ließ ihren Blick durch den Salon schweifen und fixierte überrascht den alten Flügel.

»Du spielst Klavier?«, fragte sie.

»Das stand schon hier, als Juan das Haus kaufte. Schön, nicht wahr?«

»Sehr schön! Spielst du?«, sagte sie und sah es sich genauer an.

»Ich hatte als kleines Mädchen etwas bei meiner Tante gelernt. Aber das ist lange her und seitdem habe ich nie wieder gespielt«, sagte Julia.

»Komm und versuche es doch mal. Ich würde gerne etwas hören.«

»Ich habe es bestimmt verlernt«, sagte Julia. »Aber wenn du

mich nicht verrätst, dann versuche ich es mal mit Frédéric Chopin.«

Sie setzte sich auf den Hocker und klappte das Tastenfeld auf. Voller Aufregung stimmte sie die ersten Töne in E-Moll an. Rasch fiel ihr wieder ein, wie sie den geübten Opus 9 Nummer 2 spielte.

»Mein Gott, das ist wunderschön«, sagte Celia.

»Anscheinend verlernt man es doch nicht. Aber mehr kann ich nicht. Lass uns es uns lieber wieder gemütlich machen«, sagte Julia.

Auf dem hübschen, runden Tisch mit Intarsien und Schnitzereien hatte sie ein Deckchen für den Tee und dem jetzt folgenden Absinth gelegt. Das interessante Getränk mit seiner berauschenden Wirkung hatte sie in Frankreich zu schätzen gelernt und mitgebracht. Um die starke alkoholische Wirkung zu mildern, hatte Julia die Gläser mit viel kaltem Wasser und Zucker aufgefüllt. Das Getränk mit der wolkenartigen Flüssigkeit schmeckte auch ihrer Freundin, denn während Julia ihr von dem schönem geerbten Chalet an der Seine und ihren Erlebnissen in Frankreich erzählte, trank sie bereits das zweite Glas und kicherte häufiger als gewöhnlich. Celia war seit vielen Jahren mit Julia befreundet. Die jungen Frauen hatten keine Geheimnisse voreinander und unterhielten sich zwanglos und offen, wenn sie alleine waren. Die 26jährige Celia war mit ihren langen schwarzen, zu einem Knoten gebundenen Haaren, ihrem Schmollmund und den langen Wimpern eine zarte Schönheit. Trotz ihrer Schlankheit hatte sie einen ausladend großen Busen, den sie gerne mit ausgeschnittenem Dekoltee präsentierte.

»Mir fällt auf, dass du kein Korsett mehr trägst«, sagte sie zu Julia.

»In Frankreich tragen immer weniger Frauen dieses schreckliche Ding und ich war froh darüber, dass ich auf dieses einengende Teil verzichten konnte. Ich werde es auch hier nicht mehr tragen.«

»Das kann ich mir bestens vorstellen. Gerade jetzt beim Sitzen, sind die engen Schnüre doch überaus unbequem.«

»Dann löse sie doch, oder zieh das blöde Ding aus. Komm, sei mutig!«

Celias Augen waren von dem Absinth zwar etwas glasig, aber sie stand ohne zu schwanken auf, löste ein paar Schnüre und zog ihr Kleid über dem Kopf. Julia lachte und leerte ihr Glas. Während Celia ihr Korsett löste, füllte sie die Gläser erneut. Ihre Freundin hatte sie lange nicht gesehen und staunte, dass ihre Brüste trotz der Größe in Form waren.

»Oh, wenn dich Juan jetzt so sehen könnte«, kicherte Julia während Celia ihr Kleid wieder überzog und ihr Haare ordnete.

»Warum sollte er mich so sehen?«

»Weil er verrückt auf Brüste ist. Er sucht meist Stellungen aus, bei denen er mit ihnen spielen kann. Ich liebe es, wenn er sie knetet und sie mit seinem Mund liebkost.«

»Eine schöne Vorstellung. Leider war Guillermo nicht der beste Liebhaber. Nach wenigen Minuten war er fertig und schlief danach ein«, sagte Celia und zog ein Schnutchen.

»Du Ärmste. Aber das ist einer der Gründe, warum ich ältere Männer bevorzuge. Mit Juan ist das Liebesspiel erst in den frühen Morgenstunden vorbei und ich komme immer auf meine Kosten. Das kannst du von jungen und unerfahrenen Männern nicht erwarten, Celia. Aber das Gespräch hatten wir ja schon öfter.«

»Du hast ja Recht. Ich glaube, ich brauche auch einen solchen Mann. Wie war die Zeit mit ihm in Frankreich? Hatte er überhaupt Zeit für dich?«, wollte Celia wissen und trank einen weiteren Schluck.

»Er musste in Paris arbeiten. Aber wir hatten zuvor vier intensive Wochen auf See, zwei schöne Tage in meinem Chalet und an drei weiteren Tagen hatte er mir Paris gezeigt. Er ist in vielerlei Hinsicht brillant, hat Charme, ist attraktiv und gebildet. Juan hat Humor, einen knackigen Hintern und ein hübsches Glied, das mir viel Freude bereitet«, berichtete Julia und lachte mit Celia.

»Als deine Freundin könntest du mir deinen Juan ruhig mal ausleihen.«

Julia musterte und grinste sie amüsiert an. »Warum eigentlich nicht? Wir teilen ihn uns heute! Was meinst du?«

»Das ist nicht dein ernst, oder?«

»Du bist meine Freundin. Wir werden unseren Spaß mit ihm haben. Bald wird er nach Hause kommen. Lass ihn uns überraschen, Celia.«

»Dieses französische Getränk macht mich mutig. Also gut Julia, überraschen wir deinen Juan mal ordentlich.«

»So mutig war ich auch noch nie«, gab Julia zu. »Egal was passiert. Er gehört mir, damit das klar ist!«

»Ja, das verspreche ich dir«, kicherte Celia.

Der plötzliche Platzregen überraschte ihn. Wenn er könnte, würde er sich irgendwo unter-zustellen. Doch er saß auf seinem Pferd und war binnen weniger Minuten vollkommen durchnässt. Das Wasser lief ihm ins Gesicht und in den Kragen und seine Kleider klebten getränkt vom Wasser schwer an seinem Körper. Nach nur zehn Minuten war es vorbei und Juan kam mit den letzten Tropfen des Wolkenbruchs nach Hause. Kaum hatte er das Haus betreten, empfing ihn das angenehme Licht der Gaslampen. *Julia ist also schon zurück*, bemerkte er.

»Ich bin da, Liebste. Aber ich bin durchnässt und ziehe mir zuerst trockene Kleidung an«, rief er ohne erst nach ihr zu sehen. Juan legte seine Tasche ab und lief die Treppe hinauf.

Beinahe abgetrocknet stand er vor dem Spiegel, als sich unerwartet die Tür öffnete und Julia ebenso nackt eintrat. Sie schmiegte sich an ihn, küsste seinen Nacken und streichelte gleichzeitig sein Glied. Wohlig stöhnte er auf, als sich die Tür erneut öffnete und eine unbekannte Frau ebenfalls nackt den Raum betrat.

»Darf ich euch vorstellen? Das ist Celia. Celia, das ist Juan.«

Juan drehte sich herum und wollte etwas sagen, als Julia ihn umarmte und küsste. Celia schmiegte sich nun genauso an ihn und drückte ihre Brüste an seinen Körper. Er war sprachlos. Jetzt küsste und streichelte ihn das fremde und hübsche Mädchen, während Julia sich hinkniete und das tat, was er so liebte. Im Schlafzimmer brannte nur eine Gaslampe auf kleiner Stufe, als sie ihn ins Bett schubsten und sich über ihn her machten. So unerwartet das alles für ihn war, so sehr gefiel es Juan auch, dass ihn zwei schöne Mädchen verwöhnten. Als sich Celia schließlich als erste auf ihn setzte, wippten ihre großen Brüste rhythmisch und einladend auf und ab. Julia setzte sich auf seinen Mund und er begann sie so zu küssen, wie sie es mochte. Er spielte abwechselnd an den Brüsten der Mädchen und konnte nicht fassen, was gerade geschah. Celia sah er an diesem Abend zum ersten Mal. Und dann gleich so. Die Mädchen setzten ihr Liebesspiel mit Juan weiter fort und ließen ihn in dieser Nacht nicht mehr zur Ruhe kommen.

Irgendwann schlief er dann auf dem Rücken liegend ein. Die Frauen schmiegten sich zärtlich an ihn und legten ihre Köpfe auf seine Brust.

Die Sonne war aufgegangen, als Juan durch Julias Kuss geweckt wurde. Als sie aufstand und sich reckte, wurde auch Celia wach.

»Bleibt noch liegen. Ich mache uns Frühstück«, sagte sie grinsend und ging zur Tür hinaus.

Kaum hatte Julia das Zimmer verlassen, rutschte Celia unter die Decke und schaffte es mit ihrem Schmollmund sein schon schmerzendes Glied wieder hart werden zu lassen.

»Einmal noch bitte«, sagte sie und und setzte sich so auf

ihn. Wie wild bewegte sie sich auf und ab, bis er glaubte zu explodieren. Schließlich fiel auch Celia wohlig erschöpft zur Seite.

»Julia hatte Recht«, sagte sie lächelnd.

Drei Tage später

Muchas gracias por la linda noche! Besos, Celia stand in geschnörkelter Handschrift auf dem Zettel, den er auf dem Küchentisch fand. Den Schrieb hatte er gleich zerknüllt in den Müll geworfen. Ja, es war eine schöne Nacht mit den beiden Frauen und ein Erlebnis, von dem die meisten Männer nur träumen konnten. Aber es war gewiss nicht das, was er von seiner künftigen Frau erwartete. Julia hatte zwar versucht ihm zu erklären, wie es dazu gekommen war, aber er war unsicher, ob er ihr den Antrag überhaupt noch machen sollte. Der Ring lag versteckt zwischen Unterlagen in der Schreibtischschublade. Am Nachmittag wollten Maria und Raul mit den Kindern kommen und Kuchen mitbringen. Er freute sich sie, aber sie kamen auch in der Annahme, dass er Julia den angekündigten Antrag gemacht hatte und eine Hochzeit zu planen war. Er hatte keinen Rat, wie er das erklären sollte. Von der wilden Nacht mit den beiden Mädchen konnte er nicht einmal seinem Freund berichten, geschweige denn seiner Schwester. Es war eine aufregende Nacht, doch noch immer war er wund und konnte ohne Schmerzen kaum Wasser lassen. Gedankenverloren saß er an seinem Schreibtisch, während Julia das Haus putzte und die Küche auf Vordermann brachte. Das waren Eigenschaften der jungen Frau, denen er Respekt zollte, denn mit der Erbschaft und ihrem gesellschaftlichen Stand, hätte sie Hauspersonal haben können. Doch Julia verzichtete darauf mit der Begründung, dass es mit Personal für sie langweilig werden würde. Er zog die Schublade vor sich auf und kramte schließlich die schwarze Schatulle hervor. Juan öffnete sie und betrachtete den glitzernden Ring. Mit einem klackenden Geräusch schloss er sie wieder, stand auf und verlies das Arbeitszimmer.

Kichernd saßen Emilia und Luisa in hübschen Sonntagskleidern auf der Ladefläche und alberten herum. Marias Töchter waren fast so alt wie Julia. Sie hatte sich zuerst daran gestört, doch es war sein Leben und vor allen Dingen war sie glücklich darüber, dass es im Leben ihres Bruders endlich eine Frau gab. Raul lenkte die Kutsche den Weg hinunter Richtung Caracas. Er wusste wie sich Maria darauf freute, eine Hochzeit vorbereiten zu können. Das sonnige Wetter war ideal für diesen Ausflug. Raul lenkte das Gespann und folgte den Abzweigungen bis San Bernadino. Die Mädchen sprangen jubelnd vom Wagen, als sie Julia in der geöffneten Haustüre sahen und rannten in ihre Arme.

»Nicht so wild«, mahnte sie Maria und nahm den Kuchen vom Wagen.

»Der Herr befindet sich im Salon und erwartet euch. Ich muss zurück in die Küche«, sagte sie und machte scherzhaft einen Knicks. Luisa und Emilia stürmten in den Salon und riefen lautstark *Onkel Juan* als Maria der Ring an Julias Hand auffiel.

»Was darf ich euch zu trinken anbieten?«, fragte Julia.

Beide entschieden sich für Kaffee und folgten dem Gekicher der Mädchen, die lachend neben Juan saßen.

»Wollt ihr nicht euer neues Zimmer begutachten?«, fragte er.

»Unser Zimmer?«, fragte Emilia.

»Viele Räume im Haus sind ungenutzt und da kam mir die Idee meinen Nichten ein eigenes Zimmer einzurichten.«

Sie gaben ihm einen Kuss und rannten die Treppe herauf. Juan entging nicht der Blick seiner Schwester.

»Ich weiß, dass du die Mädchen zur Bescheidenheit erziehst. Aber die Kleider und ein paar Kleinigkeiten habe ich von einem Kollegen bekommen, dessen Tochter geheiratet hat. Da konnte ich einfach nicht anders«, grinste er, als Julia mit dem Kaffee hereinkam.

»Du sprichst von dem Schrank voller Kleider und Hüte?«, fragte Julia und er nickte verlegen.

»Jede junge Frau würde jubeln, bei einem so gefüllten Kleiderschrank. Und dann erst die Unmengen an schönen Schuhen!« sagte Julia.

»Schuhe?«, fragte Maria ungläubig und Raul lachte.

»Was sollte ich machen? Ich musste alles zusammen nehmen.«

Maria schüttelte den Kopf und holte das Päckchen hervor.

»Eigentlich sollte ich die dir jetzt an den Kopf werfen, aber dafür war es zuviel Arbeit«, sagte sie und holte die frischen Broiche hervor, die sie nach seinem Rezept gebacken hatte.

Gespielt zog er seinen Kopf ein und alle lachten.

»Nun probier schon und sage mir, ob sie so sind wie du sie in Paris hattest«, forderte sie ihren Bruder auf. Juan brach ein Stück von dem Broiche ab und rollte beim Kauen bedeutungsvoll mit den Augen.

»Darf ich ehrlich sein«, fragte er schließlich.

»Nichts anderes!«

»Nun gut, die ich aus Frankreich kenne, sind anders.«

Maria sah enttäuscht aus und wollte antworten. Doch Juan hob seine Hand. »Diese hier, mit den hübschen Zöpfen, schmecken viel besser.«

Julia war die erste, die den Bann brach und sie prustete vor Lachen. Maria legte wortlos jedem eines auf den Teller und fixierte Julias Hand.

»Das ist ein sehr schöner Ring.«

Julia lächelte glücklich und hielt ihre Hand stolz hoch.

»Juan hat mir heute einen Antrag gemacht und ich habe Ja gesagt.«

»Na endlich. Das wurde auch Zeit. Ich gratuliere euch«, sagte Raul und klopfe Juan anerkennend auf die Schulter.

»Ich habe nur den einen Bruder, behandele ihn ja gut«, sagte Maria warnend und umarmte ihre künftige Schwägerin.

»Darauf kannst du dich verlassen. Juan ist ein Mann, den sich jede Frau nur wünschen kann«, sagte sie und war erleichtert über ihr vorhergehendes Gespräch mit Juan.

Als er sie fragte, ob sie nicht eifersüchtig gewesen wäre und sie antwortete, dass einzig der Absinth und eine lockere Grundstimmung dazu geführt habe. Als es geschah, wäre sie nicht eifersüchtig gewesen, aber danach sehr, weil sie ihn liebe. Es war das, was er hören wollte.

»Dann lasst uns mal mit der Planung beginnen. Ich nehme an, dass ihr hier im Haus feiern wollt«, sagte Maria und beide nickten zustimmend.

Sie hatte sich schon auf die Planung gefreut und führte auf, worauf es bei einer gelungenen Hochzeit ankommt und was es zu beachten gab. Sie begann mit dem Termin, der zwar bald sein sollte, aber Zeit für die Vorbereitungen lasse.

»Das ist alles?«, fragte Juan und schnaufte.

»Nein, mein lieber Bruder. Das Wichtigste ist natürlich das Brautkleid und bei der Beratung stehe ich Julia gerne zur Verfügung.«

55

SAN BERNADINO

Der von Raul gebaute hölzerne Bogen stand mit roten, weißen und rosafarbenen Papierblüten im Vorgarten und war wie die Eingangstür geschmückt. Drei Köche hatten bereits das Feuer für das Fleisch angeheizt. Auf den Tischen standen Geschirr und gefüllte Schüsseln umgeben von weiteren Paperblüten und echten Blumen in Vasen. Um die verschiedenen Schüsseln mit Beilagen lagen Blüten. Emsig dekorierten Frauen in weißen Schürzen und Hauben die Tische und brachten weitere Schüsseln. Auf einem Beistelltisch im Haus standen Flaschen mit verschiedenen Likören, Anisschnaps, Rum, Brandy und Cognac bereit. Je ein Fass mit Limonade und Wein standen daneben zum Ausschank bereit. Ruhiger als am frühen Morgen wurden letzte Vorbereitungen getroffen, als das Geklapper von Hufen die Kutsche mit dem Brautpaar ankündigte. Seit ihrer Verlobung hatte Maria alles akribisch vorbereitet und alle hatte dabei geholfen. Zähe Verhandlungen mit dem Schneider waren nötig, um das Kleid ohne Korsett, aber mit langer Schleppe rechtzeitig fertigen zu lassen. Das Brautpaar hatte Maria für die letzten zwei Tage in ein Hotel verbannt, damit die Überraschung am Haus gelang. Etwa 30 Gäste waren bereits anwesend, als die Kutsche vorfuhr und das Paar mit weiteren Gästen ankam. Luisa und Emilia stürmten bereits auf die Straße, als zuerst Minister Quintero zu klatschen begann und ein jubelnder Applaus das Paar begrüßte. Die geschmückte Kutsche kam zum

Stehen und Juan reichte Julia die Hand um ihr beim Aussteigen zu helfen. In ihrem feinen Kleid war sie wunderschön anzusehen und beide hatten diesen unbeschreiblichen Ausdruck von Glück in ihren Gesichtern, als sie durch den Rosenbogen schritten. Stolz trugen Emilia und Luisa die lange Schleppe ihrer fast gleichaltrigen Tante. Während das Brautpaar umringt wurde und lockere Gespräche begannen, spielten Musiker mit ihren Guitarras españolas auf. Gleich nach den ersten Klängen betrat eine edel anmutende Flamencotänzerin die kleine hölzerne Bühne. In ihrem dunkelrotem Kleid begann sie im Takt der Musik zu tanzen. Rhythmisch klapperete sie mit Katagnetten zu der spanischen Musik und wedelte beim Tanz stolz mit ihrem edlen Fächer. Mit grazilier Ästethik bewegte sich die Frau in ihrem langen Kleid mit schnellen Schritten. Dabei erzeugten ihre Absätze im Takt der Musik einen schlagenden Rhythmus, der die Gäste zum Mitklatschten verführte. Stolz offenbarte die Frau eine halbe Stunde lang ihr Können. Nach langem Applaus betrat Juan die Bühne. Er verneigte sich vor der schönen Julia und begann alleine nach dem Gitarrenakkord zu tanzen. Voller Temperament und in edelmutiger Haltung schlug er mit den Absätzen auf den hölzernen Boden und klatschte im Takt. Mitten in seinem Tanz drehte er sich schwungvoll zum Rand, reichte lächelnd Julia seine Hand und zog sie auf die Bühne. Rund um das Paar sangen und klatschten die Gäste in ausgelassener Stimmung. Flamenco war auch nach der Vertreibung der Spanier in Venezuela sehr beliebt. Nach dem ersten Lied verneigte sich Juan galant vor seiner Frau und sogleich wurde Julia von unzähligen Aspiranten umringt, die mit der Braut tanzen wollten. Doch dem Minister Angel Quintero ließen sie den Vortritt. Galant führte Juans Vorgesetzter die Braut und hatte die volle Aufmerksamkeit der Gäste.

Lange lag der Duft von gebratenem Fleisch in der Luft. Den Leuten wurden immer neue Krüge mit Wein gereicht und einige

Flaschen Rum und Brandy wurden lachend bis spät in die Nacht geleert. Erst als die letzten Gäste im Morgengrauen aufbrachen, trug Juan seine Julia leicht schwankend über die Schwelle hinauf ins eheliche Schlafzimmer.

56

LA GUARIA / CARACAS

Nach sechswöchiger Seefahrt hatten Benitz und Codazzi erst morgens eine Kutsche nach Caracas bestiegen und Mittags ihre freundliche Posada in einem eingeschossigen Gebäude am Rande des Zentrums erreicht. Der Zugang zu den Zimmern war nur über eine tropisch bepflanzte Terrasse möglich. Die Farbenpracht der Pflanzen und der Anblick der bunten Kolibris, die sich auf die Blüten stürzten, ließen Alexanders Herz höher schlagen. So stand er schon eine ganze Weile im Innenhof und kam aus dem Staunen überhaupt nicht mehr heraus. Eine ältere Frau kam aus dem Haus, begrüßte ihn freundlich und legte Decken und Servietten auf die Tische. Als Codazzi den Hof betrat, nahmen sie an einem der Tische Platz und die freundliche Wirtin servierte ihr gleich ihr Mittagessen.

»Wird hier immer so gegessen?«, wollte Alexander wissen und bestaunte seinen Teller mit Reis, Eiern und schwarzen Bohnen.

»Daran wirst du dich so gewöhnen, dass es dir in Europa fehlen wird.«

Ihn umgab eine angenehm hohe Temperatur, der Himmel war von einem strahlenden Blau und es wehte ein leichter Wind. Alexander beobachtete die bunten Schmetterlinge und die Kolibris, die sich nicht von ihrer Anwesenheit stören ließen.

»Es schmeckt mir ausgezeichnet. Es ist nur ungewohnt gewürzt und schwarze Bohnen waren mir unbekannt. Die sollten von den Kolonisten auch angebaut werden. Ich werde sie in meinem Garten anpflanzen.«

»Dazu hat auch Boussingault geraten. In der Kolonie sollen die Auswanderer zwar auch europäische Pflanzen anbauen, aber heimische Nutzpflanzen ebenso«, erklärte er ihm. »Alexander, nach dem Essen werde ich ins Ministerium fahren. Erhole dich in der Zwischenzeit ein wenig und genieße die Annehmlichkeiten des Hotellebens. Unternimm aber keine großen Ausflüge, denn manche Strassen sind unsicher und nach ein paar Straßenzügen wirst du dich mit Sicherheit verlaufen.«

»Keine Angst. Ich werde deinen Tatendrang nicht bremsen. Es gibt auch hier viel für mich zu entdecken. Schau nur, diese winzigen Vögel mit ihren langen Schnäbeln scheinen zu schweben.«

»Das sind Kolibris. Die wirst du in den nächsten Monaten oft sehen.«

»Für mich ist das alles neu und interessant. Ich werde mich ein wenig erholen und Briefe schreiben. Wann wirst du zurückkommen?«

»Wenn ich den Minister getroffen habe, werde ich Manuel Felipe de Tovar aufzusuchen. Die Familie Tovar besitzt große Ländereien und hat in Aussicht gestellt, Land für die Gründung einer Kolonie zur Verfügung zu stellen. Ich bin im Laufe des frühen Abends zurück. Bis dahin amüsiere dich mit den Kolibris und genieße die Ruhe.«

Nachdem Codazzi gegangen war, erzählte ihm die Eigentümerin der Posada Geschichten von bewaffneten Raubüberfällen, mordenden Banden und üblen Gestalten, die sich in Caracas tummeln sollten. Das und Codazzis Äußerungen legten Sorgenfalten auf Alexanders Stirn.

Indessen war Codazzis Gespräch mit Manuel Felipe Tovar so verlaufen, wie er es erhoffte und er bekam die erste Zustimmung des Ministeriums. Er wollte sich auf den Rückweg machen, als er vor dem Ausgang auf Juan traf. Sie begrüßten sich herzlich und Juan begleitete ihn heraus. Codazzi schilderte sein Vorhaben einer Expedition.

»Wie geht es Ihnen? Haben Sie sich wieder einleben können?«

»Ich habe inzwischen geheiratet und wohne mit meiner Frau in San Bernadino. Das ist nur etwas außerhalb des Zentrums und nicht weit zum Ministerium entfernt. Mein Haus ist groß und komfortabel und ich lade Sie gerne dazu ein meine Gäste zu sein.«

»Auch ich habe ein Haus in Caracas, aber das liegt weiter außerhalb. Wir haben ein Hotel in der Nähe. Aber Danke für Ihr großzügiges Angebot. Darüber werde ich mich mit Herrn Benitz beraten.«

Gutgelaunt kamen sie früh in der Posada an. Alexander staunte nicht schlecht, als er Juan mit Codazzi kommen sah.

»Es ist noch früh. Was halten Sie davon, wenn ich Ihne die koloniale Altstadt von Caracas zeige und wir anschließend in einem der Cafés einkehren, Herr Benitz? Ich lade die Herren gerne dazu ein«, sagte er. Codazzi war nach dem stundenlangen Aufenthalten in Büros etwas Abwechslung zu finden und Alexander war neugierug. Sie hielten Juans Einladung für eine gute Idee und folgten ihm. Nervlich angespannt machte Alexander die ersten Schritte durch die Straßen der Stadt. Hinter jeder Ecke vermutete er durch die Erzählungen der Frau Gefahren lauern. Dabei empfing ihn Caracas nicht anders als Paris. Alexander ahnte bereits, dass die Frau übertrieben hatte. Aber auch Codazzi hatte ihn morgens eindringlich gewarnt. Er wollte mehr über die Sicherheitslage in Caracas wissen und fragte Juan.

»Alles nicht so schlimm«, meinte Juan. »Es ist nur wichtig zu wissen, mit wem und wohin man unterwegs ist. Ab einer Gruppengröße von vier Personen gibt es kaum noch Probleme«, lächelte ihr Gastgeber.

Die Aussage beruhigte Alexander nur bedingt. Gleich an der nächsten Straßenkreuzung versammelte sich die Nachbarschaft um ein Café mit angeschlossener Liquoreria. Sie fanden vor dem Café einen freien Tisch und machten es sich bequem. Angeregtes Schwatzen mit Freunden bei Wein. Das war beinahe wie in Paris, dachte Alexander und betrachtete die schmucken Fassaden der Altstadt. Vor fast jedem Haus standen bunt blühende Pflanzen und er fühlte sich ein wenig an seine Jugendtage erinnert, als er während des Studiums in Freiburg mit Freunden manche Sommerabende in der Stadt im Breisgau verbrachte.

»Kein Grund zur Beunruhigung. Es sind mehr als genug Personen anwesend, um auf die Gefahren der Stadt unattraktiv zu wirken.«

In der Tat konnte er keine verdächtigen Personen erkennen. Codazzi erzählte seinem Freund von Juans Einladung bei ihm zu wohnen.

»Lange muss ich da nicht überlegen. Der Tisch in dem Hotel ist für meine Arbeiten zu klein und das Zimmer hat auch tagsüber zu wenig Licht. Meine Briefe habe ich nicht nur wegen der kleinen Vögel auf der Terrasse geschrieben.«

»Kolibris«, sagten Codazzi und Juan fast gleichzeitig und lachten.

»Sie können gerne mein Arbeitszimmer für Ihre Arbeiten nutzen.«

»Ein großzügiges Angebot. Du könntest dort nach der Expedition weiter an der Lithographie des Atlas arbeiten. Die Teilnahme an der Forschungsreise würde deine Vorstellungskraft von der Kolonie bereichern«, sagte Codazzi.

»Es würde meinen Vorrat an Parasiten bereichern«, scherzte Alexander. »Sicher wirst du weitere Expeditionen unternehmen, an denen ich teilnehmen kann. Meine Arbeit ist mir Moment wichtiger, als meine Neugier. Ich nehme gerne Ihr Angebot an, Señor Conteguez.«

Die Männer plauderten bei köstlichem Kaffee und Brandy entspannt, bis sich Juan verabschiedete und heimwärts ging. Kaum hatte er die Tür geöffnet, stand Julia vor ihm und streckte ihren Bauch heraus.

»Warst du heute bei deiner Mutter?«, fragte er und küsste sie.

»Auch bei Maria. Fällt meinem Gatten eigentlich nichts an mir auf?«

Juan ging ein paar Schritte zurück und Julia streckte wieder ihren Bauch heraus. Fragend legte er seine Stirn in Falten.

»Wir bekommen ein Kind. Ich bin schwanger!«, freute sie sich.

Erst jetzt merkte er, was das sollte. Juan machte jubelnd einen kleinen Sprung in die Luft und umarmte sie.

»Nicht so stürmisch, junger Mann. Denke an das Baby.«

Juan kniete sich vor ihr hin und küsste ihren Bauch.

»Ich liebe dich und freue mich auf unser Kind!«, sagte er und erzählte ihr, dass sie in den nächsten Wochen Alexander Benitz zu Gast hätten.

57

GEBIET DER KOLONIE, OKTOBER 1841

Am frühen Morgen brach Codazzi in Begleitung des Historikers Ramón Diaz in ein Tal der Kordilleren westlich von Caracas auf. Es war jenes Gebiete, zu dem von Humboldt ihm in Paris geraten hatte. Ramón Diaz kannte das Gebirge und den Dschungel in dieser Gegend und er würde ihm bei der intensiven Erkundung eine große Hilfe sein. Codazzi mietete ein Fischerboot, das sie ins nahe Puerto Maya brachte. Von dort machten sich die Forscher voller Tatendrang flussaufwärts auf der Suche nach einem Weg, der die Einwanderer später in die Kolonie führen konnte. Die Hänge entlang des Tales waren von üppigem Grün bewachsen. Riesige Farne wuchsen in den Wäldern und und kleine Bäche hatten ein kristallklares Wasser. Nach nur zwei Tagen erreichten sie ein schönes Tal.

»Dies muss der Ort sein, den die hier lebenden Jäger den Palmenhain von Cagua nennen. Die Temperaturen sind angenehm und wenn ich mich nicht täusche, ist der Boden fruchtbar. Es könnte der ideale Ort für eine Kolonie sein«, erklärte der Historiker.

Codazzi warf einen prüfenden Blick auf das Thermometer, um die gemessene Temperatur zu notieren. Viermal täglich maßen sie die Temperatur und die Luftfeuchtigkeit. Sie nahmen Bodenproben und Codazzi listetete alle Pflanzen auf, die hier wuchsen.

»Sie könnten Recht haben, Señor Diaz«, sagte Codazzi.

»Dieser Ort erscheint auch mir nach unseren bisherigen Forschungen erstklassig für mein Unternehmen zu sein.«

»Wir haben schon vier Quellen gefunden, das Klima ist angenehm und der Boden ist fruchtbar. Wenn ich von den Ameisen einmal absehe, dann ist es ein wunderschöner Ort«, sagte Diaz und lauschte den Geräuschen des Dschungels.

Bunte Kolibris und Papageien waren überall zu sehen und ein Schwarm von über hundert Amazonen weckte sie jeden Morgen nach Sonnenaufgang mit ihrem Geschrei. Die Vögel ruhten nachts stets in den gleichen Bäumen, bevor sie morgens lärmend davon flogen.

»Schauen Sie, Señor Diaz. Dort unten könnte das Zentrum der Kolonie sein. Ich habe es schon vor den Augen, wie der Ort wächst und immer mehr Häuser in den Hängen um das Tal gebaut werden. Es wird ein Sägewerk, eine Mühle, eine Brauerei, eine Kirche, ein Rathaus und Gasthäuser geben. Lassen Sie uns weitere Orte in der Nähe des Zentrums für Ansiedlungen finden!«

»Wenn die Kolonie tatsächlich gegründet wird, würde ich mich gerne an dem Unternehmen beteiligen«, sagte Diaz spontan während sie den nächsten Hügel erkundeten.

Mit Diaz hatte er einen weiteren Verbündeten und das konnte sein Vorhaben einen ent-scheidenden Schritt nach vorne bringen.

»Sie könnten mir tatsächlich eine große Hilfe sein, und es soll auch nicht Ihr Schaden sein, denn wird die Kolonie ein Erfolg, dann werden die Unternehmer auch daran verdienen«, antwortete er.

»Der Erfolg wird nicht ausbleiben, wenn alles gut vorbereitet wird. Ich würde gerne meinen bescheidenen Teil dazu beitragen.«

Während der nächsten Tage ließen sie keine Gelegenheit aus, ihre künftige Zusammenarbeit zu besprechen. Diaz vereinbarte mit Codazzi mit Wegebau von La Victoria in die Kolonie zu beginnen. Nach elf Tagen hatten sie bei der Erforschung des *Palmar de Cagua* weiterer Standorte für Ansiedlungen rund um das Zentrum ausgemacht. Die Bodenqualität war zumeist ausgezeichnet und Codazzi war bester Laune. Diaz half ihm Skizzen von der Landschaft zu machen, las die Werte der Bodenproben ab und nannte Codazzi die jeweiligen Höhenlagen. Hinzu kamen unzählige Notizen zu Temperaturen, Niederschlag und Luftfeuchtigkeit. Die Investition in die guten, aber teuren Messinstrumente hatte sich gelohnt. Doch die Expedition hatte ihn schon viel Geld gekostet. In seinem Bericht musste er auch auf diesen Umstand hinweisen. Zudem standen in Kürze weitere Kosten des Unternehmens an. Damit es weiter gehen konnte brauchte er einen Vorschuss. Nach siebzehn anstrengenden Tagen kamen sie in La Victoria an. Codazzi gönnte sich noch einen Tag Ruhepause, bevor er nach Caracas aufbrach. Er nutzte die Zeit um seine Notizen zu korrigieren. Sobald er Zustimmung in Caracas erhielte, versprach er Diaz zu unterrichten, damit er mit dem Anwerben der Arbeiter beginnen konnte.

58

SAN BERNADINO/CARACAS

Auch wenn die Anwesenheit von Alexander Benitz eine Belastung für Julia in ihrer Schwangerschaft war, bemühte er sich ihr keine unnötige Arbeit zu machen. Er räumte selber sein Geschirr weg und machte morgens sein Bett. Er war froh von Juans Einladung Gebrauch gemacht zu haben, denn hier er hatte absolute Ruhe und vor allen Dingen Platz zum arbeiten. Codazzi hatte Alexander grob von seiner Expedition berichtet und ihn beauftragt seine Skizzen auszuarbeiten und eine Karte von der zukünftigen Kolonie zu lithografieren. Da beide in Juans Arbeitszimmer beschäftigt waren, kümmerte sich Juan mehr um Julia. Ihr Bauch wurde runder und sie sah phantastisch damit aus. Während sie mit einem Tee im Salon saßen, schrieb Codazzi weiter an seinem Bericht für das Ministerium und machte Angaben über die Lage der Kolonie. Er kündigte an, bald einen Plan für die Ortschaft vorlegen zu können, und teilte dem Sekretär mit, dass Ramón Diaz mit den Arbeiten an dem Weg schon am 15. November 1841 beginnen wolle, und bat um baldige finanzielle Unterstützung.

»Fertig!«, sagte Codazzi und setzte sein Wachssiegel auf das Kuvert.

»Das ist großartig, Agustin. Du hast das in Rekordzeit erledigt.«

»Die sofortige Zustellung meines Berichtes ist notwendig für die schnelle Auszahlung von ersten Geldern. Ich werde mich gleich auf den Weg ins Ministerium machen und von dort zurück in das Hotel fahren und du solltest mich begleiten, Alexander. Ich muss anschließend noch ein paar wichtige Details mit dir besprechen.«

Die Kutsche fuhr in die vertraute Seitenstrasse, die zur Posada führte. Die Pferde schnaubten, als der Kutscher die Bremse anzog und vom Bock kletterte. Alexander mietete für einen Tag ein Zimmer und brachte ein paar Sachen hinauf, bevor sie sich auf die Terrasse setzten.

»Für dich sind jetzt meine Schilderungen wichtig«, sagte Codazzi bei einer kalten Limonade. »Du wirst den Menschen in deiner Heimat berichten müssen, was sie dort erwartet.«

»Die Leute wissen, dass wir zusammen nach Venezuela gereist sind und werden kaum danach fragen, ob ich mir selbst ein Bild von der Gegend machen konnte«, begann Benitz. »Deine Beschreibungen waren aufschlussreich. Aber du hast nur von der Flora, nicht aber von der Fauna berichtet, Agustin. Was ist mit gefährlichen Tieren? Haben die Einwanderer etwas zu befürchten?«

»Ja und nein. Es gibt Giftschlangen, Panther, Jaguare, Schwarze Panther, Spinnen und Skorpione. Aber die Tiere flüchten vor dem Menschen und greifen nur an, wenn sie bedrängt werden. Das dürfte nicht passieren. Die Siedler werden vielmehr über die bunten Schmetterlinge, Kolibris und Papageien staunen und Brüllaffen hören.«

»Für den Fall, dass ich danach gefragt werde, kann ich also die Leute beruhigen. Was ist mit den Skizzen, die du mir gegeben hast? Bis wann muss ich eine Karte lithographieren?«, fragte Alexander.

»Ich warte auf Antwort und die erste Zahlung des Ministeriums. Da die geforderten Auflagen von mir erfüllt wurden, hoffe ich auf eine baldige Reaktion. Du kannst aber vorher damit beginnen.«

Er beschrieb Alexander das fruchtbare Tal, in dem die Kolonie entstehen sollte, so genau wie möglich und schilderte ihm, wie paradiesisch schön das Land dort sei.

Am nächsten Tag folgte er einer Einladung zu einem persönlichen Gespräch mit dem Staatssekretär.

»Bitte nehmen Sie doch Platz, Señor Codazzi. Ich möchte Sie nicht lange auf die Folter spannen. Es wird Sie erfreuen, dass wir Ihren Kredit für das Projekt bewilligt haben. Jedoch verlangen wir eine detaillierte Beschreibung mit Lageplan und Landkarte. Damit Sie dennoch mit den Arbeiten beginnen können, stellen wir Ihnen schon heute einen angemessenen Betrag zur Verfügung. Der Minister wünscht, dass Sie sofort alle Vorbereitungen treffen.«

»Wie ich Ihnen mitteilte«, sagte Codazzi, »möchte ich in wenigen Tagen mit dem Bau eines Weges von La Victoria zu der Kolonie beginnen. Der Historiker Ramón Diaz ist neuer Gesellschafter und wird dazu mindestens einhundert Arbeiter einstellen.«

»Ich habe eine weitere gute Nachricht für Sie Señor Codazzi. Das Ministerium hat eine zusätzliche tatkräftige Truppe von neunzig Arbeitern abgestellt. Die Leute werden von Ihrem Landsmann und Wegebauer Inder Pelegrini geführt. Sie sind bereits auf dem Weg nach La Victoria. Sie sehen, dass auch wir Interesse daran haben, dass das Projekt möglichst bald umgesetzt wird. Ihr Partner Diaz soll die Arbeiten koordinieren, daher ist es verständlich, dass Pelegrini seinen Weisungen folgen soll.«

59

SAN BERNADINO/LA VICTORIA

Er umarmte Julia vorsichtiger als sonst und gab ihr einen Kuss zum Abschied. Raul wollte sich ein paar Tage alleine um die Bäckerei kümmern, damit Maria ihre Schwägerin zumindest halbtags unterstützen konnte. Julia sagte zwar, dass sie alles alleine schaffen würde, aber ohne Marias Unterstützung hätte er seine schwangere Frau nicht alleine lassen wollen. Angel Quintero hatte Juan damit beauftragt den Historiker Ramón Diaz bei den ersten Arbeiten des Weges von La Victoria zu der der Kolonie unterstützend zu begleiten. Auch wäre es von Vorteil, wenn Juan vor Ort wäre und ihn notfalls schnell informieren konnte. Nach zwei Tagen Anreise ritt er durch die alten Zuckerrohrplantagen hinter La Victoria bis zum Ende der vorhandenen Straße. Über den neu gebauten Weg traf er in dem Zwischenlager auf Ramón Diaz. Sie machten einander bekannt und Diaz hielt einen kleinen Vortrag über den Tagesablauf und alles, worauf Juan achten sollte. Von Spinnen und Schlangen bis hin zu giftigen Fröschen hatte er vor allem möglichen Getier im Urwald gewarnt. Nur die Ameisen hatte er vergessen zu erwähnen. Es war ein plötzlicher und heftiger Schmerz. Juan schrie auf und hatte das Gefühl, dass jemand glühende Kohlen auf seine Wade gelegt hatte. Zuerst konnte er sich das nicht erklären, denn als er nachsah, war außer einem kleinen Fleck nicht viel zu sehen. Diaz kam zu ihm und sah sich die Stelle an, die anschwoll und sich rot verfärbte. Juan biss die Zähne zusammen, denn der Schmerz zog am Bein empor und er konnte keinen Schritt mehr gehen.

»Das ist ein Ameisenbiss. Da kann man nicht viel machen. Kühlen Sie einfach die Stelle mit Wasser und ruhen für den Rest des Tages. Bis morgen sollte die Schwellung zurückgehen«, riet er ihm.

Ein Arbeiter, der das Problem mit den Ameisen kannte, schmierte eine ölige Substanz auf die Seile seiner Hängematte.

»Das hält die elenden Viecher fern«, meinte er und widmete sich wieder seiner Arbeit. Juan hörte unendlich viele Axtschläge und das gelegentliche Rauschen, wenn ein Baum fiel. Er beobachtete, wie schnell die Männer die Stämme von Ästen und Zweigen befreiten. Andere zersägten oder transportierten sie zur Seite, um Platz für Pelegrinis Leute mit den Hacken und Schaufeln zu machen. Stück für Stück entstand ein neuer Abschnitt des schmalen Weges. Am frühen Abend des lag Juan fast schmerzfrei in seiner Hängematte. Es war noch immer warm und da er durstig war, schwang er seine Beine aus der Hängematte und fühlte eine feuchte Masse unter seinen Füssen. Eine riesige Kröte hatte einen überraschend großen Kothaufen auf dem Boden hinterlassen. Die Kröte, die sich für gut getarnt hielt, versteckte sich halb unter seinem Rucksack und blicke ihn schuldbewusst an. Lachend säuberte Juan seine Füße mit einem großen Blatt, ging zum Wasserbehälter und füllte seinen Becher. Zurück in seiner Hängematte überkam ihn eine angenehme Mattigkeit und schlief ein.

Erst der Geruch von frisch gebrühten Kaffee weckte ihn am Morgen. Er setzte sich auf und sah Pelegrini mit einem dampfenden Becher im Gespräch mit Diaz. Quintero hatte sich für den Italiener nicht zuletzt wegen seiner Erfahrung und Zuverlässigkeit entschieden. Juan wusste wenig von dem Mann, der seit Jahren für das Ministerium tätig war.

Als Juan aufstand und sich heißen Kaffee einschenkte, brachte ihm ein Arbeiter eine Schale mit Rührei, schwarzen Bohnen und gefüllten Maisfladen. Solange er frühstückte, beobachtete er das geschäftige Treiben in ihrem Lager. Danach teilte ihn Diaz zu der Truppe ein, die heute für den Wegebau zuständig war. Juan hatte dafür 26 Männer, die den Weg begradigten, von niedrigen Pflanzen und Ästen befreien sollten damit im Anschluss Pelegrinis Arbeiter Steine als Belag aufschütteten konnten.

Trotz des dichten Laubdaches stand die Hitze in der Luft und fühlte sich an, als könnte man sie mit einem Messer schneiden. Von den sumpfigen Ufern der Bäche stiegen bei jedem Schritt Schwärme von Insekten auf und setzten sich auf die Leute, wie eine dunkle Wolke. Die Moskitos krochen ihnen in die Ohren und die Nasen. Sie waren eine wahre Plage und selbst durch heftiges Schütteln ließen sich die Blutsauger nicht verscheuchen. Die Leute schlugen fluchend um sich. Juan gab drei Männern die Anweisung ein Feuer zu entzünden und ordnete einePause an, um feuchtes Blattwerk aufzulegen.

»Der Qualm wird die Plagegeister schon vertreiben«, meinte er.

»Hoffentlich vertreibt er nicht unsere Arbeiter«, scherzte Diaz, ohne zu ahnen, dass ihm in der Nacht erste Arbeiter davonlaufen würden.

»Sie müssen in Bewegung bleiben, nur so ist die Plage zu ertragen.«

Kopfschüttelnd beobachtete Juan einige Männer, die Steine einsammelten, welche sie den Eseln an den Schwanz banden.

»Was ist denn das für ein Unfug? Was machen Sie mit den Tieren?«

»Die Esel müssen zum Schreien den Schwanz heben. Wenn sie dies nicht können, werden sie auch keine wilden Jaguare und andere Katzen auf sich aufmerksam machen.«

Juan fasste sich an die Stirn und verdrehte die Augen.

»So eine Verrücktheit habe ich ja noch nie gehört«, sagte er und lachte so heftig, dass ihm die Tränen in die Augen schossen. Er griff in seine Tasche, holte eine halbe Flasche Rum heraus und gab sie einem verwundeten Mann, der dankbar den Schnaps trank, um seine Schmerzen zu lindern. Trotzdem wimmerte und stöhnte er die halbe Nacht immer wieder. Am nächsten Morgen war er tot. Einige Männer standen um ihn herum und diskutierten lautstark. Plötzlich kam der bärtige Alfredo auf sie zu. Die Haut seines Gesichts war so dick und ledrig wie die der ausgegrabenen Sumpfmenschen, gegerbt von Hunderten von Jahren im Moor. Wo sein Gesicht in den Hals überging, lagen die Furchen in Falten wie die Wamme eines Bullen. Er trug verschlissene Stiefel und seine Hosen umspannten seine knolligen Oberschenkel. Juan sah, dass sein schmieriges Hemd seinen massigen Bauch im Zaum hielt. Der Mann hielt eine Pfeife zwischen den Zähnen und stellte sich breitbeinig vor sie. Eine unangenehme Geruchmixtur von Tabak und ranzigem Männerschweiß schlug ihm entgegen. Alfredo sah den Historiker wütend an und nahm seine Pfeife aus dem Mund.

»Das alles ist Ihre Schuld, Señor Diaz! Wir haben genug von der Schinderei. Geben Sie uns unseren Lohn und wir gehen zurück nach La Victoria, so wie die Männer, die letzte Nacht das Lager bereits verlassen haben!«, sagte er.

Auch in den Gesichtern umstehender Arbeiter glaubte Juan ablesen zu können, dass sie entschlossen waren, zu rebellieren. Diaz Augen funkelten und er ging einen Schritt auf Alfredo zu, stützte seine Hände in die Hüften, und sagte so laut, dass es alle hören konnten.

»Glaubt Ihr eigentlich, ich wäre hier, um Euch Schaden zuzufügen? Ich habe niemanden dazu gezwungen, an dieser Exkursion teilzunehmen. Wem es nicht passt, steht es frei zu gehen. Den anderen verspreche ich zusätzliche 10 Pesos, wenn wir unser Ziel erreicht haben. Drei Leute sollen den Toten begraben und die anderen bereiten alles für die Weiterarbeit vor!«

»Ich werde mit den Männern Ihren Vorschlag besprechen, Señor Diaz«, sagte Alfredo schließlich.

Juan war klar, dass sie weiter mussten. Jede Arbeitskraft wurde gebraucht, aber anscheinend hatte Inder Pelegrini seine Leute besser im Griff. Ihm war kein Arbeiter davongelaufen. Sie diskutierten nicht lange und die Männer beruhigten sich wieder. Juan setzte sich für Diaz bei der ihm zugeteilten Truppe ein. Er sprach mit ihnen über die Wichtigkeit des Projektes und erklärte, dass jeder einzelne von ihnen Geschichte schreiben würde, der dabei hilft den Weg fertig zu stellen. Die Wegebauer arbeiteten weiter und ertrugen stumm die Last ihrer Arbeit. Das Gelände wurde indessen immer steiler und es mussten Windungen gebaut werden, damit die Steigung zu bewältigen war. Die Arbeit wurde beschwerlicher und Juan ließ seine Arbeiter öfter Pausen einlegen, um deren Stimmung zu heben.

Diaz setzte sich zu ihm. »Señor Conteguez, wer ist dieser Alfredo? Wissen Sie etwas über ihn?«

»Ich kenne nur wenige der Männer. Aber ich hörte ihn bei der Arbeit mit anderen reden. Alfredo ist eigentlich zu alt für diese harte Arbeit. Er ist unglücklich, denn seine Familie will nichts mehr von ihm wissen.«

»Was ist seine Geschichte?«, wollte Diaz wissen.

»Ich habe nur etwas von seiner Lebensgeschichte aufgeschnappt. Ich glaube, er ist eigentlich kein schlechter Kerl und seine Kenntnisse im Dschungel können für uns noch von Nutzen sein. Wenn er dem Alkohol fern bleibt, hat man keinen Ärger mit ihm.«

»Sie haben aufmerksam zugehört. Behalten Sie den Mann im Auge. Er ist in der Ihrer Truppe. Ich kann keinen Ärger gebrauchen.«

Die Hitze in der Nachmittagssonne war selbst im Schatten der Bäume kaum zu ertragen und Juan ließ schon vor Sonnenuntergang die Arbeit beenden. Er hatte gab ihnen eine Sonderration ge-pökeltes Rindfleisch und zwei Flaschen Rum. Die Männer gingen mit Wäschebündeln herunter zum Fluss und badeten. Erfrischt fingen sie sogar ein paar Fische und brieten sie über dem Feuer. Die Stimmung wurde spürbar besser. Juan dachte, dass in den letzten Wochen vielleicht etwas zu viel von ihnen verlangt wurde. Im beratendem Gespräch mit Diaz beschlossen sie, den Arbeitern mehr Ruhepausen zu gewähren. Er saß mit dem Historiker am Feuer, der grübelnd seine Pfeife rauchte.

»Señor Conteguez, ich bin froh dass die Leute wieder ruhiger sind.«

»Ich glaube, dass wir die Arbeiter bei Laune halten müssen. Im Tal waren die Arbeiten noch gut zu bewältigen. Aber jetzt wird jeder Meter schwerer. Ein wenig persönlicher Kontakt zu den Männern kann nicht schaden. Daher werde ich mich gleich wieder zu ihnen gesellen.«

»Ohne mich. Ich bin müde und muss mich zur Ruhe legen. Sie sollten auch früh schlafen gehen, aber vielleicht haben sie auch Recht. Persönliche Gespräche schaffen Vertrauen. Morgen bin ich dabei.«

Diaz stand auf, ging zu seiner Hängematte und legte sich schlafen.

Juan setzte sich so in die Runde der Männer, dass er in der Nähe von Alfredo saß. Eine Kolonie in der Wildnis zu bauen, war eine Sache. Aber einen langen Weg durch den steilen, dicht bewachsenen Wald zu bauen, war eine andere. *Die Hoffnung ist ein altes Leiden für die Menschheit. Das Salz ihrer Natur*, sagte einmal Valega.

In den frühen Abendstunden des 20. Dezember 1841 erreichte Juan San Bernadino. Seine Mit-arbeit am Bau des Weges zur Kolonie war vor Weihnachten beendet.

60

SAN BERNADINO

Endlich hatten sie ihn soweit, dass er mit der Rennerei aufhörte und Platz nahm. Doktor Molinér war nicht nur ein exzellenter Chirurg, sondern auch Geburtshelfer und ein guter Bekannter von Oberst Codazzi. Die Bezahlung seiner Kostennote war sein Geschenk zur Geburt des Kindes. Alexander hatte für seine freundlichen Gastgeber ein hübsches Kinder Mobile mit vielen bunten Tieren und einer Spieluhr in Caracas erstanden. Trotz ihrer vielen Arbeit vor der Rückreise nach Europa hatten sich beide die Zeit genommen zur Geburt des Kindes anwesend zu sein.

Alexander füllte ein Glas mit Brandy und schob es Juan herüber.

»Trinke das, Juan. Du wirst sehen, dass du schnell ruhiger wirst.«

»Ach, Alexander, ich hoffe nur, dass wir mit dem Kind alles schaffen. Mir fällt auf, dass wir noch gar keinen Namen haben.«

»Wie wäre es denn mit einem schönen deutschen Namen?«

»Wenn du Vorschläge hast, werde ich mit Julia darüber reden.«

Er folgte der Aufforderung spontan und setzte sich an den Schreibtisch.

»Wie wäre es mit einem italienischen Namen? Agustin oder Agustia wäre doch nett!«, scherzte Codazzi und ein Lächeln huschte über Juans Gesicht, doch seine Nervosität war ihm weiterhin anzusehen.

Juan blickte immer wieder zur Treppe, während Alexander den Federkiel in der Hand hielt und eifrig Notizen machte.

»Fertig,« sagte er schließlich und reichte das Papier Juan.

Charlotte, Henriette, Amalia, Sophie, Elise, Friederike, Clara, Wilhelmine, Theresia.

Alfred, Joseph, Philipp, Gustav, Franz, Ferdinand, Theodor, Eduard, Carl, Heinrich, las Juan. Die Namen waren für ihn fremdartig und manche könnte er nicht einmal aussprechen.

»Das sind zum Teil schöne Namen. Mir gefallen besonders Philipp und Carl für einen Jungen. Und für ein Mädchen wären Clara und Amalia hübsch. Ein guter Anfang, Alexander. Aber ich werde die Mutter mitentscheiden lassen«, sagte er und trank einen Schluck Brandy, als Raul und Maria ins Haus kamen. Im Trab waren sie geritten.

»Wie geht es Julia?«, fragte er, bevor sie das Haus betraten.

»Ihr geht es gut, nur meinen Bruder habe ich so noch nicht gesehen. Er ist vollkommen nervös und rennt aufgedreht herum. Auch Señor Codazzi ist gekommen. Die Männer versuchen ihn zu beruhigen.«

»Ich hoffe wir sind nicht zu spät«, meinte Raul.

»Nein«, sagten alle gleichzeitig.

Raul schnürte das Bündel auseinander und setzte die Teile zusammen. Aus neugierigen Blicken wurden bewundernde, als das hübsche Kinderbettchen mit gedrechselten Stäben und feiner Bemalung zusammengebaut war.

»Ich brauche frisches Wasser. Schnell«, rief die Hebamme von oben.

Maria sprang auf, eilte in die Küche und brachte der Frau eine volle Schüssel. Juans Ablenkung war dahin. Er stand gleich wieder auf und lief hin und her. Die Männer betrachteten ihn teils mitleidig und verständnisvoll. Plötzlich wurde oben die Türe von dem Arzt geöffnete.

»Mutter und Kind sind wohlauf! Es ist ein Mädchen!«

Juan war nicht mehr zu halten. Bevor jemand etwas sagen konnte, raste er die Treppe hinauf. Als er den Raum betrat, beugte sich der Arzt über Julia und die Hebamme wusch das schreiende Kind. Beide gratulierten ihm lächelnd.

»Es geht ihnen gut. Aber ihre Frau muss sich in den nächsten zehn Tagen noch schonen. Jetzt lassen wir sie mal erst alleine. Unsere Arbeit ist getan«, sagte er lächelnd und legte Juan eine Hand auf die Schulter.

Die Hebamme reichte dem glücklichen Vater seine kleine Tochter und der Arzt verließ den Raum. Vorsichtig hielt Juan das Köpfchen küsste mit tränenden Augen sein Kind, ging zum Bett und legte es behutsam in Julias Arm.

»Ich war so ängstlich und nervös und bin nun froh, dass es euch gut geht. Ist sie nicht wunderschön, mein Liebling?«

Julia lächelte ihn erschöpft an. Die Haare klebten nass an ihrem Kopf und Juan staunte, wie kraftvoll das Kind mit diesen kleinen Händchen ihren Zeigefinger umfasste.

»Das ist sie. Ich bin glücklich, mein geliebter Mann. Jetzt sind wir eine richtige Familie.«

»Sie ist schön, wie ihre Mutter. Schau nur, sie hat deine Stirn.«

»Und die Augen ihres Vaters«, stellte Julia fest.

Juan öffnete die Tür, Codazzi klopfte ihm anerkennend auf die Schulter und Maria, Alexander und Raul umarmten ihn geradezu stürmisch..

»Ihr könnt jetzt kurz rein«, sagte er.

Julia dankte den Gratulanten, war aber auch froh als sie wieder gingen. Ihre erste Geburt war anstrengend und sie hatte trotz der Medikamente des Arztes starke Unterleibsschmerzen. Es tat ihr aber gut, zu sehen, wie glücklich und würdig ihr geliebter Mann aussah. Juan schlug den Namen Clara für ihr Kind vor, nannte aber auch ein paar andere.

»Ich überlasse dir die Entscheidung. Es ist egal, wie sie heißen wird. Ich werde ihr alle meine Liebe geben.«

»Clara wird der Stolz ihres Vaters sein!«, sagte er schließlich.

Als er sich später wieder zu den anderen gesellte, hatte Raul das Mobile über dem Bettchen angebracht. Alexander zog es auf und die bunten Tierfiguren drehten sich im Kreis zu einer lieblichen Melodie.

»Clara wird es lieben. Ich danke euch«, sagte der glückliche Vater.

»Ein deutscher Name! Das gefällt mir«, sagte Alexander. »Agustin hat uns bereits verlassen, aber er schickt dir seine besten Empfehlungen.«

Es war ein großer Tag in seinem Leben. Seine bildschöne junge Frau hatte ihm eine Tochter geschenkt und in Alexander Benitz hatte er einen neuen Freund gefunden. Aber es gab auch noch Felipe. Dem Jungen hatte er versprochen, sich Zeit für ihn zu nehmen.

61

PARIS-ENDINGEN, JUNI 1842

Sieben Wochen Schaukelei, Flaute und ein Unwetter. Nichts davon war dazu geeignet, aus Alexander einen Seemann zu machen. In den frühen Morgenstunden der ersten Juniwoche konnten sie die Fregatte in Le Havre verlassen. Auf dem Weg nach Paris erörterten sie ihre Aufgabenteilung. Den Text für eine Werbeschrift hatten sie auf See entworfen und Codazzi wollte sich um den dreisprachigen Druck in Paris kümmern. Auch die in Spanisch und Deutsch verfassten Verträge hatten sie in mühseliger Arbeit und großer Stückzahl an Bord der Fregatte handschriftlich gefertigt.

»Sobald die Werbeschriften fertig sind, musst du mit dem größten Teil nach Endingen aufbrechen. Ich werde mich um die Anmietung eines geeigneten Schiffes und dem Kauf der Ausrüstung kümmern.«

»Das wird viel Arbeit. Was ist mit den Verträgen?«

»Die können später geschlossen werden. Ich beabsichtige im Herbst selbst nach Endingen zu reisen. Du solltest aber schon ein paar Exemplare mitnehmen, die ich blanko unterschreibe.«

»Was ist mit der Genehmigung der Ausreise? Ohne diese wird kein Auswanderer die Grenze zu Frankreich überschreiten können.«

»Sobald ich weiß, wie groß das Schiff sein wird, werde die Anträge beim Großherzogtums stellen.«

Seine Befürchtung das Elternhaus könnte ihm nach der langen Abwesenheit fremd geworden sein, oder ihm andersartig vorkommen, war unbegründet. Als er durch die Tür trat, war ihm alles wieder vertraut. Alexander atmete Heimat und Zuhause. Er umarmte seine Mutter, küsste sie und beinahe hätte sie den Blumenstrauß, den er ihr mitbrachte, zerquetscht. Er nahm mit seinem Vater und Karl in der Stube Platz, saß auf dem alten Sofa und betrachtete eine große Schale mit Äpfeln auf dem Tisch, die es in Venezuela nicht gab. Er sagte, dass es ihm gut ginge und er es kaum erwarten könne, endlich wieder deutsches Essen aus der Heimat in seinem Bauch zu haben. Seine Mutter deckte den Tisch und sein Vater stellte Weingläser auf den Tisch. Ihm fiel auf, dass er lichter auf dem Kopf wurde, was ihn aussehen ließ, als sei er schon weit über sechzig. Auch die Falten um seinen Mund hatte er bei dem Weihnachtsfest noch nicht an ihm bemerkt und doch war sein Vater noch immer ein gut aussehender Mann. Die maskuline Attraktivität hatten die Brüder zweifelsohne von ihm geerbt. Alexander beobachtete ihn, als seine Mutter mit dem Essen hereinkam. Der Braten war fantastisch und es war kaum zu fassen, wie gut ihm das Essen schmeckte. Alexander sah hinab auf den Teller und fragte sich, ob es ihm in irgendeinem der zahllosen guten und teuren Restaurants in Paris oder Caracas je so gut geschmeckt hatte. Aber vielleicht kam ihm das nur so vor, weil er mit der Küche seiner Mutter aufgewachsen und vertraut war.

»Was gibt es Neues aus Endingen zu berichten?« fragte Alexander.

»Die Menschen hoffen auf ein besseres Leben und setzten all ihre Hoffnungen auf deine Schilderungen, mein Sohn.«

Sein Vater räusperte sich, nahm die Serviette vom Schoß, legte sie neben den Teller und furchte die Stirn. »Hagel und Sturm«, sagte er grimmig, »haben wie im letzten Jahr große Teile der Ernte vernichtet!«

»Und die Menschen hatten so hart gearbeitet! Ihre Hoffnung, dass sie die finanziellen Einbußen der letzten Jahre wettmachen könnten, löste sich in Luft auf«, fügte Karl hinzu.

»Das gibt mir Zuversicht, dass ich das Richtige mache.«

Sein Vater holte eine Flasche Kirschwasser und drei Gläser. Alexander hatte sich in seinen Gedanken in den letzten Monaten auf diesen Tag vorbereitet und so erzählte er von den guten Eigenschaften der künftigen Kolonie, seinem Reichtum an Wasserquellen, der hohen Bodenqualität, der günstigen Lage und dem idealen Klima.

»Karl, wenn wir ankommen, finden wir bereits gerodetes Land vor. Jede Familie bekommt ein Haus, Land und eigenes, gesundes Vieh. Sämtliche Gerätschaften für einen ordentlichen landwirtschaftlichen Betrieb oder Handwerk stehen den Siedlern auch zur Verfügung.«

»Das hört sich gut an.«

»Dann hast du dich entschieden, mitzukommen?«

»Wie sollte ich dir widerstehen? Mutter wird dich nicht noch einmal alleine reisen lassen. Also komme ich mit.«

Es war beschlossene Sache. Er konnte sich darauf verlassen, dass ihn sein Bruder in den kommenden Monaten unterstützen würde.

Um 6,00 Uhr stand er auf und sein Bruder frühstückte bereits.

»Guten Morgen Karl. Wie kommt es, dass du schon wach bist?«

»Ich dachte mir, dass du heute Hilfe brauchst«, antwortete er. »Ich freue mich über deine Hilfs-bereitschaft. Ich hoffe, dass wir Leute
treffen, die uns bei der Verteilung der Flugblätter helfen.«

Früh machten sie sich auf den Weg in die Rathäuser, Gasthäuser und Postämter der umliegenden Gemeinden. Sie legten die Werbeschrift aus und Alexander führte am Nachmittag erste

Anwerbe-gespräche, während sein Bruder Karl eine längere Beratung mit dem Bürgermeister der Stadt Endingen führte. Emsig verteilte Stephan Krämer die Blätter auf den umliegenden Höfen, seinem Lehrer und dem Müller. Kaum jemand, der sich mit dem Gedanken des Auswanderns getragen hatte, konnte sich der fast magischen Anziehungskraft des Projektes entziehen. Es sprach sich in dieser Woche soweit herum, dass selbst Leute aus den umliegenden Gemeinden, wie Forchheim und Ettenheim anreisten um sich bei ihm über Codazzis Unternehmen zu erkundigen. Alexander berichtete den Zuhörern zunächst, dass sein Freund als Oberst der venezolanischen Streitkräfte starken politischen Rückhalt in der Regierung hatte. Er schilderte, dass einflussreiche Leute wie Ramón Diaz und die adelige Familie Tovar das Projekt unterstützten. Dass Codazzi auch gegen den verhassten Napoleon gekämpft hatte, machte ihn für die Leute zu einer vertrauenswürdigen Person.

Walther saß mit seinem Freund in Stephans Scheune. Seine Pläne waren verständlich, aber es gab auch vieles zu bedenken.

»Ich habe massenhaft Ideen und lose Fäden im Kopf«, sagte Stephan, »dass ich nicht einmal weiß, mit welchem ich anfangen soll. Seit Tagen denke ich darüber nach, wie ich meine Familie überzeuge, mir nach Venezuela zu folgen, obwohl ich mir selber noch nicht vorstellen kann wie die Kolonie aussehen wird.«

»Versuche doch einfach deiner Mutter die Werbeschrift zu erklären.«

»Vielleicht muss ich erst mehr von dem Land erfahren.«

»Das solltest du ohnehin, wenn du in Venezuela leben möchtest.«

Walther hielt nachdenklich die Werbeschrift in seinen Händen. Die Beschreibung klang verführerisch. Die Ausreise schien ihm der richtige Ausweg aus dem Elend am Kaiserstuhl zu sein. Wäre er in einer ähnlichen Situation, würde er sich seinem Freund anschließen.

»Ich habe alle Blätter so verteilt, wie es mir Herr Benitz aufgetragen hat. Handwerker, Brauer, Müller und besonders Landarbeiter und Bauern, denen es schlecht geht. Jede einzelne Familie will dabei sein. Man vertraut Herrn Benitz, zumal er selbst auswandern wird.«

»Du hast Recht. Der Mann ist vertrauenswürdig. Aber spreche trotzdem vorher mit deinem Lehrer. Er weiß vielleicht mehr über das Land.«

Stephan befolgte den Rat seines Freundes und machte sich auf den Weg durch den Regen, der mal wieder nicht aufhören wollte. Die Dinkelernte fiel schlecht aus und die Kartoffeln waren verfault. Endlich erreichte er das Haus seines Lehrers. Jakob Schick hatte ihn gelobt, da sein Spanisch immer besser wurde. Er fragte ihn, was er ihm über Venezuela erzählen könnte, oder ob er ein Buch über das Land habe.

»Du fragst wegen der Kolonie?«

»Ich würde auch einen Vertrag unterschreiben, wenn Ihr Urteil nicht zu schlecht ausfällt.«

»Du solltest wissen, dass ich in Kontakt mit dem Stuttgarter Kollegen Nikolaus Teufel stehe. Codazzi hat ihn als Lehrer für die Kolonie geworben. Du bist ein fleißiger junger Mann. Ich glaube das ist eine große Chance für dich. Aber was sagt deine Mutter zu deinen Plänen?«

»Sie weiß es noch nicht und ich habe keine Ahnung, wie ich es ihr sagen soll.«

»So oder so wird es das Beste sein, den Hof zu verkaufen. Aber jetzt lass uns mal sehen, was es Wissenswertes über Venezuela zu lesen gibt«, sagte Jakob und schlug ein Buch auf.

62

LA VICTORIA / COLONIA TOVAR

Aus Andreas Nachricht über den Unfall Valegas ging hervor, in welchem Teil von La Victoria sie mit Felipe wohnte. Trotzdem musste Juan mehrmals Leute befragen und er wurde nicht selten hin und her geschickt. Aber schließlich fand er das in hellem Blau gestrichenen Haus aus der Kolonialzeit. Die Fenster und die Tür der Vorderseite waren vergittert. Mehr konnte er nicht erkennen, da rechts und links weitere Gebäude angrenzten. Juan klopfte mehrmals an die Tür. Als niemand öffnete, nahm er in einer nahe gelegenen Bar an einem Tisch Platz und bestellte eine Empanada. Juan ahnte an, dass Felipe in der Schule war und bald nach Hause kommen würde. Also aß er seine Teigtasche und wartete bei einem frischen Mangosaft auf seinen Sohn. Als Felipe das Haus betrat, bezahlte er und klopfte erneut an die Tür, die sich gleich öffnete. Juan stand einem jungen Mann gegenüber. Felipe war groß geworden, seit er ihn das letzte Mal gesehen hatte.

»Vater!«, sagte er überrascht.

»Ich habe lange nach eurem neuen Heim suchen müssen, mein Sohn.«

Als Juan ihn umarmen wollte, wich Felipe aus.

»Hattest du mir nicht versprochen, dass wir Zeit miteinander verbringen? Ich glaube, das ist jetzt fast zwei Jahre her.«

Der vorwurfsvolle Unterton seines Sohnes war nicht zu überhören.

»Du sollst wissen, dass ich oft an dich gedacht habe. Das kannst du mir glauben, Felipe. Aber ich musste nach Frankreich und hatte unzählige Aufgaben. Mir fehlte einfach die Zeit und Barinitas war weit entfernt.«

»Und jetzt? Tun wir so als ob das nicht so schlimm wäre? Mama hatte deinetwegen nicht selten geweint, aber eingesehen, dass sie ihre alte Liebe nicht aufrechterhalten kann.«

»Darf ich rein kommen, Felipe? Bitte."

Er machte Platz und ließ Juan ins Haus.

»Danke. Glaube mir, auch mir ist es schwer gefallen. Aber vielleicht ist einfach zu viel passiert. Wir haben uns unterschiedlich entwickelt. Das hat mir selbst deine Mutter gesagt. So ist das im Leben.«

»Komm und setze dich. Mama ist nicht da.«

Juan nahm Platz und sah sich um. Die meisten Möbel kannte er aus Barinitas, aber andere waren neu und über dem Sofa hing ein Gemälde, auf dem eindeutig Jorge zu erkennen war. Felipe brachte ihm eine Limonade und setzte sich zu ihm.

»Warum bist du jetzt hier?«, fragte er.

»Weil ich möchte, dass du mich besuchen kommst, mein Sohn. Gib mir die Chance, ein Vater für dich zu sein.«

Juan sah, dass Felipe die Zähne zusammenbiss.

»Komme doch Weihnachten zu mir, oder wenigstens an einem Weihnachtstag. Ich habe dann mindestens zwei Wochen arbeitsfrei. Ich könnte dir vieles zeigen und wir hätten Zeit für uns.«

»Also gut. Ich komme zu dir, Vater.«

»Bei der Gelegenheit kannst auch deine Schwester und meine Frau kennen lernen.«

»Meine Schwester?«, fragte Felipe ungläubig.

»Clara. Dass ich geheiratet habe, kannst du deiner Mutter erzählen. Dass du eine Schwester hast, vielleicht besser noch nicht«, sagte Juan.

»Ich muss jetzt los, da ich noch einen Termin in der Stadt habe. Ich freue mich, dass du bald bei mir bist und wir Zeit für uns haben«, sagte Juan und ritt zu Diaz, der in der Nähe wohnte.

Ein paar Tage in La Victoria zum Anwerben neuer Arbeiter waren für Ramón Diaz eine wohltuende Erholung und er freute sich, in Juan Conteguez einen guten Gesprächspartner gefunden zu haben.

»Sie sind also Vater geworden? Ich darf gratulieren!« sagte Diaz.

»Sie wissen davon?«, staunte Juan.

»Codazzi erwähnte es vor seiner Abreise.«

»Es spricht sich also herum. Mein Töchterlein ist mein ganzer Stolz.«

Diaz ließ sich bequem in den Sessel sinken.

»Wie lange werden Sie mir diesmal helfen?«

»Vielleicht zwei, aber höchstens drei Wochen. Ich möchte meine Familie nicht zu lange alleine lassen.«

»So ist das, wenn man Vater wird. Es verändert vieles im Leben.«

»Sie verstehen mich also.«

»Ich kann es mir vorstellen. Leider habe ich keine Kinder, da meine Frau früh verstorben ist.«

Juan drückte sein Beileid aus und erzählte Diaz auch von Felipe, der mit seiner Mutter auch in La Victoria lebte und im Laufe des Gesprächs kamen sie über die Kolonie auch zu Juans Eindrücken in Frankreich.

»Ich möchte Ihnen meine kleine Schatzkammer zeigen. Haben Sie Lust, sich kurz entführen zu lassen?«

»Ihre Schatzkammer?«, fragte Juan neugierig.

»Kommen Sie!«

Juan folgte ihm eine Treppe hinab, durch ein paar Räume voller ausgedienter Möbel. Diaz ging mit einem Kerzenleuchter und leicht gesenktem Haupt voraus.

»Passen sie auf, die Decke ist niedrig. Ich habe mir schon oft den Kopf gestoßen.«

Sie kamen zu einer mehrfach verriegelt Holztüre. Diaz schloss auf, entzündete eine weitere Lampe und ließ Juan den Raum betreten.

»Na, was sagen Sie dazu?«

Die Beleuchtung war nur schwach und die Lichtreflexe der Flaschen, zeigten ihm, dass diese bis unter die Decke gestapelt waren.

»Ah«, staunte Juan. »Seit meiner Zeit in Paris ist dies das Beeindruckenste Anzeichen von europäischer Zivilisation.«

Es waren zweifellos mehrere Hundert Flaschen, meist französischer, spanischer und auch italienischer Herkunft. Diaz grinste zufrieden.

»Wir sollten zwei Flaschen mit nach oben nehmen, Juan.«

Diaz hatte ihn erstmalig mit seinem Vornamen angesprochen.

»Ich bin beeindruckt! Ja, gerne.«

»Dann überlasse ich Ihnen die Wahl.«

Juan sah sich um und entdeckte einen *Saint Emilion* von 1833. Er nahm spontan die Flasche aus dem Regal, ohne wirklich zu wissen, was er in den Händen hielt.

»Sie haben Geschmack. Das ist einer meinen besten Rotweine.«

Sie gingen mit zwei Flaschen nach oben und nach zwei verlorenen Partien Schach war Juan der Meinung, seinem Gastgeber ein angemessenes Kompliment machen zu müssen.

»Es ist ein schöner Abend. Gutes Essen, ein erlesener Wein und interessante Gespräche. Kompliment an Ihre Gastfreundschaft.«

»Der richtige Zeitpunkt, dem Herrn Conteguez das Du

anzubieten«, sagte Diaz und hielt ihm lächelnd seine Hand entgegen.

Es war der Beginn einer neuen Freundschaft. Juan lehnte sich in seinen Sessel zurück und betrachtete das Glas in seiner Hand.

Das ruhige Wochenende war vorüber. Über den neu angelegten Weg kamen sie am Nachmittag bei dem Italiener an. Pelegrini informierte Diaz über den Fortschritt und Probleme beim Bau des Weges.

»Der Weg ist teilweise zu schräg, zu schmal und wird wieder überwuchert«, berichtete Pelegrini.

»Ich konnte nur 11 neue Tagelöhner in La Victoria einstellen. Die harten Bedingungen bei unserem Vorhaben scheinen sich herumgesprochen zu haben. Aber es nützt nichts. Wir müssen die Arbeiten fortsetzen«, informierte ihn Diaz.

»Ich werde mit meinen Männern Wochen damit beschäftigt sein, den Weg so zu begradigen und so herzurichten, dass die Siedler nicht reihenweise in die Tiefe stürzen. Danach werden wir mit dem weiteren Ausbau beschäftigt sein.«

Sie betrachteten das Gelände auf dem die Colonia Tovar entstehen sollte. Es war noch nicht ein Baum gefallen und es wucherte eine üppige Vegetation. Von dem Optimismus zu Beginn der Arbeiten war nichts mehr geblieben, dachte Juan. Ramón übertrug ihm die Aufgabe, auf einer Ebene eine Lichtung von den neuen Männern schlagen zu lassen. Gehorsam und unverbraucht gingen die neuen Arbeiter mit Äxten und Sägen ans Werk. Während seine Leute mit dem Roden beschäftigt waren, begann die Gruppe von Ramón geschlagenen Bäume von Ästen und Laub zu befreien. Die ersten Hütten für die Siedler würde Juan vor seiner Rückreise jedoch nicht mehr zu sehen bekommen. Diaz zeigte auf die entstandene Lichtung.

»Dieser Ort soll der Kern der Colonia Tovar sein. Von dort aus dehnen wir die Siedlung in die Hänge ringsherum aus.«

Das eintönige Geheul der roten Brüllaffen schallte durch die Luft. Diese kuriosen Laute, die wuchernde Vegetation und die Naturschönheit dieser Bergregion nahm Juan völlig in Anspruch. Die meisten Bäume, die es hier zu fällen galt, waren Palmen und Urwaldriesen. Um einen der größeren Bäume von seinem Laub, dem Ästen und Zweigen zu befreien, waren 5 Männer einen ganzen Tag beschäftigt. Die nächsten Tage vergingen schnell, aber die Fortschritte in der Colonia Tovar waren gering, als sich Juan auf den Rückweg nach Caracas machte.

63

SAN BERNADINO

Juan schilderte dem Sekretär seine Eindrücke von dem Fortschritt der Kolonie. Er berichtete, dass der Weg in die Kolonie fertig gestellt war und Pelegrini die Wege an zu engen Stellen zu verbreitern wollte.

»In der Colonia Tovar geht es hingegen nicht so gut voran. Immer mehr Arbeiter lassen Ramón Diaz im Stich und es war schwer, neue Arbeiter anzuwerben«, wusste er zu berichten.

»Das hört sich nicht gut an«, sagte der grauhaarige Mann.

»Ich war lange vor Ort und bin dennoch überzeugt, dass trotz der schwierigen Umstände bis zur Ankunft der Einwanderer alles planmäßig fertig sein wird«, sagte Juan und ließ seine Zweifel nicht verlautbaren, sondern versuchte Zuversicht vorzutäuschen.

»Ich hoffe, dass Sie Recht behalten! Ich werde Ihren Bericht dem Minister vorlegen.«

Juan hoffte, dass Diaz es schaffen würde, bis zur Ankunft der Siedler alles herzurichten, schloss pünktlich sein Büro und machte sich auf den Heimweg, da sich Felipe angekündigt hatte.

»Schau mal wie Clara das Wasser genießt«, sagte Julia, als er ins Bad kam. »Heute wird sie ihren Bruder kennen lernen. Ob er sich auch in sie verliebt?«

»Jeder hat sich bisher in Clara verliebt.«

Seine Tochter war sein ganzer Stolz und sie verbreitete im Nu gute Laune. Julia hatte einen Arm unter ihrem Köpfchen und die

Kleine lachte über ihr ganzes Gesicht, als sie Juan sah. Er ging zu ihr an die kleine Wanne und Clara klatschte mit beiden Händen in das Wasser. Sie gluckste wenn Juan nass wurde, *brrr* machte und sich wie ein nasser Hund schüttelte. Das ganze wiederholte sich, bis Julia ihn raus schickte. Juan lag auf dem Bett und döste, als Julia zur Tür rein kam und lächelte sie an, als sie ihr Oberteil öffnete und Clara stillte.

»Wenn ich nur so oft an Mamas Brust dürfte!«, lachte er schmollend.

»Clara, Papa fühlt sich vernachlässigt!«, sagte Julia.

»Du weißt, dass das nicht stimmt.«

Während sie gestillt wurde, sah Clara ihren Vater forschend an. Offenbar wartete sie darauf, dass er wieder irgendeinen Schabernack mit ihr trieb. Es war herzerfrischend das Kind lachen zu sehen.

»Ich lasse die Frauen des Hauses mal unter sich«, sagte er und ging zur Tür. Julia sah ihm hinterher und deutete einen Kuss an. Er hatte kaum die letzte Stufe der Treppe erreicht, als es an der Türe klopfte. Er öffnete und Felipe stand vor ihm.

»Ich habe mich auf dich gefreut, mein Sohn. Komm rein, setzen wir uns in den Salon,« sagte er und umarmte ihn.

»Auch ich freue mich Vater. Wo ist meine Schwester?«

»Julia hat sie gebadet und stillt sie jetzt. Ich nehme an, dass sie gleich mit Clara runter kommt.«

»Wie geht es dir? Hast du dich in La Victoria einleben können?«

»Klar. Ich gehe noch eine Weile in eine neue Schule und es macht mir Spaß zu lernen. Freunde habe ich auch gefunden. Es war gut, dass wir Barinitas verlassen haben. La Victoria ist eine schöne Stadt.«

Julia kam mit Clara auf dem Arm herein und gab Felipe die Hand.

»Hola Felipe. Das ist Clara,« sagte Julia.

»Hola Clara. Vater, ich stelle fest, dass du eine sehr schöne Frau hast. Aber meine kleine Schwester ist noch schöner,« sagte Felipe charmant.

»Oh, danke für das schöne Kompliment«, antwortete Julia.

»Was meinst du, Clara? Möchtest mal zu deinem Bruder?«

Julia wartete keine Antwort ab, sondern drückte Felipe seine Schwester in den Arm. Clara sah ihn an, zog ein Schnutchen und fing sofort an laut zu schreien. Felipe erschrak und Juan nahm sie ihm wieder ab. Schluchzend beruhigte sie sich auf dem Arm ihres Vaters und blickte Felipe kritisch an.

»Sie mag mich nicht!«,« meinte Felipe resigniert.

»Du bist ihr nur noch fremd. Mache ein wenig Unfug und sie wird dich anlachen«, antwortete Juan.

»Dein Vater macht ständig irgendeinen Blödsinn mit ihr«, sagte Julia.

Felipe hielt eine Hand vor seine Augen, zog sie plötzlich weg und machte *Bu*. Er wiederholte das einige male und Clara begann zu lächeln. Bald fing sie laut an zu lachen und kurz vor dem Schlafengehen konnte Felipe sie auf den Arm nehmen.

»Ein tolles Gefühl. Sie ist so niedlich!«, sagte Felipe

»Sie muss jetzt aber in ihr Bett«, mahnte Julia nach einer Weile.

»Darf ich das übernehmen?«, fragte Felipe.

»Natürlich. Komm mit.«

Julia beobachtete, wie Felipe die Kleine in ihr Bett legte und zudeckte. Sie verließen das Zimmer und Julia lehnte die Tür nur an.

»Darfst du einen Brandy trinken,« fragte Juan, als sie wieder zusammen im Salon saßen.

»Vater, ich bin 21! Gerne.«

Julia ist nur fünf Jahre älter als mein Sohn, dachte er.

64

ENDINGEN

Am Vortag erreichte Codazzi Endingen und machte Bekanntschaft mit der Familie Benitz. Zu Alexanders Verblüffung führte sein Vater den Gast in sein Arbeitszimmer und bot ihm an, dort seine Arbeiten machen zu können. Für ihn und seinen Bruder war der Raum selbst während ihres Studiums tabu gewesen.

»Der Mann braucht Ruhe, damit er sich konzentrieren kann«, sagte er.

»Ich muss bald wieder nach Frankreich und werde dich bevollmächtigen, weitere Verträge in meinem Namen zu schließen. Es liegt dann an dir, dass wir genügend Menschen in die Kolonie führen, Alexander«, sagte Codazzi zufrieden, da er schon am ersten Morgen vierzehn Verträge schließen konnte.

Codazzi unterzeichnete weitere 340 Dokumente blanko, bestreute sie mit Sand und trocknete durch Pusten die Tinte.

»Wie lange bleibst du denn noch, Agustin?«, fragte Alexander.

»Noch drei Tage. Dann muss ich zurück.«

»So schnell hatte ich nicht mit deiner Abreise gerechnet.«

»Ich habe einfach keine Ruhe. Zu viel muss noch erledigt werden. Alexander ich bin müde und möchte mich noch ein wenig ausruhen, bevor wir am Abend weitere Verträge im Gasthaus schließen«, sagte er und Alexander begleitete ihn zum Gasthof Pfauen.

Müde ließ er sich auf sein Bett sinken, starrte gedankenverloren zur Decke und schloss schließlich seine Augen. Irgendwann erwachte er aus einem dämmerigen Halbschlaf. Dem Licht nach zu urteilen musste es bereits am Nachmittag sein. Die Ruhe hatte ihm gut getan. Wie leise es hier war, ganz anders als in dem quirligen Paris, dachte er und stand auf. Auf der Straße atmete Codazzi die frische Herbstluft ein und schloss die Augen. Es zirpte unter den Büschen der näheren Umgebung und von weit her hörte er das Krähen eines Hahnes. Die nächsten Tage vergingen schnell. Tage an denen man vor lauter Arbeit sogar das Essen vergessen konnte, flogen bekanntlich schneller vorüber, als ruhige Sonntage. Erleichtert ließ sich Codazzi in die Sitze der Kutsche nach Paris sinken, als Stephan in seiner besten Kleidung auf dem Weg in den Gasthof *Pfauen* war. Wohin er auch hörte, alle sprachen in diesen Tagen von der Kolonie. Stephan hatte ein gesundes Maß an Misstrauen und wollte keinesfalls voreilig handeln und einen Vertrag schließen, ohne überzeugt zu sein, das Richtige zu tun. Der Wind war eisig kalt und der Schnee flog ihm stechend ins Gesicht, als er in Ferne den Gasthof sah. Stephan ging leicht geduckt und war froh, die Tür zu erreichen. Innen war es angenehm war und er klopfte sich den Schnee von der Kleidung, öffnete seinen Mantel und fragte den Wirt nach Herrn Benitz.

»Gehen Sie dort hinüber«, sagte der Wirt und zeigte zu einer Tür im hinteren Bereich. »Bei dem Herrn dort müssen Sie sich in eine Liste eintragen lassen. Während Sie warten, können Sie sich aufwärmen, oder noch besser etwas essen und trinken«, sagte er geschäftstüchtig.

Die Tische um ihn herum waren fast alle besetzt und Stephan sah, dass einige Gäste saftigen Wildschweinbraten aßen. Auf dem Schreibtisch vor der Tür stand ein Fässchen Tinte mit mehreren Stapeln Papier. Dort saß ein glatzköpfiger kleiner, aber gut gekleideter Mann, der ihn mit seinen eng zusammen liegenden

Schweinsäuglein neugierig betrachtete. Auch sein Körperbau hatte mit dem eines Schweins viel gemein. Stephan ertappte sich dabei, wie er sich in Gedanken vorzustellen versuchte, ob ihm sein Gegenüber überhaupt zwischen einer Horde Schweine auffallen würde und ob er grunzen, statt reden würde.

»Name, Alter, Familienstand, Wohnort«, fragte Schweinsäuglein.

»Krämer, Stephan, 18 Jahre, ledig, Endingen«, antwortete er kurz.

»Nehmen Sie Platz und warten Sie, bis Sie aufgerufen werden.«

»Wird es lange dauern?«, fragte Stephan.

»Das kann gut sein. Vor Ihnen sind …«, er machte eine Pause und sah in seine Liste. »Sie haben Glück. Es sind nur vierzehn Bürger, die zu Herrn Benitz wollen. Sie haben genug Zeit für eine Mahlzeit.«

Wenn er Geld dazu hätte, würde er sich auch einen Wildschweinbraten bestellen. Er zählte seine Münzen, bestellte ein Bier und wartete zwei Stunden bis er von Schweinsäuglein aufgerufen wurde.

Ein Kronleuchter und drei weitere Leuchter auf dem Schreibtisch erhellten das Hinterzimmer.

»Nehmen Sie doch bitte Platz, Herr Krämer. Sie hatten sicher Zeit, sich aufzuwärmen. Haben Sie lange warten müssen?", fragte Alexander.

»Ja, aber das hatte ich schon vorher geahnt, Herr Benitz.«

»Herr Krämer, Sie haben mir bei der Verteilung der Werbung geholfen und jetzt haben Sie sich entschlossen einen Vertrag zu schließen?«

»Nun ja, Ihr Flugblatt hat mich neugierig gemacht. Doch ich habe noch ein paar Fragen, wenn Sie erlauben«, antwortete Stephan. »Ist es richtig, dass die Überfahrt finanziert wird und die

Kosten dafür zinsfrei binnen sechs Jahren abgearbeitet werden können?«

»Sie sind gut informiert. Ja, das ist so.«

»Bekomme ich das schriftlich, wenn ich mich dazu entschließe?«

»Das, und alle beiderseitigen Verpflichtungen in allen Einzelheiten werden in dem Vertrag festgehalten«, sagte Alexander.

Stephan konnte mit der Unterschrift eine Chance in seinem Leben zu sichern und er ließ sich den Vertrag vorlegen. Er las den Vertragstext und bemerkte die Blicke von Alexander Benitz.

»Nehmen Sie sich Zeit mit dem Lesen, Herr Krämer. Aber ich verspreche ihnen, dass Sie mit Ihrer Unterschrift, die beste Entscheidung für Ihr weiteres Leben und Ihre Zukunft treffen.«

Stephan ging in diesem Moment vieles durch den Kopf. Wie würde er seinen Beschluss der Familie erklären? Wie würde er die finanziellen Mittel für die Fahrt nach Le Havre bekommen? Aber was sollte schon passieren? Schlechter als jetzt konnte es kaum noch kommen. Stephan sah zu Benitz, der ihm geduldig gegenüber saß. Wie konnte dieser Mann diese Ruhe ausstrahlen? Er musste doch erschöpft sein von all diesen langen Gesprächen und den immer gleichen Fragen der Leute.

»Ich unterschreibe, Herr Benitz«, sagte Stephan, nahm die Feder, tauchte sie in das Tintenfass und unterzeichnete den Vertrag.

»Sie reisen alleine?«, wollte Alexander wissen.

»Ich habe keine Frau und meine Familie wird mir wohl nicht folgen.«

»Das ist schade. Aber Sie sollten sich in der Kolonie eine Frau nehmen, denn erst Frauen machen die Männer glücklich.«

Alexanders Stimme verklang in einem leisen Gähnen.

»Ich werde sehen, was ich machen kann, wenn wir dort sind.«

»Ich wünsche Ihnen einen guten Abend und eine ruhige Nacht.«

Erst zehn Minuten vor Mitternacht hatte Alexander den letzten Vertrag für diesen Tag ge-schlossen. Müde zählte er noch die Personen, die mitkommen würden. Es lief gut, doch teilweise musste er auf die Leute einreden, damit sie unterschrieben. Er hatte es sich weiß Gott leichter vorgestellt. Alexander hoffte, dass er vor der langen Reise, wenigstens ein bis zwei Tage aus-spannen konnte. Er sah auf seine Uhr und packte alle Verträge in seine Tasche.

Sabina war mit dem Schälen von Rüben beschäftigt und immer wieder sah sie aus ihren liebe-vollen Augen zu ihm herüber. Erst am Vortag hatte er den Vertrag unterschrieben und versucht, der Mutter seine Beweggründe zu erklären. Sein ganzes Leben hatte er in derselben Stadt gewohnt, im selben Haus. Mit der bescheidenen Unterstützung seiner Mutter konnte er zwar rechnen, doch der Ochsenkarren wurde hier gebraucht, also musste er sich um eine andere Möglichkeit bemühen, um nach Le Havre zu gelangen. In ihren Augen entdeckte er Tränen, stand auf und umarmte seine Mutter. Lächelnd drückte Sabina seine Hand.

»Stephan, sorge dich nicht um uns. Hier wird es immer schwerer und ich freue mich für dich, dass du eine bessere Zukunft vor dir hast.«

»Werdet ihr denn ohne mich den Hof bewirtschaften können?«

»Darüber mache dir keine Gedanken. Deine Schwester wird größer und die Nachbarn vom Huntzinger Hof werden uns helfen.«

Ein unglaubliches Abenteuer lag vor ihm. Doch zunächst besuchte er noch seinen besten Freund Walther, der ihm einen

Handkarren für den Weg bauen wollte. Walther bemerkte Stephan, als er den Platz vor dem Sägewerk betrat und winkte ihn zu sich herüber.
»Grüß dich, Stephan. Komm, ich muss dir etwas zeigen.«
Das Tor des Trockenraums war geöffnet und hinter einem hohen Stapel Bretter stand ein neuer einachsiger Pferdekarren mit Kutscherbock.
»Na, was sagst du dazu?« fragte er.
»Sehr schön, aber wozu brauchst du den?«
»Ich brauche den nicht, der ist für dich, mein Freund.«
»Ich wollte doch nur einen Karre zum ziehen bei dir kaufen. Walther, ich habe nicht die Mittel, dich dafür zu bezahlen und unseren Ochsen kann ich nicht mitnehmen, den braucht meine Mutter auf dem Hof.«
»Ich kann doch nicht zulassen, dass mein bester Freund mit Schwielen an den Händen in Le Havre ankommt«, sagte er und gab mit einem Nicken einem draußen stehenden Arbeiter ein Zeichen. Der Mann führte an einem Strick eine Kaltblüterstute in die Halle. Das braune Pferd sah mit der langen, zotteligen Mähne gesund aus.
»Sie gehört zu dem Wagen und ist ein Abschiedsgeschenk für dich.«
»Das kann ich unmöglich annehmen, Walther!«
»Doch, das kannst du! Du wirst mir doch nicht die Freude nehmen, mich wenigstens auf diese Weise an deinem Vorhaben zu beteiligen?«
Stephan war sprachlos und musste Freudentränen unterdrücken.
»Lass uns die Kutsche ausprobieren. Wohin sollen wir fahren, Stephan?« fragte er und kannte bereits seine Antwort.
Die Freude über den neuen Kutschwagen und die Fahrt zu der Laube hinter dem Mühlbach erfreuten Stephan. Inmitten

von Hecken und dichten Stauden, fanden sie ihre alte Laube. Inzwischen sah sie recht verfallen aus. Die Freunde bahnten sich einen Weg durch das dichte Gestrüpp und als er versuchte die Türe aufzuziehen, sprang sie sogleich aus den Angeln und fiel krachend auf den staubigen Boden.

»Hier war schon lange niemand mehr«, sagte Walther.

»Seit unserer Kindheit können es nicht viele gewesen sein.«

Der mit Steinplatten ausgelegte Innenraum war zu einer Art Garten geworden. Efeu bildete einen Teppich am Boden und zog wie Girlanden bis hinauf unter das Dach. Die Eckbank aus Eichenholz hatte die Zeit jedoch überstanden und lud Mutige zum Verweilen ein. Walther nahm ein Tuch aus seiner Tasche und wischte grob den Staub herunter. Das war ihr altes Nest. Hier hatten sie tagelang über die Welt philosophiert und ihre Späße gemacht. Hier fühlten sie sich sicher und konnten Goethes Gedichte lesen. Die Laube war die Burg ihrer Kindheit und mit trauriger Gewissheit wusste er, dass es das letzte Mal sein würde, dass sie hier zusammen saßen. Walther erinnerte ihn an die heißen Sommermonate, als sie zu dem kleinen See zum Baden gingen. Dort angekommen, hatten sie einmal eine nackte Frau im Wasser gesehen. Die Magd der Nachbarn. Beide lachten, als sie sich daran erinnerten und nun hieß es bald Abschied von der Laube zu nehmen.

»Ich habe gehört, dass einige wohlhabende Bürger die ärmsten Auswanderer mit Lebensmitteln für die Reise unterstützen wollen«, sagte er, während Walther zwei Flaschen Bier öffnete.

Walther nickte zustimmend. »Ein Metzger will vor der Abfahrt drei Schweine verwursten und ein Bäcker hat zugesagt, 80 Brote am Tage der Abreise an die zu verschenken. Wie viel Geld hast du eigentlich für die Reise?« fragte Walther.

„Ich weiß es nicht genau. Wieso?«

»Wirst du mit dem was du hast, sicher nach Le Havre kommen?«

»Ich denke schon. Wie kommt ihr denn zurecht?«, fragte er Walther.

»Wir haben Reserven. Es geht uns gut, deshalb könnte ich dir helfen, wenn du es erlaubst.«

»Nein, das kommt nicht in Frage. Ich bin dir ohnehin schon sehr zu Dank verpflichtet, Walther.«

»Du bist mir nicht verpflichtet. Das gleiche würdest du für mich tun. Erzähle mir lieber, welche Bücher du zuletzt gelesen hast.«

Sie blieben bis die Abendstunden an dem Ort ihrer Jugend, sagten alte Gedichte auf und ließen ihren Erinnerungen freien Lauf. Doch der Abschied von dem wichtigsten Wegbegleiter seines Lebens fiel ihm schwer. Nur noch einmal würden sie sich sehen.

Alexander war besorgt, da er nur 374 Personen vertraglich verpflichten konnte. Es stand schon fest, dass die erforderlichen 425 Personen nicht an Bord gehen würden. Noch sechs bis sieben große Familien und er würde sich wohler fühlen. Die Reise nach Le Havre war mit Übernachtungsmöglichkeiten auf den 18. Dezember festgelegt.

In den Tagen vor dem Aufbruch wurden in Endingen Tanzböden errichtet. Heute war das erste Fest bei dem Buchdrucker Thiberge angekündigt. Als er zum Fenster hinausblickte, stand sie schon vor dem Haus. Im Schatten der Linde ging seine großgewachsene Verlobte zum Eingang. Er öffnete die Türe und umarmte die blonde Frau.

»Komm Liebste, lass uns ins Haus gehen. Du kannst dich noch am Kamin wärmen, bis wir abfahren.«

Josepha ließ sich wortlos in einem Sessel am Kamin nieder und streckte ihre Beine in Richtung des knisternden, wärmenden Feuers aus.

»Was darf ich dir zu trinken anbieten?«, fragte er.

»Einen heißen Tee bitte«, sagte sie.

Mutters Magd knetete mit routinierten Bewegungen einen Brotteig, als Alexander die Küche betrat.

»Können Sie uns bitte Tee bringen, Luise?«

»Ich hatte schon Wasser aufgesetzt, als ich das Fräulein habe kommen sehen«, sagte die Magd.

Lächelnd kam er zurück und sah, dass Josepha die Augen geschlossen hatte. Liebevoll legte er seine warmen Hände auf ihre Schultern und küsste zärtlich die weiche Haut ihres Nackens. Alexander mochte den Geruch seiner Verlobten.

Josepha drehte sich zu ihm herum. »Alexander, es fällt mir so schwer, dich wieder lange nicht sehen zu können und ich mache mir Sorgen.«

Er nahm ihre Hand und zog sie zu sich. »Du weißt doch, dass ich dich nachhole, sobald alles gerichtet ist. Aber ich kann nicht verantworten, dich in eine Wildnis zu entführen, ohne zu wissen wie es dort ist.«

»Du hast ja Recht, aber ohne dich fühle ich mich wieder einsam.«

Als Luise mit dem Tee und Keksen kam, küsste er sie gerade. Sie trat halb hinter die Tür und klopfte laut an.

»Ähm, bitte bringen Sie ihn herein, Luise«, sagte er.

Sie stellte das Tablett auf den Tisch und verließ den Raum. Das war kein Zustand der so weitergehen konnte. Die Berührungen ihres Verlobten verursachten ihr oft eine himmlische Gänsehaut und Josepha wünschte sich, ihm bald eine Ehefrau sein zu können. Lange saßen sie da und betrachtete den schmelzenden Schnee in der Nachmittagssonne.

»Ich glaube, dass ich den Schnee und die Kälte nicht vermissen werde, wenn ich dir nach Venezuela folge, Alexander«, sagte sie.

»Das wird mir genauso ergehen. Aber nun sollten wir aufbrechen. Ich rufe den Kutscher, wenn es dir recht ist.«

Josepha seufzte. Seine Stimme hatte etwas Ruhiges, Sanftes und war ihr vertraut. Bei Alexander fühlte sie sich sicher und geborgen. Nach einer halbstündigen Fahrt kamen sie am frühen Abend bei ihrem Gastgeber an und betraten das Haus des Druckers Thiberge, der mit seiner Gattin die eintreffenden Gäste empfing. Auch er wollte ihm in die Kolonie folgen. Alexander und Josepha betraten den großen Raum. Er sah sich um, wen er von den Anwesenden kannte. Walther Müller und Stephan Krämer standen ihnen gegenüber an einer Säule und tranken ein Bier.

»Sind Sie aufgeregt?«, wollte er wissen und begrüßte die Freunde.

»Nur etwas«, antwortete Stephan.

»Warum nur etwas? Vor lauter Unruhe finde ich kaum Schlaf.«

»Ich komme nicht dazu, Herr Benitz. Mein Weg nach Frankreich ist gesichert und ich hoffe, dass ich unterwegs nicht hungern muss. Immer wenn ich Zeit zum Nachdenken habe, spüre ich Unruhe in mir«, sagte Stephan und trank einen Schluck Bier, bevor er fortfuhr. »Wissen Sie, es ist schon eine traurige Geschichte, welche die Menschen aus ihrer Heimat vertreibt.«

»Ich sehe auch die Tragik, aber auch eine Chance für den Neuanfang. Sie wohl auch, sonst würden Sie uns nicht folgen.«

»Ja, sicher. Und eigentlich ist die Tragik schön, weil sie nie die Zeit hat, trivial zu werden.«

Alexander erkannte in dem jungen Mann, einen interessanten Menschen. Langsam füllte sich der Raum und es wurde Musik gespielt. Am Kaiserstuhl gehörte Hausmusik fast zum guten Ton. In jeder noch so armen Familie, war abendliche Musik an den Samstagen ein fester Bestandteil des Lebens. Die ersten begannen mit dem Tanz und Alexander forderte seine Verlobte auf. Die Menschen feierten bis in die frühen Morgenstunden, da sie bald in einem Paradies leben würden. Stephan entdeckte ein hübsches

Mädchen neben ihren Eltern stehend und hoffte, dass auch sie zu den Auswanderern gehören würde.

Am Morgen des 18. Dezembers 1842 hatten sich die Brüder von ihrer Familie verabschiedet. Tränen waren geflossen, aber die Freude darüber, dass es endlich losging und Karl ihn begleitete, milderte den Schmerz. Besonders der Abschied von Josepha war schwer. Sie standen auf dem Rathausvorplatz und es herrschte ein reges Treiben. Überall wurden schnell noch Habseligkeiten auf den Gespannen und Karren verstaut. Für alle Kinder gab es Mitfahrgelegenheiten, doch einige junge Leute waren auch zu Fuß unterwegs. Die meisten von ihnen waren schon am Vortag aus den Nachbargemeinden angereist und hatten ihre Lieben verabschiedet. Daher konnte Alexander, nachdem er festgestellte hatte, wer und wie viele Leute zusammen waren, um Neun Uhr das Zeichen zum Aufbruch geben. Der Tross verließ Endingen durch das Stadttor und sie marschierten die ersten fünf Kilometer bis Wyhl am Rhein. Im Hafen standen die ersten Barkassen bereit, mit denen sie nach Straßburg weiterreisen sollten. Alexander war sich seiner Verantwortung für die Menschen bewusst und sah sich immer wieder um, ob auch niemand zurückblieb. Eine endlos wirkende Menschenschlange musste er sicher nach Le Havre bringen.

Neben Stephan Krämer ging die hübsche Tochter des alten Mathias Klug aus Hugstetten. Ihre Haare hatte sie zu einem kunstvollen Knoten gebunden. Er hatte längst bemerkt, dass sie ein Auge auf ihn geworfen hatte, doch Stephan brachte nicht den Mut auf, sie anzusprechen.

»Du bist auch dabei«, sagte sie schließlich. »Magst du etwas trinken?«

»Gerne, wer weiß, ob wir auf der Barkasse etwas bekommen.«

Schüchtern reichte sie ihm den Becher. Auf dem Fest Thiberges hatte er sie gesehen und ihre schönen blauen Augen waren ihm gleich aufgefallen. Trotzdem hatte er es nicht gewagt sie zum Tanz aufzufordern, denn ihr Vater hatte riesige Fäuste und grimmig hatte er sein Interesse an der Tochter bemerkt.

»Schau mal, da vorne«, sagte Stephan. »Ich glaube wir sind bald am Rhein. Sage deinen Leuten Bescheid, denn wir müssen zügig an Bord.«

Eine Barkasse war bereits ausgelaufen und Stephan würde mit den Klugs auf die Zweite kommen. Es waren insgesamt nur sieben Barkassen, die Kutschen befördern konnten. Die Leute vor ihnen kamen in Bewegung und jetzt konnten auch sie weiter. Er führte sein Pferd mit dem Einspanner an einem Strick auf das Boot, das schaukelnd Menschen und Gespanne aufnahm. Es dauerte nicht lange bis sie ablegten und mit der Strömung Rheinabwärts fuhren. Sein Abenteuer konnte beginnen. Etliche Angler standen am Ufer des Rheins und winkten ihnen zu. Wäre doch nur der Rest der Reise so angenehm dachte Stephan, als am Nachmittag die Kirchtürme von Straßburg in Sicht kamen. Noch vor Sonnenuntergang würden sie ihre erste Reiseetappe erreicht haben. Die Luft war kalt und Stephan vermutete, dass es in der Nacht wieder schneien würde.

Alexander wollte schnellstens die Grenze erreichen und bis zum Heiligen Abend eine akzeptable Strecke zurückgelegt haben. Für die kleinen Kinder hatte er eine volle Kiste mit Weihnachtsgebäck und einen Sack roter Äpfel mitgenommen und freute sich auf die überraschten Gesichter der Kinder.

Leicht schwankend legte ihre Barkasse an und wurde vertaut. Die Männer nahmen die Pferde und Maultiere an die Zügel und gingen zuerst von Bord. Wer wenig Geld hatte, fand Unterkunft in Scheunen, in denen sie kostenlos, oder für wenig Geld übernachten konnten.

65

PLAYA MUCUTO

Sie saßen unweit der schönen Playa Mucuto auf einem Felsen, unter dem sich krachend die schäumende Brandung brach. Bei erholsamen Stunden zum Baden und sonnigem Entspannen auf dem angrenzenden feinen Sandstrand hatte Felipe erzählt, dass Andrea über die Weihnachtstage bei befreundeten Nachbarn eingeladen sei. Daher sei er nach San Bernadino gekommen und konnte bis Neujahr bleiben.

Endlich hatte er die Zeit zu erfahren, was Felipe bewegte und er für sein Leben plante. In den letzten Tagen hatte er ihm nicht nur die schöne Altstadt von Caracas und das Ministerium gezeigt, sondern auch mehr von seinem Leben zu erzählen. Wenn Julia mit Clara zu ihnen kam, streckte sie Felipe öfter ihre Arme entgegen und zeigte an, dass sie auf seinen Arm wollte. Clara konnte schon mit Brei gefüttert werden, was aber nicht immer einfach war, da sie Spaß daran gefunden hatte, den Löffel aus der Hand zu nehmen und Felipe den klebrigen Brei mit einem glucksenden Lachen ins Gesicht zu schmieren. Die anfängliche Scheu vor ihrem Bruder hatte sie längst abge-legt und sie war immer gerne bei ihm. Für Julia und Juan war das angenehm, denn sie hatten dann Zeit für sich, die nicht selten im Schlafzimmer endete. Und nun machte er mit Felipe das, was jeder Vater mit seinem Sohn einmal tun sollte. Gemeinsames Angeln.

»Dann steht es ja schon fest«, sagte Juan und warf seine Angel aus.

»Ja, ich freue mich schon darauf als Arzt Menschen zu helfen.«

»Es gefällt mir, dass du dir vorgenommen hast Medizin zu studieren«, sagte Juan. »Auch darauf, dass wir uns häufiger sehen.«

»Nur das Lernen von Latein erscheint mir unsinnig. Das ist doch eine tote Sprache, mit der man nichts weiter anfangen kann.«

»Da ist etwas dran. Soweit ich weiß lernen nur Theologen, Mediziner und Angler diese Sprache«, antwortete Juan beiläufig und setzte sich wieder zu ihm auf den Felsen.

»Angler?«

»Hast du noch nie vom Anglerlatein gehört?«

»Du scherzt, Vater«, lachte Felipe.

»Ganz und gar nicht. Anglerlatein ist eine von Anglern gesprochene Fachsprache. Sie ist für Normalbürger nur schwer verständlich und lässt Fische immer größer erscheinen als sie wirklich sind.«

»Und weiter?«, hakte Felipe lachend nach.

»Angler gelten gemeinhin als verschrobene, kauzige Sonderlinge. Viele Leute, die schon mal einen Angler beobachtet haben, wie er stundenlang mit der Angel reglos auf einem Felsen der Playa Mucuto herumhockt, haben sich gefragt was der Angler denn während der ganzen Zeit tut, während er da so hockt«, erklärte Juan mit ernster Miene. »Ob er nur dumm herumsitzt und sich seine Zeiteinteilung von den nicht anbeißenwollenden Fischen diktieren lässt? Oder er ein fauler Nichtsnutz ist, der seine Zeit totschlägt, oder er ein einfallsloser Langweiler ist, der nichts Besseres zu tun hat«, sagte er und Felipe zuckte grinsend mit den Schultern.

»Wer dies vermutet, schätzt den gewöhnlichen Angler völlig falsch ein. Die Wahrheit sieht nämlich ganz anders aus: Die ins Wasser gehaltene Angel dient nur der Tarnung, denn

Fische beißen meistens eh nicht an. So wie jetzt bei uns. Es handelt sich um Leute, die nur scheinbar als arbeitsscheue, zeitvergeudende Petrijünger in Erscheinung treten und ihre Zeit mit einer Angel in der Hand totschlagen. Stattdessen tun sie nämlich etwas ganz anderes: Sie lernen heimlich Vokabeln! Und zwar Latein, genauer gesagt: Anglerlatein. Die Attitüde als arbeitsscheuer Angler, der seine Nachmittage und Abende hockend am Ufer verbringt, legen sie nur deshalb an den Tag, damit sie niemand als ständig Lateinvokabeln paukende Medizinstudenten erkennt.«

Ihr wildes Gelächter wurde jäh von dem heftigen Zucken und Biegen von Felipes Rute unter-brochen. »Ich habe einen!«, rief er aufgeregt.

»Bleib ruhig und ziehe die Leine nur langsam ein. Es scheint ein starker und großer Fisch zu sein.«

Juan beobachtete seinen großen Sohn und es gefiel ihm, dass er Pläne für sein Leben hatte und er daran teilhaben konnte. So wie er damals in seinem Alter, wusste Felipe, was er wollte. In Ruhe nahm er sich Zeit und holte die Schnur erst nach einer Weile so weit ein, dass sie den sich windenden und riesigen Barracuda im Wasser erkennen konnten. Felipe hielt geschickt die Angel und Juan kletterte zur Brandung herunter. Als er den Raubfisch end-lich im Netz hatte, kam er durchnässt wieder herauf und warf den Fang auf den Felsen.

»Pass auf deine Füße auf, Felipe. Er hat messerscharfe Zähne!«, sagte er und schlug dem Fisch kräftig auf den Kopf bis sein Zu-cken erstarb. Nachdem sich Juan in der Sonne getrocknet hatte machten sie sich auf den Heimweg.

»Deine Frau wird staunen, dass wir zwei Tage vor dem Heili-gen Abend mit einem Festessen zurück kommen«, sagte Felipe und verstaute seinen Fang, dessen Schwanz aus weit seiner Sattel-tasche ragte.

66

NANCY, FRANKREICH

Graue Wolkenmassen zogen über das Land und kündigten ein Unwetter an, bevor sie ihre Unterkünfte erreichen konnten. Ein heftiger Schneesturm kam auf und bremste ihr Weiterkommen. Kinder und schwangere Frauen hatten am ärgsten unter der eisigen Kälte zu leiden. Nachdem alle ein Weihnachtsquartier in Nancy bezogen hatten, wollten fast alle an der Christmette teilnehmen und sich danach in Gasthöfen oder Scheunen zu treffen, um Christi Geburt zu feiern. Stephan ging es zwar gesundheitlich gut, doch quälten ihn am 24. Dezember erhebliche Zweifel, ob er die richtige Entscheidung getroffen hatte, denn nichts war wie Weihnachten zu Hause. Traurig saß er in seinem kühlen und muffigen Lager einer Scheune. Die Leute um ihn herum, waren so sehr mit sich selbst beschäftigt, dass sie anscheinend keine Zeit für solche Überlegungen hatten. Dieses erbärmliche Weihnachtsfest würde er auch überstehen, dessen war er sich sicher. Stephan versuchte, sich das warme Paradies Venezuela auszumalen, als sich wieder ihre Blicke trafen. Das Mädchen gefiel ihm. Deshalb achtete er darauf in der Nähe der Klugs zu bleiben, die in der gleichen Scheune ihr weihnachtliches Quartier gefunden hatten. Als er wieder in Veronikas blaue Augen sah, stand ihr Vater auf und ging entschlossen auf ihn zu. Je näher der Mann kam, je mulmiger wurde Stephan. Er war bereit, schnell aufzuspringen, denn am Heiligen Abend wollte er keinen Ärger. Doch Mathias Klug lächelte, als er vor ihm stand.

»Sie sitzen so alleine, Herr Krämer. Kommen Sie doch zu uns herüber und leisten uns Gesellschaft.«

Sein Herz war ihm fast in Hose gerutscht. »Danke Herr Klug. Ich möchte Ihnen aber nicht zur Last fallen«, gab er höflich zur Antwort.

»Wenn Sie uns zur Last fallen, dann werde ich es Sie zuerst wissen lassen, das dürfen Sie mir glauben«, gab er lachend zur Antwort.

Erleichtert stand Stefan auf und reichte ihm die Hand.

»Na, dann kommen Sie. Wir wollen doch meine Frau und Veronika nicht warten lassen.«

Veronikas Lächeln wärmte sein Herz. Von den trüben Gedanken war nichts mehr in seinem Kopf, als ihm der alte Klug seine Frau vorstellte.

»Mit unserer Tochter haben Sie sich ja bereits bekannt gemacht«, sagte Veronikas Mutter. »Sie kommen doch mit in Kirche?«

»Sicher, ich hoffe dass wir alle einen Platz bekommen.«

»Der Lehrer Nikolaus Teufel hat gestern mit dem Pfarrer gesprochen. Er sagte, für etwa zweihundert von uns sei Platz. Wenn wir früh genug dort sind, haben wir gute Chancen auf eine schöne Christmette.«

»Das ist meine erste Messe in französischer Sprache«, sagte Veronika.

»Werter Herr Klug, ich mache mir Sorgen, ob wir bei diesem Wetter rechtzeitig in Le Havre an-kommen. Was meinen Sie?«

»Wenn wir heute zu Gott beten, werden wir bald weiter können.«

»Erweisen Sie uns die Ehre, mit uns zu speisen, Herr Krämer?« fragte ihn Frau Klug, die von einem Laib Brot dicke Scheiben schnitt.

Stephan, der seinen Proviant strikt einteilen musste, brummte der Magen. Er hatte am Morgen nur Brot mit Schmalz zu sich genommen.

»Ja, gerne. Wenn ich Ihnen damit keine Umstände bereite.«
»Ganz bestimmt nicht. Setzen Sie sich doch zu uns.«

Sie wies ihm einen Platz neben Veronika, die auf einem Heuballen saß und reichte ihm ein großes Stück Brot und einen Teller mit Fleisch. Nach dem Gebet aßen sie und unterhielten sich noch eine Zeit, wobei Stephan immer wieder Veronika ansah, die ihn verlegen anlächelte. Sollten sie vielleicht ein Paar werden? Sie war ausgesprochen hübsch mit ihren blonden Haaren. Ihre blasse Haut und ihr roter Mund hatten etwas Sinnliches. Jetzt, da er auch mit ihren Eltern Bekanntschaft geschlossen hatte, wollte er sich weiter dezent um ihre Gunst bemühen.

Nach der Messe wurde eine Gans zubereitet und über einer Feuerstelle vor der Scheune gebraten. Stephan hatte keine Lebensmittel, die er hätte beisteuern können, außer einer Flasche Schnaps, die ihm Walther für die kalten Tage mit auf den Weg gegeben hatte. Er holte die Flasche Kirschwasser aus seiner Tasche und reichte sie dem Oberhaupt der Familie, der erfreut einen Schluck davon nahm. Überall wurden Weihnachtslieder gesungen und Kinder bissen genussvoll in ihren Apfel, den sie von Alexander bekommen hatten. Stephan hörte, wie Nüsse geknackt wurden, als er in die saftige Gänsekeule biss. Er konnte glücklich sein an diesem Heiligen Abend 1842.

Endlich hörte es auf zu schneien, als sie am 26. Dezember aufbrachen. Im neuen Jahr hatte die Gruppe bereits über die Hälfte der Strecke bewältigt und ihr Ziel Le Havre rückte näher. Alexander verfolgte auf einer Karte den Streckenverlauf. An diesem Abend würden sie mit etwas Glück Dammartin erreichen. Er wusste, dass sich die Vorräte der Auswanderer dem Ende neigten.

Einige hatten seit Tagen kein Brot mehr, doch die Menschen teilten unter untereinander.

Plötzlich rumpelte es. Alexander blickte aus dem Fenster und sah, dass ihre Kutsche eine kleine Brücke passiert hatte, welche aber den Massen an Wagen und Menschen nicht gewachsen war. Er gab dem Kutscher zu verstehen an die Seite zu fahren.

»Karl, wir müssen sichergehen, dass alle unbeschadet die Brücke passieren.«

»Eine kleine Pause tut uns ganz gut und ich kann mir ein Pfeifchen stopfen«, sagte Karl und nahm aus seiner Tasche den Beutel mit dem Tabak und die kunstvoll geschwungenen Pfeife. Einige Bohlen waren gebrochen. Leute die zu Fuß kamen, überwanden mit zwei, drei Sprüngen das Hindernis und waren am anderen Ufer. Alexander warnte einen Mann auf seiner schwer beladenen Kutsche. Er brachte das Gespann kurz vor der Brücke zum Stehen und stieg ab.

»Da müsste mal ein Zimmermann heran. Steigt ab und geht vorsichtig auf die andere Seite!«, sagte er zu seiner Familie.

Sein Sohn sprang lässig herunter und nahm seine kleine Schwester auf den Arm. Die Mutter rutschte langsam vom Wagen und sie gingen herüber zu Alexander, wo sie auf den Vater warteten. Der Mann nahm das Pferd am Führstrick und bewegte es auf die Brücke. Als er sie in der Mitte erreichte, krachte unter dem linken Rad eine weitere Bohle durch und die Kutsche sackte seitlich ab.

»Der Wagen muss entladen werden, nur so bekommt man ihn da heraus«, wandte sich Alexander an Leute, die vor Brücke darauf warteten, dass es weiterging. »Nun kommt schon herüber, oder wollt Ihr hier die Nacht verbringen?«

Ein Hüne von einem Mann zog einen schweren Buchenast aus dem Graben und kam mit drei Männern zu dem Gespann. Er setzte den Ast hinter dem Rad an und der Familienvater trieb auf Kommando sein Pferd an. Es dauerte etwa zwanzig Minuten, dann war der Wagen frei und kam am anderen Ufer an, wo erleichtert seine Familie aufstieg.

»Der Übergang muss so repariert werden, dass das nicht noch einmal passiert«, sagte er und sofort machten sich mehrere Männer auf die Suche nach weiteren Hölzern. Nach einer Stunde konnten sie endlich ihren Weg fortsetzen. Alexander stieg wieder zu Karl in die Kutsche, der lächelnd seine Pfeife im Mundwinkel hielt.

»Fahren Sie schon los«, forderte er den Kutscher auf, setzte sich zurück und nahm die Karten wieder auf seinen Schoß. Sie fuhren an der Spitze der Gruppe und kamen in den frühen Abendstunden in Dammartin an. Auf die Unterkunft in dem Ort hatte sich Alexander schon gefreut. Immer wenn er nach Paris unterwegs war, hatte er in dem Gasthof *Roue de moulin* übernachtet. Der Wirt war ein Menschenfreund und hatte ihn stets gut beherbergt. Die Zimmer waren liebevoll ausgestattet und auch im Winter gut beheizt. Die Brüder Benitz betraten mit dem Lehrerehepaar den Gasthof, der in dem anmutigen Gebäude mitten in einem Park mit Kastanienbäumen lag. Die Stühle waren gepolstert, auf den Tischen lagen feine Spitzentischdecken und die Schränke waren mit Schnitzereien verziert, wie sie nur selten zu sehen waren. Der Wirt Leone kam freudig zu ihnen und reichte jedem die Hand.

»Willkommen in meinem bescheidenem Hause, Herr Benitz«, sagte er auf Deutsch mit starken Dialekt.

»Das ist mein Bruder Karl, und dies sind Frau und Herr Teufel aus Stuttgart«, stellte er sie dem Wirt vor.

»Es wird Sie erfreuen, dass ich die Unterkunft mit dem Kamin frei habe. Nehmen Sie das Zimmer gemeinsam mit Ihrem Herrn Bruder?«, wollte der Wirt wissen.

»Ja, ich denke es ist groß genug für uns beide«, sagte Alexander und sah fragend zu Karl, der zustimmend nickte.

»Wie lange werden Sie bleiben?«

»Nur eine Nacht. In der Frühe müssen wir aufbrechen.«

»Sie haben doch auch ein Zimmer für uns?«, fragte der Lehrer.

»Ich habe noch ein Zimmer nach hinten zum Garten heraus. Es ist zwar klein, aber dort werden die Herrschaften in Ruhe schlafen können, da sie von dem Treiben in der Wirtsstube kaum etwas hören werden«, antwortete er und führte das Ehepaar zu ihrem Zimmer.

Karl folgte seinem Bruder durch einen mit Felssteinen gemauerten Flur zum Gästehaus, das ruhig hinter dem Haupthaus lag. Karl setzte seine Taschen ab und entzündete die Kerzen auf dem Tisch. Es wurde hell und er erkannte, dass das Zimmer wirklich geräumig war.

»Ist das Zimmer für die Teufels angemessen?«

»Egal wie es ausgestattet ist, wird es allemal besser sein, als die Unterbringung auf dem Schiff nach Venezuela. Wenn du fertig bist, würde ich gerne in den Gastraum. Ich habe Hunger und ein leckeres Bier könnte mir auch gefallen«, sagte Alexander.

Als sie den Gastraum betraten, winkte Nikolas Teufel, der mit seiner Frau an einem der größeren Tische Platz genommen hatte. Der Lehrer erwähnte, dass einer der besten Schüler seines Kollegen Schick mit ihnen in die Kolonie reisen würde. Alexander zuckte mit den Schultern.

»Ahnen Sie nicht wer das ist?«, fragte er Alexander. »Der einzige Schüler, der schon in Endingen Spanischunterricht genommen hat. Stephan Krämer.«

»Er war mir als intelligenter junger Mann aufgefallen«, sagte er.

Nach der Messe brachen sie auf und die Gruppe kam Sonntag Abend in einem kleinen Ort mit weniger als zwanzig Häusern an. Es gab nur eine Gaststätte, die über wenige Fremdenzimmer verfügte, daher musste der größte Teil der Siedler wieder im Freien übernachten. Stephan nahm aus seiner Tasche das letzte Stück des trockenen und halbgefrorenen Brotes und schnitt ein Stück Speck ab, der sich in der Kälte gut hielt. Mühsam kaute er das harte Brot und sah die Brüder Benitz in seine Richtung kommen. Als sie auf seiner Höhe waren, begrüßte er sie.

»Haben Sie Lust, uns auf ein Glas Wein in die Wirtsstube zu folgen?

Zu gerne wäre er der Aufforderung gefolgt. Doch sein Geld reichte nicht für einen solchen Luxus wie Wein. Stephan senkte den Kopf und sah Benitz verlegen an. Bevor er antworten konnte, erkannte Alexander den Grund seines Zögerns.

»Wir möchten Sie dazu einladen. Also kommen Sie schon.«

Er sprang vom Wagen und wischte seine Hände an seinem Hemd ab.

»Ich nehme gerne Ihre Einladung an, wenn ich mich bei den Herren in Venezuela revanchieren darf.«

»Naja, dazu werden Sie bald Gelegenheit haben«, lachte Karl.

Sie betraten die beheizte Wirtsstube und nahmen an einem Fenstertisch Platz. Alexander bestellte Wein, Brot und verschiedenen Käse.

»Ich bin froh, dass ich Ihrer Einladung gefolgt bin.«

»Erzählen Sie uns, Herr Krämer, was werden Sie in der Kolonie machen? Welche Pläne haben Sie?«, fragte ihn Karl.

»Hauptsächlich will ich mich der Landwirtschaft widmen. Ich habe Saatgut bei mir und hoffe, dass Dinkel, Erdbeeren und Rote Bete dort besser gedeihen, als bei der letzten Ernte in Endingen.«

»Bestimmt. Die Böden sind fruchtbar«, sagte Alexander.

Der Wirt brachte einen Korb mit frisch geschnittenem Brot und Wein.

»Meine Frau hat gebacken. Ich hoffe es ist Ihnen recht, meine Herren.«

Er stellte den Korb auf den Tisch und reichte dazu eine Schüssel mit Butter sowie einen Teller mit Käse. Schon der Anblick ließ Stephan das Wasser im Mund zusammenlaufen.

»Dann greifen Sie mal zu«, forderte ihn Karl auf.

Während sie aßen und tranken erzählte Alexander dass in Venezuela ein neuer Präsident gewählt wurde.

»Agustin Codazzi ist sicher schon in Le Havre. Haben Sie ihn, als er in Endingen war, gesehen?«, wandte sich Alexander an Stephan.

»Nein, leider nicht. Aber ich bin gespannt, was für ein Mann er ist. Mir ist nur Gutes von ihm berichtet worden.«

»Er verdient unser aller Respekt für dieses Unternehmen. Er seinem Land damit einen Dienst erweisen und auch vielen Menschen eine neue Zukunft ermöglichen.«

»Was meinen Sie, wie lange werden wir noch unterwegs sein bis wir Le Havre erreichen?«

»Wenn wir weiter gut vorankommen, denke ich, dass wir in spätestens einer Woche Oberst Codazzi begrüßen können.«

Stephan dachte mit Wehmut daran, dass Veronika in der Kälte mit ihren Eltern frierend unter dem Dach ihres Planwagens sitzen würde. Er hatte nicht die Möglichkeit, sie einzuladen und hoffte auf baldige Änderung. Er hatte sich in die junge Frau längst verliebt. Es war schon spät, als er wieder zu seinem Gespann kam. Veronika und ihre Eltern schliefen schon unter dicken Decken.

Es war eine entsetzliche Nacht. Ohne Schutz lagen die Menschen bei frostigen Temperaturen im Freien und manch einer konnte gar nicht schafen. Am nächsten Morgen schien wieder die Sonne und wärmte die wärmte die durchgefrorenen Siedler ein wenig bei dem Marsch.

In dem anschaulichen Ort Beaumont gab es für die Kollonisten wieder ausreichende Möglichkeiten einer passablen Übernachtung. Erst als Stephan in seinem Nachtlager in einem

Schober lag, fing es erneut zu schneien an. Der Sturm peitschte den Schnee wie Schrot durch die Ritzen der Scheune und alle zogen ihre Decken bis unter die Nasen. Stephan rekelte sich voller Wohlbehagen unter seine Decke. Sein Bauch war von der Kartoffelsuppe der Klugs gefüllt und solange noch die Lichter brannten, konnte er sich dem Buch *Flegeljahre* widmen. Niemand bemerkte, dass es die Nacht hindurch schneite. Als ein Hahn am nächsten Morgen krähte, standen die ersten Leute auf und wollten nach draußen. Doch das Scheunentor ließ sich nicht öffnen, da es von einer hohen Schneeverwehung zugehalten wurde. Erst als Stephan und zwei weitere mutige Männer durch die obere Luke nach draußen sprangen und den Schnee beiseite räumten, konnten die Leute heraus. Bei dem Sprung aus der Scheune war Stephan eiskalter Schnee unter die Kleidung gekommen, aber es bot sich ihm eine phantastische Winterlandschaft. Die Bäume neigten sich unter der weißen Schneepracht bei strahlend blauen Himmel und unter seinen Schuhen knirschte der Schnee bei jedem Schritt. Als es mittags wärmer wurde, legte er seine nasse Kleidung zum Trocknen auf der Pritsche des Wagens aus, welche gleich zu dampfen begann. Sie waren schon kurz vor ihrem Tagesziel, als ein paar Männer vor ihm plötzlich die Wagen stoppten und gestikulierten, man solle ruhig sein. Sie nahmen ihre Gewehre und hatten in nur 20 Minuten über 30 große Hasen und drei Wildschweine geschossen. Endlich gab es für alle wieder Fleisch. Der Bratengeruch hing wie eine Glocke über ihnen. Es wurden mehrere Feuer gemacht, um die sich die Siedler gesellten. Laut wurde gelacht und Bier gereicht. Stephan hatte sich ein Stück Braten gesichert und ein paar seiner Kartoffeln beigesteuert. Der Bauer, der den Leuten an diesem Abend kostenlose Unterkunft gewährte, kam hinzu und brachte ihnen über 100 Eier, Milch und reichlich frisches Wasser. Stephan hatte festgestellt, dass nicht alle Franzosen gemeine Froschfresser waren. Nicht wenige hatten die

Deutschen freundlich behandelt und er änderte seine Meinung über die westlichen Nachbarn. Seine neu gewonnenen Erkenntnisse wollte er Walther in einem Brief mitteilen.

Die nächsten Tage kamen sie gut voran und am 9. Januar erreichten die Auswanderer einen Vorort von Le Havre. Der Lehrer Teufel hatte zuvor erzählt, dass dieser Ort ein überaus eleganter und vornehmer Wohnbezirk sei. Doch inzwischen schien sich das geändert zu haben. Besitzer kleinerer Läden, die im Geschäftsviertel der Stadt nicht Fuß fassen konnten, hatten die Zugangsstraße für sich erobert. Auch Sattlereien, Schmieden und kleine Fabriken hatten die Vorteile des Stadtteils erkannt. Dennoch liebten die Franzosen diesen Vorort, dessen prachtvolle Allee herunter zum Hafen führte. Die Siedler wandten dem Menschengewimmel des Geschäftszentrums standhaft den Rücken. Geheimnisvolle Menschen aus vielen Nationen begegneten ihnen. Reiche Männer von den Goldminen Südamerikas zurückkehrend, stellten ihren Wohlstand imposant und protzig zur Schau. Die Leute betrachteten staunend die vorbeiziehenden Deutschen in ihren Trachten. Das Hafenviertel rückte näher und neben Schneidern, Möbelschreinern und Hutmachern gesellten sich immer mehr anrüchige Etablissements, vor dessen Türen die Damen kokett mit den Männern flirteten. Andere, so genannte Damen, beugten sich mit tiefem Ausschnitt ungeniert über die Balkonbrüstungen und scherzten mit den vorbeiziehenden männlichen Siedlern, die ihnen manchmal begierige Blicke zuwarfen. Ihre Frauen allerdings tadelten ihre Männer, wenn sie es bemerkten und Stephan staunte über die schimpfenden Ehefrauen, wie sie die Huren niederbrüllten, als wäre eine Revolution im Gange.

»Furchtbare Leute«, sagte Alexander mit einem Blick auf die Strasse. Sein lockerer Kragenknopf saß wieder, als er Codazzi erblickte.

Der Kutscher brachte den Wagen der Brüder Benitz zum Stehen.

»Sei herzlich gegrüßt, Agustin. Ich bin froh, dass wir es geschafft haben, die Leute gesund nach Le Havre zu bringen. Aber wir haben einige Schwangere und viele Frauen mit kleinen Kindern bei uns.«

»Keine Sorge. Ich habe bereits für ausreichende Unterkünfte gesorgt.«

»Hoffentlich hast du auch an Zimmer für uns gedacht.«

»In der Tat. Ich habe eine angenehme Unterkunft für uns reserviert. Aber wir sollten uns erst darum kümmern, dass die Leute ihre Quartiere beziehen. Sage ihnen, dass sie sich die nächsten Tage ausruhen können. Am 12. Januar werde ich eine Versammlung im Saal des Hafenhofes abhalten, damit ich den Leuten alles weitere erklären kann«, sagte er.

»Eine wichtige Frage habe ich sofort. Hast du mit 425 Personen in Endingen Verträge schließen können? Ich brauche die genaue Zahl der Passagiere für den Proviant auf See.«

Er hatte die Zahl im Kopf. »Es tut mir leid. Uns mitgerechnet sind wir nur 375 Personen, Agustin.«

»Ich hatte das befürchtet. Mit den Leuten, die ich anwerben konnte werden also nur 392 Personen an Bord gehen. Der Preis für die Überfahrt wird sich dadurch für jeden Kolonisten erhöhen.«

Unter der warmen Decke war sie kurz eingenickt. Es tat gut, ihre ermüdeten und durchgefrorenen Füße hochlegen zu können. Veronika stand schließlich auf und schrieb ihrer Freundin Amelie. Sie sprudelte nur so über von Berichten der Fahrt nach Le Havre und schrieb ihr, dass sie sich zu Stephan Krämer hingezogen fühle, dessen Charme und Aufmerksamkeit ihr zunehmend gefalle. Tatsächlich war es schon viel mehr, was sie für Stephan empfand. Veronika vermisste ihn bereits, wenn er nur kurz außer Sichtweite war. Wenn sich aber ihre Blicke trafen, dann spürte sie ihr Herz klopfen.

»Wem schreibst du?«, wollte ihre Mutter wissen.

»Amelie. Ich hatte ihr versprochen einen Brief zu schicken, wenn wir in Le Havre angekommen sind.«

»Das hat doch Zeit bis Morgen, mein Kind.«

»Mutter, bitte sage nicht immer Kind zu mir. Ich bin 20 Jahre alt und könnte bald selber Kinder bekommen.«

Ihre Mutter sah erschreckt auf. »Veronika, du bist mein Kind! Hat dir etwa der Herr Krämer den Kopf vollkommen verdreht?«

»Ich mag ihn, Mutter!«, sagte sie schließlich. »Er ist ein aufrichtiger und fleißiger Mann mit Zielen im Leben.«

»Sei bitte vorsichtig, Veronika. Gebe dich nicht zu schnell einem Mann hin und bringe keine Schande über uns!«, sagte sie mahnend.

Sie klebte den Brief an ihre Freundin zu und beschriftete das Kuvert.

»Ich werde auf mich aufpassen und ich weiß was sich gehört. Mache dir bitte keine Sorgen, Stephan Krämer ist ein anständiger Mann.«

»Das meint Vater ja auch. Er hat sich unterwegs öfter mit ihm unterhalten und er hat Respekt vor ihm. Das ist selten bei Vater, wie du weißt. Trotzdem bist du unsere einzige Tochter.«

Sie verstand die Sorgen ihrer Mutter, hörte sie doch von jungen Frauen, die ohne Ehemann schwanger wurden. Von frommen Mitbürgern wurden sie gemieden, als wären sie besessen.

»Mutter, ich bringe den Brief zur Post. Kann ich dir etwas mitbringen? Hier gibt es Geschäfte mit frischem Gemüse.«

»Lass uns lieber zusammen gehen. Es ist eine fremde Stadt, und noch dazu eine Hafenstadt, wo sich wilde Seefahrer, zwielichtige Gestalten und fragwürdige Damen herumtreiben.«

Veronika war voller Drang, die Stadt zu sehen und zum Hafen

zu gehen, wo die großen Schiffe vor Anker lagen. Die Neugierde ließ sie ungeduldig werden und sie hatte die Hoffnung auch Stephan zu treffen.

»Ich möchte doch nur den Brief zur Post bringen, die ist keine fünfzig Meter von hier entfernt, du machst dir umsonst Sorgen«, sagte sie. »Wir können ja morgen gemeinsam durch die Stadt gehen, wenn Vater ausgeruht ist.«

»Na gut«, seufzte sie. »Passe aber auf und komme rasch wieder.«

Veronika zog den Mantel über und ging auf die Strasse. Trotz der regsamen Betriebsamkeit sah sie ihn gleich vor einem Laden stehen.

Stephan war erfreut, sie so strahlend zu sehen. An diesem Nachmittag hielt er die Zeit für Romantik gekommen und meinte, dass das Café an der Straßenecke den idealen Rahmen für eine Stunde zu zweit bilde.

»Da wären wir also in Le Havre. Na, war das nicht eine angenehme Reise?«, scherzte er.

»Wirklich, Stephan, es war ganz herrlich!«

»Darf ich dich zu einer Tasse Kaffee einladen, liebe Veronika?«

»Ja gerne. Aber zuerst muss ich zur Post. Begleitest du mich?«

»In dieser fremden Stadt brauchst du meinen Schutz. Ich lasse dich keinen Meter alleine gehen.«

Da war wieder sein so charmantes Lächeln und sie hoffte, dass sie ihn heute zum ersten Mal küssen konnte. Er winkelte seinen Arm einladend an und sie hakte sich unter. Nachdem der Brief aufgeben war, schlenderten sie dem kleinen Café entgegen und kamen an Geschäften vorbei, die ihre Waren in den Schaufenstern zeigten. Vor einem blieben sie stehen. Dort sah man elegante Hüte, aber auch gestrickte Mützen wie sie die Hafenarbeiter trugen. Ein ausgestellter Schal war mit vielen grünen Fröschen bestickt. Als Stephan das sah, musste er lachen.

»Schau mal! Die Franzosen verzieren auch noch Kleidung mit ihrem Abendessen!«, sagte er lachend.

Veronika kicherte, als sie das sah. Es war ein Café mit einer einfachen Einrichtung und die Leute schauten neugierig auf, als das fremde Pärchen eintrat. Der Mann an der Bar sagte etwas, was sie nicht verstanden und wies auf einen der kleinen Tische. Stephan nickte, nahm Veronika den Mantel ab und rückte ihr den Stuhl zurecht. Von seinem Lehrer hatte er neben Spanisch auch ein paar Brocken Französisch aufgeschnappt, und so bestellte er zwei Tassen Kaffee. Endlich konnte er komfortabel um sie sie werben. Stephan begehrte die junge Frau und der erste Schritt war getan. Vermutlich würde er in Venezuela nie wieder ein so hübsches und kluges Mädchen finden. Während ihrer Unterhaltung spürte Stephan ihre Aufregung, wenn sie auf die Kolonie zu sprechen kamen. Veronika lauschte aufmerksam seinen bildgewaltigen Vorstellungen des Lebens unter der tropischen Sonne. Anhand seiner phantasievollen Ausführungen stellte sie sich vor, eine Reise in das Paradies zu unternehmen. Während seiner Schilderungen tastete er sich langsam vor und berührte zaghaft ihre Hand. Er rechnete damit, dass sie sie zurückzog, doch sie hielt sie ihm entgegen und er streichelte sie, bis Veronika sagte, dass sie zurück müsse. Sie lachten, da sie den heißen Kaffee versäumt hatten. Er begleitete die junge Frau zu ihrer Unterkunft und der Augenblick des Abschieds war gekommen.

»Gute Nacht, Veronika, das war ein schöner Nachmittag mit dir«, sagte er galant und hielt ihr die Türe auf, während sie errötete und nervös ihren Hut zurechtzupfte, so als wären sie unsittlich ertappt worden. Sie musterte ihn, sah sich kurz um und zog ihn in den Hauseingang. Veronika umarmte ihn und gab ihm den ersten Kuss. Stephan schloss seine Augen und er hatte das

Gefühl, dass sein Herz doppelt so schnell schlug. Als er wieder auf der Strasse war, machte er einen kleinen Sprung in die Luft und ging gutgelaunt zurück zu seinem Gasthof. Ein glückliches Lächeln huschte über sein Gesicht und beinahe hätte er Alexander Benitz umgerannt.

»Sie machen einen zufriedenen Eindruck, Herr Krämer. Darf ich Ihnen Oberst Agustin Codazzi vorstellen?«

Stephan spürte noch immer den zarten Kuss Veronikas. Etwas verwirrt nahm er die Anwesenheit der beiden Männer wahr.

»Sehr angenehm.«

Codazzi reichte ihm die Hand.

»Agustin, das ist Stephan Krämer, von dem ich dir erzählte. Ein junger und fleißiger Mann aus Endingen«, stellte er ihn vor.

»Was halten Sie davon, uns morgen Abend in ein gutes Fischrestaurant zu begleiten, Herr Krämer?«, schlug Codazzi spontan vor.

»Ehrlich gesagt weiß nicht, ob ich noch die finanziellen Mittel dazu habe. Ich hoffe meinen Wagen und das Pferd verkaufen zu können.«

»Darüber machen Sie sich keine Gedanken. Sie und Ihre Frau sind selbstverständlich eingeladen«, fügte Codazzi hinzu.

»Ich bin noch nicht verheiratet, Herr Codazzi. Aber ich würde gerne eine bezaubernde Dame bitten mich zu begleiten.«

»Das wäre uns angenehm«, antwortete Alexander lächelnd.

»Wenn sie noch Geld brauchen, um ein paar Sachen zu kaufen, dann kommen Sie doch in mein Büro. Sie bekommen alles was Sie für die Überfahrt benötigen, gegen Quittung«, informierte er ihn.

»Danke. Davon mache ich vielleicht Gebrauch, Herr Codazzi. Wie lange werden wir in Le Havre bleiben?«

»Bis alle Vorbereitungen abgeschlossen sind, werden noch etwa acht Tage vergehen. Mit dem Kapitän der Clémence habe ich vereinbart, dass wir schnellstmöglich in See stechen«, antwortete Codazzi.

»So lange müssen die Leute in den Gasthäusern bleiben?«

»Nein, das wird zu kostspielig. Deshalb sollen die ersten Kolonisten in zwei Tagen an Bord gehen und sich an das Schiff gewöhnen.«

Sie verabschiedeten sich und Stephan führte sein Einachsergespann zu dem Platz am Hafen. Zwischen den Marktbuden standen schon einige Siedler, um ihre Kutschen und Karren vor der Abreise zu verkaufen. Das Interesse war zwar groß, doch fast überall wurde der Preis gedrückt. Die Franzosen nutzten es oft schamlos aus, dass sie rasch ihre Gespanne verkaufen mussten. Stephan ahnte das, aber er wollte zäh verhandeln. Als er näher kam, rückten gleich mehrere Interessenten zu ihm und begutachteten sein Gespann. Das Pferd war gesund und die Kutsche neuwertig. Walther hatte sie nur aus Eichen- und Buchenholz gebaut und mit aufwändigen Schnitzereien verziert. Nach zähen Verhandlungen konnte er mit 70 Fr. zufrieden sein. Nun brauchte er sich kein Geld mehr geben lassen.

67

SAN BERNADINO

»Wie waren denn die Tage mit Felipe?«, fragte Maria.

»Wie soll es gewesen sein?«, gab Julia zu Antwort. »Die beiden waren meist unterwegs. Wenn sie hier waren, hatte ich selbst bei Clara schlechte Karten, da sie einen Narren an Felipe gefressen hat«, antwortete sie mit gespielter Empörung.

»Das glaube ich gerne, arme Julia«, scherzte Raul und lachte.

»Wie läuft es mit der Bäckerei?«, wollte Juan wissen.

»Es war eine gute Entscheidung. Der Laden läuft immer besser und der Anbau am Haus ist schon bezahlt«, antwortete Raul. »Aber leider haben wir keine Zeit mehr für uns, obwohl ich im Ministerium gekündigt habe. Maria geht früher nach Hause, damit die Mädchen nicht zu oft alleine sein müssen.«

»Und was wollt ihr daran ändern?«, fragte Julia.

»Ich baue einen zweiten Backofen, weil der eine kaum reicht alle Brote zu backen, die wir verkaufen«, sagte Raul.

»Aber dadurch habt ihr auch nicht mehr Zeit für euch«, sagte Juan.

»Wir können damit nur mehr verkaufen. Deshalb habe ich eine Halbtagskraft für den Verkauf im Laden eingestellt,« antwortete Maria.

»Warum arbeitet sie nicht gleich ganze Tage?«, fragte Julia.

»Ganz einfach«, antwortete Raul. »Weil Celia einen kleinen Jungen in Claras Alter hat und sie sich um ihn kümmern muss.«

Verblüfft wechselten Julia und Juan Blicke. Juan stand auf und ging zur Tür. »Ich sehe mal nach den Mädchen. Sie sind auffällig ruhig.«

Es brodelte in ihm. *Diese verdammte Nacht!*, dachte er. *Ich habe beide geschwängert*. Es war aber sinnlos, sich darüber zu ärgern. Was geschehen war, war geschehen. Auch wenn es Julias Initiative war, konnte er ihr nicht die Schuld daran geben. An ihrer Reaktion hatte Juan bemerkt, dass sie das gleiche dachte. Seit dieser Nacht hatte Julia nichts mehr von Celia gehört. Deshalb war die Neuigkeit für sie genauso überraschend wie für ihn. Aber warum hatte sich Celia nicht bei ihnen gemeldet? Stattdessen ging sie halbe Tage arbeiten. Seltsam. Sie mussten das vor Maria und Raul unbedingt verschweigen.

68

LE HAVRE, FRANKREICH

Karl und Alexander begaben sich mit Codazzi am frühen Morgen auf die Clémence und betrachteten das geschäftige Treiben an Bord. Matrosen eilten offenbar in alle Richtungen und andere schafften Kisten, Säcke und Bündel an Bord der Fregatte. Lärmend polterte ein Fass über die Planken der Rampe und Karl hörte, wie in seinem Inneren die Flüssigkeit hin und her schwappte. Sein Blick folgte weiter dem Fass auf seinem kuriosen Hindernislauf.

»Ich muss noch die letzten Lieferungen überprüfen und danach mit dem Kapitän die Ladung zu besprechen. Hättet ihr Lust, mich in das Lager zu begleiten, um es zu bestaunen?«, fragte Codazzi.

In seinem Gefolge wichen sie auf dem Kai Männern mit ihrer Fracht in jeglicher Form und Größe aus. Wagen und Karren kreuzten ihren Weg. Männer und Knaben, die mit was auch immer auf Schiffe oder wohin auch immer transportierten, begegneten ihnen auf ihren Weg in die Lagerhalle. Das Geschehen wirkte auf Karl wie ein Ameisenhaufen unter Beschuss. Dabei flogen Möwen kreischend über ihre Köpfe hinweg und er roch intensiv Salzwasser und Hering.

Vor ihnen lag ein annähernd fünfhundert Meter langer Kai, aus dem kleinere Piers herausragten. Dort lagen Dreimastschiffe, Brigantinen und kleine Fischerboote. Unterwegs erzählte Codazzi

Geschichten zu den Schiffen. »Sie gehören Kaufleuten oder einem Kapitän, der das Schiff samt Mannschaft für die Dauer einer Reise vermietet. So wie auch unsere Fregatte.«

Über dem Tor der Halle stand der Name *COLONIA TOVAR / REPUBLIC VENEZUELA*. Beim Anblick der Lettern wurde Alexander von einem seltsamen und plötzlichen Gefühl der Verbundenheit ergriffen, und es wurde ihm bewusst, dass er sich bereits mit dem Namen seiner neuen Heimat identifizierte. Sie betraten die Lagerhalle und Codazzi prüfte den Wareneingang der letzten Lieferungen. Die Brüder staunten, welche Mengen noch an Bord ihrer Fregatte gebracht werden mussten. Segeltuchballen, Getreidesäcken, Kupferdrahtrollen, Mehlsäcken, Kisten und Fässer konnte Alexander erkennen und staunte, was Codazzi bedacht und hatte.

»Alles was ihr hier seht, sowie frisches Wasser und Lebensmittel kommen morgen an Bord und muss kontrolliert werden. Ich bin hier fertig. Wir können wieder auf die Clémence«, erklärte Codazzi.

Sie verließen die Halle und gingen mit Blick auf ihre Fregatte zurück. »Ist sie nicht eine Schönheit?«, fragte Alexander seinen Bruder.

»Ganz nett«, stimmte Karl höflich zu.

Alexander bemerkte, wie er kritisch zur Wasserlinie blickte, wo sich die kleinen dunkelgrauen Wellen am Schiffsrumpf brachen. Karl neigte zu heftiger Seekrankheit, die ihm schon auf ihrer harmlosen Fahrt über den Rhein erst bewusst geworden war.

»Es macht dir doch nichts, solange sie ruhig daliegt, oder?«

»Ich weiß es nicht, Alexander«, antwortete er und blickte mit einer Mischung aus Angst und Resignation auf das Schiff.

»Wir werden es bald herausfinden, Karl.«

»Es liegt nicht am Schiff«, meinte er. »Es ist der Magen.«

Kapitän Malverin begrüßte sie mit einem Weinbrand. Viel zu

früh für Alkohol, dachte Alexander. Aber höflich tranken sie mit dem Kapitän auf eine glückliche Überfahrt.

»Seht euch ein wenig um, während ich mit unserem Kapitän die Unterbringung der Menschen und der Fracht bespreche.«

In den großen Lagerräumen im Mitteldeck würden die Menschen mit ihren Tieren und Habseligkeiten untergebracht werden. Der Boden war mit frischem Stroh belegt, doch wenn sie erst ein bis zwei Wochen unterwegs wären, dann würde es dort anders aussehen, ahnte Karl.

Als sie etwas später zu der Hafenhalle kamen, erwarteten die Auswanderer Codazzi bereits und überhäuften ihn gleich mit ihren Anliegen. Er beantwortete alle Fragen und gab ihnen die ersten Anweisungen und Informationen für die Überfahrt. Er erklärte ihnen auch, dass sie alles, was sie an Bord an Lebensmitteln in Empfang nahmen und nicht bezahlen konnten, von ihm finanziert werde. Alle sollten gesund in Venezuela ankommen und sich bei der Ankunft ausruhen können. Nachdem die Versammlung beendet war, erblickte Alexander Stephan neben Veronika und ihren Eltern. Er begrüßte zuerst die beiden Frauen mit einem Handkuss, dann ihren Vater und Stephan.

»Wenn es Ihnen recht ist, Herr Krämer, dann können wir jetzt gehen.«

»Kommst du Veronika?«, fragte Stephan fröhlich.

»Ja gerne. Gute Nacht Mutter, gute Nacht Vater.«

»Ich bringe Ihre Tochter sicher nach Hause«, versprach Stephan.

»Das will ich Ihnen auch raten, Herr Krämer«, meinte der alte Klug.

»Sie können sich auf mich verlassen. Einen guten Abend.«

Mit gemütlichen Ambiente empfing sie das Restaurant nahe der Hafenmeisterei. An den Wänden hingen Fischernetze und präparierte Schädel von Haien und anderen Großfischen. Überall waren Mitbringsel aus Übersee zu sehen. Sogar ein Schrumpfkopf war in einer Vitrine ausgestellt. Veronika hatte so etwas noch nie gesehen. Gebannt betrachtete sie den gruseligen Schädel. Aus Erzählungen hatte sie von den Kariben, einem Indianerstamm, der sich von Menschenfleisch ernähren sollte und in Venezuela lebe, gehört. Stephan wollte sie beruhigen und erklärte ihr, dass es die Kariben nicht mehr gab und es ohnehin nur ein Märchen gewesen sei. Aber dieser Schrumpfkopf war echt.

»Señor Codazzi«, sprach sie den Oberst an.

»Können Sie Auskunft darüber geben, ob es in Südamerika noch die wilden Kariben gibt, die Menschenfleisch essen?«

Codazzi hatte ihre Blicke auf die Vitrine bemerkt und mit einer solchen Frage gerechnet. Trotzdem kam er nicht umhin, zu schmunzeln.

»Nein, da brauchen Sie sich wirklich keinerlei Sorgen machen.«

»Ich habe davon gehört, dass die Kariben ihre Gefangenen schlachten und ihre Ohren und Zungen über dem Feuer räuchern.«

»Die Kariben gibt es nicht mehr, auch hatten sie niemals Menschen gefressen. Die Konquistadoren und die Kirchenmänner hatten diese Gerüchte in die Welt gesetzt, um ihre Schandtaten zu rechtfertigen.«

»Aber ich habe aus den Briefen und Berichten des Colón erfahren, dass die Kariben sogar ihre eigenen Kinder mästeten, um sie dann zu essen.«

Codazzi konnte jetzt nicht mehr innehalten und lachte lauthals los.

»Sie müssen wissen, dass Kolumbus eine höllische Angst vor den Indios hatte und die Märchen, die ihm die Konquistadoren und Kirchenleute erzählten, übernahm er in seine Reiseberichte und Aufzeichnungen, ohne jemals in Kontakt mit dem Stamm der Kariben gekommen zu sein. Aber es gibt tatsächlich noch Stämme in den unzugänglichen Gegenden, welche die Schädel ihrer gefallenen Feinde so präparieren, dass Schrumpfköpfe entstehen. Nur in diese Landstriche werden Sie niemals kommen, Fräulein Klug.«

Der Kellner mit seiner faltigen und vernarbten Gesichtshaut stand schon eine ganze Weile neben ihnen und hatte ihr Gespräch verfolgt.

»Wenn ich etwas dazu sagen darf«, begann er, »Was der Herr sagte, ist vollkommen richtig. Lange bevor ich hier Arbeit fand, war ich als Matrose auf den Weltmeeren unterwegs. Diesen Schrumpfkopf hatte ich in Peru gegen ein paar Perlen getauscht und mitgebracht.«

Gespannt hörten sie den Ausführungen des Kellners zu und Veronika fixierte weiter das Ding mit den langen Haaren und zugenähtem Mund.

»Jedenfalls erzählte der Indianer, dass der Stamm am Amazonas nur die Köpfe verfeindeter Stämme so behandle.«

»Wie gesagt Fräulein Klug. Die neue Kolonie ist weit von diesen Gebieten entfernt«, sagte Codazzi und sie bestellten ihr Abendessen.

»Das beruhigt mich. Aber dieser Schrumpfkopf ist schrecklich.«

Die Unterhaltung während des Abendessens war angenehm und der Oberst musste feststellen, dass Stephan Krämer ein guter Erzähler und gebildeter Mann war, der zwar nicht studiert hatte, aber belesen war. Er nahm sich vor, ihn im Auge zu behalten. Vielleicht hatte er eine anspruchsvolle Aufgabe für ihn in der Kolonie.

Nachdem sie sich verabschiedeten, sagte Codazzi, »Für einen Bauern ist der Mann erstaunlich gebildet.«

»Er hat jede freie Minute genutzt, um Unterricht zunehmen.

Herr Krämer muss viel gelesen haben, denn er kennt die großen Dichter und Denker der Welt und hat sogar Spanisch gelernt«, sagte Alexander.

»Ich habe die beiden beobachtet. Ich vermute, er wird diese junge Frau in der Kolonie heiraten.«

69

EL JUNQUITO

Selbst wenn die Aushilfe nicht ihre Freundin war, brauchten sie Gewissheit, bevor man zu anderen Entscheidungen kam. Und diese wollte sich Julia verschaffen. Sie ritt nach El Junquito bis kurz vor die Bäckerei und leinte ihr Pferd in einer Seitengasse an. Julia fand schräg gegenüber in einem Hauseingang einen unauffälligen Beobachtungsstandort und wartete, dass Raul abschloss und auch Celia herauskam. Der Gedanke, dass ihre Freundin von ihrem Mann ein Kind hatte, quälte sie. *Dieser blöde Absinth*, dachte sie. Die Wirkung dieses Gesöffs hatte sie ja erst auf diese verrückte Idee gebracht, ihren geliebten Mann mit ihr zu teilen. Sie hatte ihn Celia regelrecht angepriesen. *Wie dumm von mir!*, dachte sie, als sich die Tür des Ladens öffnete. Zuerst sah sie Raul herauskommen und dann eine junge Frau, die sie sofort als ihre Freundin erkannte. Vor Aufregung begann ihr Herz laut schlagen und sie wartete, bis Raul außer Sichtweite war. Celia hatte ein gutes Stück auf der menschenleeren Straße zurückgelegt, als Julia ihr unauffällig folgte. Ihre Freundin hörte das Klappern der näher kommenden Hufe und drehte sich um, konnte aber in der Dunkelheit den Reiter nicht erkennen. Im letzten Moment überkam Julia die Gewissheit, dass sie nicht unüberlegt handeln durfte. Sie wendete ihr Pferd und ritt zurück nach San Bernadino.

70

LE HAVRE / ATLANTIK

Kaum einer der Kolonisten konnte vor Aufregung bis Sonnenaufgang schlafen. Die hoffnungs-vollen Menschen drängten sich schon früh vor der Clémence, um an Bord zu kommen. Karl Benitz verteilte die Schuldbücher am Heckzugang und achtete darauf, dass die Familien nicht getrennt wurden. Jeder Neuzugang wurde von ihm gewissenhaft in die Bordliste eingetragen. Alexander stand am Bug und kontrollierte die Lieferungen. Säcke mit Mehl, Kichererbsen, Getreide, Brote, Trockenfleisch, Saatgut, Krüge mit Öl, Wein und Brandy, sowie die Waren aus Codazzis Lager. Seine Aufgabe war es, dieses Kommen und Gehen zu über-wachen. Halb über ihm auf dem Mitteldeck stand Codazzi vor einer Art Pult und trug die Art und Menge der Lieferungen, in einem Register ein. Von Zeit zu Zeit öffnete Alexander einen Sack oder eine Kiste und überprüfte den Inhalt auf Qualität und Vollständigkeit. War alles in Ordnung, gab er ihm ein Zeichen und Codazzi trug die Lieferung ein. Nur gelegentlich musste er die Ware beanstanden, worauf die Kolonne der Träger zum Stocken kam und er grimmige Blicke auf sich zog, wenn er die Lieferung nicht abnahm.

»Es tut mir leid, das Mehl ist mit zuviel Roggen verschnitten und vier Säcke sind nur zu drei Viertel gefüllt«, sagte er einem Bauern.

»Das ist einwandfreie Ware, mein Herr«, entgegnet der

Mann. »Ich habe jeden einzelnen Sack persönlich gefüllt und gewogen.«

»Dieses Mehl wird bestenfalls den Käfern gefallen und vielleicht sollten Sie eine neue Waage kaufen. Der Nächste«, überging er ihn. Doch der Kerl dachte nicht daran, den Weg frei zu machen sondern schrie entrüstet auf: »Was glauben Sie, wer Sie sind? Sie haben meine Ware bestellt, also nehmen Sie sie gefälligst auch ab.«

Alexander blieb dennoch ruhig. »Füllen Sie die Säcke auf und Sie bekommen die Unterschrift für die Lieferung. So, und jetzt weiter, sonst lasse ich die Säcke ins Hafenbecken werfen.«

Verblüfft und schnaubend zog er mit den beanstandeten Waren ab. Codazzi nickte Alexander anerkennend zu. Ohne weitere Zwischenfälle wurde mit dem Beladen fortgefahren. Es dauerte bis zum späten Nachmittag, bis sich der Kai vor der Clémence endlich leerte und Codazzi kontrollierte mit Karl anhand der Bordliste, die Anzahl der Leute. 239 Männer und 150 Frauen waren demnach an Bord gegangen.

Codazzi war mit Alexander noch drei Stunden damit beschäftigt, die entstandenen Kosten für die Unterkunft und Verpflegung in Le Havre zu ermitteln, bevor sie wieder an Deck gingen. Stephan lehnte sich an die Reling und blickte hinaus auf das Meer. Veronika stand an seiner Seite und sie bewunderten den klaren Sternenhimmel bei Vollmond. Es war wieder kälter geworden und Frost legte sich über die Dächer der Lagerhallen und Schuppen. Als die Brüder Benitz endlich unter Deck gingen, zog Stephan Veronika zu sich heran und küsste sie.

Der Schneeregen konnte die Leute nicht daran hindern, an Deck zu kommen, als die sich Clémence am Morgen vom Hafenbecken löste. Langsam nahm die Fregatte Fahrt auf und die See wurde etwas bewegter. Alexander stand neben Karl und reichte ihm ein Tuch.

»Wenn du schon jetzt von der Seekrankheit geplagt bist, was soll erst passieren, wenn wir auf dem Atlantik sind?«

»Tue nicht so, als wärst du ein alter Seefahrer, Alexan...,« Karl konnte den Satz nicht aussprechen, denn sein Magen rebellierte und in seinen Gedärmen rumpelte es heftig.

»Vielleicht ist dir der Fisch gestern nicht bekommen. Ich lasse dich mal besser allein«, sagte Alexander grinsend und sah sich auf dem Deck um. Er sah Stephan Krämer und ging zu ihm.

Sie beobachteten Kinder dabei, wie sie mitten in dem Getümmel versuchten eine Papierschwalbe zum Fliegen zu bringen. Der ältere Junge warf sie so hoch wie er nur konnte, aber sie fiel wie ein Stein herab. Das jüngere Kind bückte sich, nahm die Schwalbe auf und versuchte es, und diesmal erfasste sie ein leiser Wind und trieb sie in die Lüfte. Er hörte das Kind jubeln. Doch der Jubel verwandelte sich in bestürztes Zetern, als die Schwalbe über Bord in das Meer fiel, als sich Codazzi zu ihnen gesellte.

»Wir sollten für den kräftigen Wind dankbar sein. Das Schiff macht mächtig Fahrt«, sagte Codazzi zufrieden.

Stephan blickte in den Mastenbaum über ihm. Die Segel füllten sich straff im kräftigen Wind und bald darauf fuhr die Clémence beharrlich durch die kalte Nordsee immer weiter Richtung Westen. An Bord der Fregatte war es bis auf die Seekranken an der Reling ruhig, als sie nach drei Tagen die spanische Nordküste passierten und der Atlantik vor ihnen lag. Karl war zwischen den Seekranken in bester Gesellschaft, doch das waren nicht medizinische Problem des Arztes. Unter den vielen Kindern waren einige krank, eine Frau würde in wenigen Tagen ein Kind zur Welt bringen, aber auch die werdende Mutter war erkrankt. Sie hatte unter hohem Fieber zu leiden und es war fraglich, ob sie in diesem Zustand und unter den Bedingungen an Bord, das Kind gesund zur Welt bringen würde. Doch am elften Tag auf See brachte die Frau einen gesunden Jungen zur Welt.

Am nächsten Tag verschwand die morgendliche Sonne hinter dichten dunkelgrauen Wolken und weiter im Westen lag eine pechschwarze Wolkenwand vor ihnen. Kapitän Malverin legte seine Fäuste in die Hüften und gab Matrosen den Befehl, in die Mäste zu steigen. Es wurde schnell dunkler und als die ersten dicken Regentropfen fielen, verschwanden die Passagiere unter Deck. Alexander rief Codazzi zu: »Willst du nicht auch in deine Kabine, Agustin?«

Die Antwort konnte er nur erraten, denn sie ertrank in einem langen, grollenden Donnerschlag, der über sie hinwegrollte.

Angesichts der dunklen Wolken über ihnen hatte Codazzi Sorgen. Es schüttete wie aus Eimern. Nur der Kapitän, zwei Offiziere und Codazzi standen noch auf dem Achterdeck und starrten auf das bevorstehende Unwetter. Der Oberst verharrte an der Reling und verfolgte die schreienden Befehle des Kapitäns an die Mannschaft, Segel einzuholen und an den Steuermann gegen den Wind zu kreuzen. Die Clémence hob sich langsam über die Wellenberge, um dann umso heftiger in die schäumenden Wellentäler zu fallen. Als Codazzi die Gewissheit hatte, dass Malverin alles Nötige veranlasste, ging er raschen Schrittes zur Treppe und sah nochmals nach Westen, wo sich der Himmel verfinstert hatte und der Tag zur Nacht wurde. Wieder traten die Wellenberge flackernd in sein Blickfeld. Ein heller Blitz blendete seine Augen und der Donner folgte diesmal schneller. Scharf krachte es über seinem Kopf und er zuckte zusammen. Codazzi öffnete die Luke zum Unterdeck, die er hinter sich mit einer Ladung Wasser im Nacken wieder schloss und herunter ging. Stephan kam ihm entgegen, aber Codazzi bemerkte ihn nicht, sondern ging direkt in seine Kajüte. Oben waren alle Segel eingeholt und eilig wurden lose Gegenstände eingesammelt, verstaut oder angebunden. Stephan wollte an Deck, weil er den Gestank unten nicht länger ertragen konnte. Zu viele Leute hatten sich übergeben. Von dem Geruch und den würgenden Geräuschen wurde ihm selber schlecht und er wollte frische Luft atmen. Das Schiff schaukelte mächtig und er klammerte sich an die Reling, als er die Luke öffnete. Es ging auf und ab, Wasser klatschte tobend mit Gewalt an Bord und in sein Gesicht. Stephans Augen brannten vom Salzwasser und er konnte kaum etwas erkennen. Ohne die Reling loszulassen, wischte er sein Gesicht an der durchnässten Jacke ab, und als er wieder blinzeln konnte, hatte er den Eindruck, dass das Unwetter noch wilder geworden war. Blitze zuckten über den zur Nacht gewordenen Himmel. Wieder fielen sie in ein Wellental und Stephan wusste, dass er die Augen schließen musste, um nicht wieder das salzige Wasser in die Augen zu bekommen, da lösten sich plötzlich die Taue um eine hölzerne Kiste, die genau hinter ihm an einem Mast gebunden war. Die Kiste kam mit einem gewaltigen Satz auf ihn zugeschossen, und hätte er seine Augen geschlossen, wäre er mit ihr über Bord gerissen worden. In allerletzter Sekunde spürte Stephan die drohende Gefahr und sprang herüber zu einem Knäuel Leinen, das um einen Mast verheddert war und hielt sich an ihm fest. Die Kiste verfehlte ihn nur knapp und krachte geräuschvoll durch die Reling und fiel in die tobende See. Stephans Herz raste. Er hätte jetzt dort unten mit der Kiste im Wasser schwimmen können, wenn er schwimmen gelernt hätte. Augenblicklich wurde er weiß im Gesicht. Seine Knie zitterten und er wagte nicht, sich zu bewegen. Die See tobte und ein gewaltiger Wellenbrecher fiel über das Deck. Er schluckte salziges Meerwasser und beinahe wäre er mitgerissen worden. Nur mit einer Hand konnte er sich noch halten. Stephan hatte schreckliche Angst und wollte nur noch unter Deck, wo er die Gerüche des Erbrochenen gerne gegen die Gefahr hier oben getauscht hätte. Weiter hinten sah er, wie ein Fass und ein Behälter über das Deck rumpelten. Der Behälter machte Anstalten in seine Richtung zu rutschen, doch als sich die Clémence wieder auf einen höheren Wellenberg machte, polterte die Kiste zurück. Stephan ergriff beherzt die Gelegenheit aufzuspringen und lief zur nächsten Luke. Voller Angst riss er sie auf, sprang herein und schlug sie krachend hinter sich zu. Keuchend stand er am Fuß der Treppe und spürte sein Herz schlagen. Zitternd vor Aufregung wischte er das Wasser aus dem Gesicht. Das Schiff krachte wieder in ein Wellental. Wasser kam durch die Ritzen der Luke und klatschte auf das nasse Stroh im Inneren. Stephan sah die zusammengekauerten ängstlichen Menschen, die zu ihm aufblickten. Die Kinder lagen in den Armen ihrer Eltern und wimmerten. Es war eisig kalt und nach zwölf Tagen auf See war hier unten ein ekelhafter Gestank. Exkremente waren aus den Eimern, die nicht mehr von Bord geschafft werden konnten, gelaufen und hatten sich mit dem Kot einzelner Tiere und dem Erbrochenen zu einer widerlichen Masse vermischt. Stephan wusste, dass sobald die See wieder ruhiger wurde, hier unbedingt sauber gemacht werden musste. Unter Deck war er wieder gefasst und auch seine Anspannung verflog. Als ein Mann ihn fragte, wie er es oben überlebt hätte, zuckte er nur mit den Schultern. Tatsächlich konnte er sich kaum daran erinnern, wie er es geschafft hatte. Überhaupt war sein Leben an Bord eines Schiffes vollkommen umgekrempelt. *Eine seltsame Veränderung, die das Meer hervorbringt – nur ein paar Tage auf rauer See, und die Vergangenheit eines Mannes nimmt eine neue Erhabenheit an, ganz wie es ihm beliebt*, hatte er mal in einem Buch von Walther gelesen. Diese Zeilen gingen ihm spontan durch den Kopf. Aber so war es auch. Wenn man sein Land verlässt, lässt man auch ein Stück seiner Vergangenheit hinter sich.

Codazzi roch es als Erster. Durch seine Kabinentür kam Qualm! Sofort sprang er auf, öffnete rasch die Tür und sah, dass die Schwaden im Gang aus der Kombüse kamen. Bei dem Seegang war es schwer, Halt zu finden. Die Türe der Kombüse schlug auf und der Koch fiel ihm entgegen. Der Mann hatte schwere Verbrennungen und wimmerte. Doch zuerst musste das Feuer gelöscht werden. Die Mannschaft hatte gewiss alle Hände mit dem Unwetter zu tun und es war keine Zeit, um Hilfe zu rufen. Mehr dichter Qualm zog durch den schmalen Gang und es war kaum noch Luft zu bekommen. Einige Auswanderer gerieten schreiend in Panik, als sie Feuer rochen. Davon aufgeschreckt, eilten Alexander und Karl zu dem Oberst.

»Wir müssen das Feuer unter Kontrolle bringen!«, schrie Codazzi.

Sie sahen den Koch vor der Kombüse liegen. Er jammerte entsetzlich.

»Was ist mit dem Mann?«, wollte Alexander wissen.

»Er hat schwere Verbrennungen. Karl soll Plassard holen.«

Während Karl Hilfe holte, liefen Alexander und Codazzi an Deck und beschafften in Eimern Löschwasser. Drei weitere Männer sprangen ihnen mutig zur Seite und bald war eine Kette gebildet. Der Sturm hatte nicht nachgelassen und der Regen schlug ihnen entgegen. Die See tobte so laut, dass es kaum möglich war, sich an Bord zu verständigen. Das war auch nicht nötig, denn sie wussten, was sie brauchten. Wasser! Schnellstens! Züngelnde Flammen schlugen bereits durch das Fenster der Kombüse. Inzwischen hatte der Kapitän von dem Feuer erfahren und fünf seiner Männer zum Löschen abgestellt. Nach einer halben Stunde war der Brand wieder unter Kontrolle und dennoch war unter den Kolonisten eine entsetzliche Panik ausgebrochen. Plassard legte dem Koch Verbände an und gab ihm ein starkes Beruhigungsmittel. Er war über den Berg, doch die Einrichtung der Kombüse war dahin und einige Vorräte waren unbrauchbar geworden. Der Sturm hatte erst nach Mitternacht seinen Höhepunkt überschritten und die See wurde endlich etwas ruhiger.

Am nächsten Morgen sah Stephan in kränklich gequälte Gesichter. Der Orkan hatte in der Nacht ein Todesopfer gefordert. Das Töchterchen der jungen Familie Worms starb bei der Geburt. Durch das Unwetter war die Mutter so aufgeregt, dass sie in eine gnädige Ohnmacht fiel. Wimmernd erwachte sie am Morgen in den Armen ihres Mannes, der vergeblich versuchte, sie zu trösten.

Weinend schrie sie: »Gott, warum musstest du uns unser Kind nehmen? Warum unser Kind?«

Dabei hielt sie das tote Mädchen in ihren Armen und ihr kleiner Sohn weinte hielt sich mit einer Hand am Ärmel seines Vaters fest. Es war ein Bild des Jammers. Freunde und Nachbarn standen in einer Gruppe um sie herum und trauerten mit ihnen. Den schwangeren Frauen konnte man ansehen, dass sie sich Sorgen machten. Sie befürchteten, ihnen könne das gleiche widerfahren. Als Codazzi mit den Brüdern Benitz durch den Laderaum schritt, sahen sie in ängstliche Gesichter. Einige von ihnen waren leicht verletzt worden. Am schlimmsten aber war der unerträgliche Gestank. Alexander verzog sein Gesicht. Es war Hindernislauf zwischen Kot und Erbrochenem.

Stephan kam gleich zur Sache. »Wenn nicht eine Epidemie an Bord ausbrechen soll, ist es erforderlich, das ganze Unterdeck von dem stinkenden Unrat zu befreien und die Böden ordentlich zu reinigen!«

»Wir sehen schon, was hier los ist!«, erwiderte Codazzi barsch.

»Sie haben vollkommen Recht, Herr Krämer!«, sagte Alexander. »Sagen Sie allen gesunden Leuten, sie sollen sich darum kümmern, dass das alte Stroh und der Unrat sofort über Bord geschafft werden muss. Die Frauen sollen die Räume anschließend ordentlich putzen!«

Zusammen mit Veronikas Vater gab Stephan den Leuten Anweisungen und organisierte die Reinigung ihrer Unterkünfte.

»Musstest du ihn so anfahren?«, fragte Alexander, als sie wieder auf dem Oberdeck waren. »Er versucht doch nur, sich nützlich zu machen.«

»Entschuldige, aber das war alles zuviel für mich. Der Sturm, der Brand in der Kombüse, ein Koch mit schweren Verbrennungen, eine Todgeburt und dann kommt noch einer daher, der meint uns auf mangelnde Hygiene aufmerksam machen zu müssen.«

»Bist du nicht der Meinung, dass dadurch gefährliche Krankheiten ausbrechen könnten?«, fragte Alexander und sah Codazzi scharf an.

»Du siehst doch, dass sich die Leute selber darum kümmern.«

»Ich bin froh, dass Krämer ein Mann mit Eigeninitiative ist. Er wird uns noch nützlich sein und ich will ihn nicht verärgern, und das solltest du auch nicht, Agustin!«

»Wenn wir das Thema abgehandelt haben, können wir uns ja vielleicht anderen Aufgaben widmen. Weiß der Arzt von dem toten Kind? Wenn wir schon von Hygiene an Bord sprechen, dann sollten wir uns auch darum kümmern, dass der Leichnam von Bord kommt«, sagte er kühl.

Klar war, dass sie keine Toten bis zur Ankunft an Bord behalten konnten, um sie in Venezuela zu beerdigen. Aber Alexander hatte noch nicht so weit gedacht, dass die einzige Möglichkeit die Beisetzung zur See war. Sie hatten keinen Geistlichen an Bord und das war ein weiteres Problem. Der Kapitän kam für diese Aufgabe nicht in Frage, da er die deutsche Sprache nicht sprach. Also musste jemand aus ihren Reihen die Zeremonie abhalten. Alexander fand seinen Bruder auf dem Oberdeck auf einer Kiste sitzend.

»Es gab eine Todgeburt heute Nacht«, sagte er und Karl sah auf.

»Wer ist betroffen?«

»Das Neugeborene der Familie Worms. Wir haben keinen Pfarrer an Bord und nur eine Seebe-stattung kommt in Frage.«

»Oh Gott. Wie willst du den Leuten klar machen, dass ihr Kind über Bord geworfen werden soll?«

»Ich weiß es nicht, Karl. Wir brauchen eine Person ihres Vertrauens, der ihnen die Notwendigkeit erklärt, die Rolle des Pfarrers übernimmt und ein Gebet mit ihnen spricht. Fällt dir jemand ein?«

»Hm, eigentlich kommen nur der Lehrer Teufel oder der Arzt Plassard in Frage. Nikolas Teufel kommt aus Stuttgart. Niemand kennt ihn und sie werden ihm nicht vertrauen«, meinte Karl.

»Du hast Recht. Kannst du mit Plassard sprechen?«

»Ja, ich übernehme das.«

»Codazzi möchte, dass der Leichnam so schnell, wie möglich über

Bord soll.«

»CODAZZI, CODAZZI! Immer wieder nur Codazzi! Was bildet der sich eigentlich ein? Hat er kein Mitgefühl mit der trauernden Familie? Denkt dieser Codazzi nur an sich selbst?«, fuhr Karl aus seiner Haut.

Nicht nur seine überhebliche Art im Umgang mit dem engagierten Stephan war Karl sauer aufgestoßen.

»Er ist nicht immer so feinfühlig, wie ich es mir wünsche, aber er hat Recht. Der Leichnam kann nicht an Bord bleiben. Außerdem solltest du bedenken, dass es sein Unternehmen ist und er alle Risiken trägt.«

»Er ist so feinfühlig wie ein Stück Holz. Ich spreche mit Plassard und will mich nicht weiter ärgern«, sagte er mit Röte im Gesicht.

Selbst die großen Kinder und die Frauen halfen, dass nasse und stinkende Stroh über Bord zu werfen. Stephan hatte mit Matthias

Klug innerhalb weniger Stunden organiert, dass der Unrat beseitigt wurde. Die Männer holten Wasser aus dem Meer und Frauen schrubbten die Böden. Sie schafften neues Stroh heran und breiteten es sparsam auf den Böden aus. Die Lage in den Unterkünften war dank seiner Initiative wieder unter Kontrolle. Als Codazzi mit dem Kapitän unter Deck kam, lobte er Stephan und Matthias Klug.

»Sie haben das Problem schnell in den Griff bekommen. Mein Respekt«, sagte Codazzi ver-söhnlich im Vorbeigehen.

Auch Veronika hatte die lobenden Worte mitbekommen. Sie ging zu ihm und nahm ihn vor den Augen ihres Vaters in die Arme.

»Du bist ein wunderbarer Mann, Stephan. Nicht wahr Vater?«
»Ich habe Achtung vor Ihnen, Herr Krämer«, sagte er.

Das waren viele schmeichelnde Worte und er wusste, dass es nicht mehr lange dauern würde, bis er ihr einen Antrag machen konnte. Als sie an Deck gingen, schien die Sonne und Veronika reckte ihren Kopf in die Höhe. Es war wärmer geworden und die Sonnenstrahlen taten ihnen gut. Er hielt ihre Hand und führte sie wortlos hinter einen Stapel Kisten, wo sie keiner sehen konnte, zog sie an sich heran und küsste sie. Veronika drückte sich seufzend an ihn. Er spürte ihren Körper, doch schon hörte er, dass ihn jemand rief. Sie lösten sich und er trat hinter dem Stapel vor. Alexander Benitz winkte ihn zu sich.

»Herr Krämer, Nochmals Danke für Ihren Einsatz. Oberst Codazzi war vorhin genervt. Nehmen Sie es sich nicht zu Herzen. Sie haben schnell reagiert und das war gut so. Ich wollte Sie auch informieren, dass in einer halben Stunde die Trauerfeier für die tote Tochter der Familie Worms stattfindet.«

Plassard kümmerte sich um die Familie. Für den toten Säugling war ein kleiner Sarg gezimmert worden und es wurde eine Totenmesse an Deck gehalten. Als der Sarg über Bord geworfen wurde, waren viele Tränen in den Gesichtern der Menschen zu sehen. Kapitän Malverin hielt seine Mütze zwischen seinen Beinen und legte mitfühlend seine Hand auf die Schulter des Vaters. Es war eine ergreifende Zeremonie, aber das Leben ging auch an Bord der Clémence weiter.

71

SAN BERNADINO

Auf seinem Schreibtisch lagen stapelweise Unterlagen über die wirtschaftliche Zusammenarbeit mit Ecuador, Kolumbien und karibischen Ländern sowie Statistiken über den Handel des letzten Jahrzehnts. Arbeit, die sich Juan mit nach Hause genommen hatte, damit er mehr Zeit für seine Familie hatte, statt bis in die Nacht im Büro sitzen zu müssen. Das Innenministerium des Landes war auch für Wirtschaftsfragen zuständig. Seine Aufgabe war es, die Zahlen aufzuarbeiten und Strategien und Vorschläge für einen größeren Einfluss Venezuelas auf außenpolitischer und wirtschaftlicher Ebene zu erarbeiten. Der neue Präsident des Landes, General Carlos Soublette, wollte die Außenpolitik mehr auf diese Felder ausrichten und den Export Venezuelas verdoppeln. Grübelnd saß er an seinem Schreibtisch und ihm gegenüber Julia.

»Ihr Kind muss so alt sein, wie Clara. Also etwa zehn Monate.«

»Ich verstehe nicht warum sie sich nicht an uns gewendet hat, sondern eine Aushilfsstelle in einer Bäckerei annimmt. Immerhin wart ihr beste Freundinnen«, sagte Juan.

»Ich verstehe Celia auch nicht. Sie weiß, dass ich ein auskömmliches Erbe angetreten habe und du im Ministerium eine gut bezahlte Arbeit hast. Stattdessen meldet sie sich nicht mehr. Früher hatten wir immer wieder Kontakt. Was sollen wir tun, Juan?«

»Es ist gut, dass du nicht emotional gehandelt hast, bis wir Gewissheit hatten«, sagte Juan. »Du musst mit ihr reden. Reite zu ihr und du wirst eine Erklärung bekommen. Celia muss verstehen, dass uns ihre Verschwiegenheit wichtig ist und ich für den Unterhalt aufkomme.«

Aus dem Kindzimmer hörten sie Clara. Sie war wach und hatte Hunger.

»Hole unseren Sonnenschein schon. Im Grunde haben wir alles besprochen, mein Schatz. Sage Clara, dass ihr Papa noch etwas arbeiten muss, aber später Zeit für sie hat«, sagte er und küsste Julia.

Juan widmete sich wieder seiner Arbeit. Er hatte herausgefunden, dass sich zwar die land-wirtschaftlichen Exporte Venezuelas in den letzten fünf Jahren fast verdoppelt hatten, aber nur wegen größerer Rinderherden in den Llanos. In den Provinzen der nördlichen Küsten hingegen gingen die Exporte im gleichen Zeitraum zum Teil drastisch zurück. Anbauflächen waren im ganzen Land zwar vorhanden, lagen aber brach oder waren unwirtschaftlich. Hier musste er ansetzen, um brauchbare Vorschläge präsentieren zu können. Es fiel ihm die Colonia Tovar und Ramón Diaz ein, der mit Codazzi an diesem Projekt arbeitete. Juan blätterte aufmerksam und fand schließlich, was er suchte. Das Gebiet der künftigen Kolonie lag in der Provinz Caracas und ausgerechnet diese Provinz, in der die Hauptstadt lag, hatte stark rückläufige Zahlen. Wenn es stimmte, dass die Deutschen so fleißige Landwirte waren, dann würde die Kolonie auch eine Verbesserung für die ganze Provinz bedeuten. Er stellte seinen Zwischenbericht fertig und rief Julia mit Clara zu sich.

72

ATLANTIK

Die Fregatte lag ruhig im Wasser. Zu ruhig. Acht Tage waren seit dem Sturm vergangen und noch immer herrschte Windstille. Drei Tage zuvor waren zwei Kinder und der erwachsener Sohn einer kleinen Familie gestorben, davor drei weitere Kinder und am heutigen Vormittag wieder ein Kind. Codazzi sog tief den Rauch aus seiner Pfeife ein. Er hatte die Brüder Benitz zu sich gerufen, um sich mit ihnen über eine grauenvolle Neuigkeit zu besprechen.

»Es gibt Grund zur Sorge und muss mich mit euch beraten«, sagte er. »Ich habe für Plassard sämtliche Medikamente freigegeben.«

»Viele Menschen sind von der Reise geschwächt«, sagte Karl.

Codazzi schüttelte den Kopf. »Das ist es nicht. Plassard hat unter einigen Erkrankten Anzeichen von Pocken festgestellt.«

Alexander sah fassungslos zu seinem Bruder. »Die Pocken? Ist sich Plassard sicher?«

»Er ist noch nicht ganz sicher. Aber vier Männer und zwei Frauen sind an hohem Fieber erkrankt. Sie leiden unter Schüttelfrost und haben allesamt heftige Kreuzschmerzen. Es könnte auch eine andere Erkrankung sein, doch Plassard meinte, dass so oder ähnlich der Krankheitsverlauf einer Pockenkrankheit beginnt.«

»Wir brauchen keine Vermutungen«, sagte Alexander.

»Plassard meint, dass wir innerhalb der nächsten Tage

Gewissheit haben. Wenn es bei den Erkrankten zu masernähnlichen Ausschlägen an Bauch und Oberschenkeln kommt, dann sind es die Pocken«, sagte Codazzi bevor er fortfuhr. »Nach drei bis sechs Tagen sinkt bei den Erkrankten das Fieber, steigt dann aber erneut an. Mit gleichzeitigem Bläschenausschlag besonders an Gesicht und Händen.«

»Ist überhaupt geeignete Medizin an Bord?«, fragte Alexander.

»Nicht wirklich. Zuerst sollten die möglicherweise infizierten Menschen von den anderen isoliert werden, damit die Krankheit nicht weiter um sich greifen kann. Die Angehörigen sollen mit kalten Wickeln versuchen das Fieber zu senken. Viel mehr können wir nicht tun. Plassard hat nur wenig fiebersenkende Medizin, die er verständlicherweise nur im Notfall anwenden will.«

»Welche Aussichten! Wir haben vielleicht zu wenig Trinkwasser und Lebensmittel, weil wir wegen der Flaute länger als geplant unterwegs sind, und jetzt haben wir die Pocken an Bord«, sagte Karl.

»Welche Überlebenschance haben die Erkrankten?«, fragte Alexander. Codazzi straffte sich und schlug seine Arme über Kreuz. »Wenn die Bläschen nach etwa zwölf Tagen langsam eintrocknen und bei sinkendem Fieber schließlich unter Narbenbildung absinken, hat es der Erkrankte in den meisten Fällen überstanden. Aber es werden auch Menschen sterben.«

»Sollte es sich bewahrheiten, dass die Pocken ausgebrochen sind, dann hat Plassard alle Hände voll zu tun und wir werden nicht umhin kommen, ihn bei seiner Arbeit zu unterstützen«, sagte Alexander.

»Die Krankheit wird durch Tröpfcheninfektion übertragen, sagte er.«

»Dann ist die Wahrscheinlichkeit groß, dass wir uns selber anstecken.«

Codazzi beugte sich vor und sprach leiser, da Leute in der Nähe standen und versuchten etwas von ihrem Gespräch mitzubekommen.

»Wir werden uns feuchte Tücher vor Mund und Nase binden und in Essig getauchte Laken zwischen den Gesunden und Kranken aufhängen. Das soll so oder so die sicherste Methode sein.«

»Also schön, dann werden wir es in Angriff nehmen, sobald wir Gewissheit haben«, sagte Alexander und ging in sein Kajütte. Die Temperaturen hatten in den letzten Tagen zugenommen, daher hockte Alexander bei geöffnetem Fenster in seiner Kabine. um der Hitze und dem grellen Sonnenschein an Deck zu entgehen. Nach der ewigen Düsternis der Wintermonate waren sie unvermittelt einem anderen Extrem ausgesetzt. Am Abend ging der Arzt mit Codazzi zum Kapitän. Kurz darauf trugen Matrosen ein Bündel Segelleinen und ein Fässchen Essig heraus, und spannten auf dem Hauptdeck Segeltücher zum Schutz vor der Sonne. Dort traf Alexander am nächsten Morgen den Arzt im Schatten sitzend. Alexander fühlte an seine Stirn. War es die Hitze, oder hatte er leichtes Fieber? Plassard bemerkte es und kam zu ihm herüber.

»Es ist bestimmt kein Fieber, Herr Plassard«, sagte Alexander.

Der Arzt schüttelte den Kopf und untersuchte ihn kurz. »Ihr Puls ist höher, als es sein sollte Herr Benitz, und Sie haben erhöhte Temperatur. Ich werde Sie im Auge behalten und möchte Sie bitten, alle zwei Stunden zu mir zu kommen. Trinken Sie in der Zwischenzeit viel Wasser und vermeiden Sie unnötige körperliche Anstrengungen.«

»Sie glauben doch nicht …?«, stockte er aufgeschreckt.

»Noch glaube ich gar nichts«, sagte er und widmete sich seiner Pfeife. »Ach ja, bevor ich es vergesse. Verzichten Sie vorläufig auf den Genuss von Alkohol, Herr Benitz.«

Die letzten zwei Tage waren für Alexander, wie das Warten auf ein Gewitter, das nicht kommt. Das Fieber war zurückgegangen, aber jetzt hatte er Gliederschmerzen und konnte sich kaum rühren. Er lag auf dem Bett und spürte wie das Fieber erneut über ihn kam. Als Karl den Raum betrat, lagen Schweißperlen auf seiner Stirn und Alexander konnte ihn nur undeutlich und verschwommen erkennen. Dann fielen seine Augen zu. Als er wieder zu sich kam, stand Plassard an seinem Krankenbett. Karl wischte ihm seine Stirn mit einem kühlen Tuch ab und legte es ihm auf die Stirn. Er kratzte an seinem Arm, aber Plassard nahm mit festem Griff seine Hand und legte sie zur Seite.

»Sie dürfen sich nicht kratzen, Herr Benitz. Dadurch entzünden sich die Pocken und es wird schlimmer.«

Wie ein Schwarm Vögel begleiteten sie das Schiff. Kolonisten standen amüsiert an der Reling und beobachteten die Fliegenden Fische, die über die Wellen schwirrten. Es waren Hunderte und manche flogen so hoch, dass sie auf dem Deck landeten. Die Männer fingen sie ein und legten sie in mit Wasser gefüllte Eimer, bevor die nächste Totenandacht begann. Zwei weitere Kinder und ein Mann waren über Nacht gestorben. Ihre leblosen Körper rutschten nur in Tücher gehüllt, mit den Füßen voran, ins Meer und nur das Weinen der Mütter war zu hören, als sie in das Wasser platschten. Alexander hatte davon nichts mitbekommen, als er nach fünfzehn Tagen die Krankheit überstanden hatte.

73

EL JUNQUITO

Enrique wurde gerade wach und sah sie mit seinen großen Augen an. Er hatte volles schwarzes Haar und lange Wimpern. Der Junge war ohne Zweifel hübsch anzusehen. Sie richtete sich auf und setzte sich.

»Ein hübsches Kind, Celia.«

»Nicht wahr? Und er sieht aus wie Juan.«

Julia verkniff einen Kommentar. »Jetzt erzähle mir, warum du dich nicht gemeldet hast und stattdessen in der Bäckerei arbeitest.«

»Ganz einfach. In dem Laden hing ein Schild, dass sie jemanden für den Verkauf suchten. Ich hatte mich beworben und deine Schwägerin hat mich gleich eingestellt.«

»Du wusstest, dass es Juans Schwester ist?«, fragte Julia.

»Natürlich. Du hast sie und ihre Bäckerei schließlich mal erwähnt.«

»Kann sein. Aber du musst da nicht arbeiten. Warum hast du den Job angenommen?«

»Nichts war einfacher, als euch von Juans Sohn in Kenntnis zu setzen.«

»Celia, was soll das? Maria und Raul wissen nichts davon und so soll es auch bleiben. Nimm Geld von uns und höre auf, dort zu arbeiten.«

»Haha. Es war mir klar, dass sie nichts wissen und jetzt bist du hier, um mit mir einen Preis auszuhandeln, damit ich die Klappe halte!«

»Ich bin hier, um dir zu helfen. Enrique soll es an nichts fehlen.«

»Du meinst also, dass ich mich mit Geld abspeisen lasse, über den Vater schweige und ihr weiter nette Familie spielen könnt? So wird das nichts. Dazu sage ich Nein! Ich sollte vielleicht besser mit dem süßen Juan verhandeln«, sagte sie grinsend und hob ihren großen Busen an.

»Du meinst, dass du mit deinen Titten bei Juan mehr erreichen kannst? Lächerlich, Celia!«, sagte Julia entsetzt und wütend zugleich.

»Ich kann mich gut an die Nacht erinnern. Juan hatte seine wahre Freude an meinen Brüsten. Er bekam gar nicht genug von ihnen.«

Julia hatte immer mehr Mühe ruhig zu bleiben. »Also, was willst du?«

»Du betontest an dem Abend, was für gute Freundinnen wir wären und immer alles geteilt hätten. Es war dein Vorschlag auch Juan zu teilen, wenn du dich erinnerst. Nun, ich bin auf den Geschmack gekommen und möchte mit Enrique bei euch einziehen. Das wird unsere Freundschaft vertiefen und Juan hätte im tristen Eheleben etwas mehr Abwechslung. Wir würden uns alle gut vertragen.«

Julia beugte sich vor und gab ihr eine schallende Ohrfeige. »Es ist genug! Ich werde gleich mit Raul und Maria reden und ihnen von dem Ausrutscher berichten. Du kannst dort schon mal deine Sachen packen, liebe Celia. Mehr gibt es nicht zu verhandeln«, sagte Julia wütend.

»Mag sein, aber man wird mir im konservativen Ministerium zuhören, wenn ich berichte wie dein Juan moralisch eingestellt ist, zwei Frauen gleichzeitig vögelt und drei Kinder von drei

Frauen hat. Dann kann auch er schon mal mit dem Packen beginnen. Du hast die Wahl.«

74

LA GUARIA

Alexander war noch geschwächt und hatte Mühe, sich auf den Beinen zu halten. Er kniff die Augen zusammen, denn unter dem wolkenlosen Himmel war es nach langer Zeit im Bett ungewohnt hell.

»Warte, lass dir helfen«, sagte Karl, doch Alexander winkte ab.

»Es geht schon. Ich muss mich wieder an das Tageslicht gewöhnen.«

»Schön, dich zu sehen! In ein bis zwei Tagen«, informierte ihn Codazzi, »werden wir La Guaria erreichen.«

»Gott sei Dank«, sagte Alexander, streckte sich und holte tief Luft.

Mit vollen Segeln machte die Clémence gut Fahrt. Mehrmals wurden die veränderten Zahlen der Breiten- und Längengrade bekannt gegeben. Jeder stand an Deck und wollte zuerst die Küste entdecken.

»Die Menschen setzen ihr Vertrauen in die heilenden Kräfte der bevorstehenden Landsichtung«, sagte Codazzi.

Alexander nickte, riss ein Stück Brot ab und stürzte das Wasser herunter. »Das Wasser ist ja kaum noch trinkbar«, sagte er.

Er ließ das steinharte Brot in seinem Mund etwas einweichen und spuckte es wieder aus. »Wie geht es den Leuten an Bord?«, fragte er.

»Den meisten Genesenen geht es wieder besser, aber es sind

noch ein paar Weitere hinzu gekommen, die sich erst vor ein paar Tagen angesteckt haben,« erklärte Codazzi.

»Wie viele sind akut erkrankt?«

»Wir wissen von sieben Kranken«, antwortete Karl.

Ein paar Minuten standen sie da, als ihn Malverin entdeckte.

»Ich hoffe es geht Ihnen besser, Herr Benitz.«

»Ja, danke. Ich komme wieder zu Kräften.«

»Das müssen Sie auch. Wir werden in Kürze an Land gehen. Hundert Meilen westwärts. Eher weniger«, sagte der Kapitäm.

Das Mittagsmenü mit frischem Fisch, Kartoffeln und Milch schmeckte besser und weckte Alexanders Lebensgeister, als die Schiffsglocke ertönte und laute Rufe aus dem Ausguck folgten. Er hatte keinen Zweifel, dass die Küste in Sicht kam und beendete sein Essen. Die Kolonisten strömten aus den unteren Decks nach oben. Alexander suchte den Horizont im Südwesten ab, dort wo er Land vermutete, konnte aber nichts erkennen. Der Mann im Ausguck rief immer wieder Zahlen und der Kapitän ließ sein Fernrohr nicht mehr aus der Hand. Erst nach einer Stunde kam für alle die Küste in Sicht und ein Raunen war zu hören. Väter hielten ihre Kinder abwechselnd auf den Schultern, damit sie etwas sehen konnten. Eine grüne Front wurde erkennbar und bald nahm das Wasser die türkisblaue Farbe der Karibik an. Die meisten Aussiedler waren an Deck geblieben. Jeder Augenblick brachte sie ihrer neuen Heimat näher. Noch vor Sonnenuntergang wurden endlich die Anker geworfen. Der Küstenabschnitt mit Blick auf die Hafenanlage von La Guaria wirkte so einladend, dass die Menschen hastig anfingen ihre Sachen zu packen. Kapitän Malverin ließ ein Beiboot zu Wasser und eine Abordnung wurde zusammengestellt. Codazzi, der erste Offizier und Plassard gingen zusammen mit vier Ruderern von Bord und kehrten mit schlechten Nachrichten zurück. Wegen der Pockenerkrankungen stellte die Gesundheitsbehörde das Schiff unter Quarantäne. Enttäuschung machte sich breit und die Menschen hofften auf Codazzis Einfluss bei der Regierung. Er schrieb der Behörde, dass seit einer Woche keine weiteren Menschen mehr erkrankt seien und bat um Erlaubnis, an Land kommen zu können. Doch sie lehnten sein Ersuchen ab und an Land bezogen sogar einige Soldaten Stellung, um ein Ausschiffen zu verhindern. Ein flehentlicher Brief an den Präsidenten, mit der Bitte in Puerto Maya an Land gehen zu dürfen, da es ein abgelegener Ort sei wo nur fünf Schwarze und ein paar Fischer mit ihren Familien lebten.

75

SAN BERNADINO

Ruhelos lief er im Salon auf und ab. Zwei Tage zuvor hatte er Julias Schilderungen ihres Treffens mit Celia gehört und wusste keinen Rat.

»Bitte setze dich, Juan. Deine Lauferei ist keine Lösung und macht auch mich nervös«, forderte ihn Julia auf.

»Die ist nicht nur verrückt, sondern vollkommen irre! Wieso merkst du das eigentlich erst jetzt, Julia?«, sagte er vorwurfsvoll.

»Weil es dafür keine Anzeichen gab. Seit jener Nacht ist sie anscheinend von dem Gedanken besessen, eine Dreierbeziehung zu führen. Sie will, dass wir wie eine große Familie zusammenleben, als wäre es das Normalste der Welt.«

»Celia ist in ihrem Wahnsinn gefährlich. Die Frau gehört in eine Anstalt!«, resümierte Juan.

»Wir sind einer Meinung, Liebster. Aber was sollen wir tun? Celia ist es wichtiger unser Heim und vor allem dich mit mir zu teilen, als finanzielle Zuwendungen anzunehmen.«

»Mich? Was will sie von mir?«, schnaubte Juan.

»Sie will ihre Erinnerung dieser Nacht mit uns weiterleben. Celia will dich besitzen und vögeln können, wann immer sie will.«

»Welch ein Wahnsinn! Du bist meine Frau und diese Irre mit ihrem Bastard gehört nicht in unser Leben, Julia!«

»Liebster, ich sehe im Moment leider keine andere Lösung, als uns zum Schein darauf einzu-lassen«, sagte Julia.

»Was? Du willst diese Person tatsächlich zu uns lassen? Ich glaube nicht was ich da höre! Was ist, wenn Besuch kommt? Greift sie mir dann in den Schritt und tut so als wäre das normal?«

»Sie sagte, dass sie unser Dienstmädchen spielt, wenn Besuch kommt. Wir lassen uns nur zum Schein darauf ein und finden eine Möglichkeit, sie wieder loszuwerden.«

»Felipe wird bald sein Studium in Caracas beginnen. Er soll ein Zimmer bei uns bekommen. Soll ich ihm erklären es sei normal, dass das Dienstmädchen nachts unter meine Decke schlüpft?«

»Falls Celia hier ist, könntest du ihm doch eine Bleibe in Nähe der Universität besorgen. Das wäre für Felipe plausibel.«

»Ich will, dass mein Sohn hier bei uns wohnt. Aber du hast wohl auf alles eine Antwort! Mache es so. Hole sie meinetwegen zu uns. Aber ich werde nicht mehr zuhause arbeiten, sondern auch nachts im Ministerium meine Aufgaben erfüllen.«

»Was heißt denn ›*mache es so*‹? Mir gefällt der Gedanke am allerwenigsten und uns wird etwas einfallen, das Problem zu lösen.«

Julia konnte ihn gut verstehen und allein der Gedanke, dass Celia mit ihm schlief, tat ihr weh. Ihr war auch bewusst, dass ihre Ehe auf dem Spiel stand, je länger sie bei ihnen blieb. Plötzlich hatte Juan eine Idee.

76

PUERTO MAYA - CHORONI

Freude brach unter den Menschen an Bord aus, als nach zwei Tagen die Anker eingeholt wurden. Sie fuhren entlang der Küste und die Kolonisten konnten palmengesäumte wunderbare Strände bestaunen. Ihr Bild vom Paradies nahm konkrete Formen an und häufig war ein lautes *Ah* oder *Oh* zu hören. Als sie Puerto Maya erreichten, kam ein Lotse an Bord. Nach Begutachtung der Clémence kam er mit Codazzi und Kapitän Malverin zusammen.

»Es tut mir leid, Sie zu enttäuschen. Ich sehe für Sie keine Möglichkeit den Hafen zu erreichen, ohne das Schiff aufzugeben.«

»Sie kennen die Gewässer«, sagte Malverin. »Gibt es wirklich keine Möglichkeit, die Leute hier an Land zu bringen?«

»Der Hafen ist für die Clémence zu eng zum Manövrieren. Es würde auf den steilen Klippen, die sich in Ufernähe befinden, auflaufen.«

»Und wenn wir außerhalb versuchen zu ankern?«, fragte Codazzi.

»Die Anker würden den Meeresboden nicht erreichen. Der Hafen ist bestenfalls für kleinere Boote geeignet, aber keinesfalls für Schiffe wie dieses mit 600 Tonnen«, sagte der Lotse.

»Es muss doch eine Möglichkeit geben, hier an Land zu gehen.«

»Sie können mir vertrauen. Sie verlieren Ihr Schiff, wenn Sie es versuchen. In meinem Bericht werde ich darauf hinweisen, dass ich Sie über die Gefahr belehrt habe.«

Sie brachten den Lotsen wieder an Land und verabschiedeten ihn.

»Ich werde mich vergewissern, ob es nicht doch eine Stelle vor der Küste gibt, vor der wir ankern können«, sagte der Kapitän. Er ließ die Clémence vor der Küste Puerto Mayas segeln und immer wieder die Tiefe messen. Aber schließlich gab er auf und vereinbarte mit Codazzi die Weiterfahrt nach Choroni. Nach fünf Tagen ankerte die Clémence in der Bucht vor Choroni und am 21. März 1843 erhielten sie die Erlaubnis, sich an dem palmengesäumten Strand bis zum Ende der Quarantäne aufzuhalten. Die gute Neuigkeit hatte sich innerhalb von Minuten unter den Kolonisten herumgesprochen. Das Gedränge war groß und ein Boot nach dem anderen brachte die Menschen an Land.

Der Hafenaufseher von Choroni betrachtete er die merkwürdigen alemannischen Horden, die an Land gingen und den von Kokospalmen gesäumten Sandstrand in ihren Besitz nahmen. Nachdem er mit Malverin und Codazzi die Formalitäten erledigt hatte, machte er deutlich, dass sie während der Quarantäne das Dorf nicht betreten durften und er Wachen am Tage und in der Nacht aufstellen wollte.

»Ich kann kaum glauben, wieder festen Boden unter den Füßen zu haben«, sagte Veronika. »Ich habe das Gefühl noch immer zu schwanken.«

»Das wird uns noch ein paar Tage so ergehen«, antwortete Stephan.

Alexander setzte sich zu Plassard und Codazzi. Sie verglichen die Liste Codazzis mit dem Bericht Plassards über Geburten und Todesfälle seit ihrer Abreise. Er lachte über den Eintrag der Geburt eines Mädchens.

»Was ist daran so komisch?«, wollte Codazzi wissen und

betrachtete die Narben, welche die Pocken bei ihm hinterlassen hatten.

»Eine Neugeborene soll drei Staatsangehörigkeiten haben?«

»Ganz einfach«, antwortete Plassard. »Sie ist die Tochter deutscher Eltern, also hat sie die deutsche Staatsangehörigkeit. Sie hat die französische, da sie auf einem Schiff unter französischer Flagge geboren wurde, und auch die venezolanische, da sich das Schiff bei ihrer Geburt in venezolanischen Gewässern befand.«

»Das arme Kind wird mit einer angeborenen Identitätskrise aufwachsen«, sagte Alexander.

Kinder hatten im angrenzenden Wald Ananasfrüchte entdeckt. Das Obst war für die Leute zunächst etwas vollkommen Neues, dann aber begehrt, da ihr saftiges Fleisch begeisterte und für Kranke und Geschwächte von wohltuender Wirkung war. Karl hatte es sich zur Aufgabe gemacht, sie im Wald zu finden und sich bald zu einem wahren Ananasexperten entwickelt. Er kam gerade mit einem Korb neuer Früchte und die Kinder jubelten.

»Der Ananasmann kommt«, schrieen sie.

Der Ananasmann! Karl schüttelte grinsend den Kopf. Doch es war tatsächlich eine angenehme Tätigkeit, die ihm Freude bereitete.

Er wollte die Zeit am Strand auch nutzen.

»Ich möchte die Zeit in Choroni mit dem Lernen der spanischen Sprache nutzen, Herr Teufel«, sagte Karl dem Lehrer.

»Eine gute Idee. Doch ich glaube, dass Sie in der Praxis schneller die Sprache lernen. Unterhalten Sie sich doch auf Spanisch mit Stephan Krämer. Er ist schon recht gut und es wird Ihnen beiden helfen. Wenn Sie nicht weiter kommen, können Sie mich gerne fragen.«

Karl musste nicht lange suchen. Er sah Stephan bei der Familie Klug sitzend. Es war ihm aufgefallen, dass Krämer um die Gunst der hübschen Veronika warb. Karl ging zu Stephan und begrüßte ihn in holperigen Spanisch. Verwundert sah der junge Mann auf und nach einem kurzen Gespräch erklärte er sich bereit mit ihm zu üben.

Zehn Tage unterlagen die Kolonisten den strengen Auflagen der Quarantäne und es gab die nächsten Probleme. Während die an den Pocken erkrankten Menschen gesundeten, hatte der Arzt Plassard weitere Aufgaben. Eine für ihn neue Form von Quälgeistern plagte die Menschen. Sandflöhe nisteten sich unter den Fußnägeln vieler ein und sorgten für quälende Schmerzen, die ein Laufen kaum möglich machten. Er konnte die Parasiten mit Essigwasser vertreiben. Doch kaum waren die Flöhe weg, kamen neue und bohrten sich wieder unter das Nagelbett. Es war kaum zu glauben, wie unendlich lang zehn Tage sein konnten, wenn man so gepeinigt wird, dachte Karl, der beim Spanisch mit Stephan seine Füße in einer Schüssel mit Essig badete.

»In Maracay wird es eine schöne Überraschung für die Kolonisten geben«, sagte Codazzi grinsend zu Alexander.

77

SAN BERNADINO

Clara hielt ihren Mittagsschlaf, als es an der Türe klopfte. Julia öffnete und Celia stand mit Enrique auf dem Arm grinsend vor ihr.

»Ich freue mich über deine Einladung, liebe Julia.«

Sie verzog keine Miene und blieb unbewegt im Türrahmen stehen.

»Willst du mich nicht herein bitten? Enrique ist schwer.«

Mit eisigem Blick trat Julia einen Schritt zur Seite und machte wortlos den Weg frei. Aus ihrem Lächeln wurde ein triumphierendes Grinsen, als Celia mit erhobener Nase das Haus betrat. Sie marschierte geraden Weges in den Salon und machte es sich frech in Julias Sessel bequem.

»Es ist schön endlich wieder Zuhause zu sein«, sagte sie. »Möchtest du deiner Freundin nicht etwas zu trinken anbieten? Es ist bin durstig.«

Julia ging in die Küche und kam mit einem Glas Wasser zurück und stellte es lieblos vor ihr auf den Tisch. Celia verzog das Gesicht.

»Wasser?«, fragte sie empört. »Hältst du Wasser für diesen großartigen Moment für angebracht?«

»Es tut mir leid, aber etwas anderes habe ich nicht für dich!«

»Gut, dass ich vorgesorgt habe!«, sagte sie und holte aus ihrer Tasche eine Flasche Absinth hervor. »Lass uns auf einen besonderen Moment trinken. Trinken wir auf den phantastischsten Tag in unserem Leben, als lustvoll unsere Kinder gezeugt wurden!«

Sie legte den schlafenden Enrique auf einen freien Sessel, nahm zwei Gläser von der Anrichte und stellte sie grinsend auf den Tisch. Julias versteinertes Gesicht wurde augenblicklich weicher, als sie hörte, dass Clara wach geworden war. Sie ging ins Kinderzimmer, küsste das lachende Mädchen und brachte sie mit in den Salon. Julia bemerkte am Inhalt der Flasche, dass Celia mindestens schon ein Glas während ihrer kurzen Abwesenheit getrunken haben musste.

»Das ist ja ein wirklich hübsches Mädchen! Ich hoffe, dass sie sich mit ihrem Bruder Enrique gut verstehen wird. Was glaubst du, Julia?«

»Clara. Sie heißt Clara«, sagte Julia nur.

»Clara, ich hoffe, dass du mit Enrique ebenso liebevoll umgehen wirst, wie ich es mit deinem Vater tun werde.«

»Ich lasse mich nicht von dir provozieren. Versuche es gar nicht erst.«

Ein Grinsen huschte über ihr Gesicht, als nun auch Enrique weinend wach wurde. Sie nahm ihn auf, öffnete vollständig ihr Oberteil, so dass ihre großen Brüste zum Vorschein kamen und gab sie ihrem Kind. Der Junge fing sofort saugend zu trinken an.

»Entschuldige bitte, Julia. Enrique hat Hunger.«

»Clara gebe ich nicht mehr so oft die Brust. Sie mag den Brei, den sie längst essen kann. Deine Titten werden darunter leiden, wenn du ihn zu lange stillst, liebe Celia«, warnte sie.

»Blödsinn. Enrique saugt ebenso lustvoll an ihnen, wie Juan es tut. Macht er das bei dir eigentlich auch, liebe Julia? Wohl nicht. Aber dein Mann darf sich heute wieder an ihnen laben. Du hast doch nichts dagegen nach so langer Zeit, oder? Er wird so ausgehungert sein, wie ich es bin. Wo ist eigentlich das süße Objekt unserer Begierde?«, fragte sie und trank einen weiteren Schluck Absinth.

»Juan hat viel Arbeit und wird erst später aus dem Ministerium kommen. Hoffentlich hältst du das mit deiner Geilheit so lange aus.«

»Je länger man wartet, umso mehr freut man sich auf ein Wiedersehen. Du wirst verstehen, wenn ich ihn sofort vernasche. Du kannst gerne dabei zusehen, wie ich ihn ficke und er meine Titten knetet. Aber lass uns doch was trinken. Du hast dein Glas ja noch gar nicht angerührt!«

»Es tut mir leid, liebe Celia, aber ich kann nichts trinken, da ich mit Clara einen Termin beim Arzt habe. Es wird eine Weile dauern, aber du wirst die Zeit auch ohne mich totschlagen. Fühle dich wie Zuhause, freue dich auf Juan und küsse ihn von mir, wenn er kommt.«

»Oh, das ist schade. Aber ich verstehe das. Lasse dir Zeit. Ich werde Juan einen ganz besonderen Kuss geben«, sagte sie grinsend.

»Viel Spaß noch, liebe Celia und trinke nicht zuviel von dem Absinth, sonst bist du schon einge-schlafen, wenn er nach Hause kommt.«

Celia lachte, als sie mit Clara das Haus verließ. Länger hätte sie ihre Frechheiten nicht ertragen können, ohne ihr an die Gurgel zu gehen.

Die Kutsche war vorbereitet und Julia sah auf die Taschenuhr, die ihr Juan gegeben hatte. In drei Stunden musste sie ihr Ziel erreicht haben. Sie verließ San Bernadino und fuhr entlang der kurvigen Straße durch die breite Schneise, die den den dichten Urwald teilte.

78

CHORONI – NEBELWÄLDER

Früh morgens begann der Abmarsch. Im Gänsemarsch erreichten sie den dicht bewaldeten Bergpfad. Doch schon nach wenigen Stunden geriet die Truppe ins Stocken. Stephan konnte sich nicht vorstellen, dass hier regelmäßig Menschen verkehrten, denn es erhob sich mitten auf dem, kaum zu erkennbaren Weg dichte Vegetation wie eine undurchdringliche grüne Hecke. Zwei Männer rückten vor und reichten ihm eine Machete. *Ein schweres Stück Eisenschmiedearbeit, ersonnen von einem Meister der Zerstörung*, dachte er. Der Holzgriff war einfach und ohne jedes Zugeständnis an die Form der menschlichen Hand. Der Rest war eine einfache Klinge mit scharfer Hackschneide ohne Spitze. Die Waffe gegen das Grünzeug war nicht besonders schwer und lag kocker in seiner Hand. Das Werkzeug vereinte die Schärfe eines Schwertes mit der Brutalität einer Keule. Nachdem er sich mit dem Werkzeug vertraut gemacht hatte, merkte er, dass er nichts anderes zu tun hatte, als die Machete in einem mörderischen Fall auf den Ast oder die Ranke zu lenken, auf die er es abgesehen hatte.

Der Weg war bald frei und sie konnten weiter. Doch der Boden war weich wie Moor und schmatzte an den Füßen. An manchen Stellen füllten sich die Fußabdrücke des Mannes vor ihm mit Wasser, bevor er sie erreichen konnte. Als sie ihr Lager für die Nacht einrichteten, fielen die Menschen reihenweise vor Erschöpfung zu Boden. Aufgeregt lauschten sie stumm den unheimlichen Geräuschen des nächtlichen Nebelwaldes. Hier und da waren ein paar leise Stimmen der Kinder zu hören, aber schließlich schliefen alle ein.

Als Stephan seine Augen am Morgen öffnete, verschwanden die Baumkronen im morgendlichen Nebel. Codazzi hatte keine Mühe, die Kolonisten anzutreiben. Als sie den 1.615 Meter hohen Kamm erreichten seufzten die Leute, da es wieder bergab ging. Lange zog sich die endlose Menschenkette entlang der felsigen Abhänge. Codazzi bildete mit seiner Familie und vier Macheteros die Spitze der Truppe, während die Brüder Benitz, und Stephan Krämer die Nachhut bildeten, damit niemanden verloren ging. Die feuchte Hitze der Nebelwälder war schwer erträglich und ein Schwindelanfall ließ Alexander taumeln. Plötzlich verschwamm alles vor seinen Augen und ließ er sich auf einen Felsen fallen. Karl rief nach Plassard.

»Sie sind noch von den Pocken geschwächt und das Klima trägt wenig dazu bei, dass Sie genesen. Ruhen Sie für einen Moment«, riet er ihm.

Stephan und Karl stützten ihn, bis sie wieder den Anschluss an die Gruppe gefunden hatten. Vier Stunden marschierten sie auf dem Pfad, der so gewunden verlief, dass Stephan nie mehr als drei oder vier Mann vor sich sehen konnte. Der Pfad wurde endlich breiter und bald erreichten sie eine Lichtung. Codazzi gab den Leuten zu verstehen, dass sie hier übernachten würden. Stephan gesellte sich wieder zu der Familie Klug. Sie lehnten sich etwas abseits von den anderen an einen Felsen und beobachteten die Affen, die sich gegenseitig durch die Baumwipfel jagten. Erstaunt sah er, dass eine Affenhorde mindestens genauso an ihnen interessiert war. Ein Tier machte regelrecht akrobatische Vorführungen. Es sprang nicht nur von einem Ast zum nächsten, es hangelte sich solange hin und her, bis der Affe einen Salto zur

Freude der Zuschauer zustande brachte. Als Veronika das sah, juchzte sie so laut vor Freude, dass es die Tiere verschreckte und sie das Weite suchten.

»Wenn wir morgen zeitig aufbrechen, erreichen wir gegen Mittag bereits Maracay«, sagte Codazzi zur Beruhigung der Leute.

Die meisten verbrachten die Nacht auf dem feuchten Boden des Waldes und suchten unter ihrer Kleidung Schutz vor dem nebeligen leichten Niederschlag. Andere, wie Stephan, lagen in Hängematten. Diese hatte er auf Codazzis Rat noch in Le Havre gekauft. Der Regen war ihm egal, denn er hatte mehr Angst vor dem, was vom Boden an ihm hochkommen könnte. Der Waldboden hatte eine ganz eigene feuchte Wärme, die auch über Nacht anhielt und war daher genauso ungewohnt für die Europäer, wie alles andere in dem Nebelwald. Er döste in seiner Hängematte ein und fühlte sich halbwegs vor dem schleimigen Kriechen all der giftigen Scheußlichkeiten sicher. Schaudernd stellte er sich im Traum vor, dass sich in jeder Ritze und unter jedem Blatt des Waldes kleine Bestien versteckten und sich nachts auf alles Lebendige stürzten, das Blut in den Adern hat. Plassard sprang in der Nacht auf und schüttelte irgendetwas herunter. Auch Stephans Haut zuckte und bestand in allgemeinem Schrecken darauf, dass auf jedem Zentimeter seines Körpers irgendein albtraumhaftes Insekt wimmelte. Kurz vor Morgengrauen wurde er aus dem Schlaf gerissen, auf den er so lange gewartet hatte. Plassard stieß einen unbeherrschten Schrei des Ekels aus. Irgendjemand raunte barsch, »*Still Mann!*« und Alexander eilte zu dem Arzt um zu erfahren was passiert war. Er sagte, dass er von einem wütenden Summen an der Wange geweckt wurde, und Flügel, so groß wie hölzerne Kochlöffel, hätten gegen seine Hand getrommelt. Er betrachtete Plassard und entdeckte an ihm die grauen-volle Bestätigung seiner Befürchtungen. Er hatte binnen Minuten eine Schwellung auf seiner Wange und in der Mitte dieser Beule war ein Einstich zu erkennen. Mit der Dämmerung wurden auch die Kolonisten wach. Sie brachten ein ordentliches Feuer in Gang und es wurde ein kräftiger Kaffee gekocht. Ein Mann ging in die Büsche, um sein morgendliches Geschäft zu erledigen und entdeckte dabei einen etwa zehn Zentimeter langen schwarzen Wurm, der an seiner Lende saugte. Wütend riss er ihn ab, wobei er sich verletzte und die Kreatur zerplatzen ließ, sodass seine Faust von seinem eigenen Blut gerötet war. Nachdem Codazzi davon erfuhr, gab er die Anweisung, dass sich die Kolonisten gegenseitig untersuchen sollten. Stephan untersuchte alle Stellen seines Körpers. Aber er war genauso wie alle, die in der Hängematte geschlafen hatten, unversehrt. Die Leute versuchten alles Mögliche, sich der saugenden Parasiten zu entledigen, doch ohne großen Erfolg. Alexander erinnerte sich an Juans Erzählung über eine Hexe, die er in diesen Bergen für seinen Freund vor langer Zeit aufgesucht hatte und erzählte Codazzi von ihr.

»Ich habe damit keine Probleme. Aber dass es sich um eine Hexe handeln soll«, flüsterte Codazzi, »würde ich besser nicht erzählen.«

Die Kolonisten wollten sich keiner einheimischen Heilerin anvertrauen, aber Alexander erreichte, dass sie ihm zuhörten und Plassard erklärte, dass die Menschen in dieser Wildnis Kenntnisse über Naturheilmittel und Pflanzenextrakte haben, die selbst von erfahrenen und anerkannten Wissenschaftlern bestätigt wurden. Es bestehe somit kein Grund zur Panik. Vielmehr sollten sich die, welche von Parasiten befallen waren, mit ihm auf den Weg machen. Ein Raunen war hörbar und einige schüttelten energisch mit ihren Köpfen.

»Wir haben es bald geschafft und erreichen in ein paar Tagen die Colonia Tovar. Aber mit dem Befall dieser Parasiten werden einige das Ziel nicht erreichen«, sagte Stephan und legte seine Hand auf Alexanders Schulter. »Ich vertraue Herrn Benitz und ich werde ihn zu der Frau begleiten. Also, wer kommt mit uns?«

Niemand wagte es den ersten Schritt zu tun, bis Plassard vortrat.

»Ich komme mit, denn hierfür habe ich keine Medizin«, sagte der Arzt und zeigte auf seine riesige Beule. Stephan betrachtete den weiter angeschwollenen Einstich auf seiner Wange. »Ich mache mir Sorgen, sagte Plassard. »Wir sollten uns auf den Weg machen, Herr Krämer.«

»In fünf Minuten geht es los Leute. Diejenigen, die sich dem Beispiel unseres Arztes anschließen wollen, folgen uns. Die Anderen warten bis zu unserer Rückkehr in dem Dorf El Castaño«, sagte Alexander. Erst traten Einzelne vor, dann folgten Karl und Stephan.

»Das haben Sie gut gemacht, Herr Krämer!«, lobte ihn Alexander.

Auf dem Pfad, der in den dichten Wald führte, entdeckten sie das kleine Haus zwischen den Felsen. Mora stand gebückt vor der Tür und wirbelte mit den Händen, als sie die Menschen auf sich zukommen sah. »Sie leiden alle Not und Ihr müsst ihnen helfen«, sprach Alexander.

Die Alte blinzelte und die Siedler blieben wie angewurzelt stehen.

»Ihr müsst schon näher treten, wenn Ihr meine Hilfe wollt. Ich kann schließlich nicht hexen«, sagte die Alte und ließ ihr kauziges Lachen hören. Plassard und Stephan drehten sich zu den Leuten um. Ihre Angst war beim Anblick der seltsam anmutenden Frau zu erkennen.

»Das übersetzt du besser nicht«, wandte sich Alexander an Stephan.

»Ihr seid alle befallen, aber ich kann Euch helfen wenn Ihr mich bezahlen könnt«, raunte die Hexe und ihr kauzähnliches Lachen war wieder zu hören. Alexander zeigte Mora einen Beutel mit Münzen. Sie nickte, sah ihn kurz an und rief nach einer weiteren Frau, der sie Anweisungen gab im Haus Vorbereitungen zu treffen. Die Befallenen trennten sich in zwei Gruppen aus Männern und Frauen und je Geschlecht wurden sie nacheinander zu fünft in das Haus geführt. Dort mussten sie sich vollständig entkleiden und in einer Reihe aufstellen. Die Alte ging um jeden herum bis sie alle Egel gesichtet hatte. Dann nahm sie eine große Feder und tauchte sie in eine Schüssel mit einer zähen Tinktur. Die dicke Flüssigkeit wurde tropfenweise mit der Spitze auf die Egel aufgetragen, die sofort, sich krümmend, abfielen. Zunächst weigerten sich die Frauen, sich vollständig zu entkleiden, aber nachdem ihre Männer geheilt und befreit den Raum verließen, gingen auch sie zögerlich in die Hütte. Danach ließ sich Plassard untersuchen.

»Wenn du nicht zu mir gekommen wärst, würdest du in einer Woche unter der Erde liegen«, sagte die Alte. »Höre mir gut zu! In zwei Tagen muss dir jemand die Beule in der Mitte über die gesamte Wölbung hinweg aufschneiden und die Maden herausdrücken. Es darf keine mehr zurückbleiben. Nicht eine! Und bis dahin muss dreimal täglich diese Medizin aufgetragen werden«, sagte sie schmierte und dem Arzt eine braune und übel riechende Paste ins Gesicht. Plassard wurde bei dem Gedanken übel, dass irgendein Käfer seine Larven unter seine Haut gelegt hatte und verließ blass das Haus der Mora.

79

SAN BERNADINO

Vier Stunden waren vergangen, seit Julia das Haus verlassen hatte und Celia entzündete die Gaslampen. Sie zog ihr Kleid aus und bedeckte ihren Körper nur mit einer weißen Schürze, die sie im Mädchenzimmer gefunden hatte. Juan damit zu überraschen und zu verführen, hielt sie für eine gute Idee. Enrique schlief auf dem Kanapee, als sie endlich Geräusche an der Haustür hörte. *Perfekt*, dachte sie und stand lasziv lächelnd auf. Doch sie hörte auch Stimmengemurmel. Juan musste jemanden mitgebracht haben, dachte sie enttäuscht, als die Türe zum Salon aufgerissen wurde.

»Guardia Nacional!«, stellte sich der muskulöse, kleine Mann mit den tief liegenden Augen knapp vor. »Celia Rodriguez?«

»Was machen Sie hier?«

»Sie sind verhaftet!«

Drei weitere Männer und eine Frau stürmten in ihren martialischen Uniformen in den Salon. Celia stand mit offenem Mund erschrocken da.

»Das muss ein Irrtum sein«, stammelte sie verunsichert.

»Ist das Ihr Kind?«, fragte die Frau verächtlich und zeigte auf Enrique.

»Ja, aber was wollen sie hier?«, fragte sie.

»Kleiden Sie sich an, wir nehmen Sie mit«, sagte Jesus streng.

Erst jetzt fiel Celia ein, dass sie nur diese Schürze trug. Die Frau nahm Enrique auf den Arm und verließ mit ihm das Haus.

»Sofort ankleiden, Sie schamlose Person, oder wir nehmen Sie so mit!«, forderte Jesus sie nochmals auf.

Celia ließ die Schürze fallen und blickte nackt und frech die Männer an. Als sie sich angekleidet hatte, wurden ihre Hände gefesselt und sie wurde mit Gewalt aus dem Haus geführt. Mit einem Tritt in den Rücken fiel sie vor den vergitterten Wagen. Ihre Knie und Handflächen waren blutig, als sie in die Kutsche gestoßen wurde.

80

MARACAY

Die ersten Häuser Maracays hatten sie passiert und die Siedler bekamen einen Eindruck von einer südamerikanischen Stadt. Das laute Leben schien überhaupt nicht mit dem eher ruhigen Leben im Schwarzwald vergleichbar zu sein. Kaum hatten sie durch die engen Gassen das Zentrum erreicht, stand lächelnd Páez vor ihnen. Der ehemalige Präsident der Republik nahm die Menschen vom Kaiserstuhl herzlich in Empfang. Er begrüßte jeden einzeln von ihnen und erkundigte sich nach dem Wohlbefinden. Die Brüder Benitz und Stephan sahen es als eine besondere Ehre an, als Dolmetscher tätig sein zu dürfen. Besonders für Karl war es eine Herausforderung. Er hatte auch während des Marsches und beinah jede Pause dazu genutzt mit Stephan Spanisch zu üben. Codazzi war die Überraschung gelungen. Es wurden viele Früchte, gekochte Speisen, Gemüse und Getränke serviert, welche die Deutschen noch nie gesehen hatten. Die allermeisten von ihnen mussten in ihrer alten Heimat nicht selten hungern und auch während ihrer Reise hatten sie oft nur rationiert etwas zu essen bekommen. Fleisch gab es in der Heimat, wenn überhaupt, nur an besonderen Festtagen. Als für sie ein ganzer Ochse gebraten wurde, lief allen das Wasser im Mund zusammen. Zusätzlich wurden einige Hühnchen und Ferkel am Spieß gegrillt. Ein köstlicher Bratengeruch lag in der Luft. Bühnen zum Tanz standen ihnen zur Verfügung und Musiker luden zum Tanz ein.

Erst kurz vor ihrem Eintreffen hatte Páez das Amt des Präsidenten endgültig an General Carlos Soublette abgetreten und doch bereitete er den Deutschen einen schönen Empfang. Schließlich betrat er am frühen Abend die Bühne und er hielt eine Rede, in der er betonte, dass ihm deren Wohl am Herzen liege. Die Dolmetscher übersetzten was er ihnen zu sagen hatte.

»Während meiner Präsidentschaft war es meine Initiative eine Kolonie in Venezuela zu gründen. Wir haben unser Einwanderungsgesetz geändert und ich habe alles getan, um diese Kolonie zu fördern. Aber ohne den Einsatz von Oberst Codazzi würden Sie hier heute nicht stehen«, sprach er und machte für die Übersetzer eine Pause. »Aber auch nach meiner Amtszeit dürfen Sie die Gewissheit haben, dass ich alles in meiner Macht stehende tun werde, die Colonia Tovar zu unterstützen. Ich freue mich, dass auch der Unternehmer Agustin Codazzi zu den neuen Siedlern gehören wird. Ihnen allen wird noch vieles in Venezuela fremd vorkommen, aber auch Sie kommen den Venezolanern fremdartig vor«, sagte Páez lachend. »Das wird nicht so bleiben, denn Sie werden Ihre neue Heimat lieben lernen. Dennoch sollen Sie Ihre eigenen Traditionen in der Colonia Tovar wahren und in der Zukunft pflegen. Ich bin überzeugt, dass dieses Projekt ein voller Erfolg wird. Für Sie und zum Wohle meines Landes!«

Bei einigen Frauen konnte Karl Tränen des Glücks und der Rührung nach der Übersetzung sehen und Páez bekam den nächsten Applaus.

»Meine Damen und Herren, ich bin besonders erfreut, dass Deutsche diese Kolonie gründen, denn Sie alle stehen in dem Ruf besonders fleißig, zuverlässig und strebsam zu sein. Damit kann diese Kolonie nur von einem Erfolg gekrönt werden!«

Der Jubel schien sich nach jeder Übersetzung zu steigern

und General Páez rührte die Begeisterungsfähigkeit der Siedler sichtlich.

»Ich lade Sie alle herzlich dazu ein, mich auf meiner Hazienda La Trinidad einmal zu besuchen. Für Ihren weiteren Weg schenke ich Ihnen diesen Zuchtbullen mit großem Karren. Er wird Ihren Weg durch die saftigen Täler Araguas in die Colonia Tovar erleichtern!«

Die Siedler konnten ihr Glück kaum fassen und jubelten.

»Meine Damen und Herren, liebe Deutsche. Ich freue mich, dass Sie endlich angekommen sind und wünsche Ihnen eine glückliche Zeit in Venezuela. Und nun genießen Sie den Festtag, der Ihnen allen zu Ehren gegeben wird. Lassen sie uns heute gemeinsam feiern. Ich danke Ihnen ganz herzlich.«

Páez verneigte sich während des nicht enden wollenden Beifalls.

»So etwas hätte der badische Herzog niemals für uns getan!«, sagte Stephan zu Veronikas Vater, der neben ihm stand.

»Das stimmt Herr Krämer. Ich musste noch fünf Tage vor unserer Abreise hohe Steuern an zwei Geldeintreiber des Herzogs zahlen.«

»Ab jetzt wird alles besser für uns alle. Ich bin erleichtert, dass uns der ehemalige Präsident den großen Karren geschenkt hat.«

Der köstliche Geruch des gebratenen Ochsen regte den Appetit der Siedler an. Endlich kam auch Stephan an die Reihe und bekam ein saftiges, noch heißes Stück von dem Fleisch mit Brot. Er hatte noch den Mund voll, als ihm der alte Klug freundschaftlich auf die Schulter klopfte. Als er sich umdrehte, lief ihm noch der Saft des Fleisches in den Mundwinkeln herunter. Eilig wischte Stephan mit einem Tuch seinen Mund ab, als plötzlich ein Rumpeln hinter ihnen hörbar war.

»¡Quítate del camino! Aquí viene un barril de ron«, rief ein Mann vor ihnen, der ein kleines Fass vor sich herrollte.

»Was will der Mann von uns?«, fragte Matthias Klug.

»Wir sollen ihm und dem Fass Rum aus dem Weg gehen.«

»Das konnten Sie alles verstehen?«

»Ich verstehe viel, aber leider noch nicht alles, Herr Klug.«

»Respekt, junger Mann.«

»Werter Herr Klug, dürfte Ihr Fräulein Tochter zum Tanz entführen?«

»Ich hatte darauf gehofft, dass Sie um Erlaubnis fragen!«

Er nahm Veronika an die Hand und führte sie zur Tanzfläche. Zuerst beobachtete Stephan die einheimischen Tanzenden, führte Veronika und machte es ihnen nach. Es dauerte nicht lange und sie tanzten lachend ihre erste Salsa.

81

ISLA MARGARITA

Hohe Palmen flankierten den breiten Strand und warfen ihre Schatten auf den blendend weißen Sand. Julia war begeistert von der schönen Kulisse zu dem Türkisblau des Meeres. Clara lag nach dem Spiel schlafend im Schatten einer Palme und Juan ruhte schaukelnd neben ihr in einer Hängematte. Etwas weiter lagen ein paar vereinzelte Fischerboote und Männer flickten dort ihre Netze. Nach dem Ärger um Celia waren ein paar Tage Erholung auf der Isla Margarita wohltuend.

Julia zog ihn aus seiner Hängematte. »Komm, du Faulpelz. Lass uns ein Bad nehmen!«, forderte sie ihn auf.

Sie nahm Juan an der Hand und zog ihn im Lauf zum Wasser. Julia sprang in das warme Meer und bespritze Juan, der sich rächte indem er sie auf den Arm nahm und ins Wasser warf. Nass kamen sie nach ausgelassener Alberei wieder zu der schlafenden Clara.

»Unsere Hübsche ist müde vom planschen und spielen«, lachte Juan.

»Was wohl Celia macht? Ob es ihr so gut geht wie uns?«, fragte Julia.

»Dieser Jesus kennt kein Pardon, und so wie ich ihn bei der Verhaftung der Schurken kennen gelernt habe, wird er mit seinen Männern nicht zimperlich mit ihr umgegangen sein.«

»Aber hättest du gedacht, dass dir der Kontakt zu dem

Offizier der Guardia Nacional einmal von Nutzen sein würde?«, fragte Julia.

»Nein! Aber ich hätte auch nicht gedacht, dass Celia ein solch irres und durchtriebenes Biest ist. Jesus versicherte mir, dass er Erpressung und Einbruch überhaupt nicht leiden mag. Ich musste ihm nicht einmal alle Details erzählen, damit er zusagte, sich das Früchtchen zu schnappen. Ich glaube, dass wir nie wieder etwas von ihr hören werden«, sagte er.

»Was wird mit ihr geschehen?«

»Ich weiß es nicht und es ist besser, wenn wir es nicht erfahren.«

»Bleibt die Frage, was aus Enrique wird. Er ist auch dein Sohn.«

»Das ist richtig. Ich werde Jesus befragen, wenn wir zurück sind.«

Entspannt beobachtete Juan aus seiner Hängematte wie die großen Pelikane ihre Runden drehten, als ein Inselbewohner mit zwei oben geöffneten Ananasen zu ihnen kam und ihnen einen Cocktail mit Rum, Sahne, Kokosmilch und Ananassaft anbot. Die Getränke sahen zauberhaft aus. Juan gab dem Mann ein paar Münzen und sie genossen das gekühlte Getränk. Julia schlürfte noch den köstlichen Cocktail, als Clara wach wurde.

»Bleib liegen, Liebste und entspanne dich.«

Juan zog sein Hemd an, nahm seine Tochter auf den Arm und richtete ihren kleinen Hut. Julia war glücklich mit ihrer Familie.

»Lass uns in dem kleinen Restaurant etwas zu Mittag essen, Liebste. Vielleicht bekommen wir dort noch ein weiteres leckeres Getränk.«

Glücklich gingen sie zu dritt mit ihren Strohhüten dem Strand entlang und spürten wie kleine Wellen kühlend ihre Füße umspülten. Sie betraten die Terrasse des kleinen Restaurants und Juan nahm einen Tisch mit Blick auf das nahe Meer in Beschlag.

Sie bestellten fangfrischen, köstlichen Papageienfisch, der mit Knoblauch in Bananenblättern serviert wurde. Clara schüttelte den Kopf. Sie wollte ihren Brei nicht essen und Juan gab ihr ein kleines Stückchen von dem Fisch.

»Hm, Papa!«, sagte Clara.

»Hast du das gehört, Julia? Sie hat Papa gesagt! Ihr erstes Wort ist Papa!«, Juan sah sie glücklich von der Seite an und gab ihr einen Kuss.

»Pah! Verräterin. Ich stille dich, füttere dich, wechsele deine vollen Windeln und du sagst Papa!«, empörte sich Julia lachend.

»Papa!«, wiederholte sie.

Juan lachte und fütterte sie mit einem weiteren Stück Fisch. Julia tat so, als hätte sie das nicht gehört und trank ihren neuen Cocktail, der in einer halben Kokosnuss serviert wurde. Es war köstlich. Sie schmeckte Limonen, Kokosmilch, Rum, Ananas und Kaffee heraus.

»Juan. Wir könnten Enrique bei uns aufnehmen. Für mich wäre das kein Problem und deiner Schwester könnten wir sagen, dass wir den Jungen adoptiert haben!«, sagte sie mit einem süßen Lächeln.

»Du nimmst schon heute viel auf dich!«, sagte Juan. »Du bist eine wunderbare Frau, Julia. Ich liebe dich über alles!«

82

LA VICTORIA

Die Deutschen waren der große Gesprächsstoff in ihrer Nachbarschaft. In La Victoria wusste man, dass sie in der Stadt angekommen waren. Viele waren neugierig auf die Menschen, die einen weiten Weg hinter sich gelassen hatten und hier angekommen waren. Andrea hörte, dass sie so vollkommen anders seien. Sie waren größer, hatten meist blaue Augen, die in Venezuela selten zu sehen waren, und helle Haare.

»Ich war mit meinem Mann dort und habe sie aus der Ferne beobachtet. Man sagt, dass sie mit einer schrecklichen Krankheit angekommen seien. Die Leute sind mir unheimlich, das kann ich Ihnen sagen!«, berichtete eine ältere Frau aus ihrer Straße.

»Was ist denn so unheimlich an ihnen?«, wollte Andrea wissen.

»Sie sind so ganz anders und man versteht kein Wort von dem sie reden. Sie sprechen eine merkwürdige Sprache und tragen Kleidung, die man noch nie gesehen hat. Die meisten von ihnen sind Riesen und ihre Blicke machen mir Angst. Deshalb sind wir schnell wieder gegangen. Vielleicht können sie hexen und Flüche aussprechen.«

Andrea lachte. Die meisten Venezolaner hatten Angst vor dem, was sie nicht kannten. Selbst hier in einer großen Stadt war das so. Sie wollte sich selbst ein Bild davon machen und ging zu dem Platz, an dem sie sich gesammelt hatten und sah, dass vor allen Dingen die Frauen andere Kleidung trugen. Aber warum auch nicht? Es gefiel ihr sogar. Ohne Berührungsängste bewegte sie sich behutsam mitten unter sie und lächelte die Menschen freundlich an. Einige lächelten zurück und grüßten sie. Andrea wusste, dass sie die Distanz aufbrechen konnte. Eine Frau sagte etwas zu ihr, das sie aber nicht verstand.

»Ist jemand unter Ihnen, der Spanisch spricht?«

Stephan stand zwar etwas weiter weg, aber er hörte ihre Worte.

»Ich glaube, diese Frau sucht jemanden, der ihre Sprache spricht. Ich gehe mal zu ihr rüber«, sagte er zu Veronikas Vater.

»Bleib besser hier, Stephan.«

»Ach, was soll schon passieren. Mal sehen was sie zu sagen hat. Außerdem kommt es selten genug vor, dass Einheimische mit uns reden, nicht wahr?«

»Dann mache das. Aber du bleibst hier, Veronika! Wir verhalten uns ruhig und warten ab.«

Veronika wäre Stephan zu gerne gefolgt, um zu erfahren was die Frau wollte. Aber ihr Vater war wie die meisten unter ihnen. Sie wollten unter sich bleiben, weil ihnen das Fremde geheimnisvoll war.

»Buenas tardes, me llamo Stephan Krämer y hablo un poco de Español«, sagte er zu ihr und verneigte sich höflich.

Andrea machte einen Knicks und gab ihm die Hand.

»Guten Tag. Mein Name ist Andrea Diego. Schön, dass es unter Ihnen Leute gibt, die unsere Sprache sprechen.«

»Es gibt ein paar wenige unter uns. Ich habe noch in meiner alten Heimat damit begonnen Spanisch zu lernen.«

»Ich bin zu Ihnen gekommen, weil ich wie alle anderen neugierig bin, aber auch wissen möchte, ob ich Ihnen helfen kann. Brauchen Sie etwas, das ich organisieren kann?«, fragte Andrea.

Diese Frau mochte doppelt so alt sein wie er und dennoch war Stephan von ihrer südlichen Schönheit fasziniert.

»Auch wenn uns eine längere Rast gelegen kommt, müssen wir weiter und den letzten Weg in die Kolonie gehen. Oberst Codazzi ist unter uns und er sagt, dass wir für den Weg in die Berge Esel brauchen, die unsere Lasten tragen. Auch wäre jemand mit medizinischen Kenntnissen von Hilfe, denn unser einziger Arzt hat eine Schwellung auf der Wange, die er selbst nicht behandeln kann.«

»Ich habe einen Nachbarn, der Esel züchtet und verkauft und mein Sohn ist gerade in La Victoria. Er studiert Medizin.«, antwortete sie.

»Das ist doch perfekt! Der Oberst lebt schon länger in Venezuela und spricht Ihre Sprache mehr als gut. Warten Sie hier bitte. Ich suche ihn und bringe ihn zu Ihnen, Señora Diego.«

Stephan ließ seinen Blick über die Kolonisten schweifen und entdeckte ihn schließlich mit den Brüdern Benitz und Plassard bei der jungen Frau mit ihrem gerade geborenen Kind stehend. Er ging zu ihnen und teilte Codazzi die gute Neuigkeit mit.

»Das ist ja großartig! Wo ist diese Frau?«

Er folgte ihm mit Plassard und Karl zu Andrea. Auch wenn Karl nicht alles verstand, konnte er schon einfache Gespräche führen und verstand, etwas von dem was Andrea sagte. Es war die Gelegenheit für ihn, seine Kenntnisse in der Praxis anzuwenden. Sie folgten Andrea zu dem Mann, der die Esel verkaufte. Nach einer halben Stunde waren sie handelseinig und Codazzi vereinbarte mit ihm, dass 20 Tiere am Abend zu den Siedlern gebracht werden sollten.

»Darf ich die Herren noch auf ein Getränk einladen, während mein Sohn dem Arzt hilft«, schlug Andrea vor.

»Das ist sehr freundlich von Ihnen und ich danke für Ihre Hilfe. Aber ich habe noch viel vorzu-bereiten«, sagte Codazzi.

»Ich würde mich Doktor Plassard und Herrn Krämer gerne anschließen und Ihr Angebot gerne annehmen«, sagte Karl lächelnd.

Sie folgten Andrea zu ihrem Haus und nahmen auf der Terrasse Platz, während sie Felipe hinzu holte. Der junge Mann begrüßte die Gäste und stellte sich vor. Da die rot geschwollene Wange nicht zu übersehen war, musste ihm nicht viel erklärt werden.

»Was ist dem Mann geschehen und was soll gemacht werden?«

»Herr Plassard wurde von einem Insekt gestochen und die Wange muss aufgeschnitten und Maden unter der Haut entfernt werden«, sagte Stephan.

»Ich studiere zwar noch, aber den kleinen Eingriff bekomme ich hin. Ein paar Instrumente habe ich im Haus. Bitte folgen sie mir«, sagte Felipe zu dem Arzt, während sich Stephan und Karl mit Andrea austauschten.

»Ihr Spanisch ist schon recht gut, Herr Benitz«, sagte Andrea nach einer Weile anerkennend.

Stephan hielt sich bei dem Gespräch zurück und half Karl nur gelegentlich, damit er seine Kenntnisse verbessern konnte.

»Wir haben zwei Lehrer unter uns, die auch Spanisch unterrichten wollen und mit Stephan Krämer übe ich fast täglich.«

»Ehrlich gesagt, bin ich recht neugierig auf die deutschen Menschen und die Kolonie. Ich möchte Sie bald mal besuchen, wenn ich darf.«

»Ich würde mich freuen, wenn Sie uns besuchen und lade Sie gerne dazu ein, Señora Diego«, sagte Karl.

Die Tür öffnete sich und Felipe kam mit Doktor Plassard heraus. Der Arzt hatte einen weißen Verband auf der Wange und Andreas Sohn zog eine Grimasse, da das Entfernen der Maden unangenehm gewesen war.

»Ich fühle mich befreit von dem Druck. Sie waren geschickt, junger Mann und haben Talent. Vielen Dank Señor Diego«, sagte Plassard.

83

SAN BERNADINO

Das Mädchenzimmer war in einer halben Stunde in ein helles Zimmer mit einem Schreibtisch für Felipes Aufenthalt umgebaut. Clara machte große Fortschritte. Sie sagte inzwischen auch Mama und konnte seit ein paar Tagen laufen. Doch damit war vor ihr kaum etwas sicher. Alles wollte sie erkunden und sie öffnete jeden Schrank. Deshalb schloss Juan neuerdings sein Arbeitszimmer ab, wenn er nicht im Haus war. Raul, Maria und seine Nichten hatten sie vor zwei Stunden verlassen. Es war ein schöner, familiärer Sonntagnachmittag gewesen. Die heranwachsenden Töchter schienen mit ihrer Situation zufrieden zu sein, da sie seinen alten Freund mit *Vater* ansprachen. Juan saß mit Felipe bei einem Brandy im Salon und Julia spielte mit Clara in ihrem Zimmer, damit er sich seinem Sohn widmen konnte. Felipe erzählte stolz von seinem ersten medizinischen Eingriff und dem Lob des Arztes Plassard. Er war ungefähr so alt, wie er seinerzeit, als er nach Carabobo in die entscheidende Schlacht gegen die Spanier zog. Sein Sohn hatte es heute denkbar leichter. Keine Kriegswirren und Kämpfe. Felipe hatte die Freiheit, für die Juan gekämpft hatte. Er konnte Medizin studieren und würde in wenigen Jahren Arzt sein. Wohin das Leben ihn danach führen würde, würde man sehen. Aber mit seinen 45 Jahren wusste er, dass das Leben immer Überraschungen bereithielt.

»Vater, wie war es eigentlich, als du meine Mutter kennen lerntest und warum habt ihr euch aus den Augen verloren?«

Juan stellte sein Glas ab und blickte Felipe nachdenklich in die Augen.

»Hat dir deine Mutter denn nichts erzählt?«

»Mutter ist diesen Fragen meistens ausgewichen.«

»Ich war etwa so alt wie du heute und hatte mich in deine Mutter verliebt. Sie war mit Abstand die schönste Frau in Barinitas, das kannst du mir glauben. Aber es waren auch schwere Zeiten. Die Spanier haben den Menschen ihre Freiheit genommen und unser Land ausgebeutet. Ich war damals einer der Pächter deines Großvaters. Wie allen Großgrundbesitzern ging es der Familie Diego unter den Spaniern gut. Andrea hatte Verständnis, als ich mit den Patrioten in den Krieg zog.«

Juan lehnte sich zurück und trank einen Schluck Brandy.

»Und wie ging es weiter? Ihr habt euch doch geliebt.«

»Wir haben uns geliebt. Dein Onkel Héctor und dein Großvater waren Royalisten und wollten mich davon abhalten, dass ich mich den Patrioten anschließe. Héctor versuchte mich unter Druck zu setzen und drohte mir, dass ich deine Mutter nicht wieder sehen durfte. Jedenfalls hatte sie auf dem Weg zu mir einen Reitunfall. Pater Valega entdeckte sie verletzt an einem Abhang und brachte sie in ein Kloster, wo sie von den Mönchen versorgt wurde. Nur mit Geld und Überredungskunst durfte ich sie dort besuchen. Wir hatten dann Gelegenheit alleine zu sein und so wurdest du gezeugt, mein Sohn.«

»In dem Kloster wurde ich gezeugt?«, fragte Felipe lachend.

»So ist es. Am Tag darauf wurde Barinitas von Héctor und spanischen Soldaten überfallen. Danach bin ich in den Krieg gezogen. Ich wurde befördert und bekam ein Empfehlungsschreiben von Oberst Codazzi, mit dem ich mich in Caracas vorstellen konnte.«

»Warum bist du nicht zurück und hast meine Mutter geheiratet?«

Juan musste schlucken, als die verdrängte Erinnerung zurückkehrte.

»In dem Kloster meinte deine Mutter, dass sie mich nicht mehr sehen wollte. Heute weiß ich, dass sie das nur sagte, um mich vor ihrem jähzornigen Bruder zu schützen und sie wusste damals nicht, ob ich überhaupt zurückkehren würde. Da mein altes Haus in Barinitas zerstört war, machte ich mich mit Raul auf den Weg nach El Junquito. Eine Zeit lang lebte ich bei meiner Schwester. Ich hatte Sehnsucht nach deiner Mutter und deine Tante hatte auf mich eingeredet, dass ich zu ihr reisen sollte, was ich dann auch tat. Deine Mutter wurde aber mit Carlos zwangsverheiratet, was ich erst später erfuhr. So kam ich auf den Hof deines Großvaters. Andrea kam mir entgegen und ich sah einen kleinen Jungen. Deine Mutter wollte etwas sagen, aber Carlos schnitt ihr das Wort ab und sagte, ich solle seine Frau in Ruhe lassen und verschwinden. Ich schlug ihn nieder und bin davon geritten, ohne zu ahnen, dass der kleine Junge mein Sohn Felipe war.«

Felipe stand mit Tränen in den Augen auf und umarmte Juan.

»Das habe ich alles nicht gewusst, Vater! Ich liebe dich.«

»Ich liebe dich auch, mein Sohn. Und ich bin froh, dass es dich gibt.«

Schweigend verharrten sie eine Weile in ihrer Umarmung.

»Komm, lass uns ausreiten, Felipe. Ich kenne da ein charmantes Café, wo wir den Tag gemeinsam ausklingen lassen können.

84

COLONIA TOVAR, 8. APRIL 1843

Mit den Eseln erreichten sie am Vormittag das Gebiet *Pie del Cerro*.

Der sich leicht bergauf führende und schmalere Pfad lag vor ihnen. Der Weg war zwar eben und gut gebaut, doch zu schmal für den großen Karren mit dem Ochsen. Sie mussten ihn zurücklassen, und einen Teil ihres Gepäcks auf die Esel umladen. Am schwersten hatte es der Esel, der die Glocke trug. Veronika und ihre Mutter bekamen es mit der Angst zu tun, als sie den Wald sahen, der noch undurchdringlicher erschien, als die Nebelwälder oberhalb von Choroni.

Stephan blieb zuerst noch bei der Familie Klug, ging dann aber weiter bis hinter die Brüder Benitz und Codazzi.

»Es ist unglaublich, dass der Weg nicht weiter ausgebaut wurde. Es war doch Zeit genug«, hörte er Codazzi sagen, als er aufschloss.

»Ich befürchte, dass die Rodung des Geländes und der Bau der Hütten auch nicht fertig ist«, antwortete Karl.

Zum Teil hatte die Vegetation den Pfad zurückerobert, doch am frühen Nachittag kamen sie an eine von Bewuchs freie Stelle im Gebirge und Codazzi ließ sie eine Pause einlegen, denn auch die Esel waren erschöpft. Besonders das Tier mit der schweren Glocke. Ihm zitterten die Beine. *Lange dürfte der Esel nicht mehr die Last tragen*, dachte Stephan. Um ihr Nachtlager an einem kleinen Bergsee zu erreichen, beendete er die kurze Pause. Aus dem Weg wurde ein schmaler Pfad, der an einer Stelle weniger als einen Meter breit war. Er grenzte auf einer Seite an aufsteigende Felsen und auf der anderen war ein erschreckend tiefer Abhang. Viele trauten sich aus Angst abzustürzen nicht weiter. Kinder, Schwangere und ältere Menschen wurden von wagemutigen Männern an der gefährlichen Stelle vorbeigeführt. Stephan nahm ohne zu fragen Veronika an die Hand und führte die junge Frau sicher auf die andere Seite. Sie dankte ihm mit einem Lächeln. Es kamen noch weitere solcher Stellen, bis der Weg schließlich weg von der Schlucht führte und zwar breiter, aber noch steiler wurde. Die Anstrengung für Mensch und Tier nahm deutlich zu. Plötzlich brach der Esel mit der Kirchenglocke zusammen. Stephan hatte geahnt, dass das passieren würde. Zitternd verendete das arme Tier in der Hitze der kahlen Bergseite. Der tote Esel wurde aus dem Weg geräumt und die schwere Glocke zwischen zwei Esel gebunden, die sich die Last nun teilten. Am Abend schlugen sie ihr Nachtlager an dem kleinen Bergsee La Lagunita auf. Die größeren Kinder sprangen sofort in das Wasser um sich abzukühlen. Besonders die ganz wagemutigen unter den heranwachsenden Jungen waren aber auch die ersten, die das eiskalte Gewässer fluchtartig verließen. Auch Stephan nahm in dem See ein kurzes und erfrischendes Bad und machte es sich danach in seiner Hängematte bequem. Lachend neckte er Veronika, dass sie sich traue zu baden. Sie sprang hinein und kam mit großen Augen wieder heraus. Stephan konnte an ihren Nippeln erkennen, wie kalt ihr war und sah sie grinsend an. Als Veronika seine Blicke bemerkte, bedeckte sie sich und streckte ihm die Zunge heraus. Zur Freude aller schossen Männer drei Wildschweine und in Anbetracht dessen, dass sie den letzten Tag ihrer mühsamen Reise vor sich hatten, wurde in ihrem Lager am See gefeiert, getanzt und getrunken.

Voller Verwunderung über die vor ihnen liegende üppige Vegetation traten sie am Morgen den Weg durch den Urwald an. Riesige Farne und gigantische Bambuspflanzen, so hoch wie die höchsten Bäume, faszinierten die Menschen. Schon gegen Mittag erreichten sie den Alto de la Cruz, dessen Kamm sie jubelnd überschritten. Die Siedler wussten, dass es bis zu ihrem Ziel nicht mehr weit sein konnte. Kurz darauf lag vor ihnen das halbrunde Tal der Kolonie. Die Siedler hielten Ausschau nach dem Ort und nach wenigen Schritten konnten sie in der Ferne die Stelle sehen, wo das Zentrum des Ortes entstehen sollte. Doch sie blieben wie angewurzelt stehen und erlebten eine große Enttäuschung. Vor ihnen lag eine qualmende schwarze, verdorrte Landschaft. Augenblicklich fielen die Frauen auf die Knie und fingen zu jammernd an. Die Männer waren sprachlos und verblüfft von dem Anblick, der sich ihnen bot. Das, was sie sich als Paradies vorgestellt hatten, sah schrecklich aus. Stephan hörte von allen Seiten lautstarke Flüche und Schimpftiraden. Auch Veronika und ihre Mutter hielten sich weinend in den Armen. Selbst Codazzi schien erschrocken zu sein, versuchte aber die Leute zu beruhigen. Alexander Benitz sprach zu ihnen mit beruhigendem Ton.

»Was Ihr da seht ist nur das Ergebnis des Abbrennens der niedrigen Vegetation, damit Ihr Eure Felder bestellen könnt. Gerade durch die Brandrodung wird der Boden ideal gedüngt und ist fruchtbar. Das ist anders als in Eurer Heimat.«

»Ich sehe aber nicht mehr als zwanzig armselige Hütten. Sollen wir darin etwa alle Unterkunft finden?«, fragte ein junger Familienvater.

Immer mehr setzten sich einfach auf den Boden und waren fassungslos. Ihre Erschöpfung mochte die Verzweiflung noch verstärkt haben.

»Die Arbeiten sind wahrlich nicht abgeschlossen, aber wir sollten uns erst einmal beruhigen. Morgen werden wir uns erholt beraten«, sagte Alexander und sah fragend zu Codazzi, der nur den Kopf schüttelte.

»Es ist meine Schuld, Alexander. Ich habe diese wichtige Aufgabe aus der Hand gegeben. Ramón Diaz wird mit den Arbeiten überfordert gewesen sein«, flüsterte er ihm ins Ohr. »Es hat keinen Zweck hier länger zu verweilen. Wir sollten in das Zentrum des Ortes absteigen«, sagte Codazzi wieder lauter.

Veronikas Vater lachte höhnisch. »Zentrum? Gibt es hier auch ein Zentrum? Welche der Hütten ist denn unser Rathaus?«, spottete er.

Nach 112 Tagen hatten sie ihr Ziel erreicht. Doch statt des erhofften grünen Paradieses lag eine armselige verbrannte Fläche vor ihnen.

Im Zentrum des Ortes sprach Codazzi erneut zu den Siedlern. »Auch wenn Sie nicht alles so vorfinden, wie es Ihnen versprochen wurde, müssen wir alles Nötige veranlassen, dass die Gründung der Kolonie ihren verdienten Erfolg erhält. Wir schreiben den 8. April 1843. Auch wenn wir vor großen Aufgaben stehen, ist es ein denkwürdiger und historischer Tag, der in die Geschichte der Colonia Tovar eingehen wird. Morgen, wenn sich alle ausgeruht haben, werden wir Lösungen für die dringlichsten Probleme finden.«

Damit ließ Codazzi die Brüder Benitz stehen und suchte nach Ramón Diaz. Lange musste er nicht nach Diaz Ausschau halten. Er war mit der Rodung weiterer Flächen im Tal beschäftigt, als er das Eintreffen der Siedler bemerkte und Codazzi mit großen Schritten entgegenkam.

»Señor Diaz, was ist geschehen? Ich kann kaum glauben, was ich hier sehe!«, sagte Codazzi empört und warf dem Historiker böse Blicke zu.

»Señor Codazzi, Sie dürfen mir glauben, dass ich alles in meiner Macht stehende getan habe, um den Ort vorzubereiten.

Aber wir hatten mit unerwarteten Schwierigkeiten zu tun und der Wegebauer Inder Pelegrini hat vor einer Woche endgültig aufgegeben und mich mit seinen Männern verlassen«, begann Ramón Diaz.

»Verdammt! Sie hatten doch genügend Zeit.«

»Der Annahme war ich auch. Sie müssen aber wissen, dass mich bis auf 38 alle Arbeiter verlassen haben und alle Versuche neue Arbeiter anzuwerben blieben erfolglos. Ich habe nur noch einen Zimmermann, der beinahe Tag und Nacht mit dem Bau der Häuser beschäftigt ist«, erklärte Diaz und berichtete ihm von den enormen Problemen bei den Rodungen und Wegebau im letzten Drittel der Strecke in die Kolonie und der Vorbereitung des Geländes. Codazzi hörte ihm zu und ließ seinen Blick über das Gelände schweifen.

»Wie dem auch sei. Jetzt sind wir hier und müssen das Beste daraus machen. Unter den enttäuschten Siedlern sind genug Handwerker und sie werden emsig weiter am Ausbau der Kolonie arbeiten.«

»Mit den verbleibenden Arbeitern werden wir noch einige Häuser bauen können, Señor Codazzi. An drei Häusern im Tal wird bereits gebaut und es wird auch weiter gerodet«, sprach Diaz.

85

COLONIA TOVAR

Als Alexander morgens aus dem Haus trat, hatten sich einige Menschen versammelt und schauten erwartungsvoll zu ihm herüber. Er begrüßte die Siedler, die sich von der größten Erschöpfung erholt hatten.

Die Leute bildeten eine Gasse als auch Codazzi mit Diaz an seiner Seite zu ihnen kam. Alexander stellte sich auf einen Baumstumpf und ergriff zuerst das Wort.

»Ich bin davon überzeugt, dass die Aussichten für die Zukunft der Kolonie vielversprechend sind. Wir werden die ersten Jahre intensiv arbeiten müssen. Aber ich traue Ihnen allen den erforderlichen Fleiß zu. Lassen wir uns von den Begebenheiten nicht entmutigen, sondern nehmen wir unsere Zukunft in die Hand!«, begann er. »Alles was ich dazu beitragen kann, werde ich in das Projekt einbringen und heute damit beginnen, den Ortskern und alle wichtigen Gebäude planen. Bitte beraten Sie sich gemeinsam mit uns über das weitere Vorgehen!«

Es entstanden laute Diskussionen unter den Menschen, bis Codazzi das Wort ergriff. »Ich versicherte ihnen, dass wir schon morgen gemeinsam festlegen, welche Arbeiten Vorrang haben und als erste angegangen werden müssen. Señor Diaz ist noch mit seinen Arbeitern hier und wird weitere Aufgaben übernehmen.«

»Wir sind Ihren falschen Versprechungen gefolgt und wollen

künftig bei allen Entscheidungen mitbestimmen!«, sagte Andreas Vollweider.

Codazzi nahm Alexander zur Seite und beriet sich mit ihm. Schließlich sprach er wieder zu den Siedlern. »Damit sind wir einverstanden.«

Der Lehrer Nicolas Teufel meldete sich zu Wort. »Ich schlage vor in einer Woche eine Wahl abzuhalten, bei der aus allen Kolonisten ein Bürgermeister und ein Gemeinderat gewählt werden soll.«

Auf seinen Vorstoß bekam Teufel lauten Beifall. Alexander spürte eine offene Feindseligkeit gegenüber Codazzi unter und auch er auch konnte seine Zweifel nicht länger verhehlen. Sie stimmten dem Vorschlag schließlich zu und es wurde der erste Wahltag der Kolonie festgesetzt.

»Herr Teufel, dann legen Sie uns bis heute Abend eine Wahlliste mit den Kandidaten vor. Wir werden uns gleich nach der Versammlung an die Arbeit machen und ein Konzept erstellen«, sagte Codazzi.

Zusammen mit Diaz machten sie eine Begehung des künftigen Zentrums des Ortes und sammelten Vorschläge für den Standort der wichtigsten Gebäude und Straßen. Das Zentrum plante Alexander genau an dem Platz, an dem auch die Kirche, das Haus Codazzis und der Wohnsitz der Brüder Benitz entstehen sollten.

Codazzi entwarf einen Ablaufplan. Alle Kolonisten über 18 Jahre sollten täglich von sechs Uhr morgens bis sechs Uhr abends arbeiten und er gewährte ihnen eine einstündige Frühstückspause sowie eine zweistündige für das Mittagessen.

Auf dem Tagesplan der Bürgerversammlung stand die Wahl des Bürgermeisters und des Gemeinderates. Als Wahlurne ließ Karl einen großen Weidenkorb herumgehen, in den jeder volljährige Bürger seinen Stimmzettel warf. Nach der Auszählung kontrollierten Codazzi und Karl nochmals die Stimmen und er trat nach vorne.

»Zu Eurem Bürgermeister habt Ihr den Webermeister Andreas Vollweider gewählt. Ich gratuliere!«

Vollweider verneigte sich lächelnd vor der applaudierenden Gemeinde. Im Anschluss erfolgten die Wahlgänge von sechs Bürgern und einem Sekretär als Gemeinderat. Der Vorgang und die anschließende Auszählung nahmen fast den ganzen Sonntag in Anspruch und zur Feier des Tages gab Codazzi eine große Ration Rum frei. Ein erster wichtiger Schritt zum Aufbau der Colonia Tovar war getan und die Siedler richteten ihre Blicke wieder nach vorne.

Ihnen wurde für ein Jahr Arbeit kleinere Stücke Land zugeteilt, welches die Frauen und die Kinder eifrig bepflanzten. Die Männer begannen mit dem Ausbau der Hütten, schafften die bei der Brandrodung entstandene Holzkohle auf einen riesigen Haufen und ein Mühlrad war im Bau. Andere waren mit der Errichtung von Zäunen, dem Bau von Möbeln, oder mit Diaz an dem Bau weiterer Wohnhäuser beschäftigt.

EPILOG

Er wurde aus seinem Schlaf und schönen Träumen gerissen. Stephan
hörte im Hintergrund die Geräusche der ersten Arbeiten und schlug die Augen auf. Sein Blick hing an der Decke des mit Palmenblättern bedeckten Daches. Seine innere Zufriedenheit ließ ihn seine Gliederschmerzen vergessen und zauberte ihm ein Lächeln ins Gesicht. Seinem Ziel war er schon nach 5 Wochen näher gekommen, als er erhofft hatte. Stephan war stolz darauf, dass er es trotz der harten Arbeit für die Gemeinschaft geschafft hatte sein eigenes kleines Haus auf einem sanften Hügel zu erbauen. Er reckte sich und drehte sich aus dem Bett. Das über Nacht abkühlte Wasser des Tuy erfrischte sein Gesicht, bevor er sich ankleidete. Kurz darauf kam er an dem Haus von Alexander Benitz an, und setzte den begonnenen Zaunbau fort. Bürgermeister Vollweider begutachtete den Fortschritt des Gebäudes, das neben dem Gemeindehaus entstand.

»Ich wünsche Ihnen einen schönen Morgen, Herr Bürgermeister.«

»Guten Morgen, Herr Krämer. Ihr Haus ist fertig?«

Stephan schüttelte lächelnd den Kopf. »Leider noch nicht, Herr Bürgermeister. Aber ich habe zumindest ein Dach über dem Kopf. Hat Herr Codazzi schon den Brief an die Regierung geschrieben?«

»Das wollte er machen. Ich denke, dass er mir das Schreiben in Kürze übergibt. Dann schicke ich einen Boten zum Postamt in La Victoria.«

»Ich habe meiner Mutter und einem Freund geschrieben. Könnten Sie dem Boten freundlichst zwei Briefe mitgeben?«, fragte Stephan.

»Natürlich. Das mache ich gerne.«

Vollweider nahm seine Briefe entgegen und Stephan setzte seine am Vortag begonnene Arbeit fort und beobachtete, den Bau einer Tischplatte. Je mehr Häuser fertig wurden, je mehr Möbel wurden auch benötigt. Mit der Herstellung der Tische, Stühle, Kommoden und Schränke kamen die Handwerker der Kolonie kaum noch nach.

»Was machst du als nächstes an deinem Haus, Stephan?«

Er drehte sich herum und sah Veronikas Vater vor sich.

»Guten Morgen Herr Klug. Nun, ich werde an meinem freien Tag meine neuen Kenntnisse beim Bau eines Zaunes für mich nutzen.«

»Du bist fleißig. Das gefällt mir.«

Die Anerkennung ihres Vaters machte Stephan Mut, bei ihm schon bald um seine Erlaubnis zu bitten.

»Den Boden meines künftigen Gartens habe ich vom Unkraut und Wildwuchs befreit und werde ihn bald zur Aussaat pflügen.«

»Was wirst du denn anbauen?«

»Ich habe Dinkelsamen und Beteknollen in meinem Gepäck. Damit werde ich beginnen und versuche mich auch im Anbau von Maniok.«

»Eine gute Wahl. Vor allem wird der Dinkel gebraucht. Mit dem Bau einer Getreidemühle wurde bereits begonnen.«

Stephan hatte längst bemerkt, dass aus der schweren Enttäuschung Hoffnung und Mut geworden waren. Er blickte in zufriedene Gesichter und auch er hatte allen Grund dazu. Vorbei waren die Jahre mit Missernten und hohen Steuern am Kaiserstuhl. In einem Jahr würde er für seine geleistete Arbeit ein weiteres Stück Land erhalten, auf dem er Kaffee und Kakao anbauen wollte.

Als Andrea die Kolonie erreichte schien überall gewerkelt zu werden. Staunend führte sie den Esel in das entstehende Zentrum der Kolonie.

»Hola, Señor Esteban«, begrüßte ihn Andrea.

Stephan drehte sich um und sah in ihr lächelndes Gesicht und er legte den schweren Hammer zur Seite.

»Señora Diego! Welch eine Überraschung. Was führt Sie zu uns?«

»Ach, ich hatte mir schon damals vorgenommen die Colonia Tovar zu besuchen und Señor Benitz hatte mich dazu eingeladen«, sagte sie.

»Ich freue mich überaus, dass wir Kontakt zu Venezolanern haben. Welcher der Brüder hatte Sie denn eingeladen?«

»Karl Benitz.«

»Ich glaube ich habe ihn vorhin mit Señor Codazzi zusammen dort hinten gesehen«, sagte er und zeigte zu einem Hügel.

»Dann suche ich die Herren mal. Wir sehen uns gewiss noch später.«

Andrea ließ den Esel bei Stephan und ging zu den Männern.

Schon von weitem erkannte sie Karl Benitz an seinem Bart. Er stand neben Codazzi und sie studierten mit Ramón Diaz eine Zeichnung, als Andrea zu ihnen kam. Der Oberst sah sich um und ging ihr mit Karl lächelnd entgegen und begrüßte sie.

»Ich bin froh, dass Sie uns mit den Eseln behilflich waren. Auch hier sind uns die Tiere von Nutzen. Aber Sie kommen früh. Es ist nicht alles so, wie ich es erhofft hatte, Señora Diego«, sagte Codazzi erfreut.

»Ich wusste nicht wie weit Sie mit Ihren Arbeiten sind. Aber die Einladung von Herrn Benitz hat mich ermutig Sie zu besuchen.«

Codazzi schlug er den Tabak aus seiner Pfeife.

»Ich bin hier fertig und muss mich mit Alexander besprechen.

Sie könnten Señora Diego doch etwas von unserer Kolonie zeigen!«

»Dürfen wir Sie durch den Ort führen, Señora Diego?«, fragte Karl.

»Ja gerne. Ich habe zwar schon etwas gesehen, aber ich muss zugeben, dass ich mir die Colonia Tovar anders vorgestellt habe.«

»Leider ist nicht alles so fortgeschritten, wie es geplant war«, sagte Diaz und erzählte von den Arbeiten und den damit verbundenen Problemen. In seiner Erklärung erwähnte der Historiker auch die Hilfe Juans und dass er, wie sie, auch in La Victoria wohnt.

»Die Welt ist klein. Ich habe mit Juan einen gemeinsamen Sohn.«

»Juan erwähnte das in einem Gespräch. Schauen Sie. Hier soll das Zentrum entstehen und die Kirche gebaut werden.«

»Die Menschen vom Kaiserstuhl arbeiten hart. Ich glaube dass Sie den Ort in einem Jahr nicht wieder erkennen«, sagte Karl.

Andrea folgte den Männern in das künftige Zentrum, wo für die Pausen Tische und Bänke aufgebaut waren.

»Mögen Sie eine deutsche Spezialität probieren?«, fragte Karl lächelnd.

Siedlerfrauen hatten eingemachte Kirschen mitgebracht und verkauften nun Schwarzwälder Kirschtorte. Da es in Venezuela keine Kirschen gab, konnte er Andrea und Diaz damit überraschen.

»Eine Spezialität aus Ihrer Heimat? Gerne. Ich bin neugierig«, sagte sie und nahm auf einer Bank Platz, während er Kaffee und Kuchen holte.

Frau Missle gab Karl den Kuchen mit grimmigen Blick zu Andrea. Karl war das egal. Er war grundsätzlich der Meinung, dass Kontakte zu den Menschen, die ihnen Gastfreundschaft gewährten, wichtig waren.

»Schwarzwälder Kirschtorte«, sagte er auf Deutsch und stellte die Teller und drei Gläser Kirschwasser vor ihnen auf den Tisch.

»Swazw ... Puh, das kann ich nicht aussprechen.«

»Probieren Sie einfach.«

Schon beim ersten Bissen der cremigen Torte lächelte Andrea.

»Das ist ja wirklich köstlich. Hier gibt es nichts Vergleichbares!«

Bei angenehmen Temperaturen saßen sie Schatten einer Palme und unterhielten sich über die Kolonie und das Leben am Kaiserstuhl.

Ramón war die Unterbrechung seiner Arbeit angenehm und Andrea erinnerte ihn an seine verstorbene Frau. Sie hatte Klasse und er fand sie äußerst attraktiv mit den hübschen Grübchen in den Mundwinkeln. Aus der kurzen Unterhaltung konnte er erkennen, dass diese schöne Frau wusste was sie wollte. Karl bemerkte das gegenseitige Interesse von Andrea und Diaz, verabschiedete sich und ließ die beiden alleine.

Nach dem zweiten Glas Kirschwasser erzählte Andrea von ihrer alten Heimat in den Anden. Ramón war begeistert von ihren feurigen Augen. Als sie im Gespräch seine Hand ergriff, machten seine Gefühle einen Purzelbaum.

In seiner besten Kleidung klopfte er an. Veronika öffnete und begrüßte ihn lächelnd mit einem Knicks. Sie trug eine sonntägliche Tracht und einen Hut mit roten Bollen. Erneut stellte er fest, wie hübsch sie war. Stephan betrat das Haus und begrüßte ihre Eltern. Er atmete tief ein, fasste Mut und ging zu Veronikas Vater.

»Werter Herr Klug, ich liebe Veronika und möchte um Ihre Erlaubnis bitten, sie zu heiraten«, sagte Stephan mit Herzklopfen.

Veronikas Mutter betrachtete ihn mit offenem Mund, während ihn ihr Vater mit ernstem Gesichtsausdruck musterte.

»Stephan, ich hatte gehofft, dass du mich das eines Tages

fragen würdest«, sagte er und reichte ihm die Hand. »Gerne übertrage ich dir die Verantwortung für Veronika!«

Mit dem Handschlag wurde ihre zukünftige Ehe besiegelt.

»Ich glaube, es hat niemand etwas dagegen, wenn du Veronika jetzt küsst«, sagte er und zwinkerte seiner Frau zu, die nun auch lächelte.

Stephan holte den alten Ring seiner Großmutter hervor, den er vor seiner Abreise von seiner Mutter bekommen hatte und steckte ihn Veronika an den Finger, bevor er sie küsste.

SCHLUSSWORT ZUR GESCHICHTE DER COLONIA TOVAR

Erstmals im Jahr 2002 besuchte ich während einer Rundreise durch Venezuela die Colonia Tovar. Es waren faszinierende Eindrücke und so manche Kuriosität beeindruckte mich nachhaltig. Überall in dem Ort begegnen dem Besucher Dinge, die darauf schließen lassen, dass die Nachkommen der ersten Einwanderer Traditionen und Sprache pflegen.

Ein zweisprachiges Werbeschild *Panderia – Das Brot oder Licoreria Snapsladen* - Ohne ein Schmunzeln läuft der deutsche Urlauber nicht durch die Colonia Tovar mit ihren Fachwerkhäusern.

Die Bestellung eines Stückes Kirschtorte im Café Muhstall bei einer jungen blonden Kellnerin war dann schon merkwürdig, da sie nicht ein Wort Deutsch sprach und ich meine Bestellung erneut in spanisch aufgeben musste. Ähnliche Erlebnisse begegnen dem Besucher fast überall in dem Ort. Lediglich wenige ältere Bewohner sprechen noch ein paar Brocken deutsch, mit starkem alemannischem Dialekt.

Auch wenn mein Roman kurz nach der Gründung der Colonia Tovar endet, geht die Geschichte der deutschen Kolonie natürlich weiter. Die ersten Jahre waren schwer für die Siedler. Der Ort wurde öfter überfallen und Jaguare griffen ihre Haustiere an. Nicht nur die Umstellung eines Lebens in den Tropen und enge Unterkünfte waren eine große Belastung.

Vielmehr war den Kolonisten der raue Umgangston des Oberst Codazzi, der sein Unternehmen mit militärischem Drill zum gewünschten Erfolg bringen wollte, ein Dorn im Auge. Auch wenn ihm ein Denkmal im Ort gesetzt wurde, ist der Initiator der Kolonie noch heute sehr umstritten. Der Erfolg der Colonia Tovar, in der das erste Bier Südamerikas gebraut wurde, und heute das höchste Pro-Kopf-Einkommen Venezuelas hat, basiert auf dem Fleiß und der Unermüdlichkeit seiner Menschen. An den Wochenenden strömen heute meist wohlhabende Caraqueños in den Ort. Der Ort ist wegen der moderaten Temperaturen beliebt und außerdem etwas Exotisches mitten in den Tropen. All diese Eindrücke und Erzählungen seiner Menschen, die ich während meiner viermaligen Besuche kennen lernte, haben mich dazu bewogen dieses Buch zu schreiben.

FÜR DIE WICHTIGSTEN INFORMATIONEN DANKE ICH GANZ BESONDERS:

Enrique Breidenbach, Colonia Tovar,

Arno Schüber, Colonia Tovar,

Rudolfo und Susanna mit ihrem Hotel Drei Tannen, Colonia Tovar,

Universität Göttingen für wichtige Empfehlungen zu Büchern,

dem Kulturattaché Venezuelas, Berlin,

Historikerin Prof. Rosa Alba Mendez Acevedo von der Zentraluniversität in Caracas,

Cesar Cortez Mendez, Caracas, für geschichtliche Hintergründe,

Autor und Arzt Dr. Burkhard Voß für erste kritische Empfehlungen

Schriftsteller Günter Wendt für seine praktischen Tipps die zur Fertigstellung meines Romans führten.

Milton Keynes UK
Ingram Content Group UK Ltd.
UKHW030805071224
452128UK00003B/144